钱中文文集

第 五 卷

文 学 散 论

钱中文 著

中国社会科学出版社

2002年12月,在中国人民大学

1998年,与高建平摄于成都

2004年,与吴子林在山西

目　　录

第一编　文学短论

艺术创作的想象 …………………………………………（3）
细节描写与典型化 ………………………………………（10）
一个曲解文学真实性的公式
　　——评"难道……是这样的吗？" …………………（19）
需要真正的细致的观察 …………………………………（23）
创作的才能向哪里发展 …………………………………（26）
托尔斯泰创作思想漫谈 …………………………………（32）
他山之石　可以攻玉
　　——访《现代外国文艺理论译丛》负责人钱中文 …（41）
主导·多样·综合：一种趋势 …………………………（44）
审美方法的选择与可能 …………………………………（48）
《中外文化与文论》第1期前言（代发刊词） …………（52）
在夕照的辉煌中 …………………………………………（55）
继承，鉴别，才有创新 …………………………………（58）
了解文化建设的处境 ……………………………………（60）
文学理论：走向交往与对话的时代 ……………………（65）
文学理论：在新世纪的晨曦中 …………………………（69）
文论已成"燎原之势" ……………………………………（73）

文论取向激变与新阶段 ………………………………… (78)
文艺美学：文艺科学新的生长点 ………………………… (83)
美学：面向原创精神，面向现实与人 …………………… (88)
摄影文学：文学艺术体裁的创新 ………………………… (96)
文化、文学理论创新的前景 ……………………………… (100)
开创文学研究的新局面 …………………………………… (104)
文化创新的艰巨性 ………………………………………… (107)
让东方文化重铸辉煌 ……………………………………… (111)
面对文论的建设：与金元浦博士对话 …………………… (122)
文学理论研究琐谈 ………………………………………… (126)
请进来与走出去 …………………………………………… (133)
三言两语
　　——名家著作推荐 …………………………………… (138)
随笔三篇
　　——莫泊桑短篇小说短评 …………………………… (144)
缘分如影
　　——我与果戈理 ……………………………………… (149)
《文学评论》——文学研究所的学术窗口 ……………… (154)
我与《文学评论》50年 …………………………………… (162)

第二编　师友忆评

"我们这些人实际上生活在两种现实里面"
　　——忆钱锺书先生 …………………………………… (181)
这湿润而闷热的7月
　　——怀念何其芳同志 ………………………………… (188)
深切的怀念
　　——回忆蔡仪先生 …………………………………… (197)
道德文章，山高水长
　　——怀念蒋孔阳先生 ………………………………… (202)

当代知识分子精神

  ——徐中玉先生的立德与立言 …………………… (205)

师友情谊 ……………………………………………………… (209)

季羡林先生二三事 …………………………………………… (233)

风范与人格

  ——记樊骏先生 …………………………………… (243)

汇入了生命体验的美学探索

  ——胡经之先生文艺美学研究的原创精神 ……… (248)

有容乃大

  ——记童庆炳先生 ………………………………… (253)

又见远山，又见远山！

  ——悼念童庆炳先生 ……………………………… (258)

在《童庆炳文集》10卷集首发式会议上的发言 ………… (262)

在阎国忠先生文集发布会上的发言 ………………………… (266)

守正创新，理论正道

  ——李衍柱《林涛海韵丛话》新书发布暨学术

  研讨会发言 ……………………………………… (269)

晴空一鹤排云上

  ——写于《柳鸣九文集》首发之际 ……………… (272)

忆高晓声 ……………………………………………………… (276)

第三编 序跋书评

《文艺理论建设丛书》总序 ………………………………… (291)

文学理论的自觉

  ——《新时期文艺学建设丛书》总序 …………… (294)

艰难的选择

  ——《钱中文学术文化随笔》跋 ………………… (299)

《文学理论：走向交往对话的时代》跋 …………………… (304)

《新理性精神文学论》自序 ………………………………… (306)

 目 录

跋涉的命运
　　——《新理性精神与钱中文文艺理论研究》代序……………（313）
《文学的乡愁》序言 ………………………………………………（315）
《桐荫梦痕》后记 …………………………………………………（319）
《理论的时空》自序 ………………………………………………（323）
中国诗学"五""四"说
　　——陈良运《中国诗学批评史》序 …………………………（330）
《生命的沉醉》的沉醉（代序）……………………………………（336）
一套具有学术品格的好书
　　——《黄鹤文论》总序 …………………………………………（339）
《比较文学与世界文学研究丛书》总序 …………………………（342）
周发祥《西方文论与中国文学》序 ………………………………（345）
祁志祥《美学关怀》序 ……………………………………………（348）
艺术不仅仅是商品
　　——张来民《作为商品的艺术》序 ……………………………（351）
学灯下的探索
　　——李衍柱《路与灯》序 ………………………………………（355）
姚文放《当代性与文学传统的重建》序 …………………………（358）
谢德林《现代牧歌》中译本前言 …………………………………（362）
尧斯《审美经验论》中译本序 ……………………………………（369）
《拉美文学辞典》序 ………………………………………………（373）
美学研究中的原创精神
　　——评许明主编《华夏审美风尚史》…………………………（376）
巴赫金研究的新成果
　　——读程正民的《巴赫金的文化诗学》………………………（380）
随目迷五色的文艺思潮潜入当下历史
　　——评陆贵山主编的《中国当代文艺思潮》…………………（383）
吴子林《经典再生产——金圣叹小说评点的文化透视》序 …（387）
毛崇杰《走出后现代》序 …………………………………………（392）
卢兴基《失落的文艺复兴》序 ……………………………………（404）

· 4 ·

金雅《人生艺术化与当代生活》序 …………………… (408)
周建萍《中日审美趣味》序 …………………………… (411)
杜书瀛《文学是什么——文学原理简易读本》序……… (415)
真诚、动人、亲切
　　——读马静云关于文学研究所的回忆录（代序）………… (420)
"应束意难收，不了情未断"
　　——读高燮初先生《不了情话录》有感 ……………… (424)

第四编　逝水留声

"全国文学观念"学术讨论会开幕词
　　——1986年11月7日于苏州大学 ……………………… (431)
"文学理论建设和中外文化交流"学术讨论会开幕词
　　——1988年11月25日于福州 ……………………… (435)
"1992全国中外文学理论"学术讨论会开幕词
　　——1992年10月5日于河南大学 …………………… (439)
"走向21世纪：中外文化、文学理论"国际学术研讨会开幕词
　　——1995年8月1日于山东师范大学 ………………… (441)
建设有中国特色的当代文论"中国古代文论的
　　现代转换"学术研讨会开幕词
　　——1996年10月18日于陕西师范大学 ……………… (443)
《文学评论丛刊》复刊致词
　　——1998年4月27日于南京大学 …………………… (446)
"巴赫金学术思想"国际研讨会开幕词
　　——1998年5月11日于北京外国语大学 ……………… (449)
"全国西方文论与中国文论建设"学术研讨会开幕词
　　——1998年10月5日于四川大学 …………………… (451)
"1999世纪之交：文论、文化与社会"学术研讨会开幕词
　　——1999年5月18日于南京师范大学 ………………… (454)

目 录

"文学批评理论的未来：中国与世界"国际学术研讨会致词
　　——2000年7月29日于北京语言文化大学 …………… （457）
"第3届中美双边比较文学"讨论会致词
　　——2000年8月11日于清华大学 …………………… （459）
"90年代文学思潮暨现当代文学课题"学术研讨会致词
　　——2000年10月10日于南京大学 ………………… （461）
"中国当代文学史学观念"学术研讨会开幕词
　　——2000年11月4日于武夷山市 …………………… （463）
"全球化语境中的文学理论研究与教学"学术研讨会开幕词
　　——2001年4月24日于扬州大学 …………………… （465）
中国中外文艺理论学会第3次代表大会开幕词
　　——2004年6月于中国人民大学 …………………… （467）
文学理论30年——从新时期到新世纪国际学术研讨会
　　暨中国中外文艺理论学会第4届年会开幕词
　　——2007年6月于华中师范大学 …………………… （470）
"中国现代美学、文论与梁启超全国学术研讨会"贺词
　　——2008年4月18日于杭州 ………………………… （473）
"改革开放30年俄国文学和哲学"全国学术研讨会祝辞
　　——2008年12月26日于首都师范大学 …………… （476）
中国中外文艺理论学会第7届年会暨"文学理论、前沿问题"
　　学术研讨会开幕词
　　2010年4月22日于扬州大学 ………………………… （479）
中国中外文艺理论学会第11届年会暨"面向时代的文学
　　理论与批评"学术研讨会贺词
　　2014年8月于河南大学 ……………………………… （483）

钱中文学术简表 ………………………………………………… （486）
钱中文年谱简编 ………………………………………………… （489）
后　记 …………………………………………………………… （498）

第一编
文学短论

艺术创作的想象

"林黛玉焚稿断痴情，薛宝钗出闺成大礼"，林黛玉在潇湘馆忧郁含愤死去的当儿，竟是薛宝钗与贾宝玉成亲拜堂的时刻。读到这里，我们不能不被这种艺术的悲剧巧合深深地打动心弦。这时，谁也不会怀疑或是力图说服自己，认为这种巧合是不可能发生的。但是，如果我们读完小说后从创作的角度来考察，这个悲剧的巧合在很大程度上仅是一个的情节，仅是作家想象的结果。

当《阿Q正传》在《晨报副刊》上连载的时候，那时就有许多人"栗栗自惧"，觉得鲁迅是在揭他们的阴私，因为他们也曾像阿Q一样，说过那样的话，做过那样的事。艺术形象跑到人们的生活中去了，使人们感到他就在自己面前一般，而且分明指着他们的鼻子在嘲笑。然而，《阿Q正传》中大部分的情节（甚至可以说全部情节）和阿Q本身，都是作家在现实的基础上虚构出来的。

想象，产生了艺术，创造了形象，好像艺术没有想象就不能存在似的。然而人们常说，文学艺术的基本任务就是真实地反映生活，创造出典型形象来，通过典型形象，揭示出生活的本质面，使人们看到生活发展的趋向及其规律。那么，想象到底是什么呢？想象和真实地反映生活有什么关系呢？为什么作家描写生活，塑造艺术形象一定要通过想象来进行呢？按照高尔基的说法："想象在其本质上也是种对于世界的思维，但主要地它是用形象来思想，是种'艺术的'思想；还可以说，想象——这是种给大自然的自发现象与事物以人的性质、感觉、甚至是意图的能力。"[①] 可见，想象实际上就是形象的艺术的思

---

① ［俄］高尔基：《我怎样学习写作》，生活·读书·新知三联书店1950年版，第7页。

维，艺术家是以形象的感性手段来反映生活，并诉之于读者的。在这种思维过程中，艺术家把自己的主观意图有机地"附加"到了对象上，因此，艺术创作中的客观现实的形象反映，总是带着作者的主观印记的，总是映现着作家思想的影子的，而想象就寓居于这种主观的意图之中，并成为艺术思维的根本特征，成为艺术创作的重要手段。艺术的形象描写通过作家主观的意图而表现出来，这是艺术创作的辩证法。由此也可以看到，真正的艺术作品并不是自然主义的生活现象的反映，有些作品甚至也可以把对象描写得异常逼真，但是它们却不能获得艺术的生命，这是因为在这些作品中，作者只是依样画葫芦地描摹了生活，堆积了真实的细节。但是，艺术要求的不仅是细节的描摹，而是通过想象重创生活。因此，没有想象，没有作者的强烈的主观意图，也就无创造可言。艺术如果排斥了想象，那么屈大夫就吟不出《离骚》来，曹雪芹就写不出《红楼梦》来，鲁迅就创造不出阿Q来。塞万提斯就塑造不出堂吉诃德来，巴尔扎克也就描绘不出《人间喜剧》来。

真正的艺术想象与生活的真实反映绝不是矛盾的。艺术想象是形象的思维，是认识事物的一种手段。因此想象就必须依据现实生活为基础，就必须依据作者的生活经验、知识为出发点。刘勰说："积学以储宝，酌理以富才；研阅以穷照，驯致以怿辞"，在这个基础上，作家就能做到"形在江海之上，心存魏阙之下；……故寂然凝虑，思接千载；悄焉动容，视通万里"。① 这里指出了作家的生活经验和知识，构成了想象的基础，前者愈是坚实，后者就愈是神采奕奕！因此，如果艺术家缺乏生活经验和知识，那么他的想象力就毫无依靠，感受、思维的贫困就使他的笔动弹不得。当列宾展开画布创作《纤夫》这幅名画的时候，他被有关纤夫生活的知识、经验难住了，而徘徊于画架周围，落不下笔。最后，他扔下了画笔和油采，跑到伏尔加河上去了。他住在纤夫们中间，观察他们的生活，积聚生活印象和感受，丰富了原有的知识。长时间的实际生活和创作的准备，终于使他

---

① （南朝梁）刘勰：《文心雕龙》中的《神思篇》。

艺术创作的想象

画出这幅不朽的画,11个人,11张脸,11部个人命运的历史!

要进行想象,除了要有丰富的生活知识和经验以外,艺术家还要有正确的观察生活和认识生活的能力,不能正确地观察、认识生活现象,这时想象就往往变成猜想。"凡是缺少确切的认识的地方,那就只能靠猜想,而在10个猜想中,准会有9个是错误的。"① 浮士德的故事早在歌德的《浮士德》之前就存在了,它不仅在德国文学中有,在波兰文学中也有。但是成名的仅是歌德的《浮士德》。这是因为歌德透过自己对现实的正确认识和才能,没有使幻想的故事变成猜想,歌德通过《浮士德》描写了卑琐的16世纪德国现实生活的停滞不前,保卫了思想的自由,反映了18世纪德国"狂飙"运动的代表人物的意向,赋予了它以真正的社会内容和艺术生命。因此,真正的艺术不仅要以丰富的生活经验和知识为基础,而且也要以正确的观察和认识为指导。

当然,艺术的形象塑造要以上述条件为基础,但是,一个人具备了上述条件,却不一定就会获得形象思维的能力——艺术的想象力。缺乏艺术的想象力,常常会使创作陷于困境,这是不庸待言的。在生活中我们常可以听到一些人的慨叹:"这些事我也是经历过的,就是没有想到能把它写出来。"甚至有的人已意识到要把它写出来,但是却写不出来,这当然和创作的准备有关,但是艺术想象的能力在其中起了很大的作用。想象丰富的人,他的生活经验和知识必然是深广的,但想象的驰骋却必须以生活、认识为基础,丰富的生活、正确的观察与认识都能促使艺术想象的发展,使想象更符合于生活逻辑,使艺术家能做到"入乎其内,故能写之;出乎其外,故能观之。入乎其内,故有生气;出乎其外,故有高致"②。

艺术创作总是具体的,它必须进行情节的真实描写,形象的精心塑造,也即环境、人物的典型化创造。艺术的典型化,就是在充分运用艺术想象的基础上进行情节、人物性格特征的取舍和补充;也就是

---

① [俄]高尔基:《我怎样学习写作》,生活·读书·新知三联书店1950年版,第64—65页。
② 王国维:《人间词话》,开明书店1947年版,第39页。

通过想象，进行虚构。想象活动是虚构的心理前提，虚构是创作想象的结果。作家在大量生活素材的基础上，通过想象，选择其中的主要方面进行概括，改造材料，创造出以生活材料为基础，但已不是原来材料本身的艺术素材，以生活真实为基础，但已不是原来的生活真实的艺术真实，以原来人物性格为基础，但已不是原来人物性格的艺术性格。在这个过程中，艺术家以想象丰富了原来的感悟、经验的知识、观察和认识，虚构了故事情节和人物，使环境变成了典型环境，使人物性格变成了典型性格。因此，虚构就是从原来现实生活的材料、感悟、观察中抽取出它们的基本方面，加上了可能发生的、可能发展成这样的想象，推测的情节描写和人物的刻画。鲁迅在《我怎么做起小说来》一文中说："所写的事迹，大抵有一点见过或听到过的缘由，但决不全用这事实，只是采取一端，加以改造，或生发开去。到足以几乎完全发表我的意思为止。人物的模特儿也一样，没有专用过一个人，往往嘴在浙江，脸在北京，衣服在山西，是一个拼凑起来的脚色。"[①]

"加以改造，或生发开去"，这多么形象地说明了想象与虚构在典型化中的作用！高尔基曾谈到一个作家如果能够把几十个、几百个小商人、官吏、工人的每个人身上最富有特征的阶级特点、爱好，有机地综合到一个小商人、官吏、工人的身上去，那么，作家依靠这种手法，就能创造出典型来。这种"综合"的手法，当然是依靠丰富的生活经验、观察而进行的，但实际上它就是想象基础上的虚构。

这样看来，虚构就成了典型化的必要手段，这个艺术劳动的特殊形式，贯穿了创作的整个过程。

梁斌同志在《漫谈〈红旗谱〉的创作》一文中，异常生动地讲到了小说故事情节和人物典型化过程中虚构的运用。早在《红旗谱》写成之前，梁斌同志写过《夜之交流》《三个布尔塞维克的爸爸》，在后一篇的基础上，又写成了剧本《千里堤》，后又把《三个布尔塞维克的爸爸》扩展为中篇，写过《抗日人家》《五谷丰收》等作品。

---

① 《鲁迅全集》第 4 卷，人民文学出版社 1957 年版，第 394 页。

艺术创作的想象

《红旗谱》的创作历史的特点，不仅是在作者几十年来写作基础上创作出来的，而且还是在充分利用上述作品的故事情节、人物性格的基础上产生出来的。当我们读着作家的自叙时，我们犹如看到作者根据不断积累起来的生活感受和经验，不断提高的认识，通过想象，对上述那些作品中所运用的情节，描写的人物，进行自由的故事的编结补充和人物的虚构。作家所以能这样做，是因为不仅他有着坚实的生活基础，有着生活规律发展的丰富知识，而且还有独创的感悟力、取舍能力、想象力。"原来结构这部小说的时候，是没有严志和这个家族的"，"写完三部书后，觉得有些人物写得不够，象朱老忠、严志和这两个重要人物性格的发展上还有些突然，我又加写了第一部最初的五六万字，这些篇幅的任务，就是把朱老忠、严志和、运涛、江涛、春兰等人物性格的形成过程补上了"。"书是这样长，都是写的阶级斗争，主题思想是站得住的，但是要让读者从头到尾读下去，就得加强生活的部分，于是安排了运涛和春兰、江涛和严萍的爱情故事，扩充了生活内容。"①

我们所以摘引得这么长，是想说明《红旗谱》的故事情节即使有事实根据，但是，已完全给改造过了，已给"加写"、"补上"、重新"安排"、"扩充"过了，其中的故事情节、人物，都是从许多故事、情节、人物中凑合起来的，集中起来的，虚构出来的。我们清楚地看到，《红旗谱》创作的历史就是作家、虚构的历史，它从《夜之交流》起，一直到《红旗谱》三番几次地改完为止。这个充满了探求的虚构过程，占去了作家的多少时间和心血！从这些创作经验来看，创作过程中如果没有大胆的想象和虚构，那么生活经验、知识即使很丰富，也只能让徒然写出的东西变成材料的堆积而已。那时，恐怕作家仍然只会有《夜之交流》《三个布尔塞维克的爸爸》等几篇不大为人所知的作品，就是后来的《红旗谱》，如果没有虚构的润色与补充，恐怕也无法赢得那么多的读者吧。想象与虚构，使作品中的生活更胜于生活，使作品中的人物形象更胜于生活中的人物形象。它们使我们

---

① 《作家谈创作经验》，中国青年出版社1959年版，第59、61页。

在作家所描写于事物中"看得见依照我们的理解应当如此的生活",为我们"显示出生活或使我们想起生活"。

既然艺术创作并不是依样画葫芦地去反映生活,而是要求作家运用想象和虚构进行典型化,在生活真实的基础上重创生活,使之创作出来的艺术真实比原来的生活真实更高、更集中、更能令人信服,则我们就不能把艺术真实和生活真实、历史真实等同起来。因为艺术真实只是在倾向上、在典型环境与典型性格上与生活真实相似,而不是在任何细节上都相同。阿·托尔斯泰在动手写长篇小说《一九一九年》的时候,他收集了许多有关历史材料。但是他没有让艺术的想象和虚构沉没在历史材料中,他没有使自己的创作成为历史的纪录,他进行了虚构,并把《一九一九年》的写作计划材料并入了《保卫察里津》和《阴暗的早晨》两部小说中去了。他写道:"这是小说,是描写生活、性格、英雄人物、英雄主义事件的书。须知虚构常常比真实更真,比真实更丰富,而光靠文献说服力是不大的,因为文献纪录的只是一瞬间的人脸的表情,甚至有时还不是整个人脸的表情,不是人脸的典型。"[①] 由此看到,想象与虚构对于历史性的文艺创作也是适用的,也是必要的。历史固然能记下社会的演变,人们的活动,但它的目的是把经过科学分析后所得出的结论授予读者;而艺术却不是给读者以结论,而是通过个别事件,人物的具体的形象描写,触动读者的思想、情感,引起他们的欣赏,影响读者。而历史纪录无论如何达不到艺术描写的细微、个性化的程度,负不起艺术的任务,因此,把艺术真实和历史真实等同起来,自然就违反了艺术创作本身的规律,伤害了作家创作的权利和积极性,使历史性的艺术创作趋向萎缩。艺术家失去了想象的权利,那么他无异失去了创作的权利,作家失去了虚构的权利,那么他就只能去记录生活,从而艺术就不再成为艺术。

文学艺术作品必须让读者读后达到读者与人物、作者的思想情感的交流,从而丰富读者的感受、知识,提高他们的认识,唤起读者的想象和幻想。要达到这种"言有尽而意无穷"的境界,则作者首先要

---

① 《俄国作家论创作》第4卷,苏联作家出版社1956年版,第482页。

善于幻想，把自己虚构出来的情节、人物当作是真实的存在，并用艺术的力量来向读者证明他的虚构的真实性。巴尔扎克就是常把虚构出来的人物当作生活中的人物和友人谈论他们的。这像是近于某种幽默和怪僻，但倒不如把它说成是作家对自己虚构的确信和作家创作劳动的最辛勤的表现来得更为适合，因为作家已被自己的虚构所迷醉，相信了它，并且把它和现实生活混成一体了。"每逢他要旅行到他所愿意描写的地方去，他便说：'我正要到阿伦松去，卡尔曼小姐住在那里；到戈勒诺布尔去，贝那希斯医生住在那里。'"① 这位善于幻想的艺术大师，有时甚至把人家闲谈家事当作幻想，而要求谈话者回到现实，来谈他的欧也妮·葛朗黛。他把自己创造的艺术真实看得更高于生活真实，比它更富于生活。当福楼拜写到包法利夫人服毒的时候，他就中了自己想象、虚构的毒，他也尝到了砒霜味道，消化也感到不良了，发生了呕吐，请来了医生。当狄更斯有一次写到一个小孩死去的时候，那时他走出了屋子，哭红了眼睛，彻夜在街上徘徊。想象、虚构原是艺术家的形象的思维的能力，是艺术家的神思，一旦它们在创作过程中运行时，它们就掌握了艺术家本人，使他们自己都忘掉了这仅是他们的虚构。艺术的想象、虚构能达到这种地步，那么创作出的作品多半就能震动读者的心灵。

冈察洛夫说："我主要是在想象的影响下生活和写作，而且没有想象，我的笔杆就很少有力量，就不能发生效力！"② 艺术家应该想象，凭借神思而驰骋，既要幻想将来，也要通过想象了解过去；既要熟悉人们的社会生活，也要善于透视个人的心灵世界，没有这种想象，艺术就无所依靠，因为艺术的想象就是创造，"艺术是靠想象而存在的"③ 。

（原文刊于《新港》1961 年第 11 期）

---

① ［丹麦］勃兰兑斯：《法国作家评传》，国际文化服务社 1953 年版，第 61—62 页。
② 《古典文艺理论译丛》第一册，人民文学出版社 1961 年版，第 189 页。
③ ［俄］高尔基：《文学论文选》，人民文学出版社 1958 年版，第 47 页。

细节描写与典型化

看了《文艺红旗》1962年1、2月号上所展开的关于细节描写的讨论,有很多感想。对作为艺术表现手段之一的细节描写问题作进一步的探讨,这对提高我们的创作水平是有帮助的。因讨论的问题涉及面较宽,这里不能一一涉及,本文只想就细节描写在刻划人物形象和典型化中所起的作用,以及细节的真实性问题谈一谈自己的看法。

在文学作品里,细节是不能独立存在的,几个细节编不成一篇作品。但是,细节的选择和描写是否得当,对于作品的成败,却起着很大的影响。一次,契诃夫讲起《福玛·高尔杰耶夫》中的梅金斯卡娅,对高尔基说:"天啦,你瞧,她有三只耳朵,一只耳朵长在嘴巴上!"高尔基当时承认,他把面对着灯光的女主人公完全写错了。这个细节,一般粗心的读者是不会发现的,细心的读者即使发现了,也会觉得无伤大雅,但对于真正的艺术家来说,这些细小的错误描写是不能容许的,因为它们破坏了艺术形象和环境的典型性,也即破坏了艺术的真实性。因此,我们讨论细节的作用、特点时,必须把它与文艺创作中典型化的要求、特点联系起来进行了解,才有实际意义。

文艺创作中的一个重要课题,就是塑造艺术典型。在艺术的领域里,只有那些创造了成功的典型性格的作品,才能充分地、生动地反映现实生活。历来那些反映了历史进步要求和人民愿望的优秀作品,总是以独具一格的典型人物丰富了艺术的画廊。当我们提到描写反抗暴政、聚众起义的《水浒》时,我们就不能忘记武松、李逵、林冲和宋江等人的动人形象;当我们谈到描写渴望自由、向往爱情幸福,描写反对封建制度、反抗旧礼教的《红楼梦》时,在我们面前,就浮起

细节描写与典型化

林黛玉、贾宝玉等鲜明的个性。这些形象地、具体地、集中地反映了客观现实的巨大内容，使得读者可以具体地触及这些人物形象的思想、愿望。作家创造出来的典型人物之所以能那样充满血与肉，充满了个性特点，使人牢记不忘，是和他们善于运用细节描写的本领分不开的。

细节描写是人物典型化的重要手段，是人物个性化的重要途径。那些具有异常才能的作家，不仅能够真实地概括重大的社会现象，在五光十色的现象中，揭示出事物多变的面貌，提出激动人心的问题，同时，他们还善于抓住细小现象的最突出之处，通过事物细小环节的描绘，来表现事物的最独特之点和最有意义的所在。这样，作家用细节使人物的面貌如雕塑般地突现出来，使人物与他周围人物的面貌完全区分开来，成为我们认识他的独有标记。例如，果戈理《死灵魂》里梭巴开维奇那只硕大而笨重的脚，就是他本人特征的标志。当作者提起读者们注意它时，梭巴奇的脚已踏到乞乞科夫的脚上了；又如《红旗谱》里春兰听到了运涛讲革命的意义后，就在自己的胸襟上绣了两个字："革命"，一个细心的画家在塑造春兰的肖像时，就会注意到书中的这个细节描写，以表现她天真、爽朗、柔中带刚的性格。

作家运用细节描写，不仅是为了突出人物的外貌特点，更主要的是为了突出人物的性格特点。在叙述一个细小的动作时，在勾勒一件细小的事物时，他抓住了它们最具特征的地方和最能显示其意义的一瞥，用精心的雕琢使它们变成了珠石，透过它们的光照，使人们看到了人物的整个面貌、心灵，或是正面的，或是侧面的。于是，在一粒沙里，人们看见了一个世界。运用细节的描写，使塑造达到了通过一点见到一片，通过部分，见到全面，达到了以一当百的效果。当曹操月夜巡视水寨于大江之上，横槊赋诗，骄气纵横之时，部下刘馥指出歌词中有不吉祥之句，操一怒而以槊刺死了刘馥。这个细节的描写仅仅几笔，但它是多么生动地揭露了曹操骄横的性格。又如，当《红旗谱》里朱老忠从关东回到家乡，一听到冯兰池仍骑在众人头上横行不法时，他一怒一拍桌子，桌上壶碗乱颤，汤水横流，但立刻又连声喷喷，使旁人觉得他是由于偶然失手所致。但敏感的读者会知道，将要出现一个饱经风霜、能进行韧性战斗的无畏战士了。

　　在塑造形象中，一般说来，一个特征性的细节只出现一次，然而就是一次，它所留下的印象也足以令人铭心不忘了。但是，在一些作品中，我们还可以看到，有些在内容上一致，便在具体表现上很不相同的细节会不断地被重复着。这倒不是因为一次描写太少，不能说明问题，而是为了强调这种特点已深入人物骨髓，并且成了人物主要的特征，从而使一个时代精神面貌的一面，在这一性格的特征中得到了集中的反映。阿Q受到假洋鬼子、王胡等人的屡次凌辱，总是无法获胜，在绝望之余独处的时刻，或被人家碰响头的当儿，他突然消除了被凌辱的苦恼，心里平静了，他觉得失败就是胜利，而且老子是被儿子打了，在精神上得到了安慰，进行自我麻醉，这些具体的细节描写，是多么深刻地揭示了阿Q性格的特点呵！契诃夫在小说《普里希彼叶夫中士》中，也同样重复了一个在内容上类似的细节。普里希彼叶夫中士是反动统治长期教育的产物，是反动专制的缩影，是专横顽固的代表者。他虽然已退了职，但仍按旧规矩办事，他不许人们聚在一起，不许死尸躺在河岸上，不许人们唱歌，不许人们晚间烧火。最后，他因侮辱警官、侵犯人权被告到了法庭，并被判了徒刑。这时，他意识到这个社会变了，没法再活下去了，但一出法庭，见农民们聚在一起闲谈时，他的本性立刻又显露出来了："散开，老百姓！不准成群结伙！回家去！"当作者在小说末尾重复了这个细节时，这个中士的形象，在人们心中就永远抹不去了。

　　典型性格是通过典型环境来表现的，在文学作品里，人们总是在特定的范围里活动的，艺术典型化要求这种特定的范围能够丰满地再现生活，能够集中的描写人物性格。刘姥姥进大观园，并不是为了插科打诨，以取笑于贾母，同时也不是让她进大观园来欣赏一番瑰丽的景色，而是有意地通过一个乡居野人的眼光，来描述贾府的穷奢极侈已到何种程度，来安插一个贾府盛衰的见证人，从而画出了贾、林两个人的背景。在《三姊妹》中，契诃夫描写了跌碎纪念物和远处失火的细节，这样包藏祸心的细节描写，侧面烘托了三姊妹环境的寡欢，充分地表现了人物的不安、前途的无望和美好理想破灭的紧张心情。

这样的环境，又鲜明地突出了人物的性格。

艺术细节不仅是典型化的重要手段，而且有时在作品中还可以成为结构的契机。作家常常能把一些似乎是偶然的生活细节，当作一堆乱丝中真正的丝头，用它抽出一连串生活场景，用一个同样的细节，来安排故事的进展，或是运用它承接故事的转折。托尔斯泰写《哈泽姆·拉特》的动因，据他自己说是由于他一次见到了路旁一枝被践踏了的牛蒡花所引起的，那枝鲜红的、受伤的牛蒡花，表现了顽强不屈的意志，它不愿受人玩弄，不愿受人管服，它宁可死而枯萎。这个生活的细节启发了他，于是他使它变成了艺术细节，塑造出了牛蒡花样性格的哈泽·姆拉特。果戈理的《塔拉斯·布尔巴》中在布尔巴被捕后，使小说的内容与结构出现了一个转折。但他的被捕，完全是由一个细节构成的。在败退中，老布尔巴把自己心爱的烟斗丢了，他不愿让波兰人所得，于是回马寻找，在寻找中就被波兰人捉住了。如果他仅是为了一个烟斗而被捕，那就没有多大意义了，但这个细节，主要是用来表现他对敌人的无限憎恨，不愿让自己任何心爱之物落入敌人手中。因此，这个非常偶然的细节，是完全符合他的性格，是真实可信的。同时，作者又利用它作为布尔巴悲剧的一个必然环节，使它在结构上起到承上转下的作用。

通过细节描写而塑造出来的典型性格，带有异常的鲜明性和具体性，使人物的性格特点更为突出；通过细节点染的典型环境，表现了人物真实可信的、独特的活动背景，反映了人物的个性特点，帮助了人物性格的刻画。这首先是因为细节是最具体的、独特的描写，是最具个性特色的描写，它们在人物性格的塑造中，在环境的描绘中都是不可重复的，我们不能设想，竟可以把阿Q受辱后的哲学用到小D身上去，虽然他们按社会地位来说，都是同一类型的人；不能设想，竟可以把潇湘馆旁的竹子，移到怡红院中去，把梭巴开维奇家中的陈设，移到玛尼洛夫的家里去。这些具有人物个性特点以及突出个性的环境的独特之处，都是属于一定人物性格的发展和环境变换的规律，它们是不能互相替代的。当一个细节一旦成了一个性格的一部分，并使这个性格增添了光辉，当一个细节成了画景上具有特点的一笔，那

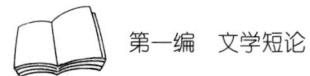

么,它们就会使性格、环境变得不可重复。因此,细节是作品中人物、情节描写最具特征性的部分。

作家既然运用细节的描写使作品中的人物性格、环境在最具体的事件中显露出来,加深了艺术的典型化,那么,作家在描写细节时必须加以选择,而不能把生活中的任何细节一股脑儿运用到人物形象塑造和环境描写中去。因此,那些具有艺术生命的形象身上的细节描写,从来是不会多余的。细节的选择,是一种困难的艺术,杰出的作家都是十分明了这种工作的性质的。巴尔扎克在《个人生活场景》的一版后记中写道:"才能最明显的标志,无疑就是想象的能力。但是,现在当一切可能的结局都已准备就绪,一切情节都已经过加工,一切不可能的都已试过,这时,作者坚信,再前一步,唯有细节将组成作品的价值,而这些作品常被人们不确切地称之为小说。"① 如果我们了解到细节选择的重要性,那么,我们就会了解,为什么契诃夫一定要让《三姊妹》中三姊妹的弟弟的未婚妻娜妲莎束一根绿色皮带的意义了。对于外行来说,皮带颜色是黄是绿是无所谓的,但对于契诃夫来说,却是那么重要,因为这个心肠异常狠毒的女人,按其庸俗的市侩口味来说,就只能系上一根蛇皮一样的绿色皮带。作家严格地选择细节的结果,使得他描写的形象、环境更能集中地反映事实的实质,从而使人能一目了然地认识它们的内容,了解到作家笔锋的倾向性,使读者对它们引起同情或是反感。伟大的作家总是善于安排细节的,《红楼梦》中的细节描写,可谓复杂多样,但我们阅读其中许多的生活细节描写,从不会产生厌腻之感,这是因为细节的精心选择与安排,不仅使无数幅生活图画得到了更为优美的表现,同时这些充满了细节描写的复杂的生活场景,还给了我们各种各样的知识和艺术享受。细节描写渗透了对生活的认识作用和审美意义。

细节在典型化中的作用有如上述,但如何得心应手地运用它们,我觉得是和我们如何认识细节的真实性的问题有关,而这个问题又是和典型化的特征相联系的,是和作家生活认识的广度、深度以及生活

---

① 《巴尔扎克文集》俄译本第 24 卷(文艺批评文集),真理报出版社 1960 年版,第 232 页。

细节描写与典型化

经验有关的。

典型性格是作家对生活中的形形色色的人物观察、分析、集中、提高的结果。在生活中，任何人的个性都带有片面性、局限性，生活中很少有一个完整的性格，能够像艺术典型那样惟妙惟肖地包括许多人物的个性特点。生活中的人物性格如何完整，总不能与艺术典型的完整性相比，虽然前者也总是后者的基础。如果不是这样，那么艺术就不需要进行创作，只需要依样画葫芦地去反映一下就行。但是，艺术总是艰苦劳动、创作的结果，生活中的任何人物、事物，都只能成为创作的素材，要使他们成为典型性格，使它们成为典型的事物，则还需要进行加工、改造、提高、集中和提高。因此，艺术形象比之于生活中的具体人物就更具有代表性和普遍性。正因为艺术典型通过想象与虚构，概括了生活中许多的性格特点，在一个方面和他们相似，因此他可以和许多人都相似，正因为他能和许多人都相似，因此，艺术形象就能在一个方面更集中、更概括，而就为内容丰富的典型性格。艺术反映以生活为基础，但它所反映的生活现象在内容上远为丰富得多，从真实性的角度来说，它比生活现象也更具有真实性。因此，尽管典型性格是想象、虚构的产物，但它们不但没有减弱艺术反映的内容，反而大大地丰富了反映的内容。艺术虚构的真实性，是包含了对生活真实性的必然认识在内的。

艺术细节的安排既然是服务于典型化的，那么，作家在典型性格的创造中，也就不得不虚构细节。细节的真实性是被典型化的真实程度所决定的，作为独立的问题就没有意义。但是，这不是说细节完全是依赖性的描写，正因为细节常常是形象、情节描写中最具特征性的部分，它突出了艺术典型的特征，加强了形象的个性化，因此也就增加了艺术形象的真实性。巴尔扎克在《古物陈列室》的一开始写道："这里，作者要搜集许多矛盾的事情，错误的历数，而在一堆不像真实的无稽事物之下隐蔽事实。但是，无论他如何地掩饰，事实总要永远的显露，正如一棵没有彻底拔除的葡萄树还要在耕耘过的葡萄田中长出许多有生气的细芽一般。"这是说，故事、人物尽可虚构，但它们既然是以现实生活为基础，那么，它们就会获得生命力。虚构的细节也是如此，只要它们能使典型化得到展开，有助于揭示人物性格、环境的实质，则它们虽然像无稽的事物，但却包藏了巨大的真实性。其实我们很难相信阿Q在临刑前真的无师自通地喊了一声："20年后又是一个……"但从这个艺术性格的选择发展来看，有谁能怀疑这个细节是不真实的呢？又如，我们很难相信，在泼留希金的破烂仓库中，竟堆了这么多的"宝物"，然而，我们从《死魂灵》的艺术描写的选择来看，这个细节没有丝毫不真实的破绽，它的真实性是不容怀疑的。上述这些细节描写无疑是作者的虚构，但它们都突出了人物的性格特点，促进了典型化的真实性，因此，它们也就获得了艺术的真实性。

关于典型性格、典型环境和细节的真实性的互相关系，我们还可以从恩格斯的论述中看到。恩格斯说过，现实主义是"除细节的真实外，还要真实地再现典型环境中的典型性格"①。这是说现实主义的创作必须创造出典型性格和典型环境，真实的细节如果没有促进艺术的典型性格、典型环境的创造，则它们无论如何怎样真实，也是没有什么重大的艺术意义的。在《城市姑娘》中，哈克纳斯以伦敦东头工人生活作为其小说的主要内容。但这里的工人，比起其他地方的工人是"更不积极反抗、更消极地服从命运、更意志消沉"，这样，作家就没有把工人阶级革命反抗的积极面写出来，而这个方面，对于英国工人阶级来说，无论是自觉的或是半自觉的，都具有历史的必然性。作者对伦敦东头的工人生活，对女主角以及她周围的人物有许多真实的细节描写，但恩格斯指出，围绕这些人物、促使这些人物行动的环境却是不够典型的。因此《城市姑娘》中关于工人生活的细节，还只是些思想、艺术容量上很浅的细节，它们对于伦敦东头工人的生活来说，是真实的，但促使这些工人活动的环境远不仅是伦敦东头的生活。既然小说中人物、环境的描写还缺乏更大的艺术概括所具备的真实性，因此，小说中的细节描写还不是具有高度艺术真实性的典型化的细节。所以细节即使非常真实，但由于作品中典型化的程度并不高，也

---

① 《马克思恩格斯论艺术》第1卷，人民文学出版社1960年版，第9页。

细节描写与典型化

是于事无补的。这在古典文学作品中是不乏这种例子的。又如莫泊桑的许多小说，当然也反映了法国社会种种现象，但和同样也善于写短篇小说的契诃夫的小说比起来，则他的小说的思想、艺术性就远为逊色。契诃夫的小说比莫泊桑的小说在容量上要更为深刻、丰富。这是因为莫泊桑的小说，被许多自然主义的、不典型的细节所败坏了，有许多小说中的细节，它们虽然很真实，但是它们并不有助于典型环境中的典型性格的刻画。

由此看到，不是任何生活细节都能成为艺术细节的，都能获得艺术的真实性的，生活细节与生活中的人物性格一样，都带有片面性的，必须经过加工、改造与选择。这些经过改造，但在生活中不一定存在过的虚构的细节，在内容上、在表现力上常常比原来的细节更为真实、丰富。艺术家所以可以虚构细节，不论他所描写的细节在生活中是否如样的存在过，是因为他所注意的是以生活真实为基础的细节的艺术真实性。在创造典型，运用生活细节时，不能受真实的生活细节的绝对束缚，因为艺术中典型性格的生活真实只有在艺术真实性中才能得到完备的反映。这就是艺术创作中真真假假、虚虚实实、假中有真、真中有假、虚中存实、实中存虚的辩证关系。细节的生活真实性与艺术真实性似乎是矛盾的，但又是统一的。如果作家只注意生活细节的真实性，而拘束于其中，则就会形成细节的铺张、罗列，使人物淹没于所谓真实的细节之中，不能真实地表现出对象的特点；如果艺术家故意追求细节的艺术真实性，而不顾典型化的要求，不顾生活逻辑的真实，则这样的细节的艺术真实性是否存在，也是疑问。

在我们的文学创作里，有些作品的细节描写是非常成功的。这是和作家对现实生活的深刻了解分不开的。由于他们生根于现实生活之中，体验过各种生活，善于抓住现象的本质，他们就能用细节把事物描写得妙趣横生。如《胆剑篇》里的一些细节描写，是独具功力的。吴国打败了越国，夫差以"镇越"宝剑插入越国的山岩之中，作为胜利的标记。在作品结尾时，越国由于经过了10年生聚，10年教训，打败了吴国，勾践以这把"镇越"宝剑赐死夫差。这个细节反映了两国力量的对比和变化，并突出了两个人物的性格特点。从历史事实来说，这个细节纯系虚构，是不真实的，但作者并未拘泥于史实，为了使人物性格的创造更真实，更具说服力，他按照人物性格、故事情节的逻辑发展进行了创造。于是就使历史上并无其事的细节，在创造中获得了艺术的真实性，达到了以一当百的效果。但是，也有些作品，特别是描写革命斗争的作品，其中各种各样的大场面都有了，它们也注意到细节的描写，甚至充满了细节描写。不过，这些细节都不是人物、环境描写中最具特征的部分，而是一般的缀拾，于是就使特征淹没于一般之中，成为没有特征的细节，读者读来，好像读一篇流水账，平淡无奇，印象不深。这样的细节描写，不是用一点来反映一片，以一当百，而是用一片来反映一点，以百为一，其结果就使点淹没于片之中。

艺术典型化中的细节描写，是围绕着人物性格的塑造、环境的变换进行的，其表现方法是多样的。它们可以插入人的外貌、心理、日常生活的描写中去，也可以在人们的互相关系之中以及景物的描写中得到表现。细节的选择与描写，对于文学中的各种流派，对于各个独具创作个性的作家来说，是各不相同的，因为它们受到作家的思想观点、对生活的洞察力、生活经历、爱好、习惯等方面的影响，受到他们个人风格的影响。由于篇幅有限，这些问题就不预备在这里作探讨了。

（原文刊于《文艺红旗》1962年第7—8期）

一个曲解文学真实性的公式
——评"难道……是这样的吗?"

"难道……是这样的吗?"这是文艺评论中经常出现的一个式子,多年来它一直是一个被用来指责文艺作品不真实的理论根据。我以为这是一个曲解文学真实性的公式。

20世纪50年代中期,一些优秀作品由于政治原因而受到挞伐,"理论根据"之一是:"难道我们的社会制度是这样的吗?""难道我们的干部是这样的吗?"一到反"右"斗争阶段,"难道是这样的吗?"这一公式,更是十倍地增加了它的威力。这个公式成了文艺批判中指责作品不真实的政治诉讼程式。如果涉及生活,那就是"难道我们的社会是这样的吗?"若是谈及人物,那就是"难道我们的工农兵是这样的吗?"在这种情况下,论理无济于事,争辩必定是罪加一等!近几年来,这类责问少得多了,但是在一些作品的讨论中,我们不时还可以听到。有的人认为,我们的生活一片吉祥如意,要是一个作品写及它的阴暗面,他们就会提出:"难道我们的生活是这样的吗?"要是作品写了干部的反面形象,有人就会大兴问罪之师:"难道我们的干部是这样的吗?"

文艺创作在于艺术地把握生活,从中揭示生活的客观方面,使人在阅读时动之以情,给人以审美享受。社会生活作为整体,充满了种种冲突和矛盾。这里有光明也有黑暗,有前进也有后退,有激流也有回流,有崇高也有卑鄙,有喜剧也有悲剧,甚至就是一个人,也可以是高尚与渺小的结合。这种种方面,作为生活的组成部分,总是相互渗透,互为依存,它们都成为文艺创作的对象。同时,文艺尽管可以穷形尽相地描绘人生世态，但是它又不能描写尽整个生活，它只能通过个别的、具体的现象以及它们的相互关系来反映生活。而在这种艺术的描写中，作品揭示的生活真理愈多，它的艺术的真实性就愈高。文艺的真实性，反映了生活的真理的客观性。因此，我们在确定文学作品的真实性时，对于文艺把握、反映生活的规律应当有所了解。这里最根本的是我们应该把文艺作品去同生活进行比较，把文学作品所提供的艺术真实和生活真实进行比较，用生活真实来衡量艺术真实，即从生活本身出发，而不是以某种观念为依据，不是把自己的主观思想，作为衡量文学真实性的准则，这就是反映论的道理。

"难道……是这样的吗？"这个公式，却是一种既不了解生活整体，又不了解生活个别，以个人主观意识去硬套客观现实生活的产物。它以一种先入为主的理论思想为指导，从根本上否定了生活的复杂性、多样性、丰富性和具体性，从而也否定了现实生活的客观性。这个公式初看起来好像也在把作品和生活进行比较，但这纯粹是一种假象。它的所谓"社会""生活"云云，原来常常是一种政治概念、法令政策，某个部门的总结报告、统计材料。这既非生活整体，也非生活具体。在这种思想指导下来确定创作反映生活的真实与否，必然会出现不以生活本身而以某种观念来衡量作品真实性的情况。"难道我们的生活是这样吗？"实际上脱离了生活本身，它既然不能理解生活真实，那么否定艺术真实自然便成为它的必然结果。

"难道我们工人阶级是这样的吗？""难道我们贫下中农是这样的吗？"这是上述公式的引申，这种质问同样不适合于文学创作。作家创造艺术形象、人物典型，而评说者却要求他们提供某个阶级、阶层的政治代表。应该理解，这两种人物就其性质来说是迥然不同的，他们各自有自己的真实内容。作为阶级代表的主要特征，就是对其阶级本质作出科学的理论概括，这在政治经济学中可以找到，这里个别人的个性特征对它毫无意义。可是艺术形象则恰恰相反，它要求通过"个别的情节"，对人物独特的性格和心理进行分析，从而突出其"个人的特征"。作家描写人物，无意为人物做政治鉴定，他感兴趣的不是某类人物的"平均数""大多数"，而是不同人物的个别命运，

一个曲解文学真实性的公式

他们的悲欢离合，他们的独特个性。这里存在两种真实，即一般的理论真实和艺术真实。但是如果要以理论概括的真实要求于艺术概括的真实，其结果必然导致前者对后者的否定，取消艺术的真实性。

不久前读到一篇评论，认为《人到中年》这篇小说描写了中年人的悲剧，但"反映出来的生活却是不正确的，模糊不清的。它的格调是低沉的，感情是哀伤的"，原因在于作家忽视了党的三中全会以来所取得的成就，如知识分子政策正在得到落实，大批知识分子走上了领导岗位，或得到提升，这些成绩是"有目共睹，不容抹煞"的。因此文章认为，本应体现在陆文婷大夫身上的"党的政策的阳光被一层可怕的阴影给遮住了"。文章实际上认为小说的艺术概括是不真实的，阴影是人为的。从评论的字里行间，我们好像又听到："难道我们的生活是这样的吗？"

我以为文章这样来评价《人到中年》的艺术真实性，是值得商榷的。无疑，这几年来我们社会取得了进步，这是一种生活真实，然而这并非生活整体。在我们的"四化"的路途上，仍然困难重重，需要不断斗争和克服，这也是生活真实。只要不回避现实，如鲁迅所说"睁了眼看"，就会发现，并不是作家给生活抹上了阴影，而是生活本身具有阴影，阴影是生活本身的客观存在。就这点来说，小说的描写是合情合理的，因而具有高度的真实性。小说毫不讳言地告诉人们，要改善人和人的关系，还要作出努力，付出代价，阴影的真实描绘，并不使人失望，它比起廉价的乐观主义却更能发人深省。

文学在某种意义上只是社会生活的镜子，在生活的进程中产生过种种影响的人和事，无论是革命的还是倒退的都迟早会在文学中得到艺术的真实的反映，因为诚如高尔基所说，文学是真实的领域。如果这样来看待问题，如果确认文学所创造的艺术真实，只能用生活本身来检验，如果确认理论观念、统计材料不能用来测定文学的真实性，那么我们就不会因为作品反映了某些阴影甚至生活的黑暗和丑恶，就认为它缺乏真实性，就宣布阴影和黑暗是作家人为的外加，同时也不会因此而对生活失去信心。

"难道是这样的吗？"仍然出现在文艺批评中，一方面说明过去文艺批评中的简单化倾向仍然存在,但更重要的是这同评论者对文学的特征、生活本身的理解很有关系。要把文学与政治宣传、总结报告区分开来;要把生活看得像它本身那样复杂。看到它的发展的必然趋向,它的真善美,我们被生活理想所激发出来的对生活的真心的爱,也要看到它的假恶丑,它们的猖獗,它们的不断被克服,即使这个过程十分缓慢。要走出教条的阴影,迎向生活的阳光,获取生活的各种知识。

(原文刊于《人民日报》1980年11月26日)

需要真正的细致的观察

前两天偶尔拿到一本《中国作家》1985年第2期,随手翻到第211页,看到一篇文章的第3节,是谈一位女作家在她的小说《月色溶溶夜》里,如何描写月亮的。我顿时发生了兴趣,因为我平时有个癖好,一见月亮的圆缺的形状,我就要猜测农历的日期,于是怀着好奇心读了下去。

读了那位论者文中几小段关于新月的引文,我的心不觉一动。当读完了212页上的第1段,我就感到要对这几段文字品味一下了。于是回过头来,把刚才读过的几小段文字又读了一遍,觉得小说《月色溶溶夜》的作者把新月写错了,而文章作者对小说作者描写新月的赞扬,也完全落空了。

我把该文作者引用的几段文字转引于下面:

——一弯银钩似的月亮,已经嵌在街上那棵梧桐树疏疏朗朗的枝叶间……

——月亮儿爬得越高,看着越小,它洒下的光华就越多,石子街被浓浓的月色盛满了……

——月亮升到中天了,变得更细更小,像用手指甲在天幕上轻轻划了一下,谁能相信那笼罩整个世界的溶溶光华是它洒下来的呢?

文章作者说:"那一弯冉冉上升的新月是被她写活了……新月是再细不能细了。大概还没有人这样形容过新月,这是她的创造。"

说一钩新月有如在天幕上划了一下，确有新意，也可说是一种创造。但是文章作者却未能发现小说作者对新月的描写，犯了常识性的错误，反而把分散在小说里几处不正确的描写，集中一起，加以张扬了。

这里分明说的是写新月，显然作家写作也并未采用荒诞、变形的手法。说新月"再细不能细的了"，那么可以说，这样的月亮大概只有农历初三的新月才会如此，或者就算是初四的月亮也可。但是当初三傍晚我们见到新月的时候，它总是挂在天空的西南边的，它很快就会隐没在西边蓝黑的太空，而绝不会升起来的。因此说，"月亮儿爬得越高，看着越小"，这对于一钩"再细不能细"的新月来说，根本是不可能的；文章作者说的发出溶溶光华的"冉冉上升的新月"，就纯粹是一种想象了。至于说，"月亮升到中天了，变得更细更小"，也就更无从谈起。看来，小说作者想的是新月，而写的却是初十后的月亮。不少小说里常有"月到中天"的用语，但把这种写法套用到新月的描写上，就有违常识了。

其次，写的既然是新月，那么恕我啰嗦，西南夜空的一钩新月，光华是很弱的，也不可能抛洒下"笼罩整个世界的溶溶光华"，使石子街盛满"浓浓的月色"。事实上，新月下的世界，是一片深远、迷茫的幽蓝。再次，大概只有农历十一、十二以后的月光，显得宽阔、明亮、流动，使用"月色溶溶"，才到好处。所以，小说标题与小说中的月色描写，看来也是不相称的。我说得这样实在，真担心人们怪我吹毛求疵，缺乏审美的感觉了。

十分有趣，外国作家描写细节、月亮，也有类似的失误。

例如，托尔斯泰在谈话中说道："在一些优秀作家的作品里，常常会遇到一些不可原谅的疏忽。比如，乌斯宾司基，我在他的一部作品里读到：他同内兄和夫弟一起走；还有在柯罗连科的作品里，他说在复活节晨祷开枪之时，月光很亮，实际上复活节不可能遇上满月当空的望日的……"他说，如果这类错误是在进行心理描写时发生的，那就可怕了！

自然，这类失误并不是了不得的，做文章，写小说，免不了会出现疏漏。但小说作者说是作了"再观察观察"之后写的,而且对自己的发现颇为得意,那就值得我们读者深思了!

因为这类失误,往往可以使读者在阅读小说时积累起来的审美印象,瓦解于顷刻。

为了这点,我想小说的作者与赞扬小说的作者,大概是不会怪我多事的吧!

(原文刊于《文汇报》1985年5月)

创作的才能向哪里发展

最近一个时期，听到一些朋友谈及：有些中青年作家，前几年曾经写出过一些好作品，其后虽屡见新作问世，但似乎未能有新的突破；有些中青年作家在艺术形式方面勇于探索，刻意求新，掌握了一定的艺术技巧，但不少作品写得大同小异，似乎也没多大变化。一些有见识的中青年作家对自己的这一状况，已经开始感到忧虑，甚至有点苦恼：如何才能使自己的创作有所创新？创作的才能该向哪里发展呢？

诚然，才能是创作主观性条件的组成部分，它在创作中起着积极的作用。作家善于感受，比一般人更敏感。他常常能在他人对生活中的事物尚未反应过来的时候，已经感觉到了它的问题所在；他又常常能在人们还尚未了解到对象的特性，或理解到了，却不知道如何表现的时候，已经把握住了对象的特性，并很快很艺术地把它们再现出来。对于大手笔来讲，他又一定能从宏伟的历史观、时代思想的高度出发，使用自己所擅长的艺术形式，感受、理解和再现现实生活。才能是客观，但创作才能总要有所依附。创作才能只有在不断地感受生活、认识生活和反映生活中才获得存在的形式。才能固然有先天的因素，但更重要的是后天的社会的种种条件促使形成的：社会生活是才能萌芽的土壤、成长的基础，思想、知识等因素是才能发展的营养，不懈地探索和勤奋的劳动则是它发展的动力。有人认为才能犹如胆囊，作品就是它分泌的胆汁，会自然地流出来。这显然是种不切实际的观念。其实，只要对这种才能的萌芽失去清醒认识，一味称善，不加栽培，以为它会自由生长，乃至枝繁叶茂，开花结果，那么，它肯定会迅速地走向枯萎的。

作家善于感受，较人敏感。但他不可能无缘无故地产生感受，他感受的总是他周围的生活、现实和历史。他感受到的，凭敏感觉察到的，把握了的，都是丰富多彩的生活的表现形式和它的种种特征。如果诗人凭着自己的才能，把读者引进了他用幻想构成的世界，而这个世界飘忽不定，难以捉摸，与生活并无什么联系，那是得不到人们的理解的。歌德谈及诗人的才能时说："诗人的本领，正在于他有足够的智慧，能从惯见的平凡事物中见出引人入胜的一个侧面。必须由现实生活提供作诗的动机。"以歌德的天才，也不敢对现实生活有半点懈怠。巴金最近在谈及自己的创作时说："我写的时候不是苦思苦想编造出来的，我有生活，有感情要发泄，就自然地通过文字表现出来。"这是他们对才能和生活的理解。

在西方文艺理论中有一种说法，文学的源泉是虚构和幻想，据说这也就是文学的本性的表现，因为文学中的描写都是假设的，文学作品不是现实生活本身。这种说法往往导致作家轻视生活，而把创作中的才能表现，当成是决定一切的因素。说文学并非现实本身，文学描写需要假定性，这是正确的，任何艺术事实上都离不开假定性。但是艺术家通过自己的才能，采用不同的假定性，这并不说明艺术就不是生活的反映；相反，这正是为了多方面地反映丰富多彩的社会生活。而且即使是改变了生活外形的假定性，也仍然可以曲折地反映生活。艺术的虚构必须建筑在现实生活的基础上。以鲁迅的天才，终未写出一部反映红军斗争生活的小说。其原因，就在于他不了解红军的斗争生活，创作的才能无所附丽。作家要是对自己所要描写的对象罔无所知，失去源头活水，就可能出现江郎才尽的状态；或是强要凭借无所依附的才华去天马行空般地虚构一番，那也是徒劳无功的。

20世纪西方现代主义文学的特征之一，是它的内向性。这类文学强调表现人物内心，他的多变的情绪，多层次的意识活动，时、空的随意变换，等等。我们在这里无意对现代主义文学主张展开评述，不过应该指出，现代主义文学中的一些流派，在开掘和扩大人的精神领域方面，虽然不像他们自己说得神乎其神，但确是有所发现的；对于人的意识、情绪、心理活动复杂表现的认识，较前人是有着极大的深入的。当然必须剔除其中不可知的、神秘主义的、纯生理性解释等消极因素。同时它的某些手法，我们也是可以有选择地借鉴的。但是，如果满足于把意识、情绪等活动，与生活本身以及人和人的关系脱离开来加以描写，把它们看成一种没有内容、不反映现实关系的纯粹的心理变幻，那将是毫无意义的东西。如果作家一味把自己卷到所谓意识的各种层次中去，相信无意识真有广阔无垠的疆域，却不去开拓生活的新天地，那就有些作茧自缚了。把这类无意识活动写入文学作品，即使是生花妙笔，恐怕也只能制作出不知所云的东西来。在意识流一派的作家中，像福克纳这样的作家，也不能不以他特有的艺术体会，去大幅度地表现现实生活。他的用意识流手法写成的小说《喧嚣与骚动》，曾从不同的人物角度写了三遍，由于对象未能得到充分反映，又写了第四遍。在使用原有手法的基础上，发现小说仍留下欠缺，这时作者不得不介入小说，用作者自己的口吻进行补充。以后他仍感到不满，又写了第五遍。他自称在写过两部"为写作而写作"的书后，就意识到："我发现我家乡的那块邮票般小的地方倒也值得一写，只怕我一辈子也写它不完。这块地虽然打开的是别人的财源，我自己至少可以创造一个自己的天地吧。"（《福克纳评论集》）后来，他写出的一系列小说形成了一个构思宏大、人物众多、反映了近两百年美国南方社会生活的"约克纳帕塔法"世系。他的艺术才华，也只有在这一认识的艺术实践中获得丰硕的成果。

把文学的本性理解为虚构与幻想，以及新的手法运用，这种理论在我国文艺中也是有影响的。一些人自觉或不自觉地认为，文艺作品就是凭他们的才能编出来的。因此近几年来，我们在一些作品中又看到，历史和生活可以随意被捏造出来的情况，那种曾在"10年动乱"中流行一时的"历史可塑性"现象又再出现；共同人性得到了认可，这是一个进步，可是随之就出现了那种不顾民族自尊，敌我之间恋爱殉情以及某些宣扬性解放的东西，它们都被当成人性的"复归"及其复杂性表现。一个新的政治观念一出现，图解的东西纷至沓来。还是黑格尔说得有道理："在艺术和诗里，从'理想'开始总是很靠不住的，因为艺术家创作所依靠的是生活的富裕，而不是抽象的普泛观念的富裕。"

直接地和间接地积累生活知识，对于作家才能的发展是极为重要的。因为只有在"生活的富裕"的基础上，才能才会获得成长的土壤，有所依附，写作起来才会贯通古今，挥洒自如。知识的不足，知识面的狭小，是今天某些中青年作家的一大弱点，也是他们作品缺乏"才气"的一个表现。在掌握的丰富性、多面性来说，我们的作家和鲁迅、郭沫若、茅盾等大师们相比，相差甚远。在理论知识方面也是如此。真正的艺术家对一切生活形式、事物、人、知识都发生兴趣，即使是那些与己无关的人和事，而且是他十分讨厌的人和事，也应去广泛了解。高尔基说："文学家应该懂得有关天文学家和钳工、生物学家和裁缝、工程师和牧师等等的事情，如果不是完全懂得，也应该多多懂得。讲到臭虫时，只说它是红色的或棕黄色的，像我们的文学家通常讲到无产阶级的敌人一样，那是不够的。"（高尔基：《论文学》）据巴尔扎克自己说，他所以拥有那样巨大的观察力和丰富的生活知识，是因为他历尽了一切职业。历尽一切职业固然是夸张之词，但其知识面的确包罗万象。泰纳说："在他身上有一个考古家，一个建筑师，一个织毡匠，一个成衣匠，一个化装品商人，一个评价专员，一个生理学家，和一个司法公证人：这些角色按次先后出台，各人宣读他最详细最精确的报告——艺术家一丝不苟地专心致志地听着，等这一大堆文件垒积如山，形成火源，他的想象才燃烧起来。"（泰纳：《论巴尔扎克》）这种丰富的知识，使得巴尔扎克能够穷形尽相地描绘整个法国社会的风尚人情，成为他的磅礴的才能的特征之一。

创作的才能如何向创作的个性发展，对于青年作家来说，这是一个极其严峻的问题。创作个性的形成，是才能发展的必然，但并不是写了一些有影响的作品的作家，都能形成自己的创作个性。创作个性的形成涉及作家本人的经历和见识，但最为主要的是他的审美趣味，他对生活的独特的感受特征、理解与把握，他的独特的艺术表现方式，以及清楚地映照于作品中的作家本人的人格和思想风貌。他是如何从特有的角度对自己的时代或时代的一个侧面进行艺术概括的？他在开掘中发现了什么新东西？给文学的宝库增加了哪些新的光彩？一个作者开头写出一些成功之作，不过是才华初露，还缺乏稳定性；要是对生活、艺术不作进一步的探索，那么他不断写出来的作品就可能会被读者所"看透"。所以要不断扩大生活面，深化对生活的认识，不断为文学提供对生活的新的理解，刻画出一批站得住脚的、有较为宽广的社会意义、富有个性的人物形象，这时作家的才能就有可能促进创作个性的形成。在中青年作家中，有些已写了不少有影响的作品，对生活的开掘也有一定深度，有的作家已显露了自己特有的笔调。但是他们感受、理解生活、把握生活的角度和基点以及他们的思想风貌，在艺术表现中还不很明显，尚在发展之中。他们还需要不断扩大自己艺术的疆域，形成与不断提高艺术血肉之躯所需要的灵魂。这是才能发展的必由之路。

认为天才是罕见的现象，这是指大作家的才能而言。照歌德的说法，天才和创造力极为接近，它不以作品数量取胜，而以其内在有生命能否长久发生作用为特征。所以，"没有发生长远影响的创造力就不是天才"（《歌德谈话录》）。但是，作品如何才能发生长远影响呢？在不同国家的文学中，都有不少代表人物，辨别他们才能的高低，主要着眼于他们作品生命力的大小及其影响，即它们在多大程度上反映了自己的时代。

我们平常说起伟大作家的天才表现，主要说他们在对生活的不疲倦的探索中，以卓越的才华和技巧，深刻而独特地描绘了他所处的时代和人民的命运，塑造了一批具有强烈个性特征的典型人物，像生活一样复杂的艺术世界。创造力的长远影响正来自这里。有的同志提出，写小说不一定写人物性格，写人的感受、情绪即可。这不失是一种见解。这种描写人的感情、情绪的作品自然可以列入小说。不过，如果作品限于描写人的某种飘忽的情绪，层次复杂的感情，而减弱对人的命运的关注，不与刻画人物性格相联系，不通过人物关系概括生活，那么它和建筑群式的艺术画廊相比，很可能成为容易随风飞散的云雾，而建筑群却是永存的。当然，要获得建造巍峨大厦般的成就，作家还得具有博大的胸怀，精深的思想，历史地理解和把握现实世界的能力。作家、艺术家也应该是思想家。他们应该站在时代高度的水平上，历史地、多方面地观察生活发展的动向，以搏动着时代脉搏的整个身心，拥抱世界。作品中应该渗透着时代的精神，反映着历史的迂回曲折的前进的潮流和人民的要求。正如歌德所言，伟大作家总能"把猥琐的实际自然提高到他（们）自己的精神高度，把自然现象中由于内在弱点或外力阻碍而仅有某种趋向的东西实现出来"。他们是些终生勤奋，不自恃才华，善于从遗产中获取营养的人，而且还能"立即汲取现时代的一切精华，从而超过一切"的人。

（原文刊于《新港》1982 年第 6 期）

托尔斯泰创作思想漫谈

一 读者和作家"一起在探求中汇合"

一切优秀作家的创作实践都是探索,那些传之久远的作品都是艺术探索的果实。艺术的创造在于真实地反映时代和生活,创造丰富多彩的艺术形式,给人以审美享受,激发人们的高尚情操。不过,这一创作的普遍规律,表现于不同的作家身上,又是各具特色、别具风格的。俄国文学素以"谁之罪""怎么办"的特征而著称,但是在著名的作家中间,就作品的艺术描写的广度来说,几乎无人可与托尔斯泰相提并论,就其描绘的深度特别是精神探索的深度来说,也许只有陀思妥耶夫斯基可以与之相匹敌。

托尔斯泰的创作生涯,几乎在19世纪持续了60个春秋。他的创作一开始就与道德、社会问题的探求相结合,而且愈到后来,这种倾向就愈为强烈。托尔斯泰以《童年》而一举成名,誉满文坛。小说在对地主庄园的日常生活的描写中,通过小主人公对各种生活现象的细致观察和绵密的感受,使我们看到了俄国文学中人物描写的新开拓——人物心灵的开掘。19世纪50年代中后期,在托尔斯泰的创作中,我们大致可以看到他的主导倾向:揭露资产阶级的伪善道德和农奴制的不合理。在《一个地主的早晨》里,年轻的地主企图在他与农民中间寻找一致的利益和精神上的和谐,而不识"抬举"的农民,偏偏不肯接受主人的"恩典",致使地主的改革以失败告终。1857年,托尔斯泰在一封信中诉说了社会上种种不平,以及他亲身的遭遇和感受,加上他的一些鼓吹艺术论的朋友的影响,他一度想以艺术来避开精神上的烦恼，因为据说唯有在艺术里没有侮辱人的警察局长，欺凌人的管事，谁也不会打扰他。然而过不多久，他又意识到要"正直地生活，就必须努力向前，干预生活，挣扎，犯错，失败了再开始，开始了又失败，还要永不停息地斗争和忍受损失。而安然自得的态度，则是精神上的可耻行为"。俄国资本主义的迅猛发展和进程，促成了60年代初农奴制的改革。其时整个俄国的思想界都投入了这场斗争。有车尔尼雪夫斯基式的道路，也有自由资产阶级式的主张；稍后，有民粹派式的独特方式，而托尔斯泰在俄国社会命运的探求中却也自成体系，独树一帜。他在《安娜·卡列尼娜》这部巨著中，通过对道德、社会、经济制度的深刻思考，真实地反映了整个俄国社会的动荡。社会的斗争，艺术的实践，又促成他的世界观发生激变，从地主的立场站到了农民的立场；他后来的创作无情地谴责资本主义的祸害，愤怒地揭露教会的欺骗、法庭的黑暗、统治阶级道德的沦丧，指出整个社会制度改革之必要，总之，他通过作品提出了其时种种最为激动人心的社会问题。与此同时，他又进一步走入迷误：真诚地憎恨社会罪恶，却又认为在生活中暴力既然未能制止邪恶，那么只有通过个人道德的自我完善，不抗恶，以基督的普遍的爱，来拯救人世，这就是风靡一时的托尔斯泰主义。"真诚的感染人的艺术作品，只有在艺术家的探索——追求的情况下才能产生。"《安娜·卡列尼娜》《复活》等作品，都产生于紧张的追求中，而它们本身又充分地表现了俄国社会紧张地寻找出路的特征。

托尔斯泰艺术探索的另一特征，即在他书中的主人公身上，常可见到作家的影子，他的灵魂。我们可以说，他的那些著名小说中的主人公的心灵的历程，也正是作家本人的追求过程。列文、聂赫留道夫的沉思，改革的设想，对社会罪恶的揭露，道德的自我完善，宗教的宣传，真挚的忏悔，总是表现出那样强烈的感情、那样动人的热情、那样的有说服力、那样的新鲜，而竟至显示了对社会问题追根究底的大无畏的精神。"追根究底"可以说表现了托尔斯泰创作的现实主义的基本特色。甚至他的最后的弃家出走，不也正是他执着的"追根究底"的最后归宿么！

锲而不舍的坚毅精神，是令人敬佩的，而严重的迷误、歧途的幻想，又令人感到惋惜，不过这是那时俄国历史发展的必然产物。不懈的探求，使得托尔斯泰在对广阔的社会生活穷形尽相的描写中，概括出了整整一个时代，反映出俄国革命的某些重要特征。伟大作家在某种意义上都可以说是一面社会生活的镜子，但是作为俄国农民资产阶级革命的镜子，无疑只有托尔斯泰才当之无愧，他的艺术成就竟使人类艺术向前迈进了一步。也正是在这种意义上，我们说托尔斯泰是一位独步一时的艺术家。1900年，托尔斯泰在日记中说道："艺术家要想影响别人，就应成为探索者，以便使他的作品成为一种探索。""如果他探索，那么观众、读者就会同他一起在探求中汇合。"后代的广大读者，不正是在伟大作家对时代的寻根究底的探求中，同他相感应而汇合一起的么！

二 艺术需要真实，"艺术家给予的东西应比照相更多"

在《5月的塞瓦斯托波尔》这篇小说的末尾，托尔斯泰写道："这个故事里的主人公，是我全心全意热爱的。我要把它的美最完善地描写出来，因为不论过去、现在和将来它都永远是美的。这个主人公不是别的，而是真实。"托尔斯泰的这一表述，我们可以把它看作是他本人创作的一个基本出发点。它贯穿于作家创作的始终。第一，托尔斯泰要求文学反映生活真实，而且认为真实是他所倾心热爱的。第二，生活真实是美的，而美是生活本身所具有的。第三，作家的任务在于开掘生活之美，以最完美的形式把它表达出来。这正是现实主义的基本观点。

托尔斯泰的作品，一开始就以它的真实描写而赢得了读者的赞赏。以那组描写塞瓦斯托波尔的故事来说，在他之前，俄国文学中几乎未曾有过如他那样所作的真实的战争描写。在这里，作家揭示了战壕的真实情景，战争的冲突并非浪漫的幻想，而是痛苦的呻吟，血染的土地。除此而外，作家还使那些企图借战争而飞黄腾达、渴望绶带和勋章的钻营之徒的丑恶面目毕露无遗，而普通人民保卫祖国的不二忠心却跃然纸上。当小说《伐林》发表后，涅克拉索夫在给托尔斯泰的信中说到，他对小说的倾向表示赞赏，并指出"这正是现在俄国需要的；真实—真实，自果戈理死后，它在俄国文学中残留得如此稀少"。有关高加索的故事和《哥萨克》发表后，托尔斯泰赢得了新的声誉，其原因也在于描写的真实性。30 年代玛尔林斯基曾编织过浪漫主义的传奇、充满异国情调的故事，给高加索蒙上了一层神秘色彩，为此而受到别林斯基的抨击。现在托尔斯泰以真实的描写，改变了读者关于高加索的印象，使之正视现实。当然，那些巨幅的真实的历史画面以及广阔的现代生活的真实图景，则还是在后来创造出来的。

托尔斯泰十分强调文学的真实性，他认为艺术必须杜绝谎言。他说在我们的现实中，谎言是不能消灭生活的，但在艺术中，"谎言会消灭现象之间的任何联系，会使一切犹如粉末一样解体"。托尔斯泰对屠格涅夫的《猎人笔记》甚为欣赏，而对他的几部长篇小说却相当冷淡。不过他认为屠格涅夫的"主要的价值就在于真实"。人们经常谈到托尔斯泰三番五次地修改自己的作品，这固然说明作家写作态度之严谨，同时这不也是对真实的不懈探索么！1887 年，托尔斯泰在给比留柯夫的信中谈到，作家要"具备以下两个条件：第一，要十分明确地了解什么是生活中应该有的东西；而第二，对此要坚信不疑，并且要如实地描写它，就如同自己生活于其中一样。不成熟的作家，往往只具其一而不具其二"。看来，他的认真修改工作，都是为了达到上述两个要求，以便使自己确切地了解和坚信不疑地把握生活真实，反映生活真实。直至垂暮之年，他一再要求青年作家按这一原则对待生活。

在真实地反映生活方面，托尔斯泰十分重视细节描写的真实性。他强调真正的艺术作品，在细节描写上应做到绝对真实，否则就会破坏艺术作品的整体。他指出一些优秀作家会因疏忽而出现不应有的败笔。例如柯罗连科曾经在一篇作品中写到，在复活节晨祷开枪之时，由于月光而天色大亮，但事实上复活节绝不可能在望日举行，所以清晨的天色不可能是明亮的。在乌斯宾斯基的一个作品里，居然出现了他同内兄、夫弟一起走路的场面。这类例子固然微不足道，"但是如果这些错误是在作心理描写时出现的，如果在小说中人们不能按照自己的精神气质行事，那就可怕了"！这种"可怕"，足以使作品变为虚假。

对于生活真实的探求也好，严格地要求细节描写的真实也好，目的在于创造具有激动人心的思想的艺术真实。"在艺术中，艺术家给予的东西应比照相更多。"《安娜·卡列尼娜》最初的构思是写一个不忠实的妻子由此而引起的悲剧。但要真是如此写作，那么它也许只能成为连作家本人也不满意的《家庭幸福》的续集，这不过是从"我爱你"而走向其反面。但是最后的《安娜·卡列尼娜》，却成了"一切都翻了一个身，一切都刚刚开始安排"的改革后的俄国社会的典型写照。列文的改革计划虽然失败而不免走向悲观、虚幻，但他对生活真谛之探索却是充满着激动人心的思想的。同样，《复活》并非从检察官柯尼那里听来的故事的笔录，而成为对当时整个社会制度的强烈控诉与揭露，其思想的锋芒与批判的威力，在俄国文学中是无与伦比的。自然，小说也反映出了托尔斯泰思想上的迷误，那种道德自我完善、不抗恶的宣传，也达到了荒诞不经的地步。

三 在文学中，"必定要有某种新东西，自己的东西"

任何优秀的艺术作品都是一种具有独创性的创造。所谓独创，就是有他人之所无、为自己所特有的东西，就是"某种新东西，自己的东西"。托尔斯泰从《童年》开始到《哈泽·穆拉特》为止，不断开拓着新的艺术领域，而在艺术形式方面，也有着巨大的突破。

托尔斯泰自己谈过，在创作《童年》的时候，就"感到在我之前，谁都没有这样感受和表现过童年生活的全部魅力和诗意"。的确，在当时的俄国文学中，描写童年本身就是一种创新，不仅如此，《童年》在艺术上也富有独创精神，如细致入微的人物心理过程的刻画，这一特色贯穿了作家后来的全部创作。

艺术的创新并不是呼之即来或是能够轻易获得的。艺术中的新东西固然取决于生活本身的发展，但是，十分重要的还在于艺术家对生活的一种独到的感悟和理解。托尔斯泰认为，不能把文学创作当成一种娱乐，把它看得轻而易举，不要随便创作。他提出要把文学创作看成是一种近乎"童贞"的东西。人们可以去从事其他受人也为人所需要的劳动，例如打铁、缝鞋，但文学"只有在感到非写不可的时候才能进行写作。照我的意思，作家应去撷取在他之前无人写过的东西或是表现过的东西"。他反复强调这一思想："只有当你对一种崭新的、重要的内容已经了解透彻，而其他人尚未理解的时候，只有当你感到表现这一内容的要求，已经使你坐立不安的时候，才可以动手去写作。"值得注意的是，他是把感到非写不可的心理要求即创作的冲动，和发现新东西并对新东西已完全理解的情境联系起来的。缺乏新的思想，无确切的理解就不能产生非写不可的激动，这确是艺术创作中的真知灼见。作家发现新的东西，并不神秘，但确有他的独特之处。生活现象纷繁复杂，人们平时对周围的事物熟视无睹，而一经作家点染，它们便能立即获得新意。这时，我们常常可以听到人说，这件事我也是经历过来的，那件事我也可以写出来，等等。但是应当承认，你虽然有同样的经历，但未感悟、理解其真谛，你是经过了别的作家的描绘的启发才彻底理解的；你可能在后来也会把它描写出来，但已经晚了，除非是超过了前人，这就是艺术创新的奥秘之一。

托尔斯泰要求对艺术创新要有勇气，作家"如果害怕未经证明和没有说过的观点，那他就不能说出新的思想和感情"。他说艺术创新的情景有如他在《克莱采奏鸣曲》的形状所描写的那样，一些乘客坐在车厢里闲谈，各人为了使自己所说的话对人产生印象，就要想方法提出各自的新鲜观点来。艺术不可重复，和老调是格格不入的。他说陀思妥耶夫斯基在写作时思想总是太多，而且多半在开头就已把它说完，到后来，小说就不免重复前面的东西。他对诗人费特则带着不无嘲讽的口吻写道："诗人16岁时写：'小溪流水潺潺，月光洒满大地，她爱着我。'写啊，写啊，到了花甲之年，他写道：'她爱着我，小溪流水潺潺，月光洒满大地。'"读着作家的这些话，我们不禁会发出会心的微笑。

艺术的创新不仅包括内容，也包括形式、风格等方面。托尔斯泰说："我以为，每个大艺术家还应创造自己的艺术形式。如果艺术作品的内容是无比多样的，那么它们的形式也应该如此。"他本人的作品就是一个范例。像《战争与和平》作为史诗式的小说形式，在当时欧洲文坛可说是绝无仅有。因此在这方面，作家自己说他无须谦虚，这是《伊利亚特》式的东西。"什么是《战争与和平》？它不是长篇小说，也非诗，更非历史编年纪事。"他认为俄国文学从普希金开始，在艺术形式方面提供了不同于欧洲文学的新形式，普希金的作品、果戈理的《死魂灵》、屠格涅夫的《猎人笔记》、陀思妥耶夫斯基的《死屋》、他自己的《童年》等都是如此。托尔斯泰后期常常说起，长篇小说这种形式将趋消灭。这一问题，今天的欧洲文坛仍在讨论之中。随着时代的进展以及人们生活方式、思想方式的不断变化，艺术形式自然会相应改变，但是艺术形式具有较大的稳定性，受到人们欢迎的长篇小说形式，还是具有无比的生命力的。

四 "要不怕厌烦地对同一篇作品修改、重写它 10 次、20 次"

托尔斯泰的作品有 90 卷之多，其中日记、书信占的比重极大。即使如此，我们翻阅一下他的文艺作品的中译本，也定会惊异不止：要不是他下笔如有神，何以能写出那么多的作品来？事实上，托尔斯泰对才华并不十分推崇，他倒更欣赏作家对自己所描写的对象的"真诚和慎重的态度"，有了这种态度，作家才能写出好作品来。翻读托尔斯泰的一些书信、日记，我们看到他固然有写得得心应手、十分顺利的时候，但是更多地可以看到他的创作是不断修改、不知疲倦地劳动的过程；甚至已至暮年，他仍然劳动不息，唯有"在写作时他感到最为平静"。他的不少作品，特别是长篇巨著，在构思、人物性格等方面无不经过多次反复、再三改写之后才问世的。

托尔斯泰一开始就要求作品必须写得明白，因此，"质朴"被他认为是创作的一个重要条件。他说："要努力使自己的思想简洁、正确、明白到那样的程度，任何人在读过之后就说：'就是这样么？很简单嘛！'但要达到这点需要付出巨大的紧张劳动。"在其后期给初学写作者的信中，他说，作家服务的对象，不应当是文学家、官吏、大学生，"而是能够识文断字的50岁左右的农民"，在这种读者面前，不要去炫耀文体、辞藻，不要说空话和多余的话，"而要说得简单、明了和内容充实"。

作品要达到这种地步，绝非随手拈来，一蹴而成。托尔斯泰认为对于一个敏感的人来说，"写作艺术之所以好，并不在于知道要写什么，而是在于知道不需要写什么"。这句话说得好极了。当然，作家知道要写什么，这自然是一个根本条件，但是写出来的东西有时往往并不都是需要的，如果作家能从写出来的文字中，清楚地区分出什么是需要的，什么是不需要的，同时毫不犹豫地删去不需要的，那说明这位作家开始成熟了。有时，在创作中往往会出现一些写得不错的段落，但它们与作品整体不相协调。在这种场合，托尔斯泰认为，"必须毫不惋惜地删除不清晰的地方和枝蔓之处，以及安排不当的地方，一句话，删去使人不能满意的地方，虽然它们本身都很不错"。

除此而外，还要不断修改作品，托尔斯泰本人就是这样做的。为了使自己作品中的人物形象站到一定的思想、艺术高度，例如他对《安娜·卡列尼娜》中的某些章节，改写了十多次，对《复活》中的玛丝洛娃的外形描写，改写了20次之多。他也以这种一丝不苟的精神要求青年作家："主要是不要匆忙地写作，要不怕厌烦地对同一篇作品修改、重写它10次、20次。"在修改中，他要求作者应像一个善于挑剔作品毛病的读者那样去对待自己的作品，在作品中寻找有无引人入胜的地方来判断作品。

十分有趣的是，当俄国读者交口称誉《战争与和平》的时候，而其时它的作者却因新的创作构思而陷入极大的苦闷之中。他在给费特的信中写道："我感到苦闷，什么也写不出来，工作使我感到万般苦恼。您难以想象，我对那块不得不为人们去播种的土地作深耕的准备工作，是进行得多么艰苦，斟酌再三，反复思考好当前的这部巨大作品中的未来人物的命运，考虑好百万个可能的结构，以便从中选用百万分之一——这真是苦不堪言。"这是关于创作酝酿的深切体会，它充分地说明了艺术创作的烦难和多么需要劳动不息的坚毅精神！

　　托尔斯泰的文艺思想十分丰富，也极为复杂，本文仅就一些方面做了些随笔性的介绍，不少方面未能触及。关于作家的文艺思想在现实主义文艺理论发展中的作用、地位以及它的矛盾和谬误，作者将另文论述。因篇幅所限，这篇漫谈就此结束了。

（原文刊于《苏联文艺》1980年第3期）

他山之石　可以攻玉
——访《现代外国文艺理论译丛》负责人钱中文

由中国社会科学院文学研究所文艺理论研究室王春元、钱中文主编的《现代外国文艺理论译丛》（简称《译丛》），先后已有美国韦勒克和沃伦的《文学理论》《美国作家论文学》和《法国作家论文学》三种中译本问世，这三种论著上市后，很快销售一空，许多读者希望能买到这些书，同时也急切想了解这套《译丛》的选目和出版计划，为此，本报记者访问了编辑这套丛书的负责人之一钱中文同志，请他就这套丛书编辑中的若干问题发表意见。

记者：请您谈谈编辑这套丛书的目的。

钱中文：前几年我们在撰写文学原理的准备工作中，深深感到由于过去的闭关锁国使我们对外国文艺理论的历史、现状、发展水平，几乎没有什么了解，其实，外国文学理论著作中固然有极端烦琐、难读以至错误的东西，但不少著作更新了文学观念，采用了多种研究方法，不乏真知灼见，富有求索精神；而且还有不少理论流派，尽管各有局限，但都不同程度地提供了某些新东西，给人以启发。他山之石，可以攻玉。如果拒绝吸收这些新成果，那么，大谈发展和丰富马克思主义文艺理论，不过是一句空话。文艺理论需要创新，当它在马克思主义指导下，在继承传统的基础上，融制新机，出现了众多的学派，形成争鸣的局面，其时它就走向真正的繁荣和成熟了。同时，我们了解到，更新知识，把握外国文艺理论的发展，也是广大文艺理论、批评工作者的愿望。因此我们决定组织编译一套外国文艺理论的丛书，以有较高学术价值、有代表性、有一定影响的著作为主，兼收各种学派的理论著作和少量的美学著作,由我们查阅、选定,请人翻译,每种译本冠以介绍、评价性的前言。在确定选题中,我们听取了一些学者、专家的意见,其中也有钱锺书先生的宝贵建议。

记者:听说这套《译丛》品种很多,请您谈谈选题计划和内容。

钱中文:这套《译丛》已选定了三十余种,在精选的基础上,准备继续扩大一些;译丛分辑出版,每辑4种,绝大部分是专著、专集,也有少数是我们围绕一个专题编选成集的。除了已出版的3种外,还有波斯彼洛夫的《文学原理》,桑原武夫的《文学序论》《英国作家论文学》,斯托洛维奇的《现实和艺术中的审美》,韦勒克的《批评的概念》,理查兹的《文学批评原理》,亨利·詹姆斯的《小说的艺术》,卡冈的《艺术形态学》,弗克玛等人的《20世纪文学理论》,赫拉普钦柯等人的《文学研究方法论集》,韦伊曼的《"新批评派"和资产阶级文艺学》,罗朗·巴尔特、托多罗夫、罗曼·雅柯布森、列维-斯特劳斯、穆卡洛夫斯基、日拉尔·日内特、列文等人的《符号学、结构主义文论选》,苏、匈学者撰写的《控制论、符号学和文艺创作》,西方学者撰写的《符号学和艺术计量学》,托马什夫斯等人的《形式主义者文选》,普洛普的《故事形态学》,巴赫金的《文学美学文选》(长篇小说理论),英伽顿的《文学的艺术作品》,卡西勒的《符号、语言和神话》,法伊奥尔的《20世纪法国文学批评》,尼古拉耶夫主编的《俄国文艺学史》,伏尔夫冈·伊塞尔的《阅读行动》,梅尔文·雷德编的《现代美学文选》等,此外还有读者反应批评、主观批评、心理分析批语、社会学批评、神话学派批评等方面的专著、专集。

记者:这套丛书的编译进展情况怎样?

钱中文:绝大部分选题正在翻译之中,去冬以来,已出版3种,今年下半年,波斯彼洛夫的《文学原理》也将问世。《英国作家论文学》《现实和艺术中的审美》早已发排,《艺术形态学》等译文已在审阅之中,估计明年将有较大数量的译稿交付出版社。

记者:请您就这套丛书的编译出版谈几句话。

钱中文:这套丛书的开头几本出版后,我们不断听到一些读者肯定性的反映，不少人反映买不到这些书。

　　读者的需要与关怀对我们来说是最大的鼓励。文化科学的发展，是在其自身的优秀传统的基础上，吸收其他民族的长处，在不断的创造中进行的。在一个时期里，外国文艺理论被介绍进来，可能使一些人有眼花缭乱之感。对此，我们要力避新的盲目。对待这些论著，既要认真理解，又要有分析地去把握，同时，生搬硬套盲目崇拜，无助于文学理论建设，由于工作任务的关系，我们不可能将主要精力投入到这套丛书上，而且资料来源又不足，我们的学识也有限，在选题中难免出现疏漏，某些译文也未尽如人意，这种种方面，请海内专家、读者不吝赐教指正。我十分高兴能够利用这个机会向关心我们这套译丛的读者致意。

（原文刊于《文艺报》1985 年 8 月 17 日）

主导・多样・综合：一种趋势

近年来，研究方法的提倡，不同方法的采用，是大有成效的，它们活跃了文艺研究，使文艺批评有了生气；有些文章提出的理论问题，也极为重要，它们在过去的研究中被忽略了，现在探讨它们，深入下去，很有可能使文艺理论丰富起来，从而获得别开生面的发展。在不同的方法介绍、宣传和实际应用中，有些方法在一定范围内效果显著，开拓视野，如系统论、心理学、比较文学等研究方法；有的方法的研究，则尚处于初级的试验性阶段，效果究竟如何，还要看进一步的应用与发展。

与此同时，也存在一些值得考虑的做法，即用绝对否定的办法来否定传统的方法、社会学的方法，把这些方法曾经有过的正确运用，或简单化的运用，统统与庸俗社会学捆在一起，加以嘲笑，予以摒弃，它的好处是冲击了一下单一性的思维方式，它的缺点是带有另一种绝对化的片面性。我的一位朋友写过不少当代文学的专论，方法上不是结构主义的、新批评的、心理学派的、形式主义学派的。据我了解，大概可算是美学的、历史的、社会学的和某些心理学方法的综合使用，但以前者为主。虽是如此，在我看来，他的作家评论在理论上有一定深度，他对作家个性的分析，有的也颇为成功，主要是抓住了作家个人的某些独创的东西。现在面对种种新方法，他发现自己的工作在理论思维的开拓中竟未能有所贡献。虽然即将临近天命之年，却惶惑不安起来，好像失去了自我似的。其实，这种疑虑是大可不必的。

事实上，不同方法所处的层次各不相同，能够用以阐明问题的程度也各有所别，有的方法具有总体方法论的地位，有的方法具有专门学科的方法论意义，有些方法不过是研究中使用的具体手段，不宜将它们一视同仁，不作区别。在方法的讨论中，人们对于专门性的学科的方法，一些具体的方法，兴趣较浓，这也是很自然的，因为它们对于文艺理论研究确是有所丰富。但我又感到讨论中，还缺乏一种总体性的把握，即对文学的哲学高度的透视，这方面的文章有时也有，虽然不乏新意，也有才气，但还未引起什么注意。

不久前，我读到钱学森同志的《关于马克思主义哲学和文艺学、美学方法论的几个问题》一文，给了我很大启发，这是一位自然科学家的经验谈，这篇文章妙在自然科学家为了使自己的学问体系化，在寻找哲学概括："自然科学进步得那样快，正处于各个领域都发生那样深刻的革命变革的时期，以致自然科学无论如何离不了哲学结论。"真的，一位卓有贡献、国际闻名的自然科学家，凭他自己的科学实践经验，走向马克思主义哲学，使其思维成为一种自觉的科学思维，最后在他的对自然科学和社会科学的层层概括中，确认辩证唯物论是最高的准则，这确是一个值得深思的现象。这位学者以自然科学家的身份谈了文艺界对自然科学方法过分崇尚和一知半解的情况，谈了观念和方法的关系，是很能给人以启迪的。他说要树立正确的理论观念，在这一前提下什么方法都可以用，没有正确观念，只有数学符号，概念术语，这方法是空的。他说自然科学界的名家，一上来就先谈对问题的基本认识，用简单的语言把自己的基本观点表达清楚，然后用高深的数学方法谈自己如何处理。钱学森同志的这些观点，我以为有极大说服力。他以为方法是重要的，但更重要的是观念。这本身就是一种值得注意的思维方法。

文学研究方法将是开放型的，多层次的，我想这些层次大致有四：属于第一层次的是哲学的方法，以它来阐述文学的高层次本质，即从总体上来把握文学的主导的本质特征，系统论等方法可以丰富这方面的研究，但它不能替代哲学的方法，因为它不具哲学方法的总体把握的普遍性和历史感。在过去的文学研究中，由于把哲学方法绝对化，用它来描绘文学的复杂特征，结果以方法的抽象代替对象的多样和具体。既然自然科学的概括都在诉诸这一方法，而对文学现象进行总体把握，看来也必须以哲学方法为主导。

属于第二层次的方法，是那些为文学多种特征所形成的方法，或从自然科学与社会科学中借用与文学多种特征相适应的不同学科的方法，用它们来探讨文学的多种本质特征，即文学特征的各个方面，如审美、心理、社会、语言、价值、符号、本体等。这类方法虽然不具哲学方法的普遍性，但同样具有方法论意义。由于它的专门性特征十分突出，因而各具独立性和自呈优势，这方面的场地十分宽广，文学理论中的重大进展，很可能首先从这里体现出来。上述两个层次的方法，通过系统论等方法的沟通而有机结合起来，极有可能使文学的复杂的本质特征得到进一步的阐明。第三层次的方法是比较文学，类型研究等方法，它们可以使研究进入更为具体的领域，以探讨文学作品的体裁、形式，思潮流派，创作原则，创作方法规律性等现象。第四层次的方法是各种具体的方法或手段，如数学统计、传记等，它们一般探讨单个的，具体的文学现象的特征。这四个层次的方法形成了一个方法系统，在这个系统中，各种方法各有自己的地位和职能，互相阐明而又相互制约。当然，这样的方法系统结构，是否科学，可以讨论，但是明确方法系统十分重要，它可以使我们自觉地把握形形色色的方法所处的地位，判明它们的价值、优点和局限，不致在众多的方法面前失去自制力而无所适从。

研究方法的多层次性，为综合研究提供了可能，不过综合不是随意的凑合，而是在多样方法的基础上进行自觉的有主导的综合，可以是在上述几个层次方法上的有主导的纵向综合、交叉综合，也可以是某一层次方法上有主导的横向综合。综合可以形成方法的开放性结构。

在西欧，目前正出现一种趋势，一些学派的学者，以自己学派的观点为主导，为核心，同时汲取其他学派的某些长处，融入自己的理论之中，以丰富自己，不同程度地克服了自己学派中的封闭性缺点。因此，在方法的运用中，人们经过一段时间的讨论和摸索，或许会逐渐意识到：主导、多样、综合，很可能是一种具有普遍意义的趋势。

（原文刊于《文艺报》1986年3月6日）

审美方法的选择与可能

一个作家进入创作，面临着审美方法的选择。他在具体感受的基础上，把他富有个人特色的感情思想表达出来，形成他的审美方法及其特征。

目前在创作界、文学理论界，审美被突出到头等重要的地位。文学界多年来很少谈及审美，现在突出审美，要求文学回到自身，这是十分自然的。毫无疑问，文学应当而且必须具有高度的审美特性，否则如何叫作文学呢？看来这一要求谁都不会反对了。

但是，标举审美就算解决问题了吗？一切都万事如意了吗？比如，在审美的口号下，一些论者认为，审美就是审美，文学与现实无关。搞文艺心理学研究的，认为文学创作只与种种心理现象相关，如潜意识、下意识、意识流等。看重文学语言研究的，认为文学"纯粹是形式"，是一种文字的摆弄。研究现代文学的，认为现代中国文学主要为非文学成分所占有，是一种非文学的文学，真正的中国文学只是在20世纪80年代中期才起步。这些理论都把审美极端化了，它们断然排斥文学与社会、政治、伦理道德、哲学的关系，认为社会问题只应由社会学去研究，道德问题只与伦理学有关，政治问题只与政治学有关，等等。文艺批评、理论如此说，一些文学作品也如此写。

这些观点，其实19世纪的"为艺术而艺术"的纯艺术理论家、象征主义者都表述过，后来又在一些现代主义文学流派的作家的理论阐述中不断重复过，所以算不得是什么新的理论见解了，我们当然要采取分析的态度对待它们，撷取其中的某些合理因素。但是，我国论者在评论中，如果真要说有什么新东西，那就是按照这种理论看来，凡描写了中国政治、社会变动，涉及伦理、道德关系的文学都被说成是浅层次的文学，中国文学是非文学因素占领文学的文学，所以结论是，五四后并没有真正的文学。按此标准再往上推，除了极小部分诗歌，中国就没有文学了。无怪一位老在外国等待诺贝尔文学奖的华裔青年诗人，一次跑到美国对他的听众说，中国只有三个诗人：屈原、李白和他！也无怪有些有头脑的学者，听到这等极端幼稚的狂言，马上就抗议退席了。这样看来，不是杜甫、辛弃疾、曹雪芹、吴敬梓误入歧途，把文学变成了非文学，就是我们有的论者走入了歧途，把大量优秀的民族文学排斥于文学之外。我倾向于后者，他们陷入唯美主义的极端，想在浮士德的坩埚里提炼出一种纯而又纯的、不具任何社会特性的文学，这实际上是不可能的。作家可以写出一些社会内容极其淡薄或社会倾向十分模糊的作品，让人猜不透他的作品到底描写了什么。从好听的方面说，是多义的作品，从另一方面来说，可能是游戏、猜谜一类的文字。但不管怎么说，这类写作本身就是具有社会性的活动，或社会倾向的审美表现。说是不可能的，还有这样一层意思，这些论者还应证明，何以鲁迅、老舍、巴金、沈从文、曹禺写的不是真正的文学作品，丁玲、赵树理写的不是真正的文学作品？如果难以证明，那么得承认，大部分文学作品实际上必然要涉及政治、伦理、社会等方面的因素，这正是文学显得独特的地方。可以设想一下，如果把《雷雨》中的社会、伦理因素清除掉了，它的紧凑的艺术构架靠什么来激动观众呢？你说伦理问题可以由论述道德一类的书籍去承担，但是请你指点一下，使人如此激动的《雷雨》中的伦理道德冲突的悲剧，到哪部伦理学中去找呢？你说有关社会成分方面的问题，应是社会学研究的问题，但是像《红与黑》中动人的政治、社会关系，又到哪部政治学、社会学中去找呢？看来一些评论自觉不自觉地像过去专门突出政治、贬低其他社会因素以致排斥审美的批评一样，走到另一极端，只承认有审美而排斥其他被审美化了的社会、政治、伦理因素的地步。这种极端化的表现，不是丰富与扩大审美方法的选择，而是画地为牢，大大缩小了选择的可能性。

文学要回归到自身的问题的讨论，是很有实际意义的，它的主旨是使文学成为文学,摆脱政治的行政干预,这也是合理的。但是在一些文章中,我们看到,文学回归自身的问题,常常被纳入上述唯美主义的轨道。例如,有的把文学作品的语言看作文学的自身,有的把心理因素的描述看作文学的自身,有的把作品形式、结构看成文学自身,有的把作者、读者主体看作文学自身,等等,然而又都未能阐明文学自身。所以如此,恐怕它们都以文学创作的某一或某些方面,当成了文学的本体,制造了理论的片面性。在我看来,应当根据文学自身实际存在的各个方面来构架文学本体,使其比较全面地展现自身。这个本体,既包括语言结构的审美创造,审美主体的创造力以及被主体心理化了的、审美化了的现实因素,同时还有作品在流通过程中所形成的审美价值再创造与多种功能。如果我们仅把一个方面、一个因素视为文学本体,这实际上限制、缩小了审美方法所赖以活动的基地。

又如在审美方法的多样选择方面,极端的唯美主义理论的作用也是有害的。审美方法的选择与作家的审美激情密切相关。激情是感受、想象、认识的结合,它要求转向艺术形式,在结构上找到归宿,但是激情本身不可能直接转向形式,为此它必须找到审美中介。这就是确定基调与视角的选择。

基调是一种统摄作品的声调。创作主体在其审美激情的观照下,究竟如何对待自己的对象,作出何种诗意的判断,在这基础上形成了创作主体的叙事或戏剧特征,至于艺术视角,主要是指创作主体切入艺术对象的出发点与角度,这是一种对现实的形式把握,还是极度变形的把握?这主要依靠对艺术假定性的选择。

艺术假定性具有两种形态,一种是常态类型的艺术假定性,一种是特定形式的非常态类型的艺术假定性。前者即"按生活的本来面目"写作,采取与生活结构类似的再现性的艺术形式。当作家较多地感受、深刻地认识到社会、历史,当他并不把世界完全视为一团混乱与混沌,当他仍然想念理性,当他对生活的文明与改造怀有希望,当他需要实实在在地把自己的感受传达给广大读者,那时,由此而形成的激情,会促使他主要采用常态的艺术假定性手段写作,大体上倾向于现实主义。后者则主要采用变形的艺术假定性手段写作，如象征、幻想、荒诞、神话与传说。当作家为非理性哲学所左右，当生活被当作荒诞，当他的孤独、悲观、痛苦、消逝感需要发泄，当他把文学当作文字的摆弄，那时，由此而形成的激情，会使他把变形的艺术假定性手段以及朦胧、多义，当作艺术创造的形式与目的，倾向实验、晦涩，倾向现代主义以至后现代主义。看来大体如此，也有少数例外。

极端的唯美主义理论，把变形的艺术假定性手段的使用，视为艺术创造的唯一形式，多方贬低、否定前一种形式，给它加上种种不切实际的罪名，形成了一股艺术趣味狭隘化的潮流。

这样，我们看到，审美方法的提倡无疑深化、推动了文学过程的发展，而对审美方法片面、庸俗的强调，又阻碍了多种审美方法运用与发展的可能性。

（原文刊于《文学评论家》1989年第6期）

《中外文化与文论》第 1 期前言（代发刊词）

今天，中外文学、文化的评论与研究，可以说比任何时候都更为繁荣。20 世纪 80 年代，那时我国学界正在大力介绍西方的文学与文论，在这一过程中，自然不免有浮躁的弊端。比如，就文学理论来说，那时推崇的是所谓"内在的"研究方法，对社会学、历史主义的研究方法颇多微词。诚然，过去的文学社会学研究，单调、简单化得已难以为继，引起了普遍的反感，以致那时对文学作品不能进行社会分析，而且连伦理这类字眼也被抛弃了，"道德批评"成了恶谥。结果是，不少作品可以广泛地描写伦理道德，评论却只能默不作声，只能谈谈作品的文字游戏、写作策略，等等。

十分有意思的是，当我国学界正在大力介绍 20 世纪 70 年代末以前的西方文论时，80 年代的不少西方学者却改弦更张，纷纷修补原来习惯使用的方法，转向社会学、新历史主义、马克思主义、后殖民主义和女权主义等文学批评。自然，其中一些学派并非自 80 年代始，它们早就存在，而今只是从过去的边缘发生了转移，显得生机勃勃。真是三十年河东，三十年河西。这当然不能看作是简单的重复。

今天，在欧美学界，相当程度上那些不具主义、学派意义的著作正大行其道。为何？原来，它们早就走上了综合的道路：即既重视文学的语言因素的探讨，同时又主张从多种文化视角进行文学的研究。前者沿着欧洲文学的语言分析的传统，强调语言的多义、语意的不断生成、语言对话的未完成性；后者虽然弱化了中心思想，但实际上并未离开解构主义者要解构的所谓"逻各斯中心主义"。两者的综合，即一种总体研究的思维方式、方法，为文学研究开拓了新领域。

我国学界经过80年代末和90年代初的反思,大体摆脱了文学研究中的片面性。至今虽然还有人主张"内在的"研究才是正宗的文学研究,但这种只是表达文学研究的一个方面的声音,如今在文学社会学研究、跨学科研究、文化研究甚至跨文化研究的声浪中,已显得相当微弱了。把文学研究置于广泛的文化背景中加以探讨,应当说这是文学研究的进步的表现。单一的方法,缺乏相互联系的方法,难以阐明复杂的文学现象的内涵。本刊将包容各种研究方法,只要在研究中收到实效,同时也欢迎采用、建构新的方法。

中外文学、文化的交流,比过去任何时候也更为频繁。文化交流的目的,在于达到不同国家、民族的相互理解,在理解中相互汲取他人长处,用以补充、激活、丰富、建设自己的文学艺术与文化。在这一过程中,交流就是对话。进行对话就会有比较,在比较中展现各自的独特性与共同性,发现共同的规律性现象,以丰富人类文化。对话应是平等的对话,对话不是跟着说,可以接着说,但更应是对着说。对着说不是对着干,不是故意闹对立,但是对于对立的东西我们也没有必要加以讳避,而应论理清楚。本刊将鼓励中外文学、文论、文化建设性的比较研究,以促进中外文化的交流。

中外文学艺术、文论、文化的研究,一方面需要在大量材料的分析、把握的基础上,进行宏观的探讨,及时观照一个时期、阶段中的文化现象,发现其规律性的东西,以影响文学艺术的研究、文论的分析。整体分析是多种具体问题多方把握、深入的结果,而不是大写意的随意发挥。20世纪有许多重大问题需要反复的探讨和总结。另一方面,本刊也提倡多做作品、文论等文化现象的微观研究。提倡单个问题的深入、纵向的深入,从作家作品的独特的研究中找出规律性现象的个案研究。少发空论,多研究问题,这是十分重要的。但是我们也不偏废主义,问题和主义,两者相辅相成,但都反对空话。

文学研究、理论研究的目的在于影响文学的创新和不断出新。本刊欢迎广大中外文学研究者在中外文学、文论的基础上,结合文学创作实践,提出新的见解,既有总结,又有发现,使理论有所前进。理论的创造也就是新的文化的创造。

20世纪即将过去,在它的辉煌的夕照中,我们已经看到新世纪的曙光!在这夕照与曙光的同辉中,愿有兴趣的人们共同来耕耘这块园地!

(原文刊于《中外文化与文论》第 1 期,四川大学出版社 1996 年版)

在夕照的辉煌中

20世纪即将过去，在它的辉煌的行程中，我们看到，文学理论与批评流派四起，众说纷纭，在科学化的道路上向前走出了很大的一步。

回顾我国文学理论、批评现状，应该说进步不小。但是不能不看到，理论、批评中的新说，基本上是外国人提出来的。近百年来，中国人一直在追踪外国人的理论与批评，忙于学习、把握外国人的新说。而且是，谁先抓到了外国人一些新说，谁似乎就把握了中国文坛的方向，就似乎领导了文坛潮流，变得阔气起来，就以发号施令的语调说话了。

我国的文学理论与批评，何以在那么长的时间里处于滞后状态？原因自然很多，但主要是由于社会制度的专制与腐朽，它们使我国的科学思想、科学方法严重地落后了。"五四"新文化运动扫荡了旧文化。在要么是绝对的好，要么是绝对的坏的激烈批判中，旧的文化传统的重要方面被中断了。于是我们看到，从外国进口了各种各样的主义与方法，自然也包括文学理论方面的主义与方法。在欧洲人道主义思想的推动下，提出了"国民文学""写实文学"和"通俗社会文学"，以代替"贵族文学""古典文学"和"山林文学"。随后提倡"人的文学""为人生"的文学，改造了文学的性质，改变了文学的对象和读者对象，与传统文学进行彻底的决裂。旧文化的卫道士虽然争讼不断，但是未能提出旧文化中的哪些成分可以继续存在的充分理由的证词。接着又掀起"革命文学""大众文学""大众化"、文学"为工农兵服务"、"文学从属于无产阶级政治"等的一系列的变革。

这自然是一定的时代的需要。50年代到70年代，传统文化与文化传统不仅并未得到认真的研究，而且在大陆继续处于被告地位。在理论上一说文化传统，就是封建文化、封建糟粕，但是封建等级制下的多种残余，却是变本加厉地肆虐，并以集体无意识形态保留在我们生活的方方面面。于是在一些人中间，那种和传统文化与文化传统割裂而产生的无所依附感，油然而生，使得人们只好仰仗外国的理论与方法，并使我国具有悠久的历史文化传统，成为一句被阉割了丰富内涵的空话。

其次，是文学理论、批评方法的依附性，也就是缺乏理论、批评的自主性，文学理论缺乏自身的独立品格；并且长期的运用，还成了我们自己的传统。表现在，第一，20世纪我国文学理论中有关文学的观念，主要来自外国，它的基本术语同样来自外国。80年代前主要使用苏联文学理论的一套术语，80年代中期以后主要使用欧美的一套。这倒不是说这些观念、概念不能使用，看来那些有用的东西还要继续使用下去，而是说我们有没有自己的原创性的东西。那么能不能对我国古代文论中的传统与某些概念加以改造，使那些表现了文学规律共同性的观念、概念，和现代文论中的观念、概念接轨，从而赋予理论以我国文论自身的传统特色，使我国的文论遗产成为新的文论的有机组成部分呢？第二，是由于文学理论对于政治的依附性，使其自身失去了自主性。当然这并非理论自身的意愿，而是社会政治形势使然。学术乃天下之公器，目的在于求知、求真。至于文学理论，则不仅仅在于求知求真，而且还在求索走向美的道路。政治往往影响文学理论，在一定时期完全可能，甚至必要。但如果要把理论始终捏在自己手里，做自己随心所欲的工具，那就非被捏死不可。政治是社会、集团利益的体现与产物，随着它们的需要随时变化。今天说它如何英明、正确，明天可能被说成是大错特错的，十分有害。文学理论的政治化，势必使它沦为应景的理论，使其失去理论自身的对象、内容与方法，失去公器的品格。这种做法主要学自苏联。苏联30年代后，文学理论、批评中"征圣""宗经"思想盛行。一个政治领导人上台，理论家们总要蜂拥而上，为之歌功颂德。开头是出于爱戴，以后就变为习惯动作,并成为一些文人求荣求发的捷径。但是政治家们很不争气,他们总要被下一个上台的人宣布为反党分子,于是那些歌功颂德的文字,到时自然成了废话一堆。有时还真有这样的情况,有的评论家没有了出题目的人,或出题目的领导人走了,他还因此写不出东西而感到内心惶惶。

再次是缺乏个性。如果文学理论从属于政治,那么文学理论真有个性的话,这个性实际上就是政治性。政治要求统一,代表集团、一些人群的利益,它不需要什么个性。所以,当胡风、冯雪峰的理论表现了个性特色时,就要受到政治的批判了,而所谓政治的批判最后也就是牢狱的批判。政治的一般,与西方学术中的人本主义、科学主义思想是不一致的,它对于作者只要求改造思想,与它绝对一致;于读者只求受到它的教育。这样它就排斥了作者、读者的主体性中的其他重要因素,如作者创作中的复杂的心理因素、艺术思维的特征因素;如使文本转化为文学的读者阅读在文学活动中的重大作用等。政治的一般、社会性的一般,总是害怕新说,唯恐有违理论原则。理论的个性问题,当然只能随着理论的非政治化而随之解决。

今天,文学理论正在逐步获得它本身应有的独立自主性,成为社会之公器。这样,我以为分析我国古代文论传统,继承传统,并使之汇入当代文论的时刻到来了。理论一旦获得我国文化自身的特色,它将会以新的面貌出现在当代世界文论之林的。

辉煌的夕照和明天的曙光,正预示着我国文学理论的未来!

(原文刊于《中外文化与文论》,四川大学出版社1996年第1期)

继承，鉴别，才有创新

20世纪80年代实行对外开放以来，我们介绍了大量的外国文艺与各种文艺思潮。可以说，那种如饥似渴的求知精神，要求创新的热情，使我们在10多年间走过了欧美100多年的文艺历程。如今回顾一下，从那时到现在，可以看到有严肃的探索，也有盲目的模仿；有执着于新的艺术理想者，也有落荒而去的人。热闹之后的反思，无疑是一种思绪、心态的调整，它使我们感到，要建设新的文艺，必须沉潜下来，在有中国特色上下功夫，在传统、继承、鉴别、创新上下功夫。

从80年代以来，涌现了不少优秀之作，但是还少有大家的作品。其中原因很多，比如批评了文艺的急功近利，就嘲弄文艺的功利性；强调了作家的创作自由，就淡化了创作的社会责任感；一些人宁愿在平面上滑行，而不屑于作深度的思索，等等。在这样的心态笼罩下，是不容易产生出震撼人心的作品来的。另一方面，80年代中期以后，在相当部分的创作中，传统因素淡薄了。在理论上，"传统"两字在时髦思潮的贬抑下成了一个恶谥。中断传统的创新，一般往往只是一种失去深度的技巧上的创新，特别是在那些鄙薄人文精神的作家创作中更是如此，而且还可能是一种陷于盲目的崇拜与模仿。

在今天，当代的文学创作首先面临着两个传统，一是我国古代的传统，一是现代的传统。"五四"文学革命，建立了一个文学新世界，引起了我国现代文化的伟大变革。但是今天看来，文学创作传统的继承，存在不少问题。从"五四"到现在，文学创作无疑又形成了一个新的传统。当代文学创作的中国特色，无疑与这两个传统有着密切的关系。面对这两个文学传统，如何继承，在理论上如何进行阐释与定位，还须有一番争论、磋商与实践。对于文学理论来说也是如此。当代文学理论的建设，同样面临着两个传统，古代文论与现代文论的传统。五四以后，我国文论的资源实际上都来自外国。现在不少人已清楚，要建设当代文论，企图超越我国自己的古代文论是不行的，把现代文论当作敝屣抛掉，也是不应该的。可以痛快一时，否定、打倒一切，引起振聋发聩的作用，或是制造一时的效应，但最后还得把它捡起来。传统是植根于文化心理深层的极其牢固的现象，你继承也罢，抛开也罢，都得在你的新说中留下印痕，否则是要重新再来的。现在我们面临的工作，一部分就是再次探讨什么是我们的文学、文论传统，它们如何形成我们民族文化的自身的特色，哪些因素应予吸收、改造、继承，哪些因素经过鉴别、批判，应予抛开。这可是一个长期的工作。

文学的创新，自然需要学习外国文学的经验，这实际上也可以说是一种传统。20世纪80年代大量介绍外国文学的结果，推动了新时期文学的出新。但是不加区别分析，照搬他人创作经验、方法的现象也是存在的。在文学理论的建设中，也须借鉴西方文论中的有用东西，用以充实、激活我国文论。可是近十年来，也同样存在一些力图以西方文论替代我国文论的现象。几十年来的实践过程表明，这样做并不成功，虽然其中一些部分已与中国实践相结合，但总使人感到在总体上它的外来文化色彩很浓，缺乏我国文化自身的底蕴与特色，特别是它与我国古代文论传统是断绝了联系的，它的根只攀缘在浮土表层。如果我们根本就不存在丰厚的古代文化和古代文论，那又当别论。可今天古代文化与文论的风采已展现在大家面前，不容我们再忽视了。

学习和借鉴的目的在于博采众长，丰富自己的民族文化，建立我国独立的文化。

（原文刊于《人民日报》1997年1月7日）

了解文化建设的处境

要进行我们的文化建设，不能不了解一下周围的国际文化环境。在今天的西方，西方中心论仍然很有市场。最近一个时期以来，西方中心论的突出表现是，宣传20世纪是西方自由主义取得胜利的时代，是自由、民主高奏凯歌的时代，特别是苏联解体后，在世界范围内出现了向西方制度的认同，因此20世纪也是历史终结的时代。

西方中心在过去宣传西方文化的优越，现在则是花样翻新，宣传家、理论家们极力要使西方文化成为当今的"主流文化"。因为在他们看来，在未来，哪一国的文化在世界范围内占有主导地位，成为"主流文化"，那一国的文化价值观念就能在国际范围内占据主导，那一国就能在国际权力斗争中取得支配权，就会在国际权力斗争中取胜，在国际范围内攫取领导权。所以将来文化斗争将处于主导地位。

西方中心论的再一种表现，就是各国文化走向全球化、一体化，而贬斥、讥笑民族文化，这是"主流文化"论的具体表现。

上面所说的几个方面，大体可以归结成几个问题：一是20世纪是否就是历史的终结？在社会制度文化方面，西方的制度是否获得了普遍的认同？二是西方文化是否可能成为"主流文化"？是哪一个国家的文化成了"主流文化"？是哪些国家的文化都在向一个国家的文化靠拢？三是与此相联系，各个国家的文化正在走向一体化、全球化吗？还是文化的某些方面正在走向一体化、全球化？在这里，我主要谈谈"主流文化"和所谓文化全球化的问题。

所谓西方的"主流文化"，第一，实际上就是西方国家统治集团所承认、宣传、推行的文化，是体现西方社会制度、生活、信念、价值观念的文化。第二，一个多世纪以来，特别是近几十年来，西方的科技突飞猛进，而信息技术的发展，极大地创造着物质财富，飞快地改变着人们的生活，科技成为社会主要的生产力，于是科技至上的观念随之也得到进一步的发展。其结果是人富有了，但是不少有见识的哲学家却见到了人的价值、精神在不断地下滑与贫困，为此而不胜忧虑。第三，跨国公司的出现，冲开了国与国的界限，对于发达国家来说，在物质上除了互通有无、文化上相互交流价值观念之外，在政治、经济上实际还有相互控制的问题。而对于第三世界来说，跨国公司的进入，必然会向第三世界广泛地推销它的物质、精神的产品，它一方面满足人们的物质、文化需要，另一方面促使人们追求种种消费，于是随之逐渐形成了一种普遍的消费意识。在这种普遍的消费意识的引导下，人们原有的生活方式随之发生变化，原有的文化、价值观念会重新受到评价，甚至可以使原有的文化、价值、伦理、道德体系发生解体。这样，在普遍的消费意识的基础上，也即在物质主义的基础上，重构新的文化、价值观念就会自然形成，其中部分地自然是符合发达国家所需要的意识形态，这恐怕并非虚妄，它实际上已在一部分人身上发生。第四，发达国家通过先进的科学技术，生产、机械复制了影像、音响艺术，倾销第三世界。这种大众文化（包括"大宗文化"）全面地推销发达国家的"主流文化"，在让人享受休闲、舒适中，接受它们的生活方式、文化价值观念，并进入接受者的无意识之中。在这种情况下，全球化、一体化的呼声大为高涨。

在这里，所谓全球化、一体化等观念、口号，实际上就是"主流文化"自认最为优越、最有资格自称老大、对他人文化具有支配权的一种思想，它要求非主流文化对它的认同与臣服。西方的主流文化，一方面，在国与国的关系上要求你服从它，它说了算，这在当今国际事务中表现得充分极了。你要和它在文化上全面一体化、全球化，那就要准备交出自己的正当权利甚至自由和独立。另一方面，由于这种文化夹杂着大量科技因素在内，所以又必须剥离出它的合理的有用部分。例如，技术、科学是可以慢慢一体化的，汽车、飞机、电脑、影视艺术、信息技术，大家可以共享。但是，"文化主流论"者真的让你共享了他们的科学知识、技术信息了吗？日本不是想方设法要让我国在科技发展上，保持落后于它15年的距离吗！例如，在经济发展上，不少开发项目，一些国家在互利的条件下是可以共同进行的，特别是跨国公司出现之后，一体化、全球化这一趋势日渐明显。但是第一，在当今东西南北国家经济发展上的差异如此巨大的情况下，到处大讲一体化、全球化，让人感到实在是些可疑的口号。你宣传共同开发、共同富裕，这当然很好。可是全球的人们如果都像今天的美国人那样，一人消耗几十倍于其他发展中国家的个人的资源，生活得那么富裕，据统计，那还得有三个地球才成！美国以世界百分之五的人口，消耗世界上的大量能源，但它尽量取之他国，自己的资源尽量留待他国资源枯竭之后再去开发，这是它的公开的国策。这就是一体化、全球化？第二，在今天，一些国家自称已经进入"后现代"，在物质上很是丰富，文化精神方面却日渐贫困，而不少国家却处于不发达的发展阶段，生活温饱、疾病医疗还是大问题，那些发达国家能让那些不发达国家分享世界的富裕、财富、文明的生活吗？第三，文化的其他方面，情况就更复杂了。比如信息技术的高度发展，使得人们的交往更为密切，但是文化的差异，由于历史、社会原因，却是客观的存在。就美国、法国文化来说吧，它们都属西方"主流文化"，对此法国是不会有异议的，但是法国这些年大力限制美国好莱坞电影进入法国。什么原因呢？无非是历史、人文的发展条件不尽相同。法国的文化传统，较之美国短暂的历史和文化，要长久、丰富得多，并在努力保持自己的特点，自然，这里还有自己国家市场的重大因素。

精神文化的全球化、一体化实际上是遥远的事。在目前情况下，是西方主流文化要求我和它"一体化""全球化"。例如，在我国举办的国际学术会议上，我们还得用外语发言，好让外国朋友听得懂，以便国内有关部门在考察我们时是否达到了国际水平，能否和外国人接了轨。又如，我国中学生可以知道英国、美国、法国等国家一长串作家的名字，可外国学者对我国家喻户晓的一些大作家的名字罔无所知。说实在，我国知识分子，在文化、精神方面，较之西方发达国家的、处于所谓"主流文化"中的知识分子，心态要开放得多，更善于吸纳他国文化的长处。

我国文化源远流长，在世界几千年的多种文明发展中，它是唯一延绵不断、流入今天的一种文化。因此，我国在传统文化方面，并非一无所有，而是丰富得很，它的精华部分，已为西方少数哲人所发现；我们倒是痛感几十年来，自己未曾大力整理这份遗产，使之发扬光大。在历史上的文化交流过程中，我国的文化一面不断保持了自己的特色，同时又不断吸收他人文化中的新因素，融合新机，创造而为新文化，这是一种资源。第二种资源是，我们有近百年的现代文化传统，这是批判了旧有文化传统、大量引入西方文化优秀成分、渴望现代化的文化。第三种资源是，一百多年来，近代西方文化时常成为我国现代文化的参照系，甚至成为我国现代文化的组成部分或是指导思想。

当今我们的文化建设，面向了这三种文化传统，而其出发点，毫无疑问，应是现代文化传统，也就是说，其基础应是现代文化。现代文化建设中存在不少问题与缺点，甚至重重危机。不少知识分子对它产生了不信任感，这也是很自然的，现实提供的反面东西实在太多，让人不满和怀疑的东西比比皆是。但是，从何处出发，从古代文化传统吗？就以话语来说，我们已和它们相隔一百来年了。如果舍现代而取古代，则我们就会割裂时代，造成与现代的断裂，以至我们可能连话都说不出来。从西方文化出发吗？百年来的教训已经很多，西化的意图，不管是好是坏，在我国这块土地上，总是难以实现。

我以为现实的方针是，只有从现代文化传统出发，但是必须通过历史的经验，对其进行批判与反思，进行实事求是的评价，虽然现在还很难做到这点。必须把古代文化当作新文化建设的宝贵资源，因此，对于"五四"同样应予反思。在80年代的大讨论中，当现代的文化常常受到质疑时，我们往往感到它的底气的不足，主要是现代文化缺乏一种悠长的历史感，缺乏一种民族文化精神的深层底蕴。特别是诸种新的伦理、道德观，它们本应改善人的精神面貌，使人向善；但是建立在极权基础上的远离民族文化精神的乌托邦主义，使人走向了普遍的、社会的恶。同时自然应当广泛地吸收西方文化中的各种有用成分。

我们又走到了一个伟大的历史时刻。只有以我国现代文化为出发点,深入传统文化的诸种积极因素,广泛地、普遍地吸收、融合外国文化,才能创造我国新文化的新时代。

(原文刊于《文艺研究》1998年第4期)

文学理论：走向交往与对话的时代

一个有趣的现象是，从20世纪初到70年代末，这一阶段的中国文学理论批评与同时期的外国文学理论批评，特别是西方文学理论批评相比，在研究倾向上恰恰形成了一个"错位"。所谓"错位"，主要指双方探讨的问题与兴趣方面，走着正好相反的方向而形成鲜明的对照。我们知道，当双方在文学理论上兴趣各异，认识各别，缺乏必要的共同性时，那是很难进行交往对话的。那时，作为文学理论批评的主要研究倾向，在西方是所谓"内在研究"，在中国则是所谓文学的"外在研究"，都是文学研究，但倾向不同。

可是有趣的是，从70年代末后的十来年间，在中、西方文学理论批评之间，又发生了戏剧性的第二次"错位"。

对于中国文学理论研究来说，第二次错位，主要是转向内在研究，这固然满足了文学研究求新求知的愿望，但也留下了沉重的思考。一方面，学习与汲取西方文学理论批评中的有用成分是必要的，没有它们，就难以激活我国的文学理论批评；新的术语，也往往表现了新的思想。但是另一方面，认为把西方文学理论搬到我国，我国的文学理论批评从此就光昌流丽，前途似锦，那也会走向盲目，就会再度失去建立理论批评的自主性与主体性的机会。

在文学理论批评的交往探索中，把文学理论批评视为人文科学的思想是十分重要的。文学理论批评的内在研究，使作品研究在理论上系统了、精细化了，促进了文学理论的进步，但由于过分地倚重于科学主义，文学理论的人文精神被排斥了，主体性成分被忽视了。80年代外国文论摆脱了语言研究的束缚，转向了文化研究之后，文学理论批评充分地彰显了自身的主体性、人文性，极大地扩大了自己研究的领域。至于在我国，80年代中期开始，特别是80年代末到现在，是我国文学理论批评界进行反思和自我批评的时期，初步确立了文学理论批评的自主性、主体性，思考旧有的文学理论批评的框架，转换新的理论思维的模式，建构新的文学理论的雏形。

把文学理论批评视为人文科学，还在于文学理论批评是表述人的不可重复的思想的文本。表述具体的人文思想，总是指向他人的思想、他人的意义、他人的涵义。在这里，总是存在着两个独立的主体，不同国家文学理论批评家的交往，无疑是不同主体间的思想的对话。对话使他人成为对话者，对话产生理解，也需要理解。理解意味着看到他人，主体在互为表述中建立自身，不断揭示事物的新意，创立新说。同时不同国家之间的文学理论批评进行交往与对话，还在于利用交往对话中的"外位性"，使自己融入他者的文化，进而以他者的目光来反观自身，观照自身的不足，并从他者汲取新的有用成分，达到进一步的共同的理解。文学理论批评的交往与对话，从表层意义上说，当然在于双方的互通有无，相互学习，但其深层意义，则是为了各自的复苏与生存。

在结束了文学理论批评中的"错位"现象之后，中外文学理论批评的交往与对话，如今有了广泛的共同基础。文学理论批评研究除了探讨精英文化、文学艺术，现在面对我们的，还有大量的大众文化、影视文化、多媒体传播、网络文化，等等，虽然这些问题在外国文论早已展开，但它们今天也进入了我们理论批评研究的视野，成为许多热门话题。例如，像后现代主义文化、大众文化问题、全球化问题、后殖民主义问题、地域、种族问题的讨论与论争，看来是方兴未艾，其中不少问题将会进一步讨论下去。中外学者在这些问题上有着共同的领域，这是一个极为广阔的领域。

中外文学理论批评的共同性，它的宽阔的领域，还在于今天经济全球化的氛围中，在人、精神文化、文学的相互关系之中，笼罩着一种令人不安的气氛，这就是人的存在、生存及其命运问题。物质大幅度地增加与高科技的迅猛发展，显示了人的无限创造力，但是高科技又可用来制造社会灾祸，并且促进着人际关系的急剧变化。在一些人中间，伦理消解，信仰失落，人文价值贬值，行为规范失衡，使文化出现了溃败的趋势。文学理论批评可以推波助澜，也可以弱化、缓解以致抵御这一溃败现象。因此这不仅是社会、政治、伦理、哲学的问题，而且也是中外文学理论批评、文化研究共同的话题。

在目前中国，文学理论批评正在转向文化研究，但这是借用文化研究的多种方法，扩大文学理论研究的领域，主线仍是文学理论批评。文学理论批评研究在我国看来还会保留下去，发展下去。但是文化研究的多种方法，必然会渗入文学理论批评研究的领域，形成真正意义上的方法的多样化。把这种文化研究引向文学理论批评，极有可能结束文学理论批评单一化的构架，进行多极化的理论建构，从而把文学理论批评推到新的境界。但也正是这点，又使我产生某种疑虑，即文学理论批评与文化研究的界限问题。比如在有的国家，在那里几乎已经不能分清文学理论批评与文化研究的界限了。对于这种消弭二者区别的做法，我持保留态度。

我国文学理论批评在确立了自身的自主性、主体性之后，正在逐步建构一种具有中国特色的、本土化的文学理论批评。我国的近百年来的文学理论批评，不断受到外国不同文学理论的影响，一是欧美的，二是苏联的，后来主要又是欧美的。但是无论全盘西化或全盘苏化，最终都受到了清算。我们主张建立中国本土化的文学理论，在于我国文学理论确有自己的特征。例如我国古代文论，就其丰富性与独创性来说，与西方文论相比较，可说各领风骚，如何最大限度地利用我国古代文论的丰富资源，使中外文论共享，这是一个费时费力的重大课题。

我们曾经几次不同程度地中断过传统，但是传统是今天文化之根。我国文学理论批评的建设，实际上面对着三种文化资源，或者可以说面对三种文化传统的选择。在我看来，恐怕主要要以已经成为传统的现代文学理论批评中经受住反思、批判的部分为基础，广泛汲取外国文论中的科学主义的成果，它的原创性与独创精神，同时促进我国古代文论的现代转化，经当代意识，激活其中最具生命力可与当代审美意识融为一体的精华部分，结合当代的巨变，沟通中外古今，运用多种方法，建构当代中外文学理论批评。

建立具有中国民族特色的文学理论批评，与维护狭义的民族主义文化主张是毫无共同之处的，同时与文化分离主义也毫不相干。几十年里，我国文学理论批语既受到不同形式的文化霸权主义的统治，也曾有过文化孤立主义的灾难。那些总以"普遍价值"自诩的霸权主义文化，曾使我们的文学理论批评失去自主性与主体性，而文化孤立主义，又使我们故步自封，拒绝了那些有着真正普遍意义的东西。所以文学理论批评在获得了自主性、主体性的今天，我们总是以严峻的、批判的、清醒的目光，审视着自身的理论，同时也以同样的态度，审视着外国文学理论批评与各种文化理论。

广采博取、鉴别吸纳、融合同化、综合创新，我想这就是我们新的文化民族主义的精神。

（此文为2000年8月在"文学理论的未来：中国与世界"国际学术研讨会的发言，原文刊于《文艺报》2000年8月29日）

文学理论：在新世纪的晨曦中

20世纪即将消逝，新世纪已叩响大门。

20世纪包括科学技术在内，给人类带来了无数灾难，直到最后一年，也未能带来祥和与和平，但20世纪也是科学技术获得高度发展的世纪。20世纪的文学理论，作为人文科学的一个部门，经历了许多曲折，但也呈现了竞生蔓长的态势，甚至不无疯长的势头。

20世纪是文学发生急剧变化的时代。19世纪的文学样式、文学语言、审美感受、审美趣味，被新的文学思潮、书写节奏、价值观念、特殊的语言结构所挤兑，以致有的人说，新的文学取代了原有的文学，这自然并不符合事实。过去在理论上好像是说清楚了的文学问题，突然受到怀疑、质问、嘲弄，陷入了相当艰难的处境。新一轮的文学为何、文学何为等问题的阐述，重新开始；何谓诗学、诗学何为的理论探讨紧跟而上。由于派别众多，于是不同的文学理论主张，也是日新月异，众说纷纭了。在这种意义上，似乎可以说，20世纪是文学理论批评的时代。

如果对20世纪的中外文论从总体上加以把握，那么可以看到，我国20世纪初的文论开头，原是很有希望的。梁启超把文学与当时救国救民的社会任务结合起来，提出诗界革命、小说革命，这也是时代、国情使然。自然，后期的梁启超的文学观与前期相比，显然是不同的。同样在世纪之初，王国维在19世纪德国哲学的影响下，摆脱了我国几千年来的政教文学观，主张文学艺术是为人生，并且直接提出了文学要走向独立、自主的问题，这较之稍后的美国、俄国形式主义文学观，在论说上既早且要深入得多。王国维的文学思想或者说这条文学思想路线，由于我国国情、文化制度的关系，在后来的70多年间，一直是忽隐忽现，处于抑制状态；在这期间，我国的文学主张，大体承袭了梁启超早期的文学观，并随着时代的发展，逐步演化，把它发展到了极端，而到70年代末不得不改弦更张。

　　在"五四"新文化运动后的五六十年间，我国的文学理论的问题之一，在"五四"批判精神的影响下，主要是大力输入、不断接受外国的特别是苏联马克思主义的文艺思想，并影响我国的文艺与创作。马克思主义文艺思想传播到了我国，极大地改造了我国的文学理论，使之开始走上科学化的道路；同时带有庸俗社会学倾向的苏联文学理论和与之结合的我国文论，后来又使我国的文学、文学理论完全失去了自主性、独立性，最后使文学成了政治的附属品。问题之二，在我国文学、文学理论的视野里，关注的主要是文学与社会、生活、政治要求、主义、方向、方法、作家的世界观改造、文艺批判等问题，到后来把它们当成了文艺政策而制度化起来。这在一定时期里产生了不少积极的影响，推动了文学的发展，并且也使我们从不同侧面，理解到文学的复杂性。但是它的极端的政治化倾向，违反艺术规律的种种粗暴干预，又使文艺的发展走入了困境。问题之三，在"五四"之后的几十年里，主要是在50年代之后，由于文学、文学理论逐步失去了自主性，所以在文学研究中，特别是文学作品自身的问题、文艺的审美特性，完全被排除在科学的、实证研究之外，而无所收获。问题之四，80年代，由于人们对原有的一套文学理论失去信心，所以急剧转向欧美文论，把这种文论关于作品的种种内在的研究，看作是整个文学研究的实际。这种倾向在一个时期里不可避免，但随后一些人又走向了新的极端。最后，我国文学理论在反思中，深感我国文学理论在求变、求新的过程中，每个阶段都深受外国文论的影响。"五四"的横扫旧文化的批判精神，以及古代文论未能及时地现代转换，实际上使后来的文论，在主干上中断了与古代文论的继承性联系。90年代开始，一些学者呼吁我国文化的现代转换以及由此而引发的探讨，提出我国当代文论中的"失语症"现象，正是为了让古代文论的传统重新焕发青春，使我们能汲取其中有用成分，使之参与当代文论的建设。

　　20世纪的西方文论，派别多样，流向多变，但从第2个10年起，起主导作用的是作品在内在研究方法，诸种形式主义方法形式，大体代表了文学研究中的科学主义路线。这些流派或方法，在欧美国家可以说花样翻新，新说迭起，到了70年代末，则是消耗了其全部精力而难以为继，以致使原有的多种外部研究方法，以及新起的批评流派，水到渠成，竟是不费吹灰之力就取而代之。这些研究，其实并未受到形式主义诸流派的盛行的影响，而是在不同时期，各领风骚，大体代表了文学研究中的人文主义路线。80年代后起的几种文学理论流派，从倡导文学的跨文化研究开始，一二十年来多有进展，但到了今天，文学的文化研究已向泛文化研究转向，显得有些疯长了。

　　综观近百年来的中外文论，从整体来说，西方文论呈现了多样化的特点。各个文学理论流派，结合不同时期的文学实际，从不同角度揭示了文学的某个方面的特征，丰富了人类的艺术思维。那么，多样的西方文论，能够直接成为我国当代的文学理论形态吗？西方文论是在西方文学的经验以及文化传统的基础上形成的，虽然与我国的文学经验会有某些共通之处外，但它们终究是西方的，可以学习、借鉴与吸收，但看来难以替代。

　　古代文论同然，我们使之现代转化，给以现代阐释，目的在于把它视为丰富的宝库，从中分离出那些具有生命力的东西，激活那些尚未死去的东西，与当代文论思想相沟通，融合而为当代文论的组成部分。

　　在这种时刻，我以为检查一下我们的理论思维的方式、方法，是十分必要的。

　　近百年来，由于我国社会一直处在内忧外患之中，所以在相当长的一段时间里，不断斗争成了社会生活的主导方面，这无疑也影响了我们的思维方式。好，那就是绝对的好；坏，那自然是绝对的坏。这种方式，影响到了学术问题的学理性探讨。一些观点与评价，在彼时彼地可能是正当的，必要的，但在此时此地可能是大可商榷的，或是十分谬误的。所以对于近百年来的学术思想，必须不断给以重新观照与评估，理由也就在这里。这要求我们要以当代意识为基础的现代性，和与之相通的不断生成的、不可阻挡的历史性为准则，来观察问题。现代性的不断自我反思及其批判精神，与不断生成的历史性，对于以往的整个人类的思想及其后果，进行重新评估不仅是适用的，而且也是必需的。

当今现代性或是不断生成的历史性，要求我们结束过去的那种绝对化的非此即彼的思维方式，即在学术思想上，避免那种绝对对立的、独断式的思维，而应倡导一种走向宽容、对话、综合与创新的思维，即包含了一定的非此即彼、具有价值判断的亦此亦彼的思维。新的文学理论形态的建立，是要求新的思维方式的。

只有走自己的路，才能建立新的有中国特色的文学理论。20世纪的文学理论已进入亮丽的夕照与新世纪的晨曦中。

即将来临的21世纪，将会是中国文学理论自我更新、创造的新世纪！

（原文作于1999年9月9日，刊于《文学评论》1999年第6期）

文论已成"燎原之势"

新旧世纪交接的时期,是大家思想极为活跃的时期,告别20世纪,面向21世纪,大家都期望文学理论界会有一些新局面,希望文学理论有个大发展。实际上迎接大发展的新局面的到来,早就是几辈人的愿望(可能是三辈人的愿望了),但是几十年里,它迟迟未能来临,主要是所谓路线斗争实在太多了,路线斗争必然演变为运动,运动就是一切,运动必然要在文艺界整人,每次运动总有一批死的死,伤的伤,知识分子被整怕了。甚至说鲁迅如果在我们这个时代,还想继续写作,那么就只能到监狱里去写他的东西,或是要么沉默不语。文艺理论在夹缝里求生而不可得,虽然在重压的缝隙之间仍能开出几朵与大时代生活不相适应的、颜色惨淡的小花。

由于"文化大革命"发展成为一场浩劫,极端错误的"文化大革命"的主导思想需要清除,同时确立新的思想路线时还要不断进行斗争,所以20世纪80—90年代那种旧式的、教条主义的、老话不断重复的东西已经无人理会,在这种情况下思想相对自由一些。

80年代开始,中国学者在中外各种文艺思潮的影响下,开始不断提出文艺理论新问题,不时出现有关文艺理论方面的新作,第一阶段的探索热潮到1989年下半年戛然而止。随后是经历了好几年的沉默与反思之后,学术研究再度兴旺起来,到新世纪来临之际,文艺理论领域出现了新的形势。不少年长一些与青壮年的文艺理论工作者,综合80年代的成果,突入了过去从未涉及的理论领域,撰写了不少很有时代特征、充满新意的文艺理论著作。

第一编　文学短论

在这种情况下,华中师范大学的王先霈先生(时兼华中师范大学出版社社长)向我与童庆炳先生建议,编辑文艺理论丛书发行出版。我和童先生接受了这一邀请,两人同任主编,编辑"新时期文艺学建设丛书"。凭我们平时对文艺理论进展的了解,不少著作所提的问题大都是一个方面的新课题,有特色、有新见、有深度或有一定见解,这是过去几十年里从未出现过的新现象,而且作者队伍相当庞大。于是我们商量后决定分辑出版,每辑6种,第一辑由华中师范大学出版社出版,这对于我们和出版社来说都是一个创举。2000年第1辑"新时期文艺学建设丛书"出版,收入丛书第1辑的有拙著《新理性精神文学论》、童庆炳先生的《文学审美特征论》、胡经之先生的《文艺美学论》、张少康先生的《文艺学的民族传统》、孙绍振先生的《审美价值结构》、朱立元先生的《理解与对话》等6种。同时于2000年6月10日在北京师范大学举行了首发式。

在首发式与讨论会议上,季羡林先生发来贺信,贺信的题目是"中国有自己的博大精深的文艺理论",贺信说:

> 首先热烈祝贺《新时期文艺学建设丛书》首发式的召开。这一套丛书是我国文艺学研究的重要贡献。著作这几部书的先生我差不多都认得,感谢他们为我们中国自己的文艺学做出的成就。我一直认为,中国有自己的博大精深的文学理论,这是西方所望尘莫及的,但是一定要归纳整理出来。现在这几位先生做了这件工作,这是令人很欣慰的事情。尤其要感谢钱中文和童庆炳两位教授能主编这样一套丛书,并计划一直编到中青年一代。丛书通过不同年代人的优秀论文,清理了新时期中国文艺学的发展轨迹,应当说是中国文艺学发展中很有历史意义的事情。更要感谢华中师范大学出版社出了这样一套很有学术价值的著作,在商品经济的大潮中,能做到这一点是很不容易的,希望他们以后能更多地出版这样的好书。

钟敬文老教授参加了这次首发式，他在会上做了《新时期文学理论的里程碑》的发言。他说：

> 文学有三条干流：上层文学、俗文学和民族文学。第一条属于精英文学或作家文学，第二条属于市民文学，第三条属于农民文学。我个人认为，文艺学应该既有精英的文艺学，还应有市民的文艺学，以及农民的文艺学。一个民族的总的文艺学应该包含这三个层面。但我们的文艺学主要限于上层，是作家的文艺学。我搞的文艺学是在总的文艺学范围内，但被划归到民族学中……理论在不同时代有不同。有人认为中国当代没有文学理论，这是一种偏见。其实，当代探讨了很多文学理论问题，这套丛书正是如此。它们从各自不同方面探讨文学理论问题，合起来就很不错，是新时期文学理论的里程碑。两位主编是赫赫有名的干将，而各本书也都有独特见地。我们心里称赞的是那种有新意的著作……人文科学应有主体性，文学理论也应有主体性。要尊重我们民族的文学理论传统。

两位前辈的思想，至今具有重大的现实意义。2000年6月28日，《中华读书报》以整版篇幅报道了6月10日的这次会议。报纸在大号字体的"文论研究已成燎原之势"通栏标题下，刊登了会上一些发言者的短文。其中有王岳川先生的《中国当代文论家的一次集体亮相》，有李思孝先生的《文论燎原之势的具体代表》，许明先生的《近20年文论建设的历史性总结》，有王一川先生的《中国文学理论美学化和学理化的丰碑》，有黄卓越先生的《显示新时期文艺学学科发展的窗口》，王宁先生的《中国文学理论并未"失语"》，有杜书瀛先生的《论文集比专著有更大的含金量》，有陈传才先生的《中国文论家已具备与西方对话的能力》，有吴思敬先生的《中国文学理论的总结和前瞻》等。这次会议有几位前辈学者的中肯的意见、鼓励和期望，也有同辈学者肯定、认可和分析。

其后两年，我与童庆炳先生一起又编出5辑30种，前后共36种，所涉理论范围各不相同，如第一辑涉及的6个专题外，后来涉及的有比较诗学、审美教育、文艺人学论纲、圆形批评与圆形思维、探寻综合创新之路、本体反思与文化批评、宗教文艺审美创造论、艺术的生存意蕴、诗学研究、艺术的哲学思考、创作心理与文化诗学、汉语形象与现代性情结、新意识形态批评、艺术的精神、现代性张力、美的艺术显现、文艺学的人文视界、文艺美学方法论问题、文本生产与意识形态、原型与跨文化阐释、社会理论视野中的文学与文化、典型文本与文艺学范畴研究、当代审美实践文学论以及审美幻象研究等。它们显示了我国新时期20多年来文学理论研究的实绩，其中包括了我国老一代与中年一代卓有成绩的学者。这套丛书，影响巨大。后由于经费问题，出版难以为继，因此还有一些很有成就的学者著作未能编入。有6个出版社共同出版这套丛书，它们是华中师范大学出版社、首都师范大学出版社、辽宁出版社、陕西师范大学出版社、暨南大学出版社与广西师范大学出版社等。

从整体来看，第一，丛书的确是新时期以来的中国当代文论家的一次集体亮相，大部分成就于新时期20年内的文论家都有其代表性著作问世，有的学术含量极高，或是具有引领潮流的意义，或是开创了一门新学科，具有很高的创新精神。

第二，丛书富有当代性的特征，绝大部分论著，都与当前文艺理论的实践相结合，广泛地吸收了中外古今的文化成果，探索文学理论的当前形态及其规律性现象，以适应时代的需要。

第三，从所涉及的领域来说，丛书表现了文学理论的前所未有的论题的多样性、中西文化思想的开放性，可以说一扫文艺理论中的旧时风习，这些丰富的论题是前30年间的文学理论所难以想象的，真正体现了百花齐放百家争鸣的精神。

当然，除此之外，还有大量有关中外文艺理论问题的研究的学术著作问世，特别是多部有关我国文艺理论多卷本著作，极大地丰富了我国文艺理论，成为这一领域的重大成就。

但是，说到文论研究"已成燎原之势"，也不过是此一时、彼一时的现象。文论总的面貌虽然是向前发展的趋向，但是新世纪以来，不确定性大为明显，特别涉及文论的不少基本问题，说法极为驳杂，歧见纷呈，倾向各别。这里不做评说，仅就"此时"的现象，做个扫描而已。

（原文收录于钱中文著《文学的乡愁》，河南文艺出版社2017年版）

文论取向激变与新阶段

20世纪90年代开始，我就开始研究近百年来的文学理论进程，发现了我国文学理论和外国文论的错位关系。这种关系表现为：当西方文论进入形式主义时期，把文学文本视为文学本体，从而排斥了文学与其他方面的联系，随后进入了"新批评"以及"结构主义"阶段，把作者与读者都排除在文学之外，而我国则恰恰相反，长期排除了文学的内在的研究，而专注于为社会服务，最终导致文学为政治服务，走了另一条路线。

70年代末开始，当西方文论从内部转向外部，最后成为无所不包的"文化研究"。而我国却从70年代末开始，文学创作与文学研究却来了"向内转"，以为这才是研究文学的正道，又形成了一个错位，经历了10多年。

90年代中后期，我国文论开始进入多元创新时代，各种文艺理论学科被提了出来。形成了前面所说的文论发展已成"燎原之势"。

但是随着后现代"文化批评"的理论不断被介绍过来，解构主义的思想大为流行，对我国文论的建设，发生了极大的冲击，同时又进一步推进了文学理论的进展。

解构主义的最为根本性的问题，是它彻底否定了欧美人文科学中的逻各斯中心主义，认为不存在单一的终极真理，人们没有必要去对它追根究底；事物的本质从来说不清楚，所以没有必要去研究事物的本质，研究事物本质就是本质主义，应该把它反掉。只存在什么呢？由于当今进入了信息时代，那么人们看到的不过是知识的生产与它急速的递增，学科与学科之间的界限正在消失之中。解构主义导致人们思维方式的变化与开放，思想不是单一的，而是多元的，反对中心主义。事物的边界不断在变异、换位，原来是边缘的可以变为中心，以致相反，这也就是文化批评的基本原则。这一思想既有它的积极方面，也有它的消极一面。

将这些文化批评的基本问题引入文学理论，使得原有的文学基本问题就发生了重大的变化。首先，一时要求改革的呼声甚高，要求更新文艺学，使它与当前人们对文艺科学的需求相适应，这是对的，但是它又提出需要将文化批评的观念与策略替代文学理论，这就把文学理论变为泛文化的精神现象了。其次，既然并不存在事物的本质，也说不清楚，因此应该废除文学本质的研究。确实，在文化理论中，存在唯本质主义现象，但是了解事物的本质，仍然是通向真理的重要途径。再次，认为今天审美已不是文学唯一的特征，其他文化现象都是审美的，从文学理论的角度来说，应将这些文化现象都扩入文学中去，文学本质的废除，必然导出文艺学的根本问题的分歧。再其次，发生了文学与其他文化现象的界限问题，文学自身的存在自然也成了问题。

随着科学技术、信息技术的发展，有的外国学者说，现在人们还需要文学吗？文学已被短信、微信、视频、手机所替代，这一理论后来受到质疑，引起了广泛的讨论。有的中国学者认为，当今进入了日常生活审美化的时代，文学是什么呢？现在难有定论，说不定具有审美色彩超市广告、房间装饰、街心公园、服装设计、衣着时尚等等都可进入文学领域呢！在这种思想的影响下，文学与文学理论都受到了挑战。这里提出了文学的扩容和文学理论的扩容问题。确实，在当今网络时代，出现文学的许多新形式，并应把它们扩入到文学中去，成为文学理论研究的对象。但是要把广告装修、时尚文化都扩入文学，使之成为文学理论研究的对象，这就僭越其他学科研究的范围。要知道时尚文化、服装设计师、美容师等，就这方面的专业知识要比文学理论家丰富的多呢。其次，把时尚文化、服装设计与文学作品等量齐观，这是在挑战普通的文学常识，这是一种追求轰动效应的泛文化研究理论。

第一编　文学短论

当后现代思潮迅速扩张，一些学者不断用这些思想为指导来改革文艺学，不少老师受到冲击，以致在文学理论课上不知道文学是什么了。

如果2004年之前，各种要求文学理论改革的声浪日渐高涨，而改革的指导思想与改革的途径并不一致，学者们只是在文章中各说各的，那么在2004年的中国中外文艺理论学会的第3届年会上，文艺理论界的这些不同观点与矛盾终于爆发，并在大会上冲突起来。大家都认为文学理论必须改革，但一方是对以往的文学理论有所批判与继承，及时汲取新思想，提出文学理论发展的新思路，使文学理论不断创新；另一方则认为以往的文学理论已经失效，急需引入后现代主义各种理论，于是大量引入了欧美大学过时的教学经验。其实，这时美国文化批评的主将之一萨义德，对于自己把文化批评引入文学理论之后，发现这种做法掏空了文学的价值而深为懊悔。但在我国这种文化批评的风头正健，于是一场大辩论在所难免，而且历时有数年之久。

争论的问题是在科技的迅速发展的条件下，文学已否终结、死亡？房间装饰、服装设计等等能否成为文学，是日常生活审美化，还是审美化的日常生活？文学理论需要更新，需要扩容，如何扩容，扩进什么？本质主义是什么？有关文学的本质研究是否就是本质主义？在全球化语境下文化能否一体化？外国文学是否就是世界文学，中国文学就一定要向外国文学看齐？看齐什么？文学的民族特性是否已经陈旧？要被所谓世界性替代？

就争论的品格来看，年轻的学者看到了不久前外国文学理论的变化，我国文论的滞后，要求就我国文学理论进行改革，尖锐地提出问题，这是他们的长处。但是提出的论证极为偏颇，要拿文化批评原则、范畴来替代文学理论教学，这几乎近于惊慌失措，他们用学生对于文艺学的好恶程度来判断文学理论的价值就是一例。自然，学生的意见对于文艺学的改革极为重要，但不能迎合，因为把文学理论课的教学，教得生动活泼，成为学生大受欢迎的课程也大有人在。我们也看到，有的学者的文章论点，几乎是外国消费文化著作中的观点的翻版，有人嘲弄，有的文学博士教授被后现代思潮与消费主义理论搞得晕头转向，已然不知文学为何物。这些观点的流行，在这一段时间里，使我国文学理论在某种程度上失去了自主性，当然他们后来的观点是有所变化的。

争论中的年长学者的一方，在近30年间，一直积极主张文学理论的不断更新，而且身体力行。他们在自己的学术生涯、教学进程中经受过各种文艺思想的洗礼，既有沉痛的教训，也有丰富的理论经验。他们力图站在历史发展的前沿，辩证地看待过去的文学理论进程，而对于一个时期有如洪水般冲来的外国文学理论思潮，能够积极地进行审视它们，既有批判，也有吸收，进行新的创造，而绝不是目迷五色，人云亦云，趋附于外国文学思潮。所以在争论中显示了他们文论的品位较高，但被有的"唯新"就好的年轻人称为"老的保守者"。

有意思的是，相当部分的争论是在原来的博士生与昔日的导师之间进行的，他们在一些问题上针锋相对，各持己见，阅读它们，很有味道。虽然在争论文章中指名道姓，不过他们在生活里仍然保持了友好关系，这在以往是不易做到的。

一位外国学者在20世纪80年代就说过，后现代主义在20世纪80年代已成为美国的美学与文学讨论的一个主题，他们嘲弄一切，以致当今"一切坚固的东西都烟消云散了"！

但是我国这边风景独好，新世纪初，有的学者把世纪之交的中国文论的蓬勃发展誉为"文论研究已成燎原之势"。新世纪头10年里，争论虽然激烈，但双方的共识日渐增多。文化批评的不少积极因素不断被吸收与转化，在文学理论的基础建设与教材方面，取得了不少成果，文学叙事学、文艺生态学、文学人类学等进一步成为本土化的学科，而令人刮目相看。就个人的著作来说，有多卷本的"数码艺术潜学科群"研究，这在我国恐怕独此一家，有位青年学者出版了多卷本的"阐释学论集"，这是多年用坐"冷板凳"的功夫写出来的，此外个人的有分量的著作甚多。至于集体项目，这时期有7卷本的《20世纪马克思主义文艺理论国别研究》的出版，有"网络文学新视野丛书""文艺美学研究丛书""比较文学与文艺学丛书"；有3卷本的

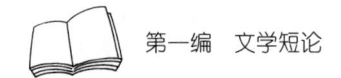

《中国美学范畴史》、3卷本的《西方美学范畴史》、7大卷的《西方美学史》《实践存在论美学丛书》以及出版了几十种的《文艺学与文化研究丛书》等。

  至于一批老学者，如童庆炳、王向峰、胡经之、阎国忠与李衍柱等，现在已出版了自己著作的多卷集；个别的老学者，好像正处于著述的高潮期，一本接一本，见解新颖独到，如孙绍振、杜书瀛。他们的著作，表现了我国30多年来文艺理论与美学研究中的重要的丰硕成果，和文艺理论、美学多元化的创新发展。

  这就是我国文艺理论与美学的新时期、新世纪与新阶段。

（原文收录于钱中文著《文学的乡愁》，河南文艺出版社2017年版）

文艺美学：文艺科学新的生长点

首先，我十分高兴地祝贺山东大学文艺美学研究中心的成立。中心领导人把我列为研究中心的学术顾问，对我来说，实在是不敢当的，真是聘我没商量！

山东大学文学院重点研究基地，把自己的研究的重点对象定为文艺美学，是十分明智的。一方面，相近的学科重点研究基地，已有一个北京师范大学文艺学研究中心，另一方面，文艺美学则是一片尚待开发、无限宽阔、大有作为的学术场地。山东大学有着优秀的文化传统，出过一批令人仰慕的大学者，历来是我国文学理论、美学研究、古代文学与现当代文学研究的一个重镇。现在组成的文艺美学中心，有着一支优秀的队伍。这些学者出版了多种有影响的学术著作，相信他们在文艺美学的领域里，定会有声有色地大干一番，对我国的学术研究，起到良好的影响与推动。

关于文艺美学这个名称，80年代初，曾见到过台湾学者王梦鸥先生的《文艺美学》一书，当时忙于思考其他问题，所以未加注意。接着胡经之先生在编辑出版《中国古典美学丛编》的基础上，倡导"文艺美学"，并提出了建立有关文艺美学的看法；1985年，川大王世德教授出版《文艺美学论集》；1989年胡经之教授的《文艺美学》问世，此书融合了诗学与美学，大致阐释了他对文艺美学的理解，勾勒了他所理解的文艺美学的一个轮廓。从倡议到成书，大约经历了10年。这中间，他写成了一稿、二稿，本来完全可以早些印刷成书的，但他没有这样做，而是拿出了一本较为完整的著作。他说，"宁可晚些，但要好些"，显示了一个严肃的学者应有的认真的治学态度。

自然，我国文艺美学的探讨，尚在起步阶段，如何定位，是个很有趣味而且是个需要进一步讨论的问题。

从事文学理论研究的人都有这样的经验，一是文学理论，如果它不借鉴美学的成果，甚至哲学的思想，就会使理论自身显得单调乏味，失去理论的应有的光华与高度。这是这一学科的自身特点所决定的，因为文学创作自身就涉及生活的多个方面。20世纪西方文论流派众多，这和多种哲学思潮的不断更迭以及语言学的转折分不开的。在文艺现象的阐释中，有纯美学的研究，也有专注于文学理论的研究，同时出于实践的需要，也出现了一种既非纯粹的美学理论研究，也非纯粹的文学理论的形态，而是介于两者之间，形成了一个新的学术领域，这就是文艺美学。至于对于中外古人文论的研究来说，可否这样认为，西方有纯粹的美学研究，也有纯粹文学理论的系统探讨，在不少作家以及一些现代哲学家那里，也有类似文艺美学这种形式的探讨。而我国古代文论中，像西方那种纯美学式的研究，体系式的理论研究，也是有的，但相对来说，不很发达，但是对创造主体的审美活动充满诗意、富有灵性的体悟，对于艺境的空灵的体认，并在这类活动中形成的文艺美学，却是特别发达的。我国古代文论，大量诗话，大体是一种文艺美学的形式，或是说，是文艺美学的古代形式，不知这种观点能不能成立。如果这一观点多少有点道理，那么我以为这对于我们理解中外文论各自的归属，即所属学科方面，可能会有帮助，而不致像有些功底浅薄的学者，奉外国的美学、文学理论体系为圭臬，来衡量我国的古代文论，结果一加对照，竟然可以毫不费力地把我国的古代文论对照掉了。

文艺美学与美学研究的对象和目的，有共同之处，但又不尽一致，而自有其独特性。文艺美学与文学理论的关系同然。所以，可以在一般意义上对中外文论进行比较研究，因为既然是文论，都是在文艺创作的基础上形成的美学、理论与观点，双方就必然具有共通性。但是要把我国古代文论主要是文艺美学这种形式，完全纳入外国美学与文学理论的范畴、观念、体系中去，就总会让我国古代文论觉得无所适从，失去了其自身的独特点。因为双方的观点，用以表述的范畴，所赋予的涵义，往往是有着极大差异的，因为它们各自在中外文化背景上、艺术实践的不同的层面上提出来的。相反，把外国美学的范畴、观念，完全纳入中国的文艺美学中去，也是很困难的。

这里自然涉及文化的共同性与异质性问题，需要专门、深入地探讨的。

二是经验告诉我们，"文艺美学"作为一门学科，是将各个门类的艺术打通起来、浑成研究的一门学科，或是以一种艺术为主，兼及其他门类的艺术的研究。文艺美学为我们提供、开辟了新的学术领地。文艺美学是文艺科学的新的生长点，作为一门学科，是名实相符的，有着良好的发展前景。当前，不同于传统文化研究的"文化研究"正在兴起，并且形成了一股思潮，属于不同学科的学者都卷了进去，人文科学与社会科学都受到它的影响，看来文艺美学也不会例外。在文学理论方面，当前，那种阉割了文化内涵的纯审美研究主张已悄然隐退，文化诗学早就兴起，在有着明确界定、思想的倡导下，得到了更为有序的发展。至于文艺美学，则它因天生面向艺术的多维原则，面向人类文化的多向性，所以它扩向文化美学，也是很自然的事。

说到名实问题，文学理论就不是如此。由于过去受到翻译和行政力量的影响，这门研究文学现象的学科名称我以为并不科学。我们平常所说的"文艺学""文艺理论"，人们说来自俄语，但俄语里没有"文艺学"一词。在俄语里，研究文学的学问称 литературоведение，应译作"文学学""文学理论"，但中国人"创造性地"译成了"文艺学"；研究艺术的学问是 искусствоведение，应译为"艺术学"。这种误译与长期将错就错地使用，结果把文学理论与文艺理论、文艺学这样的不同的艺术研究部门等同了起来。在文学理论的探讨中，往往要征用与文学有着横向联系的其他艺术门类的经验，来解释文学现象，这是十分自然的。但是文艺学、文艺理论应是研究各种文艺现象，如绘画、音乐、雕塑等艺术的理论的泛指，而非单指文学现象的研究的。那么，我们是不是可以趁这次确立文艺美学这一学科的机会，改正我们不科学的惯常的用法，进行一次学术的规范了呢？关于这点，是已有学者呼吁过的。改正的办法是，将文艺学、文艺理论与俄文翻译脱钩，把研究各种文学艺术现象的学科的命名，作为我们自己的艺术文化的学科范畴，名正言顺地称作为"文艺学"或"文艺理论"，而将研究文学的理论称作"文学理论"，也可以叫"文学学"，虽然"文学学"叫起来十分拗口。文艺美学与文学理论，仍然属于文艺学，文学理论不再称文艺理论或文艺学。这样做，不知是否可行？

一种学科要取得健康的发展，出发点与方法是十分重要的。20世纪西方社会，经历了理性与反理性的灾难，毁灭性的战乱，社会思潮的急剧转换，信息技术统制中的非人性的一面的扩张，在思想界不断在宣扬反理性主义，对未来人的生存状态一筹莫展，以不确定性为特征的后现代性取代了现代性。人从技术、物质的创造上，显示了其无比的潜力，但是由于物的挤压，在精神上却日益走向空虚与平庸。在这种情况下，我以为我们人文知识分子应当有一个清醒的立足点，我把它叫作新理性精神。

新理性精神是高度的科学精神与新的人文精神的结合，是重建文化、文学艺术价值、精神的一种想法。它针对当今人文科学的现实状况，借助于现代性、交往对话精神与人文诉求而提出的一种理论建构的价值观。

新理性精神相信现代性是一种"未竟的事业"。现代性意味着以现代意识、现代精神观照当前的文化、文艺现象，是一种不断反思自身与文化批判精神，是既有解构，也有建构的意识，不是一种一味对价值、精神进行消解的意识。可以汲取后现代性中的不少合理的因素，但是我们的学科的发展，无疑应以现代性诉求为其主导的。

新理性精神提倡交往与对话。传统文论中有知人论世之说，知人论世就是熟知对象，理解对象，所说道理自然就恰如其分，入骨三分，这是对话的一种形式。但是长期以来，话语霸权的独语思想，非此即彼、决然二分的思想方法，一直统治着学界。倡导一种说法，就一定要把别人的思想打倒；不同意我的观点，就把你说得一钱不值。这种极端的形而上学的思想方法与极端的科学主义思维方式，有违人文科学的积累方式,曾经给我们的思想建设制造了无数灾难性的损失。交往对话倡导宽容、对话、理解、评说,要把对方看作是自有价值、各自平等、相互独立、互为存在的意识个性与存在。因此新理性精神所主张的交往与对话,自应排斥绝对对立、绝对斗争的非此即彼的思维,更应是一种走向宽容、对话、综合、创新,同时包含了必要的非此即彼、具有一定价值判断的亦此亦彼的思维。

新理性精神倡导人文的诉求。在20世纪的文学艺术、文艺科学中,人文因素不断被消解,以致在一些作家那里,已经失去了血性与良知,怜悯与同情,剩下的只是写者自身的语言游戏的欢快与所谓语言的技巧策略。在文学研究的领域,则成了科学主义、工具理性横行的地方,这自然也是现实生活的反映。而西方的一些倡导过文化研究的学者,有的已经意识到,这种泛文化研究的致命弱点的经历,正是人文传统的消失,人文精神的淡薄,甚至是"人文的堕落"的过程。人文精神的失落是一种普遍现象,甚至是一种真正全球化的现象。失去人性的人、理想的人,必然会走向物质与自然本能的追求,渐渐成为非人,这一趋向正在蔓延开来。但是人除了需要物质的满足之外,还要有自己的精神家园,否则何以为人,何以为生!因此我们要呼吁重建文学艺术的价值与精神。文艺美学、文化美学、文化诗学、文化研究的建构,不仅在于打通文学艺术与其他文化领域,在更加广阔的文化背景上,应去促进新的文学艺术、新的文化的创造,同时也是为了弘扬与赓续新的人文精神,使人日渐成为完美的人、真正的人!我想文艺美学,以它自身的独特点,特别能在这方面起到应有的作用。

最后,衷心祝贺山东大学文艺美学研究中心在学术探讨的宽阔大道上,发扬学术的原创精神,取得更多的成绩!走向更高、更远、更强!

(原文作于2001年5月7日,为2001年5月10日在山东大学文艺美学研究中心成立会议上的发言。刊于《文史哲》2001年第4期)

美学：面向原创精神，面向现实与人[*]

一 学术思想的原创性问题

20 年来，我国美学界取得了不少重大成果，可以说，这短短 20 年的成果，胜于以往 80 年的积累，形成了我国美学发展中的一个飞跃时期。

在这一时期里，一些专门研究马克思主义美学的学者，走出了长期对马克思主义美学文献的注释的状态，在探讨马克思主义美学的体系中，开始有了自己的独立意识，并且力图更新、完善这一体系，拓展了美学研究的领域。不少学者进一步探讨了 20 世纪五六十年代美学辩论遗留下来的遗产，推动了美学研究的热潮。90 年代后，美学的热情虽然有所减弱，但是随之而来的是美学的必要的反思与沉思。一些学者仍然坚持美的本质的研究，提出了自己的美学见解，写出了优秀的美学著作，在这方面，蒋孔阳先生的《美学新论》是不可多得的佳作。作者将复杂的美学问题，写得深入浅出，这就十分难得；而在一系列的问题上，又能完整、全面地把握了马克思、恩格斯的思想，把问题论说得充满辩证气息而令人信服。蒋先生没有以马克思主义的代言人自居，更没有那种以代言人自居的霸气。他认为美学应是一个开放的体系，所以他善于吸收诸家之长，融会成自己的东西，而自成体系。他不像一些美学家，孜孜以求，在追求个人体系的建构时，只

---

[*] 本文为 2000 年 5 月在桂林召开的"马克思主义美学的现状与未来"国际学术研讨会上的提交的论文。

顾己说，不及其余。同时更有不少学者清理了中国、外国几千年的美学思想，编写了一批多卷本的美学史著作等。各种专题性的美学论著也出版了不少。应当说，我国的美学研究空前繁荣，学术气氛相当活跃。

但是。如果看一看外国学者对我国美学研究成绩的反应，就不免令人感到气馁了。我注意到郑元者先生一篇文章所提供的信息，其中讲到，美国分析哲学美学家简·布洛克在为收录了中国美学的20余篇论文的《当代中国美学》英译本撰写的《导言》中，提出疑问："中国美学真的是'美学'吗？""中国美学真的是'中国的'吗？"布洛克认为中国美学家写的东西，不过是中国传统美学、马克思主义美学和欧洲学美学的混合物，百年来的中国美学，主要在讨论美是主观的还是客观的、美和崇高的区分、模仿与表现等问题，以及中国古代文人与某些欧美美学家的比较研究，他认为，这是些"令西方读者感到奇怪和陌生"的老问题。又如苏联美学家莫伊塞依·卡冈在上海与中国学者有过会见，当中国同行问及他主编的《世界美学史》会不会介绍当代中国美学研究的业绩时，卡冈直截了当地回答"没有"[①]。

这是令中国学者们极为尴尬的事。近百年来中外美学研究，实际上和文学理论领域里的情况一样，同样发生了"错位"，但这是"滞后"的错位，即长时间地跟在别人讨论过的问题后面，介绍、解释别人的话题，做着别人做过的学问。在时间上跟在他人后边说，在话题上重复他人的话题，甚至在话语上使用他人的话语。在别人看来，特别是处于新说不断、学派林立的西方学者看来，这样的研究自然少了新意。两位外国人的质疑与断言，对于中国学者来说，无疑是一瓢冷水。值得我们反思的是，以为做学问就是跟着外国人跑，外国一有什么新鲜说法，就赶快搬弄过来，算是跟上了潮流，把外国人的东西说的好得不得了，结果连外国人也是不承认的。自然，更不要说那种在排他性的、西方中心论思想统制之下培养出来的、对汉语和中华文化

---

① 见郑元者《20世纪中国美学：边际化及发展策略漫议》，《美学与艺术评论》（5），复旦大学出版社2000年版，第269、268页。

一窍不通的外国人了，上面提及的两位学者，大概属于此类人物。

但是缺乏学术研究的原创性或原创精神，却是问题的实质所在。

这种状况的出现，并不是偶然的。这是近百年来中国社会、文化的复杂因素影响的结果，同时，美学对于中国文化来说，也确实还是一门全新学科，这恐怕也是原因之一，这里有个掌握的过程，这是问题的一个方面。另一方面，由于在相当长的时间里，整个学术界处于文化专制主义肆虐之下，受到不正常的、不民主的独断论学风的影响，使得哲学研究在很长时期里，总是陷于唯心、唯物之争，极大地阻碍了人们思维的多向性发展，所以使得美学也自然离不开客观、主观之分了。固然，美的主客观之说，对于欧美美学来说是老问题了，但是即使对于苏联美学来说，美是主观的还是客观的，以及审美等问题，也还在20世纪50—60年代进行过广泛的讨论。至于对于中国来说，50—60年代没有了结的讨论，到了80年代自然会被重新提出，缺了的课总得补上。但是从总体上说，我们除了少数优秀的美学著作之外，不少著作确是缺乏人文科学的原创性、原创意识。如果学术著作缺乏这一特性，那如何能够获得较为久长的学术生命、受到人们的重视呢？

我所说的学术思想的原创性，原创精神，自然是指学术领域里的标新立异。标新立异，就是提出新说，就是真知灼见，就是在前人已经达到的学术探讨的成果的基础上，有所发现，有所出新；就是在这一学术问题的学理探讨中，有所增值，使之成为一种有价值的东西，从而扩大了对这一问题的认识，深化了对这一问题的积累，作为一个真正有价值的环节，丰富了这一知识的体系。这是真正的标新立异。

但学术界常有为标新立异而标新立异的现象发生，这是可以理解的。但是这样的标新立异，自然不是真正的标新立异，这是学术上的浮夸、浮躁学风的表现。炒作出来的标新立异，是一种虚假的学术现象，是学术上的泡沫现象，它往往会轰动一时，声势很大，但经不起时间、实践的检验，过不了多久，它就可能销声匿迹、烟消云散了。还有一种标新立异，就是作者受到一种新的学说、思潮的启发，灵机一动，提出新说，这可能成功，也不一定成功。说可能成功，是说它可以说明某些现象，但过后不久，人们在应用中就会发现它的漏洞多多，从而感觉到它的作用被夸大了，而实际上价值有限。在最近20年来，这些现象，我们可以说见得多了。

与学术研究的原创性相关，我想提出大家也是极为关心的问题，这就是学术规范的问题。这一问题，不仅其他领域存在，就是美学界也是存在的。

都说艺术贵在创新。学术研究是一种积累的工作与学问，又何尝不要出新？学术研究是以前人已有的发现、成就为起点的，所以在提出问题的时候，就要尽力全面把握前人已有的成绩和达到的水平，并做出客观、真实的说明。自己在把握这些材料时，或有所感悟、有所发现而纠正旧说，说明它失误在哪里；或是融会新知，提出新说，说明自己的说法又新在哪里，都得有个明白交代。现在时有失范的现象发生，这主要表现在有的学者提出新说，却对在他之前的这一问题上所获得的已有成绩却是罔无所知，对有关这方面的资料根本没有读过，却自以为有了新的发现，殊不知这一问题是早在几十年前就解决了的。还有一种情况是，他早已了解别的学者在这一问题上的观点，但他还是把这一观点当作自己的发现，不作任何说明，一路写作下去。这些失范现象，只能说明这是一些重复性的劳动，同时也表现了不尊重他人劳动的态度。这是极不利于原创性思维的发展的，这只会使自己满足于重复他人的学术成果，并使自己失去一个创新的起点。

二　面向全球化语境中的现实与人

今天，我们正处于世纪之交，千年之交。这个新的千年之交的特点是，通过高新科技、信息技术、网络公路、垄断资本的兼并、跨国公司的到处开张营业，使得经济全球化的氛围愈来愈浓。

不同国家经济上的大联合，将成为事实，经济全球化的出现，必将使得一些国家要求不同形式的政治上联合，乃至军事、文化上的联合。一些发达国家的理论家们在制造舆论，席卷全球的全球化趋势，将使世界进入一个新时代，国家所处的地域与边缘，已模糊不清，国与国的距离已经缩短，国家的主权应当服从于他们提出的人权，等等；或是说，要建立、推行一种"主流文化"，哪个国家的文化在世界范围内取得主流地位，也即取得主导地位，那个国家就可能在国际权力的斗争中稳操胜券，取得支配的领导地位，所以一再强调文化的全球化、同一化、一体化。可以说，世界并不平静，在各个方面都充满着凶险与斗争。

在这股全球化的大潮中，现实、人、文化、文学艺术都在发生变化，而且是激烈的变化。

差不多 15 年前，当弗·詹姆逊给我们介绍西方的后工业社会、比之垄断资本更巨大的商业企业形式即"多国化"的资本主义的出现时，中国学者似乎有些从未听说过的那种梦幻感觉：这离我们大概还远得很吧。然而没有多久，就有一些中国的年轻学者加入到后现代主义的讨论中去了。随后，我们发觉，中国在多国资本主义的关系中并不是吃素的，它也加入了这一跨国资本主义的行列，在不少国家已投入了资本。看来在加入 WTO 之后，它更将会自觉地、主动地以巨大的资本进入到他国的市场，同时也会想方设法吸引他国资本，更加广泛、深入地进入自己的市场。过去被中国诅咒的资本主义、垄断资本主义已被改变了性质，并且不得不投入到多国资本主义的游戏中去，否则就难以推进自己的经济改革，使自己在世界上丧失立足之地。

20 世纪后半期，也许是世界经济、政治、文化体制酝酿着大变动的几十年，而且这一进程正在发生、演变之中。我们从西方学者的著作中，了解到了西方文化的巨大演变，这就是后现代文化的出现及其特征的描写。后工业社会依靠先进的信息技术由此而带动的各种科学技术，创造了极为丰富的物质文明，大众文化、音响图像艺术、各种传播媒介、广告宣传，相当大程度地满足了广大人群的文化需求，同时也显然通过这种高科技与资本，在塑造着那种"主流文化"的形象，向其他国家推销，改造着人们的生活方式。后现代文化与艺术，一反过去传统，宣扬一切文化的不确定性，颂扬含混、不连续性、多元性、随意性、异端、叛逆、变态、变形、反创造、分裂、解构、离心、移位、差异、分离、消失、分解、解定义、解秘、解总体化、解合法化,此外还有破坏、颠倒、颠覆①,等等。确实,光这些名词,就使得一些掌握了权力话语、力图保护超级稳定的人,一听起来就为之心惊胆战。当我们正在阅读西方学者关于后现代主义文化、文学艺术特征的描写时,其实我们的生活与文学艺术的某些方面,也正在悄悄地发生着这些现象,这也就是美学所面对的问题。

后现代主义文化是西方社会历史进程发展的必然结果。它显示了西方文化强大实力的一面,特别是20世纪西方物质文明的创造,同时也表现了西方精神文明的深刻危机。战争灾祸、法西斯统治、反理性主义的胜利,摧毁了人类社会的理性精神与理想,使得文化领域如哲学、文学艺术、大众文学、影视传媒,一面满足着广大人群的需要,一面又弥漫着各种各样的危机感。特别在后现代文化、文学艺术中间,文化精神的危机感,有如在我们上述的摘录的描述里,得到了充分的体现。

文化的危机,实际上正是人的危机的表现。人遭受战争、暴政的摧残,由此失去了理性与信仰,变成空虚的人。经济的高速发展,物质生活丰富了,但是失去了理想的人,转向物欲的追求,结果遭到物的挤兑,被物化了,异化了,成了扁平的人。信息科技显示了人的无限的创造力,在以人为本的口号下,关心人的享受与舒适的一面,而其非人性的一面,又在大规模地虐杀人类,使人非人化,使人成为渺小的人。人的危机,表现为对社会价值的漠不关心,在满目疮痍的人世间,使人感到极度陌生,他好像已无求于社会。价值观念的失范,表现为信仰、规范的失效,行为模式的反常、乖戾。不少人在精神上患着慢性的自杀行为,他们渐渐地失去了自身的特征,失去了人的血性与良心、怜悯与同情。

文化与人的危机,并非始于今日,早在19世纪末20世纪初,不少哲学家就预见到了。比如巴赫金在20世纪20年代初,就提出过"现代危机","现代危机从根本上说就是现代行为的危机。行为动机

---

① 见伊哈布·哈山《后现代的转向》,台湾时报文化出版企业有限公司1993年版,第155页。

与行为产品之间形成了一条鸿沟。……负责行为所拥有的全部力量,都转入了自主的文化领域;而放弃了这力量的行为,则降低到了起码的生物动因和经济动因的水平,失掉了自己所有的理想因素:而这正是文明所处的状况。全部文化财富被用来为生物行为服务。理论把行为丢到了愚钝的存在之中,从中榨取所有的理想成分,纳入了自己的独立而封闭的领域,导致了行为的贫困"。巴赫金看到的是文化与生活的互不融合,解决的道路是,应将行为的责任与内容统一起来,克服这恼人的脱节。俄国的另一位哲学家别尔嘉耶夫从美学的角度看到,认为20世纪初"俄罗斯文学所特有的真实性和纯朴性消失了"。"在我们的复兴中以前受压抑的美学因素实际上比原来很虚弱的伦理学因素更强有力。然而这意味着意志薄弱与消极性。"① 这样的批评也是切中文学艺术的弊端的。但是发展到了当代,文化、人的危机只是有增无减,而且表现得更加赤裸与变本加厉。后来欧美的各种美学派别,特别是文化研究,及时地探讨了现实生活发生的变迁,其批判的广泛性是令我们惊奇的。

现在这些文化危机的因素,或多或少地终于出现在我们的生活里了,这给了我们的美学一个机会,即和西方探讨同一话题、共同的话题,从而使"滞后"的距离大大地缩短,慢慢地消除了"错位"现象,这是一个重大的变化。但是这不是简单的合流于西方,处处跟随西方的理论,而应探讨自己的切身问题。美学当然仍然可以探讨它自身的问题,即那种纯理论的探索,但是它也理应关怀现今的人:他在当今全球化氛围中的生存状态,特别是他的精神的生存状态,他的思维状态的变化,审美风尚的更迭,审美趣味的激变,新的审美观念的产生。不是有哲学家提出,人应诗意地栖居于大地之上吗?当今天恶俗横行,人与人之间充满了极端世俗化的气息时,那健康的人在哪儿?当大地上灾难、瘟疫不断在肆虐时,那诗意的栖居安在?

就是对于马克思主义美学来说,也是如此。我国的美学受到马克

---

① [俄]别尔嘉耶夫:《俄罗斯思想》中译本,生活·读书·新知三联书店1995年版,第215页。

思主义美学思想的影响极大，不同派别几乎都声明是从马克思主义出发的。有的派别有所前进，有的派别故步自封，不愿吸收新鲜的东西，体系严密了，但也封死了自己而作茧自缚，失去了生气甚至生命。现在出版的有的美学史，指导思想、体系思想、材料收集，还停留在20世纪60年代的水平上，没有进步。可见，马克思主义美学同样必须自我更新。全球化的语境，迅速地改变着人的物质生活、精神生活、审美心理等各个方面。不探讨新问题，不对当今的现实与人的生存状态进行审美阐释，却是不断重复现成的观点，与生活愈来愈远，到那时，美学理论就失去自己的生命了。

美学不仅在理论上要关心什么是美，丑自然也可以成为审美对象，同时还应将自己的理论应用于实际，加强对现实的批判力，守护人的精神家园，用新的人文精神，充实人的精神。

确实，在当今全球化的氛围中，美学理论在今天受到严重的挑战，但也有无限的机遇。

（原文刊于《马克思主义美学研究》第4期，广西师范大学出版社2001年版）

摄影文学：文学艺术体裁的创新

摄影文学是文学艺术体裁的创新，这既是文学体裁，也是艺术门类的体裁创新，体现了文学与艺术的双赢。

图像艺术的出现，慢慢地改变着人们阅读的习惯，文字书籍被大大地缩小了自己的市场。图像艺术以其自身的形象性，视觉的直观性，叙事的流动性、生活性而赢得广大的读者和观众。感知图像的欣赏，不受文化程度的限制，即使是那些不能阅读书籍的人，照样能够从图像或在活动的图像中，获得审美的乐趣，即使是浅层次的审美感受也罢，更不用说那些具有识文断字能力的人们了。

但是信息、电子技术的进步，进一步改变了这一情况。图像、音响的复杂组合，获得了空前的发展，其急速蔓延之势，大有覆盖文字艺术的趋势。毫无疑问，文字艺术的地盘无可挽回地又一次受到了重大的冲击，但相形之下，人们审美的方式，却愈趋多样化了。

这种审美方式发展的多样化的结果之一，导致了文学艺术体裁的进一步的发展，摄影文学就是文学艺术体裁创新中出现的一个"宁馨儿"。摄影文学经成东方先生登高一呼，近年来发展得有声有色，竟然独树一帜，在文学艺术界得到了趣味各异、观点相左的众多人士的广泛认同，并且形成了新的艺术形式的构成与艺术实践的同步。

摄影与文学的结合，并非始于今日，但是作为文学艺术体裁的自觉——摄影文学的倡导，却是当今文学艺术理论与实践的一种进步。

摄影文学不是摄影加文学，无疑，摄影文学既是摄影又是文学，是摄影的文学，又是文学的摄影，所以其审美的特征就具有了摄影与文学的复合性。就是说，这种摄影首先是审美的、诗性的，也即艺术的摄影；同时它又配之以文字，但是这文字不是一般的说明文字，而是文学的，是融入摄影的诗性的话语。审美观照下的摄影与诗性话语相互渗透，融合而为摄影文学，一种新的文学艺术体裁。从艺术的门类讲，它是融入诗性话语的文学的摄影，一种新的艺术体裁；如果从文学的门类讲，则它又是一种摄影的文学，一种新型的文学体裁。

古人有所谓诗画同源说，诗中有画，或画中有诗。那些诗歌佳作，的确营造了极富感性特征的而几乎可以让视觉、感觉触及的艺术画面，诗情传达画意，深化画意。诗作所展示的画面有静态的，也有充满动感的；有在极度的静寂中流淌着的颤动之音，有在噪鸣声中发现的静谧的幽邃之美。而优秀的画作则如诗作一般，在浓淡疏密中流溢着丰富、优美的诗韵，画意表述诗情。但这是在想象中达到诗歌话语与画面的同构的。同时，画作上常常写有题诗，有画者自己的题诗，或有他人的题诗。在这里，诗情与画意，相互激荡与阐发，产生了审美的新的境界。这种双重的审美的融合，加深了画面的涵义，使之延向辽阔与深远，并发出更高的、尖锐化的审美效应，使画作发生审美的增值。诗画所追求的诗与画的融会，每每独创地表述了人的生存状态及其生存的感悟。

摄影文学在某种意义上实现并发展了诗画同源说。

摄影文学的媒介是影像与话语，影像应是审美的，显示着强烈的主体的审美的指向、个性特征。作者的诗性话语，如果是指向景物的，则必然会赋予影像以一种独特的审美情趣，一种独特的审美感悟，强化影像的诗意；如果是关于人物与景物的，则这里的诗性话语，很可能既是作者的，又是人物的，或者是两者合一的。作者与人物对景物的强烈感情的抒发与表达，加强了与景的融合，使之契合无间。第一，话语在这里补充甚至开发了影像难以表达的东西，从而深化了影像的诗性特征，使影像表现不易被体认的、只能在文学话语里获得的那种特有的魅力。第二，在强化画面人物的独特感受中，可以赋予整个影像以现实的内容和影像所难以达到的历史的深度。但是，话语并非万能，人们往往有言不及义、言不尽意之说，这时影像可以形象的具体性而补充话语的言不尽意之处。影像与话语的相互结合，各自被进一步激活与深化,各自阐释对方,共创一种审美的尖锐化状态,进入审美的更高层次的融合。在这里,情境交融不只是诗话中的意境的追求,一种心领神会,而是一种真正可以让人达到既赏心又悦目的艺术境界了。

摄影文学建立了一种新的真正的艺术的"时空体"。历来认为绘画是空间艺术,在这里时间被压缩了;诗歌文学是时间艺术,自然难以取得直观的形象的瞬间效果。绘画艺术、摄影艺术展现人的生存的瞬间,并且可以把这一瞬间,加以集中与夸张,使事件、人物的冲突,爆发于瞬间的横断面上,形成强烈的审美效应。在文学艺术中,把握这种横向的瞬间艺术是极为困难的,但是一旦掌握了这种艺术的瞬间性,则其描写所引起的审美感受,往往是令人惊心动魄的。摄影文学则是空间艺术与时间艺术的复合体,我们看到,即使是单幅的文学摄影,它的影像的审美特征,已被诗性话语融入了时间之中,受到时间艺术也即文学描写的充实与丰富。这种时空一体的艺术,使得影像呈现多重的含义。影像的内涵,也因其时空一体而获得了历史感,影像这时被诗语丰富了。在相互阐发与丰富中,诗语与影像共创了一个涵义更为丰富的审美客体,从而其内涵就显得分外厚重。

摄影文学也是诗意与叙事的完美的结合。单幅的文学摄影,是摄影文学的一个方面,另一方面,摄影文学往往可以由多幅文学摄影组成的,这使得文学的摄影转向叙事,转向叙事的审美的延伸与多重幻想。摄影文学的叙事自然具有连续性,但极端重要的是,必须把握叙事的独创的特征,即对于被表现的个体来说,要具有叙事的事件性、历史性特征,以及个体命运的独特性特征。叙事的充分的事件性特征、历史性特征与个体命运的独特性,才能生发审美的爆发力,并使其在连续中展现,在审美复合中完成新的、更高层次的审美的具象与意象的融合,使审美复合获得新的广度、力度与深度。其时"时空体"艺术将会在它的真正的本意上得到充分的展现。所谓穷形尽相,不仅是在瞬间艺术中的多样丰富的表现,而且将在时间的流动与其流域中,使得多个瞬间的艺术获得历史的丰富与绵延,从而获得真正的深厚的历史的内容。否则,摄影文学有可能变为缺少文学性的通常的摄影叙事连接了。

摄影是面向大众的艺术。摄影文学雅俗共赏,同样是一种大众的、精致的艺术,一种充满活力的文学新体裁。

(原文刊于《中国艺术报》2003 年 3 月 21 日)

文化、文学理论创新的前景

一个民族的生存与发展，不断受到经济与政治的约束，其内在的应变因素则是文化，是优秀的、进步的文化，是民族的高度发展的智性形态，是那些具有文化精神、价值的精品，正是它们维系着我们民族的生存与发展，而表现出我们民族的强盛的生命力、创造力与凝聚力，使我们屹立于世界民族之林。当今，文化与经济和政治相互交融，文化的力量，深深地熔铸在民族的生命力、创造力和凝聚力之中。这样，随着时代的进步，文化就被提到了战略的高度。

不过，真要做到这点，文化自身是要不断地进行改造与创新的。文化的活力，民族的生命力，表现在它自身的不断创新之中。在一个时期里，我们的民族思维失去应有的活力。那种墨守成规、抄书抄报的方式，严重地压抑了我们民族的思维，致使我们民族在很长一个时期失去了思维的创造力。随后，又是大量的西方文化的介绍，这自然十分必要，但又发生了相当热闹的新的照搬照抄，可这并未给我国新的文化建设增加特别的分量。文化、理论的滞后，严重地影响着经济的发展，而在当今经济全球化的处境中，文化、理论的改造与创新实在是刻不容缓的了。

文化、理论的改造与创新，有个面向现代化的问题。现代化受到现代意识精神的制约，这是一种具有科学的、进步的促使社会不断前进的理性精神与启蒙精神，一种现代意识精神与时代的文化精神。体现现代意识精神的现代性，应该成为指导我们现代化的主导意识。我们说的现代化，不是别的国家的现代化，而是我们自己国家的现代化。这种现代化必须是适合我国自身经济、政治、文化发展需要的现代化。外国的现代化有许多经验，也有不少教训，我们自然应该将自我与他者进行比较，从中进一步认识自己，但不能拿西方的现代化或者后现代化来套我们的现代化的需求。面对一百多年来的社会生活的深刻变化，人们的生存处境的变迁，文化精神领域的种种危机，学术的严重滞后，信息、科技发展所带来的负面效应，资本发展对人的挤压与异化，我们应当有所体悟。在当今我们现代化的过程中，出现了所谓后现代现象，后现代意识，它们正是我们生活自身的部分表现，其正负影响都是客观存在。一方面可以激发我们思维的活力，促使我们与时俱进，思索新问题，另一方面则往往以虚无主义的态度消解事物的价值与精神。因此我们不能不加分辨，全盘给予肯定。

作为伴随、指导现代化进程的现代性，其本身是一个矛盾体。应当赋予这个矛盾体具有认识自身内在矛盾并且随时进行反思和文化批判的功能，这是极为重要的，这可以使我们的思想真正与时俱进，摆脱理论教条，而永葆青春活力。在这种现代性意识的观照之下的文化、理论的改造与建设，应当广泛地建立在民族文化传统基础之上。传统是我们创新的过去，而创新则是传统的未来，继承传统，不仅是为了保存传统，而其更高目的却是创新。以为传统和现代思想不可通约，不承认优秀文化传统中有属于未来的、全人类的、和今人相通的成分，将这些成分排除在新的文化、理论创造之外，那么这将使继承优秀文化传统变成一句空话。新文化的创造，是融会了传统文化的，传统文化的整理与发掘，是新的文化创造的积累与准备，但还不能替代整个新文化的创造。同时，现代性也是被赋予历史具体性的、具有历史指向性的意识，它受制于本土化，又是具有国际文化背景与世界进程同步的现代意识精神，它是在全球化与本土化不断冲突而又有融合的思想，是我们民族独立自主的又富于积极进取精神、善于融合他民族优秀文化的民族主体性意识。

如果在上述问题上，我们十分盲目，对于所要建立的新文化、新理论，没有自己的坚实的立足点，那么难免就要去照抄他国的所谓先进文化，别人有什么，我们就搬运什么，或是别人有过的我们也一定要有。一些人在凡是存在的都是合理的思想影响下，对外国文化、艺术中的负面东西，十分宽容。但是，在凡是合理的后面，还应有下半句话，即凡是存在的并不都是合理的，那些消极的生活现象就是如此，它们的出现，固然有其原因与理由，但是这些原因与理由并不就是合理的。我们有时见到，有的媒介就把那些别人的垃圾文化也当作宝贝，加上一些不做真正的引导的"导师"的指点，如所谓"性革命"之类，力图使之流行起来。只满意于性革命如何实现了弗洛伊德的人的性本能的快乐原则，却避而不谈有的国家如美国的"性革命"，不知带来了多少社会问题，以致发展到今天，在这些国家里出现了可以集体交换各自的配偶回家寻欢作乐，定期归还，然后选择时机再来，让社会伦理彻底解体。

文学理论学科的现代性问题，与文化理论一样，存在着积极适应当前实践急速发生变化了的迫切需求。今天的文学艺术已非昔比，文学艺术部分地改变了自己的面貌，而大众文化、通俗文化、媒介文化、网络文化的传播，或是说大众审美文化的出现，极大地改变了原有文化和文学艺术的格局，于是理论的现代性问题、创新问题就变得极为迫切了。不少同行已经注目于大众文化、媒介文化，他们的论著多有创见，但是由于大众审美文化的复杂性，不少问题一时难有把握，所以还需要有高瞻远瞩的力作。解释了这些现象出现的原因，也说明它们如何满足了群众的广泛需求，但是作为理论的阐释者，还缺少对人的精神的真正需求与提升的关怀，这就是我们理论的局限所在了。

同时，由于现代性的变化引起了上述种种现象，在有的学者看来，文学理论作为一门学科就成了问题。比如，当今生活审美化、审美生活化，生活中的各种事物，无不与审美有关。例如，时装设计、时装表现、商品包装、街头广告、公园建筑、室内装饰，它们无不具有某些审美色彩，而文学本身也正在发生变化，新的文学体裁正在产生。当今的文学理论能阐明它们吗？要是难以阐明问题，那么它还有存在的价值吗？生活中的那些具有一定审美因素的种种非文学现象不断向人们袭来，引起了人们广泛的兴趣，而对阅读经典作品的兴趣已大为减弱，等等。那么，文学理论会不会被大众审美文化理论所替代?这种种方面,可以说充满了论争,同时也充满了理论的创化的新机。

自然科学家创造设计的思想,发现认识事物物理的规律,而促使创造物质财富、精神财富。而作为人文知识分子,在文化、理论的创新方面,他要善于洞察变化着的现实与文化的实践,使理论适应急速变化着的现实的与实践的需要,同时要使理论具有前瞻性,从而从精神方面发生积极的作用。在建设新文化的思想的指导下,人文知识分子应是具有思想创造力的人,他创造的是传之久远的文化精神与价值。

(原文刊于《文艺研究》2003年第2期)

开创文学研究的新局面

经济的腾飞，文化建设的高涨，几代人为之奋斗不息的理想，正在实现着中华民族的伟大复兴。

一个民族的文化活力，在于不断提出新思想、新理论，推动社会的发展，在当今经济全球化情况下就显得尤为重要，要把文化建设提到战略的高度。在当今世界，文化、政治和经济相互交融，文化在综合国力中的地位和作用，已愈来愈突出。文化的力量，深深地熔铸在民族的生命力、创造力与凝聚力之中。我国的新文化，应以其特有的民族文化精神，面向世界，汇入世界的文化潮流，形成世界先进文化的组成部分，在世界文化中占应有的地位，发挥其应有的积极作用。文化的更新与建设，不仅促进着经济的繁荣，而且也维系着我国各个民族未来的生存与进步。

无疑，我们的文学研究，自应成为这种先进文化的组成部分。近20年来，文学研究面向世界，努力学习外国的长处，吸收了不少新思想，求新求变，取得了重大的进展，这是它的主流。特别是最近10年来，学术氛围的营造，得到了较大的改善，这大大地激发了文学研究工作者的热情。在文学理论与批评，中国古代文学理论、诗学、文学思想史，中外文学史的研究等领域，都推出了不少佳作。它们迎着时代的潮流，超越了过去的局限，一改过去我国学术贫瘠的面貌，而显出无限生机，不少著作代表了我国文学研究的新水平。但是我们也要看到不足，文学研究的著作虽然出版了不少，可是在总体上，理论原创性的特色并不突出，介绍的东西很多，虽然这也是需要的；同时照搬外国理论、新说，跟着外国人说的东西也不少。

原创性是学术研究的生命，它标志着学术的生机、进步与出新。原创性可以是那种在对学科问题的整体性把握中所表现出来的独创性理解，这种思想一旦传播开来，它会影响学科的生成，促进学科的更新与发展，以及可能引发思维方式的变化；原创性也可以是一种针对学科所面临的现实所提出的并有所阐明的尖锐的问题意识；也可以是在史料的研究与钩沉中所获得的新见与发现。自然科学基础理论研究中原创性思想的探讨，在其开始的过程中，可能一时难见成效，但是一旦被实践证明正确，它们将会爆发出无限伟力，在物质的创造发明方面开辟一个新时代，形成认识上的巨大飞跃，20世纪多种发明创造所形成的社会、科技的飞速发展，都证明了这点。社会科学与人文科学中的有效的原创性思想，会在设计、组织、改造、协调并引导着社会的进步，推动着人的思想的演变，改造着人们的精神面貌。原创性是一个民族文化精神的创造力、生命力的体现，是建设新文化与推进文学研究的必然要求。

要获得这种原创性的精神与力量，重要的是必须继续更新我们的思维与思维方式。在文化思想中要确立我们民族思维的现代性意识，要把文学研究的现代化，看作我国建设现代新文化的组成部分，把现代化所要求的现代意识精神，看作一种不断进行反思、自新的文化批判力，自觉地使我们的思维符合现代的需求。并且要在文化思想中确立我们思维的主体性意识，即那种高屋建瓴、以我为主的现代性的建设思想，赓续并冶铸我们新的民族文化精神，激活我们的思维，使之充满活力而永葆青春，从而不断爆发出创造、更新的进击力。与此同时，我们必须改变那种已经习以为常的思维方式，那种极端简陋的、肤浅浮躁的、非此即彼的、绝对化了的二分法，这种形而上学的思维方式与由此形成的学风，已经危害学术进步多年了。我们需要在文学艺术的探讨中，倡导一种平等、对话的思维方式，继续营造良好的学术氛围。

思维与思维方式的更新，是理论创新的必要条件。理论创新就是今人必然要突破前人，解放思想，实事求是，与时俱进。前人在学术领域提出的一些理论原则，发现的某些思想，史料的钩沉与新的阐述，都已成为各个历史发展阶段的文化积累而留存于我们的文化遗产之中。其中一些思想、原则，至今不失其指导性意义，我们自应珍重，把它们视为我们的思想血肉，使之传之久远。同时，我们又不能苛求前人，要求对于他们无法见到的当今急速发展着的文化、文学艺术，做出评价，提出原则，让我们遵守、奉行。

这样，我们就必须立足于当今文学艺术建设的实践，不断了解正在发生着巨变的我国新的文学艺术的多种形式，它们新的特征及其内涵，群众的广泛的需求，从理论的高度，做出自己的品评。但是由于种种历史原因，我们对于今天实践中出现的许多文化、文学艺术新现象与新问题，在思想上准备不足，所以往往难以及时做出前瞻性的预见与高水平的阐释，而达到宏放的、总体性的把握，这是我们极待努力的。解放思想必须实事求是，当今文学艺术研究领域出现了不少新问题，正是理论创新的大好时机。但是提出文学艺术研究中的新思想、新命题，必须充分理解文学艺术自身的现实的复杂性，必须证明是它们自身真正含有的问题，必须揭示它们的充分的学理性，做到实事求是。缺乏学科、问题的充分的学理性探讨，不考虑已有的学术成果与积累，这样的理论创新可能变为口号式的东西，或是其他学科的某种比附，而成为镜花水月，这种情况在近 20 年中，我们见得多了。理论创新是十分诱人的课题，但又是十分艰巨的工作。

理论创新，必须站到世界文学艺术发展的前沿，在我国文学艺术现代性要求的基础上，确立一种开放的世界性意识，这种意识既是独立的，又是进取的，并以这种独立进取的文化身份，汲取世界各国的文学艺术的长处。同时必须发扬民族文学艺术的优秀传统，提出新问题，阐释新问题，与日俱进，建设我们文学研究的新格局。

遥看前方，春光烂漫，任重而道远。

（原文作于 2003 年 1 月 4 日，刊于《文学评论》2003 年第 2 期）

文化创新的艰巨性

文化建设必须面向现代化，但是人们对现代化的内涵的理解不尽一致。不少西方国家已经实现了它们的现代化，正在走向后现代。一些人接触西方国家的思想、学说很多，认为它们很好，搬过来就可以了，其实这是西化思想，一百多年来为此不断发生论争，也未能实现。原因在于，这种现代化是适合西方一些国家、国情的现代化，我国与它们的经济、社会制度不同，政治、经济权力分配、结构不同，文化传统、人的素养差异也很大。20世纪50年代后，我们搬用苏联的现代化经验，加上严重脱离实际的空想，现代化也未成功。

现代化的发展，使经济走向全球化了。有的学者认为，现今我们承认了经济全球化、一体化，而不提政治、文化的一体化，这是要不得的思想。这里要问，经济全球化、一体化了，但这是什么样的全球化、一体化？在经济全球化的过程中，不平等的东西多的很，南北两极分化日益扩大，对全球化进行质疑也大有人在。同时，政治如何一体化呢，是谁要实现世界政治一体化呢，听谁号令世界，是否都要投入实行单边主义国家的麾下呢？欧洲似乎正在走向政治一体化，但是为什么欧洲共同体的头头只是挑拣了一些国家，却排除了另一些国家呢？世界政治是一体化好呢，还是多极化好呢？

又如，世界各国的文化如何一体化，在什么意义上一体化？各国的物质文化、自然科学、信息技术一体化可能是比较容易实现的，但是它们的深层文化呢？在这方面，甚至在西方发达国家之间也没有什么真正的一体化。标榜第三条路线的英国社会学者安东尼·吉登斯说，西方现代化的结果，形成了西方式的现代性的扩张，其后果之一就是全球化。这全球化"不仅仅只是西方制度向全世界的蔓延,在这种蔓延过程中其他的文化遭到了毁灭性的破坏;全球化是一个发展不平衡的过程,它既在碎化也在整合,它引入了世界互相依赖的新形式,在这些新形式中,'他人'又一次不存在了"。我国的文化的建设,自然不能脱离世界文化发展的潮流,但作为弱势文化,如果自愿投入西方强势文化的所谓文化全球化、一体化的车轮下,那必然会被碾得粉碎,作为西方文化目光中的"他人",将失去我国文化自己的身份而"又一次不存在",最终成为一体化的西方文化的附庸部分。因此,面向现代化的文化,应是面向我们自己的现代化。别人的现代化经验可以借鉴,但我们的现代化是必须建立在我国国情基础上的现代化。脱离了我国的实际,就难以达到目的。

又如文化建设要面向世界,同时又是民族的问题,也是不断存在争议的。由于论者出发点的不同,比如一方要以世界性的标志为主,于是提出越是世界的就越是民族的;另一方则要以民族性为主,但要吸收外国文化中有用成分,于是就提出越是民族的就越是世界的说法,出现了歧见。当今的文化创造必然要以现代意识为指导,面向世界,学习他人的先进的东西、他人的长处。并且由于各国文化的交往日益加强,因此文化中的民族特征正在逐渐减弱,这是事实。物质文化中共通的成分很多,科技文化中外大体是一致的。但是,高级的精神文化就未必如此了,似乎还未出现过一体化的世界艺术与文学。如果我们有着世界文化、世界文学、艺术的说法,那是指世界各国优秀文化、优秀文学艺术的汇集。这些优秀的文化、文学艺术,以其高度的人文精神,贯穿着不同国家、民族各自时代的进步的精神意识,表现了对人的生存处境的关怀,从而使不同国家各族人民感到亲切而热爱它们。这种人类普遍的意识,是优秀的文化、文学艺术表现出来的共同的东西,但又是通过不同国家、民族生活的具体创造而得以表现的,它们体现着民族性中最有特征和价值的部分。自然,民族的特性,或是民族性,也是随着时代变迁、文化交往而不断出现新变,但是不会消失。因此,这样的争议似乎归结为我们的文学艺术既是民族的、开放的,又是世界的;或是既是世界的,又是民族的、开放的更贴切一些，而不宜使之对立起来。

在文化建设的基础或出发点上，同样存在着争议。自然科学、科技文化的进步是对原有的传统知识的改正、否定、突破、创新，建立新观点，发明新技术，并可以通过工具理性进行检验，证明其成败得失。人文科学的创新要复杂得多，传统是一个绕不开的关隘，人文科学的创新是在继承传统基础上的创新，离开传统的文化、文学艺术的创新，将是那种离开人类文化艺术创造洪流的所谓创新，必然归于失败。

但是在认识什么是我们的文化传统，近百年来我国文化、文学艺术、文艺思想有无传统，是存在着不同的理解的。比如古代文化的用与不用的问题。有的学者认为，古代文论与当代文论是"宿命的对立面，两者的学理背景完全不同"，不可通约，所以"古代文论的现代转化（换）"是个"伪命题""虚假的命题"；"'传统'是拒斥现代化的，是不可能实现'现代转换'的；如果谋求'传统'的'现代转换'，只会伤筋动骨，不能脱胎换骨"。认为古代文论的"现代转换"是一种漠视传统的"无根心态"的表述，是一种崇拜西学的"殖民心态"的显露，然后宣布"现代转化"失败了。这里可商榷的问题不少。如果说，古代文论与当代文论不可通约，那继承发扬古代文化的优秀传统岂不成了一句空话？

其实，一百多年来，中国不少学者在使古代文论现代转化方面实际上已经做了不少工作，如王国维、梁启超、朱光潜、宗白华、钱锺书、王元化等人。钱锺书说，"东海西海，心理攸同；南学北学，学术未裂"，这是符合实际的。要是中外古今不能相通，那前人的著述我们只好把它们当作老古董保存起来了。

同时当代学者也在不断努力进行古代文论的现代转化工作，使古代文论中的有用成分，汇入当代文论的创造，并屡有著作问世，这怎么算是"无根心态"与"殖民心态"呢？并没有做过这一工作的几位学者宣布"现代转化"失败就算失败，这是十多年来少见的学术专横！又如有没有现代文论传统，这又是一个争论点。如果我们对一百多年来的文论不予承认，以为都是西学，那么当代文论的出发点与基础，只能往前推移到一百多年前的古文论去，而据说古文论与当代文论又是不可通约，于是只好去建造空中楼阁了。这些学者没有想想，他们写的文章，在旁人看来，满篇都是现代文论话语，要是脱离了现代文论传统，他们可能连话也是说不出来的呢！

　　文化创新中遇到的问题不少。看来我们极需建立一种符合我们自己现代化需求的现代性思想，使我们解放思想、高瞻远瞩而又实事求是，根据现实的实践中提出的新问题，阐明新问题，在理论上有所创新、不断创新。同时也要不断改造我们的思维方式，抛弃近百年来形成的、惯用的霸权话语，"文化大革命"遗风，那种在学术领域横行多年的绝对化了的非此即彼的二分法，毫无根据地以权威口吻，在学术上嘲弄、挖苦别人，目空一切、任意贬损别人，而同时却暴露了自己在知识上漏洞百出，不明事理，尽显浮躁浅薄的学风。

　　要在学术讨论中建立一种走向平等、宽容、综合、创新，同时包含了必要的非此即彼、具有价值判断的亦此亦彼的思维方式，也即对话的思维方式。

（原文作于2003年1月12日，刊于《文艺理论与批评》2003年第2期）

让东方文化重铸辉煌

一

20世纪是欧美强势文化的世纪,在欧美强势文化的冲击下,不少东方国家发生了急剧的变化,东方文化成了一种弱势文化,一种边缘化的文化。在近百年来我国社会生活、社会制度发生激剧的变动中,作为东方文化的组成部分的我国文化遗产的继承,始终是个不断引起争论的问题,直到今天还是如此。在很长一段时间里,文化遗产几乎遭到了灭顶之灾的命运。我不知道有哪个国家,围绕文化遗产的论争以及文化的命运,有如在我国那样,达到如此惨烈的地步。

那时,人们告诉我们,精华与糟粕,并存于我们的文化遗产之中,要摒弃糟粕,汲取精华。但是正要明白精华,汲取精华,清理糟粕,可全部文化遗产却一下成了糟粕。现实中的错误的政治理念和主义、宣传封建主义思想的日记、感想、颂歌,倒成了文化的精华,而几千年来的文化精华的积淀,倒是消失不见了。所以几十年来,有不少人对我国几千年来先人所创造的文明及其精神,始终是若明若暗,没能弄个明白。这是因为,他们与源远流长的文化之根,若即若离,缺少了对民族文化的学习把握与深层体验。

一个伟大的民族,生存、发展了几千年,这是被他的民族文化与民族文化精神所维系着的、支撑着的。充溢着人文精神的优秀的文化遗产,代代相传,使我们这个伟大民族生生不息,而拥有无限伟力自立于世界民族之林。

第一编　文学短论

1924年4—5月，离今将近80年了，印度的诺贝尔文学奖得主诗人泰戈尔应邀来华访问，曾经宣传东方文化，以抵制西方文化。他一到上海就说："余此次来华，……大旨在提倡东洋思想亚西亚固有文化复活……亚西亚洲一部分青年，有抹杀亚洲古来之文明，而追随于泰西文化之思想，努力吸收之者，是实太误……泰西文化单趋于物质，而于心灵一方缺陷殊多，此观于西洋文化渊薮，而日以相杀反目为事……导人类于此残破之局面，而非赋予人类平和永远之光明者，反之东洋文明则较为健全。"①

与泰戈尔持有类似观点的中国学人当时有梁启超、梁漱溟等人。梁启超欧游归来，认为西欧在经历了大战之后，物质文明已经破产，应用东方的精神文明去进行修补。梁漱溟比较东西文明，认为前者是礼让、仁爱、持中、满足、安度、禁欲、舍己等；后者则是竞争、算账、危机、动乱等，预料"世界未来文化就是中国文化的复兴"②。我们在这里无法对这些观点细加评说。不过从当时的东方来说，那沉寂的、充满腐朽气味的东方制度文化，实在使得广大人民难以再生存下去。丧权辱国，老百姓食不果腹，那么礼让仁爱、满足安度何在？那生活的"'圆满'和'美'"③何在？难道这人类的不幸仅是西方物质文明破坏的结果吗？

求取民族的生存、国家富强的愿望，使得大批青年转向西方，寻求民主与科学，这是顺理成章、十分自然的事。所以，泰戈尔的几次讲话出来后，就受到陈独秀、瞿秋白、沈雁冰、闻一多的批评与抵制，也在情理之中。自然，从现代的观点来看，先贤们对东方文化的认识与期望，不能说没有一点道理的，而且是值得我们深思的。比如说，世界未来文化就是中国文化的复兴。如果把中国文化看成是未来的世界文化，这我们是不会赞成的，但是说中国文化要复兴，是世界文化的一部分，不仅是复兴，而且还应创新，则是天经地义的事。今

---

① 《泰戈尔与中国新闻社记者谈话》，《申报》1924年4月14日。
② 梁漱溟：《东西文化及其哲学》，商务印书馆1922年初版，1987年2月影印第1版，第199页。
③ 《泰戈尔清华演讲》，《小说月报》1924年第15卷第10号。

天，高度发达的西方物质文明、高科技在获得飞速发展的时候，确实暴露了它的掠夺性、破坏性，使得人们合理的生存愈来愈艰难；而对唯理性、唯科学、唯技术的崇尚，使理性变为反理性与反动，以致战祸频仍，使科学显示了其非人性、反人性的一面。

七八十年过去了。20世纪的历史进程以及发生的种种事件沉淀下来了，我们的思想经过种种理论的风风雨雨，以及生存的无情拷问，也进入了一个新的境地，终于可以在比较自由、理性的认识基础上，来谈论东方文化，学习东方文化，整理东方文化。

当然，我们不能像先贤那样，把物质文明建设与精神文明建设对立起来，来谈论东方文化。对于今天的我们来说，物质文明需要大力建设，而精神文明的建设同样重要。我们自身的经历告诉我们，舍物质而进行精神文明建设，只会制造迷信与愚昧，制造普遍贫困的乌托邦；同样，舍精神而只进行物质文明建设，也会使社会各种有效的规范和文化价值走向解体。我们需要了解东方文化与我们的传统文化的长处与局限。

东方文化是我们东方民族的瑰宝。在新的文化的建设中，我们直面着优秀的传统文化。过去我们曾经在不同程度上割裂了自己的传统文化，甚至有的时候弃绝自己的传统文化。但是传统是不能被割断的，否则，新的文化的建设就难以为继。割裂可以得逞于一时，但过后问题就会层出不穷。比如，我们在建设新文化的过程中，绕了不少圈子，漠视过传统，但今天我们仍然要回到传统文化上来。其实，文化传统中有的已成为过去，但也存在具有无限生命力的东西，属于未来的、全人类的东西，我们需要继承的正是这些方面。我们可以通过我们的自省、现代文化批判，来进一步认识我们传统文化的价值，但是最好的方式，则是通过与他民族文化的交流与比较而使其得到彰显。通过他者的目光，我们可以发现自己，更清楚地认识自己。他者的目光、他者的观点，是我们民族传统文化最好的评价人、发现人。

不久前去世的德国哲学家伽达默尔谈及东方文化时说："中国人今天不能没有数学、物理学和化学这些发端于希腊的科学而存在于世界。但是这个根源的承载力在今天已枯萎了。科学今后将从其他根源寻找养料，特别从远东寻找养料。"他又说："200年内人们确实必须学习中国语言以便全面掌握或共同享受一切。"① 他在这里所说的"人们"，我想就是西欧的人们了，要激活欧洲的文化的进一步的创造力，必须到东方文明中去寻找养料，就像我们要用外国的新思想，来激活我们古老文化的有用的成分一样。作为一位卓有建树、贡献甚多的哲学家，对东方文化的认识，也许比我们有些人要深刻得多。

学习、研究、理解东方文化，弘扬东方文化传统，更为重要的是赓续东方文化传统，建立新的东方文化传统。传统不是凝固僵死、一成不变的东西，传统是不断为不同时代的新的因素所充实，是不断被丰富的，是一种动态的、发展着的东西。传统需要我们参与创造，进而形成新的文化传统。所以，伽达默尔说，传统是先于我们的东西，"我们其实是经常地处于传统之中"，"传统按其本质就是保存"。但是，"即使在生活受到猛烈改变的地方，如在革命的时代，远比任何人所知道的多得多的古老东西，在所谓改革一切的浪潮中仍保存了下来，并且与新的东西一起构成新的价值"。他又说："甚至最真实最坚固的传统也并不因为以前存在的东西的惰性就自然而然地实现自身，而是需要肯定、掌握和培养。"② 大概就是这个意思。

在当今全球化的语境中，强势文化加强了向弱势文化的进逼。所幸，我们现在不会再像过去那样盲从，缺乏毫无独立自主精神的主体性意识。我们能够识别西方文化的长处与弱点，了解东方文化以及我们自己文化中的有价值部分与不足所在，吸收它们的各自的有用部分，用以建设我们的新文化，以便和欧美文化和其他文化形成互补，建构一个多姿多彩多元的文化世界。

其实，东方文化本身就是一个多元的有着不同源流的文化的共存体，互为补充的共同体，中华文化、伊斯兰文化都有着源远流长的历史。欧美主流文化总想在全球占有文化的话语霸权，但在当今的文化

---

① 转引自洪汉鼎《百岁西哲寄望东方——伽达默尔访问记》，《中华读书报》2001年7月25日。

② [德]伽达默尔：《真理与方法》上卷，上海译文出版社1999年版，第361页。

交往中已不容易做到这点了。中华文化应该以自己固有的中和、进取的品格，去消解那种文化霸权。

在这种文化交往中，自然我们不是用几十年来并未定型的传统文化，来和有着强大物质力量作为后盾的西方文化进行比较，仅有几十年的文化积累是不够的，而是要在东方文化的传播中，以现代意识精神为主导，通过对几千年来根深叶茂、蕴涵深厚的中华传统文化的批判与分析，保留其精华部分，同时吸收外来文化的有用成分，重新冶铸我们民族的新的哲学、

新的文化思想，创造那种具有真正深厚的人文内涵与科学理性相结合的新的中华文化。这才是真正的文化比较研究。

二

图像时代的来临，使得文化的领域急速扩大，不断膨胀。以言语文字为中介的文学艺术，正在缩小着自己的阵地，新的文学体裁正在出现，网络文学、摄影文学正在扩大自己的地盘。随着时代的变迁，人们对文学现象的审美趣味发生变化和对文学现象不断深入的了解，使得原有的一些经典作品被淘汰出局或被搁置起来，甚至遭到否定，一些原来不被人道及的文学作品，由于被发现了其潜在的价值，而被提升到了经典的行列，新的经典正在被重构。在这一意义上，经典是动态性的。

由于上述情况和如今生活中的方方面面似乎都处在不很稳定的状态中，不少事物都在无声无息地解体之中，因此，就有了这样的说法，文学这种独特的艺术现象可能会改变其原有面貌，而同文化中的其他部门如广告艺术一致起来，或是也可能与具有一定审美性的装饰艺术不相上下，变为一种既是广告又是装饰，或者纯粹是一种图像、声像艺术。加上一些人的暗示或是预言，对于文学将会演变成什么样子，确是使人疑窦暗生。

文学确是在发生变化，但是这一过程是十分缓慢的。一些艺术的门类的界限可能会各有交叉、慢慢模糊起来，但不能想象各类艺术会

第一编 文学短论

合并成一种一体化的东西，所有的文学经典会被全部颠覆，文学会被消弭于无形。其实，一个国家文学、文化的传承，总是依靠原有的文学、文化的经典作品的；一个民族的精神发展，都是以文学、文化的经典、精品所表现的价值与精神为依托的。现实生活里尽管存在着多种多样的文学样式，甚至拥有相当广泛的读者、观众的多种文化产品，但是只有那些能够关怀民族生存处境、提升民族精神的文学、文化产品，才能作为精品与经典而传之久远。

文学、文化现象的变化，自然导致文学研究的对象、教学内容的自我调整与必要的更新，以适应现实生活的需要。在这里，我们自然要十分重视当今迅速产生、令人眼花缭乱的文化现象的探讨，但是文学、文化经典的教学与研究也是无可怀疑可以被替代的。而比较研究，无论是对于新出现的文学、文化现象抑或经典作品，仍然是我们工作的主要方式之一。

在这里，我无意来给比较研究寻找各种解释与定义。但是我想说的是，比较研究应是一种对话的研究，理解的研究，融合、吸纳、创新的研究，因此也是一种高层次的、十分困难的研究。

一般是把不同民族、国家的文学作品、文化现象放在一起进行研究，找出它们的共同点，提出共同规律性的东西，就算是在进行比较文学研究了。但是这种研究的方式与目的并不完整，从一个多世纪的比较文学研究的发展来看，比较文学界也并未做到这点。在很长的时间里，欧洲中心论妨害着比较研究的科学性。文学、文化研究中的欧洲中心论，就是欧洲文化的大我论及其所谓的普世主义，其他文学、文化不过是这个大我的附属品，等而下之的东西，或是几乎被排斥在比较研究之列，真正了解东方文学、文化的西方学者，实在少而又少。

把我自己视为中心，则我就不会给予他者以独立性，他者必须依附于我。我就不会通过他者来反观自己，发现他者的文化价值，进而在比较中发现自己和自己的特征，达到对自己的真正理解。这种比较是独白，而独白往往不可避免地要走向片面与谬误。这种思维方式流行已久。今天，西方学术界的有识之士正在对它进行着批判，但是由于这种教学体制已成为一种传统，所以成了一种根深蒂固的文化、心理现象。一位具有反思精神的德国政治家最近还在说，"由于我们所有欧洲人都接受了一种排他性的、欧洲中心主义教育，——北美人的情况也差不多——因此我们通常对中国和印度的宗教、哲学几乎一无所知"①，而毫不在乎。

人们常说对于东西方文学、文化，需要相互平等对待，这当然是一种良好的愿望。在当今全球化的文化语境中，要改变文化中心主义现象，在我看来，要在双方或多方的学者中间，确立一种新的哲学观、文化观、言语观，否则平等关系犹如海市蜃楼。这新的哲学观就是哲学人类学思想；这种文化观，就是多元文化主义而非一体化的文化观，不是所谓一统天下的什么文化普世主义。

以历史唯物主义为基础的哲学人类学思想，确认人与人是各自独立而又互为依存的，人的存在是我和他者或"他者的你"共存为前提的，人的存在是一种交往对话的存在。人的思想有高低上下之分，但各自独立，自有价值，特别是人文思想是不能被替代的。思想与思想相互接触，进行交往，形成一种对话关系。但是交往双方只有承认自我与他者自有价值，各自独立，愿意沟通，相互借鉴，才能使对话成为可能。

对话中的理解是十分重要的。第一，理解的浅层次意义是要充分了解他者的思想，甚至可以完整地"复制"或是"复述"他者的思想，这是进入交往、对话入口处的最起码的条件。但是在现实生活里，这点就往往难以办到，人们总喜欢用简单的如此这般的概念，不容分辩地置对方于他规定的坚硬的套轭之中，这时对方的陈诉已无济于事。第二，要达到理解，不能停留在了解对方，还要有自己的见解和观点，在同中突现自己的异。巴赫金说："理解不是重复说者，不是复制说者，理解要建立自己的想法、自己的内容。"第三，理解的接受及其程度，促使双方发生变化，使双方各自的理解在接受中达到

---

① ［德］赫穆尔特·施密特：《全球化与道德重建》，社会科学文献出版社 2001 年版，第 66 页。

新的境地、新的高度。"说者和理解者又绝非停留在各自的世界中,他们相逢于新的第三世界,相互交谈,进入积极的对话关系。理解始终孕育着回答。"理解是对话性的,表现为相互的表述、应答、诘问、交锋与斗争。理解可能会停留在各自的世界中,但是对话性的理解的真正意义,在于双方"相逢于新的第三世界",也即在对话理解的基础上,共同找到新东西,使对话性理解成为双方的真正的创新。当然,在我看来,说是共同找到的新东西,这个共同的新东西可能是一致的,但也可以是同又不同,因此这个"第三世界"不是单数的,而是双数的或是复数的。

理解在相互比较中,促使各自坚持的异质性东西,发生变化,形成文学、文化比较中同质与异质的相互对话,双方不仅需要从同质中各自观照,并且要从异质的对比中彰显自己,要从各自的异质中相互接受、吸纳新的成分,使之融会而成为自己的新东西,否则如何会有文学与文化的创新与进步?这是对话的理解的最高境界了。由此,"理解的深度是人文认识的最高标准之一"①。

在当今全球化的趋势中,一股文化普世主义的思潮具有极其严重的危害性,它冲击、破坏对话与理解。要在对话主义的基础上,确立一种文化多元化的思想。对话即承认我和他者,我和他人既然是各自独立又互为依存,他们的思想自有价值,那么他们创造的文学、文化同样是各有特征、自有传统与价值,而显示同又不同的精神因素来。同时从文学、文化的发生的角度来看,由于民族、国别、地域、语言、风尚习俗的不同,它们的产生与发展从来就是一种多元化现象,而且至今未改变其趋势,这一道理是十分浅显的。资本主义的市场经济的发展与今天经济全球化的情势,固然早就在流通中改变了文学、文化地域性的束缚,限制了民族性的内涵,但是我们还看不出文学、文化会以一种普世主义来指导,而走向全球的一体化。

有的学者却认为,既然在经济上全球化了,而没有政治、文化上的全球化与一体化,那是很难想象的。我以为,文化的一体化是可能

---

① 《巴赫金全集》中译第4卷,河北教育出版社1998年版,第190、191、337页。

的，也是现实的，但又是不可能的。说是可能的、现实的，比如物质文明、科学、技术成果，可以共享，但是这是浅层次的说法，而且即使这些物质文化、科学、技术文化，如果涉及政治、集团利益，也是不可能一体化的、共享的。说它是不可能的，在于除上述原因之外，还有显示着一个国家、民族精神的深层意义上的文化，它们是千百年来在不同国家、地区、历史演变中形成的理性思维、诗性智慧、文化特征、风尚习俗，已成了一种集体无意识的文化积淀，民族的文化价值与精神，它们随着时代的变动，不能不发生变化，但变得极为缓慢，而且其根本特征则会长远地保留下去。文化历来是历史形成的、多元的。

当今受人批评的民族主义思潮，其实我们要对它进行具体分析的。第一，这是西方的现代性发展的必然产物。一些国家在西方现代性的影响下，从各个方面跟随西方，当在经济上获得了一些发展之后，就有时间反顾自身的文化了。反思的结果是，发现自己的文化并非如过去那样认为它一无是处，随之逐渐张扬自己的民族文化，出现了文化认同热与文化本土化思潮，这大大冲击了西方中心论，趋向多元化。其次，当上世纪的两个对立的阵营力量的对比发生消长，特别是苏联的解体，资本主义被西方学者宣布为"历史的终结"，随之而起的普世主义之风大为流行，一时竟使得许多民族国家无所依附了。于是从20世纪80年代下半期开始，可以说在各种类型的国家掀起了寻根热，寻找民族之根，从而促使了民族主义的高涨，文化认同、本土化、民族主义是联结在一起的，成为对单边主义的反弹。亨廷顿说："90年代爆发了全球的认同危机。人们看到，几乎在每一个地方，人们都在问'我们是谁？'以及'谁跟我们不是一伙儿？'这些问题不仅对那些努力创建新的民族国家的人民来说是中心问题，对更一般的国家来说也是中心问题。"[①] 我曾说过，如果过去存在主义思潮及其文学作品，提出过"我是谁？"以表现当今社会里人与人的相互

---

① ［美］塞缪尔·亨廷顿：《文明冲突论与世界秩序的重建》，新华出版社1999年版，第129、130页。

隔膜与异化，那么现在问题则是以复数出现了："我们是谁？"可以说，这显示了整体的迷惘。其结果则是民族主义的激发与再度普遍化起来。

民族主义在今天不断受到批判，这种批判主要来自普世主义，说它是妨害现代化、全球化、一体化的思潮。民族主义实际上是一把双刃剑。如上所说，它有利于一个民族的自我发现与兴起，所以不能粗暴地否定。民族主义与真正的狭隘的民族主义是不同的，不能把二者混为一谈，我们必须反对的是狭隘的民族主义，它制造妄自尊大、自我封闭、盲目排外、愚昧落后。而同时，我们对普世主义的手段与策略也应有足够的了解。

今天，我国比较文学研究、跨文化的比较文化研究，是很有成绩的，不少同行在比较文学、比较文化的理论建树方面，十分努力，充满活力，已大大不同于20世纪80年代。从世纪末与世纪初这近几年的成绩来看，比较文学研究的水平普遍提高，学科理论的探讨，大大加强。据手边材料，比如杨乃乔主编的《比较文学概论》（2002年），作为读本，篇幅太大，但作为著作，理论上有进步，虽然由于作者众多而显得参差不齐，但整体水平上超过了以往的同类著作。方汉文的《比较文化学》（2003年），适应了当前跨文化比较研究的思潮，作为一门学科的理论阐释，在我国有首创意义。曹顺庆在比较文学学科建设方面，用力甚勤，2000年有其主编的《比较文学论》，2001年，有其主编的《比较文学学科理论研究》相继出版，它们主张的三阶段说，既是总结过去，又力图开拓未来，只是行文上自我主观性太强。他的《中外比较文论史》（上古时期，1998年）从原有的范畴研究转向了总体文学理论的比较研究，有理论气度，这是一件十分艰巨的工作。

中外文学、文化比较研究方面，近年还出现了曹顺庆主编的《世界文学发展比较史》这样的首创性尝试，勾勒、综合了多国文学纵向、横向发展的概貌。有郭延礼的《中西文学碰撞与近代文学》（1999年）、《近代西学与中国文学》（2000年），这些著作条分缕析，十分清晰地阐述了近代中国文学接受以及所受影响的来龙去脉。周发祥、李岫主编的《中外文学交流史》（1999年）、王晓平、周发祥等人的《国外中国古典文论研究》（1998年），简要地阐释了从古至今中外文化、文学的交流与外国学人对中国古典文论的接受。近年钱林森主编的跨文化丛书"外国作家与中国文化"，就手头有的王晓平的《梅红樱粉》与孟昭毅的《丝路驿花》两书来看，会使读者惊异于原来中国文化与文学，对于外国文化与文学有如此的魅力，读来令人饶有兴味，它们与过去出版的外国文化与文学如何对中国文化与文学发生影响的著述，相互映照，拓展读者的思索。至于外国大家接受中国文化的影响的个案研究，吴泽林的《托尔斯泰和中国古典文化思想》（2000年）精细地探讨了托尔斯泰和中国古代文化的关系，这位大作家和西方的不少哲人一样，看到东方文化中某种价值与精神，这可能正是西方文化所欠缺的。特别令人高兴的是季羡林主编的"东方文化集成"，虽然至今已出40来种（只是集成的一小部分），但以其前所未有的多种论题以及各个课题的精深的研究，而显示了东西文化交流的宏大魄力与实绩，是值得庆贺的，但愿它能继续顺利出版下去。

比较文学、比较文化的研究，在一个时候曾经受到诟病，就目前情况来看，这门学科的理论探索也正在进行之中，并显得很有力度。看到现在有如许多的佳作出现，可以说，正是它渐入佳境的时期。

（原文作于2003年7月19日，原题为《关于东文文化与比较研究断想》，刊于《诗学新探》第1辑，百花文艺出版社2004年版）

面对文论的建设：与金元浦博士对话

金元浦（以下简称"金"）：当前文学理论界对20世纪80年代新时期文学还存有各种不同的看法，不少学者呼吁应对新时期文学理论的现状及发展作出评估。对文学理论的命题进行清理，确定什么是真命题，什么是伪命题。您前一阶段曾对我国当代文艺学进行了一番梳理与总结，能谈谈您的思考吗？

钱中文（以下简称"钱"）：从总体上看，80年代我国文学理论研究获得了重大成果，在实践中已初步形成一个多层面多向性的理论格局。这一理论格局的第一个层面是各个单向学科的研究，它包括六大方面：马列文化研究、文学基础理论研究、文艺心理学、文学语言学等同一层面学科研究，古代文论研究，外国文论研究及比较文学理论。它的第二个层面是各学科的横向交叉、相互渗透的研究。主要表现为美学向文学理论与古代文论的渗透；古代文论与当代文学理论的融合；文学理论的跨学科的综合研究。这种学科渗透与横向比较研究扩大了理论视野和研究范围，容易在碰撞中形成一些新的领域和学科。它的第三个层面是中外文论的融合研究，在基础研究成果的前提下，作沟通中外、理论互补的探索，从中总结出规律，提出新的理论见解。

金：在理论研究中您一直倡导一种冷静、清醒、踏实、务实的学风，并对80年代文学研究中的某些浮躁学风有所批评。这是大多数有理论追求的研究者所赞同的。您能具体概括一下您所指的浮躁学风的内涵吗？

钱：是的，我不赞成学术研究中的肤浅的、浮躁的、极端的思维方式及研究方法，主张相融的、互渗的、综合的、有"全景"意识的理论研究，我认为作为理论研究者既要有纵观全局、高屋建瓴的宏观把握能力，又要做深入细致的细部研究、个案研究，建筑稳固的基础。我不赞成那种对本学科的基本理论和发展现状不甚了了，又对引进的新理论一知半解，便奢谈新学科的建设与创造，眼界狭小却口气老大，所知不多却固执自诩，特别是那种以极端之论追求轰动效应的状况。前些时候我参加了一位博士生的学位论文答辩，答辩人的确有不少新的独特的见解，但往往对一些很普通的基本概念和国内早已有定论的研究不甚了了，致使整个理论构架有沙筑的感觉。我觉得建立新的文学理论体系是不容易的，甚至提出一些真正有分量的具有科学价值的、新的文学观念都是十分困难的，更绝不可能像有些人想象的那样一蹴而就。

金：先生所论既是一贯遵循的原则，又是亲身躬行的经验之谈。您一直大声呼吁文学理论要面对日新月异的当代文艺实践，不断更新观念，打破僵化、保守甚至过时、倒退的陈旧文艺观。我认为这是每一个研究者都应具备的一种开放思维和当代姿态。

钱：我国今天的现实生活发生了极其迅速而重大的变化。每个时代都有自己的特征，今天的文学理论也必然带着今天的时代特征。不承认新的时代特征，就必然害怕新思想，在自己划定的圈子里转来转去，从本本到本本，数黑论黄，从摘引到摘引，并且不允许有半点超越，不容许讲自己的话。理论需要探索与创造，需要不断更新文学观念，对当今文学现象作出更为实事求是的阐释。我坚持认为历史是不能倒退的，我们几十年的教训已经够惨痛深刻的了。我主张不同学派同观点的多样并存，主张互相宽容、理解、争论、吸纳，进行对话式的理论研究，走向宽松。这是我国繁荣学术的唯一出路。

金：在文学的发展观念方面，您一直主张一种斜向式的钟摆运动。您所说的钟摆运动是指一种文学发展到顶端、极端，按照对立规律，必然要向反方向摆去的规律。但这种运动又不是沃尔夫林在讨论风格时所说的机械钟摆运动，而是一种斜向走动的"之"字形钟摆运动。我认为这是一个很重要的思想。但我感到疑惑的是，您既然认为在之字形的顶端很可能出现杰作，但又主张在两端之间的一定范围内，是文学发展的最佳状态，因此不赞成摆到极点的方式，这是出于一种什么考虑呢？

钱：西方理论批评发展的方式与我国的情形有很大不同。西方理论往往是以大幅度的理论偏斜展示其理论的片面的深刻性，有极端化特征。而我国当代文学理论，正在对不断出现的新问题进行理论阐释，对过时的理论进行改造、扬弃，对传统进行去粗取精去伪存真的吸收、重塑，对外国理论有所吸纳，又有所抛弃。这种种复杂的情形都需要掌握一个合理的度，否则便可能走上极端而完全丧失其存在价值。

金：当前文学理论研究中，有相当多的同志认为我们应当少谈点主义，少做一些大而空的所谓体系构建特别是像文学本质研究这种形而上的探索。人类已经进行了文学本体的细部特征，多研究些审美经验。很多同志认为这与世界文学理论发展的趋势是一致的，也是我国文艺理论研究深入下去的重要方面。

钱：建构文艺理论体系，探讨文学本质等形而上问题的确已有很久的历史，存在很大难度。有些问题不易说清楚，限制又多，所以研究具体问题不失为一种实际的选择。但我认为在沟通中外、理论互补的基础上，具体文艺问题要研究，主义、体系问题也要深入探讨。19世纪以前到黑格尔，西方哲学、美学、文学理论从柏拉图的传统开始，进行了众多的体系的探索，在各个领域构筑了众多的思想体系，这种影响一直延伸到今天，但我们一些人往往使之简单化、庸俗化。另一种方式是自19世纪康德的主体性哲学兴起以后，西方实证主义的学科得到飞速发展，在美学、文学领域里，不少研究者一改过去方式，注重具体审美经验的研究。这种具体的文学审美经验的研究十分重要，能促使研究者深入具体的问题，进入具体范畴，较易概括和写出新意，提出新观点。不过，体系、主义的研究同样需要，这是一种对文学总体的把握，没有这种总体的把握，具体的文学审美经验不易得到深化，两者是并行不悖的。当然，我是同意多些人去研究具体问题的，探讨体系、主义，要有深厚的学养，这不是大多数人能够具备的。不具备这种学养，硬去提出什么主义、体系，除了留下空谈，能有什么结果呢!

金：您在理论建设中一直采取一种历史与现实，外国与中国纵横交错的比较文学理论态度，最近您参加了在澳门召开的国际比较文学学术会议，您对有关比较文学、理论的研究有些什么新的想法。

钱：我主张中外文学理论的比较研究，通过范畴的相互比较，体系的相互比较，达到对某些现象的规律性认识。这首先要找到这些理论范畴的可比性，进而发现不同理论现象的共同性，即单个理论范畴的规律性现象。我不赞成那种简单比附、形式上对号入座的方法。我最近写了一篇文章，专门谈到不同文学理论间的比较问题应是一种对话的文学理论的研究。我认为，目前看来，更重要的是要通过比较发现不同理论间的差异，弄清其他国家的学科的理论在什么基点、什么语境、什么内涵上与我们有质的不同，从而激活我们的思想达到转化的境界，这种比较才对我们建设新的文学理论具有实际的借鉴与参照意义。

（原文刊于《文论报》1993 年 7 月 10 日）

文学理论研究琐谈

我从事文学理论工作的时间不算短了，写过一些东西，而令人满意的不多，更谈不上什么心得体会之类。我倒很是羡慕那些写小说的新秀，一个短篇出来，就会被请去东作报告，西介绍经验，谈创作体会。一位颇有点名气的作家说，有才华的人才去创作；无生花妙笔，缺乏编写故事能力的人就去搞文学评论；要是评论也写不了，那只好去干行政工作。三种工作，这是客观事实，说得有理；但分等论级，又不无尖酸刻薄之意。而且后来发现，还不是个别作家的看法。我既很难从事创作，又不愿给爷们"抬轿子"，"端洗脚水"，于是我只好倾向做理论研究了。

一 要有兴趣，浓烈的兴趣

大概做任何工作，总应有个责任心。不过从事文学理论工作，在我看来，象搞创作一样，光有责任心还是不够的。还要对它充满兴趣，那情况就完全不同了。

文学理论研究涉及文学的各个领域，要求研究人员有较丰富的文学知识，对中外古今的文艺现象有一定的了解。同时从取得成就的角度来说，较之搞作家研究相对地要困难些，不易很快见效。所以，如果对理论问题缺乏热情，没有寻根究底的决心，常常会使人苦恼万状，不知如何下手，最后半途而废。相反，如果你对自己的工作满怀兴趣，那时就能以苦为乐，会把旁人视为苦恼的劳动，当作自己生活愉快的源泉，从中获得精神上的享受。

自然，兴趣的产生，因素是多方面的。对于我们这个年龄的人来说，不少人搞文学研究往往是组织分配的结果。在20世纪50年代初，像我这样喜爱文学的青年，曾经想搞创作苦恼过几年而终于不可得。后来，由于一个偶然的机会要我改学文学，分配我做文学研究工作，这真使我喜出望外，感激涕零了。我想这也是文学工作，在许多有才华的同学失去正常生活条件的情况下，我能从事离我最感兴趣的工作甚近的文学研究，那真是时代的幸运儿了。我先搞了一阵作家研究，待接触到一些文学理论著作后，觉得文学理论中问题不少，而且文学理论活动场地也大，于是又把兴趣转向了理论。搞久了，就摸出了一条适合于自己能力、知识的路子来，觉得有不少问题需要研究，可以写作。因此，当我听到有的同志说文艺理论难搞时，我一面深有同感，其中难处确实不少；一面又不以为然，觉得一旦深入了这个领域，就会不断出现"山穷水尽疑无路，柳暗花明又一村"的境界，可以不断开拓研究领域。

二 理想的知识结构

从事文学理论研究，要有丰富的文学理论知识，同时也要把握当前文学发展中的各种倾向和文学批评成果，还要有丰富的文学史知识。也许对于后两个方面不是每个刚刚从事文学理论工作的新手能够体会得到的。

文学理论研究人员要熟悉当前的各种文艺情况，进行分析、研究那些不断重复出现的现象和独特的现象，找出它的规律性。文学批评是对当前文艺现状的积极反应，它往往最先发现文艺现象中的一些重大问题，而有待理论研究的进一步丰富。记得何其芳同志说过，搞文艺理论的同志，开头最好搞几年文学批评工作，以积累感性的文学印象和知识。一开始就搞理论问题研究，常常会使经验不多的研究人员无所适从。这是很有见识的经验谈。至于文学史现象，对于理论工作者来说，是一个极端重要的领域，今天文学中的一些规律性现象，需要使用大量文学史的知识加以阐明，否则理论将是干瘪的、缺乏血色的东西。

　　一个文学理论工作者最起码的知识结构是，他必须了解我国的或外国的某个重要作家，对他做过较为深入的研究，进而能够比较深入地了解一个作家群，以至不同的作家群，熟悉一段文学史；再进一步，最好能够掌握一个国家的文学史。有了这类丰富的文学史知识，能够对理论上的一些问题触类旁通，使理论分析左右逢源。当然，最理想的情况是，能够了解一些主要国家的文学史现象，这可以大大加强理论研究的广度和深度，增强理论本身的说服力，在较大范畴内作出理论概括。

　　理论研究的广度和深度，自然与研究者的理论知识结构密切相关。在我看来，一个理论工作者除精通文学基本理论外，他最好对中国古代文论与西方古代文论以及现代的文学理论都有极好的修养。在我国，目前这种人才极少。在当前的文学理论研究的自发的分工中，有的同志专攻我国的古代文论，有的专搞西方文论，有的研究基本理论。看来，这种分工也是需要的。但某些现象也是值得注意的，如搞西方文论的，对我国古代的文学理论理解不深；搞我国古代文论的，一般不能直接阅读外文理论著作，这种情况看来还要持续一个时期。这里涉及文学理论队伍的培养问题。大学中文系出来的青年同志，在理论上有一定的底子，对理论研究也有一定兴趣，但普遍不重视外文；他们阅读外国文学理论著作，数量有限，这使他们视野不够开阔，只能囿于小范围的活动。有的从事我国文学理论的同志，不少人原是学外文的，对马克思主义文学理论缺乏系统学习，理论修养较差，一般喜欢搞作家研究；对外国文学理论偏重于介绍，缺乏应有的分析评价，而且给人的印象是谁懂哪国文字，就介绍、宣传哪国的文艺思想，对错误的理论也是如此。如果能够把上述双方各自的长处结合起来。避去他们各自的短处，那对于一个文学理论工作者来说，这种知识结构太理想了。

　　熟悉文学史现象，有较深厚的中外文学理论的基础，目的是为了建设和发展我国的新的文学理论。目前我国的文学理论，与新的文学的发展很不相称，不少理论问题有待进一步深化和进行科学的探索和阐述。在这一过程中，一方面自然必须继承我国古代文论的优秀传统，从中汲取营养。另一方面，必须积极研究外国文学理论。近百年来，西方文艺思潮蜂起，我们对它们了解不多。最近几年来，由于东西方文化的交流，外国的文学理论也带来了种种影响。如果我们只知道由此而引起的问题，而不明其渊源，不能说清其所以然，则不但不能对外国的文艺现象及时地作出科学的判断，就一些重大的理论问题作出反应，参与国际社会的讨论，同时也不能深化我们的理论，丰富和发展我们的理论。为此，我们还迫切需要更新知识，否则很难适应今天文艺的发展。

三 理论研究要有新意但不要搞耸人听闻

写作理论研究文章，要有新意。所谓新意，就是在文章中有无个人的独创的观点；对文学实践中发生的问题，能否及时地作出新的科学的解释？其次，有无新的材料来说明问题；再次，在某一问题上，对前人的观点是否有所发挥，或有所辨正，等等。在文学理论中，进行体系的创造是极为困难的，但是在正确的文学观的指导下，在掌握丰富的史实和现状资料的基础上，有所创新，有所阐发，也不是不可能的。一篇文章问世，总应给人一些新的东西，不仅应给人提供新的材料，而且应当力求道前人之所未道，在理论上有所深入。总之，文章本身或多或少得有一点新意。此外，我们可以改造、发扬古人的理论，使其获得新意；也可学习、借鉴外国文学理论中的有用的东西，丰富我们自己。强调文章要有新意，这并不是要人们去搞耸人听闻的东西，搞实用主义。可惜在这几年的文学理论文章中不乏这种现象。搞实用主义表现为趋时附势，今天这样说，明天那样唱，反复无常，鹦鹉学舌，无个人观点，令人生厌。例如，对过去被否定的观点，有人就对它来个全面肯定；过去被肯定的问题，有人就来个全面否定；过去受到重视的现象，现在竭力加以贬低；以往被忽略的，今天则大加推崇；外国人说好，有的人全面照搬；自己人说好的，我偏不予理睬；对马克思主义作家说的，想方设法反对；对现代西方思想家说的，就奉为金科玉律，以为妙不可言，或把对他们的研究变成对他们的钟爱，如此等等。这种逆反心理、华而不实的风气，在一个时期内相当流行，有时候好像是抢新闻一般，以至往往弄到是非不分的地步。有的杂志以此为标榜，有的人则藉此哗众取宠，以求快速猎取名声。但是这类文章由于缺乏历史观点，不讲科学性，所以往往是没有生命力的。因为学术研究中的创新，与搞耸人听闻的东西是毫无共同之处的。

四 敢于伐皮削肉，是写作成熟的标志之一

写作论文，需要修改，反复推敲。在这问题上有无自觉性，实在重要。青年时期，一般说来，思想比较敏捷，不过也容易产生急于求成，追逐虚名的毛病，因此写作起来十分随便。有的同志，看了一些材料，产生了一些想法，就想敷衍成文。这时他应当考虑一下，这些想法是否值得写成文章，还是只宜写篇随感一类的东西。如果硬要把适合于写随感的思想，铺展成一篇论文，那即使原来的思想有点新意，结果写成文章后，就会变得空洞浮泛。我刚写论文时就有这种毛病，而且什么问题都想写。不过在开始时是认识不到，总以为天下文章自己的好，别人的文章也不过如此。要认识到自己的缺点，是要付出一定的代价的。从事文学研究之后，我曾写过一些东西，寄了出去，有的被采用了，刊了出来，有的被退了回来。接到退稿是无可奈何的事，何况那时有的搞政治工作的领导人，认为这是搞计划外的东西，是"个人主义"思想的表现呢，在有的会上还受到不点名的批评。批评者是有意的，一般听者却是不易听出来的，只有我敏感的神经有所感受。但是过了一段时间，回过头来再看看自己被退回的稿子，就觉得汗颜、感到心跳，认为编辑退稿有理了。稿子在内容方面并未说清楚问题，有的地方写时自以为有些见地，但仔细看看不过是一知半解，文字上还有语病，以致在好长一段时间内不敢再去翻看它，这样就开始明白了自己的缺点所在。当然，这也于我一次听到十分婉转的批评有关。过些时候再写文章，笔头就有沉重之感了。以后

一篇稿子写好了，要反复推敲，斟酌论点，清除语病。后来我领悟到一个道理，如果一个理论工作者能够看到自己稿子中的缺点，能够毫不留情地"斧正"自己的稿子，该改就改，该删就删，能够像编辑对待来稿那样去对待自己的劳作，那他在写作上就开始成熟了。

20世纪60年代初，在文学研究所，大家写的稿子经常互相传看，互提意见。何其芳同志经常说稿子写好后，自己要反复看，请人看；文章内容要充实，论点要清楚，文字上要讲究，要字斟句酌。他对自己写的稿子就是这么办的，稿子打印出来后，就发给一些同志征求意见。1964年有件事使我深受感动。何其芳同志出版了自己的论文集《文学艺术的春天》后，赠送了我一本，并在扉页上写下了几行字，其中有句话是"谢谢他（指本文作者）对《托尔斯泰的作品仍然活着》一文提过许多意见"。这对一个进入文学研究所不久的青年人来说，真是万分感动。我想我当时只是按照惯例对其芳同志的稿子提过一些意见，过后也就忘怀了；而其芳同志作为领导，不仅记着，而且写到赠书的扉页上去了，何况这篇文章在收入文集时，已作了很大的改动了，这更使我感到其芳同志的可敬可亲。大家都说何其芳同志的文章，文采风流，自成一格，有理论深度，是散文家的笔法，诗人的沉思，学者的严谨学风的高度结合。但是从他对待年轻同志的意见来说，他不是还表现着长江大河的胸怀吗！这就更加强了我的信念，文章要多改，不要怕改。直到今天，我写完一篇稿子，一般总要放一阵，做冷处理，接着就干别的事，或写别一篇稿子。过了一段时间再把原稿拿出来细看，这时就会像看别人的稿子一样，比较容易发现其中的毛病和不足，然后一直要修改到送出去为止。当然，也会有这种情况出现：稿子发表了，虽然在这之前几经周折，反复修改，仍会留下一些缺点，或者改得不成熟的地方。艺术家对待自己的杰作一丝不苟，一张画要画好长时间。论文在某种意义上也是艺术品，要使之不断完善。

我接触到一些年青同志，颇有才华，稿子写得很快，也不乏新意，但论点不够严密和贴切。稿子寄往编辑部后，难以被录用，但他接着又去写别的稿子，结果又不理想。这样的同志应该对自己不成功的稿子反复分析，找出毛病，从中悟出一些道理，对症下药，然后才会使自己的写作出现一个飞跃。也有一些同志的稿子，内容上是有新意的，但往往有堆砌材料的缺点，结果使本来有点新意的东西，消融在观点的复述中了，使稿子显得臃肿不堪。还有的同志喜欢把同一个意思用含义相同而结构不同的句子反复地讲，造成同义反复，结果把稿子拉得很长，反而使文章显得空泛。当然，这类缺点，在我的文章中也是不同程度地存在的，只是当局者迷而已。在这种情况下，应当自觉地把自己当成编辑，对自己的稿子伐皮削肉，使它们真正完美起来。我想，要是写稿的人也有编辑那样一副锐利的目光，清醒的头脑，容不得浮泛、臃肿以及种种杂质，那对自己文章的质量肯定是会有提高的。

我有时觉得，也许文学创作是一泻千里，不需要像论文、学术著作那样，经常反复，大动手术的吧，当然等条件成熟，我也想亲自一试。但读了一些作家的传记之后，知道其实不然。的确，有的作家才华横溢，写得极快；有的作家追求速度，粗制滥造的东西也实在不少。而有的有世界声誉的大作家的一部小说的开头竟写了成百次，结构也要多次推翻重来。那么，何况我们正在学习的人呢！

（原文作于1983年11月25日，刊于《文艺评论》1985年第2期）

请进来与走出去

2000年7月底，北京语言大学、中国中外文艺理论学会与美国加州厄湾分校、澳大利亚墨尔本大学等共同举办了"文学理论的未来：中国与世界国际研讨会"的活动。外籍学者有希利斯·米勒、国际后现代文化研究权威刊物《疆界2》主编保尔·鲍维、全球化与后殖民主义批评的主要研究者阿里夫·德里克、法国的女权主义批评家维瑞娜·康利、文化研究的主将西蒙·杜林、后殖民主义研究刊物《精灵》主编维克特·拉姆拉伊，厄湾分校学者加布里尔·施瓦布以及比较文学权威杜威·佛克马等共十四五位。中方代表有钱中文、吴元迈、孙绍振、郑敏、曾繁仁、王一川、乐黛云、王宁、朱立元、李衍柱、畅广元、杜书瀛、许明、毛崇杰、谭好哲、叶舒宪、金元浦、申丹、顾祖钊、陶东风、王逢振、徐岱等。

2000年8月8日，《文艺报》在头版位置刊载了"中西文论家北京对话"大标题，报道了这次国际会议的情况。

20世纪80年代末，美国学者、《新文学史》的主编拉尔夫·科恩曾经邀请十多位西方国家的文学理论家表达他们对未来文学理论的希望，出版了《文学理论的未来》一书，他们的见解主要集中西方的文学理论方面的。但是随着全球化语境的逐渐形成，东方的文化价值不断地受到西方的重视时，使东西方的文论家共同来讨论文学理论的前景，进行文化交流，就成为一个极为及时的议题了。会议收到了100余篇论文，讨论了20世纪中西文论各自的历史进展，中西方的文化研究与文化批评的不同形态，马克思主义与全球化理论，文学理论与文化研究的冲突与共融，中西方比较文学的新进展等。

中外学者的对话与切磋,出现了众声喧哗的景象。由于一些学者10多年来在文化研究方面进行了过度的阐释,使得一些人对文学理论的未来感到迷茫,文艺理论还能否继续下去?

希利斯·米勒在谈到文学理论在文化研究的传播中的未来的存在及其变化的形态时说:"尽管有人认为,文学和文学理论已经死亡,但我们今天仍在这里探讨文学理论的未来,这一点证明文学理论仍有存在价值。"同时会议强调了中西学者对话的必要性。佛克马说:"这次大会的召开就是知识分子全球化的例证,它表明东西方的对立正在消解。"钱中文在大会上说:"我们的对话是为了互相理解并且使双方的话语各自增值,即使诘难与挑剔也是为了使对方的话语进一步完善而再度增值,在不必做出妥协的情况下,获得更高意义上的双赢。这就是我们需要进行充分自由的创造性的对话。"很多外国学者认为,听了中国学者的发言,认为中国的文学理论很有特色,值得重视。有的欧洲学者认为会议不仅为中西方学者之间的沟通提供了论坛,同时也促进了本来互相排斥的欧美学者之间的交流,这是出乎他们意料的。

2000年8月9日的《中华读书报》报道说:"这次会议是新中国50多年来中国文学理论史上规模最大、与会外国学者最多的一次国际学术会议。"2000年8月29日的《文艺报》以一整版的篇幅,刊载了这次会议的四篇论文,它们是希利斯·米勒的《全球化和新的电信时代——文学研究的未来》、钱中文的《文学理论:走向交往与对话的时代》、王宁的《全球化进程中中国文学理论的国际化》与西蒙·杜林的《文学主体性新论》等,进一步扩大了这次会议的影响。

会议期间王宁与多国学者合作、协调,成立了"国际文学理论学会",一致选举了希里斯·米勒为学会的第一任主席,澳大利亚的学者西蒙·杜林、法国学者埃莱娜·西苏和钱中文当选为副主席;王宁先生与美国学者加布里尔·施瓦布为学会秘书长,童庆炳先生为中方理事,这一组织为今后中西方学者交流对话奠定必要的组织基础。可以看到,中外学者的交流将会日益频繁,国际学术界的平等对话将会成为大势所趋。

会后王宁筹划了由"国际文学理论学会""中国中外文艺理论学会"与"清华大学比较文学与文化研究中心"的共同创办的《文学理论前沿》，它担当了国际文学理论学会的中文刊物的角色。这一刊物站在当今文学理论与文化的前沿，研究国际学术界最为关注的话题，同时着眼于国际性，不仅发表中国学者的研究成果，同时约请国际学界名流撰文，并赋予刊物以"输出去"的任务，即将具有学术成就的中国学者的文艺理论思想介绍出去。

同年8月在学会与北京师范大学并召开了"21世纪中国文论建设国际学术讨论会"，会上希尔斯·米勒发表了关于新世纪的文学理论不容乐观的问题。中外学者就文学终结、消亡论等文学观点有所交锋，会议影响极大，引发了我国文论界关于文学消亡论问题的大讨论，延长了好几年。

新世纪的最初几年，文学理论、比较文学讨论会会议较多，和外国学者的交往也日益增多。2001年8月11—14日，在清华大学召开了第3届中美双边比较文学讨论会。外国学者有希利斯·米勒，其中大部分为耶鲁大学教授。如迈克尔·霍奎斯特、理查德·布劳德海特、美籍学者孙康宜、达德利·安德鲁等10名美国学者。中国方面有王宁、乐黛云、孙景尧、申丹、张旭东、叶舒宪、陈跃红、钱中文等人参加。美方的代表团团长是耶鲁大学的比较文学系主任霍奎斯特，1983年春天他曾来华和我会见，应是老相识了，休息期间我们有不少交谈。十五六年过去了，霍奎斯特的外貌有了不少变化，要在别的场合，我还真认不出他来。原本是个年轻学者，不过是近20年不曾见面，已是满头白发、一大把的络腮胡子。我们一起回忆80年代初那时见面时的半天时间，都觉得很是亲切的，讲起巴赫金在中国的传播情况，他还是很有感慨的。

8月28日的《文艺报》以"走向平等的建设性双边学术对话"为大标题，用了两整版的篇幅，刊载了斯义宁的会议报道与6篇会议文章，其中有乐黛云先生的《多元文化发展中的两种危险和文学所能作出的贡献》，有希尔斯·米勒先生的《论文学的权威性》，有钱中文的《各具特色的对话交往哲学与诗学》，有孙康宜先生的《从差异到互补》，有理查德·布劳德海特先生的《让我们之间有一种交流》和王宁先生的《中国现代文学的世界性和全球性：一种新的断代》等论文。

  在文艺理论方面，这几年好些学校十分积极与外国学校、研究机构取得联系，联合举办研讨会，在2004年与2007年就举办过两次关于巴赫金思想的国际学术会议，就全国范围来说，这是我国学者就巴赫金思想召开的第2、第3次全国性会议了。2004年6月19日在湘潭大学，来了3位俄罗斯学者。H.塔马尔钦柯是其中一位，他是国立莫斯科人文大学教授，理论诗学与历史诗学教研室主任，巴赫金研究家。我们也交换了著作，他的两本著作是：一为俄罗斯科学院高尔基世界文学研究所的集体著作《文学理论：类与体裁》，是新的4卷中的第3卷，出版于2003年。以前世界文学所也曾出版过3大卷《文学理论》，那是20世纪60年代初的事了，不少作者已经故去。二为《理论诗学　概念与定义》这是塔马尔钦柯编选的一个读本，由国立莫斯科人文大学出版社出版，2002年版。另两位是K.伊苏波夫与H.潘科夫，前者是国立俄罗斯师范大学（原圣彼得堡赫尔岑师范大学）哲学系美学教研室教授，《巴赫金学》主编，后者是莫斯科大学图书馆文献资料室主任，有名的《对话·狂欢·时空体》杂志的主编。

  2007年10月24—24日在北京师范大学召开了"跨文化视野中的巴赫金"国际学术研讨会，有法、俄等国专家出席。其中茨维坦·托多罗夫特别耀眼，他在法国文学理论界久负盛名，他就法国文学史的理论方面，开拓了不少专题。1985年初，我曾访问过他，由于我与他不需通过翻译，所以相谈甚欢，他在1983年出版了《批评之批评》一书，钱锺书先生曾和我谈起，这本书表现了结构主义的转向，作者深感原来的封闭性的结构这一套路，难以阐释文学中的各种现象，所以要将人道、道德等问题引入文学理论。在1985年那次访问中，托多罗夫说他在综合中使用了历史方法、哲学、语言学等方法，过去有用的东西都要被保留下来，进行综合。他说一些苏联学者对法国的文学理论都产生了重大的影响，如巴赫金、普洛普。尤里·洛特曼的符号学影响也很大（可见拙作《法国文学理论流派》，《文艺研究》1985年第5期）。那次我在他宽阔的办公室里，他赠送了我他的部分著作，有《象征理论》《散文诗学》《文学幻想导论》等，并与他合了影。这次邀请他来中国参加第3次巴赫金国际学术研讨会，他欣然前来，我们当然很是高兴。谁知一见面，他已是满头白发。我拿出一张1985年与他的合影，他看了好一会，说我们都已发生很大的变化了，毕竟是20多年过去了！至于我也已霜染两鬓，早已不是当年的青年的模样。闲谈中我送了本我的单卷集《钱中文文集》给他，他说他不认得中国文字，但一定会好好保存它。参加这次会议的还有俄罗斯的B.扎哈罗夫，他是国际陀思妥耶夫斯基学会副主席，国立彼得罗扎沃斯基大学语文系教授，有列娜·西拉尔德，她是匈牙利科学院的研究员。我在会上做了《理解的欣悦》的报告。

  2014年11月14—16日在南京大学召开了我国第4次巴赫金学术讨论会，我由于身体情况不佳未能与会。中国巴赫金学会会长、中国社会科学院外国文学所的周启超与南京大学俄罗斯学研究中心主任王加兴教授对会议做了精心的准备，召开了"跨文化话语旅行中的巴赫金"国际研讨会，俄罗斯学者沙伊塔诺夫与波波娃参会，前者是国立俄罗斯人文大学的教授，他的论文是《历史诗学传统中巴赫金体裁理论》，后者为俄罗斯科学院研究员，她的论文是《"记忆"与"遗忘"》等。中国学者的话题琳琅满目，涵盖人文科学的各个方面，较之过去有很大的深入。会议的一个亮点是，翻译出版了世界各大国研究巴赫金的论文集，计有《中国学者论巴赫金》《俄罗斯学者论巴赫金》《欧美学者论巴赫金》《剪影与见证——当代学者心目中的巴赫金》与《对话中的巴赫金》（杜瓦金访谈巴赫金的全译）。这为中国学者了解国际学术界对巴赫金的评价，提供了相当全面的文献。

（原文收录于钱中文著《文学的乡愁》，河南文艺出版社2012年版）

三言两语
——名家著作推荐

《庄子》

我读《庄子》的时候，总要默想一会儿，何以这位二千多年前的先人，竟能如此豁达，超然于人世之上。忽而如冯虚御风，羽化登仙，在汪洋恣肆、仪态万方的文字中，透过寓言形式，对人生问题作大写意的自由挥写；忽而与强权者驳辩，以为人的高尚精神要高出金钱、尊位万万。庄子的逍遥游是精神的自由，智慧的解放。既是诗性的哲学，又是哲理的诗。

《世说新语》（刘义庆撰）

《世说新语》记述了魏晋玄学盛行时期社会的人情风貌。由于人的个性相对自由发展，所以也相当讲究对人的品评。这部被后人称为志人小说的著作，主要记述人物的玄谈清议，通过一个细节、一个小小的场景，几笔富有特征的勾勒，就使人物栩栩如生，显示其超凡脱俗、任情率真的魏晋风度来。

《浮生六记》（沈复著）

我在初中时购买、阅读了64开本的开明书店版本，保存至今。此书虽称六记，实为四记。少时我不爱读"社会言情小说"，嫌其脂粉气太浓。但翻开此书，劈见引东坡诗"事如春梦了无痕"，就引起了我的兴趣。一种雅致、质朴、真情、忧郁的氛围在阅读中越来越浓，而被深深地吸引了。几十年过去了，这种美好的感受仍保留在我的记忆里。

《人间词话》（王国维著）

早在中学时代，经国文老师推荐，我开始读这本词话和李后主的词。词作好懂，而《人间词话》却是似懂非懂，但开始接触到什么是境界、无我之境、有我之境、真景物、真感情、忧生、忧世、隔与不隔等。后来一放多年，及至年长，再读此书顿觉豁然开朗，竟是韵味无穷。《人间词话》是众多诗谱中内涵最丰富的一种，它融会了西方美学思想，是我国古代文论的终结，20世纪我国新文论的开端。

《三国志演义》（罗贯中著）

《三国志演义》几百年来一直有着广大的读者群，自然先以情节取胜，以跌宕有致的写法取胜，毛宗岗确也点到好多妙处。但有一个更大的妙处是这部小说常读常新。少年时阅读可能是看热闹，故事多变有趣；年轻时阅读可能对小说中种种人物性格的描写以及他们的为人之道感兴趣；年纪再大一些的人可能多注意人物命运描写以及各方实权人物斗智斗力、巧弄权谋方面。小说在运筹帷幄、星移斗转、奇峰对插、锦屏对峙的多种描写后面，显示了先人的无限智慧，以致今天的外国企业家要把它当案头的必备之物，而将其智谋用到经营中了。

《古文观止》

这是不事专门研究古文而又想欣赏古文的最佳选择了。读《古文观止》，最喜爱的就是前后赤壁赋与一些记叙游记，感悟到其中意趣，如前后赤壁赋,飘逸、空灵、出世而又深远。"哀吾生之须臾,羡长江之无穷"与"盖将自其变者而观之,则天地曾不能以一瞬。自其不变者而观之,则物与我皆无尽也"的矛盾的人生领悟。不少类似的文章,抒情写景,如流水行云,朗朗上口。在工作之余或朗读,或背诵,不知不觉地就进入了文中意境,如冯虚御风、遗世独立,也还是一种最好的精神舒展与小憩呢!

《牡丹亭》(汤显祖著)

《牡丹亭》是《临川四梦》之一,写杜丽娘与柳梦梅的爱情故事。这一浪漫主义的诗剧,可说是文学史上的奇葩。读者历来激赏主人公对爱情的强烈追求与坚贞,剧作清丽多致的语言,传神的心理抒写,浓淡有致的景物描绘,如今《牡丹亭》被配以昆曲唱腔,真是做到珠联璧合了。我感到昆曲的婉转、悠扬、雅致、抒情,就像是《牡丹亭》故事自身,而《牡丹亭》似乎唯有在昆曲的演唱中,最能得到艺术的升华。我在大病之后养病期间,常常听一段昆曲《牡丹亭》,这是美文、美声、美色、美情融合一起的绝妙享受,获得了我生命的温暖与精神的高扬。

《忏悔录》(卢梭著)

马克·吐温说,"从来不撒一两次谎的人,我根本就没有见过"。卢梭的《忏悔录》是一本震惊人心的书,作者将自己赤裸裸地、毫无保留地展于公众之前。他不说谎,他将"我"的方方面面,包括我的不光彩的、甚至卑劣下流的思想行为都写了下来,但这非但无损于作者的光辉,而且这个在个性自由、个性解放的旗号下的"我",在反对封建道德、虚伪礼教中毫无掩饰的真实的"我",为法国文学开创了新风。在不说谎这点上,《忏悔录》是使我们深感惭愧的一本书。

《穷人》（陀思妥耶夫斯基著）

一个善良、年纪不轻的小公务员，与一位需要仰仗他人才能过活的穷家姑娘，演出了一出充满温情、可又绝对无望的爱情的故事。书信体增加了文字的多情善感、缠绵悱恻的色彩，读来更加深了对无望的爱的痛惜。但是由穷人口中叙述的潦倒的穷邻，在破屋里因断炊而举家在冬夜啜泣的场景的侧面描会，使我怦然心动，大约因为由于我老家有同样的境遇而竟使我潸然泪下。在众多的小说的阅读中，《穷人》是唯一使我热泪双流的书。当时我还年轻，在作者的故乡，读的是原文，也曾许诺将来自己境遇改变了要做些什么，但我今天的境遇正使我慢慢走向穷人，看来在"境遇改变"方面也难以有所作为。

《罪与罚》（陀思妥耶夫斯基著）

读《罪与罚》，会有一种压抑得内心想呼喊的心境。陀氏的作品在今天世界各国久传不衰，原因在于它展现了"人欲横流"的世上，人们受苦死亡、到处奔突的生活，传达了那种瞬息万变、惶惶不安的社会气氛，那种能够找到一个安身立命之地的普遍愿望。同时在艺术上，陀氏强化了主体意识，那幻梦般的变化，难以捉摸，和那要死要活的紧张转折都成了描写对象，这是复调小说的首创，在世界艺术中独树一帜。

《审判》（卡夫卡著）

读完《审判》，我深深觉得，在当今世界上，生活中的荒诞是如此广泛，非理性是如此阔步横行，人的悲剧是如此普遍，人的命运是如此相似，他们向何处去诉说？自身的经历告诉我们，也曾经走到这一地步。同时，我也震惊于现代主义艺术的技巧，怪诞而奇特，这是艺术本身的丰富。现代主义艺术是一种悲怆地讲着人的悲剧的艺术，是一种以非理性的艺术手段揭示非理性的专横的艺术。阅读或观看这种艺术作品，就像听着《悲怆》交响乐一样。自然，这里指优秀的现代主义作品而言。

《德意志意识形态》（马克思、恩格斯著）

此书虽是马恩早期论辩性的著作，但书中关于人、关于人的思维特征、关于人与社会的关系，以及艺术和社会的关系等论述，具有极强的说服力，其中有的观点，如"占统治地位的思想不过是占统治地位的物质关系在观念上的表现，不过是表现为思想的占统治地位的物质关系"，"不是从观念出发来解释实践，而是从物质实践出发来解释观念的东西"等，使我获得坚实的思想知识而受益匪浅。我看到有的人士力图摆脱这些观点来描述自己的哲学思想、文艺思想，但常常不免虚幻。自然，对于具体的观念意识，是必须进行具体、细致地分析的，不能像兑公式一兑完事。

《人论》（恩斯特·卡西尔著）

人之异于动物者几希？这往往是从伦理道德看问题。人以群分，互不相同，是从社会集团、阶级看问题。本书从符号学的角度看待人，人是符号，这一观点我自然很难同意。但说人用符号来创造文化，却是一个富有创新意识的论点。人与动物之区别在于人能把信号改造成有意义的符号，他具有理想，向往可能性，去创造理想的世界，而有别于动物安于"现实"、永远不能超越"现实性"。人利用符号在"劳作"中创造语言、神话、宗教、艺术、科学、历史，使人成为"文化的主人"。本书加深了我们对人的丰富与多方面性的理解。

《资本主义文化矛盾》（丹尼尔·贝尔著）

贝尔自称，他在经济领域是社会主义者，在政治上是自由主义者，在文化方面是保守主义者。由于他对美国社会经济、政治、文化的深入了解，并且又是美国社会经济、政治、文化多次变动的见证人，所以他能比较客观地描绘这个发达的资本主义社会的发展过程，特别是对美国人的文化、精神状态的一次又一次的急剧变化以及它的发展趋向的描绘，材料丰赡，见解独到，分析深刻，极富启发性。

（原文分别发表于《书摘》1994年第4期；《学习》1996年第2期）

随笔三篇
——莫泊桑短篇小说短评

一 闪光的并不都是金子
——读《勋章到手了》

  勋章,是政府授予对国家、社会有贡献的人的一种荣誉证章。政绩卓著,造福于民,可得勋章;科技上有重大发明,学术上有创见,可得勋章;军功显赫,卫国利民,可被授予勋章。总之,勋章是一种荣誉,戴着勋章的人使人敬畏,备受尊敬。可是,如今勋章满街飞,这自然要使我们那位一无所长、颇有资财、认识国会议员、又很自负的萨克尔芒先生产生羡慕之情了。

  萨克尔芒热爱勋章之心据说从小就有,如今没有勋章,甚望获得;但得不到它,又愤愤不平,怒责政府恶浊,竟然滥发,到处不公道,所以要发生革命;但一遇荣誉军长官敢于威严地站在人行道上妨碍交通,就直想向他们致敬,等等。这种渴望获得勋章的心理描写,虽然着墨不多,但写得委实生动、传神。

  不过小说中的妙趣横生之处,是写萨克尔芒如何获得勋章的那些段落。

  第一个落笔处是,萨克尔芒为要获得勋章,就去求助虽挂有勋章但不知如何获得勋章的国会议员罗塞兰,他估计自己出面,对方未必见情,于是就说服妻子前去"发动"。果然派出"俏皮"的妻子去"发动",此着十分灵验。读者读到这里,恐怕会对"发动"的奇妙含义,发出微微一笑的。

  第二个落笔处是,罗塞兰果然为他出谋划策,要他获得一些头衔，方可上报。不多时日，我们这位肚里墨水不多的主人公竟然撰写了小册子，提出直观形象教育的高论，并向议员、部长、总理那里分发。

但最后一部分的描写是最令人发噱的。被罗塞兰支使到外地去收集资料的萨克尔芒，一天突然夜半回到家里，发现房里乱成一团。进得房里，又见椅子上搭着件系有勋章的外套。他自认并非己物，那么此物何为？妻子惊慌失措，面无人色，故作神秘，又语无论次，说得飘忽不定，但又绝对明确。这段绝妙的对话，真真假假，虚虚实实，读者读着不免要哑然失笑了。果然，萨克尔芒勋章到手了。其实他也明白，这一小闹剧正是他一手导演的。

前面说到，勋章是一种荣誉，但现在分明是卑鄙的标志；勋章是建功的奖赏，也可以是调情的回报。"从玛德兰纳教堂到德鲁奥街"一路上看到的那些勋章，在它们之中不少的背后，也许都有着大同小异的故事吧！

俗话说，闪光的并不都是金子。勋章是如此，那么还有哪些东西是更为神圣的呢？我们在生活中不是看得很多的么！

二　被虚荣锈蚀了的灵魂
——读《项链》

真的，在巴黎，女人的美貌、娇艳，就是她的出身门第。风韵楚楚的年轻妇女，在哪里都受欢迎；进入社交界，她会被男人团团围住、追逐紧盯，而她觉得这才是风光的生活。这就是我们在不少外国小说里读到的浪漫故事的开头。

然而，我们现在看到的女主人公玛蒂尔德，虽然年轻美貌，自认应当享受荣华富贵，向往受人追逐之乐，但命运使她只能委身于一位穷酸的小公务员。这样，她自然无法穿金戴银，锦衣玉食，而只能蒙尘于穷巷陋室了。所以她常常因此而愤愤不平。

短篇小说往往是建立在"可是""突然"这一类的转折点或连接点上的。说"可是"，"可是"就来到了玛蒂尔德之前，她被邀参加部长家的晚会，于是不惜重金购置礼服，向女友借了钻石项链，打扮起来，风流诱人，一展芳容，尝尝那被人追逐的乐趣。果然，她在晚会上风光独占，出尽风头，以致分不清赞美与献媚了。

紧接下去是"突然"：项链丢了。这对女主人公来说不啻是个晴天霹雳，就是对读者来说也是十分揪心的一笔。在这"突然"之后，女主人公就落入了悲惨境地。虚荣心是人类本性中的一种弱点，一夜风光，竟要女主人公付出如此沉重的代价，真使人觉得作家的笔未免严酷了些。及至读者看到主人公的人性未泯，以多年的诚实劳动来偿还债务，就转而同情于她，原谅了她的虚荣心。如果小说到此结束，也不失为短篇中的佳作。可是，作家又来了一个"突然"。十年之后，劳苦生活使女主人公风韵殆尽，面目全非，在向已认不出她的旧友诉叙借还项链的曲折中，突然得知原来丢失的项链不过是假的，故事至此戛然而止，留下的自然是一大片空白了。

在这大片空白中，读者一定会感到一种震慑。为了虚假的风光一时丢失了贵重之物；又为实为虚假之物，含辛茹苦，丢失了青春年华，因这些真真假假而作出的牺牲，对女主人公来说，不是几近残酷了么？而这，岂又不是莫泊桑的笔力所在呢？

好的小说每每会在阅读中不断读出新意来，让人去填补空白。人总想在生活中自我实现，或是向往一种浅薄的、无价值的闪光，或是一种高尚的东西。为此，他可以废寝忘食，劳作不息。在现实生活中，那种"突然"性的转折，比起小说中的"突然""可是"来，要丰富得不可比拟。一些人永远以为他们所追求的东西是一种真实，只要风光过一时，也不辨真假，安然自得，仍像玛蒂尔德偿债那样忠诚劳碌。但也有一些人"突然"发觉他们所追求的不过是一些虚幻，而会产生一种失落感，既有慨叹，也有惋惜，然而转眼间已早生华发。他们不由得与被嘲笑的玛蒂尔德的命运发生认同，深深同情她的诚实一面，同时也在隐隐作痛的心灵中嘲笑自己。但好在人追求了一遭，又会产生新的向往的。固然有人追逐醉生梦死或醉死梦生，但也有人追求务实与超越。玛蒂尔德式的现象还会不断重复。这样说来，《项链》这段故事，还真有着一种人生体验的意味。

三　感情的即兴之作与"突然"的艺术
——读《橄榄园》

　　相信纯洁、真情、正直、善良的人,阅读《橄榄园》这样的作品时,一定会感到精神的震动,一种道德的震动。这一故事似乎带点浪漫色彩,然而却会在读者的心灵上引起沉思、发出回响的。

　　浪漫色彩表现在故事中的主人公对爱情的专致上,对道德的近于严酷的追求上。

　　年轻的、富有的维尔布瓦男爵,疯狂地爱上了一位地位低微、漂亮但内心阴狠的年轻女演员,同居后准备抛弃家庭世代相传的荣誉而娶她为妻。但当得知这女人与把她介绍给他的朋友也是这种关系时,男爵受骗的心十分愤怒,几乎要置她与她腹中怀的孩子于死地;而当他得知她腹中怀的孩子并非他的,他就原谅了她。

　　不久他离家出走,去过隐居生活;随后皈依宗教,以对上帝的爱慕,代替了人间的情爱,做了教士、当了堂长,在海边的一片橄榄树林里,让树荫来遮掩他的巨大痛苦。他普渡众生,同时也不忘世俗的快乐,出海钓鱼,一晃就是几十年。为纯情出走,抛弃了财产,寻求安慰,不是很有一点浪漫的味道么?这要在精神上付出多大的代价!写到这里,我想起不久前在报上读到的报道,我国海峡两岸有几位老人,由于几十年前的历史事变而散失,终身独守,如今白头相见,爱情如昨,初衷如旧,我们能不为这种人间真情所感佩么!无疑,维尔布瓦男爵的故事,也是一种真情的表现,并且近于殉情了。所以莫泊桑把故事写到这里,也是颇能抓住读者的心,让读者跌入沉思的。

　　然而来了个"突然",对维尔布瓦堂长来说,这是第二次欺骗与对平静了的感情的袭击。当一位不速之客闯入了这宁静的可以遮掩人世痛苦的橄榄林,当他得知这个语言丑陋的年轻人就是他的私生子,既像自己又像他母亲的孽种,这种受骗感使他从"25年的虔诚清梦和安静世界里惊醒了"。当他在盘问中了解到来人不仅前来敲诈自己,并在品德上极端邪恶、低下,是个什么伤天害理的事都干得出来的人，他明白，他面对的是一个恶徒。他们两个人之间存在着不可逾越的恶毒的深渊，他深感命运将无可挽回，而原本在心里升起的宗教的救赎感也已熄灭无余，那种不可抗拒的暴怒再度复活。他明白，私生子的到来，对他来说，成了道德的惩罚。既要惩罚儿子，这个错误爱情的产物，失去父母爱抚而后成了无赖浪子的社会废物，同时无疑也要惩罚自己。于是他以强力的手，用桌子撞倒了被灌醉、把手伸向桌上刀子的儿子，同时也在长长的黑暗中，在无言的痛苦的思索中，结束了自己的生命。橄榄田里一片安静，堂长常常求助于那曾经遮掩过耶稣基督巨大痛苦的橄榄树的阴影，然而现实的邪恶，他自己参与制造的邪恶，却来的那么快，使他猝不及防，在悔恨中失去了自持。

如今，这类伦理问题小说极为少见了，其实，这类故事在生活中随处可见，而且在一些国家日益泛滥。感性的平庸、浅薄、功利，也许是当代社会相当普遍的标志。有谁会在这类故事中，去寻求人类的正义，奋发的道义？只有不断膨胀的情欲、物欲建构着人，也改变着人。

在当今的电视屏幕上，不时可见艳装浓抹的男女歌星，他们像身披鱼鳞，以为借着那灯光的闪烁，就足以构成自身的光华了。他们摆着身肢，故作深沉、深情的样子，声嘶力竭地在唱着爱的失落，一会儿挤眉弄眼、一会儿要死要活地发泄着自己的欲望，好像在诉说自己的忠诚，但这些"包装"实在浅薄。如果这类油粉族类真有这类故事发生，或者重演维尔布瓦先生故事的上半部，那也不过是感情的即兴之作，绝对不会出现维尔布瓦先生的下半部故事的。

因为在这个时代的某些族群之中，感情的平庸、浅薄，似乎已成一种时髦。碰上这种情况，你不妨关一下电视，来读一读莫泊桑的《橄榄园》。

（以上三文原刊于《莫泊桑名作欣赏》，中国和平出版社 1995 年版）

缘分如影
——我与果戈理

写下副标题，我自己感到有些吓人，两个毫无可比性的人，怎么就并列到一起了呢？

不过我在这里要说的是我和果戈理作品的缘分。

1999年，安徽文艺出版社出版了周启超先生主编的8卷中译本《果戈理全集》，加上一卷魏列萨耶夫编的《生活中的果戈理》作为附录，共9卷。大约是我曾经在俄罗斯文学研究界待过一阵，几十年前又就果戈理写过一些有关的东西，所以周君邀我为《果戈理全集》写篇总序，我就欣然答应了。缘分往往是偶然而来的，但与果戈理的缘分，从我少年时代起，时断时续地一直伴随到我的老年。

我少年时喜欢读"闲书"。无锡城中心崇安寺东北角往东50余米的拐弯地方，有家"集成书店"，前身叫"日升山房书店"，我初中时期经常去看书。书店老板有时在书店斜对面的无锡电灯厂门口左边摆个书摊，书摊用几块板搁在长凳上，拼凑起来有四五米长，摆出来的书主要是各类武侠小说、言情小说，上海广益书店刊印的书特多，也有封面上印有时髦女人像的《紫罗兰》、简朴一些的《春秋》一类文艺杂志。如果书店开门，书摊就收了起来。书店里的书比起书摊上的书，档次要高得多，种类也多。比如书店门口也摆有一个书摊，书摊的大部分伸到店外，摊上实用性的书籍较多。书摊旁边靠墙就排着七八个书架，相当高，个个顶着天花板，摆满了书，看高处的书，真是需要仰视才见。靠门口的几个书架上，摆的书大部分是现代文学作品，有北新书局、大众出版社、自强出版社出版的文艺书籍，特别是巴金主编的文化生活出版社的文学丛刊和开明书店出版的文学作品最多,都是当时名家的散文、诗集、速写随笔、小说等。最上面排列有《约翰·克利斯朵夫》四卷集、《春潮》、《贵族之家》、《凯旋门》等,还有一本《死魂臺》的书。有一次我大胆地登上靠在书架上的小梯子,观看置放高层的图书,才知道我把繁体字的"靈",看成繁体字的"臺"了,原来这是鲁迅先生翻译的果戈理的《死魂靈》,这算是和果戈理打了第一个照面。由于我念错了字,所以印象特别深刻。

后来进了中国人民大学俄语系,大三、大四四个学期有苏联专家开的俄罗斯文学史课,一面读了些原文作品片段,一面趁假期借了不少俄国文学作品阅读,自然读了果戈理的《死魂灵》《钦差大臣》《密尔戈罗特》等中译本。但是真正进一步了解果戈理则是在后来留苏期间的事了,我进了莫斯科大学研究生院的俄罗斯语文学系,专业是19世纪俄国文学,除了要应付一些考试,还要做副博士论文。经过一个时期的思考和了解到俄国学者有关果戈理已有的研究成果,最后定下了学位论文题目,将果戈理有关城市描写和艺术家的命运的主题的中篇小说,与他同时期一些作家同样是关于城市、艺术家的描写的中篇小说,进行比较研究。同样的对象和主题,类似的人物描写,为什么果戈理的作品后来成了文学经典,而其他作家的作品在艺术品位上却远远逊于果戈理的作品?由于思想明确,所以后来论文做得还算顺利,但是到剩下最后部分时,国内"大跃进"的浮夸风猛烈地刮到了莫斯科,那时国内把什么都当成资产阶级思想加以批判已成为一种流行的风尚。在一个时期里,《人民日报》发动了对学衔制的一场批判,提出学衔制是资产阶级法权思想,给予猛烈挞伐,结论是应予以废除,等等;驻苏大使馆召集的一些会议也来吹风。不少留学生在"大跃进"的思想鼓舞下,真是意气风发,急着为祖国服务的愿望十分强烈。于是几位应在1958年完成论文答辩的从事俄苏文学研究的同系同学,没有答辩论文就急着回国服务于社会去了。我也大受影响,经过多次思考,只好停止论文写作,批准不答辩学位论文,多听些课,多些知识,好回国多开些课程。我把这个决定同我的导师布拉果依通讯院士和苏联同学讲了,他们极不赞成这种思想,说他们过去也有这种荒谬的做法，认为我这是半途而废，功亏一篑，太可惜了。果然，1958年末，批判资产阶级法权思想的潮流已过，而我自然不好出尔反尔，再行申请论文答辩。比我低一级的同学，即应于1960年答辩论文的同学也已安心下来，继续做他们的学位论文，并且大多延长了时间，在俄苏文学、俄罗斯语言研究方面取得了副博士的学位。说来也是时代使然，在很长时间里我对于副博士学位没有一种特别的荣誉感，直到20世纪80年代，人事部把有无副博士学位作为提升业务级别和工资的一个条件时，一种功利思想才使我感到，不答辩学位论文是吃了亏了。有时我想起那时的研究课题，觉得即使现在看来仍是很有意思的，只是我没有时间再回过头来重新写作了。

回国后，我被分配到中国科学院（哲学社会科学学部于1977年另组中国社会科学院）文学研究所工作，进入由戈宝权、叶水夫领导的苏联东欧文学组，研究俄罗斯文学，重点是果戈理。我想扩大研究俄罗斯作家的范围，但其他作家如陀思妥耶夫斯基、托尔斯泰、屠格涅夫都已有同事在研究了，只好作罢。不过进了文学所，一开始就是搞反右倾机会主义运动，这方面的过程我在其他文章里已写过。运动的真正收获，倒是促使我从俄国文学研究转向了文学理论。就在这时，戈宝权先生应人民文学出版社之约，要编辑一套外国作家评传丛书，每本六七万字。他邀我撰写果戈理，我自然答应下来，用了3个月的时间，写出了近7万字的《果戈理及其讽刺艺术》一稿。稍后我誊写交给戈宝权先生，他又转交给了人民文学出版社，这是1962年春天的事。其后运动连年，一直到1978年，才真正安定下来。

1979年秋天，十四院校编写完了一本新的《文学理论基础》，在昆明召开讨论会，我与不少同行被邀参加，这是我进入文学研究所以来第一次参加全国性的学术会议。会议期间，我遇到了上海文艺出版社的郝铭鉴先生，他谈起正在编辑一套文艺知识丛书，每本要求六七万字，已出版了朱光潜先生的《谈美书简》，问我有无文艺理论方面的现成书稿。我突然想起了已经送往人民文学出版社18年的《果戈理及其讽刺艺术》稿子，问他这方面的书稿要不要？他说丛书收入面广，这方面的书稿自然也要。于是回京后，我立刻给人民文学出版社的程代熙先生写了信,询问 18 年前的书稿下落,如果能够找到的话就尽快退还我。

程先生很快回了信,于 1979 年底将书稿寄回了给我,并谈了一个故事。原来戈宝权先生将我的书稿交给出版社后,那时思想界、文艺界的形势一天比一天严峻起来,不断在批判资产阶级与修正主义。1963 年、1964 年传达了毛泽东对文化部、文艺界的两个批示,文艺界、出版界的著名人士,自知大难临头,惶惶不可终日,忙着检讨、批判"封资修""大洋古",丛书的出版自然就搁下来了。后来"文化大革命"掀起了一场狂乱的红色风暴,1966 年秋,外地的红卫兵造反到了人民文学出版社,将存放在编辑部的书稿,作为毛主席批示里所指出的那些宣传"封资修""大洋古"的实际罪证,乱丢乱扔,我的书稿也被扔到走廊的垃圾堆里去了。幸好一位清洁工人在红卫兵走后,将扔在走廊里的我的书稿收拾起来,送回编辑部,这样我的书稿才算幸存下来。万分遗憾的是,只是我至今不知道这位清洁工人是谁?到哪里去向他道谢?我收到书稿后,看了一遍,在文字上稍稍作了一些修改。1980 年虽然已处在拨乱反正的气氛之中,不过那时还谈不上对自己的文艺思想进行认真的反思与自我批判,也来不及对果戈理的作品进行再思考,就他的思想进行再梳理,而很快地把 18 年前的书稿寄给了郝铭鉴先生,同年 10 月出版,算对果戈理了却了一个心愿。一部书稿放在出版社整整 18 年,历尽坎坷,说句笑话,要是 18 年前生个孩子,如今可是长大成人,换了人间呢!

20 世纪 50 年代,文学研究所编辑外国文学、文学理论等三套丛书,其中一套为《外国文学名著丛书》,收有果戈理的《死魂灵》,译者为翻译名家满涛与许庆道先生。1983 年初《丛书》负责人要我为《死魂灵》写篇《译本序》,我欣然从命,写了一篇一万余字的序文,介绍分析了小说的思想艺术特色,随同小说于同年由人民文学出版社出版。1995 年,果戈理的《死魂灵》中译本又收入《世界文学名著文库》,仍由人民文学出版社出版,让我写了篇《前言》。每当我写作序文或前言时,我常常哑然失笑:谁知 40 多年前少年时代的我,因书店的书架高大而看不真切,误把《死魂灵》念做《死魂台》，而今我为几个版本的《死魂灵》写作序文或前言，岂不好笑！

  我想这可能是一种宿命力量的安排吧？谁叫我念错了书名的呢，要让我记着一辈子呢！当然，我倒更相信这是一种缘分，缘分就是一种不可求而得之偶然的机遇，把一连串的得之偶然的机遇串联起来，这就是一种幸运了！我和果戈理相遇一生，这真是一种幸运了，虽然我对这位伟大的俄国作家或者说"小俄罗斯"作家的思想，还需要进行深入地了解。

  （原文作于 2000 年秋，刊于《中华读书报》2011 年 4 月 20 日）

《文学评论》——文学研究所的学术窗口

在文学研究所喜庆50华诞的日子里，迎来了《文学评论》的第46个年头。几十年来，《文学评论》一直是文学研究所的一个对外的学术窗口。

《文学评论》原名《文学研究》，筹备于1956年下半年，创刊于1957年，为季刊。这时在学术界已经批判了俞平伯、胡适的"反动思想"，肃清"胡风反革命集团"已经"胜利结束"，出现了短暂的平静。有关方面有感于多年的批判与动荡，这时就提出了有名的"百花齐放""百家争鸣"的方针。正是在这一形势下，《文学研究》破土而出，兴致勃勃地倡导学术研究，来进行百家争鸣了。但是不久疾风又起，开始了一场主要是针对知识分子的"反右斗争"。

《文学研究》作为文学研究所的机关刊物，从创刊起，就具有崇高的威望。一是作为当时文学研究的大型刊物，全国只此一家，它主要面向全国文学研究界，发表高质量的学术论文。二是有一个极具权威性的"编辑委员会"。既然是百家争鸣，于是文学所领导与主管部门商议后，广泛聘请了文学研究界各方面的学者，组成编辑委员会，他们成就卓著，声望极高。《文学研究》创刊号公布的35位委员，研究专业遍及中外古今，有郑振铎、何其芳、冯雪峰、蔡仪、黄药眠、俞平伯、钱锺书、孙楷第、余冠英、刘大杰、郭绍虞、夏承焘、罗根泽、陆侃如、冯沅君、王季思、钟敬文、季羡林、杨晦、游国恩、程千帆、唐弢、冯至、卞之琳、戈宝权、刘永济、陈中凡、范存忠、刘文典、林如稷、徐嘉瑞、罗大冈、陈翔鹤、陈涌、毛星等。现在除少数编委还健在外，绝大部分都已作古了。

《文学评论》——文学研究所的学术窗口

40多年来,《文学评论》的经历大体可分3个时期:1957年创刊起至1966年"文化大革命"被迫停刊;1978年复刊至90年代初,即改革开放后10多年;90年代初到现在。

在《文学研究》创刊号的《编后记》里,主编写道:"创办《文学研究》这样一个刊物,许久以来大家就感到有这种需要了。'百家争鸣'的方针提出以后,全国学术界都得到了很大的鼓舞;从事文学研究工作的人就更为迫切地感到需要有一个自己的园地,有一个全国性的集中发表文学研究论文的刊物。"出版刊物,自然令当时的文学研究工作者为之兴高采烈,而它的办刊方针更使学者们欢欣鼓舞:"除了如一般刊物一样地要组织一些有时间性的文章而外,它将以较大的篇幅来发表全国的文学研究工作者的长期的专门的研究的结果。许多文学历史和文学理论上的重大问题,都不是依靠短促的无准备的谈论就能很好地解决的,需要一些人进行持久而辛勤的研究,并展开更为认真而时间也较长的讨论。"然后主编提出,在学术上要发表各种不同的意见,提倡自由竞争,刊物的水平和质量,只能在"百家争鸣"的方针指导下提高,"任何学术部门,一家独鸣都是只会带来思想停滞和思想僵化的"。说得多么好啊,这些话犹如写于今天一般!同时指明了刊载稿件的范围:有文艺理论、古代文学、现代文学、少数民族文学和民间文学、西方文学、俄苏文学和东方文学等。

办刊的目的与方针,深得广大研究人员的人心。大家虽然经历了七八年的批判运动,但是手里积累颇多,而且正是长期研究的结果。我们从1957—1958年的刊载的文章来看,除了少数如今已经变得毫无意义的时评外,绝大多数论文都是出于专家之手,它们厚积薄发,内容厚实,今天读来,仍感新鲜。

但是1957—1958年的所谓"反右"与后来的所谓整风,使百家争鸣很快变成了一家独鸣,这极大地伤害了知识分子的学术积极性。1957年末与1958年初,文学研究所有一场有关办所方针的大辩论,出现过三派意见:"系统派""当前派"与"并重派"。主张系统研究的学者批评何其芳,认为他"写的参加当前思想斗争的文章太多了,认为写这些文章不是研究工作",认为他不重视古代文学的研究工作,文学所应以编写文学史与文艺学为重点,来提高文学研究的整体水平。这一派的意见受到"当前派"的反驳,理由是文学研究应"从当前的政治上和思想上的社会主义革命出发","一切研究工作都应该为当前的文艺运动服务",当前的需要就是"当前文艺运动的需要",联系实际就是"去解决在文艺界发生了的争论的一些理论问题"。"并重派"则提出了折中的方案,但既遭到"系统派"的责难,又受到"当前派"的反对,主要理由是没有主导。但是正是在这个时候,一个响亮的口号"厚今薄古"提了出来,这无疑是对系统派、并重派十分不利。虽然何其芳副所长综合了各派意见中的合理成分,但是在上级的干预下,提出文学研究所"必须强调为当前的文艺运动的需要服务",文学研究所"应该成为这方面的一支有力的队伍",当然也认为,如果把当前实际需要只限于当前文艺思想斗争也是不对的。这一场辩论自然影响到了《文学研究》的面貌问题。

1958年"反右"斗争接近尾声,《文学研究》第3期的《致读者》就提出刊物已经"改版",认为过去刊物上"出现红旗、灰旗、白旗杂然并存,缺乏战斗性的情况";提出"要经常批判资产阶级、修正主义和其他错误思想",贯彻"厚今薄古"的方针,加强对当前问题的评论。同期刊登了编委会改组的新名单,去掉了冯雪峰、钟敬文等9人,新增了当时文艺界的多位领导人如林默涵、邵荃麟等7人。也正在这期《文学研究》上,开始刊载批判文章。随着形势的严峻的转变,到1959年初,《文学研究》这块牌子就被摘下,正式改名为《文学评论》双月刊。《编后记》表述了改名的理由:今后刊物以当前为主,多发表当前文学评论、文学理论问题,要主动积极配合当前文艺斗争实际,《文学评论》作为杂志名,就做到了名至实归。不过即使在这样的处境下,《文学评论》仍然组织了几次专题学术探讨,如中国文学史分期问题,新诗格律问题等,竭力保持了一些争鸣的气氛,取得了一定的积极效果。

积极配合当前"文艺运动",实际就是配合政治斗争。50年代末60年代初,周扬的几篇长文《文艺战线上的一场大辩论》与《我国社会主义文学艺术的道路》所表述的政治、理论原则,实际上成了当时文学研究工作者必须遵循的理论规范与行动准则。这种作为时代的极左文艺思潮,自然制约着《文学评论》。于是《文学评论》就展开了对所谓修正主义、人性论、人道主义、写真实论、现实主义深化的批判。接着1963—1964年,毛泽东连续发表了几个有关文艺的批示,认为文艺界问题极多,已面临修正主义边缘。于是严厉批判大洋古、帝王将相,批判所谓《海瑞罢官》、电影《早春二月》《林家铺子》《上海屋檐下》与《北国江南》,而大力评论新作品,自然成了《文学评论》60年代上半期的思想导向。60年代上半期《文学评论》在评价、扶持新作品方面,花了大量篇幅;同时还组织了多次争论兼有批判的讨论,如山水诗、田园诗、自然美、文学作品共鸣等问题。但就是在这种夹缝中,《文学评论》仍然发表了一些学术性很强的文章,如钱锺书先生的《通感》、俞平伯先生的《金陵十二钗》等,这不能不算是一个奇特现象。如果把1959年后的《文学评论》与1957—1958年的《文学研究》相比,自然,这时期学术含量厚重的论文少见了,学术问题的探讨减弱了。错误的指导思想,以强力制造了学术界的严重的停滞与僵化,简单化、庸俗化倾向到处泛滥;任何学术问题,全都变成了反动的政治问题,一些人自认为置身于四面楚歌之中。但是到后来,就是为无产阶级政治服务的积极配合也不行了,史无前例的"文化大革命"的到来,迫使所有刊物停刊,《文学评论》自然也不例外。

粉碎了所谓"四人帮"后,1978年成立了中国社会科学院,决定文学研究所于同年恢复《文学评论》。这时期的《文学评论》在"拨乱反正"方面做了大量工作,即恢复被"四人帮"搞乱了的马克思主义文艺思想与被歪曲了的文学问题,对于一些被无理批判的作品,还其本来面目。批判所谓"文艺黑线专政",重评"五四"精神、现实主义、真实性、共鸣现象、人性、人道主义等问题;重评小说《林家铺子》《子夜》《二月》《日出》;为《水浒》做了翻案文章;评论了柳青、赵树理、闻捷、吴强等著名作家;同时《文学评论》是最早重评文艺17年的。更值得一提的是,《文学评论》还为刚刚出现的"伤痕文学"召开了座谈会,大力扶持了一批新进作家等。

杂志重申过去的宗旨，注重当前文学、批评与理论问题，兼及中外古今。大约由于当时文学研究的杂志不多，好几年内，《文学评论》的每期印数，竟有20多万份。这时有的老专家提出希望恢复《文学研究》的名称，但是《文学评论》的叫法已经约定俗成，也就没有改成。

　　随着改革开放的方针的提出与实现，思想解放的不断深入，人们发现，拨乱反正了的马克思主义文艺思想遇到了严重的挑战。马克思主义的基本原则具有指导意义，但100多年来文艺实践发展太快了，新的文学艺术问题又是层出不穷，需要寻求新的观点进行新的阐述与理论创新。20世纪80年代出现在《文学评论》上的几次大辩论，有偏颇与失误，甚至存在虚无主义的错误，如文学主体性讨论。但是它触及了文学创作、文学理论中的重大问题，使得学术界的目光变得宽阔起来，敢于探讨和说出新的观点，对于学术研究的更新有所推动。人们不能墨守成规，在本本里讨生活，而对于现实生活中出现的新问题、新思想却视而不见、听而不闻，因而也根本无力去阐明文学发展中的新事物。90年代初，学术界虽然重又出现简单化、教条化的趋势，但是那种架势吓人的文章，和现实生活中、文艺中需要解决的实际问题的需求，实在离得太远。就我这个局外人所知，这几年《文学评论》实际上受到两种力量的牵制，不断受到各方人士的责备，工作难度极大，这是应该给以谅解的。但就整个第2阶段10多年来说，《文学评论》刊出的不少文学理论、文学史问题研究以及作家、作品评论，都有了学理性的分析与说理，发表不少新观点、新理论，学术水平提高了。

　　90年代初以后的《文学评论》是它发展中的第三阶段。在2002年的编委会上，对文学研究所历史极为了解的编委邓绍基研究员说：现在是《文学评论》的最好时期，这自然是指与以前相比较而言。说是最好时期，我的理解是，《文学评论》是个学术刊物，它已经恢复了真正的学术品格。文学研究作为一门独立的学科，自然应有自己独特的对象，研究自身问题与其相关的种种文化关系，如文学与社会、政治、道德、哲学、宗教等，而非某种外在势力的强加，现在正处于这种境地。这种根本性的关系理顺了，学术就摆脱了依附的地位，确立了自主性，也就获得了发展，否则一切都是空谈。但是理顺这种关系，竟是花了40余年，文学研究受到的损失也就可想而知了。

有了宽松一些的学术环境，《文学评论》大体就走上了正道。一是明确目标，为中华民族文化的伟大复兴而努力。要进行理论创新，促进具有我国民族特色的文学理论、文学史的建设，努力探求、总结我国文学艺术发展的规律，建成我们自己的文艺科学。在这方面《文学评论》无疑需要加大导向的力度。

二是《文学评论》努力讲求前沿性、学术性、科学性和对话性的统一。在当代国际间的学术交流日益繁荣的情况下，前沿性要求文章具有当代意识、问题意识，即要以当代意识的要求，来关注学科本身随着当代国际生活的进展而提出的新问题，展示学科自身发展中出现的新的趋势与前景，站到当代学科的前沿，进行宏观的整体把握。学术性要求文章能够把握作为文化组成部分的文学自身及其相关部门，经过长期的探讨、积累而形成的种种问题，或是因为学科发展和学科交叉而产生的新课题，它们在整个学科发展中的意义与地位，或是宏大的主题，或是可具发掘大义的微言，提出独到的新见解，使之言之成理，自成一说，促进学术的进步。科学性与学术性紧密相连，要求把握具有主导意义的思想和方法、多样的学问，善于辨别问题的真伪，以丰赡的材料，进行学理的缜密分析与论证，实事求是地揭示问题之间相互的内在联系与本质特征，它的价值取向与意义；或是进行微观的深入，使问题在学术上取得新的进展。对话性要求学术平等，要把对方看成是独立的、平等的、自有价值的学术个性，在平等对话中，通过他者的角度获取更多的真知，求得问题的深入，改造我们过去绝对化了的思维方式。要在学术研究中淘汰那种截然对立的、只知排斥对方的、非此即彼的二分法，提倡有价值判断的但又是亦此亦彼的思维方式。

三是鼓励理论创新与提倡人文关怀。首创精神，继往开来，这是学术研究的生命，要有思想的创新，也要有学术的推进。学术不仅仅是一种积累，而且是一种不断的增值与发现。文学研究发表论说，总要有点新意,即使是文学史研究,也要发掘新材料、提出新问题、新观点,而不是去重复别的学者早就提出过的论题与资料,还以为是自己的新发现到处标榜。学术界应是由不少见解独创、卓尔不群的学术个性组成。近几十年里,不少人不断重复他人的话语,致使学术自身失去了对象性,结果学术界变成了一群没有个性、一个没有影响力的群体。时间长了,也使我们的民族文化精神与创造力受到极大的伤害。

在当今全球化的语境中,我们在思想上需要具有搏击进取的活力,焕发的精神,与理论的创新力。同时,文学研究属于人文科学,它不仅应当使用多种方法,包括交叉学科的方法,科学地阐明自身的结构与问题,建立新的学科,而且应该通过这种阐述,显示作者自身对民族、国家的人文关怀。进取创新的精神与博大的胸怀,将会极大地提升研究的水平,并使我国在新的世纪里,实现民族的腾飞与中华民族文化的伟大复兴。在这一段时间里,《文学评论》努力倡导上述思想,在文学理论与批评、古代文学、现当代文学与民间文学研究方面,外国文学理论家谈论当前文学问题方面,发表了不少学术质量很高、很有影响的论文,进一步确立了《文学评论》崇高的学术权威。

当前学术界还存在着一些不利学术发展的现象,如把握不住学科的前沿性问题,不明问题自身的来龙去脉及其内在意义,对别人探讨的问题没有多少了解,对前人积累的资料似明若暗,就来痛贬别人。对不少卓有成就的学者研究成果随意否定,以嘲弄代替学理分析,制造耸人听闻的新闻就算发现,以为大胆的信口雌黄就是新锐气派,这种居高临下,唯我独革的学风,却是以己昏昏、使人昭昭的浮躁浅薄,仍然时有表现。这是《文学评论》竭力避免与抵制的。

近几年来,《文学评论》抓住了世纪之交的机遇,开辟了一些栏目,如20世纪文学各个学科研究的回顾,对于当代文论建设具有迫切意义的"中国古代文论的现代转化","文化诗学"的讨论,"全球化趋势中的人与文学",当代文学史各个自然段落的问题研讨,新诗问题的讨论,站在学科前沿的一些外国学者的论文的讨论与响应等。这些措施,意在自觉地努力站到当今学术的前沿,提倡多样性,以学理的探讨，求索文学理论、文学批评与文学史研究的增值与创新，使文学研究不是通过一个人，而是通过很多人，在整体上获得新的极大的提升。

自然，《文学评论》存在许多不足之处和问题，也是竭待改进的。

（原文作于 2002 年 11 月 3 日，刊于《文学评论》2003 年第 1 期）

我与《文学评论》50年

一

《文学评论》1957年创刊，至今已度过整整60个春秋。它创刊后的第二年，我就认识了它。

我有一位在中国人民大学学习的同班同学于海洋，他毕业后被分配到中国科学院的一个部门做翻译工作，后来转来转去转到了文学研究所的文艺理论组。那时我正在苏联学习，1956年他寄给我一本人民文学出版社出版的《忆鲁迅》一书，1958年他写信给我，说文学研究所正在扩充研究人员队伍，需要大量人才，各个研究组都在招兵买马，问我回国后愿不愿意来文学研究所工作，如果愿意，他可以向文学所领导传递消息。我想，我回国后有两个去向，一是去高校教书，二是进入研究机构，做研究工作，我当然首选研究机构，于是给他回了信。接着他就给我寄来了两册厚厚的《文学研究》——创刊号与第二期，扉页写着"中文同志国外阅读于海洋，1958年"。这样我就第一次接触到了《文学研究》。

一看"编委会"名单，几十位编委中，我只听说过戈宝权、何其芳、陈涌、俞平伯、唐弢等人的名字。在人民大学学习俄语时，读过戈宝权翻译的《普希金文集》；何其芳的姓名是我中学时代阅读《大公报》副刊上的一篇短文时知道的，它描写抗战时期文人汇集重庆的盛况，它把不少作家的名字凑成了一首诗，其中有两句至今记得："芳草何其芳，长歌穆木天"，现在当然还听了于海洋的介绍，说他是副所长，所长是郑振铎。陈涌的名字是得之于解放初期的《文艺报》

上,他有一篇论文《鲁迅的思想才能》(大意),我那时觉得这篇文章题目有点独特,所以留下了印象。俞平伯先生的《红楼梦研究》解放初期受到大规模的批判,所以自然知道了俞先生。至于唐弢,在中学里我读过他的一本散文《落帆集》,所以也有印象。至于其他大部分编委,我都没有听说过,后来到了文学研究所,和同事们闲聊起来,才得知他们都是我国中外文学研究界的顶尖人物,由于我的知识方面有很多局限,所以造成了我的孤陋寡闻,以致到了有眼不识泰山的地步。这样,我从1958年起,就成了《文学研究》的忠实读者,直到今天。但是我不仅仅是个读者,却也是我工作一开始就成了它的作者,后来在一个相当长的时间里,又成了它的主编。

1959年秋回国后,我被分配到文学研究所的苏联东欧组,组长是戈宝权,副组长是叶水夫,准备从事19世纪俄罗斯文学的研究。翻翻1958年的《文学研究》,较之1957年的《文学研究》,在气氛上大有变化,多了不少批判文章,主要批判文学研究中的资产阶级思想、资产阶级研究方法、右派思想。1959年开始为了要使《文学研究》贴近现实,于是通过1957年底有关文学研究的方针任务的一场辩论,将原来的《文学研究》改成了《文学评论》双月刊,好使文学研究贴近革命现实的需要,为当前现实斗争服务。同时在文学研究的各个方面,加强了大批判的力度。

1959年秋冬,中苏两党分歧公开化,双方分歧事关世界革命大事,主要表现在解放第三世界的被压迫人民,是和平过渡还是革命战争,是列宁主义还是修正主义以及人道主义、人性论等一系列问题。对于这些重大问题,文学研究所自然无法置身局外,于是1959年末,我这个初来到的小青年很快被编入了所领导的批判修正主义、资产阶级文艺思想小组,我的任务是专读苏联文学杂志的论文,收集其中的所谓宣传人道主义、人性论的修正主义观点,进行写作批判。

经过了所谓反右倾机会主义运动,不断聆听首长的反修报告与讲话,包括反复阅读周扬的《文艺战线上的一场大辩论》等,我的思想很快就被引入极左的文艺思想的框架里。这样,就在1960年初,我和叶水夫先生合作写了《国际修正主义文艺思想必须彻底批判》一文，经小组讨论、修改同意，刊于该年第 2 期《文学评论》上，他写的上半篇三节是就苏联学术界关于人道主义、人性、战争与和平等的问题进行批判，我则对文艺和政治关系、党性原则以及创作与世界观方面的所谓修正主义言论进行批判。但是我似乎意犹未尽，又就卢卡奇关于托尔斯泰的创作与世界观的关系提出问题，经领导同意，于是很快写就《反对修正主义者对托尔斯泰的歪曲》一文，刊于同年的第 6 期《文学评论》。卢卡奇由于"匈牙利事件"早就被我国定为老牌"修正主义者"，他就托尔斯泰创作与世界观的关系所进行的论说，其实完全是学术问题，涉及 19 世纪文学现实主义的特征。我在这篇文章中，还是想遵循何其芳先生的教导，充分说理，所以不少段落努力进行了学术性的辩论。但是那时开口修正主义、闭口机会主义，不由分说地把卢卡奇的文艺思想当作政治问题批判，把那种原本想保留一些学术气氛的初衷，完全被强制阐释稀释了。批判者凭藉所谓政治道德高地与手中无可辩驳的权力，可以给对方扣上先验设置的帽子，置对方于无权辩说的地位。就像《文艺战线上的一场大辩论》那样，把各个被批判者当成反党分子、修正主义者，把他们打倒在地，还踩着他们的脖子，却说我们在进行辩论呀，但是被踩住脖子的人还能爬起来发声辩论吗！

  这样，我刚走上工作岗位，就受到了左倾文艺思想的极大影响。从这时起，运动连年，批判一个接着一个，就所谓资产阶级人道主义、人性论等问题不断发起攻击，我竟在几种报刊上著文，触动了一些研究外国文学的老专家。几年之后，在"文化大革命"中由于"机缘巧合"我自己成了"非人"，在反思中才体悟到过去被我批判的人性、人道是多么可贵！"文化大革命"后，我伺机向这些老专家们表示了深切的歉意。这是我在"文化大革命"前的一种写作，我后来把它叫作"白天的写作"。这个时期我还另有一种写作，我称它为"晚上的写作"，即就文艺理论基本问题所进行的写作，并就俄罗斯作家果戈理写了一部知识性的书稿（18 年后才出版），它们都是在晚上写的，这种写作对我后来的工作十分有益。

二

改革开放开始后的六、七年，我与《文学评论》的关系更为密切，主要从1978年起到1984年，我在《文学评论》上年年发表文章，有一年发表了3篇，我深感《文学评论》在学术上培育了我。不过值得一提的是，我与《文学评论》编辑之间，并没有什么特殊关系，不过是投稿者与编辑之间的一般关系，现在看来，这好像有些不可理解了。

1975年起，《文学评论》已酝酿复刊，但直到1978年才实现了复刊的计划。1977年末，当时负责《文学评论》工作的邓绍基先生邀我为《文学评论》第1期复刊号写篇稿子，我马上答应下来。那时大家正在清理极左文艺思潮的错误影响，我就"四人帮"对19世纪俄罗斯的著名文学理论家所作的歪曲与否定，写了一篇批判文章《推倒诬蔑，还其光辉》。这篇文章在1978年的《文学评论》复刊号上发表了出来，它表现了特有的大批判的调门，那时风气如此。复刊号上发表的文章，有毛主席就诗歌问题给陈毅的信，有何其芳回忆周总理的遗作。此外有王朝闻、蔡仪、唐弢、柯灵、洁泯、叶水夫、秦牧、赵寻、余冠英、王元化、王水照、贾芝的文章。这些学者，都是文学研究界各个方面的代表人物，《文学评论》复刊号把他们汇集一起，似有让文学研究、批评界集体亮相之意。真是"文化大革命"烧了十多年的野火，土地已是处处焦黑，但是离离原上草，春风吹又生，文艺界的诸神复活了。《文学评论》让我忝列其中，这自然使我高兴和感到光荣。大约是多年的大批判与"文化大革命"的压抑憋了我很久的缘故，1978年我一连发表了5篇论文（其中一篇与同事合写），有7万多字，除《文学评论》上的那篇外，其他3篇发表于上海的《文艺论丛》，1篇发表于《南开大学学报》，它们是探讨文化、文学遗产与形象思维的，以及清理、批判苏联"无产阶级文化派"的历史教训的。

1978年，所里在布置1979年的工作时，提出要纪念周总理，发扬他的文艺思想，要理论组拿出文章，领导把这一工作交给了我。因为材料很多，也很熟悉，我很快就写出《繁荣文艺百花园地的雨露阳光——学习周恩来同志的有关文艺问题的讲话》一文，刊载于1979年《文学评论》第2期上。周总理在中华人民共和国成立后历次批判运动前后就文艺问题所做的报告与讲话，常常被当作右倾文艺观点而得不到张扬。但是人们经历了"文化大革命"的灾难之后，再来阅读周总理有关文化、文艺问题的报告与意见，就觉得它们真正是把握了文艺与文艺工作的特点的，是理解了文艺自身的规律的真知灼见，是繁荣文艺百花园地的雨露阳光。

这几年我埋头写作，不想思考过去，也没有时间去思考过去。但是到了20世纪80年代初几年，我一面写作，一面进入了自我反思、自我批判的时期，这是一个方面。另一方面，文学理论、批评中出现了大量的问题，我选择了其中对于当时理论与批评最为迫切的一些问题，进行思考与研究，其中一些论文发表在《文评》上。1980年《文学评论》第3期头条，刊出了我的《论艺术真实和艺术理想》一文。此文的提纲是多次在我从西郊到建国门（18公里）骑自行车的上班路上酝酿完成，骑车的时间，我的思维十分活跃，思想也高度集中、紧张，几次撞了人，下车说几声"对不起"，扶起被撞的人就了事，没有被揪住讹诈过。此文出来后不久，编辑部转给我几封信，指出有的地方对生活真实说得太死，我很感谢读者的好意，个别地方确实存在这种缺点。这年末，新疆大学的一位素不认识的老师寄给我一册维吾尔文刊物《图书》，里面刊有我的在《文学评论》上发表的《论艺术真实和艺术理想》的译文。这自然使我感到欣慰，觉得我的文章还是有几个读者的。20年后我再读这篇文章，对该文的前面几节表示认可，但是在最后一节"新的生活真实，新的艺术理想，新的艺术真实"里，我觉得我并未摆脱教条主义，我对生活现实的发展，了解得太简单了，对新的艺术真实的论述，有些重设框框的味道了，我只能说我那时的认识就是这么一个水平。发现了这篇文章最后部分的弱点，很是使我沮丧，后来编辑自己的单卷本与多卷本文集，都没有把它收进去。这年夏天，副所长许觉民先生找我，要我就刘梦溪先生发表在这年《文学评论》第1期上的文章《关于发展马克思主义文艺学的几点意见》一文，做出反应。我说，刘文我曾看过，说马克思主义经典作家的有关文艺方面的著作不过是断简残篇，不成体系，只是一种意见，我不想和人去辩论问题，弄得不好变成大批判的东西。许先生说，杂志发了这类文章，一定要有回应，否则杂志过不了关，所以一定要我写一篇，并说不要批判，但要辩论。到了这种地步，我只好答应下来，写成了《马克思主义经典作家的文艺理论体系与文艺科学的发展》一文，用魏理的笔名发表在这年《文学评论》第5期上。该文就如何看待马克思主义文艺思想、它的指导意义，以及在建设我国文艺学中的历史地位提出一些看法，以为"断简残篇"之说失之偏颇。这是一篇应命之作，改革开放之后，我曾努力摆脱这种处境，寻找自我，但仍然未能免俗。

1981年与1982年，我在《文学评论》发表了《论文艺作品中感情与思想的关系》与《论人性共同形态描写及其评价问题》。前一篇文章主要是针对"文化大革命"与之前文艺作品中声嘶力竭地宣传思想的现象而说的，是针对改革开放后的一段时间里，文艺批评中反对文艺创作表现思想、要远离思想的偏向而说的。后一篇文章是讨论人性问题，这是1979年开始哲学界、文学界不断讨论、批判的问题。描写人性本来就是文学创作的本性，优秀的古代文学表现了古人的人性美的多样性、它的高尚与生动以及人性的丑陋方面。极左文学思潮把封建时期、资本主义时期创作出来的优秀文学作品中的人性、人道思想，统统贬为封建阶级、资产阶级的思想，稍一触及便诬称这是宣传抽象的资产阶级人性论，用"资产阶级"帽子压人。其实正是这种思潮及其代表人物，不见人性的共同之处及其复杂、多样而生动的表现，把人性刻成一个抽象的模板，扼杀了文学创作的生机，却还说别人把人性抽象化了。我写这篇文章，一是想积极参与人性问题的讨论，偏重于文学创作与理论，二是反思自己、批判自己：过去只知跟着乱跑，在这一问题上是多么幼稚与无知。在这篇文章中，我首次提出了文学是审美意识形态的观点。这三篇文章的论题，都是当时文学创作与文学理论、批评中的热门话题，我尽量使理论与文学创作实践结合，举了大量文学作品，来阐明理论问题，写得还算有一定深度，后来它们被选入了陈荒煤先生总主编的《中国新文艺大系1976——1982理论一集上下卷》。

20世纪80年代，西方的现代主义文学与文学思想快速进入我国，并且对现实主义文学与文学思想进行激烈的批判。我对介绍过来的多种现代主义文学作品的多样形式，抱有惊奇的感觉，但对它所张扬的理论，特别是攻击、否定现实主义文学的观点与现实主义必为现代主义文学所替代的主张，很是不以为然，于是我比较了这两种文学的诗学及其创作原则，于1983年初写成了《当前文艺理论中的现代主义思潮》长文，然后不断进行修改，直到初冬交与《文学评论》为止。这年9月，《文学评论》召开关于"当代文艺思潮"的座谈会，我应邀出席，后将发言写成短文《现实主义与现代主义不能合流》，再以魏理为笔名，刊于《文学评论》第6期上。文章虽短，但是我不是信口开河，是以大量研究为基础的。1983年末，当时还在《文学评论》工作的邓绍基先生跑来找我，说去他那里一下。他说我的文章马上就用，发在明年《文学评论》第1期，但是现在正在搞"清污"运动，需要你配合一下，对现在相当流行的现代派文艺思想进行批判，要我把我的稿子改成批判性的文章。我说，1978年写了几篇批判"四人帮"文艺思想的文章之后，批判文章我早就不写了，现代主义与现实主义文艺思想的关系我已留心多年，阅读了不少资料，今年写成了这篇稿子，与"清污"毫无关系。要我改成批判性的文稿，那这篇稿子就报废了，可不要把我的稿子凑到"清污"中去。后来几经商量，邓先生说稿子一定要用，但要我必须在开头举出有错误观点的作者与文章，说明现代主义思想流行的情况，否则《文学评论》不好向上交代云云。又和1980年的情况一样，到此地步，我不好推托，加添一个开头，但稿子本身不动。于是我在稿子开头部分，添加了孙绍振先生的《新的美学原则在崛起》与徐敬亚的《崛起的群诗》等文章的观点。后来稿子如期发表了出来，1985年还获得1978—1984年《文学评论》中青年优秀论文一等奖。但我对那篇文章强加上去的那个开头，始终耿耿于怀，觉得被"清污"利用了一下，而"清污运动"

实际上只搞了 28 天，它很快就被另一些高人清污掉了。但是，真是不打不相识，1986 年我认识了孙绍振先生，先是做了道歉，然后我们在学术上谈得很是投机，几十年来，我们不断互赠新著。孙先生思维敏捷，才思过人，论著多有新见，保持着理论创作的旺盛精力，直到今天。至于对于徐敬亚先生，也是早想表示歉意的，但真是隔行如隔山，竟是无缘见面。

在 1984 年的《文学评论》第 4、第 6 期上，我又发表了《评波斯彼洛夫的〈文学原理〉》与《文艺理论的发展和方法更新的迫切性》两文，提出审美反映与重申文学是审美意识形态的论点。

1984 年至 1985 年，我写成了《最具体的和最主观的是最丰富的——论审美反映的创造性本质》一文，有 3 万余字。这是我酝酿最久、写得最为用力的一篇文章，是表现了我构成独立的学术个性的文章，也是告别过去的文章。1986 年初一个星期六上午，我把这篇稿子送给了《文学评论》编辑部一位编辑，谁知星期一上午这位编辑不置一词，退还给了我，不拟刊用。我接过稿子，大为纳闷，心想改革开放以来，除了 20 世纪 80 年代初《读书》杂志把我们一篇书评删成一条书讯外，还没有一家杂志用这种方式给我退稿的。我猜想，退稿不外乎几个意思。第一，我的稿子中对文学所的领导就反映论发表的意见有所批评，认为他把反映论再次庸俗化了；我支持主体性说，以为此说极为重要，切中创作肯綮，但一些地方把主体的自由绝对化与抽象化了。第二，我的 1984 年发表的那篇比较了现实主义与现代主义诗学，并对现代主义理论有所批评的文章，可能不合一些编辑人员的开放的编辑观点，所以进行了刹车。第三，可能我在《文学评论》上发的文章太多，要让我休息一下。在这种情况下，我赶快把退稿寄与上海的《文艺理论研究》，所幸《文艺理论研究》很快就发表了出来，这使我大有东方不亮西方亮的奇妙感觉，这样我与《文学评论》一下就变得生分了。1985 年到 1994 年的 10 年之间，我只在《文学评论》上发表了一篇书评，一篇访问苏联文艺界的访谈，一篇《世纪之争及其更新之途——20 世纪中外文化交流中我国文艺观念的流变》（1993 年第 3 期）。一篇《〈青天在上〉与高晓声文体》（1989 年第 4

期)。在当代作家中,高晓声是与我相互来往、有着深情厚谊的唯一的一位作家。我喜爱他的作品的语言、文体、幽默与民族文化特色。他看到我的这篇文章后,对我的说法深为赞同,甚为高兴,以为谈到了他的创作的主要特征处。以后好些年,直到他1999年逝世,我们经常就生活、文艺问题通信,给我书信有21封之多。90年代初,江苏作协准备为高晓声的创作组织讨论会,高晓声邀我去南京主持这次会议。我赶紧回信,说还是由江苏作协主持讨论会为好,名正言顺,避免同行之间产生误解与隔阂。然而这一时期又在大力"反右",学术界相当沉闷。由于高晓声的小说涉及"反右"题材,而"反右"题材被规定为禁区,于是讨论会被另一种"反右"压了下来,竟胎死腹中,让他十分怅然。

这一时期表现了我自己较为系统的理论观点的多篇论文,都是在其他杂志上发表的。

三

1989年初冬以后,副所长马良春先生主政文学研究所,90年初,他找我谈话,要我去《文学评论》任副主编,协助他工作。我因刚动过大手术后不久,身体虚弱,何敢担此重任,所以没有答应。但看到马良春先生工作繁多,身体也不好,我只好提议一位研究古代文论、美学的侯敏泽先生去《文学评论》工作,他当时正在文学理论研究室。据说,上面领导部门也在关心《文学评论》,也向有关部门推荐了侯敏泽,随后,侯敏泽先生就去了《文学评论》。

1995年,我在《文学评论》第5期上发表了《文学艺术价值、精神的重建——新理性精神》,次年就被译成英文刊于美国纽约圣约翰大学出版的《多元比较理论,定义与现实》文集。奇怪的是美国人用了别人的文章,居然可以不告诉作者一声,要不是那时在苏州大学工作的丁尔苏教授给我通报,我也不会得此信息的,他还将这篇文章的英译本复印给了我。后来围绕这篇文章,我进一步提出了新理性精神文学论。

1996年，侯敏泽先生患有重病，难以主持《文学评论》的工作。张炯所长找我谈了几次，要我去主持《文学评论》，担任主编。我说我不愿去那里，编辑部的工作一般比较复杂些。最后一次所长说这是院部意见，你去后，就主要文章把把关就行了。这样，我觉得不太好办了，而且也有我的个人打算。新到的领导一到中国社会科学院，房子好像等着他似的，马上有大房子住，我在社科院呆了30多年，也未少干活，住房总是有一种局促感，也从来没有人认真地来问过我，我的住房还没有落实呢，所以就去了《文学评论》。当然，这不是主要原因。

刚到《文学评论》不几天，就发生了一场小小的风波。《文学评论》自90年代起，发表过一些好文章，但由于几年内受到"左"倾思潮的影响，问题是存在的。不少人嫌它"左"了，出现了三多：版面老话套话多了，帽子多了，说教的东西多了；还有三少：发表的文章生气少了，读者少了，影响少了，有人说一本《文学评论》在手，觉得很是沉闷。但有一些人说它"右"了，直至有的权威径直写信主编，责问主编为何发表某某人的文章，等等，侯敏泽觉得十分难办。他的编辑意图不易在那里贯彻，在那里比较孤立，有时见到我要诉说好长时间。我有时对他作主发表在《文学评论》上的一些毫无新意的、直至放在头条的应景文章与大批判式的气势汹汹的文章，委婉地提过批评意见，我直白地说，这些东西是没有人翻看的。

侯敏泽先生因病辞去《文学评论》工作不久，《中华读书报》发表了一条消息，说《文学评论》改组，主编被改换下去了，说由我接手后，《文学评论》将会改变旧容，一展新颜（大意），这条消息自然说得过头了。侯敏泽先生见到后，极为不满，马上告到所长那里，提出抗议，要求说明原委。后来所长写了一篇短文，发表在《光明日报》上，说明这次更动《文学评论》主编，实属工作的正常安排，主要由于原主编有病在身，难以继续工作，换了新的主编，谈不上什么改组、撤换，更不要猜测与过度解释，才算平息这场小小的风波。

我去《文学评论》后，主要抓文学理论部分。《文学评论》是面向全国的，整个杂志要有导向，体现在各个栏目中。何其芳先生在世的时候，特别提出文学理论板块与当代文学板块，最能体现出杂志的导向性，尤其是文学理论这一块，要起导向作用。这样，杂志根据文学研究的实际需要提出新的理论问题，组织讨论理论问题，一个问题可以讨论一个时期，甚至几年。如果一个专业的杂志没有问题感，缺乏导向，有什么刊登什么，这就无异于学校的一期学报，或是一本论文集，就平淡无奇了。同时每期《文学评论》，都应发表两三篇有较高学术价值的文章，各个栏目要起码保证有一篇高质量的文章，提出有真知灼见的新问题的文章，这样才能引起读者的兴趣，推动学术的进步。

90年代初，新时期文学理论新形态的建设，究竟包括些什么方面？根据我所理解的文学研究态势的发展与需要，参与策划了不少理论问题的讨论，如原有的"20世纪文学回顾"继续下去，同时与大家提出了当前文学理论中的新问题，如"古代文论的现代转换"，当前文学创作、文学批评、理论中的重大问题，文学与人文精神，西方文论思潮对当代中国文艺创作的影响，文学研究与文化研究，传统的定位与选择，共和国文学50年，当前文学创作思潮研究，什么是20世纪文学经典，全球化语境中的文学与人，文化诗学、学术论坛，海外学人园地，学人专栏，配合香港回归探讨香港文学的专辑，1990—1996年的《文学评论》优秀论文评奖活动等。回顾了《文学评论》40年来的经验与教训，作为学术刊物，强调思想解放、实事求是，坚持科学性与创新性的统一。像"古代文论的现代转换"，并不是将古代文论现代化一下，而是汲取其中的有用成分，使之参与当代文论的建设，这一问题讨论了好几年，还吸引了老学者如季羡林先生参加讨论。

1995年的深秋，北京大学的刘烜教授告诉我说，季老想见一见我，了解一下文艺理论界的情况，并想为《文学评论》写稿。后来见面一直拖到年底，那时我开始在《文学评论》上班。见到老先生要为《文学评论》写稿，自然欢迎。对于积学深厚的老学者来说，即使是他们思想的边边角角，片言只语，也是吉光片羽，我们自当珍惜。后来我收到季老寄来的一篇稿子《门外中外文论絮语》，由于有一个注释，编辑部让我与他联系，请他核对一遍，我去了信，向他请教。他的文章《门外中外文论絮语》稍后发表在1996年第6期上。下面即季老给我的来信：

中文兄：

　　拙文引《世说新语》，系根据《四部丛刊》本。现在又根据张永言主编之《〈世说新语〉辞典》稍加核对。现将核对稿寄上，排印时即按此稿。
　　祝
近安

季羡林　1996.11.18

季老对后学如此谦虚，使我极为感动。

约半年后，季老又给我来信：

中文兄：

　　久未晤面，遥想近况定当佳胜，为颂为祝。
　　我又忽然心血来潮，发了一通怪论。我自己一方面感到，所言把握不大；但在另一方面，又觉得持之有故，言之成理。这样的怪论，只有半瓶醋才敢发。你于此是内行里手，请法眼鉴定：是否还有点"合理的内核"？当一个反面教员，还是可以的吧。
　　即祝
夏安

季羡林　1997.5.4

1997年5月16日，我和刘烜老师再次访问季老，谈了他的文章刊出后的反应，有的认同，有的提出"商榷""批评"。然后问起他的"怪论"，欢迎写出来，交我们发表。我笑着对季老说，不管您意见怎样，也算是参加古代文论的讨论了，为我们杂志增光添彩。稍后，他寄了我一篇稿子《美学的根本转型》，刊载于1997年第5期

《文学评论》。季老的两文引起了文论界与美学界的广泛注意。有关和季老的交往,我在《季羡林先生二三事》一文中有所记述,可见拙作《桐荫梦痕》(北京师范大学出版社2013年版)。

关于古代文论的现代转换的讨论分歧很大,以致现在反对一方的还有人说,"古代文论的现代转换"或是转化,是个误导当代文学理论建设的错误口号。不过,赞成"现代转换"的学者已经做出了不少成绩,出版了不少著作,不赞成的学者一般仍然停留在古代文论归古代文论的思想中。对古代文论进行其自身的研究完全必要,但如何使古代文论思想融入当代文论,或者以当代融入古代,争论当然需要。同时研究出一套新的范式,主要还是拿出实际的东西来。

此外我还参与策划了《文学评论》发起的一些其他活动,其中之一,是与南京大学中文系合作,实现了《文学评论丛刊》的复刊等。1997年10月,我主持了《文学评论》创刊四十周年纪念会。

1999年各所班子又要换届,我本来是个"征夫",所以申请下岗,以实现五六十年代《文学评论》所长、主编一体制。新所长很是高兴,说我下来后,他要为我配个助手,可以帮我收集资料,整理旧作,我也感到实在要个助手,可以帮我跑跑,商量一些问题,查查资料,等等,因而对所里领导的爱护和关怀深为感动。但是我要求离开《文学评论》的这个方案未获院里同意,却仍要我干一届,在这种情况下,我也只好硬着头皮继续下去,一直到2004年又一次换届才让我下来。这样,我在《文学评论》当了8年主编。从《文学评论》下来后,我向所里领导要求是否可以给我配个助手。这时领导关怀地对我说,这事无先例可循。我自然知趣,转身就走,从此不再提及此事!此事确有难处,我也完全理解。

我在《文学评论》工作8年里,对《文学评论》的形象大体有所改善,对《文学评论》的质量有所提升,应景文章虽然也有,但这是绝对不取决于我们。我遇到不少文论界的朋友,都说这一时期的《文学评论》面貌大有改善,不少文章很有看头,而且表现了全局的观念,又表达了明显的向上的导向,不断提出一些迫切的文学问题,主持一些学术研讨会,引导大家对话与讨论。这一时期《文学评论》

"好看",其实也与当时的学术氛围有关。在全球化的语境中,学术气氛似乎相对宽松,需要讨论研究的问题多而复杂,更主要的是大家写的稿子质量也提高了。在发稿中,各组组长都很负责,交上来的入选文稿反复不大。我在1993年主编"文艺理论建设丛书"时,提出"主导、多样、鉴别、创新"的主导思想,力图把它也应用于主编《文学评论》的编辑工作中去。

在相当长的一段时间里,《文学评论》经费相当困难,院里拨给《文学评论》的经费,所里还要雁过拔毛。所里领导主张《文学评论》可以拿出十分之一的篇幅收取版面费,以减轻经济上的压力,说外国的学术刊物就是这样做的。但我是反对这种做法的,理由是,第一,一个高质量的学术刊物收取版面费,无异是做买卖,这使学术失去了尊严,在中国这种做法会演变得一塌糊涂。第二,有了十分之一的出卖,就会有十分之二、之三的出卖,于是就为那些不够条件的论文大开方便之门,会使杂志的质量江河日下,这无异鼓励了学术界粗制滥造的不正之风。第三,更重要的是,这样下去,编辑就会失去主导权、主动权、编选权,就难以贯彻编辑部的意图,就会被版面费所捆绑。这不是文学所在办杂志,而是出钱的作者在办杂志了。后来编辑部奉行了什么主张,我也不好再去过问,免得再与领导发生冲突。

在每次的结稿会议上,参与会议的各组组长都是严格把关的,对于提出入选的稿件,都有具体的明白的说明。一次我发现对一篇稿件的作者说理含混,会后要来看了,觉得确实有个水平问题,于是向编辑说明原因,表示歉意,撤下了这篇稿子。至于我个人会常常收到一些稿子,有的是认识的人,有的是不熟悉的,一般我会立刻把这些稿件转给编辑初审,由他们选择。但是我曾有过失误,一次我提上去的一篇有关巴赫金的论稿,觉得勉强可以,但黎湘萍先生看后认为没有把问题说透,比较一般,于是拉了下来。我觉得他表达的意见很有道理,所以同意赶快用预备文稿替换,这是我十分感谢黎湘萍先生的,否则我就会留下遗憾了。

编辑杂志,需要对中外古今文学有大局意识,要敏感地把握文学的各个分支学科前沿问题,要广泛地了解各个研究领域中的老中青学者研究特色,并善于发现新的学术思想与新人,给以切实的扶持,当然重要的是这里需要有学术的公正。

1996 年后我在《文学评论》上发表的文章有《会当凌绝顶——回眸 20 世纪文学理论》(1996 年第 1 期),《文学理论现代性问题》(1999 年第 2 期),《文学理论:在新世纪的晨曦中》(1999 年第 6 期),《全球化语境与文学理论的前景》(2001 年第 3 期),《〈文学评论〉——文学研究所的学术窗口》(2003 年第 1 期),《文学理论反思与"前苏联体系"问题》(2005 年第 1 期),《论文学审美意识形态的逻辑起点及其历史生成》(2007 年第 1 期),《三十年间》(2009 年第 4 期),这些论文都是针对那时文学理论中新出现的问题而说,带有一定的现实性与理论性。2009 年第 2 期"学人研究"栏刊有李世涛先生的《钱中文先生文学理论研究述评》一文,大概算是对我学术研究工作的一个小结。

2010 年后,我因身体健康情况急剧下降,写作不多,所以我以读者、作者、主编的身份与《文学评论》前前后后只保持了 50 年的来往。我感谢它对我的扶持,同时我也为它付出了不少心力。

《文学评论》在学术界具有相当的权威性,这不仅仅由于它的特殊地位,同时 60 年间,各个时期都有一批优秀的编辑,以自己丰富的专业知识,维护了《文学评论》的高度学术性,在推动我国的文学研究事业中,起到了良好的作用。我到《文学评论》后,尽量与同事们建立良好的关系,尊重他们的意见,他们不少是老编辑,经验丰富,熟悉业务,与外界联系多,因此与蔡葵、胡明、王保生、黎湘萍、董之林、邢少涛、李超、范智红、郭虹、吴子林、王秀臣等同行关系很好,不少问题常向他们讨教。

我在这里特别要提到几位同事,其中如蔡葵、王信先生,他们以自己的高度责任感、丰富的文学知识与经验一生守护着《文学评论》,起到了中坚的作用,获得同行与学界的度。又如陈骏涛、胡明先生,他们编辑工作与学术研究两肩挑,对各阶段的文学现象具有敏锐的观察力,深刻地把握问题,回应现实,而且个人著述丰富。特别在与胡明先生共事的时期,我对他的深厚的学养、把握全局的魄力,十分佩服，所以与他共事，感到放心，踏实。其他如各个时期的领导如何其芳与毛星，是《文学评论》的创办人，后来的领导与编辑人员如陈荒煤、许觉民、邓绍基、敏泽、张晓翠、彭韵倩、曹天成、贺兴安、朱建新、张朝范、赵友兰、王兴志、杨世伟、卢济恩、符淑媛、王则文、解驭珍、张国星、安兴本、厉焕娴（不知有无遗漏）等，我与其中大部分人未曾一起同事过，但他们在几十年里，一代接一代都做出了各自的贡献。

在纪念《文学评论》六十周年创刊之际，应该为他们做出的贡献而给以表彰，他们应是《文学评论》的有功之人！

（原文作于 2017 年 2 月 7 日，刊于中国社会科学院文学研究所编《〈文学评论〉六十年纪念文汇》）

第二编
师友忆评

"我们这些人实际上生活在两种现实里面"
——忆钱锺书先生

20世纪70年代末80年代初,锺书先生几次出访欧美等国家,载誉归来,澄清了不少传闻。随后不久,听说过去文艺界的一位头面人物,有意出访欧美,想邀先生同行,他自当团长,锺书先生为副团长,锺书先生婉辞拒绝了。我想这样挺好,先生可犯不着为这样的人物去更衣换装的。

后来我与先生的往来多了一些。70年代末,我的10年冤案终于平反,这时我可以自由地说话、写作了。

80年代初,因参与写作《文学原理》,我先与同行合编一套《现代外国文艺理论译丛》,曾写信锺书先生,向他求教可供翻译的外文书籍。锺书先生很快给我回信,谈起情报所一位先生主持的《现代西方社会科学手册》,收有一篇北大年轻老师写的有关西方文论的述评,是经他推荐的。此文的写作,曾经得到先生的不少指点,先生建议我与情报所商量一下,借阅一下原稿,后来不知什么原因,我未去成。他认为书稿中所开列的作者与书名,都很准确。先生认为我开列的书,有的已过时,我列出的书如卡西尔的《语言与神话》,他认为是"一本基本经典",说《管锥编》就引用过两次;而另一部为结构主义开路的普洛普的《民间故事形态学》,他认为把这本书译出来应"是当务之急"。此书我原与一位搞民间文学的朋友商量由他译出,因国内当时就他有原著,书又不肯借出来,他也答应由他翻译,但一晃已是多年,人事全非,看来是胎死腹中了。先生还讲到卡勒的《结构主义诗学》是本"叙述周备而平允"的著作,这些指点都开阔了我的视野。

我在50年代的大学生活里，已逐渐地抹平了自己的原有的鲜活的个性，"文化大革命"前，进一步受到左倾文艺思潮的左右，所以对于领导号召批判这、批判那的各种举措，从未怀疑过，成了一个"跟跟派"。60年代我在一篇文章里，曾批评了所谓资产阶级人性论，涉及外文所（原是文学所分出去的）的几位先生。当生活正常下来后，我觉得人和人的关系应该是真诚的。因此在我初步反思了过去学术思想上的失误之后，见到曾被我提过的先生，我就向他们表示歉意，以获得人家的谅解，这样我们就有了相互的了解与共同的语言。

1983年初，中国社会科学院准备在8月底、9月初，由锺书先生主持召开第一届中美国际比较文学研讨会，双方各出10人。是年年初，锺书先生通知我撰写前苏联文学理论家巴赫金的理论问题，参加这次国际学术会议。当文章写好后，我就送稿子给锺书先生审阅，并附了一信。在信中简要地表示了过去在我身处绝境时，先生是我亲属之外的唯一人性地对待我的人，在残酷的年月，给了我人间的温暖和生之信念，久久不能忘怀；表示了我对过去的反思，在上面提及的文章中，我也曾涉及杨先生翻译的《名利场》一书的序言。锺书先生很快给了我回信，说见我信后，"我们俩极为感动"，信中引了两句杜诗，"丈夫声名动万年，记忆细故非高贤"（"声"应为"垂"）。先生说，"上一句是我们对你的期望，下一句是我们对自己的鞭策。请不要有记忆包袱"，杨先生则做了附笔。两位先生的话，显示了长者的豁达大度，给了我莫大的鼓励与安慰。

20世纪80—90年代，我国兴起的巴赫金的研究，实际上是和锺书先生的推动分不开的。自60年代我国开始所谓"反修"以来，外国文艺思想被极左思想搞到极度混乱的境地；同时几十年不订外国杂志，也使我们到了双目失明的地步。外文方面的文学理论书籍已中断了几十年，图书馆里虽有巴赫金的零星著作，但我并未看过。及至这次锺书先生要我就巴赫金写成文章，并要在两个月内写出，这给了我很大压力，于是我立即进入了"状态"。我知道我国《世界文学》曾于1982年刊出过巴赫金的《陀思妥耶夫斯基诗学问题》第1章的译文（夏仲翼先生译），以及同时还刊有夏仲翼先生写的《陀思妥耶夫斯基的〈地下室手记〉和小说复调结构问题》一文。这是当时介绍巴赫金的全部中文资料。至于巴赫金的原文著作，80年代初，我国图书馆里仅有两种，一为《陀思妥耶夫斯基诗学问题》，一为《文学美学问题》（论文集），英文材料当时不易找到。

我阅读了一个多月的原著，觉得巴赫金的文艺思想十分独特，这是我过去从未接触过的，和其他苏联文学理论是大相径庭的，有关评论巴赫金的俄文资料当时也相当难找。于是围绕复调小说写了一篇文章《复调小说及其理论问题》，指出这一理论的独创性及其对后世文学创作的影响，同时也提出了一些不同的看法。此文交给锺书先生后，不久就接到先生一字条，说文章写得有自己见解，很用工夫；缺点是未将此一理论与同类文学现象进行比较研究，考虑到要译成英文，为外国与会者提供讨论的文本，这次只好这样了。锺书先生说得对，我的文章未作比较，这实际上是个难题，因为我刚刚接触巴赫金，理解他的理论，厘清它的线索就很不易，加上80年代初的知识有限，所以要做"比较"，暂时无从做起。参加这次会议的美国学者唐纳德·方格尔教授提供了一篇类似的论文，它一面介绍了巴赫金当时鲜为人知的一些传记材料，同时也侧重于对复调小说理论的探讨。在研讨会上，一些学者力图挑起我们两人在理论上的争议，但我们两人的论文只是形成了互补，未能激起针锋相对的争论。会上，方格尔教授赠我一份研究巴赫金的文献目录，是很有价值的。西方从60年代中期起至1983年6月止，在研究巴赫金方面，出版了几本小册子与发表了120篇左右的论文（不包括苏联在内），而我国则刚刚开始。我听到参加这次会议的王佐良教授说，80年代初，在国外与西方学者进行学术交流，总是听到巴赫金、巴赫金的，不清楚巴赫金是什么人，这次中美学者共同讨论这一问题，大体使人了解了巴赫金其人及其学术地位，很有帮助。而此时锺书先生对西方掀起的巴赫金热早就看到，所以当西方学者提交的论文中有巴赫金的论题时，也就让我来做这方面的文章了。

巴赫金是20世纪独树一帜的哲学家、美学家、文学理论家，他的学术思想，比前苏联的美学家、文学理论家的著述加在一起，更富独创精神，更有意义和更丰富得多。通过这次会议，外国人知道了在中国也有学者在研究巴赫金的著作。1984年春，美国专门研究巴赫金的学者霍奎斯特夫妇，来京短期逗留，与我约会，谈了不少国外研究巴赫金的情况，他们自己则已写完《米哈伊尔·巴赫金》一书，即将出版，等等。后来我国学者培养了好几位研究巴赫金的博士，出了专著，有关巴赫金的论文也日见增多。1996年，我与巴赫金遗产继承人鲍恰罗夫教授取得联系，并无条件地获得巴赫金著作翻译成中文的版权后，与白春仁等教授一起，主编并出版了中译6卷本《巴赫金全集》，进一步普及了巴赫金。而在我自己的著作中，则借鉴巴赫金的对话理论，给以阐发，努力使之成为我的文学观念的组成部分。可以这样说，锺书先生是促成我国研究巴赫金的始作俑者。

这次国际学术研讨会，学术组织工作极好，讨论问题相当宽泛，显示了中美两国比较文学研究的实力。锺书先生大会的开幕词，充满了交往对话的精神，得体而睿智、幽默，用中英两种语言交替演说，引起了中外学者的阵阵掌声！

大约是1986年的8月，邻居许国璋先生托我上班回家时，顺便为他给锺书先生送篇他的文稿，请锺书先生提提意见。我与锺书先生约好后，从所里回家时就去了他家。锺书先生的大客厅进门是会客室，往里就算是工作室。几个书柜，书并不多。他充分依靠图书馆的书，随借随看随记随还，所以他过去图书馆跑得很勤，与一般学者喜欢买书的习惯是大不一样的，不过，他案头新的外文杂志不少。这次我去，正值他身体健康不算太好的时候。我一到，他就用无锡话和我交谈。他说，他主要是血压高，低压到了110，而且没有感觉，所以医生嘱他要严格休息。他自己也无精神看东西，他说连西德、法国出版他的小说、论文集的序文，他都不看，主要是没有精力。因此对许国璋先生的文稿只好表示抱歉了，让我如实转告许先生，许先生是不会见怪的（许是他的学生）。

随后他谈到前不久，一位善于走上层路线的年轻人，通过院领导转给他看稿子，他翻了翻，觉得错误不少，引了些美国末流教授的话，真没价值，他对这种学风表示不满。他说此人还说到，神话的"表层结构""深层结构"是他发明的，先生对此很不以为然，认为这些说法，中国文论中有的是，中国的文字也分表里的。他说现在不少文章的引文，你去核对一下，就会发现走样了，有的完全走样了，不知道它是从哪里引来的。

钟书先生接着说，搞文学理论研究不容易，我一生搞理论，搞得很苦，理论研究要有自己的见解。现在不少人都在说新理论，其实在外国人那里，早已不是什么新的了，结构主义已经过时，我们过去不清楚，现在仍在大搞，也真是没有办法呢！托多罗夫已经改弦易辙，有本叫《批评之批评》的，可以看看。这是我第一次听到先生自己说，他一生是在搞理论的。一般认为，他较多地是研究古籍、古代文论与古代文学的，而且年轻时还搞创作。

我还说，现在理论上各种各样的说法都有，很需要把外国的东西有计划地介绍过来，让人多多了解。钟书先生马上接着说，那自然要的，但怎么介绍？你看看，介绍那些外国理论的人，真正弄清楚的人不多，倒往往是他被人家的理论介绍了。我忍不住哈哈一笑，连连说，正是这样，正是这样，这种情况很多，作者其实并不清楚自己的对象，却是摆着架势，这类文章，读者读的自然莫名其妙。

先生说：我看到一些文章，错误太多，一知半解。我看你们研究室（我当时在文艺理论研究室）很活跃，就一篇关于主体性的文章说了不少意见，真是，文章经不起推敲，这可是不行的呢！澳大利亚的一位哲学家说，真正的好文章，在于证明，为什么是错误，而一般文章都是在证明自己的正确。如果反过来看看自己的不足，笑话就可能会少多了。然后谈到当时有人提到"忧患意识"的问题，先生说，这一问题外国人七八十年前就讲了，我在三四十年前的《谈艺录》中也谈过的。

钟书先生对法国作家萨特的评价似乎不高，但对卡夫卡十分推崇。他说，卡夫卡说过：找到了出路，并不就是得到了自由。我说，这话是很深刻的，实际情况往往就是这样。这时，先生就从书柜里拿出他的《七缀集》，打开书面第29页，给我看他的引文。我说，我很喜欢卡夫卡的小说,我们都是通过他描写的"城堡""审判",走进了80年代的。锺书先生笑了一笑,接着说,卡夫卡可以好好研究一下的。然后先生带着感叹的语调说:中文啊,我们这些人实际上生活在两种现实里面,一种是小说的现实,一种是生活的现实,看看好的小说,对照对照这两种现实,各有启发,是很有意思的呢!

锺书先生的这次谈话,内容丰富,一些看法切中时弊,十分中肯,对文学理论现状的不少评语,充满睿智,所以给我的印象很深。使我尤为感佩的是,他对中外文学理论发展的现状与趋势,相当熟悉,而且了如指掌。对于外国文学理论中出现的新现象,他都能及时把握;他对于我们刚刚讨论过的有关问题,甚至一些人的发言,也能及时阅读,这对于一位已经接近八旬高龄的学者来说,实在是难能可贵的了。他未写作有关当前文学理论问题的文章,但他了解当前的种种理论现象,因此他的思想总是处在学术前沿的。他的关于生活在两种现实里面的说法,我也是第一次听说。这使我了解到锺书先生的精神生活的一个侧面,即对于一位文学理论家来说,他大体上面对两种现实,在小说阅读与对现实的体验的相互激荡中,来进一步欣赏虚构的东西与体验现实真实的东西,从中获取心灵的愉悦与灵感。

后来锺书先生身体一直不算太好,我也不忍去打搅他,只是逢年过节打个电话问候。每逢他在电话中知道是我,立刻就使用家乡话和我谈话,这有时使我感到突然,一下还反应不过来。在得知我大病之后,他便驰书表示慰问;有时来信,表示几句抱歉,说所里把我的信送到他那里去了,拆开一看内容,才知是我的信。我也发生过好几次类似的情况,并且至今一些给我写信的人,大约深受锺书先生名字的影响,老要给我改名,把我名字中的中字加上金字偏旁,这也是无可奈何的事。

现今,锺书先生被一些人写成各种样子。就中国社会科学院前后领导,就写出了不同的钱锺书,仔细一看,都是在把先生往自己的思想框架里塞,这也是名人的不可避免的命运。在政者描绘钱锺书如何与当局合作,并且加油升温;不在政者则极力写其相反的一面,阐扬其特有的不受别人拘束的一面。但是我心中自有一个真实的锺书先生的形象!

有的人则把先生描绘成一个粗俗的人,无缘无故抡棍子打人的疯子,逼死女婿的人,等等。这样的散文与写法,一看就知道存心不善,企图给锺书先生抹黑,把"文化大革命"运动逼死人的罪责,转嫁到锺书先生身上去了(何况这些所谓"看在眼里"等细节描写全是一种杜撰,被描写的锺书先生根本"不在场"),而且现在还用嘲弄的口吻,描写惨遭"516"悲剧的家庭与死者,冷嘲过去那种强加给人的政治灾难与家庭悲剧,这做得实在太过分了吧!至于人,都有俗的一面,看在什么场合表现了。在集中营里,在抓"516"的一片肃杀之中,说些俗话,说不定还可以缓解一下生活之无聊与伤痛,使人松弛一下神经,解构一下那些圣者之虚伪面目的呢!

至于借"诗坛泰斗""理论名家"的评语,来说明锺书先生的著作不过是"七宝楼台,眩人眼目,碎拆下来,不成片段"的东西,这自然是一种看法。不过,锺书先生的东西,目前还没有人能把它"碎拆下来",因为如果要做到"碎拆下来",实际上就得把《谈艺录》《管锥编》真的拆碎以后来读,谁会这样愚蠢地来读书的呢?你要读先生的整本的书,你就拆碎不了他的思想。对锺书先生的吹捧、炒作是存在的(锺书先生估计到一种现象,一旦成了"显学",是会被人庸俗化的),但是这些成分会被历史不断清除与净化,而不断净化着的历史已经证明:

锺书先生的《谈艺录》《宋诗选注》《管锥编》和小说《围城》,是会长久地流传下去的!

20世纪的中国文学理论,将会记上锺书先生的杰出的理论贡献的!

(原文作于2000年8月20—25日,原载《中华读书报》2002年8月25日)

这湿润而闷热的 7 月

——怀念何其芳同志

我总想就其芳同志写点什么，写他常常使我怀念的真诚与宽厚，他的率真，他的质朴。虽然，别人已写了很多。

那是 1977 年的 7 月，这致命的 7 月，潮湿而闷热的 7 月。

他因大量吐血，已送进医院了。住院前几天，在文学所的一次会议上，他就运动中那些纠缠不清的事而发怒了。我见过他多次发怒的情景，但一般只是生气、发牢骚，而这次显得那么激动，极不耐烦。他说，所里的业务工作已荒废了十多年了，现在要赶快搞上去，怎么总纠缠那些事？接着他站了起来，生气地说，我们还要不要搞业务？谁愿纠缠过去的事，就让他继续去干吧，但这样的会我以后不参加了。

我知道其芳同志平日很爱争论，勇于亮出自己的观点，但这次说出这样的激烈的话，我还是第一次听到。大概，他是忍无可忍了。这时他已满脸通红，语言已不利索。我知道，他有病，有好些病。血压总是高，而且意识之流常常受阻中断，形成语塞，后来得知，这就是轻度的脑血栓了；而愤怒会使他血压骤然增高，这于他极不合适。于是大家劝他平静下来，而会议显然难以继续，只好不欢而散。

第二天就传来了不妙的消息。原来昨天会后回到家里，其芳同志一反常态，显得焦躁异常，难以休息。晚上工作了一段时间，到半夜竟是大口吐血了。这忧伤的消息使文学所陷入了惶惶不安的气氛之中。行政方面安排所里的同志去医院轮流看护病人，每逢这种情况，说明病人病情不轻。果不其然，其芳同志是胃癌出血。

我去看他时已在几天之后。我进入病房时脚步很轻，但他听到了我和另一同志的说话声音。见此情景，我赶忙向他打了招呼。他要我坐下，我忙说，你只管安心休息，有什么事，招呼我就是。过了一会儿，他说他很寂寞，所里无人理解他。我知道前几天的事仍萦绕于他的脑际，赶忙安慰他说不要去想这些事了，以后再说，现在养好身体最要紧；我们大家都理解你，支持你工作，你放心吧。说实在的，多年来没有一个领导人和我这样平等对话了。他的话感动了我，他在我面前没有掩饰，拿一副标准的、原则的脸给我看。因此使我的心为之一动，两眼突然湿润起来。他眼睛闭着，又继续对我说：我怎么能休息，我好些事还未做呢，我的文章的清样不知来了没有？你们组里的工作……

我一面答应一面打断他的话，劝他着急不得，等病好了再说，他大概感到有点累了，就不说话了。

但是不到半小时，他突然招呼我，说屋里闷得很，让我开一下电扇。我赶忙说，电扇一直开着呢，是不是有点闷？我看了一下窗外，一片铅色，有如迷雾，湿热难忍。他接着说：我气闷极了，你快扶我坐起来。

我见他挣扎乱抓，就上前扶他的手和背，叫他轻轻地、慢慢地，不要动得太厉害。刚扶起一些，他突然"哇"的一声，大口地、哗哗地呕吐出深褐色的淤积了一个时候的血来，吐得床单、我左手手臂、我衬衣左胸一边都是血。我吃惊不小，连忙拉起枕头，扶他靠着，然后急忙叫来了护士，护士一见这等情景，立刻转身就跑，叫来了大夫，进行急救。

这时我感到一阵冷战，一股痛楚的感觉，紧紧地捆住了我的心。我的心里轻轻地唤呼着：唉，其芳同志，其芳同志！两眼一热，终于忍耐不住滴下了眼泪。接着我打了电话，叫来了所里同志，后来家属也来了。以后其芳同志长时间处于昏迷状态，有时清醒过来，就要家人把他的校样取来，说他要工作……等我再去看他时，他已完全昏迷……

其芳同志的逝世，使文学所呆木了许久。好些业务工作刚做了筹划，开了个头，可突然又中断了，打散了，失去了头绪。

我开始认识其芳同志，是在1959年9月，那时我刚被分配到文学所。我在国外学习时，就很向往到文学研究所工作，现在幸运终于落到了我的头上，自然十分高兴。来到文学所之前，只知道其芳同志是位诗人，也零星读过他的一些文章。一到文学所，其芳同志就接见了我们，他简单介绍了一下文学所的情况，说我们可以根据自己的专业和意愿，选择自己愿去的研究组，他很想我们中一些人去文艺理论组。这第一个印象使我极为振奋，觉得他很开明、随和，没有架子，可以对话。后来果然如此，比如在称呼问题上，不久我们看到文学所的年长同志和青年同志，都亲切地叫他其芳同志，连姓都不带，于是我们也就这么称呼他了，而见了面称他何其芳同志反而会不习惯；至于在研究人员中间，我从未听到有人称他为何所长的。

当时文学所正在搞所谓"反右倾"运动，气氛神秘得很。文学所的几位领导，好像都去过庐山，为彭德怀同志帮过腔，都成了运动重点。后来知道，副所长唐棣华同志是黄克诚同志的妻子，我才恍然大悟，怪不得文学所如临大敌一般。看看大字报，只见她"反"这、"反"那，如此这般。这还了得，光这些帽子就会把人吓死了。至于对其芳同志和蔡仪同志，则要我们几个刚到文学所的年轻人，查阅他们的著作，彻底揭发他们的"右倾"思想，等等。

我先读了他20世纪50年代之前的《画梦录》《刻意集》和《夜歌和白天的歌》，读完一遍后，没有发现他在30—40年代就有反对"三面红旗"——总路线、大跃进、人民公社的言论！不过这么一翻阅，倒引起我对其芳同志的著作的兴趣来了。我看到了痛苦的诗人的他，有对光明的追求和向往，也有对孤独生活的忧伤与叹息。特别是他的《论〈红楼梦〉》，见解独到，论说新颖，文字如行云流水，显示出了一个批评家的独特风格，读着使人愉快。其中关于典型"共名"说，富有创见，令人信服。但是这一论点在大字报上是被当作人性论观点加以批判的。而我知道，一些新来文学所的年轻同志，都反复地阅读过这本书，作为自己学习写作批评文章的典范。

"文化大革命"前几年，我印象中其芳同志没完没了地做检讨。

"反右倾"这次运动，上面整他整得很厉害，那些人都是些武林高手，他怎么顶得住？检讨做了3次才通过，听的人都听烦了，而他也真有耐心，当然每次都要加码上纲。

其实，其芳同志就管一百多人，值得他费那么大的心力去写检讨么？只不过是他有些书生气，别人觉得他好对付而已。我们那种整人方式是很独创的，上面有纠纷，有病，总到下面来找替身，找出气筒。说穿了，就是要下面的人代人受过，几十年来总是如此。1962年提出"以阶级斗争为纲"，其芳同志又作了检讨，检讨如跟不上形势，有糊涂观念，右倾思想，等等。历次检查，他都很认真，检讨内容都用道林纸写成详细提纲，并且像他写稿子一样，规规矩矩，字迹工整，这不知要消耗他多少精力和写作时间。有一年，有关领导要他写篇纪念《讲话》的时评。其芳同志回到所里对人说，他觉得很为难，由于他常常写这类文字，再写也没有新意了，没有什么好说的了。后来，他为此自然受到了批判。

作为历次运动中的一员，其芳同志不仅代人受过，同时也奉命批判别人。他多次说过，他最不喜欢写这类政论性文章，写不好，但又不得不写。他最喜欢写的是关于阿Q、《红楼梦》、诗歌创作研究、小说评论、论争性的问题，而且写了不少。可以看得出来，他处在一种矛盾的心态中。一方面，他无力超越运动的局面，在上级领导下搞批判，而且是诚心诚意地干。因为对他来说，不这样做，就是"失职"，就要检讨，为此，他的虔诚使他吃了不少苦头。另一方面，他的身上始终存在着诗人的气质、理论家的真诚和勇气。他总认为文学研究所是搞学术研究的，要不断拿出经得住时间考验的东西来，因此，他尽量维护真正的文学研究，竭力为广大研究人员争取正常的研究条件。3卷本《中国文学史》正是在他领导下抓出来的。因此，他除了写批判文章外，同时还写了大量的理论性的研究文章。今天看来，这后一类文章中，不少是可以经受住历史的检验的。

"十年动乱"期间，下干校后，其芳同志被分配去养猪。那时他已是快60岁的人了。我常在木工棚里，见他矮胖的身子肩挑两桶猪食时的东斜西歪的艰难步履，后来更不行了，他就挂着拐棍挑东西了。小猪常常闯出猪圈，跑到田野里去。其芳同志发现后，就叫着"啰啰啰""啰啰啰"地到处去追寻。一天黄昏，下着雨，大家都在宿舍里，不知是谁大叫一声，"猪跑出来了"！其芳同志连忙穿上胶靴，披上塑料雨衣，拄着根竹竿，一脚深、一脚浅地到野地里追猪去了。接着从远处传来了一阵阵"啰啰啰""啰啰啰"的苍凉的唤呼声，在雨濛濛的中原大地低低地回荡着。我的心不禁一震，急速地跳动起来，在雨天烂泥地里去赶回一窝走散的猪，对一个身强力壮的小青年来说，也是够呛的，何况对于其芳同志呢？我想前去助他一臂之力。但阶级斗争的弦立刻从反面崩了起来，因为那时我的处境比他还不如，在这个如此冷酷、残忍的世界上，我如去了，说不定还会给他带来麻烦。于是只好在宿舍门口听那叩击心弦的"啰啰啰"的声音在夜幕雨帘中渐渐远去。大约半小时后，……"啰啰啰"……的声音又由远而近。一阵骚动之后，其芳同志回来了，在灯光的闪动中，只见他满身泥水，两脚歪斜地支着疲惫不堪的身子，回到了宿舍。想到他这一阵正犯着病，有时还不断地发出"头痛啊！头痛啊！"的叫喊声，我的心感到一阵难以忍受的痛苦和不安。

  运动中间，虽然有些人互相摧残，但也有不少人自己虽被摧残过而始终不去摧残别人，其芳同志就是其中之一。他有着一颗水晶般透明、黄金般珍贵的心。他获得"解放"后，并未像有的人那样扩大着仇恨的心，而是对各类人都一视同仁，不存芥蒂，这需要宽厚的胸怀。不过，他对有的人却明显地怀有憎恶感。1975 年，《红楼梦》等"研究"闹得不亦乐乎，文学所的大批力量闲得无事可干。在一次会议上，其芳同志很有情绪地说："有人出于好心，劝我给姚文元写信，承认一下过去的错误，为文学所领点业务工作。笑话！我怎么会去干这种事！我向姚文元检讨什么，姚文元算什么？文学所跟他有什么关系？我是共产党员，党员有组织性，我们有党组织……"其芳同志对丑类的不满之情和蔑视，可说溢于言表。大家怕他的话引起麻烦，就把话题岔开了。还在 1973 年和 1974 年间，他在一些会议上心情极为不平地谈起了有人在北京图书馆做有关《红楼梦》报告时批判了他的"共名论"。他之所以极为不满，主要是当时他被剥夺了发言权、发表权,他的意见得不到申述的机会。他说这种做法不光明正大,他要辩论,要求有答辩的权利。但是直到"四人帮"垮台,他始终也未能得到这一权利。

由于工作关系,我常听到其芳同志关于研究工作的一些经验谈,它们至今给我启发,给我教益。

1959年其芳同志建议我去文艺理论组时我没有去,当时我想,我过去接触的主要是俄罗斯文学,其他文学虽也了解一些,但从未深入思考过,所以不敢贸然答应。前面讲到"反右倾"运动中,要我们一些年轻人查阅其芳同志和蔡仪同志的以往的著作,从中寻找"右倾思想"。但这一阅读的过程,却无异是我的一次理论补课,使我对文学理论发生了兴趣,并使我的兴趣转向了这一方面。我觉得理论中的问题很多,研究它们,比以毕生的精力去研究几个作家有意思得多。于是我把这个想法向其芳同志说了,要求转一个专业,其芳同志十分支持我的想法。他接着像谈心一样,说一个人的兴趣十分重要,搞研究没有兴趣不行,至于理论研究就更是如此。他说他原来的兴趣是写作,至今犹跃跃欲试,但客观条件不允许,总未免觉得可惜。

他后来在别的场合又谈到,搞文学理论研究要多读当前作品,要了解现实问题,开始时不要去钻研抽象问题,要多读作品,中外古今的文学感性知识越多越好,知识范围越广越好。如果要写东西,最好先搞一段文学评论,具体分析一些作品,这样一两年后,再研究理论问题,自然会深入下去。否则不需多久,写文章就会感到无话可说,结果就会在概念中转来转去,无法深入,这样做也容易脱离实际。他的这个意见,完全是一种经验谈,我是深有体会的,因此我后来也给一些同志介绍过。

20世纪60年代初的几年,不少同志写了稿子。总喜欢给其芳同志去看;有时打印出来,相互传阅,互提意见,以便精益求精,这大约也同那时杂志少,理论文章不易发表有些关系吧。其芳同志对大家送去的稿子从不拒绝,也从不敷衍。当他不特别忙的时候,他会说,过一两天就看完,并约定时间谈稿子中的问题。当他忙着的时候,他会问你,这稿子急不急?你说不急,那一般他在一星期内读完,约定时间谈；有时稿子急，你不得不以实情相告，他就会在三四天内挤时间看完。和青年同志谈稿子，他一般总要说些肯定话，哪怕稿子不能用，先使你在精神上宽松下来，然后再从各方面提出问题，分析问题。你听着觉得他确是抓住了文稿中的不足，对某些问题的分析，使你觉得他所做的思考要比你多得多，从而使你感到心悦诚服。他爱在稿子上写下详细意见，有的段落就动手修改，错字、标点符号有误，都一一改正。当你看到这种修改稿，你就会感到你的工作因耗费了其芳同志的精力而深为内疚，下次再不敢马虎从事了。

其芳同志根据自己的经验和看稿中的问题，在一些小会上常常谈到研究、写作问题。他说写文章要抓住问题，抓住问题后要进行彻底的分析。所谓彻底，就是抓住现象间的真正的本质的联系。有时，他问写作评论作品的同志，对被评论的作品阅读过几遍？有的说两遍，有的说三遍。他说，阅读一、两遍是欣赏式的阅读，写评论文章，评论者对被评论的作品起码要读三遍，才能全面把握，深入思考，复杂之处要反复读，否则议论问题只能浮在作品表面，一般文章抓不住关键的原因就在于此。他说一些特别复杂的作品，更要反复地读。稿子写完后，自己要反复地看，材料是否充实，论点是否清楚，有无新的见解，新的意思。材料充实，不是堆积材料，而是说材料有无说服力；要检验论点是否准确，要自己看出问题来，那时文章就会写得严密了。他说要把理论文章当作艺术作品来写，要精雕细琢，要字斟句酌。写得要有感情，要有起伏，要有气势，要有文采，切忌平铺直叙、言之无物，这样才会诱人去读。有时，我们羡慕他的文章写得自然、流畅，说理清楚、透彻。谈起这点，他说他主要是写成后反复看，反复改，注意表达方式，把自己的意见说透，说清楚，让别人愿意读你的文章。他一写长文章，就要请假，关起门来写。我们问起这样一天能写多少字？他说在最顺利的情况下，一天最多两千字，那算是了不得的了。按现代人的标准，他一天似乎应写万儿八千，论才情，他完全可以做到。但是他写下的两千字，却是经得住时间的磨洗的两千字。

其芳同志一旦别人涉及他文章的论点，喜好论辩，他对论辩中的断章取义十分苦恼。他说他摘引别人论点，为了避免曲解，一般要摘录一段，而别人批评他，则常常只是片言只语的引用，抓住几句，大做文章。他说和这种文章进行论辩，说清原委，很是浪费时间，但又不得不做。我们说，你的文章有时火气太大，有讽刺挖苦别人的地方。他一面笑着，一面又正经地说，别人首先如此，在论辩中大家是平等的，我有我的权利，不这样，文章就写不好了。这大概也算是其芳同志的文章风格的一种吧。

为了使自己的文章具有充分的说理性、科学性，其芳同志十分注意引文的正确性。在引用外国作家、理论家的文字时，他都要请人找原文加以核对。他说核对的结果还真会发现译文与原文意思弄反了的。在这方面，他完全做到不耻下问，他的严谨，认真的作风，使人十分感佩。在他逝世前不久，一次他和我谈起文学的"人民性"问题，我把"人民性"的来龙去脉向他简单地介绍了一下，顺便提到马恩的论述中没有这个概念。可他说他好像在哪里见到过。我说我好久前也曾在马恩的不知哪篇文章中见到过，但和俄国文学理论中的"人民性"是两回事。一星期后，一天上午在所里，其芳同志来找我，手里拿了张卡片，我接过一看，上面摘录了马克思在《第六届莱茵省议会的辩论》中的一段话，其中谈到"人民性"问题。我一看正是我过去看到过的那段文字，便对他说，这不是文学的"人民性"的人民性，但一时又说不清楚。他把卡片给了我，说有空再查查。于是我翻阅了马恩全集的俄译本，这里的"人民性"原是"人民特性""人民特征"的意思，为了避免和文学的人民性的专门名词相混，似译作"人民特性"为妥。我把这个出处和原文意思同其芳同志谈后，他才释然，觉得我的解释有理。

其芳同志对青年同志十分和蔼，他对人平等，没有架子，即使在长幼之间，也很重情谊。1961年1月是托尔斯泰逝世50周年，苏联文艺界准备举行大型纪念会，邀请其芳同志参加。1960年底，其芳同志写了《托尔斯泰的作品仍然活着》一文，打印稿出来后，发了一文给我，让我提提意见。我在苏联虽然并不是专门研究托尔斯泰的，但对托翁的著作与评论还是有一定了解的，所以读过其芳先生的打印文稿后，不揣冒昧，写了一些看法，曾就论点、材料提出过一些意见，过后也就忘了。1964年，其芳同志的《文学艺术的春天》出版，书中收入该文时。又做了修改。他赠送我《文学艺术的春天》时，在扉页上写有几行字：

"送给钱中文同志，谢谢他对《托尔斯泰的作品仍然活着》一文提过许多意见。何其芳，1964年5月。"

我读到这段文字后真是有点受宠若惊，使我感动不已，对他的宽大胸怀更为敬仰！原来我读过他的文稿，其芳同志不仅记着，而且出版后写到扉页上去了。后来我又阅读了此文，它较之1961年发表的论文，实际上已做了重大的修改。就这点来说，这正表现了其芳同志长江大河般的胸怀，诗人的真诚，朋友的亲近感，一种令人难以忘怀的师友情谊。

大家都说，在文学研究所，其芳同志是不可重复的。

7月，这潮湿而闷热的7月！令人怀念的7月！

（原文作于1986年11月，原刊于《衷心感谢他》，
上海文艺出版社1987年版）

深切的怀念

——回忆蔡仪先生

1959年8月,我从苏联回国;9月,就被分配到中国科学院文学研究所工作。一到所里,正逢所谓"反右倾"运动。会议室、走廊里挂满了大字报,有所的领导人的自我检查,有工作人员的"揭发",一派神秘、肃杀景象。

不几天,所里为了分配我们的工作,由所长何其芳先生召开会议,征求我们意见,确定专业方向,分入研究组(当时无室的编制)。那次会议蔡仪、叶水夫先生也参加了。何其芳、蔡仪先生想加强文艺理论组工作,希望我们参加理论组,水夫先生则欢迎我们进苏联文学组工作。结果是美学专业的同行选择了理论组,我则进了苏联东欧文学组。

为了显示"反右倾"运动的深入,同时"锻炼"我们这些年轻人,领导要我们清查何其芳、蔡仪先生的著作,包括他们1949年以前出版的理论、散文著作和诗作在内,找出其中的"右倾思想",好像1959年被打成的所谓"右倾机会"思想,早在他们几十年前的著作中就有的了!真是现实的荒诞一至于此,但是,当时我自己陷入这种荒诞而不自觉!

我先阅读何其芳的著作;他的《画梦录》和《论〈红楼梦〉》深深地吸引了我。关于这点,我在怀念何其芳先生的一文中已谈到。接着我又开始阅读蔡仪先生的著作。一些大字报批评蔡仪先生的著作文字"晦涩难懂""缺乏群众观点"云云。我接触到蔡仪先生的著作后,则感到他的文字和何其芳先生的理论文字是两种风格。后者如行云流水，论说新颖；前者凝重厚实，逻辑性强，见解独到。没有丰富的文学史知识，没有一定的理论积累与思考，自然不容易读懂蔡仪先生的著作，那么，实际上何晦涩之有？这样找来找去，自然没有找出什么"右倾思想"来，倒是读来读去，使我对理论发生了强烈的兴趣，真有些进入"得鱼忘筌"的境地了。

阅读蔡仪先生的著作《新美学》《新艺术论》以及有关现实主义的一组文章，实在使我获益匪浅。我过去接触的是苏联读物，多而零星，对于一些问题的见解，不成系统。蔡仪先生有关现实主义的五论，算得上是当时对这一问题相当完整的阐释了。阅读何、蔡二先生的著作，无异于一次理论的享受和补课，它们引起了我的理论的激情，从而使我的兴趣转向了理论研究，这可算是我在"反右倾"运动中的最大收获了。当然，那时的思想小结可得毫无例外地写成：我在这次"反右倾"运动中如何加深了对"右倾思想"的认识云云。运动后，等我应约写完一部小册子的稿子后，我就正式向何其芳所长提出想去文艺理论组的要求，蒙他立刻答应，同时经他疏通，在征得蔡仪、水夫先生的同意后，我就去了文艺理论组工作了。

我的生活里充满了无数的偶然性事件，有的给我带来精神的痛苦，有的给我带来肉体的伤痛，唯有那次让我阅读何其芳、蔡仪先生著作的偶然性事件，却给我带来了欢乐。每当我回忆起这件事，我总把两位先生当作我学术上的引路人看待，心里充满感谢和暖意。人对于生活是要有一种兴趣与追求的，有了兴趣与追求，他才能有所投入，找到生活的位置、工作的动力与生存的欢乐。从那时起，我就怀着浓厚的理论兴趣，投入了文学理论研究的工作，直至今天。

20世纪50—70年代，是我国学术研究最受压制的年代，学术与政治几乎是一回事，而且是几个人说了算。回顾50年代的学术著作，能够保留下来的有几多？蔡仪先生的现实主义五论就是现在读来仍不失其理论力量，经受住了时间的检验，这真是难能可贵的。但是，蔡仪先生也是不断遇到麻烦的。

60年代初期，领导布置编写《文学概论》。这文学概论是南北各写一本，南方由叶以群担任主编，北方的由蔡仪担任主编。蔡仪先生写出提纲，这提纲我未见到，据说在天津会议上被领导否定了，于是这位领导自己拿出提纲，要别人按他的提纲写作。蔡仪先生只好照办，组织力量，勉力写成初稿。蔡仪先生平常沉默少言，不痛快的心情一般不轻易外露，但是有时在工作交谈中不免流露出来，认为此书已不是他的想法，有违他的初衷。70年代末，为适应当时教学的需要，《文学概论》初稿经修改后出版，成为大专院校采用的教科书，影响极大。这书既然写成于60年代初，自然受到当时"左"的势力的干扰，部分观念已失去了其意义，所以在80年代就受到一些非议。出版社曾建议编者进行修改，蔡仪先生觉得除了少量提法可以改动，此书难以再改，要写就得另起炉灶，重搭框架。但他正在改写《新美学》，这是他的毕生精力所在，《概论》已无暇顾及，所以一任人们评说。而那位制造过无数冤案、横扫过不知多少人的领导，却对此事不置一字，摇身一变，举着一面过去被他践踏的人道主义大旗，又在呐喊了！但此事到现在未了。80年代被这位领导举荐的新秀，曾在文学所庆祝蔡仪学术活动60周年的纪念会上，大力表彰蔡仪先生如何开创学派，要营造尊敬卓有影响的老学者的学术气氛，提倡宽松、宽容，云云，但一离开会场就对蔡仪的认识论观念进行歪曲，庸俗化一通，然后加以挞伐，对稍有不同意见人，就力加排斥，真是，颐指气使，八面威风。后来这位朋友侨居国外，而在国内的他的朋友们，与之呼应，发表文章，对蔡仪的认识论艺术观，非欲除之而后快。其实，任何理论、体系，都有其长处与局限的，你不满他的理论，最好是拿出你自己的货真价值、以理服人的东西来，让读者在比较中自然明白。不要一会儿大倡西学，把它们奉之为神，一会儿又举行与诸神告别仪式，像小儿游戏一般。不要以为真理总在自己手里，漫骂是不值一哂的呢！要分清一般理论原则与极左和左的理论之间的界限，混而统之，或是把别人的理论庸俗化一通，就以为骂倒了对方、清除了对手，我们不能以己昏昏使人昭昭！不然，何以一些人在大骂认识论，而另一些学者正在大写"文学认识论"或"认识论文艺学"呢！不是他们没有见到被骂的危险，而是认为你骂得并不在理，骂不到点子上，说了好多的外行话，所以他们仍然我行我素，不予理会。你说的东西，并非都是金科玉律，漏洞倒是多多的！

另一次是20世纪60年代初，那位名声显赫的领导为了提倡"双百"方针，先让朱光潜先生批评蔡仪先生，然后让蔡仪先生进行反批评，这不是一幅学术争鸣的繁荣图景吗？但是在朱先生发了第2篇文章后，蔡仪的反批评文章就不让发了，这自然是那位领导的裁夺，并要何其芳将蔡仪的第2篇反批评文章从《新建设》编辑部撤回。所谓"双百"云云，全是由一些人在调动、摆弄的。下雨了，需要装点一下，于是"双百"的这把雨伞打开了：大家来呀，自由发言呀，大家都到这把大伞下来享受自由呀！等到雨过天晴，于是一收雨伞，这自由也就随风而去了。我知道，此事蔡仪先生一直感到不快，可又怎么办呢！这事就是连何其芳先生也感到不平、委曲啊，他说怎么可以这样对待人呢？当然，朱先生在极左路线下也是身受其害的，甚至在他弥留之际，在其意识即将消逝的时刻，在回光返照之中，仍在发出"我要检讨，我要检讨"的胡话！要检讨什么呢？大概就是所谓"反动的唯心主义"吧！请看，那已是什么时候了？可见其身心受摧残之深！但是就这场争鸣来说，我们作为局外人，至今都深为蔡仪先生感到不平的！

在"文化大革命"中，蔡仪先生成了"文化大革命"发动者挑动群众斗群众的牺牲品。下放到干校后，蔡仪先生竟以65岁高龄被分配去干校厨房充当火头军，为几百人烧饭、烧水。有时我走过厨房后院，看到他为炉膛一铲一铲加煤，那炉膛射出的火光照着他那坚毅的脸。但是为此他要克服多大的体力上的衰颓，他在沉思着，他大概觉得周围的世界是荒诞而寂寞的吧。

蔡仪先生在美学上自成一派。他在40年代初出版的《新美学》中提出以马克思主义的唯物主义观点来研究美学后，一直未改初衷。有人说蔡仪先生的美学没有新东西。这自然是一种浅薄的见解。在这些人看来，所谓"新东西"，就是看热闹，就是轰动效应，就是不时提出一些耸人听闻的东西，使自己处于新闻追踪中心。比如有的风云人物，要去某地访问，起程前几天，媒体就有新闻报道出来了，十分气派！至于对于踏踏实实的学问，则是难耐寂寞的。其实，40年代蔡仪提出的唯物主义新美学，就是美学中的重大的创新。他后来主编的《美学原理》，逻辑严密，学理清晰，自成体系。80—90年代的《新美学》的改写本，极大地丰富了原著。他崇尚新思想，在一段时间里，在编辑《美学论丛》中，我常听他说，文章要有新意，或提出新的问题，或在讨论中有所深入，切忌老生常谈，所以他选稿极严，这给我印象极深。

蔡仪先生为人，生活简朴，严于律己，宽以待人，真正是位忠厚长者。他知道我的一些缺点和与他一些不同意见，但他绝不像有的人通过"小小的政变"获得权力，立刻排斥异己，扶植亲信。

1989年冬，我因手术住院，术后一些同行前来看我。一天下午，蔡仪先生夫妇来到我的床前探望我，使我心头为之一热。蔡仪先生是我前辈，而且已是80多岁的高龄老人了，作为后学，我从未想到他会来看我的。想起此事，每每令我感动不已！

先生之德，山高水长！

（原刊于《蔡仪纪念文集》，中央编译出版社1998年版）

道德文章，山高水长
——怀念蒋孔阳先生

今天，我们在这里举行研讨会，蒋先生自己虽然无法参加了，但是我们深切地感到，他就如坐在我们中间，作为师长，他那和蔼、安详的音容，作为大学者，他那特有的平易近人的风度，仍然生动地展现在我们的面前。可以告慰于先生的是，他那独特的开放性的美学体系与思想，将会被更多的后来者所接受，汇入新世纪的学术洪流，而葆有其久长的生命力。

蒋孔阳先生生性率真。率真就是处处流露自然真情，在做人方面就是胸怀坦荡，无所掩饰；在做学问上，就是锲而不舍地追求事物的本真，而不受外力的干扰。

蒋先生作为一位美学家，他把美学研究与人生真谛的探索结合了起来，这是他一以贯之的作风。甚至到了20世纪90年代，在他带有终结性色彩的著作中，蒋先生在论及文艺时，提出"文艺把发现人、讲人性、讲人道，当成自己的重要任务"。什么是蒋先生所说的发现人，讲人性，讲人道？就是通过文艺，"人生应当美化与高尚化"，就是使人的灵魂得到提升，就是使人要具有血性与良心，怜悯与同情，就是使人生获得价值，使人走向完美。这样的美学表述蒋先生过去也有过，但是这种文艺为人生的最为基本的出发点，对于20世纪80—90年代的种种新潮美学家来说，早已是不屑一顾的事了。在把文艺创造描绘得天花乱坠、文艺日益堕落为官能享受的时代，蒋先生不改初衷，重申文艺的人文天职，确实表现了一个美学家不肯迁就世俗病态的大智大勇。

蒋先生的美学追求的最动人之处，莫过于他把美学的不断"觉醒"，不断地开拓与发展，与人的"觉醒"的追求结合起来，并且身体力行。哲学、美学需要不断求真、求新，需要开拓，需要进步。不断地求真求新，形成了美学发展的长环。蒋先生与现今的不少美学家的不同之处，就在于把美学理论的求新，与他作为人的自身的完美追求，水乳交融地结合了起来。这意味着他把自身的生命意趣，投入了人生价值的追求，这既是美的理想的追求，又是自身人格美的追求，在美的理论的提升中，也增进了探求者自身作为人的觉醒，自身人格的升华，从而成为我们时代的真正的智者。因此蒋先生的美学，是面向生活的美学，也是投入、融化了自身生命的美学，是当今独步一时的美学。蒋先生的美学上的功夫，就在他的著作自身，就在他做人的自身。请看当今的一些理论家，在多大程度上是像蒋先生那样做学问的呢？他们的功夫常常是在他们的理论之外。他们好像是在追求理论的"觉醒"，但是他们自身似乎并未觉醒，甚至自我贬值。

蒋先生的美学，是维护文学艺术人文精神的美学，蒋先生自己也是一位深具人文精神的人，美学的人文精神是一种维护与建设人的精神家园的精神。蒋先生的美学从未成为热点，没有出现过轰动效应，在我看来，这不是他的不幸，而正是他的幸运。因为所谓被炒作出来的理论热点与轰动效应，都是文化泡沫，泡沫文化多了，是要发生灾难的，就像泡沫经济一样。蒋先生的美学创造，是他真挚的生命的创造，它将成为我们民族文化中的一个亮点，成为维系我们民族生存、发展的文化的组成部分。作为蒋先生的学生、同行和朋友，我们极愿像蒋先生那样，来维护我们的精神家园。

蒋先生的美学是一种开放性的美学，他并未标榜体系，可是却自成体系，出现了众多的追随者。20世纪90年代中，我曾向他诉苦说，我在理论上自认是个"中间派"，在一个时期里，却受到左右两方面的夹攻。蒋先生说，这样好，走自己的路，可以广采博取。他自己在治学中，正是奉行了这一方针的。"广采博取"，要有一种开放的思维方式，要改变独白的思维方式而走向对话的思维方式，把自己与对方都看作相互独立、自有价值的主体，在对话与应答中撷取了人的长处，用以丰富自己。这是一种不设置框框，划地为牢，而是善于汲取人类一切有价值的思想，具有生命力的美学。在我看来，凡是步步为营、处处设防的封闭性的美学体系，可能都只会留在 20 世纪，而那种开放的，不断完善的美学思想，将会进入新世纪而永葆青春。

  蒋先生的道德文章，山高水长，他建立了新的美学的丰碑，也建立了一座为后人景仰的人格美的纪念碑。

（原文为 2000 年 6 月 24 日在蒋先生逝世 1 周年纪念会上的发言，刊于《文汇报》2000 年 7 月 15 日）

当代知识分子精神

——徐中玉先生的立德与立言

认识徐中玉先生是 80 年代初的事。

那时中玉先生正在筹办在广州召开的中国文艺理论学会的年会，来信嘱我参加会议并要发言。我向他汇报了我拟在会议上介绍两本外国的文艺理论著作，一本是出版于 40 年代末的美国韦勒克和沃伦合著的《文学理论》，一本是 1976 年出版的苏联波斯彼洛夫的《文学原理》，两本著作各有自己的思路和体系，可算是当时见到的不同于我们文学理论的代表之作，都算是"新知识"，因为我们的研究工作荒废得实在太久了。

其后，我在广州会议上发了言，介绍了这两本著作。这样我和徐中玉先生就算认识了。以后不断读到先生的著作，它们对于我国当代文论的建设，起到指导性的作用；并有多次登门求教的机会，逐渐了解了徐中玉先生的为人，使我对他由衷地产生了一种崇敬之情，直至今天。

中国人文知识分子讲究立德、立言、立功，这立功恐怕难以和人文知识分子联系在一起，这立德、立言恐怕则是不少人文知识分子挥之不去的情结。当然，这立德、立言的内涵和过去是大不同的了，徐中玉先生正是这类人文知识分子的典范和旗帜。

先生深受优秀的传统文化的熏陶，对国家、民族饱经忧患沧桑有着深切的感悟。阅读先生出版于 10 年前的《激流中的探索》一书的《代序：忧患深深 80 年》，真使我感动不已，这是一个优秀的爱国主义者的胸怀自述。一个人的生命短促得很，不过几十年罢了，而能有所创造、有所发现，也就在这几十年中一个短暂时期内。先生青年时期倾心求学，颠沛流离，进入盛年创业时期，却连遭两个十年的摧残，真是情何以堪！然而不屈于命运摆布的先生，历经多次的生死拷问，却仍然一往无前，虽九死其犹未悔！

何故？爱我家园使然，忧患意识使然，这是不少优秀的传统人文知识分子都具有的品格，也是我国优良文化传统的品格。在我们这块土地上，"这里有祖宗庐墓，有父母兄弟姊妹，有亲戚朋友，有故乡山水，有优良的共同文化传统，有基本一致的现实利害关系，在哪里都找不到可以如此自在、发挥作用的地方。这就是为什么历来志士仁人都有热爱国家民族的思想。这是爱国思想最重要的基础和来源。这同政权并无必然的关系"。我几次读到这段充满血性和良知的文字，总会在感同身受中悄然动容！

忧患意识与居安思危的意识，使人自觉地要有器识，要有高尚品德，并且自觉地去服务于社会与人群。所以先生秉性梗直，胸怀坦荡；总是强调做人要胸怀大我，要有真诚，敢于说出真话。为文，要有志天下；要有意而言；言必中当世之过；不以一身祸福，易其忧国之心，等等。他把古代文化中的优良成分，与当今为人和创作的需求融而为一了。

先生知识丰富，积学深厚，所见甚多，视野开阔。他贴近现实，跟踪文艺理论批评的发展，主张实事求是，要按文艺自身的规律办事，早在50年代就洞见教条主义的危害。1957年他写的一篇名为《闲话自封的马克思列宁的代言人》论文，深刻地揭中了文学理论、批评界的时弊，捅了教条主义的马蜂窝。他说，"是什么造成了此类教条主义文风？这就是某些人灵魂深处的惟我独尊、我行你不行、马列主义只有我在行你不在行、或者只有我的马列主义才是'真正的''老牌的、等等思想在作祟'"，等等。这种振聋发聩的言论，在当时自然是奇文，自然要受到"全国共讨之"的命运了，即使在今天看来，先生的真诚批评，又何尚不是奇文！它充满了何等的智慧和大无畏精神！

徐中玉先生是我国当代文艺理论的成绩卓著的建设者，古代文论研究家，又是文艺理论队伍的组织者，他对我国文学理论的发展，做出了不可磨灭的重大贡献。

新时期以来，先生把文学理论界组织了起来，成立了学会，他总是处在理论批评的前沿，关注着文学理论、批评的发展，不断提出有利于文学艺术发展的主张。他对80年代初出现的文艺学的方法论热，给予了热情的肯定。在文学理论批评中，先生很早就关注"当代意识"问题，对于那时提出的各种说法如"叛逆意识""反传统意识""批判意识""突破意识""自我意识""超脱意识""忧生意识""竞争意识""哲理意识""超前意识""反思意识"，先生都做了辨证的、令人信服的辩明和阐述。

先生精通古代文论，早在80年代初，就提出古代文论这一丰富的资源如何开发、研究方式和方法问题，并且确立了古代文论在建设当代文论中的地位，语重心长，持论中和得体。他说，目前古代文论是一个摊子、西方文论是一个摊子，从苏联介绍过来的文论是一个摊子，我们文学理论的建设，要把这三个摊子有机结合，融合一体，建成具有中国特点的文论，这是极有见地的观点。后来先生提出古代文论的民族特色，和它在当代文论研究中的地位与作用，更是抓住了我国当代文论建设中的根本性问题，极具启发性，而且这一问题的探讨，到具有继承意义的如何使得古代文论发生现代转化，现在正在大力地开展中，成为我国文学理论研究中一个长盛不衰的热点，而且取得了不少成绩。

传统文化有何意义，是先生不断关注的一个大问题，他反对把现代意识与文化传统对立起来的做法，立论精当。他认为要看到"现代意识不但并不总与文化传统对立，往往还是文化传统中合理部分的延续和发展。现代意识并不只是一个限于现代时间的概念，更重要的一个随着历史的发展而不断有所发展、充实的观念"。就孔孟学说来说，70年代还有人在斥责"孔学名高实秕糠"，90年代国学研究兴起，有些人马上就认为这是要代替马克思主义而十分惊惶。其实，这都是长期糟蹋、中断了文化传统的后遗症，这种病症实际上已经使人走到人已非人，使国走到国已不国。中玉先生的有关孔孟学说的几篇文章，

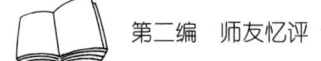

令人信服地揭示了传统文化中，哪些属于精华部分，哪些可以被继承的东西，哪些属于我们现代并可进入未来的东西，哪些可以恢复、滋养我们被致残了的人性的东西，简明通俗，读来令人回肠荡气。

有的满脸横肉的女作家说，20世纪没有中国知识分子精神。其实，自己身上没有中国知识分子精神，满身俗气，怎么可以说别人身上就没有中国知识分子精神呢！

徐中玉先生就是这样为人和立言的。90年过去了，岁月如诉，精神可敬！先生的形象，是人文知识分子立德立言的相当完美的结合，而昭示我们后学！

（原刊于《中华读书报》2003年10月14日）

师友情谊

一 不可重复的何其芳先生

说起文学研究所的前辈，列出来有一大群，五六十年代的文学所真是中国的"翰林院"，名家如云，但是我和他们的关系真是一般。但是文学所最不能忘怀的是何其芳、蔡仪、钱锺书先生，我就这三位前辈虽已写过一些回忆文字，而且别的学者已有不少著作、回忆文字对他们的方方面面都有过描写与分析，但总觉得还有一些话要说。以前我们互称同志，比如对何其芳，我们只称"其芳同志"，连姓都不带的，对蔡仪称"蔡仪同志"，对钱锺书则称"钱先生"，大约由于是党外人士，又表示尊敬的意思。现在情势有变，一般都称"先生"，所以这里也就随俗了。

先说何其芳先生。我在40年代下半期就看到了何其芳的姓名，那时是在《大公报》的一张副刊上的一篇文章里看到的。这篇文章不知是谁写的，但其内容依稀记得是回忆抗战胜利后，在重庆的各种文人作家的来往情况，文章把这些作家的名字凑成了一首打油诗，其中有两句我至今记得："芳草何其芳，长歌穆木天。"这当时不知道这两位作家是何许人，只觉得好记便让我记住了。说来真是缘分，1959年秋我被分配到何其芳先生领导的文学所，通过对他与蔡仪先生著作的批判阅读，竟是从理论上认识了其芳先生，至于穆木天，那是后来才有一点了解的。

80年代初，有的研究生做硕士论文，提出了文学中的"何其芳现象"，大意是何其芳作为一个诗人有他的独特性，他的散文诗歌写得唯美。但是他投向了政治,而政治压倒了他的诗情,后来诗歌也好,小说写作也好,都黯然失色,甚至难以为继,当时该文好像受到一些"商榷"。

何其芳的早期创作带有唯美而忧郁的色彩的,五六十年代与何其芳先生因工作关系联系甚多的卓如女士有本著作《青春何其芳》,相当准确地概括了何其芳歌唱青春和那诗行里流动着的温馨的爱情的青春气息,他的创作自成一格,他心爱自己的文学选择。然而悠关民族存亡的抗日战争爆发,何其芳停唱了他的夜莺之歌,而做了另一次选择,为了参与抗日斗争,他投身延安,参与了革命。他入了共产党,承担了不少行政任务,他仍创作,写他的少男少女之歌,开始变了音调,一扫过去的唯美色彩。他聆听了毛主席的《在延安文艺座谈会的讲话》并受到毛主席的接见,接受了宣传《讲话》不少任务,从原来的创作而走向宣传,与那些认为不合《讲话》精神的文艺思想观点进行辩论。50年代他担当了文学研究所副所长一职,创作只好放置一边,担当着政治思想批判与学术研究的责任。我刚到文学研究所,所里就给新来的年轻人赠送两本书,都是何其芳先生的著作。一本是《没有批评就不能前进》,一本是《论〈红楼梦〉》。前一本是运动中的批判书,批判涉及俞平伯、胡适、胡风、丁玲、冯雪峰、吴祖光、刘绍棠等。后面那本是研究《红楼梦》的,文字书写流畅,他所注入的感情,有如充满了青春激情的流泻。这两本书我曾反复读过,其他调入研究所的研究外国文学的年轻人读了也说好,它们成了青年人进入文学所做研究工作的入门书。

同时,这两本书可以说代表了当时政治批判与学术研究中的两种倾向。他在批判俞平伯的《红楼梦》研究时,尽量说理而不致伤害俞平伯先生。他按照上面的布置批判胡风文艺思想时,限制了他对于现实主义文艺思想的理解,现在看来,它反而没有胡风的现实主义文艺思想的深刻。他撰写了《论〈红楼梦〉》,批判典型问题上的庸俗化与简单化的,提出了典型的"共名"论,又使他的理论研究上升到了当时所能达到的高度,现在仍然有着积极意义。我50年代末来到文学所后几年,总见到他在全所大会上检查自己右倾。其实当时政治生活中充满了左倾机会主义思想，但是因为庐山会议反右倾机会主义，所以下面也要自我批判右倾。其芳先生的检查交到学部领导手里，总是要被打回来，认为检查深度不够，要再行加码。这些高层都是运动老手，其芳先生一介书生如何对付得了！于是他又用道林纸（现在A4纸），再次写出检讨，钢笔字密密麻麻，工工整整，这要花去他的多少时间！

  在批判资产阶级、修正主义文艺思想的组里，我多次听到他说，他不愿写作这类批判的东西，他更喜欢撰写《论〈红楼梦〉》的这类文章，显出他的两难的无奈处境。一方面他认为自己是党员，上面要他批判什么，他不仅自己要写批判文章，而且还要组织别人去写，要自觉自愿地当作不可推卸的责任去干，没有讨价还价余地，而且自觉地干就要干好。另一方面，他本质上是个诗人，那种诗人的情怀使他仍然在酝酿诗作、小说，自觉认为积累相当丰富，于是他不仅在想，而且在写。但是写作小说却碰到了表达问题，他说他把写出的小说片段反复看看，已经缺少了过去的灵气，倒是有些像宣传文字了！政治生活、行政工作的程式化、标准化，代替了被生动感受了的、灵动的、感性生活，感性被划一的认识所替代了，它被写得认真的不断检讨右倾思想的检讨文字所影响了。一面是工作的倾心投入，自觉地的投入，一面则是诗情的隐退，他的内心无疑挣扎着，但又无力摆脱。

  1964年4月，他的《文学艺术的春天》出版，其中收集了他的1956—1962年的各种论文，有对新出来的作品的评论，有关于诗歌形式的讨论，有文学史的写作问题的发言，有对待遗产和创新的讨论，有关于毛泽东文艺思想《讲话》后20年来的论述等。我所了解的其芳先生的其他不少事迹，已写入《7月，那潮湿而闷热的7月——怀念何其芳同志》一文（可见我的《桐荫梦痕》一书）。

  等到"文化大革命"结束，由于历史原因（例如未能多活几年见到三中全会的决议），何其芳先生来不及做出深刻的反思。在其生命的最后时刻，仍然念念不忘要把他原来计划好的颂歌写完。他的执着、他的热情、他的无限忠贞，让人为之动容。

  何其芳的现象在文艺界不是个别的现象，而是一种集体的现象。

像他这类的人一心一意投奔革命,当革命给他们新的担当,他们马上会全心全意地投入。但是批判运动不断,发展到了"文化大革命",原来的批判者,都一无例外的成了被批判者,都被卷入了悲剧的生活。何其芳先生多次说到他想写作小说,总想找个机会尽情地施展自己的诗情,但总是无法把握自己,与被他心向往之的神圣理想发生龃龉,最后被"文化大革命"这场腥风暴雨所摧毁。这是时代的悲剧,也是这一代人与几代人的遭际。

何其芳先生的劳绩在文学研究所是不可重复的!

二 蔡仪、唐弢与钱锺书先生剪影

蔡仪先生的美学思想形成于20世纪40年代,那时他用马克思的唯物主义思想为主导,进行美学研究,可谓独此一家。20世纪50年代,在对资产阶级思想的连年批判中,美学研究竟是一枝独秀,几派美学思想竞相标榜,可以相互批评。蔡仪先生是"客观派",朱光潜先生是"主观唯心派",新起的李泽厚先生是"社会派"。

我刚到文学所,见到贴蔡仪先生的大字报也不少,其中还未涉及"机械论"等问题,而是批评他的著作艰涩,读不懂,不通俗化,批评者中间似乎有图书室的同志。但是那时领导要我阅读蔡仪的著作,看看里面有无机会主义右倾思想。我饶有兴趣地阅读了它们,前面已经讲到这点,当然没有找出什么右倾机会主义思想来,但说著作"艰涩""难懂",我当时就觉得,要是没有一定的文学知识、文学史知识,把蔡仪先生的著作当作小说、《参考消息》来读,那怎么能读懂?就我而论,我总算是个小知识分子,读起来并不难懂,何"艰涩"之有?蔡仪先生在50年代的有关现实主义文学思想的论述,是当时最具学术分量的著作。

蔡仪的美学思想,"美是典型"论,引起不少争议,但他在20世纪40年代创建中国的唯物主义的美学方面功不可没,作为中国的美学一派,在中国这也是客观事实。但是我们的学术常常是受到有点知识的领导左右的。大概由于上述原因,蔡仪常常受到压抑。20世纪

60年代初，在3年困难时期稍后，领导为了让已被废止的"双百方针"生动起来，在文艺界制造宽松形势，于是就将与政治关系稍远的美学推了出来，在学部主办的《新建设》上来个"双百"，出动编辑，请朱光潜、蔡仪先生各在《新建设》上发表文章，相互批评，热闹一番。蔡仪先生自然响应领导号召，很快将文章交给了《新建设》。接着朱光潜先生的文章发表了，而等了很久的蔡仪的文章却如石沉大海，杳无音信，后来好像是通过何其芳先生询问（大意）得知文章不用了！对此其芳先生大为不满，既然要实行"双百"，约请双方写稿，怎么只能允许一方批评，就将反批评的稿件按一位领导说的话作为裁决就抽了呢？原来"双百"是捏在领导手里的东西，他让说话，你就可以说话，他不让你说话，你就被剥夺了发言权。这种粉饰太平的"双百"，自然深深地刺伤了蔡仪先生的心。

"文化大革命"中蔡仪先生的命运不在这里说了。话说1980年《中国社会科学》创刊，编辑部向蔡仪先生约稿，蔡仪先生以为真的迎来了"双百"，就写了稿子给了编辑部，谁知又是受到领导干预，让蔡仪先生得到了20年前同样的遭遇，编辑只得告诉蔡仪先生一个说不清、道不明的原因！我等年轻一些的同事，知道了这种独家的、霸道的"双百"后，觉得一些人虽然经历了"文化大革命"的劫难，但是在思想上实在长进不大，在学术中照样是行政命令，只能说这是积习难改吧！

1978年，学校开始招收大学生，社科院开始招收研究生（硕士生）。大约"文化大革命"后刚刚开始复学，来报考蔡仪研究生的竟有400来人，但是分配到的名额只有8名。我当时也参加了阅卷工作，很多报考者知识相当贫乏，交白卷的很多，这也不能责怪他们，他们少年青年时就被一声号令，赶到农村的广阔天地的大课堂里去了，那里无书可读，公然宣传读了书也无用。那些渴望读书的青年，饥不择食，一旦获得一本小说，总是相互传阅，把书弄得破旧不堪。正是这些平常读了一些书、有些积累的青年人，还能像样地回答考卷，而令我们大为高兴，觉得文化的血脉未断。于是通过了10个人进行面试，之后录取了8位青年人为研究生。计算一下报考人数与录取人数,大约是1∶50的比例,虽说不是百里挑一,也真是这种气氛了。我和文艺理论室的几位研究美学的同事,作为蔡仪先生的助手,帮助辅导了这些研究生。如今这些研究生毕业后有一部分坚持美学研究,他们确有才气,做出了不少成绩,有的当了大官,有的经商去了。人各有志,同时也深受环境影响,那时报考美学研究生,也就是为了追求比长期待在农村更美好的生活。

蔡仪先生辞去了文艺理论组的领导工作,一心一意修改他的《新美学》《美学原理》。他自称写于几十年前的《新美学》里有的部分写得尚可,有的部分写得抽象、钻牛角尖了。因此《新美学》的改写成了他有生之年的最大追求。

1985年他主编的《美学原理》作为高校文科教材出版,在文学研究所开了学术讨论会。我做了一个长篇发言。我对他的唯物主义美学思想的追求,充满敬意,而对先生常常受人侮弄的情况甚为不平。学术是公器,是百家的学术,只有一家的学术,那学术就会停滞以致萎缩死亡。所以那次发言我将先生的美学思想体系放到我国美学的发展与国际美学界进行比较,可以看到先生美学的首创性与作为体系的自洽性,与外国美学家的美学著作相比也毫不逊色。因而我在发言中特别说了一段话:学派的出现,表现了一个学科的研究的走向成熟。对于不同学派,领导要积极扶持,为它们的自由讨论提供方便,不要把不同意见的正常争论纳入运动的轨道。运动会扭曲正常争论的方向,会置争论的另一方处于无权申辩的地位,从而使学术民主成为泡影。领导不正常的表态,会使报刊一窝蜂地大量发表于正常讨论问题毫无益处的泡沫文章,造成一种窒息人的低气压,使得不良学风得以蔓延,陷入大批判式的恶性循环。我这段话当然是有所指的,但是我人微言轻,哪能撼动手握大权的人的半根毫毛呢!当然,蔡仪先生的门学观点我也并不是都同意的,但是不能戏弄着学。

大约是80年代末或1990年,文学所学术委员会要讨论一批晋升研究员的入围一事。蔡仪、唐弢先生和我都参加了这次会议。会起开始,主持人安排好会议顺序,接着就先念了院部领导的一张纸条,以提醒大家的重视。纸条的内容是:要求文学所学术委员会通过一位所里的副研究员为研究员。这位副研究员确是一位奇才，但他提供给文学研究所学术委员会的成果是对中东形势的观察与评述，而不是文学方面的问题。他先将报告送与院部领导，这位领导就给文学研究所写了这张条子，这无异是对文学所学术委员会下命令了。大家觉得十分为难，沉默了一会。这时唐弢先生率先打破这种尴尬局面说，第一，这份中东形势的报告大家都没有看过；第二，大家都是文学方面的专家，中东形势分析属于军事、政治，我们都不大懂得，如何评价？蔡仪先生接着说，既然院长说了话，批了条，那就不用我们讨论了，领导直接批准算了。我和其他评委也说了几句：评论申请者的政治、军事性的论文使我们十分为难，主要我们是从事文学研究的，不懂政治、军事问题的症结所在。如果我们通过了他的文学所的研究员资格，那实际上我们是很不负责任的，我们以外行的身份通过政治、军事报告，那是毫无权威性的，是要让人笑话的。如果报告确有意义、价值，我们不通过它，那就使它失去了评论的机会，这对它是不公平的。于是商量了一会儿，提出了一个大家同意的方案：请院部邀请有关军事机构的专家组织答辩委员会，或是请院部从历史所、情报所、政治所、战略研究所抽调有关专家，组织联合答辩委员会负责审查。最后将这份申请文学所研究员的政治、军事论文，由所里负责人送交院部处理了。

原来曾是蔡仪先生的硕士生许明先生，在外面转了几年，仍想继续研究美学，于是在1985年考取了蔡仪先生的博士生。许明才思敏捷，攻读勤奋，思路宏阔，善于思考，十分关注现实问题，意向强烈，不断提出新问题，不懈求得解索，对于一些复杂现象，能够很快理出线索与问题所在而提出自己意见，是我的忘年交。他的博士论文题目是《美的认知结构》，论文写完后交与蔡仪先生审阅。过了几天，蔡仪先生来到所里，对我直说：钱中文，这是许明的学位论文，我看不清楚，你看一下吧！我见先生如此认真，觉得许明的论文可能出了问题，遇上麻烦了。于是我接过论文，很快将它读完。论文评述了当时外国的各种新的学科知识，如认知心理学、语言学、思维科学、现象学等以及各种外国美学流派的美的观念，并有所批判和接受，同时提出了自己的理论构想。我想，蔡仪先生所以看不清楚，可能是由于高龄，不大接触这些新的学说的缘故。我把论文的一些地方反复看了，并写了意见。然后找了蔡仪先生，比较详细地说明了我对许明博士论文的看法，反复强调一个中心意思，说论文融入了许多新的材料与思想，对美的认知与其结构做了有益的探讨，提出了一些新思路，拓展了当今认识论美学，推进与发展了认识论美学思想，是一篇好论文。蔡仪先生听后，转忧为喜，就说，那好吧，就由你来当答辩委员会的主席吧。我欣然接受了蔡仪先生的邀请，随后主持了许明博士论文的答辩会。答辩委员会对许明的博士学位论文评价很高，确是有所开拓与推进了认识论美学。

1992年初，蔡仪先生因脑血栓而住院，左腿活动失灵。一次因重感冒去了"协和"医院，因病人多而无床位，于是就只好躺在走廊里的长椅子上打点滴。他原本是看高干门诊的，但是高干病房他住不进去，因为要部长级的干部才能住进去，可是我国的部长、退休部长还有"相当于"部长级的干部又多如牛毛，怎么挤得进去！走廊里的门不住开关，阵阵冷风不断吹进，受凉的病体进一步恶化。后来住进了天坛医院病房，但呼吸不畅，不断咳血，时而好转，时而恶化，而他仍在筹划《新美学》的讨论会。最后于2月底去世，享年86岁。

三　与钱锺书先生的交往

我在前面已经写到锺书先生。但是和他见面是在文学研究所的批判右倾机会主义的全所大会上，或是在何其芳等先生不断检讨的大会上。在这种场合，全所人员都要到会，所以认识了不少著名的老学者。我和他进一步接触则是在干校，我被打成"516"之时他那时是负责送报送信的，一次为我送《参考消息》是使我很是感动，他的同情是人性的同情。回到北京后不久，他被邻居欺侮，举家避到他女儿在北京师范大学的集体宿舍，一家三人挤在一起，日子十分艰辛。后来所里腾出两间办公室，让他们两位老人居住。办公室条件极差，建筑是南方风格，一出房门就是露天，而生活用水地方也在室外。我曾去看望过他，表示同情与慰问，同时我那时还未"解放"，感到泥菩萨过江，自身难保，不便久留，只好匆匆告辞。

我真正与钱先生的来往是在1983年春。1983年3月初，锺书先生要我参加第一届中美双边比较文学讨论会，让我就苏联的巴赫金论著提供一篇论文，前面已经谈及此事。那时我正在为"现代外国文艺理论译丛"继续寻找可供翻成中文的文学理论书籍，由于多年未读外文书籍，了解毕竟有限，于是趁着和先生联系的机会，写信向他求助，说明原委，请他为我们推荐一些名著。先生很快于3月14日给我回信（毛笔）：

中文同志：

来信奉悉。你太谦了！！我日来杂事忙，现代理论也涉猎甚浅。对你所提问题，只好交白卷；但还是装模作样，支扯几句。

情报所杨承芳同志主持的《现代西方社会科学手册》（书名大概如此）里有关文论的那一篇是张隆溪同志写的（我推荐），已交稿，我认为相当全面准确。你倘能商量借来一看，对于你的选题工作，也许有些帮助（所开作者和书名都很准确），他在香港中文大学进修时都亲眼看过，至少看到。两个荷兰人 D. W. Fokkema & E. Kunne-Ibsch, Theories of Literature on the 20th Century, 1977. 也有指示线索之用，有一节讲马克思主义的。文论还提到了毛主席和周扬同志……此二人三年前曾来北大和我所讲学，张隆溪认识我，就是陪着他们来的。Mary Bodkin 的书早已过时，而且不甚合式（适）。E. Cassirer, Language and Myth,（Susanne Langer 有英译本，Langer 自己的文艺论，就是受他的影响）是一本基本经典（《管锥篇》就应用过两次），值得翻译（不到200页）。关于神话和民间文学的重要理论著作，而且为结构主义开路的是苏联的 Vladimir Propp, Merfologija Skazki（《管锥篇增订》引用过英译本），似乎是首务之急，但你早已看上选定了。关于结构主义，可看 Jonathan Culler, Structuralist Poetics, 叙述周备而平允，从中选目。匆匆，即致敬礼!

钱锺书星期三

得此信后,我当然十分高兴,锺书先生视野开阔,对于外国文论一目了然,他写的信谦虚而有幽默感,使我受益不少。后来按先生的意见,扩大了丛书的选题范围。

我的论文如期于4月底写出,马上请外文所的学术秘书转交锺书先生。不久先生审阅了我方学者的多篇论文,就它们提出了意见,其中就我的论文写了一个纸条,指出了论文的优点与不足,说的十分中肯,这在前面已经谈了。同时我在送交论文时,附上了我的一封给先生的信。由于我在信上的一行上面增加了半句话,就抄写了一遍,把新抄的两纸送与先生,这样就留下了原信。

锺书先生:

您好!在您的督促下,我把稿子写了出来,现请胡湛珍(即外文所学术秘书)同志送上,请大力斧正。

巴赫金的理论十分丰富也很有特色。我只选择了他论述陀思妥耶夫斯基小说时提出的"复调"理论,作了一些肤浅的探讨。稿子前半部分谈"复调"理论的特色与应用,后半部分谈我对于这一理论的几点看法。这样写可能不符要求,因此心中甚感不安与惭愧。看美国 Donald Fanger 的题目,大约是谈小说体裁、情节结构问题的。巴赫金有关拉伯雷专著、拉伯雷的小说中的情节与狂欢传统,在陀思妥耶夫斯基小说中有所反映,美国人的文章的线索不知是否如此,尚不清楚。

作为晚辈,又是同乡,我在过去未能多多聆听您的教诲,这是深以为憾的,这是时代病症的感染和我的内向性格使然。意识到今是而昨非,人的黄金岁月也已耗损将尽。在这方面,我还要请季康先生多多原谅,原谅我青年时的迷误,每念及此,我总是愧憾交加,不得安宁,因为我伤及是善良和人性。人的意识的经历是多么曲折!

这次有机会给你写信，我还想把前年我们同车回家时未说完的话说完。我过去大约算是个"跟跟派"，但后来作为人竟被糊里糊涂地否定了。在"干校"我沉沦为"非人"，"非人"是多么痛苦啊！这时我多么想做个"人"啊！可是我想做人而不可得。只有您和陈骏涛给我送来《参考》时，特别是您轻声地用家乡的语调对我说一声："中文，《参考》来了喏！"这时我才感到自己做了一会儿人。接着，我又陷入一片"非人"的冷漠之中。这虽已是陈年旧事，但心里常常会响起遥远的回声，追忆逝去的年华；那时就会想起做"人"的艰难，就会记起您的人情的温暖。

　　我说给您听，心里感到痛快！

　　您俩不倦著书，请多保重！

　　不多写了，敬祝春安！

中文上
1983年4月28日

　　写了这封信，我心里安宁很多。主要是"文化大革命"前我在批判资产阶级人性论的大潮中，撰写文章，涉及了一批老专家为"外国古典文学名著丛书"的多篇小说所撰写的序文，后来有机会见到的我向他们表示了歉意。既然我从"非人"又回到了"人"，那我应当像个人样，和他们再度在一起生活、交往，应该是真诚的、坦诚的，不应是文过饰非的，伤害了他们还装作若无其事的那个样子。留有遗憾的是，20世纪80年代初，我总是在留意丰子恺先生的消息，不知他在哪里？我的那次批判也曾涉及他的文章，应该向他表示歉意。丰先生是我少年时期热爱的作家，他的《缘缘堂随笔》《再笔》、叶绍钧的《未厌居习作》、夏丏尊的《平屋杂文》、茅盾的《速写与随笔》与《鲁彦散文集》都是我在初中时不断翻读的书。直到80年代中期，我才打听到丰先生的真实消息，他已于1975年去世，这消息使我默然良久。

　　锺书先生得我信后，立刻用毛笔给我回信：

中文同志：

  今天看外文所送来的 4 篇论文，方得见你的附信。我们俩极为感动。杜甫诗："丈夫声（垂）名动万年，记忆细故非高贤"；上一句是我们对你的期望，下一句是我们对自己的鞭策。请不必有记忆包袱。百忙中复几句，以释尊念。即问近好。

         钱锺书杨绛同候 20 日午（1983 年 5 月）

杨绛先生在"鞭策"的行间处写有附笔：

  我从未介意。因为批我的还不止你一文。他们批得比你凶得多，我对他们也绝无个人恩怨。

  看了他们的信，我当然很是感动。大概从这时起，我算是摆脱了"文化大革命"中间我给别人留下的阴影，要堂堂正正做人了，完成了我"人"的回归。但是至今尚未有人向我说清楚"516 案"的缘由，为它死了那么多人的重大事件，怎么会是个"无头案"呢？10 年的活生生的无比残忍的生活，怎么会算是个 10 年噩梦呢！

  后来我去了一次锺书先生家里，这倒不是我特地要去见他，主要是受北京外语学院的许国璋教授之托而去的。在外语学院，许先生是我的隔壁紧邻，一些来访者看到他家的大门对着楼梯，就常常来敲我家的侧门。他常来我家，聊聊时政文化界的事，就听到的一些消息随便交流一下，常常唏嘘而回。他比我差不多大一个辈分，由于人很随和，我有时和他开开玩笑，说许教授你的名字现在无人不知，哪人不晓？你已经进入小说了呢！他觉得话中有话，就问此话怎讲？我说，我看到有篇小说，作者写到里面的一个人物正在拼命阅读《许国璋英语》呢！说完我们两人都哈哈大笑。一次，他把他的一篇稿子托我转交给钱锺书先生，这样我就有了个机会去锺书先生的家，平常是不好去打搅他的。于是我与锺书先生遂有一个下午的长谈，我把它回忆记录下来，写成了《我们这些人实际上生活在两种现实里面》，发表在

《中华读书报》上，后又收入了我的散文集《桐荫梦痕》中。

有时和锺书先生书信来往，都是小事，1986年9月，他寄来一信，原来所里收发处好几次把我的信送到锺书先生那儿了，他家里的人帮他拆开等他处理，他一看，"发现了错上加错！急送上，并道歉！"自1983年后，每逢新春佳节，我都去电话致意，他一听是我的声音，立刻用无锡乡土话跟我说话，我一时还反应不过来呢！

1989年初冬，我经历了一场无妄之灾，动了胃癌大手术。这就像是开的快车，遭到迎头一击，顿时出了轨道，可我正有许多事要做呢！11月，我的《文学原理——发展论》出版，次年3月底寄了锺书、杨绛先生一册，4月5日与24日收到锺书先生两信，两信内容大体相同：

中文同志：
　　半月前闻尊体违和，甚为悬念。适我以喉炎引起哮喘旧病，遂未问候。
　　倾奉惠到大著，大喜过望。料想吉人天相，化险为夷。先此复谢，即颂
　　春禧！
　　钱锺书上　杨绛同候　二十四日

我在1989年手术后住院期间，83岁高龄的蔡仪先生曾偕同夫人乔象钟一起来病房看望过，使我深为感动。现在收到锺书先生来问候信，也使我深感温暖，可以算是老一辈学者对后学的深情厚谊了。

我与前辈学者没有全程的交往，但是由于工作关系，有着不少亲炙的机会，丰富了我的知识，影响了我的精神与人格。

80年代开始，由于工作关系，我与一些科研机构的研究人员、学校的前辈、老师之间，书信往来真是不少。有的信是我向他人请教问题，有的信是他人与我主动联系，而一般来说，我是有信必回，当然也有不作回信的情况的。一次听锺书先生说到给人写回信一事，他诉苦中不无自嘲意味地说：我现在快成了写信的动物了！我听后呵呵一

笑,十分同情。真的,别人来信,有他的难处与信任,不做理会,是无礼貌,但写回信也确是花了不少时间。

在下面,我还要记述我与几位前辈学者的交往。

陈涌先生的坦诚

陈涌先生是"老文学所",20世纪50年代初在鲁迅研究方面极有成就,那时我在人民大学学习,在《文艺报》上读过他的《鲁迅的思想才能》(大意)觉得这样的题目很是吸引人。1957年"反右"期间,文学所自然也要反右,据闻周扬一定要把他定为"右派",何其芳等人力劝都未能奏效,我现在也不明原委。1959年到文学所后,得知陈涌先生已被发配甘肃,那时他还很年轻,已是二级研究员了,而文学所二级研究员没有几个呢!

在"文化大革命"前,我听到一些老文学所(研究人员)对他的评价很高,认为他是文学研究所的一流学者,人很坚强。"文化大革命"后,他本可回到文学研究所来,但不知什么原因未能回来。

1985—1986年,刘再复先生发表《论文学主体性》的文章,一时引起了文艺界的极大注意。面对这篇文章,文学界大致存在三种看法:一派持欢迎的态度,认为这下可突出了作家的自主性、他的创造性,为文学写作深入人的内心世界提供了理论依据,这些人大都是青年学者与作家;一派持批判立场,以为以主体性否定了客体性,走向了主观唯心主义;一派认为主体性提得好,击中了以往庸俗社会学的要害,是对文学创作认识的深入,但对认识论与反映论的理解庸俗化了,在文学知识性方面也有失误,但总体上说是篇独创见解的好文章。在批判的一派中,陈涌先生的文章是最为引人注意的一篇,我当时读了觉得他和一位老作家的文章上纲上线最高,几乎要把刘先生的文章与党国命运连在一起了,有的文章定为反马克思主义的。其实,这是开放改革以来的第一场一窝蜂的、历时最久的大批判。事隔30来年,现在回过头去看看,这种批判简直是过去大批判的重演,所以声势虽然浩大,一些人素以马克思主义传人自居,但是这种大批判进一步败坏了还未恢复过来的马克思主义的声誉。及至当我在90年代初因审美反映、审美意识形态而同样受到上纲上线的批判后,我断然肯定了这就是标准化了的庸俗社会学。

但是我对陈涌先生坚持用认识论的观点来讨论文学创作问题,还是很赞赏的。我并不完全同意只能用这种理论来讨论文学问题,但对一些人全面否定认识论也很反感,主要是我认为,认识论是人的思维发展过程中的一个必然阶段,难以避开的。20世纪80—90年代,一些学者特别是年轻的学者翻来覆去地批判认识论,甚至近于在诅咒认识论,但是由于批评者的学识肤浅,所以认识论并没有被批倒。因为你的批判本身用的就是认识论观点,所以你把它从大门口轰了出去,可它又从窗子里飞了回来。1998年我写了《文学理论现代性问题》一文,在《哲学理论基础与文学观念的多样化》一节中写道:

> 这几年来,从认识论来讨论文学问题的现象大为减少,但不久前《文学评论》有关《白鹿原》的一篇评论,正是从认识论文艺学的角度来研究小说的。文章对小说中的人物之间相互复杂关系的探讨,重社会因素,条分缕析,缜密深入,这种分析是其他学派所提供不了的。

我在这里谈到的那篇文章,就是指陈涌先生所写的《关于陈忠实的创作》一文,刊于《文学评论》1998年第3期。据我了解,不少人平常不管观点相左,但凡读过陈涌先生这篇文章的有些正义感的学者,都说陈涌的文章写得深入、老到,不愧文章高手,可谓佳作遇佳评了。

这次写作自述,整理来往信札,居然检出了陈涌先生在80年代给我的两封信。原来80年代初,我看到陈涌先生一篇文章,文章涉及20世纪初期的一位俄罗斯作家阿尔志巴绥夫的评价问题,我现在记不得我的信是怎么写的,可能并不完全同意陈涌先生对俄罗斯作家所做的评价,但不久就接到陈涌先生回信:

钱中文同志：

　　信收到了。我真是十分感谢你的好意！在现在，彼此之间能诚挚地提出意见是不容易的，因此你的信就使我特别感动，留下特别深刻的印象。

　　你的意见我觉得是很对的。其实，那篇文章发表后，我自己也不只一次地想到过，阿尔志巴绥夫不能只说是观察问题局限的问题，他主要是政治思想问题，鲁迅本来也只是讲他的《沙宁》一类作品客观上也有一定的认识价值。我们知识分子，看问题很不容易克服片面性，在强调一方面的时候容易忘记另一方面，我直到现在也还常常出现这种现象。你的批评意见使我更清楚地看到这点。

　　不久前，我还看到过你在《美学论丛》上的文章，那实事求是的学风和与此相应的朴实无华的文风，都正是学者所需要的。我只有这一点感想，如果对历史遗产（特别是马恩列的遗产）的研究能够更自觉地为现实服务，一定会使文章更加生色。此外，像你这样有结实的基础修养的人，也能参加对现实文艺问题的评论，定会发生良好的作用，而且，大致对开拓自己的正路也是会有好处的。

　　我昨天才知道，《当前文艺若干意见》（所谓《十条》）的修改工作，我也被迫参加，而且采取把人隔离起来的办法，太似"隔离反省"，这不是我所希望的，但也不是我所能逃避的。

　　你好！

陈涌　九月三日

　　十分明显，陈涌先生是很谦虚的，对于一个素昧平生的"批评者"的我是坦诚的、真挚的，对我这个年龄已经不小的后生是有期望的。他希望我走上"正路"，一是研究文学遗产要自觉地为现实服务，二是要积极参加对现实文艺问题的评论。这两点我那时正努力在做。优秀的文学遗产的研究一面在于梳理文学遗产的原貌，一面则在于为现实的文艺创作的需要，提供历史的理论的依据。只是我对当代的文学作品也有探讨，但评论较少，对单个当代作家的研究还是有的。

他的信的末尾说，有的事他不希望如此，但又不是你能逃避的，表现了一种尴尬中的幽默与自嘲。对我说出这样直白的话，也反映了性格中的真挚的一面。

五 徐中玉先生的忧患意识

我和徐中玉先生的交往自80年代初就开始，最早的一次是1982年，那年中国文艺理论学会在广州开会，先生嘱我就美国、苏联有代表性的文论做些介绍。1985年4月，在扬州召开文学理论方法论研讨会，中玉先生等上海学者都去了。会后不久得中玉先生信，约我写稿。作为后学，慢慢地了解了先生的为人、为学，他身上所禀有的中国知识分子的精神。但是这种精神可不是与生俱来的，而是在国家的内忧外患之中，怀着一种热爱家国、家园的深情，抵抗黑暗，挣扎锤炼而成的一种博大的胸怀与人民结合一起的精神，那就是深深的忧患意识。可是，这种对家国、家园的深情，竟使先生吃尽苦头，遭到了两个10年的摧残，生死拷问，而虽九死其犹未悔。

2003年10月，华东师范大学为徐中玉先生90华诞与施蛰存先生百年华诞举行庆祝会，我应邀前往，行前嘱我要在大会上就徐中玉先生做个发言，我当然觉得这是义不容辞的。在那天庆祝会上，大礼堂坐得黑压压的一大片人，都是两位先生的同事、学生。随后我在会上发言，当我引用先生所说：在我们这块土地上，"这里有祖宗庐墓，有父母兄弟姊妹，有亲戚朋友，有故乡山水，有优良的共同文化传统……"这时我难以忍耐，竟在讲台上哽咽语塞，约有半分钟之久。下面的听众见到我的这副神情，竟鼓起掌来，我一时还是难以镇静下来，但是下面又鼓起掌来。这时我定了一下神，才继续讲了下去。回想这一情景，主要是想到先生的遭遇，不仅是他一个人的遭遇，而是大批知识分子的不幸，他们都上了当了！"文化大革命"就更恐怖了，假大空的乌托邦与专制的结合终于完全转为封建统治。20多年间，我与中玉先生多有书信往来，字里行间，透露着真诚的师友情谊，对整人运动的厌恶，一面担心风波还会不断，一面又认为不可能再走回头路。

先生对《文艺理论研究》一片深情，注入了大量心血，视它有如自己的生命的组成部分。他说"凭良心、尽义务"编辑杂志，一干就是30余年。同时不时提携后学，有对我手术后的祝愿，有诉述家乡情谊的温暖，还有对文艺界学风的点评。下面我录下他的一些信件（取得他女儿的同意），作为宝贵的的文献资料保留下去。

中文同志：

    扬州匆匆未及多多请教为憾。刊物请赐稿，写的、译的都好。方法论、国外新思潮，均请经常留意、撰寄。明年拟改双月刊。请提改进意见。祝

      健。

徐中玉　1985.5.15

中文同志：

    28日示收。诸承关切，刊物也承大力支持，非常感谢。南帆好学深思，解放而不趋时，但这都出于他自己的努力，你们的鼓励也给了他力量。他似乎颇安于目前的工作，杂事少，家人都在一起，那边对他也知重视。当然，如能到你所工作，会条件更好，有利于未来的成长。当相机一说。

    再复同志主所后，生气勃勃。"开天窗"事这里略有所闻，已顺利解决，最好。看来风波还会不断有，总不可能走回头路的。大作读了不少，切实有力，非常敬佩。开放搞活，是当然之理，但目前稿件时髦之风尚盛，大言空言狂言不少，而为了爱护探索，鼓励青年，往往对此种现象也过于保持沉默，便于"左"者以口实。存在唯恐为时风所不喜的心理，实在也不是正常的现象。我们刊物不想赶时髦，希望有点保存价值。以后仍望继续支持，你所有何好文章，也请介绍。

    上海外表还平静。并未要求大家表态。一般都不愿涉及人的

问题，沉默观望中，或谓外松内紧，不知其详。但愿严守政策界限，而外地则知每多，逾越不少。再复、西来、春元诸同志请代致意。

  祝健

徐中玉 1986.3.8

注：我当时见南帆功底不错，邀请他到文学研究所来工作，并请徐先生帮助。

中文同志：

  信收。切望你能莅会，这次来会70左右，中年同志多数，很整齐，力求开得好些。你《文学评论》一文，实际即谈了会议题目。时间已定11月21—26日，正式通知下月中旬发出。何西来同志前允一定来，何以尚无复至？学会工作，端赖各方一切努力。一定力求广泛。原则是坚持改革开放，不断要求有实质性的进步。不卷进任何人事纠纷，你说这样妥否？

  祝

好
徐中玉 9.16

  通信希家址为便

中文同志：

  "体裁"一文已排明年第1期，勿念。

  2期起，拟陆续发谈40年来文艺理论研究回顾展望性文字，可只及一事一题，5—6千字为宜，希支持。祝好。

徐中玉 12.13（1986）

  再复同志晤时希代为致意

中文同志：

> 承惠大著，甚佩，甚谢。你的文章丰富切实，清新而有独见，非常难得。仍望继续支持来搞。近日调子似渐平实，希望真能安定下来，让大家好好研究、探索些学问。再复同志近况如何？时在念中。晤时希代为致意。（87年）
>
> 徐中玉

注：信中所说"大著"，指我寄他的《现实主义和现代主义》一书。

> 中文同志：
>
>   大著敬收。甚佩。已在我刊文讯中简介。
>   听德林同志说，贵恙即可痊愈，万分喜慰，仍望保重。
>   此件外表平静，未多牵连。一般均置之不想，尽其在我。
>   有空请惠稿。祝
>
> 春节全家安好！   徐中玉 （1990）2.3

注：指我寄他的《文学原理—发展论》。

> 中文同志：
>
>   刊物经常收到否？
>   近况想安吉，时以为念。
>   德林同志说，你们可能11月内来沪，很欢迎。
>   希续支持惠稿。就"学院派"吧。
>   我如常。"免于处分"的处分。
>   上海似尚稳妥、明智。
>   祝
>
> 好   徐中玉 1990.10.7

中文同志：

信收。因赴厦门、浙江之会稽等,乞谅。大作已发在明年《文艺理论研究》第1期。希赐稿。

文艺界仍迷茫。难出好作品。

敬祝全家新年好。

徐中玉 1992.12.23

中文同志:

拙作希指教。

学会如常。刊物今年有点改进,经费太少。希寄文支持。

近来理论研究很不景气。空话多,炒风盛。

想安吉。

祝

好

徐中玉 95.1.8

中文同志:

信收。很感谢。给元化同志一信已转交。学术天下公器,多个机会互相交流、促进、补充是好事。预祝会议成功!

前几天才从西安回来。21日又要去昆明、大理,这次可能算放松、休息一下。

7月底北大的"文心"之会,决定不去了,太累。济南之会,恕也不能去了。便乞代达贺忱。

这些年来,无论创作、研究,看来起色不多。"炒"风、"包装"风太盛。最缺的是批评精神。原因很复杂。一时仍会很难。元化同志潜心学术。我们刊物作了些改变,力求活泼一些,也难。有何新作,请寄来。

匆此

祝健

徐中玉　95.5.18

中文兄：

　　示信收。自当遵命，后寄复几句话。

　　这几期贵刊颇可读，具见大力。福建拟出《本世纪学术大辞典》，文学卷重在研究之研究，正与谷融兄勉力着手，一俟条目就绪，正拟请你帮助承担些部分。回顾、小结云云，谈何容易，尽其绵薄而已。

　　先此，祝好　　　　　　　　　　　　徐中玉　1997.9.11

中文同志：

　　大作4册敬收。十分高兴、敬佩。国内文论，一向认为你同庆炳、立元诸位贡献为多，真正有所丰富、积累。一般都太犬儒气，重重反复那些常谈。我看可能短期仍难有多少进步。

　　我们这刊物目前仍由我负责，想每期收到，请指教，特别请赐稿。因从不收钱，也不赶时髦，凭良知，尽义务。故外稿踊跃，鼓励了我们。请告知电话号码，以便随时联系，你信得过的稿子也请介绍寄来。

　　我已进九五，老态日增，幸尚能做些自己爱做的事。操持此刊，从1—至今，已30年。同时还编点高校教材……有个已退休的女儿在上海，不时可以回来晤面。朋友来往谈天亦不少。总之，一切尚可。

　　家乡江阴华士镇，所谓"天下第一村"，即我镇下属。
　　你还常去家乡看看么？
　　匆此，祝好！

　　　　　　　　　　　　　　　　　　　　中玉　09.3.10
　　庆炳电话也请告知

注：徐先生所说的4册书，指我的《钱中文文集》4卷集。我得信后又去了一封。

其中所说三人，系徐老对后学的提携，文论界有贡献的同行很多。

徐老：

　　接你来信，十分高兴。先生字迹十分刚健，我一见信封，就猜想是先生写的了。先生九五高龄，还亲自审稿，真是令人感佩。先生操持刊物，坚守原则，30年如一日，真是不易。原本严肃的刊物，受到市场的影响，如今都已纷纷改弦易辙，令人痛心。学界干净的地方已经不多。我于1978年摘掉了10年的反革命帽子，因此只想埋头学问，不问窗外大事，执笔为文，只求有感而发。谁知一晃30年，只有这么一些东西，和一些青年学者相比，我是生性愚钝，下笔甚慢，可能是太感到文字的重量了。有的青年人，写理论文章，有如写小说一般迅速，我只能自愧弗如。所幸尚能记得30年的经历和了解当前的文论趋势。至于一些古里古怪的问题，我已没有精力去了解个究竟了。

　　时代为我们准备了同样的命运，同样的遭遇，同样的感受。在庆祝先生90华诞的大会上，当我念到先生写的"这里有祖宗庐墓……"时，大约由于感同身受而哽咽不止，停了片刻，真是老少同悲，这可能是年轻人不理解的了。好在顽强的生命又给了我们30年，也许会更多，让我们有些作为。有时我想，如果前30年，或者哪怕是20年，能像80年代后那样工作，我们做的事也许会更多些，生命也许会更完美些。

　　先生讲学界的犬儒主义太重，是啊！也许更为恶劣的是金权对学术的干预。博士学位可以买卖，权大学问大已是普遍现象，没有多少知识的首长学问更大。解放初期，官员还承认高级知识分子是专家，当然要加上"资产阶级"帽子。现在官员一买到博士学位，再在哪个学校一镀金，就成了大专家了，到处发号施令了，而且只有他们说话的份，要想说话的人，就免开尊口了！当然现在十分民主，朋友间可以发发牢骚，别无他意！先生的嘱咐，我努力去办，最近我正在校阅俄国巴赫金的7卷本译文，出版社清样来的很快，又要让我进入新一轮的校阅，这纯粹是为他

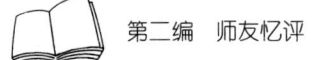

人作嫁衣裳的工作。等稍闲下来一定给刊物写稿。

　　先生身体健康，大家高兴。健康长寿，能继续工作，有儿女探望，这是人生的幸福了！

后学中文谨上 2009.03.19

中文兄：前信收到。写奉几句，祝贺。

　　年来我们连发了"学人访谈"，反应颇好。明年第1期拟请你拨冗撰写一文，由你自写，或由你约同志用谈话方式，主要谈你对当前文学研究中的问题，都可以。

　　务请协力。篇幅5000—8000字左右。10月底交来，切盼。匆此　祝好

徐中玉　9.15

（录自《文学的乡愁》一书，河南文艺出版社2017年版）

季羡林先生二三事

一 历史、人生的体验与感悟

我认识季羡林先生是1993年的事。这年3月，我应邀出席在澳门召开的"东西方文化交流——历史与展望"研讨会，出席会议的有中国大陆和澳门、香港、台湾地区的学者以及一些研究东方文化的外国专家，其中老一代的著名学者有季羡林、任继愈、饶宗颐、梁披云等诸先生。

20世纪80年代开始，中国走出几十年的封闭状态，中西文化交流日益频繁，学者们竞相介绍西学，以为自身处处不如别人，时时把西学中的论述奉为圭臬，西化思想相当普遍。比较文学、文化研究得风气之先，一些学者常常强调中西学理的共同处，确实如钱锺书先生所说："东海西海，心理攸同；南学北学，道术未裂"，在中西文学、文化比较研究中相互印证。随后提出了中西学识之不同，不宜笼统接受西学中的各类思想，当作我们建设新文化的范本。在这一过程中，季老是反思得最为深刻的一位学者。

在澳门会议上，季老做了《嘉宾演辞》，又以《东方文化和西方文化》做了大会报告。季老在两文中，一是强调文化的多元化；二是指出中西文化体系的同与异，它们各自提高了人的本质，推动了人类的发展；三是认为东西方思维不同，我们要弄清它们各自的长短，才不至于在文化交流中产生盲目的现象。季老认为，西方人轻视东方文化，出自民族偏见，为时已久；中国人看不起自己的文化，则是一种短视。在他看来，任何文化都有一个发生、繁荣、逐渐走向衰微的过程。西方文化曾经独霸天下，但由于其思维方式是分析型的，对自然只知索取、征服，发展至今，引发了无数严重的社会弊病。东方型思维是综合性的，在对待自然方面是倡导"天人合一"，现在正是以后者来补充、纠正、丰富前者的时候。在人类历史上，"东西文化总是互为主导"的，于是提出了"三十年河西，三十年河东""河西河东行将易位"的观点。季老说，倡导"三十年河西，三十年河东"，并"不是要消灭西方文化，西方文化为人类带来了巨大的幸福，今天我们的衣食住行哪一个也离不开西方文化。我只是说，到了今天，西方文化已经是强弩之末，必须以东方文化为主，在西方文化已经过时的基础上，保留其优点，校正其缺点，把人类文化的发展推向一个新的高峰"。

其实，这些观点，季老早在80年代末就提出来了，在那时的一片西化声中，它们真是发聋振聩，使人耳目一新。季老的观点，随后不断受到商榷、嘲弄、批评。不过我们看到一个有趣的现象，那些浸淫于西方文化的批评者，对于中国自身的文化所知甚少，而且总把西方文化的某些优点与中国文化中的弱点甚至糟粕相比较，以彰显西方文化的优势，算是驳倒了季老的思想了。季老就在1996年3月写的一篇文章中写道："许多人（包括我自己在内）对东西文化了解研究得都还不够深透，有的人连我的想法了解得也不够全面，不够实事求是却唯争论是尚。"对于西方文化发展中所发生的严重问题，一些著名的外国学者也在反思，并有所发现，而且在寻求更新之路，他们不约而同地把目光转向了东方文化。季老提到的有施本格勒、汤因比等。其实活了102岁、在21世纪初去世的德国哲学家伽达默尔，就与一位中国学者说过："中国人今天不能没有数学、物理学和化学这些发端于希腊的科学而存在于世界。但是这个根源的承载力在今天已枯萎了，科学今后将从其他根源找寻养料，特别要从远东找寻养料。"他不知不觉地又重复他的预测，"二百年内人们确实必须学习中国语言，以便全面掌握或共同享受一切"。伽达默尔与季老真是想到一起去了，他们知识渊博，经历丰富，感受到几千年来历史兴亡、丕变的内在搏动，经历过世界风云的不断变幻，所以都能以整体、综合的观点，宏观的历史眼光，宽阔的地理境界，来看待东西文化中的变化。这正是他们对历史、人生的体验与感悟了！当然，对"为主"说、"易位"说究竟如何理解，还是值得进一步探讨的。

在东西文化交流中，西方文化由于长期处于强势地位，所以在输入、输出方面赤字极大。过去我们奉行的是"拿来主义"，季老认为，今天我们应持"送去主义"，即将我们文化中的优秀部分送出去；而不是把什么大侠的"稀世神功"、江湖郎中的狗皮膏药、毫无文化内涵的杂耍小技送出去，倒人胃口。随着我们国力的日渐强大，西方国家也开始正视急速发展中的东方国家，西方人也有着迫切的需要来了解我们文化的奥秘。现今我们正在做着"送出去"的工作，"送去主义"的思想，显示了季老深邃的历史感和时代的责任感。

二 艺术性、"失语症"与美学的根本转型

1995年7月、8月，中国中外文艺理论学会在山东师范大学举行成立大会，学会、学校方面拟请季老前来指导。季老因年迈不宜外出，未能到会，但托刘烜教授带来了一篇书面发言，《现代中国文学史研究回顾》。我们当然十分高兴和感谢，并请刘烜教授在大会上宣读了他的论文，后来编入了由我和李衍柱教授共同主编的《文学理论：面向新世纪》。季老的文章提出了一个文学史界和文学理论界时常遇到的问题，即思想性和艺术性问题。季老一反潮流，认为"评定文学作品首要标准是艺术性，有艺术性，斯有文学作品。否则，思想性再高，如缺乏艺术性，则仍非文学作品"。他说，"写文学史，应置艺术性于第一位。只要艺术性强而新，即使思想性差一点，甚至淡到模糊到接近于无，只要无害，仍能娱人，因而就是可取的"。季老认为，"文学史家往往不重视艺术性，而艺术性最重要的表现工具，我认为是语言文字"。西方人用有形态变化的文字写诗，而"汉文没有字母，只有单个的字，每一个词就等于一幅画。它没有形态变化"。汉文妙就妙在它的模糊性，模糊性迫使人们要具有整体概念、普遍联系的观点。西方强调概念清楚、科学，季老长期也想用它们来说明中

国的文学理论，但思考的结果，觉得难以如愿，他认为这是被中西两种不同的思维方式、不同的审美情趣所决定的，中国的"可以意会不可以言传"的东西，禅宗主张"不立文字"的办法，西方人难以理解，所以特别要注意不同的语言特征，重新来撰写中国文学史。关于艺术性的位置，长期以来，已成定规。季老贯通中外，所见甚多，而今推重艺术性，这也是他长期接触中外艺文的体验，也是他长期做学问的感悟，可备一说。这一问题由于季老登高一呼，倒是大大促进了学术思想的解放。

1995年深秋，刘烜老师给我电话，约我在一个星期天一起去看望季老，我说我与季老不很熟悉，不妥当吧？其实就在这年的4月20日，我参加一个会议，季老也出席了，中饭时我们同桌并肩而坐。由于第一次一起用餐，我有些拘谨，和季老来说话的朋友较多，所以我和季老没有说上几句话。这次刘烜老师说：季老想了解一下当前文艺理论研究的情况，我推荐你去比较合适；并说季老想给《文学评论》写稿子，想听听你的意见。当时所里正要让我接任《文学评论》主编，听说季老要给《文学评论》稿子，自然喜欢，老一辈学者的稿子越来越少了，都是属于"抢救"的对象了，所以我立刻表示同意。

12月12日，我与刘烜老师先在北大校门口见了面，然后慢慢走进了朗润园，沿湖走了一段。刘烜老师指着湖中的一片残荷说，这荷花相传是季老种的，夏天湖上一片青翠，半湖荷花，园中人称它"季荷"。刘老师是季老家的常客，到了季老家里，谈话毫无拘束，我也十分松快，向季老问好。此时刘老师和季老正在策划禅学研究的丛书，谈得很是投入；随后我谈了在1993年春在澳门的一段往事，季老听后呵呵一笑，连说"幸亏你，幸亏你"！原来那次会议间小憩，大家在走廊里闲聊，台湾历史学家张振东教授要和季老合影，让我拍摄，之后我与季老转到会场侧门想进会场。走廊与会议场地有一很低的台阶，由于灯光较暗，不易觉察，季老进去时显然踩了个空，身子往前一冲，我这时正在他的左边，右手赶紧拽住他的左臂，算是扶正了他，这让我出了一身冷汗，而季老连忙向我道谢，我们相对一笑，算是进一步认识了。这次在季老家里，大家谈了一会儿文艺理论研究中的问题。我说季老要给《文学评论》写稿,我们不胜荣幸。接着季老就文艺理论中的某些问题,谈了不少意见,而且还拿了一摞稿纸向我示意,我们几人也说了一些看法。后来据刘烜老师说,他与季老来往,从未见过季老拿出稿子示人,可见他的态度是十分慎重的,也表示了对客人的尊敬。季老爱猫,家里有几只猫,只见有的在打瞌睡,有的到处乱转。告辞时,季老直把我们送到门口道别,相约以后再见。

  后来,我就收到季老寄来的稿子,并附有一信。我看过后立刻让其他编委审读,表示这些年来,老学者们由于气候关系,很少发表文章,我们要改善学术环境,要尊重老学者们的学术成果,只要自成一说,便优先刊出,这就是发表在《文学评论》1996年第6期上的那篇《门外中外文论絮语》。季老在这篇文章中谈到他最近读了一些论文,涉及我国文论中的所谓"失语症"问题。他说这一问题提得很好,近百年来,西方文论不断传播过来,文艺理论中充满了外来语,中国文学理论面对西方文论几乎是"失语"了。20世纪50年代,苏联专家来华讲文学理论,课堂设在人大,他也去听了,涉及东方文学,错误甚多。但是照他现在的看法是,西方文论是有"话语"的,自然未曾"失语",不过一涉及中国文学,他认为患"失语症"的不是我们的中国文论,而是西方文论了。他以为我国文论不是赤贫,而是满怀珠玑,自有一套不同于西方的文论话语。中西文论的差别不在形式上,而是在思维方式上,只有从根本上弄清楚了两者的差异,才能深入到中西文论的相互关系中去。西方思维立足分析,凡事求个清清楚楚,但世间事物极为复杂,难以做到这点;而东方综合思维主张整体,从普遍联系中了解事物,自有它的长处,这是符合当前兴起的模糊科学与混沌科学的。可贵的是季老对当前自然科学、科学思想领域发生的事十分清楚,指出"最近半个世纪以来发生的事情,是西方向东方靠拢的朕兆。这种朕兆在21世纪的前沿科学中,必然会表现得更明显"。十五六年过去了,季老的预言,在今天的自然科学、人文科学研究中,早已露出端倪,显示了其科学的洞见。想想我在前面引述的伽达默尔的话,我觉得伽达默尔关于"二百年内"的预言,较为保守，不知是否会提前一些时间到来呢？

次年5月16日，我和刘烜老师又一次去看望季老，谈了他提出的命题所引起的一些争论。他说，和我"商榷""批评"过去就有，早在意料之中，对于一个新的说法，没有争议反倒是不正常了。他说他有一篇谈美学的稿子要给我，观点与当今流行的美学不一样。我们闲谈不久，就有两拨外地的老师，有的邀请季老为他们的会议题词，有的要求他当他们的一套丛书的学术顾问，一时小小的的房间里挤满了客人。我和刘烜老师商量，想先行告辞，好腾出时间和地方，让季老接待外地和边远地区的老师，他们来趟北京，找季老谈事，实在不很容易。季老示意我们稍稍等待一下，等那些客人走后，我们又闲谈了一会，一起在他住所东面五六十米开外的一家小饭馆用了午饭才散。

稍后季老寄我《美学的根本转型》一文，刊于《文学评论》1997年第5期上。他认为中国近代美学主要受到西方美学影响，是舶来品，我国美学家们在西方美学的范畴里兜圈子，难以出新。他讲到作为感性学的西方美学，基本上只限于眼和耳，研究眼视之美与耳听之美，而忽略了鼻、舌、身三个方面，从"美"的词源出发，美源于五官中的舌头，不同于西方。季老提出有以心理为主要因素的美，如眼与耳；也有以生理因素为主的美，如鼻、舌、身。所以我国美学必须重起炉灶，把生理与心理感受的美融于一体，寻找建立新的美学体系之路。这也是一位老学者关于美学创新的精深的思索。

季老不遗余力地提携后进，令人感动。2000年6月10日，我与童庆炳教授主编的《新时期文艺学建设丛书》第一辑6册（至2002年出版了6辑，收入了我国当代36位不同年龄的文学理论家的著作，后因出版问题只得停止）首发式在京举行，这辑丛书收有童庆炳、胡经之、孙绍振、张少康、朱立元和我的著述。季老寄来了书面发言，他说："这一套丛书是对我国文艺学研究的重要贡献。著作这几部书的先生我差不多都认识，感谢他们为我们中国自己的文艺学做出的成就。我一直认为，中国有自己的博大精深的文艺理论，这是西方所望尘莫及的，但是一定要归纳整理出来。现在这几位先生做了这项工作，这是令人很欣慰的事情。""丛书通过不同年代人的优秀论文清理了新时期文艺学的发展轨迹，应当说是中国文艺学发展中很有历史意义的事情。"季老的贺词热情洋溢，使与会者深为感动，也使我们作为丛书的主编深受鼓舞。季老虽已高龄，但对学术前沿问题十分了解，与年轻学者是心连心的，因而永葆学术的青春。

三　素朴与真诚

1998年夏，我主编的苏联哲学家、文艺理论家《巴赫金全集》中译6卷本（2009年合补遗为7卷本）出版，我与刘烜老师商量想送一套给季老，刘老师很是赞同，由他安排在1999年1月20日的上午。我和刘烜老师去后，发现延边大学的王文宏老师也在。原来1996年夏天，我应邀去延边大学讲学时与她认识的，1998年她去北大师从季老进修时，受延大中文系之托，送我一套延大出版社出版的大型《中国国民党党史》。这次我送给季老一套《巴赫金全集》，然后粗略地介绍了一下巴赫金其人及其学术成就。

季老听完后说：奇怪！在一些国家，一些有学问的知识分子怎么都要受到迫害？可能这些知识分子凭着自身的人格与学问，著书立说，坚持独立的精神、自由的思想，不肯轻易盲从别人，故而受尽折磨，能够活着过来，真是不容易啊！"文化大革命"中我蹲牛棚，让我看守35楼女生宿舍的大门。我去35楼时是不走大路的，专走小路，那排房后面原无路可走，平常也没有人去，那里到处是人粪狗屎。走到底，无处可走了，才转上大路，随后赶快再寻找无人的背阴小路，怕见人啊，怕连累人啊！人的心态被扭曲到这种地步！

季老说：在牛棚里，他想来想去，觉得无事可做，就想着把《罗摩衍那》翻译出来。但白天又不好办，晚上就一段一段阅读《罗摩衍那》，把大意记在小本本上。白天带着小本本"上班"，看看没有险情，就拿出小本本逐句斟酌、修改。从1971年到1981年一直在翻译此书。说来可笑，要是没有"文化大革命"这场厄运，就不会有我的这部翻译了！他说，你们也要把"文化大革命"中的遭遇记下来，不记，就会淡忘、忘掉的。我连忙说，是要记的，是要记的，记下来，就是历史，否则，很多历史片段就不见了。

由于是随便聊天，季老谈到他在德国求学时的情况。他说在德国10年，实际上是饿了10年。平常吃的是小鱼和着面粉做的面包，第一天吃还可以，但第二天就不想吃了，吃了肚里尽胀气，可那时只有这种食物供应，不得不吃。谈起他在大学里的学习，他说一位德国老教授80多岁了，和他相识后，他非要把自己的全盘知识传授于我，中国武师教拳，都会留一手的，他倒好，毫无保留地传授于我，回国后我真是终身受用，这也是缘分吧。季老说他自己的工作方式特别，晚上9点钟就寝，清晨4点起床，随即工作到7点，这段时间脑子特别清楚，写作起来也无人打搅，效率特高，已几十年了。谈起文学研究所诸家，他兴趣盎然，问起杨季康，我说她是外文所的，他说他几次参加外文所的会议，从未见到她出席，我说她平常是不去所里的，而刚去世的钱锺书先生，文学所分家时留在了文学所。后来我们说到他熟悉的文学所的老人一一走了，其中有王伯祥、俞平伯、余冠英、吴晓铃、吴世昌、孙楷第、蔡仪等。外文所也有一批人作古了，如冯至、卞之琳、潘家洵、缪朗山等。不知一个什么话头，话锋一下转到新诗问题上来。季老说：新诗是失败的，我的看法可能很简单。闻一多、林庚、卞之琳都主张新诗是有形式的，而我以为新诗只是断句的散文文句。一次我与冯至谈起此事，冯至大不以为然。接着谈起文学所的敏泽，季老说，他的《中国美学思想史》未能在三届中国图书奖中入围，该书在香港评价颇高，在内地则无人置评，据说《思想史》首发式邓力群、贺敬之等人都参加了，还有蔡仪也参加了。我说敏泽是很用功的，他的著作的首发式我也参加了，由于该书写于"文化大革命"之后不久，仍然贯穿了阶级斗争这根线索，所以不同意见颇多。他主持《文学评论》，采稿单一一些，不过这段时间也很难办，上面有时要反自由化，于是一方说《文学评论》左了，可一方说他右了，有人径直给他打电话，责问他怎么登了某某人的稿件？这段时间，学者们不愿写文章，一些刊发出来的文章，又霸气十足。由于我与他学术上有些交往，所以他有时还可向我诉诉苦。1995年他病倒了，领导要我接手《文学评论》主编，我不愿干，后来所里领导第三次和我说这是院里的决定，我想我也许还会有求人的地方，比如要求扩大一些住房呀，也就答应了。这次在季老那里闲聊，无所不谈，十分愉快。刘烜老师提议说，季老最近发表的一篇文章，得了奖，要请客，要请客。季老来了兴致，忙说可以可以，那我们就出去吃饭吧。于是大家穿衣戴帽，准备外出，这时几只猫躺在一旁，季老特地对我说，他家的猫现在是三小一大。三只小猫是好品种，是上猫谱的，大猫则躺在冰箱上看着我们。

出得门来，我们在朗润园池塘的西边走了一段。冬天，这里平常来人不多，路也坑坑洼洼，不大好走。小路曲曲弯弯，老树枝干在风中微微摇摆，池里残荷一片，伸出有如铁骨一般的枯枝，参差错落，有的折断后斜立水面，像水墨画一般，我想这是季老特地让我们来欣赏这段冬景的吧，果然是别有情趣的呢！

出得校门，我们缓缓而行，王文宏老师扶着季老，绕过蔚秀园，进了一家在去颐和园的十字路口西南角的、装修成类似附近农民开办的小饭店。菜肴以素为主，土气很重，是以"农家乐"为特色的。我看老人饭量适中，食欲不错，大家吃得高兴。在结账时，老板拿出一个刚烤好的全麦面包，说是专门为季先生准备的，算是感谢季先生光临的礼物。这时我才知道，原来老板还是个文化人，是认识季老的。余下的菜肴与馒头，季老都叫打了包，说晚上加热一下，可以当他的晚饭了。

21世纪初，季老主编的"东方文化集成"出版，实践了他将东方文化"送去主义"的主张，我曾著文祝贺。这套丛书，聚集了我国各方面的东方学家，进行专题撰写，规模宏大，种类繁多，显示了东方文化的恢弘与精深。在首发会议上我又见到过季老，但后来见面的机会甚少，他的李姓秘书接我电话后，总要详细地审查我与季老的各种关系，我也就懒得联系了。

2007年初，我收到季老的三本著作，一本是他的《相期以茶——季羡林散文集》，这是他的80年的散文精选，有64万余字，读着它们真让人心旷神怡。散文集还收有各个时期季先生以及与友人的合影，真是图文并茂，其中我在给季老介绍巴赫金时的一张照片也被收了进去，使我感到十分惊喜和荣幸。这时我读到季老的《清塘荷韵》，知道了"季荷"的来历，原来这朗润园池塘里以前都是些水藻，现在的荷花，是季老亲手撒下的种子开的花。季老在塘边等了两年，第三年夏天，池面曾经长出过五六个叶片，使他高兴得不得了。到第四年，从池水里窜出来的荷叶，一下竟盖满了半个池塘，而且后来竟是满池荷花，一片清香，荷韵如画，让季老每天要在塘边徘徊多次，真是赏心乐事朗润园呢！季老爱荷，还特地刻了一枚圆形印章"季荷"，并收入了这本散文集。据刘烜老师说，季老说过，这满池荷花是他留给后人的一笔最宝贵的遗产。另一本是《牛棚杂忆手稿本》，季老在扉页写道："这一本小书是用血换来的/，是和泪写成的/。我能够活着把它写出来/，是我毕生的最大幸福/，是我留给后代的最佳礼品/。"季老以亲身的遭际，真实地揭露了"中国历史上最野蛮，最残暴，最愚昧，最荒谬的一场悲剧，它给伟大的中华民族脸上抹了黑。我们永远不应该忘记"。在面对严酷的历史与现实、说真话这点上，人们常常把季老与巴老并提。第三本是季老主编的丛书"中国禅学丛书"中季老在各个时期关于禅学的论文集《禅与文化》。他与刘烜共同主持这套丛书，涉及方面极广，极力拓展禅学这块地域，大大地深化了我国的禅学研究，对禅学研究做出了贡献。他以为总结我国古典文学理论，禅学是一个不可或缺的方面，启发我们后人。

　　季老去世前几年，我一直没有机会与他联系，有好几次只闻友人对他病情的描述，为他的病情深感不安，直到他去世为止。

　　季老的去世，使当今以营利为目的、极其浅薄的媒体和季老的后人，立刻活跃起来。他们把季老当成了炒作对象，迅速把他明星化，又是什么采访，又是快速出书，以自己的低俗趣味，搜集季老的所谓"桃色新闻"，又是什么"性压抑"，性忍耐，通过另类"弑父情结"发泄愤懑，真是令人扼腕。季老的治学精神，素朴文采，诚信品格，崇高人格，对于今天的社会、学术界是多么需要啊！

（原文作于2010年9月20日，分别以《季老谈美学》《日常闲谈中的季老》刊于《中国社会科学报》2011年6月14日、8月9日，后收入《桐荫梦痕》，北京师范大学出版社2013年版）

风范与人格

——记樊骏先生

我与樊骏先生共事有半个世纪之久,虽然在不同的研究室,但对他是有不少了解的。1959年秋,我到了文学研究所,以后所里政治运动不断,所里召开批判大会时是常常见到樊骏先生的。那时樊骏先生似乎总是靠壁而坐,沉默寡言,少有说笑。听到所里有关方面的传闻是,他对政治运动态度不很积极,在"拔白旗"运动中受到影响,单身主义,云云。60年代初,我知道他积极参与唐弢先生主编的现代文学史写作,是唐弢先生倚重的得力助手。"文化大革命"期间,樊骏先生在运动初期虽然受到一些冲击,但正是过去的那种"对政治运动不很积极"的态度,使他躲过了致命的一劫。后来想想,要是我也像他那样,对政治淡漠一些,不受宣传家们的蛊惑,就不致在后来吃足苦头了!但是在那时的政治氛围中,大多数人是做不到的。

80年代以后,我对樊骏先生有了更多的了解。那时修改文学史、重写文学史十分热闹。樊骏先生是研究现代文学史的,他看到了运动中写作文学史的所谓"以论带史"引起的各种弊端,在这方面积累了丰富的知识、教训与经验。他认为文学史写作,要把对于学术性的追求置于第一位,论从史出,才能做到真正的史论结合,因此他能够抓住现代文学史写作中最为关键的问题。我记得80年代初,陈荒煤所长在一次会议上说:过去一篇文章只管用几天,管上几个月就不错了,现在写文章应管用它半年、一年、两年,如果做到这样,那就更不错了(大意)。在那政治正确、政治第一的年代,文章都是应政治的需要而作,而政治捏在几个人手里随时在变,一旦政治变了,文章岂得不变，岂能不遭到"作废"的命运！写作文学史也是如此，政治正确、政治第一的结果是提出以论带史，就是将历史塞进一个既定的理论框架，凡是塞不进这个框架的历史，也即曾是作为现实的过去，就要强行删除，当作不存在、不在场，而不是论从史出。这样来要求写作文学史，从领导来说，完全是强人所难，从写作者来说，只能是勉为其难。于是文学史写作，可以不顾史实，而按政治需求进行取舍，这必然会严重地割裂历史，以致歪曲历史。

有感于此，樊骏在治学方面，相当严肃、认真，十分重视史料的发掘，他的《关于中国现代文学史料工作的总体考察》长文，从原则到方法，都有详情阐发与指点，是经验与理论相结合的精当之论，是深知文学史写作的理路之说。他自己写作文学史问题，总能在全面把握材料的基础上，进行深入、彻底的分析。如获得好评的《认识老舍》，对老舍的思想艺术进行了多角度地、缜密地层层剖析，指出老舍主要从"他的文化选择与道德评价"来描述他的主人公的。这"比之单纯的政治选择与简单的历史评价，文化的视角与道德的判断，有时反而能够在不怎么明确的认识中，甚至不无矛盾的心态中，把握住人生、社会的复杂的内涵；尤其是当涉及一些敏感的政治课题时，可以不受一时一地的是非利害的束缚，而更接近于客观的实际，也更经得起历史的检验"。这一论点独到，很受同行推重。他提出观点，对现代文学总是心存全局、反复斟酌，力求圆融会通，所以立论公正、分量厚重，每有新说，令人信服。范伯群先生惠寄我他主编的两册《中国近现代通俗文学史》，该书将过去被现代文学界否定或忽视的通俗文学列为现代文学一翼，为现代文学找回另一只翅膀。这部文学史著作，极富挑战勇气与创新意义，事关重大，使我极为敬佩，读后很有收益。但我又觉得有些问题似乎还可以商讨深入，不过由于我未曾在这方面用过力，所以一时觉得不易说清。后来读到樊骏先生的《能否换个角度来看》一文，该文先辨析了"通俗"与"俗"的同和异，指出正是这同中之异，使得两者不能混用；随后谈到新文学与俗文学在后来各自发展中，实际上你中有我，我中有你，不好截然分开。"换个角度看，是指从近现代中国文学演变的客观进程，比较先后出现的'鸳蝴派'和新文学的同和异,再进而考察各自的历史位置和优劣得失。"这一观点,我觉得也很精彩,不知是否可以看作是对范先生主编的文学史的一个补充,从而使现代文学史的整合,更能深入而通向更高的新境地?

樊骏先生的写作,无急功近利的浮躁,所以思考缜密,而求其功到自成。他的写作不仅是有感而发,到非发不可才动手写作,而且写出来的东西又都是反复修改的结果,可算是惜墨如金。他的著述比起有的同行,可能在数量方面少了一些,但篇篇精炼厚重,思想容量大,自成风格。

樊骏先生对于现代文学史界的王瑶、唐弢、陈瘦竹等几位前辈的研究,堪称是真正的知人论世之作。特别是他与现代文学学科的开拓者与奠基人的王瑶与唐弢,因工作关系过从甚密,对他们的著作反复阅读,观察精微,融汇了他平时的了解与对材料的全面把握,所以对这两位前辈,写得细致、中肯。对他们在历史进程中各自的选择,各人的才华与写作特征及治学态度,在全局与史实、史料与史识,以及指令与无奈、参与和疑虑、公式化与周旋、想写而又不能写、自由写作与应景应酬等矛盾方面,写得极为真实而动人。

晚年的王瑶先生对自己过去的工作有所不满、有所质疑,根本性的问题在于"有所蔽"。樊骏先生十分中肯地指出,"从理论上看,他所指出的这种偏向,与其说是历史研究……的共同缺陷,不如说是把时代对文学、史学等的作用、影响绝对化了以后,容易产生的弊病……而忽略了它们自身的发展规律与特征,一般属性与普遍意义,来自各个方面的联系与制约,忽略了从其他方面对它们进行剖析,从而导致'有所蔽'的问题"。同时樊骏先生认为,如果过多地从意识形态的角度考虑问题,为了特定的现实需要,而"让历史告诉未来",由此对于历史与现实的评介,也难以避免"有所蔽"的。文学史前辈回顾以往的文学史工作中的"有所蔽",正是对原先的思想的超越,显示了不懈的探索精神,同时也酝酿着新的变化。但也不无惋惜,人已进入暮年,这只能是看作"最后的光彩有力的一笔"了。

对于唐弢先生的论述,同样极为精辟。樊骏先生抓住了唐弢先生最为鲜明的几个特征,即作为作家和学者的唐弢,具有极好的艺术感觉,"书话"尽显先生的艺术特色,对于人事、作品随时可以做出精美的"审美评价"。唐弢先生认为,写作"要紧的是'言之有物'。如果'无物'……最好一个字也不写"。在治文学史方面,我们都知道唐弢先生藏书极富,包括旧时的杂志在内,从收集到整理,做了大量史料工作。唐弢先生提出,写作者应有史识,即要有自己的观点,对于各种文学现象不仅要提出具体的观点,同时也应善于从总体上把握所研究的那段文学的全局,梳理出历史进程中主要轨迹和线索,在概括中把握规律性现象和经验教训,形成自己的系统观点。在史观方面,樊骏先生指出,唐弢先生是"主张'论从史出'的……有了理论可以帮助更好地清理史实,但重要的还是实事求是,以事实为主"。遵照这些条件、观念与原则,唐弢领导了一批很有才华的青年学者写出中国现代文学史。但是唐弢先生早在20世纪60年代就对自己所写的东西表示不满了,在新时期的反思中尤其如此,觉得自己的论著中,时代的烙印太强了。如果写起书话来,他的材料独特,文采飞扬,得心应手;而写起论文来却往往奉命作应景之作,纪念这人,颂扬那人,可又十分投入。唐弢先生自称,如果无物,最好一字不写,但又得偏偏要写,于是要他写的他不想写,自己要想写的又不能写,以致在文学史的写作中,碰上有些所谓问题作家的评述稿子,不得不被他改得"七零八落、吞吞吐吐"。可是来到新时期,遇到这些脱去了政治迫害外衣的作家,唐弢先生只好一一道歉,说明原委,这是多么尴尬的事啊。大概使唐弢先生最为遗憾的是,竟未能实现自己觉得完全可以写出个人特色来的、以风格流派为主导线索的现代文学史和鲁迅传的计划,最终是"赍志以没",成了"死者与生者共有的遗憾"。我们知道,唐弢先生在这些方面,是花了一生的的精力与思考的!樊骏先生说,这就是唐弢先生研究工作中发生的"错位",而且是双重的"错位",这是时代时尚的驱使,而且也是他主观的"不以为苦,不以为非"的结局。直到20世纪80年代,当唐弢先生终于挣脱了这种"错位"时,才找到自己,而欣悦于自己已有了写得"顺手"的感觉,但是已是身处夕阳无限好的暮景了!读着樊骏先生的这些文字，我觉得这真是带着敬爱又带着泪痕的透彻的分析了！它们在学术史上给了王瑶先生、唐弢先生以确当的评价和精确的定位。樊骏的这些文章，其实也可看作对他自己的反思，一群与同他年龄相仿的人，何尝没有王瑶先生、唐弢先生式的命运与苦恼啊，只是程度深浅不同罢了！在承上启下这点上，樊骏先生的文章是极有启迪意义的。

樊骏先生为人认真、真诚、正直、公正。80年代下半期与90年代上半期十多年间，我与樊骏在所学术委员会评定职称的工作中接触较多。那时邓绍基、樊骏与我，在所学术委员会负责职称评定工作。回想起来，我们都从全局出发，没有私人情绪，对所里参与评定的人的情况，都很了解，心里有数，评价大体一致。在每年的评定工作中，讨论问题，根据材料，讲出理由，相互比较，体现了公正的原则。樊骏先生的特点是，每次讨论，总会认真准备，一如写作论文一般，列出详细的提纲，说得有根有据。遇到棘手的问题，以大局为重，总能想出办法，还以公正，所以我们合作得很好。

樊骏先生恪守着做人的道德底线，即血性与良心，怜悯与同情。作为一个学者，他淡泊名利，不像有的人，追名逐利，一有奖励，先给自己锦上添花。他极富同情心，遇到同行家里困难，就会托人送些资助，帮助他人渡过难关，并且要求保密，不透露他的姓名。他去世前把全部遗产，捐献给了文学所。樊骏先生对世情理解透彻，有着一颗大悲大悯之心，是位高尚的人。

樊骏先生在学术、为人等方面的表现，都是文学所的精神财富，我们应当继承这种财富，爱护这种财富。不久前，文学所就制作所徽征求意见，在我看来，有了所徽，固然很好，但是更需要的是一种精神，即樊骏先生式的做人的正直和学术正气的弘扬。当社会生活践踏了诚信，因此社会生活也就普遍地失去了诚信，于是人们奉行着"百事可为"的原则。正因为如此，所以樊骏先生的精神，就值得我们更加宝贵了！

（原文作于2001年3月，5月修改，刊于文学研究所编
《告别一个学术时代：樊骏先生纪念文集》，
社会科学文献出版社2013年版）

汇入了生命体验的美学探索

——胡经之先生文艺美学研究的原创精神

我认识经之先生是在1986年的深秋，那时我们都参加在苏州召开的"全国文学观念学术讨论会"。我知道经之先生执教于北大，在讲授文艺美学，还在深圳大学参与建校的工作，从事文学理论教学，同时觉得他对展开比较文学研究也很热心。会后，我们一起游览了苏州紫金庵等古迹，闲谈中，知道他是无锡人，见是同乡，也就增添了几分亲切感。

1987年夏，经之先生邀我参加他的北大的硕士研究生的论文答辩会，这使我认识了一些优秀的年轻人，如张首映、王岳川等。同年，张首映就考上了我的博士生。

这年夏天，在深圳大学举行《西方文艺理论名著教程》定稿会，经之先生是主编，我应邀与会。在这次会上，我认识了一些从事文学理论、西方文论教学与研究的朋友，如李衍柱、李寿福等。会议结束后，主人组织我们去海边游泳，去新建的开发区、山区度假村参观。但印象最深的是，经之先生邀我到他的家里闲聊。经之先生的家离海边不远，房子不算特别宽敞，但比起那时我辈在北京的住房情况要好多了。要是白天有工夫在窗口小坐，透过树丛瞭望大海，那是很有情趣的事呢，夜里探望窗外，只见火光点点，已不甚分明了。那天晚上，我们谈得十分投机，从故乡事、北京的各种奇事传闻，到深圳时事、天下事，无所不谈，有时开怀大笑，体验到有种难得轻松的自由感。夜深了，就安顿我在他家里住下了。

1989年，经之先生赠我《文艺美学》，这是他经营了七八年的一

汇入了生命体验的美学探索

本专著。阅读之余，我想这是我国文艺学中的一本精品之作了。在80年代，甚至现在，这类著作不算很多。主要是不少学术著述不是厚积薄发，而是随积随发，无积而发，几人分工一凑，一本东西就出来了。快是快了，但缺乏学术的厚实感与可信性。我佩服经之先生坐得下来的本领，这与他在北大学习、教学期间所受的训练分不开的，与他同不少老学者之间切磋学问耳濡目染分不开的。经之先生在北大求学期间受过良好的知识训练，后来对文艺学与美学这些学科的相互关系有过长期的思索，终于在20世纪80年代初，提出使文艺学与美学相互沟通的"文艺美学"，并得到老一辈的学者如朱光潜、王朝闻的鼓励与首肯。这一首倡，确实富于远见卓识。80年代初，文艺美学的初稿本来可以出版，但经之先生奉行"宁可晚些，但要好些"的思想，毅然一再修改而写成了现在的《文艺美学》。

经过经之先生的倡议与其他学者的一起推动，现在高校中文系普遍开设了"文艺美学"而成了中文系的一门基础性学科，在这点上，经之先生的首创精神功不可没。在当今时代，学科的综合、交叉与互渗，可能形成新知识、新学科。我知道，有的部门在80年代外国文艺思潮如潮水般涌来时，就纷纷提出要建立新学科，有的研究机构还成立了新学科研究室。但是十多年过去了，新学科却并未出现，何故？原因是搞科学研究，是浮躁不得的，学术上的真知灼见，新的推进或是新的发现，不是靠一时的"意气风发"、心血来潮，而是藉知识的积累，底蕴的深厚，踏实的学风获得的。不是把外国的东西翻译过来、加上自己写的东西合在一起出版，就算有国际水平的新学科了。一个普通的论题的研究，怎么算是新学科呢？作为真正的新兴学科的"文艺美学"的出现，倒是从另一个方面说明了这个问题。

其次，经之先生的《文艺美学》在治学上做到了中西融会。经之先生原本具有深厚的古代文论的底子，文艺美学提出后，他带领助手，广泛搜集我国古代文论资料，先是编成《中国古典美学丛书》，然后又经删削增补，编成了《中国古代文艺学丛编》，整体上把握了古代文论的体系、基本范畴及其内涵。同时，经之先生很快转向西方文论，有意识地收集当代西方各种文艺思潮，各家文论，编辑资料，熟悉了各个流派、倾向及其范畴，和别的学者合作，主编了《西方文论名著教程》与《20世纪西方文论史》。这样，在全面把握了中国文论的范畴与精神和西方文论的最新成果，分辨了各自特征又有相互通约的基础上，再来撰写他的文艺美学，就能高屋建瓴，左右逢源，在总体上真正做到了中西融会。于是，我们见到《文艺美学》的独特的构成：审美活动、审美体验、审美超越、艺术本体、艺术的审美构成、艺术形象、艺术意境、艺术形态、艺术阐释与接受。这个文艺美学的结构或体系，和经之先生对它所做的独特的阐释，显示了作者深厚的学术功力，深思熟虑的精深学理，诗学与美学的和谐结合，和贯通中西的学术传统，成为文艺美学中最具创新力度的著作，从而充实和丰富了我国的文艺科学。

再次，经之先生治学的现代意识、前沿意识令人感佩。新时期为研究古代文论开辟了大好的局面，以经之先生的资历与执着，完全可以就古代文论写出洋洋洒洒的大部头专著来的。但他没有，不是不能，也非不为，而是另有所为，他想打通美学与文学理论形态，使之结合为"文艺美学"。在用与不用之间，他既选择了不用，又选择了用，使我国古代文论从一个方面实现"现代转化"，使不用转化为用，《文艺美学》就是这一转化的形态之一。

一些学者，尽可以去以古释古，并自成学问，实际上完全以古释古是根本做不到的，不过这种研究自然是基础的、根本的，也是极为需要的。在任何优秀的、存活到现今的古代文化遗产中，都必定存在着属于未来的成分、全人类的成分、古今通约的成分，汲取这些有生命力的部分和有用的因素，使之汇入当代文学理论的建设，是极为迫切，不少当代文论研究者正为之殚精竭虑、不懈努力。2002年初，一些研究古代文学的学者对"我国古代文论的现代转换（化）"集中火力批判说：古今文论背景有别、血缘上几无联系而不可通约，嘲弄中国古代文论的"现代转换（化）"，是漠视传统的"无根心态""殖民心态"，编了"新好了歌"："世人都晓传统好，惟有西学忘不了"，提出"'传统'是拒绝现代化的"，由此宣布"中国古代文论的现代转换（转化）"是个"虚伪命题"；"古代文论的历史研究尚处于很浅的层次，很低的水平，古代文论的理论阐释水平难以提高，也正是由于这个缘故。"而古代文论界"像一个僻远的乡村突然因古迹成为旅游胜地，全村都兴奋起来……热烈欢呼'转换'的口号，希望藉此激活走向僵化和停滞的古代文论研究"；探讨古、今的两班人马，"都在自己掘开的洞口小天地里唱歌跳舞、多情自赏，各摆弄各的工具"，结果是东西对垒，各说各的，中西文论并存、转化、贯通，并未落实，"最多只能拿出一些用来炫耀的装饰的皮毛功绩、一堆思考与探索的半成品：模型与工事"。最后，劳师日长，知难而退，悄然收工，"转化"自然是被他们宣布失败了。

新时期以来，除了80年代初盛行一时的左倾思潮和否定过去一切的学风、美学和文学理论讨论到后来出现了情绪化倾向，90年代初左倾思潮再度回潮，在后来的文学理论的探讨中，还未见过如此轻佻、浮躁、不明事理的学风的。如果他们读一读《文艺美学》和其他学者古代文论如何转化方面的著作，可能就不致说出这类浅薄的话来，也就不会不可一世地把自己曾在程门立雪三年的老师都一扫而光了！已经出版的一些探讨古代文论转化的著作，可不是什么装饰的皮毛功绩，什么探索的半成品了呢！让人感到意外的是，编了"新好了歌"的作者，在自己文章最后，还要引用西学为结束，不知是否他正是"惟有西学忘不了"的缘故？

90年代，我和经之先生交往更多，彼此也有了更多的了解。1999年，我和童庆炳教授编辑"新时期文艺学建设丛书"，第一辑就收了经之先生的《文艺美学论》。经之先生寄来了稿件，并附了一篇《自序》。读罢《自序》，使我更多地了解到经之先生对文艺美学的提出与投入的原因。他从小就受到水乡风物、园林雅趣的熏陶；那里湖光山色，风帆点点，稻香鱼肥，渔舟唱晚。结合幼时吟唱的古诗、古文的教学，家学渊源，培植了他对艺文的兴趣，使他不断投向了文学艺术的海洋。以后在名师的指点下，将生命的审美体验汇入了他学问的追求之中。

随着90年代文化现象审美化的泛化，经之先生提出要注视现实，研究大众文化及其多种形式，及时转向文化美学的研究，显示了其目光的敏锐性。

　　漫读经之先生的一些散文,深感经之先生的生命线是漫长的。从江南稚子到北大学子,然后留校任教,后又成了南海"海滨游子"。"唱晚岭南应无悔","家园亦可在天涯",何等爽朗、达观!

　　愿他在文学理论和文艺美学里,结出更多的精神果实来!

(原文作于 2003 年 1 月 25 日,录自《桐荫梦痕》,
北京师范大学出版社 2013 年版)

有容乃大
——记童庆炳先生

我和童庆炳教授相识，是20世纪90年代初的事，以前只是以文会友，通过他的文章了解一些而已。有了接触之后，我觉得先生在文艺理论方面学问渊博，中西兼及，论说精当，说理透彻；同时他为人正直、稳重、踏实，和他在一起有一种安全感。后来有了进一步的了解，觉得我们观点接近，有共同主张，在学问上共同切磋与支持，可算是知己了。

我国当代文学理论的发展，经历了好几个阶段，这几个阶段的特征，大概在童庆炳教授身上表现得最为完整的了。

在这20多年里，童庆炳教授执着地追求学术的建设，孜孜以求地探讨着文学理论中的各种问题，成就卓著。他以他的理论上的远见卓识、学术上的巨大影响，独树一帜，显示了文学理论大家的学术风范，而成为我国当代文学理论的开拓者与组织者之一。

童庆炳教授以他的学术贡献，引领了当今的文学理论潮流，这一潮流并将会持续地发生影响。几十年来童庆炳教授以精深的学养，积极地吸收新知识、新观念，拓展自己的理论视野，为我国文学理论提出了可持续发展的新命题。

20世纪80年代初期，在我国文论开始的清理与建设中，文学的审美特征受到普遍重视，这时童庆炳就文学本质、审美特性、形式与内容、文学的对象，发表多篇论文，强调了过去被忽视了的文学自身的特征，显示了他的学术研究的独特性，随后在此基础上和其他学者一起，提出了文学"审美反映"说，此说在文论界产生了很大影响，后来此说虽然不断受到诟病，但批判者自身始终未能摆脱惯性的非此即彼的思维方式和庸俗社会学的影响，先是把"审美反映"简单化一番，然后再来批判，这是又一次庸俗化了的批判，所以始终未能批判到点子上。

80年代中期，西方的心理学、精神分析等学说广为引进，开人眼界，所以文艺心理学研究在文论界极为盛行，说法众多。此时童庆炳率领一批年轻学者，吸收了西方文论中的最新成果，联系我国古代文论，就中外文论中的心理学说与文学艺术的关系，作了方方面面的探讨，推出来的一批令人耳目一新的文艺心理学研究成果，成绩突出，使人觉得后人再写这类著作是很不容易的了。90年代初，当西方的语言学转向（其实早就过时了）成为一些中国学者谈论的时尚，以为已得风气之先，童庆炳则早就发动了另一场战役——文学的文体研究，他与他的同行、学生出版了一批专著，推动了我国文学语言的研究，他的《文体与文体的创造》，新说迭起，而令同行钦羡。童庆炳教授与同行极力倡导中国古代文论的现代转化，这是我国新的文论建设的必由之路，难度很大，目前已有多种论著出版，他的这方面的著作特别是《中国古代文论的现代意义》，是本沟通古今、学理深入的用心之作。文学理论总要回答文学的本质问题，新时期以来，各种说法都有，而且各有一定道理。

童庆炳教授长期从事文学理论的教学工作，经过多年的比较研究和完善，他在文论的探讨中、《文学理论》教材中，确立了文学理论的核心观念——审美意识形态论。童庆炳提出文学的审美特征、审美反映而走向审美意识形态论，这一理论具有深刻的逻辑力量和实际意义。文学审美意识形态论抓住了文学的两个最基本的特征即诗意审美与价值功能的融合，并不是什么用美文来演绎思想观念，并且较之其他文学本质观的涵盖面要完整一些，所以被文论界广为使用。当然，这一观念无法穷尽对文学本质问题的探讨，但它无疑是我国新时期文学理论重要成果之一。

综观文学理论的进展，在经历了对政治化的反拨、内在研究与外在研究的转向，到泛文化研究的输入，童庆炳教授在一片文化转向声中，顺应当今文学理论发展的自然的、必然的趋势，提出了"文化诗学"这一命题，从而使文学的诗学研究牢固地建立在宽阔的文化语境的基础之上。它与巴赫金的文化诗学相呼应，确立与拓展了文学研究中自律与他律、诗意的审美与社会功能相互融合的内涵，而在理论上有所创新；它与美国的被称为文化诗学的新历史主义，在内涵上由于道不同而不相为谋。文化诗学揭示了我国当代文学理论研究的总体性走向，形成了文学理论可持续发展的新命题，这是我们中国学者自己的创造。

在童庆炳教授的学问求索中，具有人文学者的一种浩然之气。在当今实利、浮躁之风甚嚣尘上的时代，在教育居然成了产业的时代，童庆炳教授把文学与文学理论视为自己生命的组成部分，并在自己的研究中汇入了自己的生命与精神，表现了人文学者应有的学术良知。童庆炳教授的理论著作与文学评论，总是强调历史与人文两者之间的张力。文学既是描写人性、人道的，又是历史的，你会感受到这是一位人文学者对文学的独特而深刻的理解——文学创作自身的理路与良知的结合，你会感受到他对广大的群体特别是弱势群体的一颗炽热的、同时又是富有同情的心，也就是血性与良心。在他看来，文学是不能吃喝玩乐的东西，自然可以娱乐于人，但是更应是提升和高扬人的精神的东西。其实，人文学者的思想、行为、行动的准则，就在于人文精神，就在于在知识的传授中，要对人的现实的生存状态和终极目的给以深切关怀，并做出力所能及的哪怕是点滴的微薄贡献，这是最为深刻的人文精神。正如启功先生为北师大写的校训："学为人师，行为世范"，表现在童庆炳的人格上、文论中，形成了一种浩然正气。文论界有些人，把童庆炳文学观点当作文学的非思想倾向批判，看看他们充满教条气息的旧式批判，好像是20世纪梁效的文艺批判的再现了，他们有如外星来人，或是常住国外的"海归"，对新时期的文学理论过程真是罔无所知。

童庆炳教授的知识面宽阔，遍及文学的各个领域，可以说中外古今四通八达，形成了他有容乃大的学术胸怀，古今中外融会贯通的精神。他有着我国老一辈学者的坚定的、以我为主的学术立场。他要求西学为我所用，因为西学毕竟是西方学者根据自己文化语境所创造出来的东西，而不是我们治学的出发点。他的著作中有许多借鉴之处，但不是什么哗众取宠、炒作式的照搬，而是理解了的消化了的东西，吸收它们，目的是自身的创新，而理论创新不是简单的移植。他深刻地理解当今现实与理论的需要，以为理论创新是在传统基础上的创新，所以他对古代文论进行了深入而独到的研究。他提出要清理现代文学理论传统，因为当今的文学理论，是不可能在与这一理论传统断裂的基础上产生的。所有种种，造就了他一种具有视通万里的学术气魄与学者本色。他致力于文学理论的现代化与中国化，执着于追求一种具有中国特色的文学理论。说实在的，这也是我们几代人的心愿。

童庆炳教授平等待人，风度雍容，真挚坦诚，谦和宽容。比如我提出的新理性精神，在文论界得到他与一些朋友的最先响应。新理性精神是一种以现代性为指导，以新人文精神为内涵与核心，以交往对话精神确立人与人的相互平等的关系，建立新的思维方式，并包容了感性的理性精神，这是以我为主导的一种对人类一切有价值的东西实行兼容并包的、开放的实践理性。我知道，当今提出一个新的理论观点，特别要得到同辈同行的认可，是不很容易的；在学术上遇到知己，在同辈中间，在今天的学术界也不多见。这也是很自然的，在思想多元的时代，各人有各人的知识背景，不同的知识谱系，谁也不用买谁的账。解构一种理论，也十分容易，不顾对方任何历史背景与知识积累，使用时髦理论中的任何一个所谓观点，或就他知识范围设定的一个相反的观点，就可以把你的理论立时消弭于无形！我和童庆炳教授交往多年，在文学理论的重要观念上，各自有话直说，又十分一致，进而相互承认、互为补充、互相补台，做到这点，实在很不容易。我们交谈问题，看法大体相同，相互买账，求大同而存小异，合作编辑"新时期文艺学建设丛书"，观点一致，十分愉快。平常我们之间，为学问道，讨论起问题来，十分默契，但没有什么无谓的应酬。古人说，君子之交淡如水，此之谓也！

一百多年来，中国的文学理论走过了特有的曲折道路，现在学术环境有了改善。作为我国当代文学理论界的重要代表之一，童庆教授已经做出了巨大成绩,为当代文学理论的中国化、现代化,一定还会做出更多的贡献的。

今天,童庆炳教授的著作不仅影响着我国当代的文学理论,而且已在外国结集出版,不仅向外国传去了中国学者的理论智慧,而且使中国特有的文化精神和创造,汇入了世界绚丽多彩的、多元的文化之中,而走向世界。

（原文作于 2005 年 12 月 5 日,童庆炳教授七十大寿之际,
录自《桐荫梦痕》,北京师范大学出版社 2013 年版）

又见远山,又见远山!
——悼念童庆炳先生

2015年5月15日清晨电话铃声大作,是北师大程正民先生打来的,说童庆炳老师在昨天下午6时许走了,是爬长城时突发心脏病,荒山野林,医疗条件差……我不由得"啊"的一声,低声地连连说着:老童,老童,你太大意了,你走得太早了……。我赶忙把这一悲痛的消息告诉了老伴,她也很是伤感,她说他真是个好人;她说,你刚才"啊"的一声时,真是大惊失色,一脸刷白了呢!接着童老师的学生吴子林先生也给我打了电话,告诉了我这个噩耗。

稍稍回过神来,我立刻想起5月12日下午,我和他还一起参加了大百科全书第三版中国文学编委会,傍晚出版社有晚餐招待。会议结束后,我和童老师走在一起,问他怎么回去,他说他就离开这里,回去吃晚饭了。我说,我们很少有机会相聚了,我准备在这里用餐,你也参加吧,可以聊聊。他稍稍迟疑了一下,转个身来,对我说:好,就陪你吃晚饭了。晚饭期间,他说起了三天前和我电话里提到的研究生的培养的话题,他正在筹备一个以个案研究为中心的讨论会,通过学术个案的研究,来拓展研究生的思路与学术空间,等等。那次谈话里,我肯定了这个方案,这样做,可以引导研究生跳出大而无当的思路,走得更踏实一些,别一张口就是中国的什么什么,西方的什么什么,个别的现象还未吃透,就在大搞总体性的东西了,这种现象在我国学术界已延续了好久!同时我问他体力怎么样,他说就是感到乏力,有心衰现象。我说你的这些病象我都有,我们都动过大手术,我的病可能还比你多些。我劝他有便去做个血检,要是血钾低了,身体是会感到乏力的。第二天,我用手机短信告诉了他血钾的指标,要他便中去捡查。那天晚饭后,我们互道保重、再见,谁知这"保重"成了突然离去,"再见"竟成了永诀!真是,整个上午我无法安静下来。

  中午,我和刘方喜先生约定,下午同去童先生家吊唁。来到灵堂,我看到童老师的遗像,轻轻地说:老童,老童,你这样子不是很好的吗?怎么说走就走了呢!真是让人难以接受啊!看着看着,心里不禁一酸,眼眶立时一热。我勉强地忍着,行了礼,对他的遗容又看了一会,退出灵堂,来到他的书房,坐了下来。我心里想,这些地方我都是熟悉的啊,今天可换了你的学生来给我端送茶水了!接着他的学生拿来了留念簿,我写了一首悼亡诗,写着写着,不禁悲从中来,竟是潸然泪下。我赶忙写下:"相识相知三十春,同声同音共精神。木秀于林摧人去,文苑何处再逢君!"诗很直白,但总是寄托了我的一点哀思,真是,以后何处再逢君啊!回到家里,想起写悼亡诗时我怎么流了眼泪了呢!童老师、童老师,你知道我比你大几岁,是八十好几的老人了。多年以前,我的眼泪已经流不出来了,泪眼已经干涸了!遇到伤心事,也是哭不出来,只好干嚎几声。今天竟是泪如泉涌,伤感让我感到孤独了啊!

  我和童老师相识30年,20世纪80年代中后期才算真正认识,以前只是文字之交而已。那时他领了一批研究生,撰写了一套文艺心理学研究丛书,同时举办了一个文艺心理学研讨会,邀请我与会,这样算是真正接触、认识了他。这个会邀请了几位作家,记得有王蒙、刘震云等,那时有作家、理论家共同参加讨论问题,算是别开生面的了。看到童老师等人的研究,不讲时髦但很前卫,功底扎实,理论新颖,心里很是感佩。

  20世纪90年代,通过共同发起的中国中外文艺理论学会的不少活动,我们由一般认识而变为莫逆之交。所谓"莫逆之交"或是"知音",一种是相互在学术观点上谈得来,你做你的学问,我搞我的研究,相互尊重,共同切磋,遇到不同观点,有啥说啥,各自承认对方,私人关系也好。一种是观念上的惊人一致,你说的我完全同意,我说的学理你接着发挥，学术上相互支持，互为依傍，共同深入、完美一个学术问题。80—90年代，我在文学理论方面提出了一些想法，都得到了童老师的赞同。1999年新年的一个晚上，童老师给我一个电话，一面表示迎岁祝贺，寒暄了几句，一面接着说，你提出的文学观念很有意义；他说他梳理了各种流派的文学思想与观念，又经过了反复的比较，认为你提的观念说，最能从总体上说明文学的本质特征，同时又历史地梳理了这一观念在我国流行的来龙去脉，在他主编的《文学理论教程》修订版里使用了它。我听了很是震惊，我看到当时不少文章、著作都在使用这些名词，它们恐怕是不少人的共识，共同完成的观念，不属于个人的了。于是一面向他表示感谢，一面建议他要谨慎，否则会引起"一些人"的烦恼的，木秀于林，风必摧之。他说不怕，只要我们说的有根有据，没有什么可以顾虑的。听他这么一说，我想我在学术上遇到了真正的知音了。在学术界，相互承认已经很不容易，何况是那种相互欣赏的"美美与共"的知音呢！但是我的顾虑不是没有道理，果不其然，几年之后，发生了一些不愉快的事。

童老师是文艺理论家、教育家，理论著作极多。30年来，他在文艺理论中一路走来，先是倡导文学审美特征研究，建立审美诗学，稍后是文艺心理学与文学文体学的研究，又出版了一套有关文学文体的丛书，建立文体诗学。他还有文学作品内容与形式相互征服说，文学活动说，历史—人文张力说，文学观念说，中国古代文论诗学，现代诗学，以及文化诗学说。童老师的从审美诗学到文化诗学的建立，正是改革开放以来我国文艺理论研究的自然历程，是现实的需要，他在文艺理论中提出了新思想、新观念、新学说，更新了我国原有的文艺理论，是形成中的具有中国特色的文艺理论，是我们中国自己的文艺理论，他是我国文艺理论界的重要的代表人物。他在文艺理论中爬过一个又一个山峰，不畏险途，总是欣赏着远山，准备去远征远山。

童老师授教过几位著名作家，他自己也心怀创作激情，写有几部小说、散文。今年他编校完了他自己的文学理论多卷集，还有几部理论著作待出，趁此休整时期，他准备撰写长篇小说与穿越小说。有的出版社要出版他的几本散文集，总名称为《又见远山，又见远山》！我猜想，他如此高龄，还去长城爬山，大概是去欣赏远山的了，这真有一种不息求索的诗情呢！但是他太疲劳了，为了寻找诗情而在长城脚下倒下了。

这里我要借用他散文总集的名字，愿童老师在长梦中，诗情永续：又见远山，又见远山！

（原文作于2015年6月18日，刊于《人民日报》2015年7月4日）

在《童庆炳文集》10卷集首发式会议上的发言[①]

今天，童庆炳教授不能亲眼看到自己著作的出版与它们的集体展现，应该是很遗憾的。同时，由于他的早逝，他未能和我们共同分享文集的出版给我们带来的欢愉和崇敬，也使我们作为他的朋友深以为憾！

童庆炳教授是我国著名的教育家，他达到了北京师范大学的校训所期望的"学为人师，行为世范"的崇高境界。他是中国当代文学理论界的杰出代表。他的文学理论著作，思想阔大，气派宏放，达到了我们时代所能达到的理论高度，表现了三十多年来我国文学理论所经过的、进步的历史进程，是我国文学理论建设的巨大进步，他的著作是当今我国文学理论不断求新求变的新形态。童庆炳教授的多方面的文学理论探讨，极具中国特色与时代精神，它是我们中国人自己的理论创造，在文学理论中响起了中国人的声音，我们自当珍惜。童庆炳教授代表了我们这一代人在文艺理论中的多方面的探索与创新。

从新时期到21世纪三十多年以来，我国文学理论从反思、探索到逐渐走向理论创新，它的经历是十分曲折、复杂的，直到现在还是任重道远。但是不管怎么说，在这一阶段我国文学理论所取得的成就是巨大的，童庆炳教授的著作，就是这些重大成就的组成部分，它的广度与深度，充分地表现了三十多年来我国文学理论的自觉。

---

① 本文原名《文学理论的自觉与我国当代文论新形态的建设》，是2015年12月26日在北京师范大学的发言。

我国文学理论的自觉，开始是表现在要使文学成为文学，文学理论要回归自身。回顾20世纪80年代文学理论界的众声喧哗，那种奔放的热情和自由讨论的情景，到现在还使我们记忆犹新。在求索文学创作的主体性与文学理论的自主性的年代，不知有多少作者就文学特征、文学理论观念发表了大量文章。除了一些激愤之词和不断老调重弹的东西，我认为大多数文章都有不同程度的价值。如今历史的烟尘远去，喧哗的尘埃落定，当我们的目光再度聚焦于历史的审视，我以为童庆炳教授提出的文学审美特征论以及对它的深刻阐发，表现了那个时代最有深度的文学理论的自觉，就是今天，也让人感到它对于当代文学理论的重大意义，因为它抓住了长期以来文学最为缺失的东西——审美的特征，正是这一理论，抨击了长期盘踞在文学创作和文学理论中的庸俗社会学，极力使文学成为文学，随后文学审美特征论成了童庆炳教授一系列理论创新的出发点。

当代文学理论的自觉，也表现在童庆炳教授与时俱进，随着文学理论发展的需要，开辟了文学理论自身的多个领域，而且在这些领域，每每表现了理论的首创精神与深入，开拓、建设与落实了我国当代文学理论新形态。他的文学心理学研究，在众多的文艺心理学著作中极具影响力，他主编的文艺心理学著作丛书，推进了这门学科的建设。关于文体诗学的研究可说前有古人，也有当代中国古代文学文体的优秀研究成果，但是童庆炳在文体理论建树方面，可谓独领风骚。他积学深厚，在各种诗学包括中西比较诗学探讨的基础上，协调了文学自律与他律之间的辩证关系，深思熟虑地归纳了文学作为审美意识形态的本质特性，并在这一基础上真正扩大文学理论研究的方方面面，拓宽了文学理论的跨学科的多向性研究，进而综合而为文化诗学。这是我国一种新颖的诗学，它不同于外国的诗学，也不同于中国以往的诗学，目前已被广泛接受，在这一导向下已经硕果累累。

当代文学理论的自觉，也表现在童庆炳教授的文学理论具有巨大的实践意义，他的文学理论著作，面向文学实践，并与文学实践紧密结合。在我国文学理论界，大概没有一人像童庆炳教授那样，与文学创作和作家有着极为广泛的联系，他本身就是一位作家。在一个时候，一些年轻作家，出于对文学中的教条主义、庸俗社会学的愤懑，一跺脚宣称：我是从来不读什么文学理论著作的，这也是时势使然。而童庆炳教授竟然能为鲁迅文学院的作家硕士班开课授业，手里要是没有金刚钻，是很难揽上这一瓷器活的。这届作家硕士班办得十分成功，后来得知，童庆炳教授讲的都是年轻作家们极想了解的、贴近他们的实际的创作知识与心理"奥秘"，这是融汇了中外古今创作的体验与创作经验的传授。他的《维纳斯的腰带》受到如大作家王蒙先生的称赞，确实事非偶然。童庆炳教授主编的《文学理论教程》，仍然是当前最为流行的一本文学理论教材。作家爱听他的课程，同学们也爱听他的眉飞色舞的讲演。在不少人感觉到文学理论危机重重、难以为继的时刻，他却挥洒自如，把文学理论盘活了，他的这边风景独好，使文学理论获得了美丽的鲜活的形态，这是我们应该深深地感谢童庆炳教授的。所以在他去世后，我给报纸写了两篇悼文，其中一篇名为《理论的美丽》，谁知发表时编辑改用了莫言在童庆炳教授讲课后所体会到的一句话，这让我去悼念好好活着的作家莫言去了！

当代文学理论的自觉也表现在童庆炳教授在几十年的教学、研究工作，使他谙熟马克思主义的指导思想，而使中外古今融通于一身。所以童庆炳教授在文学理论的多个领域能够自由穿梭，纵横自如，在理论方面不断出新而独树一帜。中外古今的融通也是他的强有力的方法论，显示着他的大家风范。他对于中国的古代文论中的代表著作，一面还其原貌，一面通过古代文论的现代转化，又阐释着古代文论的现代意义，极力做到古今融通，影响着古代文论的研究。同时对于外国传播过来的新思潮，他也从不盲从，而是通过自己成熟的文学观念，汲取其中有用的东西，化为己有。他评论文学创作的文章，总是与时代、历史、现实结合起来，在评说中高扬人文精神。可笑的是，本世纪初，当童庆炳教授被委任为马克思主义建设工程文学理论组的首席专家时，却有几位专家去有关部门"反映"情况，说童庆炳不是搞马克思主义的，要求撤去他的首席专家称号，一次不成再去更高部门，但都没有成功；之后遂有一场持续了三年之久的釜底抽薪式的批判，形成了一道众人看门道、看热闹、凑热闹的奇特的风景线。

　　当今我国的文化建设，正在逐步走向高潮，童庆炳教授文学理论中的富有远见卓识的思想会积淀下来，成为我国源远流长的文学理论的组成部分，参与当今我国中华民族文化的伟大复兴，并且以它的独创性会逐渐地汇入世界文学理论的洪流。

（原文作于 2015 年 12 月 24 日）

在阎国忠先生文集发布会上的发言

今天，我国不少著名的美学家聚会于北京大学燕南园，祝贺阎国忠先生八秩寿诞，祝贺他的《美学七卷》的首发，对于阎先生来说，这真是双喜临门，人生快事！我作为阎先生的老朋友，和同行们一样，向他表示衷心的祝贺，祝贺他健康长寿！

20世纪50年代以来，北京大学的美学研究一直是我国美学的研究的重镇，它促成了我国现代美学的形成，宗白华、朱光潜等名家为它确立了不可动摇的地位。50年代由于美学研究受到的干扰相对较少，所以那时可说有些百家争鸣的气氛，名家辈出。80年代以来，北京大学的美学家们的成就得到了充分的肯定，借着开放改革的东风，北京大学就成了传播与建设我国现代美学的中心地，特别是宗白华、朱光潜先生的各具特色的美学思想，以及杨辛和李醒尘等先生的美学思想得到了广泛的发扬，极大地推动了我国现当代美学的发展。

北京大学的美学研究的影响可说长盛不衰，老学者们培养的几位后来人如今都已成为著名的美学家，叶朗与阎国忠二位先生以及其他先生，堪称是继宗先生与朱先生之后的重要代表。今天的话题中心是阎国忠先生，所以我只好谈谈阎先生了。

阎先生有着令人羡慕的经历，即他长期是朱光潜先生的助手，受到朱先生与宗先生的亲炙。在阎老师身上，我们可以看到，他是如何体现了老一代美学家的治学精神的。这治学精神，首先表现为重视传统，重视研究文本，全面地把握研究对象，这需要具有一种甘坐十年冷板凳的心态，而不是现在那种像走路拿着手机看些花边新闻搞些学术泡沫的时髦。20世纪80年代初，我阅读阎先生的《古希腊罗马美学》时十分匆促，未留下什么深刻印象。后来读到他参与撰写的《基督教与美学》、他的《美是上帝的名字：中世纪神学美学》，再联系《古希腊罗马美学》，这时我对阎老师才有了进一步的了解，原来他是位真正意义上西方美学研究家，他把西方美学古今搞通了，而且他以丰富的资料，对一般学者特别不易弄清楚的西欧中世纪的美学思想进行了独到的分析，而有所拓展，有所创造，大大丰富了朱先生的《西方美学史》的不足方面。

其次，我发现阎先生在反复地清理中国近现代美学和当代美学的发展，从中做了大量的整合工作。他十分熟悉20世纪我国近现代美学中的各个学派的代表人物，了解他们的学术个性，他们各自的美学思想所铸成的成就与理论的不足，分析有据，意见中肯，并在这基础上思索了我国当代美学进一步发展的道路。《走出古典》与《美学建构中的尝试与问题》就是这方面的代表作，它们资料丰赡，条理清晰，有理论综合的高度和独到的见解。

再次，阎先生对于中国当代美学的意义，在于他在继承、批判、综合的基础上，实现了卓有成效的创新与超越。有意思的是，他的美学思想来自朱先生那里，但他对朱先生敬重而不盲从，对朱先生的分析可谓细致入微，深中肯綮。他不是跟着说，不是接着说，而是和朱先生对着说，这就进入更高的、脱俗的学术境界了。阎先生通过对于经典的反复细读与综合，而走入学术的新境地，在美学研究方面提出了新思想、新观点而自成一家。比如他对柏拉图的美学思想进行了新的阐述，提出了"美·爱·自由"说，提出了有别于前贤的"爱的哲学"与"美的哲学"的思想。他将作为美学对象的审美活动做了独特的界说，他说感性要被超越，理性同样要被超越，审美活动的终极境界即超验之美是感性与理性，即在爱与美的秩序中人与自然的完美结合。他指出信仰是个大问题，是人文科学、特别是美学不能回避的课题，等等。他的著作中有着不少充满睿智的深刻的论述而会启迪来者，它们对于当代美学的研究与建设，无疑会起到促进作用的。

任何学科的研究，在于从特定的观点、方法，提出新思想、新问题。它们提出的历史前提是什么，前人已达到何种境界，当今的现实意义又是如何？如果这些新思想、新问题确实具有历史的渊源、现实的实效性，那么我们就应去理解它们在与前人文本的对话中，实现了何种程度的创新与超越，而不应对它们所研究的问题，要求作出一劳永逸的阐明与解决。人文科学是不可能做到这点的，人文科学是理解的科学，它只能通过无数学人的努力，在对话中点点滴滴地不断接近真理。阎先生以其执着的追求，贡献了他独创的点点滴滴。学者的本色是攀援，攀援可以增加真理的亮度，阎先生在不断的攀援中获得了丰硕的成果，为学科增加了亮色。

在这里，我再次祝贺阎国忠先生的八秩寿诞，笔体双健！愿他为我国当代美学的进步，做出更多贡献！

（原文作于 2015 年 8 月 15 日）

守正创新，理论正道

——李衍柱《林涛海韵丛话》新书发布暨学术研讨会发言

李衍柱先生的《林涛海韵丛话》新书发布与学术研讨会今天开幕，我谨向他表示衷心的祝贺，同时热烈预祝研讨会圆满成功！

衍柱先生是我国著名的马克思主义文艺理论批评家，半个多世纪以来辛勤耕耘，不仅桃李满天下，而且科研方面硕果累累。他的5卷《林涛海韵丛话》，正是他一生学术成就的结晶。

衍柱先生读书如饥似渴，写作勤奋，阅读他的著作，你会感觉到书里跳动着他的一颗不停歇地汲取知识、追求真理的心，渴望为我国当代文艺理论、美学建设有所贡献而怀有一种纯真的使命感，文艺理论批评工作就是他的生命的组成。衍柱先生以良好的学养，自觉的理论高度，注视着、把握着我国当前文学创作、文艺理论批评和美学中的新的态势，新出现的译著，并且很快地把它们融合起来，创化而为自己的观点与理论叙述，所以他的理论批评视野开阔，中西贯通，表现了理论研究的广度与深度。

新时期以来，文艺理论批评研究几经曲折，但理论创新是这个时代的核心问题。不过创新也有多种多样的途径，虽然各有所长，争论也多。我以为衍柱先生主要紧密依靠各种经典文论的传统，反思以往认识中的谬误，拓展人文科学的多种知识，不断融合获取的新知，结合当今文学、理论批评、美学现实发展的需要，给以深刻的理论阐述而有所出新，这是一条守正创新的理论发展的正道。

文学典型论、文学理想论基本是些传统论题，一般不易深入而使论述缺少新意。但是衍柱先生把它们写成了学术质量厚重的著作，开辟了属于他自己的学术领地。这些著作何以达到如此水平？主要衍柱先生对于这些问题有着几十年的思考与积累，积学深厚，并且深知文学研究的课题不在于追新逐后，而在于在求知中有无真知灼见，能否探知其各种规律性现象，而规律性是没有新旧之分的，因此他不为项目定期检查、结项交差而写，所以底气十足。一旦具备这些条件加上甘坐冷板凳的精神，就能探及这些文学现象的方方面面，就能达到某个文学现象本质的某些方面而有所创新，从而使得这些论题的探讨向前走出了一步，成为一种独创的文化积累。20世纪90年代到新世纪，理论争议颇多，解构主义倾向盛行。有人说解构主义也有建构，但这种建构仍然是解构主义的建构，即在解构经典、传统的基础上，对大众文化、社会表层文化现象进行描述性的理论建构，论题新颖，但层次尚属浮浅，而且这一倾向几乎成为主流，于是出现了重读经典的说法。但是重读经典在不同的人那里又是不一样的，一些人重读经典，不过是个口号，实际上他们的重读经典仅仅是新一轮的为我所用，却是离开了经典文本的整体思想阐释，无有建树。而另一些学者则是重读、细读经典文本，在对它们的重新理解中，有了新的体验与发现，有了思想的重构，衍柱先生无疑属于后者。他对柏拉图、亚里士多德、康德、黑格尔等欧洲文化巨人通过重读细读，致广大而尽精微，从中获得新的启示，所以他对欧洲哲人、美学家的论述，能够发前人之所未发，新意迭出而具有原创性，以致改变并纠正了一些广为人知的哲学、美学中似乎已有的定论与误解，可说功莫大焉！这是守正创新的进一步的深入了。

但是守正创新中的守正是一成不变的吗？不是。守正主要是说要尊重传统，尊重人类已有的、有益于人类生存的文化创造，把传统作为创新的出发点。传统中的一部分原生态的东西需要如实保存，但是有着再生的生命力的、活着的、属于未来的部分，在参与新的文化的创造中则要被注入新的内容，需要不断更新，进而促进新的传统的形成。衍柱先生的《时代变革与范式转换》一书，探讨了社会大变动时期文学研究范式转变的必然性，文学研究中的多种关系，信息时代的文艺学问题，现代性问题和对研究方法的多重概括，等等。这表明作者进入了当代学术的前沿，显示了真正意义上的理论自觉和与时俱进的浓烈特色，以及学理深刻和理论追求的进取精神，凸显了一个学养丰满、在理论批评中开合自如的学术个性。衍柱先生提出的文艺理论批评研究要遵循"主导多样，综合创新"的原则，赋予了守正创新以理论实践的指导意义，这是他的经验谈，也是他的长期写作中形成的感悟，而具有普遍的方法论意义。他的作家作品评论，展现了评论者的美感的敏锐性，宏阔的历史观与大文化观的融合，资料丰赡，说理透彻，见解独到，而为被评论的作家所激赏。

衍柱先生对当代中国马克思主义文艺理论、批评、美学的建设，做出了重大贡献，他的论著将成为我国新时期以来不断进取、形态多样的文艺学建设的组成部分。

我和衍柱先生交往近30年，深感他为人厚道，正直，坦诚，重情义。我在和他的来往中有着一种文化安全感。

谨祝老朋友笔体双健！

（原文作于2014年2月28日）

晴空一鹤排云上

——写于《柳鸣九文集》首发之际

我认识柳鸣九是20世纪50年代末,我们原是一起在文学研究所文艺理论组的,也在一个办公室。1964年,文学所的几个外国文学研究组分了出去,与《世界文学》杂志合并为外国文学研究所,他就主动要去外国文学所,专门研究法国文学去了,从此少了联系。

改革开放后,已经30多年,我常常读到他的一些文章、著作。最近10多年来,他邀请我参加他主编的世界著名作家作品的编选工作,联系倒是多了起来,也频频相互赠书,我早就发觉我的这位老友,已然是挺拔于我国法国文学研究界的一棵大树,一位大家。

在世界文学中,法国文学以其先锋性、创新的自由与追求,对人类命运的敏感、睿智与热情、包容与多样、绚丽多彩为特色,它酿制的各种多姿多彩的文学思想,常常为其他国家的文学提供了创造性的灵感。这些特色是否可以说,它们大体构成了如柳鸣九所说的法兰西之韵。在柳鸣九的著作里,我就体验到了这种法兰西文学的精神。

"文化大革命"后不久,柳鸣九在外国文学规划会议上做了个报告,其中最为引人注目的是:批判了日丹诺夫主义对外国文学研究严重的消极影响,后见到了文字,读后深为感动,觉得文章气度宏大,写得有胆有识。我知道,那时绝大多数人还在日丹诺夫主义的影响下没有清醒过来,特别是受到苏联的社会主义文学影响较深的朋友。果不其然,有的同事批判柳文,认为批判日丹诺夫主义就是丑化马克思主义,还在为日丹诺夫主义辩护!

这一批评还未结束,1981年柳鸣九编选的《萨特研究》出版,这不仅是对外国文学界，同时也是对我国思想界的一个冲击。外国的主义、思想派别众多，都被先验地冠以资产阶级反动思想，但是它们资产阶级到什么程度，反动到什么程度，可说全凭主观编造。《萨特研究》的发行，引起了思想界的震动。70年代末80年代初的三四年间，中国的不少知识分子正经历着一个自我反思、自我批判的过程，我也是如此。萨特的"存在先于本质"与"自由选择"，促进了他们的自我反思和自我批判。要改变自己已经被外力固定化了的、僵化了的本质，即那个旧我，唯有在原有的思想基础上选择新的思想与认识，用以激活自己，丰富自己，改造自己，在这个过程中不断获得新的本质，不断形成新的自我，发现新的自我。结果发觉，原来这个自我是个有思想的人，是个可以思想的人，是个能够思想的人。这种人的发现，自然也给我们的学术研究带来新的变化，促进了我们在人与人之间、在人与社会之间、在学术研究中间找到了自己。一旦找到自我，我真有一种解放之感，而且发现别人对你的解放是并不可靠的。但是这类思想当时被当作"清污"对象而受到批判。不过好在"清污"本身只搞了28天，它自己倒被当作"清污"对象只得戛然而止了！今天再读柳鸣九写于1980年的《萨特研究》序文，仍然感到它的思想锐气与真正的先锋性。那时哲学界忙于讨论"实践是检验真理的唯一标准"活动，似乎还未能像柳鸣九那样很快就提供深刻评价当代西方哲学思想或哲学家个案研究的文章来。

柳鸣九在80年代初就推出了法国文学史，我就想到，他真不简单，在肃杀的"文革"年月，他还没有得到大赦的命令，竟然自作主张解放了自己，"恢复"了自己的研究工作，这真是个先知先觉的先锋了。而当时大部分人包括我在内，还都在卡夫卡的"审判"与"城堡"里徘徊无依，突围无门，不知明天等待我们的是什么命运呢！后来见到他的20世纪法国文学史的出版，以及后来有序地编选了那么多思想各异、流派纷呈、思潮众多的法国作家作品，我就觉得他不是一位我们所惯见的一生只研究这个外国作家、那个外国作家的专家。柳鸣九是一位既有深刻洞察力的个别作家研究的专家，但魄力宏大，又是一位能够对法国文学进行总体把握、具有自己个人文学史观的自成一格的文学史家。没有一个大文学史观是做不到这点的。正像他后来讲的，文学史的研究，作家研究，包括文学流派、思潮的论述，都要以作家作品为基础，有关文学史的理论探讨也是如此。这一说法看似简单，实为诛心之论，这可能是与法国的文学史家朗松的观点相呼应的。我国一个时期的当代文学史写作所以变来变去，加加减减，在于文学史不是文学作品的出场史，而仍然或明或暗、或多或少地受到"以论带史"的影响，各类政治好恶的影响，这样哪有文学史的真实原貌呢？作者对不同作家、各类作品可以有所偏爱，但作为文学史的作者应对各类作家兼容并包，给以不同的评价与位置。这个看法说来简单，但还真是不易做到。柳鸣九的法国文学史，正是切实贯穿把作品视为文学史的最基本起点，所以它真实地表现出法国文学的宏放大度、宽容热情、创新多变、睿智深思、流派纷呈、色彩斑斓的整体性特色来，而且正是这些特色，也构成了柳鸣九本人独特的学术个性的品格。

我再要说的一点是柳鸣九本人及其著作在我国的法国文学研究中实现了超越。他主编的法国文学史，迄今为止是部最全面、最完整的法国文学史，他的理论著作见解精深。他主编的法国作家选集、流派、思潮集、世界文学名家精选集，等等，竟有两百多种。在常人看来，这可能是一个法国文学研究组好多年的工作量，但这都是由他一人完成的，真是令人惊异。这是巨大的才智的爆发与体力的超越。他受教于先辈如李健吾、陈占元等先生，但在法国文学研究方面，是青出于蓝而胜于蓝！

柳鸣九坐拥一座书城，但这不是藏书家的书城，而是他以惊人的毅力和智慧，亲自建筑起来的一座法国文学与世界文学的书城。俗语云，书中自有黄金屋，柳鸣九把他的陋室变成了黄金屋了呢！我听说他常常在这座书城———一座高大的建筑物面前徘徊，欣悦于自己的精神创造。这是一种多么雅致的情怀，排解了他的寂寞与痛失亲人的伤痛；同时也让他的老友的我，分享着他的一份真情般的欢愉！

在《柳鸣九文集》封三的勒口上，有他对西西弗推石上山的描写，在他的悲壮与坚毅中，"体验了奋斗的艰辛与愉悦，攀登山顶的拼搏，足以充实一颗人心"，他说，"我也是推石上山者，似乎也算是一个小小西西弗"。这是柳鸣九的肺腑之言，也是他的一幅自画像，是我们共同认可的自画像。"跋涉，是求新、求变、创新！虽然坎坷处处，荒芜中飘逸着几许悲怆，一旦推石上山，恰如银瀑千尺，谱写着生命的流畅一片。"

诗经有云：鹤鸣于九皋，声闻于野；鹤鸣于九皋，声闻于天。中国人取名常从诗经，或名鹤鸣，或名鸣皋，取名鸣九就显得不同一般了。怎么鸣九？诗人刘禹锡有诗云："晴空一鹤排云上，便引诗情到碧霄！"柳鸣九在晴空排云而上，把法兰西之韵与法兰西文学的诗情，洒向中国的九霄蓝天了呢！

（本文原为《柳鸣九文集》首发式上的发言，2015年9月5日）

忆高晓声

我是从1999年7月8日的《文艺报》上，得知高晓声在7月6日去世的。那天看报十分奇怪，打开报纸，首先映入我眼帘的是高晓声逝世的那条消息，虽然讣告并不显眼。我不禁"啊"了一声，在房间里无意识地转了几个圈，顿时感到一阵孤独与寂寞，不知如何是好。

过了一忽，我转过神来，心想，何不试试给他家里打个电话呢，也许可以得到些消息，虽然我从未和他的家属有过联系。接电话的是他女婿，他简单地和我说了高晓声的病情和追悼会的日期，便把我转给了江苏作协；我请江苏作协代我送上一个花圈，算是为高晓声送行了，但心里却仍是茫然。

一　初识

高晓声作为新时期的一位著名作家，我自然是通过他的小说认识的。他专写农村新变的故事，那幽默而带有辛酸意味的格调，充满江南浓郁乡情的动人语言，使我这个在北方待了多年的江南游子，大为折服，但和他订交则是从1985年开始的。那时我和同行主编了几本著名的外国作家关于文学的论文集，已经出版，我想何不将它们送与几位家乡的作家，使他们多了解一些有关文学的见解，也许对他们创作不无裨益。于是我给几位专写苏南风物的作家寄了书。不久就收到高晓声的来信，他一上来就像老友谈心似的，说他"错过的时间太多了，最遗憾的是20多年没有读什么书，如今记忆力差了，读书比以前困难得多，我也很想了解一些外国作家的意见，你能给我帮助，十分谢谢"。同时他也同意我提出的一个意见，即文学创作要形成地区的自己的特色与性格，也要有一支理论队伍共同参与建设，他说目前似乎还暂不具备这一条件。接着他又来信，谈及江苏每年要讨论一位作家的作品，原先是第一个要讨论他的，但他觉得讨论要有准备，要了解评论已说了什么，并提出进一步评论的"主导意见"，他说目前这样做，可能还有困难。然后他希望，我们如有新著，要相互寄赠。

20 世纪 80 年代中期，文学方法论热、文学观念热，风靡全国。1986 年 11 月，我在苏州参加并主持"全国文学观念学术讨论会"。一天午后，苏大的范伯群教授领了一位脸色黝黑、中等身材的人，走进我的卧室，并对我说："老钱，这是高晓声同志，他想看看你。"当我开门把俩人让进来的时候，就对范伯群教授后面的人感到面熟，一经介绍，我十分高兴，忙说"认得认得，早就认得了"，虽然，这是我们初次见面。随后，范君就离去了。原来这几天高晓声正在苏州，得知苏大正在召开全国文学理论讨论会，就向范伯群打听我，这样，就把他领来了。我自称是无锡东北塘乡人，多年在北方工作，从事文学理论研究；同时向他介绍了文学观念正面临大变化的过程；他则自我介绍了他在 50—60 年代的遭遇。初次见面，双方就交代自己的身世，感情上一下就缩短了距离，真是乡里乡亲，谈得颇为投机。我开会的时间到了，他才起身告别，并说会议结束后，如有时间，希望我去他常州家里再叙叙，在无锡也可；说他今天傍晚就要去无锡，在太湖边的湖滨宾馆休养一个时期。

会后，我去了无锡老家，又顺便去湖滨宾馆看望了高晓声。这湖滨宾馆原是新中国成立前的无锡江南大学，依山傍水，曲径林静，景色佳绝。新中国成立后就关了这所大学，改成了各路高官休养的地方了，几十年经营下来，已相当富丽堂皇。这次我去湖滨宾馆，是在梅园下的车，步行去的，约需半个小时。记得小时候远足，去大箕山万顷堂玩，再摆渡去鼋头渚，就是走的这条路。过了梅园往南走了一阵，在三岔路口，再往西南走，是大箕山，向西走就是宾馆。进得湖滨宾馆，一见那荣华富贵的气派，真有些让我自惭形秽。见了高晓声，我们谈话的话题主要是故乡见闻，风物变迁。谈到这个宾馆，我把它的历史讲了一通，现在改造成了这个样子，想必无锡的大资本家荣德生在苦心营建江南大学时未始所能料及的。荣德生经营有方，富甲海内，为了回报父老乡亲，开办江南大学，以启民智，自然称得上是一大善举。谁知后来的当权人物，竟是废除了这所大学，把它变成了一处无产阶级高级代表们的休乐场所！后来虽然在梅园东面重建了江南大学，但学脉毕竟中断了很久，底力自然难以和苏州的众多学府相比。接着我对高晓声说，放你进入这个宾馆，大概会有陈奂生上城住进高级饭店的那种心情吧。他听后，带着有些沙哑的声音，嘿嘿嘿地笑了。

高晓声应美国密西根大学邀请，将于1988年2月访美，并要做几次演讲。1987年8月他写信告诉了我，并问及一些情况。我觉得作家讲学，如谈理论问题，非其所长，如谈自己创作的体会，则非他人能及，因此建议他围绕自己的创作来谈，才是独特的。这年底，他又来一信说，他这次出去，"主要是讲我自己……讲我自己，人家才是没听到的，只能在我这里听到的"。由于他此时健康欠佳，信是由他口述，请朋友笔录的。1988年7月，他来信说，他已从美国回来，他的60岁寿辰是在返国的飞机上度过的，真是一晃而过。他不无幽默地说，错过60，还有70、80、90；不主张活万岁，但看来还能活下去，说他父亲就活了89岁。是年10月，在福州举行"全国文学理论建设与中外文化交流学术研讨会"，他得知我要出席会议，给信约我会前或会后，顺便去常州一晤。但此信后来辗转到了我手里，已是年底了。信里讲到他的长篇小说《青天在上》，已在上海文艺出版社出版的《长篇小说》专辑第2期上刊出，并寄了我这册杂志，要我一读，特别在小说结构方面提提意见。我见老高如此认真，自然从命。

二 《青天在上》

《青天在上》是高晓声在短篇小说创作经验的基础上，写成的一个长篇。我读完后，很快将我的印象与意见告诉了他。我感到这部小说，在揭示生存荒诞、特有的笔调风格、语言特色与民间文化的关系方面，较之短篇有了新的发展。1989年初，我把这几个方面的想法写成稿子，给了《文学评论》，并将论文的几个小标题告诉了高晓声。1月27日我接到高晓声的来信，说我提出的意见极好，修改时会做参考；又说"这篇小说的创作素材很多就出在我和亡妻邵主平身上，但并不能说是自传体小说，因为有一些关键性的东西，是有较大的变动的，但性格、命运都没有变，可以说我的亡妻就是这个人。但你要避免'自传体'的说法，以免引起一些人去考证。文学一旦到了被考证的程度，便索然无味了"。接着又来信，谈到"不管人们对我如何冷淡，我这部《青天在上》，在反映苏南农村的大跃进历史方面，没有人能够更加'体贴入微'了。这是因为当时亲身经历的人，都快没有精力再去写长篇了"。

他没有看过我的评论稿，但希望我的论文能够发表出来。在《青天在上》里，我注意到了高晓声写了许多民间故事、寓言、传闻，融合在情节的发展中，使现实与民间故事浑然一体，加重了民族文化精神的氛围，而显得别具一格，因此在论文里我专门就民间故事、传闻与小说的关系写了一节，小说这种描写，提升了文学的民族文化精神。

我的稿子交给《文学评论》后，编辑认为我文章太长，要我压缩。为了使文章完整起见，我把最后一节即小说与民间文化的关系部分留了下来，在别的杂志上单独发表了。高晓声在1989年3月1日给我的信里说："你写的那五个（后来合并了一个部分，为四部分）部分，我认为同我的意见会吻合。第五部分《故事、寓言和民族文化精神》使我想起我在密西根大学讲过一课《民间故事同我小说的关系》。回国以后，秋天在宜兴（苏州大学）中文班上讲过，现在《苏州大学学报》发了出来，寄你一份供参考。"

接着我很快得到高晓声寄我的演讲录。他说他在他的小说中相当广泛地使用了民歌、儿歌、民间故事，"这种影响深入到小说的骨髓，我的语言结构和叙述方法"。有些短篇就直接取材于民间故事，如《钱包》《飞磨》《鱼钓》《收田财》等。其中如《鱼钓》，依据的是个真实的故事,原是人钓鱼,因贪图小利,自作聪明,结果反被鱼钓走了,害了自己性命。这种极为罕见的故事与形式,在神秘的气氛中,揭示了极为丰富的生活内涵。"民间故事往往很动人,往往很出奇,往往能启发人的智能,使人变得聪明。它使得我能够赋予它新的形象和内涵。"他在演讲中又说:"它(指民间故事)成为我这部长篇小说的一根重要支柱,如果把它抽掉,就会失去光泽,五星饭店就会降成三星级。"大量使用民间故事,"这样做就使我的小说具有民族风格,并显得根深蒂固的重要原因"。看来我的观察与作家的写作意图有不谋而合之处,所以这使老高颇为高兴。

我的文章《〈青天在上〉与高晓声文体》,发表在1989年第4期《文学评论》上。我很熟悉高晓声使用的语言,江南的一些土话,一经他的改造,既保存了十足的泥土味,又显得生机盎然,从而以富有地方色彩的话语,丰富了通用的文学语言;他的不懈追求,使他创造了自己的文体。

1989年8月他来信说:"江苏作协有位同志把7月的《文学评论》给我看了,心里很高兴,你的评论具体而细微,特别是讲了很多关于语言方面的话,是我很喜欢的,一个作家的观点、技巧、生活等等,都极难形成独特的格局,能够形成独特的格局的最主要的素质就是语言。我自信我的语言不同于一般,至于其它方面,并没有特别的东西,许多作家都可以有,你说是吗?"

阅读高晓声的《青天在上》,我觉得小说在情节、结构上没有带来新东西,但可以发现,这部小说与其说是情节小说,不如说是部"细节小说"。因为主人公实际上已处在情节、事件之外,在这一意义上,情节已淡化了,小说所铺展的全是细节。通过对吃、喝、住、讲老空、坐黄昏、说山海经等琐琐碎碎的生活小景,折射出人们内心的隐秘与隐痛,组成了一幅展现人生存的痛苦的长轴。高晓声在信中说:"你那句'细节小说'提得好,我之所以轻视情节而重视细节,是因为情节可以类同,细节不能类同,情节可以虚构因而会有漏洞,而细节总是真实的。可惜的是,我还缺乏用细节来吸引住青年读者的本领。我的小说需要有耐心看,才能慢慢看出味道来。"他说,他将修改小说，并将考虑我的意见。又说"如有空或方便，秋天可南下一游。我们都到了年龄了，也该允许自己浪迹江湖、漫游天下了"。

不久之后，我真的在生活中"漫游"起来了！1989 年秋冬之交，我因一场无妄之灾，受到削皮伐肉之苦而休养在家，等在年底缓过来后，我写信告诉了高晓声。高晓声随即来信，说但愿一刀之后，从此健康起来，说老来的健康问题甚是重要，如果行动不便，生活在世上也极少情趣了。其实我此时才 50 多岁，还全无老年的感觉呢。他说这年六七月，也受了一场惊吓，因胃里气胀，到医院检查后，不让出来，而被留在医院，结果经过了 21 天的折磨之后，才宣告解放。他说："我也算是个耐吓的人，仍旧有点吃不消这种神经病的检查。记得 1977 年也是如此，说我有胃癌（当时我完全像个农民，医生以为我不认字，所以在报告单上写得很明白），我只好回家等死，谁知等了半年不死，再去检查倒一切正常。从此以后，我就不相信我再会得癌病了。"他说他正要动手修改《青天在上》。

1990 年初，高晓声在修改他的《青天在上》。3 月他写信给我说："我正在修改《青天在上》，所以常常想起你来，本来要写信给你了，想问问你近来的健康状况。虽然上次来信说没有别的毛病，但动了手术出院后，长久收不到你的信，也不禁要牵挂。前天收到了你送我的大作，虽然还没有拜读，但心里很高兴。我们虽然很少见面，彼此心中都怀念对方。"由于他年初生了两个月病，所以修改工作就拖了下来。但在 3 月里修改得很顺利，预计 4 月可以完工。经过朋友的努力疏通，大约此时我决定秋天前往无锡大箕山的华东疗养院去休养一个时期，所以我把这一消息告诉了高晓声，说有空便会去常州看他。5 月底他来信，显然很是高兴，说《青天在上》修改很快，总的倾向是前删后加。"改得还满意。人物关系抽紧了，性格也明朗了些，该抒发出去的地方也写得比以前淋漓。"又说，10—11 月，他还会在常州，到 12 月，大概要去南方。去冬一场哮喘病，不敢使他再留在家里过冬了。我知道，苏南人家一般没有取暖设备，冬天寒冷彻骨，日子是难过的，所以后来老高像候鸟一般，每逢冬天，为了避开寒流，就要飞往南方栖息。

三　风雨故人情

　　1990年9月，我已住进大箕山疗养院，高晓声来信说，他一定会来看我，他说他猜想到了我的病情，劝我好好休养一阵。他说："人也不过如此。同大自然联系起来看，实在太渺小。因此我觉得宁可在大自然中自居渺小的地位，不愿在渺小的人类中夜郎自大。革命家当年粪土万户侯，何尝想到今天当了'万户侯'，竟恋恋不舍乃尔，可笑也夫！"看到这里，我不禁莞尔一笑。他劝我不要去常州了，免得劳累，他会抽空来看我的。

　　10月初的一天，疗养院的一位护士小姐跑来对我说，有人找我，人在会客室。我去一看，原来是高晓声。寒暄过后，他说，他这次来，纯属过路性质，所以事先没有来得及告诉我，是搭了朋友的车，特地拐了个弯来看我的。他说他看我精神不错，就放心了，说下次再来。我忙说不用了，不用了，"莫道春秋多佳日，最难风雨故人来"。你来看我，我已很高兴了。由于他几个朋友有事，车子在楼下等着，所以他说不便久留，于是来也匆匆、去也匆匆地走了。他走后，护士问我是什么人，我说是你们这里的作家高晓声呀！她又问，是不是那个写陈奂生上城的高晓声？我说就是他呀！她又说，你怎么不让我们认识认识呢，我们都爱读他的小说的呢，他长得真是个土里土气的人！我说他还会来的，那时再给你们介绍吧。他走后，我想着，老高真是个重情义的人，他自己身体也并不好，还惦记着我呢！大箕山桂树如墙，10月底，花开二度，香溢四方。高晓声第二次来看我时，是与常州市文联的李鸿声先生一起来的，这次他们有辆车，时间上不受限制。我把他们接到我的房间里，坐下来说了好一会话，然后在房间里照了一些相，也在楼下草坪上留了些影。这次我才看清，高晓声的肩膀左高右低，一问原因，是肺病动了手术的缘故，他身上病痛可多。后来他说他可能不久就要去南方避寒了，又说《青天在上》正在印刷中，将来如开讨论会，如果我身体情况许可，要请我参加。我说，如有可能，我一定争取前去。想起要看看高晓声的那位护士，但一问她不在班上，我也只好作罢！

　　《青天在上》出版后，颇有好评，出版社原拟于1991年9月开个座谈会，但听说当时政治形势转紧，风闻文学作品不许写大跃进、"文化大革命"，《青天在上》自然犯忌，为谨慎起见，出版社便不想开了。这"形势紧张"是什么呢，实际上就是有一些人，制造的一种令人窒息、压抑的政治气氛，在这种氛围里，有的是帽子与高调，学术讨论是搞不起来的。我就知道，90年代初的3年多时间里，在文论界，大家很难坐在一起探讨文艺理论问题的。你给我乱扣了政治帽子，我干吗还要同你坐在一起，听你念叨毫不管用的经文和毫无长进的老调，受你教训？早已不是"文化大革命"前与"文化大革命"的时代了呢！那些人一只脚已跨进90年代，可头还枕在50、60年代呢！但是他们有的是权力，不想这种"文化大革命"遗风，还刮到90年代！作家和知识分子的命运，真是可悲也夫！

　　1991年9月初，高晓声来信说，他的一位西班牙朋友达西安娜·菲萨克来华，同她丈夫住在北京外语学院，要我妻子（她是外语学院老师）去找她一下，把他的地址告诉菲萨克，以便取得联系。我妻子很快使他们联系上了，他们需要面谈，于是高晓声就到了北京，在我家里住了下来。18日下午，他同菲萨克同来我处。原来菲萨克是位西班牙的汉学家，想翻译高晓声的小说，这次大概来洽谈选题、篇目的。我就在我家里请他们一起吃了晚饭，席间，他们似乎十分愉快，看来洽谈得很顺利。菲萨克汉语说得不错，交谈中间，看得出来，对高晓声的幽默、语言艺术，相当欣赏，充满了崇敬之情。晚餐间，天东地西，什么都谈，甚为欢快。老高爱喝白酒，我还真有佳酿，于是找出泸州老窖，对高晓声说，我有佳酿，藏之久矣，专等高晓声来享用，说罢大家一笑。因为这是烈酒，我是只敢用舌头舔舔，即使如此，也要倒嘘几口凉气的；另外两位女流也不敢抿嚅，真让老高一人独享了，聚餐到晚间9时才散。菲萨克离去后，我们看到老高面有倦意，就劝他早些歇息。他说他真想休息了，回到房里，一夜鼾睡。

　　第二天上午，老高在我家休息，我就和他闲聊了一个上午。他说他被遣送返乡后，浑浑噩噩过了好些年，到了1972年，实在感到黑暗、无望了，草草地结了婚，生了三女一男。大女儿好学，已去了日本。儿子在学习上还未走上正轨，东摸西摸，睡觉前突然想起要做功课，学我闲散呢，我的闲散是可以随便学的？我说，你孩子生多了，现在可管不过来了。他说，当时没有精神生活，又在农村，人已只剩下生儿育女的功能了，大家一阵唏嘘。我说现在孩子都这样，外面吸引他们的东西很多，不过年纪大了一些后，慢慢地会醒悟过来，校正自己的航道的；小时循规蹈矩的人，可能大了未必佳，而年少时并不显眼的孩子，大了却很能干的。他说，7、8两月间，他出游云南，有个把月，看尽了西南风光；觉得意犹未尽，又自己搭伴，去了趟滇西南，直奔大理、腾冲等地，过去这些地方只是从地理课上知道；买了两把少数民族的刀回来，这些东西飞机上可不好带呢，还是托乘火车的人带回来的。他说明年5月初，准备去黄山，秋天想去德国、西班牙。我说你倒真是浪迹江湖、云游四方，活得潇洒起来了。他说，干我们这行的，跑得动的时候多跑跑好，思路会活泼些，想象会丰富些。他说如果我明年去黄山，可以和他同行。我说要看机遇。他问什么机遇？我说，比如在那里附近开会趁个方便呀，等等。他说不必等这种机遇，设法自己去，也花不了多少。我说这也是一种机遇啊！说着我们两人都笑了。

后来谈起了他作品的事。他说明年（即1992年）准备开个讨论会，包括《青天在上》《陈奂生上城》与《陈奂生出国记》等；他希望我参加，还说是不是由我来主持讨论会。我忙说，届时我会争取前去，但主持会议实在不敢当，还是请作协方面的人来张罗、主持为好。下午、晚上，老高外出访问北京的老朋友去了，晚上回来已晚，我们让他早些休息，他也不勉强自己，倒头便睡。

第二天上午，老高写了几封信后，又和我闲聊。他说，他喜欢写荒诞的东西，还想写荒诞。我说你写了不少荒诞的东西，写得不露声色、自然、认真，像江南老乡常用的"说死话"（认真地将反话正说）一样，使荒诞更为荒诞。他一听说他写得像"说死话"，就嘿嘿笑了几声，说还真有点"说死话"的味道，旧时人们为死人烧纸人纸马纸船纸屋，以为死者能够收到，荒诞得也是那么自然、认真的。接着谈到现今的写作时尚,新 XX,新 XX 十分流行,他说他照例是不作声的。可以探索,但有些现象也很明显,自然主义的东西太多,或尽写些卑下的东西,一些作家对人的本能的东西极感兴趣,有什么意思呢!有的女作家也写尽了床上戏,在表现自己的床上体验,有什么意思呢!过去不让写性本能,现在大写特写得像竞赛一般:你的性感很强,我的性体验不比你差!写东西总要有爱有恨吧,写得让人能哭能笑;如果他不懂得什么是美,什么是丑,他怎么写东西呢?他怎么知道,他该在哪里停下呢?他的责任心是什么呢?不必唱高调,但总得有责任心吧!你用什么东西给你的读者呢!他还说到,小说还是要有故事的,一个好故事很难找,一些写得零乱的东西,主要是作家无力理出一条好的线索,找到一个好故事。有的作家编故事的能力不错,但只能在平面上展开,人物尚缺乏个性。有的作家自己也写得不清楚,模模糊糊,莫名其妙,也只是一些感觉、直感,而显得思路不清,可还要故作高深。

高晓声的一席话,使我大感兴趣,他对文艺创作的看法,与我的一些关于文艺的想法,十分相近,因此谈得十分投机。我读过他的谈创作一类的文章,这些想法在文章中他一般是不说出来的。现在的一些青年作家,对这种创作的人文关怀很是隔膜的。老高创作时心中存有读者、关心读者,所以他的作品的读者群十分宽阔,不光知识分子,就是识文断字的普通老百姓,也很喜欢。

从北京回南京后不久,他来信谈了他今年作品的出版情况。他得我回信,知道我身体康复情况不错,11 月又深情地写道:"身体康复是一件大事,我在家里为你多饮一杯酒。但我仍劝你不要急忙恢复工作,仍应保养为主,留得青山在是很关键的,事情可以慢慢做。"

他自己则又要张罗去南方避寒了。

四 湖山之旅

1992 年初夏,我去陇南讲学,顺便去了趟九寨沟;夏,又去威海、蓬莱、长岛休息,未得高晓声作品讨论会的通知,可能讨论会未能开成。1993年9月,他来信说,九寨沟不敢去,主要是地势高、气压低,身体难以适应,原想7、8月份去张家界,但正碰上发大水(水灾),恐不方便,所以"待在家里,又做不出事,干扰太多,也对现实不知从何说起。你说中国人在国外干坏事的人也多,致使有些外国不让中国人入境,我这才明白,现在干坏事的中国人都到外国去了,于是国内才一片光明"。我知道老高又在"说死话"了!谈及文坛出现"东征"之类的"轰动",他说这是文坛"幸事",也同争办奥运会目的一样。他有北京出版的一本小说集,但错误百出,要读后改正了字再寄我,自称这是一本不会引起轰动的书;然后又约我南游。

  1995年5月,华东旅游报社与无锡太湖影视城旅游区管委会,联合举办了"太湖旅游区95年华东笔会",日期从5月6日至28日,我与在北京的林斤澜都被邀请,我们都是华东地区人。先是高晓声给我电话,动员我参加这次笔会,我因我们相约多次,均未成行,这次自然得应约前往。笔会是文化考察,覆盖六省二市,路线从无锡出发到南京、曲阜、梁山、歙县、龙虎山、武夷山、千岛湖、富春江、杭州而至上海。由于无锡是我老家,曲阜等地刚去过,所以我直接从屯溪插上。会师黄山市后,才知道除高晓声、林斤澜之外,还有舒婷、陈村、叶兆言、周峰、郑秉谦等人。高晓声对我说,幸亏我未去山东段,否则也要去体验汽车半夜抛锚路上,那种前不着村、后不着店的沮丧、劳累的感觉了。我看此时老高,已满是倦容。在黄山一带,主要是参观民居。由于这一带地处群山之中,交通阻塞,几百年里未经战乱,甚至奇迹般地避过了"文化大革命"的劫难,所以不少明清古居,深院老宅,保存至今,完好无损,极有观赏的文化价值。

  下一站是江西的龙虎山,参观天师府,那天大雨如注,我看老高疲倦得很,我们在听讲解,他则卧倒在游客休息的长椅上了。我问他怎么样,他说经常如此,躺一会就好的。午饭时,他食欲还好。饭后组织大家上竹筏漂流,出得天师府,就是芦溪河,雨却没有停的意思,而且竟是一场中雨。芦溪河边是一条文化街,大家无心观赏文物仿制品,忙着用雨衣雨裤把自己裹扎起来,准备上筏。高晓声、林斤澜、《华东旅游报》的陆荣泉和我，坐在一条竹筏上，各自用雨伞挡着不停的雨，加上一个撑篙人，在芦溪河上晃晃荡荡地作雨中游了。这时老高精神抖擞，和饭前相比，判若两人。雨小了起来，我们在竹筏上漂流着，在斜风细雨中观看两岸如洗的青山和低低的云雾的变幻，真是佳境处处，目不暇接。河上的空气，新鲜而湿润，小雨打在脸上，清凉又惬意，谁都没有说话。我知道作家们在聆听这缥缈画屏中的雨中曲，感受着这奇妙的芦溪河上的奇特印象。

笔会到上海结束，老高和太湖影视城的韩志忠先生，又邀我到无锡去待两天。第二天上午各地作家纷纷离去，傍晚我同老高到达太湖影视城，就住在湖边的一个招待所。

次日，韩先生驱车来接我们，去看看即将动工的水浒城。我暗自思忖，这里会像三国城一样，又会车水马龙般地热闹起来，这可真是大手笔的构思呢。沿湖的群山土墩，原是不毛之地，一经开发，即可成为休闲的文化景点。随后再驱车往南几里许，车停了下来，出现了湖滩水田，密密的蒿草、芦苇，沿湖迤逦好几里。我说这里白天湖光山色、晚上松间明月，可真是个好去处。老高说他想在这里买地造房呢！我说这真是个好主意，劳碌一生，可在这里找到块休息之地。可是也有不便之处，食有鱼了，可出无车啊，你还得备辆车，还得会开车，靠别人送吃的喝的，可不是长久之计呢！他嘿嘿笑了几声。

这个上午，我很兴奋，看到那尚未被污染的山青水秀的景致，春风会长驻，秋水共长天，好像回到童年时代去了。我回京后，过了一阵，电话里同高晓声谈起造房事，他说，这事颇费踌躇，不易解决。我说"高晓声造屋"总不会像"李顺大造屋"那样困难吧！他听罢哈哈一笑说，这是很难说的。我想好事多磨，这种事可不像写一篇小说那样容易的呢！

1998年4月下旬，我在南京大学出席《文学评论丛刊》首发式，后在南大中文系与南师大文学院各讲了二次课，南师大老师听我说想看望高晓声，就在晚饭后派了辆车送我去。正好《钟山》徐兆淮先生也在，他是北京中国社会科学院的"老文学所"，可陪我同去，原来他与老高是邻居。晚上下起了雨，来到长江路，已是大雨滂沱，拐进弄堂，急速走进老高家门，身上都是雨水。老高已在等待，拿了条毛巾让我擦了擦，接着拿出茶叶，给我们泡了茶，说，这是新茶，味道香正。徐兆淮先生谈了一会就回去了。我问老高，你还是一个人？他说是啊。我说，年纪大了，一个人生活可不太容易啊。他表示暂时没有办法，还得过下去，反正饮食尽量简单些，对付着办。我说吃东西也不能太简单啊。又讲到病，他说他总是感到憋气胸闷，想到老家常州去看一个老中医，那人有些办法，要长期服用中药，药费也贵些，但是有个报销问题。我说作协还不能解决？他说还未谈妥。随后他谈起南方一家出版社出了他的散文集，错字连篇，看都不想看。这次自己编了一本，北京的一家出版社愿意出他的散文集，让我把他的书稿带给他的同乡石湾，他会去处理的。我自然高兴完成他交给我的任务。他说他在使用计算机了，这东西真奇妙。我知道老年人使用计算机是要有一些意志力的。他问我如何？我说我1993年起就用上它了，现在已离不开它。由于楼下车子在等着，我不好让人久等，因此坐了个把钟头，就起身告辞了。他问我什么时候再来南方，同游太湖。我说机会还是有的，但什么时候现在可说不好呢。

1999年5月，我又在南京开会，日程很紧，几次给高晓声打电话，都未打通，只好作罢。等到得知他去世的消息，心想去年4月，原来竟是我与高晓声的最后一面。

看来，我再难有机会与老朋友长谈，相约于湖山了！

（原文作于1999年8月2日，刊于《钟山》1999年第6期）

第三编

序跋书评

《文艺理论建设丛书》总序

从20世纪80年代初开始，开放、改革之风吹遍了中华大地，也浸润了文学理论领域。

随后，各种外国文学理论经学派、思潮不断被介绍过来，使人大开眼界和感到文学理论更新、发展的迫切性。但同时也出现了一些人对西方文学观念、方法盲目接受、虚无主义地否定一切民族文化遗产的现象。

文学理论的更新与发展是一项艰巨的工作，介绍和一定范围的移植工作是需要的，但替代不了我国当代文学理论自身的建设。必须弘扬民族文化优秀传统，汲取外国良规，这是更新、发展文学理论的必要条件。所以既要反对因循守旧，墨守陈规，也要反对浅薄无知的民族文化虚无主义。

文学理论需要建设，要建设成一种具有我国特色、内涵深厚、形态多样的文学理论。80年代中期，我们在撰写多卷本的《文学理论》的同时，深感文艺理论中需要研究的问题实在很多。于是拟订了多种选题，就其中一些问题约请一些学有专长的中、青年学者共同研究，做些切切实实的事。这就是这套《文艺理论建设丛书》的缘起。

丛书的撰写，奉行主导、多样、鉴别、创新的原则。主导，就是努力以马克思主义为指导。近几年来，在西方文艺思潮的影响下，文学理论形态极多标榜，它们在对待文艺的本质性问题上，在某些方面确使问题有所深入，但更多的是表现得自负而又片面，有时甚至表现了一种玩文学理论的深刻谬误。实践与经验再次告诉我们，文学理论中的一些重大问题，总体性问题，不用马克思主义的观点、方法进行分析和概括，是很难阐释清楚的。对于文学理论的规范与原则，亟须结合新的社会实践，深入探讨，并做出科学的阐释，使之进一步的丰富与发展。

其次，应当承认，文学理论形态又是多样的。有了主导，自然还有多样；主导与多样的结合，才能呈现理论的丰富多彩。只讲主导，这种理论必然走向单一、教条主义，失去理论的生机，一种理论，不可能包罗万象，说清楚文学理论所有方面的问题。其实，不少理论问题，根据其不同内涵与方面，以及各国文学研究的传统与积累，可以使用不同方式加以探讨，形成理论形态的多样化与方法的多样化。没有多层次的、不同方面的理论研究和方法探索，文学理论极难向深层展开和广度发展，造成真正繁荣的局面。

再次，文学理论的建设，离不开对中外文学理论遗产的批判与继承，以及对当代外国文论的借鉴。这要求我们应有一种宏放的魄力，通过潜心的研究，发掘遗产中的真正精华，充分评估它们。所谓宏放的魄力，就是高屋建瓴的理论鉴别力，就是正确评析当代西方文论的多种形态，融会贯通，为我所用，而不是盲从。我们不赞成盲目的"拿来主义"。有人以为，对于外国的东西，先拿来用了再说，在没有使用之前，怎么能分清它们的优劣呢？这种说法，其实正好是在复杂现象面前目迷五色、缺乏理论识别力的表现，其结果必然是良莠不分，而导致盲目的移植。

最后，我们以为理论研究的结果，不是重复，不是原地踏步，而是创新。要在吸收前人所创造的一切有价值的东西的基础上，或是不断提出新问题，阐明新问题；或是深化、丰富原有命题和理论；或是使两者结合起来，促进文学理论有所发现，有所发展，有所前进。只有创新，才能使我们的理论研究具有活力与生命。我们既提倡马克思主义的文学理论的创造，也欢迎对具体的文学理论问题进行多层次、多角度的科学探索。这种有主导的、在鉴别和借鉴基础上进行多样化的创新，将会真正促成文学理论学派繁荣的局面。

丛书写作要求具有较高的学术性、科学性和系统性；要求在理论上有独到的、建设性的见解，提供新材料；发扬光大我国文学理论优秀传统，对世界文学和我国文学经验进行独创的、综合的研究，探讨文学的种种规律性现象。

在学风方面，丛书提倡实事求是、言之成理、持之有故的良好风气，和具有真知灼见、创造精神的学术个性。反对随意歪曲、任意贬低已有科学成果的那种新的庸俗化倾向，和哗众取宠、华而不实的肤浅、浮躁学风。

文学理论的建设，需要不少有志之士的共同努力。丛书编委会、出版社愿意团结我国学者，齐心协力，为建设具有我国特色的文学理论科学添砖加瓦，并以自己的独特风貌，汇入国际文学理论发展的潮流。这一工作是艰巨的，但是值得尝试和为之努力的。

（原文作于 1990 年 8 月，录自《文学理论流派与民族文化精神》，吉林教育出版社 1993 年版）

文学理论的自觉

——《新时期文艺学建设丛书》总序

20世纪的我国文学理论，经历了曲折发展的道路。一般认为，世纪之初几十年与世纪之末的几十年，是我国文学理论发展的较好时光，自然，三四十年代也是出现一些重要的文学理论著作的时期。

世纪之初，我国文学理论的发展势头原是很有希望的；梁启超标榜诗界革命、小说革命，把文学与当时救国救民的任务结合起来，也是国情使然。而王国维在19世纪德国哲学的影响下，摆脱了我国几千年的政教文学观，主张文艺为人生，提出文学的独立性与自主性问题，"自律"与"他律"问题，这较之稍后的美国与俄国的形式主义者的文学自主性理论，在论说上既早且要深入得多。但是，文学理论发展的趋势，并不是完全以个人的学识、审美趣味为依归的。

自20年代开始，随着我国社会斗争的形势的变化，从苏联、日本介绍过来了马克思主义文学理论，并逐渐占据了主导地位。马克思主义文学观使人们了解了文学与社会、文学与生活和文学与时代的关系，以及文学具有阶级性等一系列重大问题，从根本上改造了我国的文学理论，力图使我国的文学理论走上科学化的道路。

50年代，由于形势、环境的复杂原因，出现了独尊一家、废黜百家的现象，于是随之而来的是文学理论的急剧的政治化倾向、庸俗化倾向，这一过程使文学理论批评成了纯粹的政策、政治功利手段。到70年代末，文学理论界几乎是一片荒芜、败落景象。当然这期间并不是没有富有探索精神的佳作，但都被淹没于政治口号之中，更有甚者则遭到无情的批判。70年代末，我国开始了一个新的历史时期，一个文化转型期，文学理论终于出现了转机。随后，文学理论界在改革、开放的思想引导下，大规模地介绍了外国文论，引进了近百年来的各种西方文艺思想。短短十来年间，人们兴致勃勃地模仿、宣传、实验，几乎把百年来的各种欧美文艺思潮操演了一遍，文艺思想空前活跃。在这种外来文艺思想如潮水般涌来的情况下，人们要保持心态的完全平衡是不大可能的，无论在观念上，还是在思维方式上，都无不受到触动。看到外国文论发展的趋势以及我国文论难以为继的状态，自然会产生求新求变的渴望。这时也有人或把外国文论当作现代文论的范式及我国文论的出路所在。这是因为隔阂既久，所以难免眼花缭乱，心态浮躁，也往往会浅尝辄止，囫囵吞枣；或抱着拒斥的态度，把外国文论视为资产阶级文艺思潮的泛滥，内心惶惶，实有朝不保夕之感，其实这也是大变动时期的正常现象。80年代中期，文学理论界有关文学主体性的争论的出现，是被我国80年代初哲学中的有关人道主义、人性问题、异化问题的讨论所准备了的，是为外国文论、外国文学的大量介绍、影响所准备了的，更是为我国文学创作中新的突破的酝酿所触动的结果。在文学理论问题的争论之中，可以说各种思想竞相展现，几乎人人都认为真理在自己手里，要找个地方，一吐为快，或登高一呼，树立新的旗号。文学理论似乎处于严重的失序状态。实际上，这正是在逐渐酝酿着一种在失序中不断完善的新型的有序状态，或者说一种新的理论格局。文学主张杂语化、多样化的时代来到了。一旦旧有的禁锢被打破，这时就让人觉得，文学理论中的问题是如此众多，以致任何问题都成了问题，必须进行重新阐释；而文学创作中层出不穷的新问题，也常常使理论与批评无法对创作再发表恳切、精当之论，不能不陷入尴尬境地。一些从事文学理论研究的专业学者，事实上早就思考着、协调着文学创作与理论的关系，希冀建立一种多样化的新的文学理论，这就是有中国特色的文学理论。

所谓"中国特色"，一、就是用中国人自己的目光、观点与理解,而非外国人的目光、观点与理解,来阐释中外文学现象。近百年来,中国人几乎总是跟随在外国人的理论创新之后,翻译介绍,来往奔走,疲于奔命,而这种跟随与模仿,又往往变为一种时髦与招摇。二、就是必须连接六七十年来被忽视甚至中断了的古代文学理论传统,从古代文论中汲取丰富的营养,摄取那些具有生命力的观念,激活那些并未死去的东西,使之成为新的文论的血肉。三、要与当代的中外文学实践相结合,用以阐释我国的与外国的新文学现象,形成我国新的文论。四、有着中国特色的文学理论又是多种多样的,对精神现象的大一统、单一化的理解一旦破除,文学理论就显出其自身的多姿多彩,加上各种学派的理论竞胜争妍,就会显得更加绚丽斑斓。

有中国特色的文学理论建设,正在进行之中。建成这一文学理论的标志是,在吸收中外古今文论的基础之上,在阐释本国文学与外国文学现象时,在理论上有自己的一套不断确立起来的规范、术语与观念系统,具有我们自己的理论独创之处;在世界文论中,不是总是跟着人说,而是用我们自己的话语表述,并在世界多元化的文论格局中,有着我们文论的一定地位,使中外文论处于真正的交往、对话之中。开始于80年代中期直至今天的文学理论的反思,大体是按照这种认识进行的。回顾文学理论的进展与更新,我们可以说,这20年的光阴并未浪掷虚度。就我们所知,不少学者广泛涉猎中外文学论著,借鉴各种流派研究方法,探讨着文学的不同问题;都曾不同程度地清理、整合过自己的学术思想,从不同侧面来阐明种种文学现象,以适应新的文学实践与新的文学潮流的需要。

对于20年来的文学理论研究成绩,我们自然不能盲目乐观但也不宜妄自菲薄。新时期的文学理论是个很有成绩的部门,只是未加集中、展示而已。文学理论中出现了不少好书和优秀著作,这是事实。一是它们具有创新意识。创新意识就是能够抓住理论中的关键问题或是新的问题,从新的角度,对它们进行合乎实际的理论阐述,提出新见解、新观点,使理论在原有的基础上,获得新的说明,从而使理论有所丰富、有所发现、有所前进。只有创新,才能使文学理论研究具有活力,获得生命。新时期的文学理论改变了原有的文学理论的面貌,它的理论探索的锋芒射向文学领域的各个方面,它所讨论的不少问题,是过去的文学理论未曾涉及的,因此不时引起思想的火花而新见迭出。自然,作为新的有中国特色的文学理论的整体形态还不够成熟,但是就单本著作水平而言,一些学者是获得了较高的学术成就的。

二是这些著作初步实现了理论观念的多元化。文学本身的问题是可以分为多种层次的,每一层次的问题探讨的角度又是多种多样的。十多年来,有关文学审美性质、特征、作品、文体、结构、意象、意境、境界、作者、读者、阅读、修辞以及文艺心理学、文学社会学、文学阐释学、接受理论、比较文论与文化诗学等这类问题的探讨,都有专著问世,虽然水平参差不齐,但也不乏精品。

三是研究方法的多样化。文学理论学派进入多元化之后,研究方法自然出现了多样化趋势,而一些学科本身就要求新的方法,如文艺心理学、文学话语研究等,方法的多样化更加促进了理论的多元化。这种景象还是我们在 80 年代初所梦寐以求的。理论的多元化、方法的多样化,可以使理性的智能获得解放从而排除人类思维的独语现象,可以使学术个性得到尊重,使它们成长,获得生机。多样而巨大的学术个性的出现,是一个时代学术成就的标志,一个没有学术个性的时代,必然是平庸的时代。有了学术个性的出现,才谈得上学派的形成,进而漫向四面八方,推动学术的更新与发展。可以这样说,今天文学理论中的学术个性正在探索之中与形成之中。这就是为什么我们要大声疾呼文学理论与方法多元化的原因。

一个理论创新的新世纪已经来临。不过任何一种新型的理论形态的建立与发展,都是要以前人提供的"思想资料"为基础的。新时期的文论,作为一个良好的开端,它们无疑可以成为有中国特色的文学理论的前期成果;而作为丰富的思想资料,它们无疑将汇入新世纪的新的理论创造之中。

华中师范大学出版社邀请我们编选一套"新时期文艺学建设丛书",我们十分高兴地接受了这一工作。"丛书"将分辑出版,每辑 6 种。在目前出版条件相当严峻的形势下,出版社毅然组织这类学术著作的成批出书，这对于已经走过一段时间的新时期的文学理论来说无疑是一个肯定，对于即将来临的新世纪的文学理论建设，更是一种既是物质的又是精神的巨大鼓励；这种气魄与目光，是令我们十分感佩的。

（原文作于 1999 年 9 月 9 日，录自《新理性精神文学论》，华中师范大学出版社 2000 年版）

艰难的选择

——《钱中文学术文化随笔》跋

人的生存，是个不断选择的过程。无疑，人的选择，是以他的存在的条件与可能为依据的。社会、生存条件不断在变，他得适应，或给以改造，或进行反抗，这就是选择了。其实，社会、人们也在选择，而且在不断地选择，选择着人。人在适应、改造中实现自我的创造，以适应于社会的需要，这就是他的价值与本质的表现了。

20世纪80年代初，当萨特的存在先于本质的观点被介绍到我国来时，还惹出了一场小小的风波。对于老派的人来说，萨特的观点自然是难以接受的；而对于我这样只想安安顿顿过日子、搞搞学问的人来说，不想参与争论，只不过心里在想，生活不就是那么回事吗，不就是不断的自我选择吗？我曾是个"跟跟派"，而且曾是心甘情愿。因为，我曾选择过，结果被人选择了，于是似乎再无选择，也别无选择。我把自己完全交了出去，他人不由分说地代表了我，我的权利不由分说地由他人保管了；我想说话，也由他人不由分说地替我说了；除了在熟人之间可以说说，我也无处可说。我所说的，也是他人的话语。我真心诚意地山呼万岁过，也曾一朝醒来，不由分说地受了10年的群众专政。我曾是扎米亚金《我们》之中的一个小小的臣民，那是多么幸福啊！

但是，存在不断在变，我的存在被人们推着在变。大家纷纷在变，不断进行着变、不断进行着新的选择的时候，我能稳如泰山、安坐不动么？我也要选择，首先要进行自我选择。

从50年代起以后的漫长的30年里，一些人长梦早醒，而我作为一个后知后觉者，仍把存在与梦境连在一起。在80年代初几年的反思年代里，总算开始认真地思考了我的存在，这是一个应该有自身价值的存在，独立的存在。倒坍的就让它倒坍，无可挽回。便是作为一个人，他应在存在中找到自身。这个"自身"，其实是很渺小的。他不过只是想在一场浩劫之后，保持自身的血性与良心、怜悯与同情而已。他不会也无力去阻挡别人获取权力，因为权力历来是有权力的人以权力赋予自己权力的权力，是有权力的人赐予的权力礼物。这方面不需上下求索，如果还想在一间安静的斗室念一些书，那么靠中国人特有的修身之道就可以自我完成的。但是，这个自我作为一个学人，对于他无比紧要的是如何在学术上找到自我，成为一个学术个性。这一选择是十分艰难的，但是应当完成它，否则何以自立？

我说这一选择十分艰难，主要是像我这样的人，50—60年代的经历，就已使得我的思想变得麻木了。人们说，正确的思想、观点早就被能人们说完了，认识到此中止了，真理达到顶峰了。真是，对此还可能有什么奢望呢？我意识到，我的存在，就是为他人的话语而存在的。做一个人真是太渺小了！正是这种独断的思维方式，几十年来，抑制了思想的无限可能与学术个性的勃勃生机。

可是，80年代初开始了一次新的思想解放运动。回想流逝的大好时光，心头不时隐隐作痛，但有什么办法呢？好在人的生命显示了其顽强。在生存发生变异的情况下，只有适应与选择，才能使思维获得新的生命。改革、开放使我和年轻人实际上站到了同一条起跑线上，学习有如东去的滔滔流水那样，不舍昼夜。

在开放之后的中国文论界，说来也有缘分，我大约是较早地介绍外国文学理论进来的人中之一。1980年，我找到了美国人、苏联人和德国人的文学理论著作，虽然这些书有的写于40年代末，有的出版于70年代中期，但对于封闭了几十年的我来说，都有一种新鲜感。1981年，因参加《文学原理》的撰写工作，我在小范围里对这些著作，作了介绍与比较，提出翻译、出版"现代外国文艺理论译丛"的建议，并很快组织了人进行翻译。次年，受徐中玉先生之嘱，在广州召开的全国文艺理论研讨会上，就两本有代表性的美国的和苏联的文论作了介绍，引起了不少与会同行的兴趣。

随后几年外国文论、文艺思潮如潮水般地涌入我国，各种不同的文学理论流派，琳琅满目，展现在我们面前。要阅读的东西是如此之多，一时真使人目不暇接。终于在文学理论界出现了前所未有的大好局面。原有的单一的文学观念受到猛烈的冲击与质疑；但对那些并未有多少了解、做过多少研究的外国文学方法、观念，一经介绍，都被宣布为新方法、新观念，以为一加移植，从此我国文学理论的发展前途，就必定光昌流丽、吉祥如意了。接着便出现了所谓文学方法年、文学观念年。文学方法、文学观念的大讨论，促进了文学观念、方法的更新。

我亲身参与了这一进程，在这一近于生存角逐的过程中，不少思想震动着我，丰富着我，也改造着我。这是一个急速进步的时代，是几年胜于几十年的时代。从1978年到1980年代初，我反省了我旧有的文学观念和文风，努力消除自身所受的极左文艺思潮的影响。随后几年，在对西方多种文艺思想作了较为深入了解的基础上，渐渐对文学问题形成了自己的一些见解，并演绎而为文。对于那时众多的问题争论，我大多未曾参与。诚然，需要争鸣，但更需要阐明，我努力对自己设定的问题进行探究。实际上，我的一些文章，对不少争论的问题，仍然表述了我的看法。只是正面阐释的多，不直接点名道姓而已，在这点上，只有少数几个朋友了解我的心意。在极度紧张的生存中，我极力寻找着一块属于自己的绿地。

很多问题，其实很大程度上是围绕传统的争论而引发出来的。我不属于文化传统上的虚无派，也不属于文化传统上的守旧派。在我看来，文化传统是个很坚硬的东西。古代文论传统过去被漠视了，现在我们不得不重温旧课。再拿"五四"以后的文论来说，它已经成为传统，你讨厌它，进而全面否定它，可又要建设新的文论，这是可能的吗？全面中断与自己靠得最近的传统，到时你阐释新理论的话语都没有了，那就只有去搬弄外国文论的术语了。传统是新的文化创造的基点，对于传统，只能进行批判、吸收，才能保证我们能够举步向前，使其有用的成分与因素，融入当代文论。

80年代，在理论新风的激荡中，我努力卸下旧有的理论框框，废弃了一些观念，接受了不少新的观念，改造了一些观念，在理论上提出了一些观念，努力想有所进步，哪怕是一小步也好，这使我产生了一种新生之感。可是我的文艺观点，有的新派认为保守，他们以简单的否定为新颖，认为只要有耸人听闻的东西就好，希望理论上天天有新鲜的花样。有的吃洋饭的朋友根本不加辨析，把我当成抨击的目标。有的标榜领导潮流的杂志，连续几年拒绝发表我自认为最下功夫、不无见解的文章。要知道那种对过去文学一概否定，图一时痛快的虚无情绪，或以为一知半解的介绍，就是大大的发明了，也是时过境迁，很少能心想事成的。可老派又指责我在搞所谓"自由化"，点名不点名地进行批判，他们的脚已伸进90年代，而头还留在50—60年代，尘封在古纸堆中，继续唱着旧时的调调。一次，我和蒋孔阳先生谈及我两面受击的情况，先生风趣地说，这样好，这样能够容纳各家之长，学术上博采众长，才是正道。其实我正是这么做的，不受前后左右的干扰，走我自己的路。学术上的虚无主义，以一种情绪代替另一种情绪，再度使学术情绪化、政治化；或是朝三暮四、左顾右盼、见风使舵、等待指示，否则自己就不会出题目、做文章，这类情况，我见得多了；或是数黑论黄、皓首穷经、翻来覆去、依然故我，真理不怕重复却使真理失去了血肉，这些也是典型的50—60年代的遗风；或是对这一遗风的虚无的反弹，都是时代使然，两者相反相成。它们使不少人在一个怪圈里徘徊，这个怪圈喜好独断，把它自身之外的东西一律视为异己，禁锢着人们的新思想，抑制了无数学术个性的形成。精神、思想是丰富多彩的，可是，过去的时代特别是60—70年代，造就了精神、思想的贫困。所有种种，可能就是最近50年来，未能在学术上造就大家的原因了！

存在着的文化现象，都会申明自身有其存在的理由。这些理由正当与否，合理合法到什么程度，就要进行学术研究。学术研究就是要人去探明事理，这是一种学理性的探讨。学术研究是在前人的基础上，提出新材料，揭示新问题，在对问题的探讨中，有所深入，有所丰富，有所前进，总结或预示某种文化现象的趋向的发展。文学理论的探讨也是如此。对于外加指示，临时需要，在当今环境里，似乎还未结束。不过人们经历已多，见闻亦广，风浪再大，也能处变不惊，偏安一方，自得其乐。可喜的是具有这种心境的人，已越来越多。这是寻找学术个性、建立学术上的自我的一个好兆头。为了寻找这个学术上的自我，我们这一代知识分子走过了曲折而痛苦的道路，进行了艰难的选择。我自己在80年代就进行着这一选择，自然不敢说已经完成，因为如今仍在进行下去，但是选择给了我一种喜悦，一种学术上自我发现、自我价值肯定的喜悦，一种获得一些自由的喜悦。

学术上的真知灼见，常常会被时尚视为异端邪说，这时作为有学术个性的独立人格的学者，他能坚持己说，忍受种种歧视、寂寞，以至生活清贫，甚至生存也难以为继。但他们会克服一切困难和折磨，超越它们，坚持把自己的思想说出来，著述不能出版，就把它们束之高阁，而安之若素。这样的具有独立的人格、自由的精神的学者，在中外学界还真不乏其人。不久前，我读到20世纪的重要思想家、著名的文学理论家巴赫金的传记材料，他的清贫生活与所忍受的生活折磨，和他在学术上所做出的贡献，简直无法对比，读后真是令人感动不已。你可以体会到作为一个学者的独立的思想、自由的精神是什么涵义。

编入这本集子的各类文章，谈的都是文学方面的问题；文学问题之外的文章，我虽然也写，但为数甚少，所以未曾编入。编入的文章在体裁方面，尽量多样，从内容方面来说，大体显示了我的文化学术风貌的一个侧面。它们也显示了我在学术上的选择，一种艰难的自身价值、生存的选择，一种将会继续下去的选择。

（原文作于1998年3月5日，为《钱中文学术文化随笔》一书的"代跋"，中国青年出版社2000年版）

《文学理论：走向交往对话的时代》跋

20世纪八九十年代，我国文学、文学理论发生了重大的变化。如今正在进入世纪之交，千年之交。面临这一时刻，感想是很复杂的。

80年代初，贫困的双眼，开始看到了丰富的世界。原来，思想是缤纷多彩的，各具价值、个性。思维不是重复他人思想的工具，而是自有生命，是生成思想的手段。还有什么比这一认识与自觉，使我既感到懊丧又高兴的呢！使人懊丧的是，岁月不居，人到中年，生命中最好的时光，已在运动中被群众专政的岁月里流逝了，我只好想想"庸人歌德"的话，"群众是群众的暴君"！但是，当笼罩生活的沉重的灰色渐渐淡去，泥地上勃发起一片绿色的生机时，这使我感到，生命是顽强的，就是那被雷劈的路边的老树，也会逢春而发，婆娑起舞呢！

开放、改革的潮流是不可阻挡的，那人为的高高土坝一旦坍塌，潮涌便将是一泻千里，势不可挡。这新时期的20年的岁月，过得真是充实，但又感到短暂。这20年是我反思自己、清理自己、面对现实、自我选择、展望未来的20年，这是我真正进入文学理论的20年，在文学理论中寻找学术上的自我的20年。

选入这本文集的，是我近20年来撰写的部分论文，它们大体上从一个方面记录了我在新时期20年来，对文学理论发展的追踪与探索。

上编偏重于对部分中外文学理论的清理与评述，探讨它们的形态与特征，成绩与局限。这里，评价了美、苏、瑞士三种有代表性的文学理论著作，并对它们进行了比较研究。有关法、苏文学理论的几篇论文，是在80年代出访后写成的，介绍、评介了这些国家七八十年代文学理论的现状与进展。有关"意识形态本性论"文学理论与"认识论"文艺美学两文,则是对苏联学者与我国学者文论思想的书评,探讨了它们的得与失。对于这些文学理论形态,作者力避人云亦云,或使用第二、三手材料,并努力说出自己的观点。而今天使用第二、三手材料写文章、写书的现象,可说已不是个别现象,不掌握第一手材料,何以能写书、作文?这种学风真是令人发愁!

对于上面提及的文学理论现象,有的其局限性已经十分明显,但我尽量不用 80 年代相当盛行、至今还在大行其道的简单否定方法,也就是六七十年来流行于我国学术界的非此即彼的方法论。这种非此即彼的方法论,是形而上学猖獗的结果,它对我国学术在继承我国古代优秀文化传统、吸收外来文化优秀成分方面,造成了难以估计的损失。当今的学术思维,在我看来,应是宽容、对话的、包含了一定的非此即彼的、具有一定价值判断的亦此亦彼的思维。

下编偏重于我对文学理论中的问题的探讨,我的某些文学观念的阐释,研究方法的设想。这些论文评价了我国新时期文学理论的进展,在"现代性"的策动下,我国审美意识所发生的激变,文学观念的更新,文学与文学观念多样化的形成及其发展与走向,较早地评价了 80 年代欧美文学理论的转折,并在我国文学理论的建设中,提出"新理性精神"。而我所理解的"现代性"与对它所做的解释,正是"新理性精神"的内涵。中外文学理论,我国多样化的文学理论,正在走向交往对话的新世纪。

收入文集的论文,相互联系。文集虽非专著,但有一定的系统性。这些论文,大部分发表于《文学评论》《文艺研究》《文艺理论研究》,有的论文以首篇刊于美国出版的专题论文集。本书大体表达了我的部分文学观念与方法。

北京大学出版社的温儒敏、乔征胜与张凤珠诸先生,获知我要出版这部书稿,竭力玉成此事,在此我向他们深表谢意!

(原文作于 1999 年 3 月 20 日)

录自《文学理论:走向交往对话的时代·跋》,北京大学出版社 1999 年版。

《新理性精神文学论》自序

我给这个论文集取名为"新理性精神文学论",想说明自新时期以来,我的文学理论研究,力图在现代意识、现代精神的观照下进行;开头可能不很自觉,到后来就表现得自觉一些。

文学理论要走出落后的社会意识的影响,就要以现代意识、现代精神进行观照、审核,使之符合当代人的审美意识与当代文艺创作的实际,以促进今天的文学艺术的发展。现代意识与现代精神是现代性的基本内涵,自然,关于现代性的具体内涵,言人人殊,我的这方面的观点,可见收入本文集中的《文艺理论现代性问题》一文。

把握现代性,从不自觉到比较自觉,有一些理论问题是不断纠缠着的,这些问题使我有五六年的时间,陷入了紧张的探索中。比如,文学观念问题,旧的文学观念实际上已经显示了它的不科学性,并已成了文学理论中出现简单化与庸俗化现象的理论根据,从而显示了旧理性精神的滞后。宣布旧的文学观念已经过时,与它决裂,那是十分容易的事,但是用什么来替代呢?在一段时间里学者们提出了关于文学观念的多种说法,从不同方面揭示了文学的某一方面或某些特征,各有各的道理,但是如何来统摄文学的整体呢?比如,关于文学理论的传统问题,旧的理论既然难以解释众多的文学新现象,那么移植一下古代或西方的各种文论,是否就万事大吉了呢?也不尽然。脱离原有的传统,代之以新的时尚或旧有的文论,这可能又会中断一个传统,以致与当代文学难以对话了。同时传统问题也涉及文学的传统,特别是现实主义文学传统与现代主义文学问题,如何评论?当我们对现代主义文学还未有认真的品味,突然现代主义文学又成了传统,发生与后现代主义文学的龃龉了。比如，创作过程问题，这是新时期文学理论中最为活跃的话题。学者们从心理学、语言学、社会学、符号学等学说进行研究，从审美、意象、神韵、意境等观念进行阐述，新见迭出，但是哪一些范畴具有总体概括的功能呢？如此等等。

80年代最初几年，文学观念、文学研究方法酝酿着新变。西方文论迅速地大面积地被介绍过来，促进了我对原有的文学观念的深刻的反思，意识到必须进行自我改造，才能适应时代的理论需要；同时结合写作任务的紧张思考，使我觉得必须用一种新的思想，也即现代意识与现代精神，来阐明文学问题，这就是后来称之为"新理性精神"的东西。在美学与文学现象的热烈讨论中，在对外国文学理论的分析、比较中，我对文学的一些基本问题，慢慢地形成了自己的见解。80年代初，我的文艺思想发生了一些变化，表现在当时的一些论文中，我用社会学、文艺心理学的方法，阐述了文学创作中感情形态、人性共同形态、审美理想与艺术直觉等问题；开始了对外国文学理论思想的清理与评价；同时，我用以说明文学现象的几个核心概念的思考，逐渐趋向定形。

1982年，我在《论人性共同形态描写及其评价》一文中，提出"文艺是一种具有审美特性的意识形态"的观点，那时还不很自觉。其后于1984年，我在《文艺理论的发展和方法更新的迫切性》等几篇文章中，就提出文学是"一种审美的意识形态"、创作过程是一种"审美反映"，几个基本概念开始稳定下来。我知道，在新名词、新观念层出不穷的年月，对于这些概念人们是不屑一顾的。1986年，我发表了《最具体的和最主观的是最丰富的》长文，重申"文学是一种审美的意识形态，其重要的特性就在于它的审美性和意识形态性"，但文章的重点则是对"审美反映的创造性本质"进行阐释。此文发表时，因文章较长，文前有一"提要"，我以为大致表达了我的观点。大意是：应把一般文艺批评中的简单反映论和能动的反映论区别开来，不作区别，混而统之，很可能导致新的庸俗社会学。从反映论观察文学，文学的某些现象可以得到阐明，固然也可以使用其他层次的方法研究文学，但不能用反映论直接阐释文学现象，对于文学现象，要以审美反映论代替反映论,这主要是反映论只是一个一般认识事物的哲学概念,难以说明文学特有的性质。审美反映有其自身结构,它是由心理层面、感性认识层面、语言结构层面、实践功能层面组成的统一体。在审美反映中,主观性的创造力表现为对现实的改造,现实表现为三种形态:现实生活、心理现实与审美心理现实。心理现实中主客观时时产生双向转化,客观因素的主观化,以至现实被消灭,主观因素对象化,形成新的客体。倾向主观的审美倾斜,可以形成创新,但极端化的主观追求,也可能在阅读、接受中失去沟通。审美反映的动力源,来自主体本身的审美心理定势,审美心理定势的动态结构(格局)形成一触即发的内驱力,不断要求主体去获得实践的满足。因此审美反映就是审美实践。审美心理定势的不断更新,促使主体不断走向审美反映的新岸。不存在没有表现的审美反映,自我在表现中找到归宿。审美反映的无限多样,一是现实的无限性,二是主观性是一种不断更新的动力。凡是主观性不强的审美反映,可能是失败的审美反映。创作个性是主观性的最高要求,是创造的极致。最丰富的是最具体的和最主观的。

这样,我所阐述的审美反映,实际上已经吸收了好些学派的合理因素,把创作活动视为综合了多种因素的审美实践活动。当时,批评反映论的文章很多,我觉得这类批评与我的思想并无关系。后来也有一些学者在提出自己的文学主张时,评述了"审美反映",但往往不顾及我的上述论证,只讲他的一面之辞,所以就不易进行对话。

1987年,我发表《论文学观念的系统性特征》一文。此文主要是阐发了"文学是审美意识形态"的命题。随后又发表《论文学形式的发生》一文,从原始初民的审美意识的萌生、发展,来谈审美意识形态的生成。先民无文学,但审美只作为人的本质特征的确证已经存在。随着语言、文字的出现与审美中介的完善,一部分审美意识逐渐在语言、文字结构中,生成独特的形态,而成为审美意识形态。作为审美意识表现的前文学,由语言、文字形态的表述而走向文学,从不完善的审美意识形态,到逐步完善的现代审美意识形态。话语、文字不仅仅是符号,它们也是感情、思想、文化积淀的载体。因此,文学一开始就是一种审美意识形态。从审美出发，文学的特性在于审美与意识形态性的结合，这不是两者相加，而是文学作为一种具体的意识现象本身的与生俱来的特性。这样，文学作为审美意识形态，是以感情为中心，但它是感情和思想的结合；它是一种虚构，但又具有特殊形态的真实性；它是有目的的，但又具有不以实利为目的的无目的性；它具有阶级性，但又是一种具有广泛的社会性及全人类性的审美意识形态。

自然，这是一种观点，这在拙著《文学原理——发展论》中有详细论述。提出"审美意识形态"的说法，是我在对苏联和欧美的文论经验，特别是对我国几十年文论方面的教训反复思考的基础上提出来的，只是对审美意识形态做了我自己的阐释。不久前读到一位学者的著作，其中说到这一观念，是苏联审美学派的思想观念。但就我所知，70年代的苏联审美学派，接近了这一观念，却并未明确提出过这种概念。后来请教了几位朋友，直到最近我才弄清楚了这一概念的来龙去脉。关于这点，可参阅本书中的《曲折与巨变——百年文学理论回顾》一文的最后部分。

我是分列不同层次来探讨文学本质的特征的。上面谈的文学的审美特性与意识形态性，作为文学的最本质方面，在方法上属第一层次。第二层次谈的是文学存在的形式，即文学本体问题，包含三个方面，即语言结构的审美创造，已融入主体的审美价值的创造与读者接受的再创造。但也有人把文学本质问题列入文学本体论的。

我把文学存在形式作为文学本体来探讨，主要是受韦勒克的启发，而没有去纠缠极为分歧的哲学本体论的种种观点。韦勒克在《文学作品的存在方式》一章中谈到"文学作品的'存在方式'或者'本体论的地位'问题"。他引用英加登的文学作品层次论，并把它视为文学作品的存在方式，也即作品本体。但是，韦勒克只是从内部研究来讨论文学作品。因此即使他所说的作品本体，也是残缺的，更遑论文学本体了。自然，韦勒克后来意识到他的内在研究的观点是有缺陷的。作品有作品本体的存在，同时也有文学本体的存在，两者是不可互相替代的。我借用韦勒克的方法，讨论文学存在的形式，即文学本体。这就是，"文学是语言结构的审美创造""文学是主体的审美创造与审美价值的创造系统"，与"文学接受是文学审美价值的再创造系统"，三个方面的融合与统一，形成文学存在的方式与流程，构成文学本体论。这一文学本体论观念，固然不同于韦勒克的说法，也不同于相当流行的文学四要素说。因为在我看来，自然性的"世界"与文学有密切的关系，这是不成问题的，但并不是文学本体。被创造的"世界"，实际上只存在于主体的审美价值的创造之中与读者接受的再创造之中，难以自为形体。当然，我的这一说法也不同于本体论的否定论。

文学发展就是文学本体的发展，如前所说，是在历史、现实的过程中，首先是文学语言结构的审美创造。与这一层次相应、表现为文学话语的不断变革、文学体裁也即真正的文学这种形式的不断生成、更新与多样化。其次，是创作主体的审美价值的创造的发展，与这一层次相应，就是创造主体的个性、风格、文学流派、文学思潮的生成，就是各种创作原则的形成与演变。再次，是文学接受中审美价值的再创造，与这一层次相应，表现为历史过程中文学价值不断被再创造，形成文学的接受史。

在文学的不断更新过程中，我提出了文学发展中的更迭与非更迭现象。人们常说文学的发展是后一种文学更迭前一种文学，如现代主义文学替代现实主义文学，后现代主义文学替代现代主义文学，这种说法我以为甚为笼统，也并不科学，但很是流行。其实，表面上看来，好像存在一种文学替代另一种文学的现象，但实际上，只是一种文学思潮替代另一种文学思潮，而作为创作原则的文学现象，一旦形成，是会长久地存在下去的。因此，这就是为什么在同一时期里，常常会出现多种文学创作现象并存的局面，一些看来似乎过时的文学现象，如创作原则，它会及时吸收后来的创作原则的一些特征，用以丰富自己，而获得新的生命，并且发展下去，继续在其指导下，创造出新的文学作品来。文学发展采用的是积累的形式，新的文学的出现，不会排除、消灭旧的文学，而只会丰富与充实整个文学过程。

最后，我将文学看作一种文化现象，它的发展自然应置于文化系统之中进行考察。文学无疑受到一个民族的文化精神的制约。这种"民族文化精神",是一个民族的审美文化和非审美文化的互为交织,在长期的历史发展中形成的价值、精神的指向,是一个民族的深层心理结构,它影响着创作者的思维特征与文学观念的形成。在文学与审文化和非审美文化的相互作用中,形成着各种文化批评与文化诗学。

我努力想以现代精神、现代意识为指导,来讨论文学问题。但是90年代初,针对"审美意识形态"与"审美反映"这两个概念,有人还是把它们当作理论上的"自由化"表现,对我进行了"规劝式"的批判,或是以资料整理方式进行示众的。批评者说:我们知道,意识形态就是意识形态,怎么能与审美结合起来?反映论就是反映论,怎么把反映论说成审美反映?认为这是滑向了"自由化"了。其实,我也知道,这正是文学理论中最典型不过的机械论表现,人们还要到哪里去寻找现成为例子呢!

不过现在不少学者都采用了文学是审美意识形态、审美反映这些术语,在使用这些概念,并从各自的理解在理论上充实了它们,丰富了它们,形成了八九十年代的共同的文艺思想财富。此外也有人认为,这"审美意识形态"的说法,与伊格尔顿出版于1990年的《美学意识形态》(亦可译作《审美意识形态》)提法差不多,此书的中译本,出版于1997年。其实,我的阐释与伊格顿的论述是大相径庭的,但按中国的国情,外国人说的才是真理,国人即使提出于前,那也不管用的,还得往后来的外国人身上靠,看来还是外来的和尚会念经呢,一笑!

1989年的一场无妄之灾,对我的生存与工作是个重大的打击。我竭力反抗这一命运,像以前一样,在工作中投入了我全部的生命欢愉和兴趣。我从未间断过工作,但精力毕竟不复如前,这是万般无奈而又深以为憾的。

90年代,我主要梳理了一下百年来的中外文论流向,以及它们的各自特征与共同点,这共同点表现为对"自主性"的执着的追求,而在方式上,又是各不相同的;探讨了近百年来我国文论发展中的症结所在;论说了近20年来的中外文论中的新变,新时期我国文论取得的成就以及它所呈现的多样形态的趋势等，这是一方面。第二，介绍了外国的对话主义理论，同时阐释了在文学研究中如何移植、使用对话理论，以改进文化研究的态势，我希望未来的文学理论，能够建成一种对话主义的文学理论。对话主义的文学理论要求改造文学理论的哲学基础，从哲学人类学思想来理解人的存在，一种互为依存的对话性的存在，文学理论也应逐渐转移到这种对话的存在基础上。第三，在文学创作、文学理论研究中倡导一种"新理性精神"，在高扬新的人文精神的基础上，主张感性与文化的统一，重建文学艺术的价值与精神，守护与充实人的精神家园。

"现代性"与对话精神，就是"新理性精神"的思想核心，在它们的策动下，来推动文学研究，建设新的文学理论，这是一种既遵循科学精神又充满人文精神的文学理论。建立这种新的理论，与之相适应，需要排斥近百年来中外文论中的那种非此即彼的思维方，确立一种走向宽容、对话、综合、创新，同时包含了必要的非此即彼的、具有一定价值判断的亦此亦彼的思维。

上面提出的好些问题，大有深入的余地，只是对我来说，有点光阴紧迫的味道。能否如愿，真要看看和它们的缘分了！

文学理论的新世纪，将是走向交往、对话的新世纪！

（原文作于1999年8月20日，于京郊桐荫室）

跋涉的命运

——《新理性精神与钱中文文艺理论研究》代序

我喜欢跋涉，我的命运就是跋涉！

从小到大，从童年到老年，生命就是长途跋涉！

我喜欢跋涉，我的生命的诞生，就汇入了不见尽头的跋涉！

跋涉，是红黄蓝白黑挥洒的酸甜苦辣，是几次跌入生死相依的人生况味！跋涉，它的前头总有什么点点闪耀，宛若年轻孤独的情书的祈求，有如没有回答、只有忍受的情爱！

跋涉，是天风海雨，仲春丽日；是冷月黄沙，秋水长天！跋涉，是我不变的青春的激烈忠怀，还有那散落着灵动飞雪的残梦点点！跋涉，是声震灵魂的"贝九"的《欢乐颂》，那人间的生之颂歌；跋涉，也是我同乡回环往复的悲凉的《二泉映月》，那迤逦在长街陋巷凄苦的琴音袅袅！

跋涉，是斗室枯坐的不尽旅程，无止境的苦涩的自我酿造，却是越过了那疲劳的顶点，那点点滴滴的感悟之灵泉！跋涉，是骑车上班路上刹时灵感的一痕闪电，是无意倒下的流淌的苦汁，却酿成了一束束收获的欢快！

跋涉，是求新、求变、创新！虽然坎坷处处，荒芜中飘逸着几许悲怆，一旦推石上山，却如银瀑千尺，谱写着生命的流畅一片！

跋涉，是生命的再生！我自知会在哪个驿站，悄然倒下，不无伤感，但会留下些微的喜悦！在潮涨潮落的祈求中，在疲惫的执着中，

第三编　序跋书评

一个身影,轻啸悠长,正笨拙地舞向再生之欢唱!

我喜欢跋涉,我喜欢跋涉的生命,还有那跋涉的命运!

(原作于 2002 年 10 月 5 日)

《文学的乡愁》序言

各种媒体都在描述乡愁，电视拍成连续片，寻找旧时建筑的遗迹与穷乡僻壤的风习。乡愁两字在媒体话语的使用中，频率相当的高，它普及、扩大了人们对乡愁的认识。我把我的这个集子称作《文学的乡愁》，是早几年的事了，现在让我感到有些无奈，让人以为我在攀比时髦话题了。河南文艺出版社的《当代思想者自述文丛》已将这一批书目印成了文字预告，有我的《文学的乡愁》在内，到这地步，我就不好再提出什么异议了。

2005年末，我撰写过《文学的乡愁》一文，被编入了中国社会科学院学术咨询委员会集刊2005年第2辑；同时于2006年初，以整版的篇幅发表于上海的《社会科学报》上。该文主要探讨乡愁的最初内涵，历代乡愁与形态的流变及其在文学作品中的表现。离愁别绪，乡关何处，到后来人的栖居的艰辛，以至在今天市场经济的冲击下，在全球化、地球村的语境中，文学自身的生存竟要面对乡愁了，同时也希冀文学提升对人的精神生态的关怀，一种人文精神，一种乡愁。

其实，说起时髦的话题，我从70年代末就不再赶什么时髦了，因为有过教训。凡是听令于赶时髦的东西，往往是没有价值的东西，凡是有点自主意识写下来的东西，总是多少会有一点新意的。30多年来，我注视着中外文论的发展，随时给以评论，并发表自己的意见，提出一些发生了影响的新观点，意在表达对于文学理论自主性的坚守。即使介绍国外的理论，我也是看重那种深深地感动了我，凸显了文学理论自主性的思想与满怀人文精神的学说，它们对于我国文学理论新形态的建设，确实具有启迪、借鉴意义的东西，所以这使我深深留恋那些忙碌与愉快的日子。渴望文学理论的自主性由此而引起文学理论的丰富性、原创性与多元化，成了我这本小册子对于我往昔美好的理论感受的一种回忆，一种深深怀念着的乡愁。

当然，在这本小册子里，有"梦断乡关路，犹忆乡情深"的这类文字，它们是对于已经失落的、难以重复的美好事物的深切思念！

柳鸣九先生邀我加盟《当代思想者自述文丛》，但我有自知之明，我并非思想型的学者，所以我几次婉辞。我对社会思想的方方面面，很有兴趣，但我的单向思维，只能让我专注于部分，甚至某个专业，而不能在几个领域齐头并进，同时发力。现今项目多多，大家在这些领域里大展身手，很是投入，甚至趋之若鹜，如鱼得水，做出了缺乏思想张力但为皆大欢喜的成绩，这也是当今知识分子的相当普遍的心态。虽然有"钱学森之问"，但问了又怎么样呢？这是一个思想极为复杂的时代，是民族文化伟大复兴的时代，催人奋进的时代，也是弥漫着极端的社会鄙俗气的时代。

我自解脱了运动中的干系之后，只是一心研究我分内的学问。20世纪80年代初，我给研究生讲课时，讲了不少老话，也说到一个想法：在我们这个时代，要在人文科学领域里说出一些新思想，那怕一个新思想，那是十分困难的，如果真有，那无疑就像是自然科学领域里一个发明或是小小的发明了！我充分估计到从事人文科学中理论研究的艰巨性，不过现在看来，那时的想法似乎悲观了一些。其实，人的生存，就是不断地选择，就是不断地适应现实的需要，进行新的选择，促进新文化的建设，投入民族的伟大复兴。八九十年代，在思想大解放时期，我在反思中不断地进行自我选择，比如做人就要选择，在学术研究中也要如此，要不断地进行选择，注入新思想，才能促进学术的发展。在整个文学研究的领域中，出现了不少新的成就，在文学理论、美学中也是如此。一些学者正是在新的选择与进取思想的推动下，提出了新学科、新观点，而我也表达了自己的一些新的想法，说出了一些别人没有说过的话。当然也有人进行批判，说马克思没有说过这样的话，那我自然就没辙了。但是我继续选择着，走我自己的路。

其实，某个新思想的出现，总是会有缺陷的，要看它的主导价值方面，要把它与前人达到的成就进行比较，看它增添了哪些新东西。要真实地评价它与当前的文艺理论与美学现状的关系，是起了阻碍作用，还是越过了旧有的藩篱，而有所出新，丰富了当代文学理论或是美学，以及它的不足之处何在？同时要把它与外国文学理论、美学比较，是简单的引入，改头换面一下，还是博采众长，成为我们中国人自己的理论创新？一个有着一定价值的思想，一部有着一定价值的著作，总会受到质疑，引起争议与批判的，历史上各类大人物的思想与著作，不是至今被质疑、被批判多少年了吗？如果一位学者写了不少著作，但是引不起别人注意，也引不起争论，那可能也是一种学术上的憾缺吧，把学术变为千人诺诺的东西了。想到这里，当柳鸣九先生再次邀我入伙时，我只好就不揣自己的学术形象的浅陋，答应了下来。

柳鸣九先生在《代总序》一文中描述了罗丹创作的"思想者"的形象，并有一番充满感情的动人抒发。1985 年春天，我在巴黎罗丹博物馆就曾看到过这座著名的"思想者"的雕塑，这是一个强者的形象，像是在思考着人的存在、人的命运的塑像，面色深沉而坚毅。

有意思的是，我在别处也曾看到过类似的形象。我有多本日记，其中有相当部分是"画梦录"。在一个很长的时期里，夜里做梦醒来，觉得这个梦有些意思，我会很快爬起来翻开床边的日记本，快速地记下梦幻，有时素描一下，还把其中的景色、轮廓描画下来，因为梦醒的时间一长，原本就是那些虚幻缥缈柔丝般的影痕，就会遽尔飘逝于瞬间。还有许多是梦中之梦，即梦里还在做着梦，梦套着梦，现在翻看起来还真有点意思。

20 世纪 80 年代初的一个晚上，夜里做梦，我突然见到前面有一座光亮的小山，壁立千仞的山顶上坐着一个青年壮汉，面色低沉地望着山下，这个景象使我惊奇不已，他是怎么爬上那么陡削的顶峰的？醒来后我就迅速把它画了下来，至今仍保存着。那时我还未见过罗丹的"思想者"真实雕像，但是会不会在哪本书里看到过"思想者"

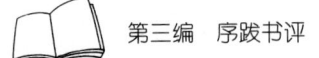

的图片呢,也未可知。我不能说我看到的坐在小山顶的青年壮汉,就是罗丹式的"思想者"的翻版,但与"思想者"一比,是否有一点心有灵犀的意思呢,而进入了我的梦境了呢!

(原文作于 2017 年 5 月)

《桐荫梦痕》后记

1974年我家从东交民巷东头,调房到西郊的北京外国语学院(后改为北京外国语大学)西院,在西院北楼一住就是三十多年。北楼房间高度是三米二,现在的新房只有两米五或两米六,所以北楼的四层楼房就像现在的五层楼房一样高。一些朋友到我家里,都说我家住房好高,很少见到这种高房子了!

北楼南面的空地在50年代初盖房时,种了十多棵梧桐树,还有其他杂树,我家搬进北楼时,这些梧桐树已长得粗壮挺拔,竟和北楼一样高了。一到春天,稀疏的枝干末端和枝干突出的节梗处,猛爆嫩芽,不几天就长出红色的小叶子,然后看着它们天天疯长,二十来天就长成比手掌还大的叶子了。梧桐叶铺展开来,一树荫绿,挡住了炎热,站在窗口,觉得大大地减弱了夏天的暑气了呢!俗话说,梧桐枝高引凤凰,可现在哪有凤凰,倒是喜鹊、鹁鸪、麻雀、几种叫不出名字的翠鸟,常来光顾的。它们在梧桐枝干之间跳来跳去,叽叽喳喳,或作小憩,还有高空带着风铃来回飞翔的鸽子,点缀着我的窗口。我常静静地看着它们,真是一种愉快。看着看着,我就做起了我的桐荫之梦来了。

东坡先生说:"事如春梦了无痕。"茫茫世事,真如春梦,可不,你不经意地放过了它们,它们就渺无踪影。但是细细想想,这话其实只说对了一半,比如,你把它们记录下来,事情可就不一样了,你不仅留下了梦痕,而且是在记录着历史,历史不就是这么记录下来的吗!

80年代前十几年,我的日子生生死死,大起大落,如梦似幻,我老想把它写出来，但我不善于一心二用，只会单打一，天生的笨拙啊！不过从那时起，我趁着"工作"之余，写些笔记、散文，记述一些亲身的经历与感受，它们就是我的体验与感悟。可是又我想，我不仅要记事，还有一些事也值得记下，那就是梦，梦里有许多有趣的东西呢，它们与真实的事是相互补充的，它们也是我的亲身的体验与感悟啊，只是被赋予了虚幻的色彩。于是也是从那时开始，我还真的记录了我做过的各种各样的梦。人的意识中的黑洞般的无意识活动，它的种种乔装打扮，扭曲变形，它的曲折的非理性突发与展现，确是丰富了人对于自己的深层认识，在这种意义上说，它们也是现实生活的组成部分呢。

　　我白日做梦，这就是白日梦了，梦醒后就记下，这种梦还真做了不少。我记下后想想，人世间不少事物，不就像白日梦那样一幕一幕地闪现过去的吗？晚上梦得更多，有时梦做过后，印象很是清楚，心想明天再记吧，可是第二天就想不起来了，了无痕迹，因此后来做过梦后，虽然直想睡觉，但还是起身写个大概，可以帮助记忆，白天再来补充。此外，明明是做了一个梦，很有故事性，醒后发觉原来是在做梦，于是继续工作、活动；可不知什么原因活动被中断了，真正醒了，原来做了梦中梦。有时我做了梦，对人说我做了个奇怪的梦，把梦中的经历说了一下，于是谈论起来，说我在梦中，后有坏人追我，前有大河阻挡，我那时就会闪动两手，在水面上忽高忽低地飞掠到对岸，讨论的结果是，我的心脏可能有问题，说到这里，突然梦醒，又是一个梦中梦！心理、生理上的不少问题，还真会在梦中见出一些端倪。

　　我的日记里记录了好多的梦，收入这本小册子的《雾湿梦痕》，就纯粹是个梦的记录，我的《东方日报》记者的头衔怎么来的，怎么会是个雾濛濛的细雨天气，去和托翁约会，只好说是梦的"拼凑"功能使然了。我梦见过好些作家，如老舍、冰心，还有其他作家与外国友人。我见到老舍时，是在夏天乡间的一间相当大的破房里，屋里蛛网很多，他躺在一张破床上，上有一顶帐子，屋顶上有个大天窗。我一进屋子，老舍先生就大声叫我名字说："你那本小册子里错字好多

《桐荫梦痕》后记

啊!"我忙说:"是啊,是啊,多得连我自己都不愿看了!"这之前我出版的几本书里,几乎挑不出错字来,可这第三本书里错字那么多!想起老舍先生早已沉湖,可还在关心我书里的错字,真让人无地自容啊!随后这个场景就隐没了,醒来让我更感愧疚。想起误植之处,白纸黑字,就是用斧子也砍不掉的呀!在这里,梦竟与现实完全交织在一起,梦是现实的延续呢!我见过冰心女士,她中等身材,身穿长袍,从东城的一条胡同中段的一家门口走出来,怀中抱了一个小孩,旁边有棵大槐树,她缓缓前行。我少年时代读过她的《寄小读者》《斯人独憔悴》与《到青龙桥去》若干篇什,我似乎回到少年时代,立刻认出了她,于是马上迎上前去说:"冰心女士,我是在您的《寄小读者》里长大起来的呢!"她只是微微一笑,并不答话,继续走路。我想我怎么叫她"冰心女士"呢?她起码比我大一辈呢!"冰心女士"是我能称呼她的吗?她出版的《关于女人》,自称"男士",可谁是第一个称她为"冰心女士"的呢,是她自己吗?一时难以考究了。想来想去,觉得还真好笑呢!

反过来说,现实生活里的不少境遇,真像梦幻那样美丽。沈从文先生描写的湘西故事,"美丽得令人忧愁",或是"美丽总是忧愁的"。一年仲春,我和吉首大学的简德彬君与湖南师大的赖力行君有湘西之行。在美丽的金鞭溪游览,照简君的说法,我们不是漫游,而是在"狂奔金鞭溪"了,因为时间实在局促。但是进入宝峰湖,好像立刻进入了梦幻似的。湖的四面层峦叠嶂,奇山怪石,野花杂树,满湖绿水,湖中小岛,轻雾中恍如仙山一般。这时忽见湖边停靠着搭有篷盖的小船,船头站有一位身穿红色长裙的年轻土家族姑娘,对着我们游船唱起了情歌。谁知我们的简君也是土家族,竟是放开歌喉,与她对唱起来:"你要是嫁人,不要嫁给别人,一定要嫁给我!"一听这直白火辣的对歌,我们都哈哈大笑起来,使得水波也是起劲地荡漾开来。土家姑娘的回眸一笑,使得这万绿丛中一点红的景色,更添上了几分的温柔与妩媚,这是动态的湖山之美,令人陶醉。这是多么温馨、纯情的调侃呀!简君后来说,这"也是对遥远的永不再来的青春恋情的略带忧伤的追怀"!湘西之行,真是"一个美丽得令人忧愁的梦"!

"附录"里收了两篇速写,或叫杂记,是 60 多年前我少年时期写的,发表在那时的报纸上,从此开始了我的写作之梦。沧桑巨变,几篇短文能够保存下来,真是一个奇迹,算是一个珍贵的纪念。不久前,中国作协授予我一张从事创作 60 周年的荣誉证书,刚看到时我吓了一跳,后来一想,如果从我发表的那两篇短文算起,那可真有 60 多年了。附录里还收有几首旧体杂诗,由于未曾认真学过这类诗的作法,不合诗律,只能算是乱涂的打油诗,抒情一下而已!

外国有个民歌,说的是一个自小在故乡菩提树下游乐,尔后在外流浪多年,身心交瘁,他常常回想起故乡的菩提树,而菩提树枝就会在风中簌簌作响,呼唤游子来归,许他会在树下找到安详!我在窗口的梧桐树荫下,做了几十年的梦,有过甜梦无数,也有不少的梦使我悲从中来,黯然神伤。这窗前梧桐树荫,就是我能够找到安详的地方了!我写下的一些学术随笔与散文,算是我留下的梦痕,我的生命的体验与感悟。于是选集起来,就叫它为《桐荫梦痕——体验与感悟》!

(原文作于 2010 年 10 月 18 日)

《理论的时空》自序

一

收选在这个集子里的论文，都写于 21 世纪。新世纪的 10 多年间，文学理论较之 20 世纪八九十年代，又发生了剧烈的变化，转入了新的理论时空。

一进入新世纪，迎面而来的是一大批新问题。由于当今进入了信息时代，网络文化时代，高科技层出不穷的时代，文学创作确实在不断改变自己的形式，转向图像化、网络化、娱乐化的潮流相当突出。文字书写方式、承载的载体发生了革命性的变化，于是不少外国学者认为，传统的、书写的文学已经走向了终结，昔日文学自身的内涵已经不复再现，但是文学虽然走向了绝路，所幸它没有"绝后"，它还剩下文学性。最明显不过的是今天日常生活审美化了，文学性已渗入到了社会生活的各个领域，甚至在社会科学各个方面，而保存了文学的苗裔，或是说凤凰涅槃了。外国的著名的哲学家说，文学作品可以当作哲学、政治学著作来读，同样，哲学、政治学等门类的学术著作，可以当文学作品欣赏，而且宣布，由于文学性统制了社会科学，所以文学、文学理论的方法可以成为社会科学研究的方法论。文学性既然无处不在，日常生活现象审美化了，那些物质现象当然得了"文学性"之灵气，就理应进入原有的文学概念。

这类新论一出，不少中国学者做了积极的响应。文学虽然终结了，但通过社会科学、日常物质现象竟是浴火重生。所以当今文学是什么？现在还没有定论。这样看来，原有的文学理论自然滞后，与现实的需求和教育严重脱节，原有的基础理论完全失效。本来文学理论自身自有其不断修正、更新与创新的问题，它比形式不断翻新的文学创作大大的落后，也比文学批评落后了。出路何在？在于文学理论需要改变对于文学的理解，必须打破原有文学的界限，拓展它的边界，必须就文学进行扩容，把已经审美化了的日常生活现象扩入文学中去，以文学批评或是文化批评来代替文学理论。并且，今后后现代文学研究的任务已经不是去研究文学本身，而是文学性。

我对后现代文化思潮传入中国发生影响的时候，就有所评述，分析不很全面，但我大体理解它的可接受性的一面：它在反中心、反思想绝对化、反思想霸权、反学术思想大一统、反理论僵化等方面，表现了强大的活力与生机，它主张文化的多元化，等等，这些方面的思想，大大活跃了我国的思想界，同时在思想解放方面，也使人们获益良多。但我又不同意它的藐视一切、真理全在我手上的势利俗气和新的庸俗化倾向，那种宣扬新的二元对立，消解一切的虚无主义倾向，以及一味利用逻各斯中心主义的消极方面，对人类历史积累起来的文化价值实行消解，对过去的文化积累不予认账（他们后来的一些著作有所变化），重复那种非此即彼的思想倾向。它把别人贬得一无是处，以图打倒别人的霸权，但却又树立了一种新的自己的理论霸权。

看来要建设现代文学理论新概念，诸多问题需要研究，克服理论上的障碍。

比如，我们的文化、文论建设，我以为都要适合当今的需求，即现代化的需求，并以现代性为指导。我们的社会毕竟处在还未完全实现现代化的阶段，而且还有相当长的过渡时期，今天仍是如此。在我们社会，前现代现象仍然存在，封建制度残余与极端贫困的现象并未彻底清除。面对整个世界，一面是战乱频仍，文化冲突在血肉飞溅中大行其道，大量的贫困与死亡又使未来弥漫着不确定性，生存艰辛；一面是科技的迅猛发展，财富获得大力增长，而物质生活的改善，又不断促进物欲的追求，金钱成了理想与信仰，而感性肉欲的膨胀，醉生梦死的文化演出，常常上演到娱乐至死地步。后现代性是适应后现代文化的需求而形成一种社会思想，它的特征一如它的主张，主要是

《理论的时空》自序

表白自身，描述自身，而不做规范，它也不准备规范什么。在这种情况下，我提出了文化、文论建设可以汲取后现代文化中的有用成分，但应是现代化的文化、文论建设，而不是后现代文化、文论的建设，所以还是要以现代性为指导。比如，反对思想霸权、绝对化、大一统、僵化，主张多元，也是现代性的反思与自我批判的应有之义，把它们完全归为后现代主义的范畴，并不合乎事实。几位马列文论专家一听要以现代性为主导，立刻冲了上来，声讨我又犯了错误，申明要以马列主义、历史唯物主义为指导，云云。但是这些"文艺哨兵"如果真的读了我的关于现代性的几篇文章如在《文学理论现代性问题》《新理性精神与文学理论研究》中一些文字，就不至于这么"放空"了。

又如，后现代主义主张的"反本质主义"，把事物的本质探讨与本质主义研究，看作是在欧洲统制千年之久的逻各斯中心主义的传统，是阻碍文化创新的理论桎梏，而统统被称作"本质主义"加以批判。就我所知，所谓本质主义就是从既定或是给定的先验概念出发，把自己所界定的那个理论尊为一成不变的绝对真理，奉为一套宗教信仰，是人人都须遵守的教条。本质主义这种思想确实严重地影响过我们，包括我自己在内。但在遭到生存的重大挫折之后，在对文学理论中有关文学本质特性的探讨时，也不时警惕自己，努力不要重犯。不久前，本人在20世纪提出的文学审美意识形态的文学观念就被当作本质主义加以批判。但是如果批判者读一下我在探讨文学审美意识形态的时候，就把文学的本质界定为一个多层次、多本质的现象，有一级本质、二级本质……文学观念多样性的那些文字，就可能得不出那种信手拈来的结论了！其实，有些本质主义的批判者与他们提供的文学现象的描述，如极力标榜"碎片化"，"不确定性"，排除深度，主张平面化，"知识化"，看似离开了他们否定的本质主义，可实际上也是一种贯穿了不确定性的、知识化的、平面化的文学本质的表述，或是没有本质的本质主义。所以我以为不能把问题绝对化了。

创新问题一直是新时期以来的文学理论建设中的主导思想。有人说后现代主义思想不是一味的解构，也讲建构，有后现代主义的建构，这种说法我是同意的。后现代主义文化思想，破除了原有的一切文化、观念、理论、方法的规则与秩序，促使人们重新思考原有的文化积淀。它在触及当代文化现象、文学理论现象方面的视角，确实宏阔多了，新颖多了，贴近现实多了，实用多了，给文学理论以众多的启迪。它来势迅猛，突发性与应对性强，所以界定对象时不免草草从事，而有时缺乏科学性；它论说新颖、种类众多，各种论说杂然共存于同一平面，因而随机性、不确定性突出；由于否定了大叙事，所以缺乏历史整体性与历史性，而倚重现时性。这种创新能否说这是文化横向面上的创新？现代性的建构总是审时度势，根据现实的需要，不断变更自身的理论，以适应时代的需要，在批判与承认前人研究获得成绩的基础上有所出新。现代性的创新总是在继承传统基础上的创新，并且有所超越，实现突破；它多半置身于历史语境，承前继后，历史的整体性强烈，这是一种历史纵向发展中的创新，所谓守正创新，理论正道。这是我所理解的两种文化思想的建构与创新。

二

收入这本文集中的有篇关于文学审美意识形态的文章，是篇论辩性的东西，在这次论辩中我就写了这篇文章，一些问题还没有回应，只好以后有机会再说。在这里，我想简要地说说一些所谓"辩论"以外的东西。

1982年，我在《论人性共同形态描写及其评价问题》（刊于《文学评论》第6期）一文中，提出"文艺是一种具有审美特性的意识形态，评价文艺自然应该进行美学分析，这是过去做得很不够的。但是加强美学分析，并不是否定与美学分析密切相关的历史、社会分析"。我这样提，其实是很不自觉的，那时我虽然参与《文学原理》一书写作，但要写什么，怎么写，还在酝酿之中，文学观念不在我专门考虑的视野之内。但是后来分给我《文学发展论》部分，就使我慢慢留意，要确立什么样的文学观念了，当然1980年代初，各种文学观念说法很多，甚至乱说一通也是有的，后来我渐渐地形成了自己的看法。1984年,我在《文学评论》发表过三篇文章,其中两篇都提到文学是审美意识形态,文学创作是审美的反映。但是在文学是审美的意识形态与文学创作是审美的反映两个概念之前,我用的是"有的人认为",而未用"我们认为",更未敢使用"我认为",什么原因呢?第一,谁都清楚,过去文学的观念是官方定的,一般学者哪有什么权利对文学下个新的定义?你说"文学是人学"?就批判你,直到1980年代初才获得平反。第二,1983—1984年在文化界有个清污运动,清除有关方面认为是资产阶级的东西,这一运动虽然只搞了81天就夭折了,但知识界心中余悸犹存,所以我这时用了"有的人认为",一旦追查起来,随时好开脱走人!当时像我这样的所谓知识分子就是这种卑微的心态!1984—1985年,我的有关文学发展的写作酝酿成熟,将审美反映与审美意识形态定为《文学发展论》的两个基本概念,并获得写作小组的同意。于是在1986年发表的《最具体的和最主观的是最丰富的》(《文艺理论研究》第4期)一文中,大力阐释了"审美反映"的概念,而在1987年发表的《论文学观念的系统性特征》(《文艺研究》第6期)与1988年发表的《文学形式的发生》(《文艺研究》第4期)两文中,专门探讨了文学观念问题:文学是审美意识形态,以及这一观念形态的历史生成。后来将这些论文连接起来,写进了《文学原理——发展论》一书,1989年出版。提出这些概念,意在批判"左"的文学思潮与庸俗社会学,让文学回到自身。

1989年出现了众所周知的事件,到1990年,又来清查了。由于"审美反映"与"审美意识形态"两个概念,触动了"左"的教条主义与庸俗社会学,碰痛了一些人,于是就被当成"资产阶级自由化"的产物,折腾了一番。有人主编了两大卷《文艺思想论争汇集》,说是论争,其实已经给你定了性。这些人多年以来对马恩有关文艺的论述,注释来注释去,但缺少新意,即使拿出几条新的材料也好,那也是没有的,当然客观上也很困难。可他们唯我独"马",把审美反映与审美意识形态两个概念,列入了资产阶级自由化的栏目之中,并在杂志上刊文批判:反映论就是反映论,哪有什么审美反映论,意识形态就是意识形态,哪有什么审美意识形态?告诫我已经滑到资产阶级自由化深渊的边缘，回头是岸，否则掉下去就粉身碎骨了！但是过不几天，当有的大领导说了声当前反"左"是主要的，于是大约他们自认为是"左"的，就不做不声地偃旗息鼓了。自此以后，我就和他们疏远了，想不到平时还有来往的人，等到形势一有变化，马上就给我载上"资产阶级自由化"的帽子，太可怕了。中国中外文艺理论学会成立后，我不敢邀请这些人士莅会指导，尤其不敢邀请有的教授参加学会的文论活动，丛书活动，主要是害怕动不动就把会议上的、交往中的一些不合他意思的说法转给有关部门，让有关部门转到基层组织进行批判。在恶俗的社会气氛中，有的学者在会议上难免会说话走题，出现句把题外的话。不邀请有的教授，主要是想保护自己，并使与会人员有安全感。这样好像安静了10几年，但在新世纪第一个10年的中期，这一原本缩了回去的批判，终于找到机会爆发了。批判的主要问题是审美意识形态，同时兼及审美意识、审美反映与新理性精神。批判的组织者曾经向一位赞同文学审美意识形态说并写入了其《文学概论》的教授写信，叫他赶快否定此说，还来得及，否则是会倒霉的。可见批判早有准备，2005年后全面开花。我想，平常我们对某个观点真有什么不同意见，一般写个一两篇文章，也就无话可说了。但是这次仅批判的组织者与批判者一人，在中央刊物到到偏远地区师专的学报，都刊有他的批判文章，达15篇之多（截至2007年）。我们可以进行一下心理分析，一个人要积聚多大的特殊高涨的热情，才会乐此不疲地写出那么多的、大同小异的文章来？发表文章完全是为了宣传与拓展阵地的需要，其团队的批判文章当然更多。同时两校又在北京大学组织大会批判，大喊要阻止、清除"谬种流传"。

2006年上海《学术月刊》主编就传出话来，该杂志不拟再发有关审美意识形态的批判文章，因为"中央高层领导有明确指示，审美意识形态不用了，"问题已经解决。这一"明确指示"很快就成为上海系统某校教授请客会餐时酒酣耳热之际的助兴谈笑资料，所以这个所谓"指示"传到我这里，恐怕已经流传一段时间了。我想我在"文化大革命"10年中遭遇不幸，生死两难，20世纪70年代后期恢复工作后，一心想探讨文学理论问题，但这次就因提了一个小小的文学观念，有人还是敲上门来，而且竟是"高层领导"出动，这怎么不让人心惊胆战、联想纷呈呢！我把这一重要信息报告了童庆炳教授，他向权威部门请示，得到的回答是，他们从来没有听到过"高层领导"有这样的指示和看到过这样的文件。2007年，我向上海社科院的那位给《学术月刊》主编传达这一"指示"的朋友了解到，原来这是他在北京时一位北大教授亲自对他说的。至此，这个"高层领导有明确指示"的谜底终于解开！我想，原来还可以用这种赫列斯达科夫谣言式的办法来组织队伍，影响舆论，左右批判倾向的！如果这确实涉及学术道德，只好请同行去判断了！

关于文学审美意识形态的争论，表面很是热闹，在一般读者看来，自20世纪80年代中期批判"文学主体性"以后，好久没有见到过这样大规模的没有运动的运动了，煞是好看，而且都说这是"争论"，这里当然有着争论的成分。但是对于被批判者的我们来说，这场批判后面又分明闪动着刀光剑影，这是善良的读者所看不到的。参与这场争论的还有一些原本就反对意识形态与文学有着紧密关系的老师，这类批判与质疑，也是可以理解的。当然，文学审美意识形态的论题本身，理论上也确实可以进一步地完善与批判的。

回顾60多年来的我国的文艺思想的各种批判，清理各种批判的来龙去脉，看看从20世纪50年代初开始的，经过20世纪60—80年代中期、90年代初，直到这次被批判的各种问题，把它们排列起来，将会是一个很有现实意义的文学理论史课题。

文集最后收有关于何其芳的典型"共名说"与袁可嘉关于现代派文学研究的论文，虽为纪念文章，但作者都是当作问题来写的，尚可一读。

新世纪以来，文学与文学理论的变化是如此之大，它们的时空不断地在拓展，真是使人奋力追踪也犹恐不及。当我校订完《文学的乡愁》一文时，我立时想到，这个文集里的文章不都是我的乡愁的表达吗？那深深的文学的乡愁！

（原文作于2015年1月30日）

中国诗学"五""四"说
——陈良运《中国诗学批评史》序

20世纪80年代中期，我与几位同行在撰写《文学原理》时，感到难点很多。原有的文学观念由于其自身的简单化、绝对化，对于原本是复杂的文学现象，已难以进行合理的阐释。但是在短期内要写出一本能够解释当今潮流的文学理论著作，也并非易事。不易之处在于，一是破了并不一定就能立。破字当头，立在其中，这种大批判式的不用气力的号召，事实证明并不灵验。二是80年代正是我国（同时也是西方）文学观念发生大变化的时期，当自己正在清理诸多文艺思想，尚未形成自己的文学观念时，如何能执笔为文？

在80年代大力译介西方文论的热潮中，也有人以为只要把外国的文学理论教本、著作译介过来，奉作圭臬，就可解决我们的问题，就可以使我们进入国际潮流，这自然不免幼稚、虚幻。

在东西方化同时也包括文艺的交流中，不少人愈来愈认识到，我们必须建立一种具有中国特色的文学理论，这一方面要求对我国古代文化进行缜密、细致的梳理，同时又要对当代文论、外国文论进行认真的辨析，结合创作实践，在多方融合的基础上，提出新的理论思想来。

我国是个诗歌大国，理论性的思想资料极为丰富。它们充满悟性、灵气与诗性智慧的闪光，各种精思妙想，俯拾即是，但有如堆堆散珠，未能构成体系。如果说，我们的前人由于东方文化、思维的特征，未能在广泛的思想资料的基础上，建立起诗学的系统，那么这份光荣正好被今天我国研究古代文论的学者接过来了。

十多年来，我国古代文论研究成绩斐然，出现了多种中国文学理论史、中国文学批评史，各类专题著作也不断涌现。我自己虽然不做古代文论方面的研究，但很留意这方面的成果。在这一领域，陈良运先生著述丰富，是十分活跃、卓有成就的一位。

大约在80年代中期，我读到良运先生论述我国古代诗歌理论发展轮廓的文章，该文提出了中国诗学发展的五大范畴，就给我留下了印象。90年代初，良运先生出版了多部著作，如《文与质·艺与道》《诗学·诗观·诗美》《中国诗学体系论》等。一个偶然的机会，我们通起信来，真是以文会友，谈得很是投机。读了这些著作，深感其作者是位孜孜以求、勤奋执着的学者，他的著述都以那篇轮廓为纲，对其提出的范畴，作了细致、深入的微观的理论阐发，并从宏观的系统的把握，进行独辟蹊径的体系建构。如今，良运先生的《中国诗学批评史》又已面世，使我深为感佩，一个人的忘我奋发的追求，可以做出多么令人羡慕的成绩来。作者自己说，这是"廿年积累，十年探索"的结果，实为多年努力，功到自成。阅读良运先生的著作，使人在心理上感到踏实，它们资料翔实，阐精发微，标新立异，自成一说。作者的主要贡献，就是关于中国诗学的"五""四"说。

"五"者，即作者梳理我国古代诗论，从众多的范畴里归纳出中国诗学的五大范畴——核心观念，即"志""情""象""境""神"说。在古代诗学众说纷纭的范畴探讨中，这种尝试与判断，要求作者具有理论功力与魄力。一方面，要求作者对这些核心观念进行字义的辨析，它们的历史演变，而后在扎扎实实的论证中，确定他们各自的内涵与外延。这样的探讨有两种：一种是层层上溯，到源即止。这对人自有启发，但它们的内在联系是什么，不甚分明。另一种探讨是，论者自觉明确，我国古代文论中的许多重要观念，原非诗学观念，它们往往从各种哲学中移入。这里要求追根溯源的微观探讨，找出审美中介，从社会学的、心理学的、思潮的、文学实践等方面，阐明其在逐渐演变中如何获得美学新质，成为诗学范畴的，良远先生的探讨正是属于后一种方式。这使得作者能够显示核心观念的来龙去脉，揭示其本义其衍变的形态，在不同学科中的本义的变异，阐明各个过渡阶段，最终形成的美学涵义，以及在美学上的不断演变，这就避免了过去的那种混沌笼统之弊。这种方式有可能使作者在各个范畴演变的过渡中把握范畴而做出新的阐释，提出新的见解。例如"诗言志"，过去被当作古代诗论的奠基石，但经过作者的追本溯源，发现原说并不确切。"诗言志"原是针对接受而言，而后才具创作性质。又如"缘情说"，作者的论说也与一般不同，而同时也首次提出了"境"与"意象"的原型。

另一方面，也是十分困难的一面，就是需要阐明，为什么恰恰就是这几个观念成了核心观念？找出它们之间横向的联系，纵向的发展的相关性，逻辑与历史的内在机制，并使之联系合成一个有机的整体，最终使之形成中国诗学内在的美学结构。这里就需要作宏观的把握，高屋建瓴的整体构思。作者说，20年间，他读遍了中国诗学各种著作，在分类中发现了复现率很高的审美观念，这就是志、情、象、境、神，经过梳理与探索，发现了一条以它们为主线的脉络。诗论对创作实践的抽象表述是：发端于"志"，演进于"情"与"象"，完成于"境"，提高于"神"。探索并找出诗学的构架，是项十分有意义的工作。它规定了诗学的内涵与精神，在各个范畴的相互联系与影响中，使之上升为一个诗学系统与体系。诚如作者所说："这五个字所蕴含的仅仅是中国诗学的精神历程，但它们是最重要的，足以区别于西方诗学精神历程的标识；五个观念范畴所建构的体系，好像是一座大厦的力学结构，一个人生命力运行的经络系统。"

"四"者，是作者把古代诗学的思想系统，置于历史的发展之中，确定各个历史时期的主要特征与形态，描绘它们的历史演变，于是遂有诗学发展的"四层次"说、四"型态"说。如果说，中国诗学发展分为四个时期，这也许在其他有关诗学的著作里，可以见到某些端倪或影子，那么给四个时期的诗学发展分为四个层次，四种历史的美学型态，却是本书作者一种很有见识的理论定性与创见。这就是先秦、两汉时期的"功利批评"说；魏晋南北朝期的"文体""风格"批评说；随唐、两宋、金、元时期的"美学批评"说；明、清、近代的综合了上述几种批评的"流派批评"说。

这四"形态"说，第一，阐明了诗学中核心观念在各个历史时期自身演变的历史，丰富的内涵和演变而呈现的不同"形态"。第二，在揭示这些核心观念发展中形成的不同美学特征时，区分了各个历史时期诗学中的主导与非主导倾向。第三，在历史的前后相互联系中，勾勒了不同时期发展线索，同时在整体把握中，构成了以创作为背景的理论体系发展的生动的动态画面。对于这"五"与"四"，可能有些学者会有不同看法，如一些核心观念被突出了，其他范畴的论述相应简约了些。但就批评史整体而言，本书虽然受到篇幅的严重限制，它却富有探索精神，极有创见，较之一般采用平铺直叙写作方法的文论史，更富逻辑色彩，更具理论深度。

良运先生的"五""四"说，在中国诗学的体系的建构中，可以说自成一家。自然，只要持之有故，言之成理，中国的诗学体系，还可以有另外多种形态构成，但是本书作者的方法，我以为是值得重视的。

我在前面说过，阅读良运先生的著作，使人在心理上感到踏实。其实，有经验的读者一接触阅读对象，就会很快感觉出来。这就是作者的观点与他所把握的思想材料的关系问题，他提出的论点，是从众多的材料中，去芜存精概括出来的，还是根据别人的观点，不作注明，大加发挥而成的？是苦思苦索的结果，还是对某种时髦潮流的迎合？同是旁征博引，是追本溯源，理出问题线索，分析不同形态，印证观点，还是东拉西扯，故作高深，随意挥洒，并只拣有利于自己观点的材料加以使用而不及其余？本书作者在态度上是严肃的，在方法上严谨的。他广泛收集，钻研材料，凡几十年。不仅是古代诗学著作，就是其他文史典籍，只要涉及诗歌，那怕片言只语，也不放过。同时他还主编了《中国历代诗学论著选》，对纷繁复杂的诗论材料进行了精选。正是在这一坚实的基础上，他才有感悟、才有判别，在比较中建立了具有他个人特色的诗学范畴系统与批评史构架，在横向深入、纵向发展的交叉网络中，展示诗学的整体发展趋势。批评史作者经历了这一过程，所以他的文字厚实，论证有力，富首创精神。马克思说："研究必须充分地占有材料，分析它的各种发展形态，探寻这引起形式的内在联系。只有在这项工作完成以后，现实的运动才能适当地叙述出来。这点一旦观念地反映出来，呈现在我们面前的好像是一个先验的结构了。"① 我觉得本书作者正是这么做的，中国诗学内在结构及其发展的历史轨迹与特征，正是这样被描绘出来的。

在古代诗学乃至古代文学的研究中，存在多种形式，其中之一是以资料的考证与阐述为主的方式，即"以古注古"的方式。这种研究方式，自然是一种学问，有它的价值。一种是努力掌握当代文论思想包括外国文化的观念以及学科的思想观念，不是牵强附会地，而是实事求是地把新观念、新思想，融入古代文论、古代文学研究中去。这里就涉及古代论研究的当代性问题。

当代性的要求不是把古代文论加以当代化、现代化，把古代文论与当代文论作简单的比附，使之庸俗化。当代性的要求，是运用多种新的观念与方法，诸如当代哲学思想、美学思想、文艺学、社会学、心理学、人类学、民俗学、科学方法等多学科的观念与方法，来观照古代文论。这一观照与阐释，能使我们在古代文论的纷繁的诸多观念、范畴中，归纳、分离出贯穿历史发展、并起主导作用的核心观念，核心范畴；能使我们对这些核心范畴在不同阶段发展中把握它们的多种形态，而不致因其形态的变异，而迷失本性；能使我们将前人零星的诗意感悟，经过积淀与选择，发掘其本义的丰富内涵，增强我们的认识深度，在它们局部的相互联系、发展中，通过宏观的整合而把握历史的整体，进而使古代文论系统化、体系化，显示其固有的理论品格，从而上升到文艺哲学的思想高度。我注意到本书作者自觉地注意到当代性的要求，所以在理论上格调自高。当代性也包括将那些符合创作规律的古代诗学观念，用来阐释今天的。使用我国固有的诗学观念阐释新文学现象，差不多已中断七八十年，现在正是消除这种隔阂的时候了。

探索古代文论的范畴与体系，使古代文论本身进一步系统化、体系化、科学化，必然会推动与当代文论的融合。1992年11月，我在一次会议上谈道："古代文论蕴含十分丰富，关于文学、创作动因、

---

① 《马克思恩格斯选集》第2卷，人民出版社1958年版，第217页。

心理、鉴赏、批评、接受等方面，有它自己的一套主张，如何清理出古代文论中的一些至今具有生命力的系列概念，使其获得大致公认的共识，使这些具有独创性的范畴与当今没有被简单化的文学理论融合起来，整合成一个既具有我国民族特色的传统范畴，又具科学性的当代形态的文艺理论体系，这是令人十分向往的事。"① 古代文论不仅面临本身的系统化，而且也要走向与当代文论的整合；而当代文论的发展，也有赖于与古代文论的融合。我国的当代文论基本范畴，主要来自外国，在接受中虽不断给以改造，但与古代文论中的关系隔断了已七八十年，一下融合起来，也是会有困难的，可能需要花费一代人乃至几代人的心力，但融合，看来是一种趋势。当代、古代文论各有自己的优势。当代文论由于吸收了现代的各种学科的观念、方法，所以思路开阔，思想活跃，大大扩展对文学现象的阐释；而古代文论中的不少观念、范畴，经历了千百年的积淀，也是具有强大的生命力。通过现代文论思想的激活，可以冲刷原有的理论范畴，使其内涵获得丰富，使其重新获得生命。在这种理论的整合中，一种新型的对话关系是极为重要的。这样古、今文论的界线就会逐渐淡化，使原有的那些范畴成为通用的范畴而进入当代文论，走向融合。在古代、当代文论交融以及外国文论吸收的基础上，在与文学实践结合的基础上，建立具有我国民族特色的新的文学理论形态，这是今天不少理论工作者正在努力求索的目标，并已初见成效。

最后我要说的是，我和良运先生只有书信来往，至今未曾谋面。在《中国诗学批评史》出版之际，良运先生嘱我为序，着实使我犹豫再三，多时未敢下笔，主要是我对古代文论未有深涉，但其情殷殷，不好违拂，是为上文，也算是一段文字因缘吧。不妥之处，恭请专家指正。

（原文作于 1994 年 12 月，载陈良运《中国诗学批评史》，
江西人民出版社 1995 年版）

---

① 见《文学理论：回顾与展望》文集，河南大学出版社 1993 年版，第 8 页。

《生命的沉醉》的沉醉（代序）

1992年下半年，正是"全民皆商""文人下海"喊得最热闹的时候，大康君从财通四海、利达三江的温州北上来京，到中国社会科学院文学所做访问学者。当时同行们无不诧异，戏问："人人都争着到南方去发财，你却从发财的地方跑到这里来坐冷板凳，若不是财大气粗，那就是神经有问题？"大康君既不是财大气粗，也非神经有问题，他是在清贫之中执着地追求一种高尚的事业。虽居霓虹缤纷之地而不迷眼，身处商潮喧嚣之时而矢志不渝。现在，我面前摆着这本誊写和工工整整的专著手稿《生命的沉醉》，我从中看到的是大康君对《生命的沉醉》的沉醉。

大康君勤于学习，勤于思考，关注着当代文学理论前沿的一些重要问题。现象学的观点是他这本书的理论出点，他又参照了俄国形式主义、结构主义诗学（叙述学）、语言哲学、接受理论、解释学、存在主义、西方马克思主义等当代西方美学文学理论，进行了结合中国文学理论研究实际的融合重铸工作，他的努力是很有意义的。

大康君在本书中对文学进行了富于个性特征的独特思考。他对文学的审美本性和功能表达了自己的一些看法，值得重视。他认为，文学的本性是审美，而审美说到底是欣赏者同对象的一种独特的精神交往。在这种交往中主体和对象都实现了"现象学的还原"，主体摆脱了各种现实的束缚，同时也使对象从各种现实关联中抽象出来，悬浮成为自足的对象，于是在自由的主体与自足的对象间展开了最丰富、全面交往，交往双方也因此从"主体—对象"的关系转化为"主体—主体"的关系。而这正是审美愉悦的基础，其他诸如爱欲的满足、创

《生命的沉醉》的沉醉（代序）

造性的发挥，以及对自由、永恒的体验就是奠基于这种"主体—主体"的交往关系上的。在这种自由的审美交往中，主体、对象都充分敞开了，解蔽了。

这本书将语言视为多维存在，认为文学是语言的艺术，语言最根本的存在方式是对话，文学则是独特方式的对话，是"言者—言者"的对话，这种对话摆脱了语言的线性特点和逻辑束缚，穿透了意识与无意识界限，使语言成为多维度的存在。文学虚构则从根本上剥夺了语言的指称、陈述功能，使语言成为不以现实为参照的自足的存在；同时，使得语言在日常运用中被指称、陈述所掩盖着的表现功能、塑造功能得以充分发挥。新功能的发掘，强调了语言的不确定性，强化了语言意义的非自足性。虚构使文学语言成为意义不自足的自足存在，从而在根本上实现了语言的审美转化。对这些观点，有的读者可能会提出异议，但不失为一种有探索精神的见解，提供了一个视角。

本书还论述了审美抽象问题。作者认为，文学虚构使语言成为不参照现实的自足存在，而审美抽象则将欣赏主体和对象从现实关联、现实境况中移置出来。这似乎注定了文学的审美自足性是与功能、作用相对立相排斥的关系。但是，人又毕竟是实践着的整体存在，他可以在审美的当下沉醉于同现实异在的审美世界，却不能最终离开、摆脱现实。因而，文学的审美间离实际上不是废弃对现实的参照，而是"间离的参照"，文学审美性与功能性的联系就寓于"间离的参照"之中。文学功能的独特性也正源于"间离的参照"。此外作者还从文本结构、文学策略、读者接受范式入手，细致阐述文学功能结构和诸种功能实现的机制。我认为，大康同志的这些积极探索，对我国文学理论的发展是有意义的，我高兴地看到这本书的出版。

我赞赏大康君踏实、严肃的学风，他认认真真读书、踏踏实实做学问，目不旁骛，心无杂尘，专心致志，孜孜以求。不哗众取宠，也不趋附时流；不浮躁狂妄，也不人云亦云。这在当前学术界的氛围中，确实是难能可贵的。前几年，有不少有才能的年轻人随商潮而去，但也留下了一些执着于文学理论探索的人。他们淡泊为学，希冀在精神文明的领域有所建树，获得生活的乐趣，这正是我国文化建设的希望所在。大康君就是其中之一。

唯愿青年学子学业辉煌。

谨为序。

（原文见马大康《生命的沉醉》，南京出版社 1993 年版）

一套具有学术品格的好书
——《黄鹤文论》总序

几年前,长江文艺出版社曾推出过"跨世纪文丛"多集,选入了新时期以来在创作上卓有成就的多位青年作家作品集,一时蔚为大观,令人叫好,在出版业日渐萧条,都在讲究实利的时候,看到这套著作问世,我不禁暗暗佩服丛书策划者的眼光与气魄。

现在摆在读者面前的是又一套丛书——"黄鹤文论"。"黄鹤文论"是赵怡生先生主编的一套理论性著作。当我了解到有关这套文论的构想,各个选题目录以及读完部分校样后,我不禁再次暗暗佩服丛书策划者的眼光与气魄,当然这次是向"黄鹤文论"的策划者表示敬意,同时连连称奇,何以武汉竟有这两套丛书问世!一套创作,一套理论批评,可谓创作与理论批评比翼齐飞,相得益彰!

赵怡生先生在武汉市文联工作,所以这套丛书是和"文联"两字紧紧相联系在一起,从而构成了它的第一个特色。文联工作包括文学、音乐、戏曲、影视,等等,我粗粗浏览了一下,丛书15册,竟包括了多个方面,其中有论述中国文论的,有探讨当代创作、艺术新思维的,有研究文艺美学、地方戏曲、比较文学、外国作家的,有新诗、小说、台港文学、影视评论等。就我经验所知,要把不同专业的学者专家组织到一起,并非易事,所以一般以出版专业丛书为多。坊间虽有综合性的丛书,但也多为通俗读物,像这种较高层次的学术丛书,收入了各个方面的专著或论集,也可说是独此一家,颇具首创精神。我知道江南名家如云,丛书作者虽然是江南各地区的学者,但其中武汉的学者占了一半。这套丛书的问世,显示了南方地区文艺理论批评力量不断增长的活力。

这几年来，市场经济的冲击，不仅影响文学作品的创作，同时也使文艺评论市场化的倾向不断增长。其结果是，批评家难以发表评论，正常的评说，往往为作品出版的新闻发布会、有偿的记者报道所替代。这必然导致庸俗捧场、以次充好的不良学风的蔓延，从而使文学批评失去活力、不断萎缩、陷入困境。文艺批评无疑应受到市场经济的影响，它的某些方面会发生变化。例如，对于通俗文艺、大众文艺的认识与评价，对于文艺的欣赏性乃至它的消闲性的扩大，较之过去就会有明显的不同。但是对于文艺评论的主导方面，例如区分作品的良莠低劣、艺术的高低上下，我们总应根据其自身的规律办事；我们总得有艺术的真诚与良心，不能在实利的诱惑下，进行新闻式的炒卖，把平庸之作吹捧为杰作，把那种脱离社会的、艺术趣味不高的、纯粹隐私的津津有味的描绘，说成是什么艺术的创新。同时，文艺批评实际上是创作的延伸，它应表彰那些关切人生、意蕴深厚、在艺术上确有创新的作品，它的论评，实际上既是对作品影响的拓展，同时也是对批评自身的艺术意识的丰富。"黄鹤文论"收有几种批评文集。它们十分贴近创作实际，认真从事，研究分析本地区的、港台的文学、影视艺术，表现了批评的严肃性，从而显示了文艺批评所应具有的前沿性。这些文集的出版，对于发展健康、说理的文艺批评，无疑是一个推动。

"黄鹤文论"的15位作者，是活跃在文艺理论、批评领域的专家、学者。其中如古远清教授论述台、港地区作家作品的文章，於可训教授评论当代小说研究的文章，我经常读到，它们既富真知灼见，又有探索精神。其他作者虽不甚熟悉，但他们中的一些人或早有论著问世，或在自己的领域耕耘多年，在学术上多有贡献；即使是起步不久的新秀，看他们的论题与写作纲目，态度认真，视野开阔，十分投入。无疑，这是一支有着较高学术素养的队伍，这就使这套文论保证了较高的学术品格，这在目前来说，真是难能可贵的了。

写到这里，我不禁想起崔颢的《黄鹤楼》一诗来："昔人已乘黄鹤去，此地空余黄鹤楼。黄鹤一去不复返，白云千载空悠悠。晴川历历汉阳树,芳草萋萋鹦鹉洲。日暮乡关何处是,烟波江上使人愁。"古人登黄鹤楼,可俯瞰江汉,远眺千里。可仙人已乘黄鹤,一去不返。仰望寥廓远空,唯见白云悠悠,空自来往,最后是望着江上烟波,竟是一片惆怅了。

今天看到"黄鹤文论",却别是一番景象。时贤登楼,黄鹤来归,芳草萋萋,林木苍郁。透过江上腾起的烟波,却让人看到我们民族文化的一派生机呢!

(原文作于1996年12月22日,刊于《湖北日报》1997年1月31日)

《比较文学与世界文学研究丛书》总序

2002年春节，铁夫先生从湘潭打来电话，说湘潭大学中文系要出版一套关于比较文学与世界文学研究方面的丛书，嘱我写篇序言。我考虑到自己在这方面不很在行，一时颇为犹豫，但铁夫先生邀我再三，盛情难却，自然只好答应下来了。接着季水河先生趁来京之便，就将丛书的有关材料送给了我，供我翻阅。

在新时期，各个大学中文系都开设了世界文学与比较文学课程。先是看到各种讲义、外国文学史一类的书籍，随后出现了带有学术研究特色的国别文学史、外国作家评传以及外国文学理论、流派思潮的专著。90年代以来，当文化思潮传播开来，受到这一思潮浸润的我国文学理论、批评、外国文论、外国文学研究，又呈现了一派活跃的趋势。一些学校的教学与科研，就不断表现了自己的实力与优势，湘潭大学就是其中之一。短短的十多年间，湘潭大学的教学、科研相长，是很有成绩的，自然还应看到这里有一个朝气勃勃的、奋力向上的集体。我很赞赏黎跃进先生说的："以张铁夫先生为首的湘潭大学'比较文学与世界文学'学术群体，是个精干又富于活力的群体，几年里大家互相关心与支持，经常切磋讨论学术问题，一起参加课题研究，在和睦、严谨、活泼的氛围中共同提高。"这就是原因了。

铁夫先生充分利用自己的优势，专攻俄国文学，特别是普希金。果然经过锲而不舍的多年努力，他掘下了一口深井，成了我国最有成绩的普希金研究家之一。我在年轻的时候也曾经从事过俄罗斯文学的研究，喜欢普希金那些充满青春激情的诗篇，只是我的研究兴趣很快转到文学理论方面去了，改了研究的重点。但是俄罗斯伟大诗人的那感情馥郁、气质优雅、富于声韵、节奏响亮的诗歌，至今令我神往。每当我翻阅藏书，遇到20世纪50年代版的普希金文集，我总要抽出其中的短诗集，打开书页，轻声诵读我喜欢的诗章。前几年，当我接到铁夫先生主要执笔的《普希金的生活与创作》和不久后他寄我的《普希金与中国》两书，稍稍翻阅之后，我很惊讶，在中国可以把普希金研究得如此深入，中国学者在普希金研究方面有了发言权；而且通过介绍，使我了解到一些研究普希金的新秀，也竟是成绩斐然，心里不觉感到由衷的高兴。

　　翻阅丛书书目，我发现，研究普希金的不仅仅有铁夫先生，还有其他三位学者，他们各自从不同的角度切入普希金的作品与思想，以及和我国文学的关系，可见铁夫先生的影响之深。当然，这些学者专长已在其他文学现象的研究方面。这里我先要提及的是曾思艺先生。他对俄罗斯诗人丘特切夫的研究，成绩是很突出的。据我过去所知，就是俄国学者对这位杰出的抒情诗人的研究，也并不是很多的，当然已是事隔多年，不知现在俄罗斯学界对这位诗人研究的情况如何。曾思艺先生就丘特切夫写下了40万字的专著，不能不说这是对治学的追求与执着了；而对有些俄罗斯诗人如尼基丁、古米廖夫等人的探讨，恐怕在我国也还不多见。曾先生把文本、文化、比较研究结合到了一起。作为学术带头人的季水河先生，偏重理论方面，他主编过文学原理等著作，理论修养好，兴趣广泛，成果丰硕。他从比较的视野，探讨文学与美学；从文化的视野探讨了20世纪末我国文学创作的流向，对一些文学现象有所褒贬；从当代视野探讨了马克思主义文论的问题与发展，从而形成了他的开阔的多维视野。黎跃进先生从文化批评与比较文学方面切入，力图以跨文化的比较角度，探讨民族文学的本质特征。他的成方吾、谢冰莹与外国文学理论、外国文学的关系的研究，是很有新意的。罗婷教授的文论探讨，偏重于女性主义文学批评与欧美文学的研究，已有几种专著问世，特别引起我兴趣的是她对克里斯特娃的文论探讨，像她这样深入的研究，在国内当属前沿。此外，我当然要谈到吴岳添先生，他是我的老相识了。他以《远眺巴黎——法国文学散论》加盟湘潭大学学者的这套丛书，我觉得这就使这套丛书的范围拓宽了。岳添先生著述很多，这是他精心挑选的一个集子，有理论、流派作品研究，我平时也读过他的一些文章，材料丰富，议论精当。

每当我想起湖南，总觉得那里山川相缪，郁乎苍苍，风物灵秀，活泼奔放，真是个锺灵毓秀之地，那里有我不少朋友和同行。湘潭大学世界文学与比较文学这一学术群体，有我的老朋友，也有未曾谋面的新朋友，他们大都年富力强，埋头苦干，功底扎实，奋发有为。

对于比较文学研究，我总觉得这是一门十分困难的学问。你要比较，那你应该对你比较的对象要有真正的理解，要有真正的发言权。所谓发言权，就是你真正研究过你所要比较的对象，本国的、外国的文学作品与文学理论现象，在对中外的某几个作家、某段文学史的研究中，你确有心得，有见解，否则你比较什么，又怎么比较？那些表面的文学现象是谁都能见到的。比较是一种有真正识见的过程和境界，是一种有所创新的境界。我想，湘潭大学世界文学与比较文学的学术群体，走了这条路子，在作家研究上有所突破，有了底气，也获得了真正的发言权。然后以点带面，进入了这个过程与境界，现在成了比较文学研究界崛起的一支极有实力的队伍，一支很有前途的"湘军"了。

这套具有相当高的学术含量的丛书的出版，正是这一集体的学术风采的展现！

我真诚地祝愿他们百尺竿头，更进一步！

（原文作于2002年5月1日）

周发祥《西方文论与中国文学》序

周发祥先生的《西方文论与中国文学》即将问世，他嘱我为它写篇序言，由于我是看着他写成此书的，我欣然答应了。

20世纪90年代初，周君正好同傅璇琮先生共同提出了《中国古代文学走向世界》这一课题。我对这一课题十分赞成，认为这可是一项大型的基本建设。当时周君设想分为5卷，后经他多次策划与组织，遂扩成了目前的这一规模：10卷本的《中国古典文学走向世界》书系。它构思宏大，史论并重。有中国文学在东西方的史的传播研究，有体裁的分类专六研究和理论的专题研究，它纵横交织，构成了一个庞大的系统，展示了这一课题的精巧构思。

如今周君的著作面世，其他各卷也将相继出版，它们将为学界提供中国古代文学走向世界的信息，包括它在国外传播的际遇和影响，世界各国汉学家对之研究的精彩论点，或可备一说的论点。这使我由衷感到高兴。

文化的国际传播与交流，使文化自身成为人类共同的精神财富，文学也是如此。我国古典文学以其丰富的东方意韵，独特的民族风格早就流播于世界，而被他民族所吸收，融入他民族的文学之中，成为他民族的文化生活的组成部分。可是，作为一个过程，别的国家、民族是如何接受我国的古典文学的？这正是使我们极感兴趣的问题。

这里有不同的文化语境，包括接受中不同时代、社会、风尚的影响，有接受者的不同文化素质和由此而形成的不同的侧重和取舍，也有接受者使用不同理论、方法而形成的对中国古典文学的多姿多彩的阐述。无疑，周君的论著偏重于对后者的梳理和探索，读过他的著作之后，我以为这一梳理与探索是颇为成功的。这时集中地表现了外国人接受我国古典文学时所依据的理论与方法，他们的研究与理解。我们看到，他们对我国古典文学的研究，有承袭我国传统方法的，但毕竟由于民族文化语境地的差异，而呈现方法、理论的不同。近百年来，特别是西方国家，在理论、方法上时有新变，它们显示了人们对文学认识的深化，表现了理论、方法的多样。20世纪来兴起的各种理论与方法，几乎都被外国学者、华裔学人运用于我国古典文学的研究。例如汉字诗学、原型批评、结构主义、叙事学、文类学、比较文学、心理学、主题学研究，等等，真使人目不暇接，眼花缭乱。这多种理论、方法指导下的阐述，大大地丰富了我国古典文学的了解，更深、更广地发掘其中深层意蕴，从而扩大了对它的传播。我国不少理论工作者由于不大接触方面的研究，对西方的各种理论与方法应用于我国古典文学研究所产生的种种效果，往往缺乏感性的认识。本书收集了各种理论应用的实例，使我们获得了不少新的知识。

自然，在西方学者研究我国古典文学方面，各种理论、方法的使用，并不平衡，有的用得频繁，涉及面广，有的只有极少数人偶尔为之。从接受理论来说，接受本质上总是一种有着种种差异的阅读，即所谓"误读"。这在本国、本民族中就已如此，更不用说是它国异乡人的阅读了。西方文论中的不少理论与方法，对于文学作品的研究，提供了微观分析的多种途径，有时真会使人惊讶，发觉文学作品还可以这样来欣赏、分析与理解的，而惊讶往往伴随惊喜，惊喜于它们确是独具慧眼，而于我们则是多了一种视角、一种知识。

周君的著作在介绍这些方法的同时，表现了一种应有的辨别能力，这正是目前一些比较文学研究论述中所缺乏的品格。可以看到，不少外国文学与方法，运用于我国古代文学的研究，的确使我们大开眼界，但也要看到有的理论与方法虽很新奇，操作起来自有特色，但仔细考究，也有它们的牵强附会之处，例如汉字诗学。汉字作为一种象形、形声、会意的文字，在表情达意方面确有它的独特之处，进行深入的分析、综合研究，可能会总结出很有意义的诗学规律来。但像现在本书中所介绍的汉字诗学研究，虽然能够帮助我们了解外国学者从文字上切入中国古典文学的思维特征，极想在研究中开掘出一些新意，但也确如作者所说，这一探索还缺乏一定的科学性，而缺乏科学性就会失去说服力。作者把它当作"准学术研究"，我看还是比较贴切的。善于辨析，出于对对象的深入把握；善分优劣，则出自评者学术观点的高低。当然，在我看来，学术进步是在探索中实现的。在西方学者探讨、理解中国古典文学的过程中，即使是少数人使用的理论与方法，即使是并不成功的理论与方法，作为一种分析的尝试，也是值得称道的，它往往会使人耳目一新而不失其借鉴意义，使后来者避免重蹈覆辙。

本书在资料收集方面极花工夫。中国古典文学在各种西方理论、方法中的多种演绎和阐述，并无蓝本可依，形成现在的规模，完全靠作者一点一滴地收集资料。我深知周君在这方面用力颇勤，多年如一日。目不旁骛，孜孜以求，十分执着，中外求索，从无间断。在资料方面，读者从本书的各种注释中可见其搜罗之广。可以这样说，本书是他多年积累的成果，同时也表现了周君缜密、细致的思维作风。如此之外，他还在本丛书其他著作中，撰写了不少专章。他的著作显示了作者理论上的成熟与丰收，为比较文学的研究添砖加瓦，取得了可喜的成绩。

（原文作于1997年3月7日，见周发祥《西方文论与中国文学》，江苏教育出版社1997年版）

祁志祥《美学关怀》序

20世纪80年代初的一个春天，我接到一封厚厚的信。信封下面落款是江苏大丰某中学祁志祥。打开一看，原来是一篇稿子，是祁君写的关于文学理论方面一篇论文。同时附有一信，祁君在信里讲到，他曾读过我发表在《文学评论》上的文章，对其中某些论点深有同感，结合古代文论写了此文，要我提提意见云云。

我第一次接到这一类信。怀着好奇心读了祁君大作。我的印象是，第一，祁君的古文底子颇好，这在那时中学的语文老师中间，恐怕是极少的，很可能是家学的积累了。第二，祁君能从古文论中找出问题，进行现代阐述，说明他对古代文论是有相当修养的，这对于一个年轻人来说，更是难能可贵的了。第三，文稿虽有一定不足，但看得出来，作者在研究问题方面是很投入，兴趣极浓。我觉得一个搞学术的人，有兴趣就好，如果持之以恒，是极有可能登堂入室，进入学术殿堂的。

这样，我就写了回信，并告知我对他的文稿的意见，随后，祁君又寄来修改稿，我提了意见后就帮他寄了出去。从此，我们就书信不断，成了未曾谋面的朋友。直到1985年我去扬州开会后，回到无锡老家探亲，祁君得知后赶来与我见了一面，我发现祁君原来是个直长直大的小伙子。他就未来专业商量于我，我就他的良好的古文底子与文学知识，建议他攻读古代文论专业为上。后来祁君考上了徐中玉先生的研究生。中玉先生是当今学界的耆宿，看来祁君福分极佳。从学名师，实乃人生快事。对祁君来说，真可谓如鱼得水，可以一展自己的才能了。此事还真是使我羡慕了好一阵呢！祁君敏而好学，悟性颇

祁志祥《美学关怀》序

高。果然，一经中玉先生指点，学业上大有长进，经常可以看到杂志上不断有祁君的大作问世。

几年过去了！

士别三日，便当刮目相看。1993—1997年，我不断收到祁君的著作，翻阅之余，感到祁君已完全进入了古文论和美学领域，对不少问题有了自己的见解，在科研领域已是一位相当成熟的青年学者了。

现在祁君的第4本著作的清样放在我的面前，我自然由衷高兴。

祁君写的是"美学关怀"，自然要涉及美"是什么""怎么样"等问题。美是什么？可以说这一问题讨论了千百年了，但在理论上仍然意见纷纷，无一定说，而在艺术实践中，美或指向美的丑却不断被创造出来。这种悖论在艺术创作中可以说随处可见。其实何止在艺术领域，其他领域如哲学也莫不如此！有时真使人感到，理论对不少生活实践中遇到的问题真难以阐释。可见这终极关怀性的问题在学理探索上是永无止境的，在这一领域，可说历来是真正的百家争鸣，百花齐放，而同时也显示人的能力有所不逮。

20世纪的不少哲学家、美学家觉得，与其去无休止地追寻永远也得不到圆满答案的问题，不如退而求其次，探索"怎么样"的问题更为来得实际，于是纷纷转向更为务实的美是"怎么样"的探索了。确实，方向一变，新说迭起，流派纷呈，各种学说、著述，极大地丰富了美学理论，而终极关怀式的探索，不仅受到冷遇，还时时受到不少人的嘲弄，甚至进而形成了一种反本质主义倾向。其实，在我看来，美学的终极关怀，虽然像是斯芬克斯之谜，但人们的探索，却能开辟多种认识的渠道，显示终极的无限与多样，人类是能够在认识上对终极有所接近，并不会劳而无功的。我们看到，那种排斥"是什么"的终极关怀的单纯的"怎么样"的探索，往往过分自负而会走上极端，而那种形式化的极端烦琐的"是什么"的探索，又往往使人望而生畏。既然形而上的终极追问与形而下的形态认知均为美学研究之客观需要，那么在探讨中尽可因个人的喜好而有所倚轻倚重，但对两者不可偏废。实证的研究，会丰富对无限终极的探索，而学理的进步，又会使实证的研究获得高远的旨趣，两者相辅相成，互补共生。

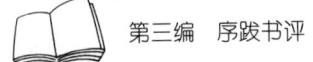

阅读祁君的《美学关怀》，大体两者互依，不废一方。一些章节，过去就阅读过，当时就很喜欢，如谈我国古诗中"斜"的线条美，觉得作者感觉细腻，颇下功夫，这只有靠平常的读书积累。又如关于艺术家的记忆素质的论述，写得也很有特色。由于祁君有较高学养，所以行文自然流畅，视野开阔，有时如随感随笔，实则为多年的研究体验，富有真知灼见。祁君正值年富力强之时，相信会有更多佳作问世。

祁君寄我清样已有多时。我先是杂务缠身，继而小感风寒，一拖就是多日，真是深以为歉。现将一段因缘写上，权当序。

（原文作于1997年5月9日）

艺术不仅仅是商品

——张来民《作为商品的艺术》序

20世纪80年代初，出版一本学术著作还是比较方便的。那时出版社长期无书可出，想出书而无书稿，因此只能是手里有什么就出什么。80年代中期开始，学者们出书就不那么容易了，出版社的选稿标准明显提高了。

到了90年代，市场经济机制在各个部门中确立了下来，企业资本化的进程迅速实现。出版社自负盈亏，国家征收税收，天经地义。对于出版社来说，出书要考虑赢利、致富，不能赚钱的、但有利于推动学术进步的、可以为出版社闯牌子的书籍，在不影响总体获利的情况下，按比例定额分配、搭配出版，那算是很明智的了。稍后不少人嚷嚷出书难，出版学术著作，要求作者交一笔相当可观的出版补贴，已成一个定规，如果没有这笔费用，那只好将书稿束之高阁，藏之名山！为了挽救资本操作下的这种不可抗拒的颓局，于是出书可以申请出版基金这一机制也就应运而生了。

至于所谓艺术生产，更是如此。艺德低劣的歌星，出场费照常十万十万地在报价。只求到歌场疯狂发泄一通剩余感情的群众，已不在乎歌星有没有不体面的记录；而码字骂街的大作家，一个字的开价已飚升到了5元。自然，要是没有影像媒体合伙的放肆炒作，要是没有出版社与媒体共同增值资本的合谋，那些所谓艺术、作品，也不至于那么身价百倍的！而同样出于出版社与代理人的合谋，有的学者为研究生用的所写的著作，千字不过20元，一个字两分钱，在价值上保持了50年代资料整理费的光荣水平，与大作家的五元一字相比，真是何止百倍，是整整250倍了！

艺术神圣，这与计划经济时代的体制有一定关系。创作人员由国家包养起来，要求文学艺术为政治服务；说文学艺术使命神圣，这是给作家、艺术家戴的高帽子。一旦不按交下的意思办事，这神圣不仅可以随时收回，而且连帽子也会改变颜色的！

可以设想一下，如果国家取消了对作家的供养，停发月薪，作家会做什么？一是他得卖文为生，绝对得把自己的产品变为商品，进行交换，而且总想在交换中得个好价钱，才能生存下去或体面一些过日子。二是他得千方百计找出当今的时尚热点与看好的卖点，不断生产合乎读者口味的、投其所好的东西，并且要联合媒体，进行炒作。大批粗俗的、恶俗的东西就是这么炮制出来的。三是他恪守原来的信条，仍是伏居斗室，精雕细琢他心爱的艺术品，但他得有丰厚的遗产，中奖的高额彩票，大量的银行存款，富有的老板或女人的援手，否则难免有断炊、离婚之虞！四是改行，写作只能在解决温饱之后作为爱好进行。

对于绘画来说就更是如此。拿如今享誉世界画坛的一位华裔画家来说吧，多年在外国的观察与学习使他理解，画作要有外国读者与得到收藏者的青睐，为此要表现他们所喜爱的东西，自己的画才有出路。于是通过自己熟娴的西方画技，把我国江南水乡人家搬上了他的画面。画展出后，看惯了高楼大厦、车水马龙的外国人，大为赞赏，他们发现了东方农村美之神韵。看着那宁静悠闲、风格别致的东方农村小景，让西方人为之悠然神往。外国人肯定了画的价值，并对画家也给予了注意。

但是我们知道，外国人是按西方人的审美的价值与精神的需要，来评价具有东方情调的艺术的，这也就是一些外国学者所谓的"东方主义""后殖民"视角与文化需求的表现了。这类艺术正是对西方主流文化包括绘画在内的一种补充。得到了外国企业老板、画廊主人的首肯与称赞，画就值钱了，就可以被高价收购、收藏，就可以到处开展览会，以致画价越标越高，一张画可以百万计，画家也成了名流、富人。

艺术不仅仅是商品

外国人以东方主义、后殖民主义的趣味与审美的需求，发现了上海旁边的周庄。周庄是因外国人欣赏的一幅画，然后加上政界人物的关怀而走上辉煌的。在出口转为内销以后，中国人对周庄也发生了兴趣，而且高度重视起来，于是周庄从此名扬海内外，竟成了旅游的名胜地。每逢春秋佳日，中外佳宾如云，来往穿梭，形成了新的车水马龙的火爆场面。可是小小的周庄，如不再予以整顿，不需多长时间，可能由于不胜重负而被踩成平地的呢！我看到不少在周庄走街串巷、小河荡桨的人，眼里都显出一种喜悦之情。我暗暗地想，真要让这些人在外表看来雅致、幽静的深宅大院住上一夜，那阴冷、潮湿，极其简陋的生活设施，准会让他们受不了的呢！对于国人来说，喜欢周庄这样的去处，自然谈不上什么东方主义、后殖民一类话语，他们不过是想恢复一下由于城区住房建筑千篇一律带来的视觉疲劳，远离尘嚣，略作小憩，或是聊以抒发一些怀旧情绪而已！

这样看来，现今还有什么不是商品的呢？从昂贵的靓女的三角内裤到等待鬻卖的大大小小的官爵，从不断打击的三陪到码字骂街，从人体、性器官写作，到装模作样要死要活一派作假令人作呕的舞台嚎叫，哪个不是待价而沽，要收它个好价钱的呢？自然还有曾经神圣过的荣誉和良心！文学艺术产品也是商品，而且越是精美绝伦的艺术品，商品的特性就愈明显，价格就愈高；在资本积累阶段，这种品性表现得让人感到简直近于疯狂乃至穷凶极恶，但这只能归之于初入市场经济的过分敏感与市场的供求的法则。

可是话又要说回来。我们也要看到，文学艺术生产，毕竟是一种精神的生产。物质产品维护人的有机生命，而精神产品则在于满足人的精神需求，人的精神的生命。物质产品有精美优质、假冒伪劣之分，吃了有毒的米，注水的肉，假药，于人体有害，所以要被取缔。而精神产品同样如此，自有高低上下之别。物质产品与精神产品，大部也是一次性消费品，但一部分精神产品中精品，却因承载着一个民族、国家的文化精神而可以传之久远，成为维系我们民族、国家持续发展的精神支持。从这一角度出发，优秀的文学、艺术作者，不仅仅视自己的作品为商品，而且还把它当成影响社会的精神力量，而他们自己，总是具有宽宏的胸怀、一种企图改善人的生存处境的人文精神与忧患意识感。这种文学艺术精品就难以用商品的特性进行规范，就不好把它视为单纯的商品了，而且为了创造这类产品，有关方面还应提供必要的条件，给以必要的资助。

来民先生就外国几百年来艺术商品化经历进行了独特的探讨，资料丰赡，材料确凿，自成一说。不少征引，涉及许多外国的大艺术家、大作家的生活情状与言行，在对艺术与金钱、商品的关系方面，作了直接的现身说法，读来饶有兴味。引起的争议，看来主要由于对于这一问题的理解的侧重点不同，但十分有利于对问题的探讨与深入。

（原文作于2001年11月底，于京郊桐荫室，
刊于《文艺报》2002年8月24日）

学灯下的探索
——李衍柱《路与灯》序

我认识衍柱先生，大约是在20世纪80年代中期。一次他到文学所来，正逢我们文艺理论研究室的同行"赶集"。他和不少人见了面，随后和别的朋友谈事去了。他离开文学所后，我才知道，我和他算得上是学兄学弟哩。原来50年代初我在中国人民大学待过几年，他则在60年代初几年内，在中国人民大学的文艺理论研究班学习过。这个研究班十分有名，是当时专门培养马克思主义文艺理论家的，学员是从当时各地挑选送去的年轻的高校老师、宣传部门的青年骨干；教师则由文学所和许多高校的著名教授担任，如蔡仪、余冠英、吴组缃、季镇淮、游国恩、王瑶、王季思等，何其芳先生则是这个研究班的班长，有的是学界耆宿，如宗白华、朱光潜等。

那次见面后不久，便收到衍柱先生的一件礼物——关于马克思典型问题学识的著作。

1987年夏天，在深圳大学讨论胡经之先生主编的一本外国文论教材的会议上，又见到了衍柱先生。一有个人接触，就了解到衍柱先生是位性情中人，那种典型的山东人的豪爽的特征，给我留下了亲切的印象。

后来衍柱先生不断有新著问世，每有见赠，知道他是位治学执着的学者。像文学典型问题，几十年来谈得很多，但进展不大。主要是人们只是围绕马克思主义典型观与黑格尔的一句话，转了几十年，并且把它深深地政治化了，读着这些文章，脑子十分厌倦。80年代开始，由于原有的文学理论受到外国文学思潮的冲击，一些人嚷嚷现实主义已经过时，典型已被情绪描写所替代。在这种情况下，衍柱先生仍然在钻研典型问题，这使我不禁要想，这一研究可有什么新意？当我翻阅了衍柱先生两本关于典型学说的著作之后，觉得它们在梳理典型问题的来龙去脉方面，做得十分详细，扩大了人们对典型问题的认识，作为文学理论问题，自有价值，至于一些作家能否塑造出典型人物，那是另一回事。

当我国市场经济发展起来之后，80年代末，文艺界陷入相当低迷的思想境地。一些作家以否定崇高、理想为时髦，他们在嘲弄生活里的伪崇高的同时，不分青红皂白地把人的应有的崇高和理想，也一起痛痛快快地否定掉了；而一些文艺批评家在作品评价中，也远避文学理想。这自然是现实生活的平庸、恶俗使然。衍柱先生却于1992年出版了《文学理想论》，对文学理想进行了系统的、历史的、理论的探讨。这使我十分佩服他的理论的执着和勇气。这两种著作，典型篇和理想篇，堪称衍柱先生著作中很有理论深度和个性的姊妹篇。

90年代，我和衍柱先生由于业务上的关系，交往更多了。他不改初衷，仍然在文学理论领域，不倦地耕耘与探索，不断有新的成果问世，这种执着与热情，在同龄人中间很是突出，令人感佩不已。特别到了90年代后期，我觉得衍柱先生的理论著述，发生了新的变化。从他这时期的论著来看，已摆脱了原有的理论框架，使自己的论著获得了新质。表现了他对当今文学理论建设中的基本问题，有着全面的把握。在方法论方面，他在不断考虑与探索行之有效的方法，探讨中西思维方式的异同与互补。有关一系列文学理论范畴的论述，表明他对文学理论建设的途径有着独到的看法。他的有关人论与文论的著述，探寻着文学的底蕴，写得厚实。他的有关宗白华、朱光潜和钱锺书的个案研究，讨论了这些著名学者是如何接受中西文论思想，提出了文论从传统到当代的转化中的三人三种方式，以及他们的接受对当代文学理论建设有何影响。他的有关黑格尔《美学》的个案分析，探讨中国文学理论界是如何接受黑格尔的美学思想的，以及接受了什么，贴近、深入文学理论研究的实际层面。他的关于信息时代"世界图像"的出现，是否会导致文学的消亡的论述与论辩，新颖、深刻而有力。在这些著述中,衍柱先生体悟群书,旁征博引,沟通古今,兼及中外,酣畅淋漓,新意迭出,置身并汇入了文学理论的前沿,显示了他的卓尔不群的学术风貌与独特个性。

这本取名《路与灯》的文集,正是衍柱先生对于当前我国文学理论建设的缜密的思考、不懈的探索与努力。

衍柱先生嘱我为他的文集写上几句,我写了一些读后感,权当序。

(原文作于 2002 年 10 月 12 日,于京郊桐荫室)

姚文放《当代性与文学传统的重建》序

文放先生正进入著述的旺盛期，每隔两三年，就有新著出版，同时还有繁重的教学工作，科研、教学齐头并进，可谓相得益彰。

文放先生对于当前美学、文论中的前沿性问题，十分敏感，一旦抓住，就深入下去，屡有不凡成绩。他的4年前出版的《当代审美文化批判》，就给我留下较为深刻的印象。虽然"审美文化"一词的内涵，美学界、文论界学者的意见不尽一致，但从具体的现象入手，一时出现的多种有关审美文化的著述，倒也各有特点。文放先生的著作和别的学者的著作的不同之处，就在于一些学者主要对当代审美文化现象的出现与特征进行了细致的描述，作了介绍、分类等工作，而文放先生的著作不仅具有这些品格，同时还具有一种批判精神。所谓批判精神，就是对论述的对象，细加辨别，不是进行全面的肯定，或是作出简单的判断与否定，而是有所分析、有所鉴别，有着人文学者的那份人文精神的关怀。

人当然必须生存，投身生活，进入生活的潮流，生活的潮流本身就是以多姿绰约、无限丰满的感性形态呈现的。对于生活潮流中出现的审美文化现象，精神的或是物质的文化设施，进行理论的探讨与阐释，揭示它们出现的合理性，是完全必要的，不少学者在描述着、论证着：凡是存在的都是合理的文化审美现象，并且非常投入。但是，就整个社会生存状态来说，除了凡是存在的都是合理的之外，还有另一方面，即凡是存在的并不都是合理的，这是一个命题的正反两面。人文学者除了敏锐发现、充分关注合理的东西，同时还应透视那些不合理的部分，并给以分析与批判。对于当今出现的种种具有一定审美

姚文放《当代性与文学传统的重建》序

因素的文化现象，我以为应当持有这种态度。人自然需要吃喝玩乐，他的身体的感性快感、物欲的享受与满足，都具有合理合法性，因此对于人们这类生存形态的保障、这类知识的传播是完全必要的。

当今的资本与高科技相结合，创造着巨大的物质财富，满足着人们的需要，显示了其生命力的一面。但是它抹不去自身的血污，在光华四射、文学性很强的各类社会的、物品的、精神产品的广告词后面，不断包装着、重复着欺骗与无耻，掠夺与剥夺，掩盖着弱者的屈辱与无声的嚎哭，心灵的忧伤与乡愁。资本又使不少人异化，使他们变得丑陋不堪，因此分析、批判同样是需要的。我们不能因为一些人住进了豪宅，进入了高级度假村，徜徉于时尚展览，出入于高级购物中心，满足了官能快感的享受，就以为我们的日常生活都已审美化了。其实远非如此，极端低质量的人的生存现象，在我们社会里还是极为普遍的，在大多数人的生活状态里，甚至毫无审美因素可言。同时人除了物质的满足，其实还有更高的需求，即精神的自由、人格的威严、智性的超越与具有理想性质的终极的关怀，否则人的精神何以得到提升，他的本身何以获得发展！我想这是否就是人文精神的生长点。人文科学应是具有人文精神的科学，文放先生的著作是具有这种精神的。

这次文放先生要我为他的《当代性与文学传统的重建》写一序文，我自然欣然从命。读完他的书稿，首先觉得选题甚好。有关传统问题，新时期以来不断发生争论，而且一百多年来一直不断进行着反思。由于国家政治、文化的积弱，由于社会集团利益各殊，不同学养和文化背景的学者，在文化传统问题上，态度极不相同，因而引起了长期的争斗。同时在今天全球化的语境中，由于后现代文化思潮发生着重大的影响，学者之间在文化传统问题上的分歧依然如故。环顾四周，好像没有哪一个国家，像我们在传统问题上经历了如此多的纷争、对立和痛苦，在对待文学传统上也是如此。

60多年前，朱光潜先生在其《诗论》的《抗战版序》文中说："当前有两大问题须特别研究，一是固有的传统究竟有几分可以沿袭，一是外来的影响究竟有几分可以接受。"朱先生的这种对于文论传统的态度，可以说至今不失其积极意义。这积极意义恐怕是顾及了保存国故与西化论的争议及其教训的。这里所说的"究竟有几分可以沿袭"和"究竟有几分可以接受"以及两者之间的关系极为重要。保存国故论者是在新的文化思潮与外来文化思潮的冲击下形成的，他们对待传统文化，实际上发表过很多好的意见，但反对新文化，这使他们严重落后于时代。

实际上文化传统固然是稳定的，甚至是惰性的，但是固定不变的传统是没有生命的，实际的生活的需要，要求不断克服传统的惰性，在其变动不居的发展中才能永葆青春而形成新的传统。西化论者急于改造原有文化，并赋予西方文化以普世价值，忽视自身传统文化中的精神，甚至干脆抛弃，结果也往往是适得其反而不免走向虚妄。新文化的建设，不能在搬用中完成，而必须建立在对传统文化的吸收、改造上。找一个西方的螟蛉，固然十分容易，但是指望他来传承我们的文化传统，那是十分困难的。未来的文化是摆脱不了现在和过去的传统文化的，它只能是传统文化的延伸，过去的传统文化则是现在的文化与未来文化的生长地。离开或偏离文化的生长地，实行西化或是俄化，都给我们留下文化的精神重负。保存国故这种倾向现在没有多大影响，但西化倾向现在却然仍很是活跃。自然，大部分学者则已摆脱了前面所说的两种倾向的影响，细致、实在地分析着传统文化，努力承接传统文化，同时吸收外来文化中的有用成分，建设新文化。

其次，文论界不断出现的种种论争，如果细加观察，它们或多或少地与传统问题相关，抓住这一关键，是需要有敏锐的目光和相当深厚的学养的。文放先生的著作，可说十分详尽地探讨了和文学传统相关的方方面面，使人耳目为之一新。在梳理中外古今的文学传统中，它区分了四种倾向，即心理的、功利性的、社会学的与形式主义的倾向，可能有的学者会提出不同看法，但这种对于文学传统所做的细致分类给人以启迪。在此基础上，它对文学传统的当代转换、与个人才能、与知识功能、流变机制、科学传统、文化传统、生态意识以及在今天全球化语境中的关系，都提出了自己的见解。特别是它对现代性与当代性所做的有区分的探讨，也很有价值，可自成一说。

当今我国"文化研究"思潮十分流行,虽然这一思潮在国外早已降温。一些属于后现代文化思潮的外国学者,早就提出了文学与文学研究的终结论,文学文化的合一说。据说文学死了,但文学性还存在,它进入了各种社会科学与人文科学,研究这些学科的文学性,就是研究文学了。这类说法翻译过来,照例又成了新说。文放先生并不盲从这类说法,而是根据我们社会的文学、文化自身发展的实际,以及文学、文学研究自身的学理,提出了不同的甚至相反的意见。在西方泛文化理论氛围相当浓烈的情况下,文放先生不是凌空蹈虚,而是坚持了"现代性是一项未竟的事业",保持了自身的学术立场,显示了理论上的实事求是与真知灼见。这对于一些今天赶这个、明天追那个的人来说,要做到这点,恐怕是不很容易的!如果在学术上缺少创见,那就只好随波逐流了。

最后,我想说的是本书一些章节,还可以写得扼要、简洁一些,特别是大家已经熟悉的东西,要少谈、不谈;我国20世纪的文论只涉及了一部分,如果能够对于20世纪文学理论传统,进行整体性的分析阐述,也许更能会给本书增加光彩的!

(原文作于2004年元旦)

谢德林《现代牧歌》中译本前言

萨尔蒂柯夫·谢德林（1826—1889）是19世纪杰出的俄国作家。他从19世纪40年代末到80年代末的40余年间，创作了大量脍炙人口的讽刺作品。在19世纪的俄国讽刺作家中，他和果戈理堪称是前后辉映的双璧。

谢德林的创作，主要是通过独特的讽刺艺术手段，揭露时弊，暴露俄国农奴制改革后旧制度的衰微与腐败，官僚统治集团的反动与残暴，野蛮与愚昧，资产者的掠夺本性与伪善，自由派的政治转向与堕落。谢德林出身贵族地主，对旧的营垒中的生活有着深切的感受与体察，他在青年时期形成了革命民主主义世界观，以后又在沙皇政府中担任过一些高级职务，对旧俄官场黑暗了如指掌，所以他的讽刺能够击中事物要害，嬉笑怒骂，挥洒自如。他的强有力的讽刺笔触，有如一根皮鞭，甩向他所嘲讽的对象，发出震撼人心的鸣响，具有摧枯拉朽的威力。他的幽默和讽刺，不时会使读者发出笑声，但这不是果戈理式的"含泪的笑"，愤怒的笑，而是一种充满极端鄙视的笑，一种怀着无比憎恨的笑。另一方面，谢德林的作品的锋芒由于直指沙皇反动制度，所以他又频繁地求之于伊索式的语言，采用隐蔽的、变形的艺术手段，进行影射，这使他多方求索艺术形式的创新，从而丰富了讽刺艺术。

谢德林的讽刺作品体裁多样。它们有讽刺特写，如《外省散记》（1856）、《金玉良言》（1872—1876）；有讽刺短篇集，如《讽刺散文》（1863）、《外省书简》（1868—1870）、《庞巴杜尔和庞巴杜尔莎》（1863—1873）等；有讽刺纪事作品，如《塔什干的老爷们》

(1869—1873)等；有幻想、寓意讽刺长篇，如《一个城市的历史》（1869—1870）；有讽刺童话，如《童话集》（1882—1886）；有传统的社会心理长篇，如《戈罗夫略夫一家》（1875—1880）；有暴露性的讽刺小说，如《外省人的日记》（1872）；有描绘风尚的纪事暴露小说，如《波谢洪尼耶遗风》（1888—1889），还有社会政治讽刺小说，如《现代牧歌》（1877—1881）等。

1877—1878年，谢德林在《祖国纪事》上发表了《现代牧歌》的一些章节，接着就中断了这部小说的写作。在后来的两三年时间里，他先是很快结束了早已动手的《戈罗夫略夫一家》，继而创作了《蒙列波避难所》（1878—1879）、《一年四季》（1879）、《在国外》、《给姑母的信》（1881—1882）等特写集，并于1881年写完了《现代牧歌》，刊载于1882年的《祖国纪事》上。

19世纪70年代末80年代初，俄国曾出现过革命形势。1881年3月，沙皇亚历山大二世被民意党人炸死，新沙皇上台后，实行疯狂镇压，一片政治恐怖。那些唱唱高调、本来随时和反动势力随时妥协的自由派，纷纷转向，在"活命"思想的支配下，依附反动当局，出卖灵魂。《现代牧歌》揭露的正是这种政治窒息中自由派的叛卖行径，和对统治这的无情的嘲讽与批判。

格卢莫夫与讲故事这的"我"，属于中层知识分子自由派，他们曾经拥护农奴解放，赞成建立地方自治，对种种社会弊端有所不满。但在政治恐怖的气氛中，他们便开始"等待"。所谓等待，先是讲究吃吃喝喝，游乐闲荡，停止思索，随遇而安，决心不碰社会问题；继而发展到追逐色相，迷恋声色。他们原为警方注意对象，并为密探跟踪，为了保命安身，以明"改邪归正"心迹，竟与警方打得火热。他们参与策划重婚，伪造股份公司证券，企图以这种刑事犯罪，来躲避"政治刑法"的追究。小说对"我"特别是格卢莫夫（借用了奥斯特罗夫斯基的剧作《智者千虑必有一失》的人物名）那种善于审时度势、随机应变、见风使舵、自甘堕落的行为，进行了批判，揭露了这类人在政治上的蜕变。

在谢德林的充满愤懑的笔下，俄国是个名副其实的警察国家。统治者极端害怕人民起来造反，加强了镇压措施，竭力钳制思想自由，全国遍布暗探，以所谓"统计爱好者小组"的名义，出入森林，混入采蘑菇的人群中，潜入游泳场地，钻进浴室，随意出入居民住宅，侦察民情，进行告密。无数居民动辄得祸，以所谓恶毒攻击的罪名，或被投入监狱，或永远消失踪影。两个自由派明明已走上"自新"之路，但仍被视为异端，未能摆脱密探的跟踪。"说实话，到处看到考验你、威胁你的面孔，听到问题，隐含着送你服劳役的查询，置身于互相指责叛变、卖身投靠、包庇异端的对骂之中"，这使人"感到沮丧……随之而来的必然是坐卧不宁，摇来摆去，出卖别人，玷污自己"。警察分局局长伊凡·季莫菲伊奇一伙，不仅要扑灭自由派思想，就连一般思想也不允许存在。他们制定的"居民日常生活操行准则"，规定居民在街道、广场活动时的穿着样式，行路的姿势与走向，脸部表情，头发短长，遇见熟人谈话的内容，等等。小说对于这类控制思想、自由的愚蠢和荒诞的嘲讽与揭露，真是一针见血，尖刻辛辣。然而危害社会的正是这批反动官吏，他们自己却是知法犯法，黑白颠倒；只要有利可图，便不择手段，进行犯罪活动。

小说中那个带有漫画色彩的《卖劲儿长官的故事》，虽有传奇色彩，但是它真实地揭示了俄国统治者的狰狞面目。这个"长官"一上任，立刻取消教育设施，烧毁城市，恐吓老百姓，要把他们整治得驯良服帖，然后突然实行"苦役制"，进而把他们赶入"营房"。这样，他们就"不会再卖弄聪明"，"多管闲事"，"写什么社论"，而一心只想打发日子，安享清福去了！他依靠大批"恶棍"，扬言要把坏事"做绝"，于是恶棍大写告密材料，设计害人方法，提出"必须把老百姓置于经常不断的恐怖之中"，甚至建议"必须重新关闭美洲新大陆"！这使读者始而惊异，继而深信所有统治者的狂人的心理逻辑，是多么的一致！那个《倒霉的鲌鱼》一剧中对"病伊凡"的审判丑剧，使用象征的手法，嘲讽了沙皇法定的强盗逻辑：法庭谴责了奄奄一息的鲌鱼，不准逃跑，而应服服帖帖地成为他们的盘中食，否则以叛国罪论处。至于小说中那个"杰出统帅"列杰佳，则是掠夺成性、对外扩张的帝俄统治者形象。他到处征伐，掠夺土地财富。据苏联学者考证，此人影射1865年侵占塔什干的帝俄将军契尔尼亚耶夫。列杰佳也是为彼得堡花布厂大老板库贝什金打开国内外市场的雇佣；同时，他也能屈就妓女家的管家的角色。而他所讲的野蛮、落后的苏鲁西亚，实为俄罗斯帝国的化身。

在小说的下半部里，谢德林把主人公活动的舞台移到外省小县。那里农民生活艰苦，田园荒芜，日子一年不如一年；有才能的农民发明家，家徒四壁，无人理睬，自生自灭。即使是穷乡僻壤，同样遭到政治恐怖的荼毒。能够左右全县的巨商，害怕人民造反，竟鼓励愚民四处大抓"社会党"，横行乡里，为非作歹，残害百姓，制造冤案。那里还有暴发起来的农村的资产者，他们盗卖森林，靠欺诈手段发家致富。

小说里还有几个人物值得一提，如律师巴拉拉伊金和雇佣编辑奥奇兴内。前者行骗于法律界，专搞伪证，信口开河，说谎成性，满身赫列斯达柯夫的气味。这是俄国文学中新出现的讼棍形象。后者系破落地主，妓院乐师，食人残羹，给他几文钱，什么卑鄙勾当都能干得出来，是个卖身投靠的无耻文人。他编辑色情小报《杰米德隆美色》，赢得彼得堡各界层——上至达官贵人、下至仆役伙计的爱好。自由派的"迷途知返""改邪归正"，和他们"自新"后干的种种卑劣勾当，以及处处弥漫着政治窒息的恐怖气氛，资本势力的急速扩张，弱肉强食，这就是"现代牧歌"的真实写照。

《现代牧歌》是俄国文学中的一个新现象，它创立了一种新的小说体裁；它不仅结构独特，而且也以艺术手段多样化为其特征。

谢德林反对长篇小说一味写家庭爱情故事，他有意要突破这种束缚，使长篇小说直接面向社会，因此作了种种新的尝试。他使他的主人公走出自己的居室，进入社会的各个角落，出入于警察局和大商人的厅堂，由妓院改成的律师事务所；以后又转向外省小城，穷乡僻壤，庄园、法庭，最后进入首都巨商办的报社，等等，展现了一幅极为广阔、相当复杂的社会政治生活的画面。小说艺术地描绘社会制度的腐朽，政治迫害，政府官僚的刑事犯罪，密探猖獗，以及审讯丑剧，极好地体现了作家的小说主张。这样便出现了一种新的小说体裁——社会政治讽刺小说。

毫无疑问，这种不同于传统体裁的小说，对于读者来说是新颖独创的，同时也可能会引起非议。果然小说问世后，自由派评论家阿尔辛涅耶夫在1883年的《欧洲通报》上发表了《谢德林的新集子，萨尔蒂柯夫的〈现代牧歌〉》一文，把小说称为"集子"。为此，谢德林在一封信里谈道："为什么称《现代牧歌》为'集子'呢？我完全不明白。此书从头到尾为那些'人物'所奉行的思想联系着，贯穿着。这些为保命思想所左右的人物相信，只有刑事罪方面的不良行为，才能使人掩盖和免除他们政治上的不可靠性。于是他们这样做了，卷入了种种无耻的关系之中。干出许多卑鄙的事来。""如果站在《欧洲通报》的观点上，那么《匹克威克外传》《堂吉诃德》和《死魂灵》，都不得不称作'集子'了。"①

把多种文学体裁移入长篇小说的框架之中，是《现代牧歌》体裁上的新的创造。这是一种新型的小说体裁，具有与传统小说不同的杂色的体裁汇集的特点。小说在人物叙述故事中，有意模仿了一般爱情故事的写法，插入了游记式的文字，小报新闻报道，抨击性短文，人物讲的故事，并且直接引入规章细则，支出账单，现实与幻想结合的短剧。这种体裁上的特点，使得有的人认为小说的结构，被"轻松喜剧特性"和"抨击性"所破坏了。谢德林指出，提出责备的人"把幻想与轻松喜剧特性混为一谈了。请回想一下，列杰佳要去解放塞尔维亚，使整个俄国骚动起来，难道这不是悲剧而是轻松的喜剧吗？""把法典大全与《操行准则》相比较，难道这是轻松喜剧吗？""对我来说，我的莫大幸福在于我有巨大的幽默蕴积。去普罗蒲瘵万纳亚的旅行，绝非轻松的喜剧，而是真实本身……"②

的确，把《现代牧歌》中的一些描写称之为"轻松喜剧特性"，那是由于对谢德林讽刺的悲剧性的不理解所引起的，他们没有透过某些看来似乎是喜剧性的描写场面，看到作家痛苦与愤怒的面影。至于说小说

---

① 《谢德林论文学与艺术》，莫斯科1953年版，第413页。
② 《谢德林论文学与艺术》，莫斯科1953年版，第414页。

充满了抨击性,则这绝不是它的缺点,而是讽刺小说风格上的多样化的表现;而讽刺小说的多样化,又恰恰是长篇小说的"自由形式"的特征的体现。长篇小说虽有一定程式,但其形式是最为自由的。规章、账单这类记载,好像与小说是格格不入的,但是一翻开它们,我们不能不为它们的独特内容所震惊。例如《操行准则》把反动势力企图剥夺居民一切自由的丑恶心理和盘托出,为了清除居民的"动摇基础"的"不良意识",《准则》补充规定警察可以自由进入民宅。在帕拉莫诺夫提供的账单中,我们看到巨贾、官府行贿受贿的黑暗交易与买卖。而抨击文《思想的主宰》虽出于"记者"之手,但实为作家本人思想之表现,它淋漓尽致地揭露了反动统治者与一批帮凶的相互依存的关系。

在艺术手段的使用方面,小说广泛采用了讽刺、幽默、夸张、荒诞、幻想、隐喻、象征、纪事等多种艺术手段,它们与现实的细致描写,互为交织、相映成趣,赋予了描写的对象以更为鲜明的色彩,显得别开生面,独具一格。《现代牧歌》作为讽刺小说,它的主调是嘲讽、揭露自由派与反动统治者,因此在对人对事的描写中,充满了针砭,自然其中也不乏幽默,但是这种幽默,又饱含着嘲弄的意味。如对两个主人公的"等待"的描写;对全身由各种椭圆形组成的列杰佳的外形的勾勒;又如奥奇兴内的自述,认真的声调混杂着厚颜无耻,巴拉拉伊金的叙述,则具有随意构思、信口雌黄的特征;而那个"贵族女子学校",实为妓院,竟培养出了"三等文官",而后这里又成了律师事务所,对妓院与律事务所所作的对比的暗示,等等。又如警察分局局长主持制订的《居民操行准则》,种种规定,自然是一种夸张,在其中明显地使用了荒诞的手段,这使"准则本身"也成了荒诞。但是在这种夸张与荒诞中,包含了多少现实的真实和真实的荒诞!这种现实生活的荒诞,在作者把"准则"与法典大全的比较中,不是也分明可见的么?又如奥奇兴内脸上隐现出来的价目表,显然是一种幻想,但它把人的尊严的受辱的程度,全都化为不同的价格,人的羞耻之心已经泯灭,这真是无可救药的蜕变了。审判病鲍鱼一幕,实为被搜刮净尽、求告无门、最后葬身豺狼口腹的老百姓的生存状态的真实描绘。列杰佳所说的苏鲁西亚的国徽国案:田野上跃起一条蟒蛇，两侧为蝎子与蜘蛛，极为形象地象征了俄国最高统治者及其帮凶。而那些穿着豌豆色大衣的密探，开头出现时实有其人；而后豌豆色大衣本身就成了暗探的象征。被追逐于小县荒郊的格卢莫夫等人，一说怪话和牢骚，就会产生幻觉，眼前有如晃过豌豆色大衣一般，有时这种幻觉和现实真实交织一起，形成似幻若真的景象。最后写到两个主人公在沉沦中有所醒悟，他们对自己的所作所为内心感到不安，进而遇见了"羞耻神"。这也是一种幻想手段的运用，它建立于人物心理幻觉的基础之上。羞耻神的出现，实为主人公的羞耻心的觉醒与萌动的表现。一旦它发生作用，他们就辞去了《养料报》的编辑工作，暂时结束了卖身投靠的生涯。

《现代牧歌》创造了讽刺小说的一种新风格。一面是真实的生活场景的描写，细致的心理刻画，间或还插入一些抒情的描写，如对农村的败落景象抒写得相当动人。另一方面插入的一些故事、短剧，都带有《一个城市的历史》中那种十分夸张、荒诞、变形的漫画色调。小说的可贵之处，在于把两种不同的风格，熔制成了一种新风格，从而丰富了作家自己的讽刺艺术体系。谢德林的讽刺艺术，显示了现实主义创作类型的多样化，扩大了现实主义的审美领域。在提倡艺术创作风格、流派多样化的今天，他的讽刺艺术也许是不无借鉴意义的吧！

谢德林的作品甚多，而译成中文的甚少。主要原因恐怕是他的讽刺作品使用了大量伊索式的语言，有强烈的政论性的缘故。由于影射、寓意使用较多，它们一面含义丰富，但有时也很晦涩，风格奇特，不易为一般读者所理解。这给翻译工作也带来不少困难。译者初次翻译他的作品，误译之处在所难免，敬希专家读者不吝指正。

（原文见《现代牧歌》，钱中文、白春仁译，
上海译文出版社 1996 年版）

附记：谢德林的这种由多种体裁包括使用非审美性的体裁组成的小说体裁，在当今的后现代小说中使用得已相当普遍，恐怕这是谢德林未始所能料及的。2004 年 1 月 18 日。

尧斯《审美经验论》中译本序

德国学者尧斯的接受美学，对于我国文学理论、批评界来说，早已不是生疏的了。作为接受美学的创始人，尧斯在其著作中把文学作品的接受者——读者的地位，提到空前的高度，并把这一认识加以理论化，从而使之成为一种极有生命力的、独步一时的文学理论。

长期以来，文学理论偏重于作品与作者、作家与社会、创作与生活等问题的探讨，以及对文学本质的阐释，这自然都是十分重要的。在我国近几十年来的文学理论中，读者问题其实是不断被提及的，如文学要为人民大众服务，文学作品会对读者发生积极或消极的影响，文学作品具有重大的认识作用，教育作用等。但是在这里，读者的角色是以接受教育者的身份出现的，是以被动者的身份出现的。至于读者的文学接受，在整个文学过程中起到什么作用，发生什么影响，怎样使文学本身又获得生命，使本文成为文学，也即读者如何参与审美价值的再创造等问题，则未曾注意过，所以也未形成理论化的东西。

尧斯的接受美学的建立，无疑受到西方一些文学理论派别的重大影响。如现象学、形式主义、结构主义文学的理论等，但对前一类理论学派，尧斯提出过许多驳论。他的接受理论自有核心观念与体系，它的贡献在于它充实了文学理论对文学的认识，扩大了文学理论研究的范围，发现了文学过程的一个不可或缺的极其重要的方面，即对读者的创造作用的强调。读者在文学过程中不仅是被动的接受者，而且也是积极参与文学的创造者，是文学作品得以生存的一个决定性因素。强调读者的创造作用和由此而形成的读者中心的理论，后来虽然衍生出那种抛开作者的极端主张，但是接受理论本身却深深地影响了当代的文学观念，为文学观念的进一步科学化开辟了道路。正是在这一基础上，当时东德的学者把马克思关于生产、流通、消费的理论引入文学过程。他们使接受理论摆脱了单向状态，而与文学的生产、流通等范畴接连起来，通过理论整合，更深刻而科学地反映了文学的历史与现实。

20 世纪 70 年代中期，当接受理论作为一种理论思潮面临退潮时，尧斯又推出了《审美经验与文学阐释学》一书。这一著作实际可分为两个部分：理论部分与阐释理论的大量实例部分。尧斯的审美经验论有些什么特色呢？

近代西方美学从美的本质问题的研究，过渡到审美主体、审美经验的研究，大体是在康德的主体论哲学思想影响下开始的。20 世纪西方美学中，美学研究大量的是对审美经验的论述，这一倾向虽然未能完全取代美学的传统研究，但是这类研究派别众多，声势确也浩大，而这自然与本世纪西方众多派别的哲学思想的兴起与推动密切相关。所以与之相应，有表现主义、直觉主义、形式主义、实用主义的审美的经验理论，也有现象学、精神分析学派、格式塔心理学、存在主义等等的审美经验的阐释，差异甚大。但各有自己的中心议题，有的颇多谬误，有的给人启迪。它们程度不同地把美学研究推向深入，这也是事实。原因在于这类研究与传统的美学研究相比，使对象更加具体化了。首先是由于从审美的复杂过程中的种种机制、功能，特别是审美主体的心理反应。其次是由于艺术作品成了分析的中心，所以使审美经验的研究更加细微、深入。杜弗莱纳说："直接来自艺术作品的审美经验肯定是最为纯洁的，也许事实上是头等重要的。"近十年来介绍到我国的重要的西方美学著作，几乎无一例外都把审美经验的研究，置于突出的地位。

尧斯的审美经验论扩大了原来接受理论的研究，使它面向整个审美实践、审美活动。或者说，他从接受理论出发，进入审美经验的研究，从而深化了接受理论。尧斯无疑接受了生产、流通、消费的理论，并把它们视为一个过程，一个整体。他说："审美活动恰恰是通过艺术经验而把自己对象化为人的作品的。因为这个原因，关于支撑着作为生产，接受和交流活动的全部艺术的审美实践问题，仍然没有被搞清楚，是值得重新探讨的。"他把审美经验的研究，扩大到生产、接受和交流，这使他的审美经验论不同于其他学派而显得独树一帜。

尧斯的审美经验论是对阿多诺的所谓否定性美学理论所作的批判而展开的。阿多诺对现代工业文明深为不满。因为它使人一体化了，"均一化"了，他认为现代主义的艺术通过对现实的否定可以进行拯救，使之获得失去的东西。他说："任何一种艺术作品的真实都是以具体否定为其轴心的。这正是现代美学精神所在。"所以他崇尚现代主义艺术的不确定性、不完整性、歧义性。阿多诺以现代主义的艺术精神的否定性，来规范任何艺术，这样便使大量肯定性的艺术失去了地位，特别是过去的艺术。尧斯指出，阿多诺的判断，趋向偏激，这必然导致对艺术的审美愉快功能的否定，所以并不符合人们的历史的审美经验，他通过过去的文学理论、文学史料的分析与叙述，恢复了审美经验中的愉快这一范畴，并以它为中心论点，展开了审美经验的探讨。他说："本书讨论的问题，有审美实践和它在创造、美觉和净化三个基本范畴方面的各种历史表现形式……有这三种功能所特有的关键性态度。还有日常现实世界中的审美经验和其他各个意义领域。"把创造、美觉和净化同审美实践中的生产、接受与交流相对应，把它们作为审美中介详加探讨而过渡到具体艺术的分析，这是尧斯审美经验论的又一个独特之处。

尧斯的审美经验论主要以文学作为分析材料，这有一个好处，即避免了一般美学著作的某种抽象性，和从种艺术形态取材来论证自己观点的任意性，任意取舍往往对自己不利的材料弃之不顾。同时，作者对所提出的理论范畴的论证，十分注意它们的产生与历史演变，所以论述具有较强的历史感。这也可能说是尧斯的审美经验论的又一个特征。

译者在《译后记》中谈到，中译本只译出了尧斯著作的理论部分，即审美经验论，而将后半部分的文学阐释学省略了。译者在译后记中，把尧斯在文学阐释学部分论及审美交流中所阐述的多种接受模式，作了简要的介绍，这是很有意义的，无疑补充了省略的不足。尧斯关于审美交流中的多种接受模式阐述、分类论证，无疑吸收了传统文学理论中的许多合理因素，他所归纳的五种审美心理特征模式，如"联想的""仰慕的""怜悯的""净化的""反讽的"以及与之相应的"参照系""接受部署""行为或态度类型"（见《译后记》）是会引起人们探索的兴趣的，它们绝无某些现代美学、文学理论论著中那种惯见的花哨与偏激。它们对于那些力图探明文学交流中的多种功能的复杂性以及纯艺术论的失误，都会起到一种启迪作用的。

尧斯的《审美经验论》深化与发展了接受美学，以见解独到而具有较高的学术价值，代表了当代审美经验研究的一种新趋向，值得一读。

（原文作于1991年7月，见［德］尧斯《审美经验论》，朱立元译，作家出版社1992年版）

《拉美文学辞典》序

500年前,欧洲人(也许并非最先)发现了美洲新大陆。今天,又一个美洲新大陆展现在我们面前,这就是拉丁美洲作家所创造的文学"新大陆"。

这个文学"新大陆"的发展是如此迅速,以致使它在短短几十年内就出现了爆炸性的突破,获得了"爆炸文学"的美名。那里流派纷呈,人才辈出;佳作迭现,成就辉煌。最优秀的小说供不应求,像《百年孤独》,有个时期几乎每周要重印一次,自1967年以来,在世界各地以各种语言已印了几千万册。不少文学大国,不得不承认如今的拉丁美洲文学,成了世界文学中的主要一翼。

拉丁美洲文学凯旋式的胜利,使得欧、亚的扩大读者以惊喜而崇敬的目光注视着它。英国的一位评论家说:"他们并非因为关心拉丁美洲,才对拉丁美洲文学趋之若鹜;而是对拉丁美洲文学趋之若鹜,才关心拉丁美洲。"这真是拉丁美洲文学作品广大读者的心理的真实写照。正是拉丁美洲文学"新大陆"对世界文学强有力的冲击,在西方与东方掀起了一股股争相阅读拉丁美洲文学作品的热潮,使得那些远离拉丁美洲的人,与它变得接近起来。

在中国这股热潮已是姗姗来迟,但是在80年代的中国文坛,谁人不知道加西亚·马尔克斯、博尔赫斯的?哪个不晓得巴尔加斯·略萨、阿斯图里亚斯、鲁尔福的?魔幻现实主义文学作品一时被奉为范本,一些青年作家也曾掀起过一股小小的中国式的魔幻现实主义文学思潮来。

那么,拉美文学何以如此富有魅力,使中国读者、作家一见倾心？

一方面，由于历史原因，我们无疑长期怠慢了这种文学，而怠慢之后往往是一种好奇与热情。几十年来，特别是五六十年代，我们主要把苏联文学当作我们的阅读榜样；70年代末80年代初，又把注意力投向欧美文学。至于拉美文学，只知道介绍过有关何塞·马蒂、亚马多、聂鲁达等人的一些作品。不过，以1982年介绍加西亚·马尔克斯荣获诺贝尔文学奖为转机，拉美文学的翻译与研究日渐发展而一改旧观。不塞不流，1984年《百年孤独》一下就出了两个中译本，同年又出版了小说作者研究资料。这样，拉丁美洲文学在我国很快掀起了热潮。

另一方面，拉丁美洲文学所以广泛赢得中国读者的青睐，在于它确实是一种堪与欧、亚国家有着许多伟大作家和伟大传统的文学相媲美的文学，它不愧是当今世界文学中的主潮之一。阅读《玛丽亚》《玉米人》《总统先生》《绿房子》《胡利娅姨妈与作家》《加冕礼》《堂塞贡多·松布拉》《聂鲁达诗选》《百年孤独》《族长的没落》《弗洛尔和她的两个丈夫》《博尔赫斯小说选》等，我们通过审美感知所体验到的，是一个绚丽多彩、令人惊喜的全新的艺术世界，确切地说，是既有着拉美的总体特征而又各具民族特色的不同的艺术世界。那里，有我们可以在其他国家的文学中见到的征服、独裁与反抗，庄园主的掠夺、奴役与由此而带来的贫困与斗争，蛮荒莽林，城市生活，风土人情，但是我们在上面提到的那些作品中所描绘的画面，是绝对拉丁美洲式的，它们贯穿着拉丁美洲所属众多国家各自的民族的文化精神，散发出浓郁的泥土的芳香。拉丁美洲文学形成了特有的拉丁美洲式的审美思维方式。它善于使现实与幻想结合一起。事实上这是印地安人认识事物的方式，也是一种非自觉的艺术思维方式。这种非自觉的艺术思维方式一旦被作家加以自觉地运用，引入创作，与荒诞、超现实主义因素相结合，就能爆发出巨大的审美力量，产生特有的艺术魅力而独树一帜，成为对世界文学的独特贡献。

翻阅一下有关拉美文学的简史，我们知道，拉美文学原有自己的灿烂的文化与伟大传统。但自16世纪遭到欧洲的一些殖民国家的入侵与残酷征服后，原有的文化、文学几乎被摧残殆尽。从18世纪末到19世纪20年代，殖民地人民纷纷起义独立，也产生过为争取民族独立的战斗文学。随后几经周折，现在的拉美文学，既恢复了各自的民族文学传统，吸收了神话、传说的原有特色，又广泛吸收了宗主国文学、黑非洲文化因素以及欧美文学中的不少文学流派的长处，演化创造成了一种全新的、独特的文学。瑞典科学院在授予加西亚·马尔克斯诺贝尔文学奖时说："拉丁美洲是各种文学流派、民间传统与社会动力汇集之地，比如：丰富的民间文学、高度发达的印第安神话传说、各个时期的西班牙巴罗克艺术流派、欧洲超现实主义及其它文艺流派的影响。所以这一切都酿出了给人活力、极富营养的琼浆玉液，加西亚·马尔克斯和其他拉丁美洲作家便是从中汲取精华、产生灵感的。"这一评语是对拉丁美洲文学处理好继承传统与借鉴外来良规的关系，走向成熟与辉煌的很好的说明。

拉丁美洲文学在我国的传播与研究刚刚开始。广大读者对它还是很陌生的，大量优秀著作还未译介过来。拉美文学"新大陆"的出现，使读者迫切感到需要了解它的过去，它的传统，它的发展，特别是拉美各国的民族文学的发展与各自的特征，而在这些方面的我们还知之甚少。

在此时候，吉林大学中文系付景川副教授以其坚毅的力量完成了《拉美文学辞典》，对拉美文学进行分门别类而又是总体性的阐释，这是一个极有价值的工作。辞典的出版无疑具有填补空的意义。它汇学术性、资料性、知识性于一体，既为外国文学研究工作者提供丰富资料，又为外国文学教学工作者、编辑工作者提供一本工具书，值得推荐。

是为序。

（原文作于1992年7月2日）

美学研究中的原创精神
——评许明主编《华夏审美风尚史》

摆在大家面前的是许明先生主编的11卷《华夏审美风尚史》，三百余万字。应该说，还有一本《华夏审美风尚史》的立项论证的论文集《华夏民族审美精神鸟瞰》。看着这样的丰硕成果，不禁使人感到羡慕，同时也为一批中年同行所获得的突出成就，感到由衷的高兴。

20世纪80年代以来，美学就过去存积下来的诸多问题进行了大辩论，在外国各种美学思潮的影响下，一时在整个文化界形成一股泛美学的思潮。人们把什么问题都标以美学，就像今天把什么问题都与文化联系起来一样。可见当时美学研究影响之大。在这种情况下，美学研究的确取得了长足的进步，出现了一批有关美的本质、形态、审美体验、美学史的优秀著作。

但是，大约90年代初，我就听到一些从事美学研究的学者喊出了"危机"之说，认为我们探讨的美学问题，都是别人已经讨论过的命题，美学著作虽然很多，但是大同小异，不断相互重复。而一些仍未从欧洲中心论的阴影下走出来的外国美学家，认为我国新时期的美学研究，一无是处，好像并无长进。

要使我国美学研究具有可持续性，的确应该寻找新路了。

正是在这种情况下，接触到了"华夏审美风尚史"的立项申请问题，在立项的论证中，大家看到了美学研究中的新趋向。这是一个过去美学研究中没有出现过的原命题，是一个关于我国美学研究很有新意的、很具活力的总体构思，工程浩大。经过几次反复，建议主编组织参加写作的学者，把各卷提出的和要阐明的问题，写成论文，使这

美学研究中的原创精神

一总体构思进一步具体化，对华夏审美风尚史勾勒出一个总体轮廓。论文集的完成，使这一项目很快获得通过，经过学者们的多年努力，终于成书出版。

《华夏审美风尚史》的立意，具有学术研究应有的原创意识与原创精神。所谓原创精神，去年我在广西师范大学召开的国际美学会议上曾经说过：就是标新立异，就是提出新说和新的学术命题；就是在前人已经达到的学术成就的基础上，有所发现，有所出新；就是在这一学术问题的学理的探讨上，有所增值，使之成为一种有价值的东西，深化对这一问题的认识，并且作为一个真正有价值的环节，丰富这一知识体系。《华夏审美风尚史》界说了美学研究的新的对象，提出了美学研究的新的范畴，扩展了美学研究的领域，我觉得这是本书最为值得肯定的地方。李泽厚先生的《美的历程》，主要从远古的彩陶、青铜器、汉代的工艺品、北朝雕塑、晋唐书法、宋元山水画轴、历代诗人作家等方面，来描述我国美的历程，极具原创意识与创新意义，所以在美学界发生了重大影响。

《华夏审美风尚史》探讨了华夏民族的审美风尚这个新命题、新课题。所谓"审美风尚"，即一个民族在共同的生活过程中形成的一种具有共同性特征的审美趣味、艺术情趣、时尚习俗与生活风俗的审美观照的总和。按照主编的说法，它研究的范围，包括了行为文化的习俗、风俗、礼俗以及相关的民间艺术，通俗文化；包括物质层面的建筑、雕塑、服饰、装饰等艺术；包括作为精神文化的雅文化、高雅艺术，如诗歌、小说、绘画、戏曲、音乐等；包括各个时代的美学理论等。这无疑扩展、更新了原有美学研究的界定。这种研究，不仅需要研究过去的各种美学理论，而且需要展示"原生样态"的、生动活泼的不同层面的文化现象。正是在这一意义上，我以为《华夏审美风尚史》的原创意识与原创精神，拓展了美学研究的新的领域，开辟了美学研究的新的支脉，因而极大地丰富了美学的研究。

华夏审美风尚是"史"的研究。这必然要涉及华夏审美风尚的总体特征和各个阶段的独特的自身特征。各个阶段的审美风尚的特征，由于年代较短，相对集中，前后绵延，相互映照，各自彰显，因此比较容易观察与确定。现在展示出来的各卷,大体以朝代进行划分,这有它的历史合理性。因为各个朝代,由于在各种制度上发生一定的改革与变动,而有别与前朝与后代;同时由于主流社会的某种趣味的倡导,以及在多民族文化交流中而引起习尚的变化、民间风俗的嬗变,都会对审美风尚产生深刻的影响。《华夏审美风尚史》各卷对各个时代的审美风尚特征,把握了其精微奥妙之处,分卷书名的概括本身,如"腾龙起凤""俯仰生息""郁郁乎文""大风起兮""六朝清音""盛世风韵",一直到"残阳如血""凤凰涅槃",就显示了浓郁的审美特征。它们前后呼应,各自标榜,正好表现了华夏审美风尚各个发展阶段的独特的个性,使人了然于心;把它们前后贯通起来,就为人们凸现了华夏审美风尚的那种龙飞凤舞的总体特色。这是很有匠心的、富有审美灵性的、诗意浓郁的表述与概括。

相对而言,建立在不同阶段独特的审美特征上的审美风尚总体特征的界定,则是一种十分艰巨的工作。本书采用古代天象地形的时空框架说,认为这种框架,为传统文化提供了秩序与原理,并使之具有价值,它决定了华夏民族审美风尚的体认和感悟的内涵与方式。"绝地天通"将天及其崇拜仪式,不断确立与加以规范,为古代先民的审美趣味的形成,奠定了基础,进而形成了华夏民族伦理范型的审美文化的格局。这自成一说,大体符合华夏审美风尚的历史内涵的总体特征的。

就方法来说,审美风尚的研究,是一种在大文化的视野背景上的"大美学"式的研究,或者说,是美学的"大文化"式的研究,因而也是美学的全景式的描绘、整体性的探讨;是对作为人的本质的确证的审美本性,进行了多方面的、总体性的展现,在多层次的文化现象中,来揭示人的丰富的本质及其演变。这种美学的大文化式的、全景性的研究,又是美学的一种多学科的、交叉学科式的综合探索。自然不能说,这是美学研究的唯一方式,但就目前的美学研究来说,它确是一种新的尝试,是一种有着探索问题的广度、深度、力度的尝试,它给当前的美学研究,带来了一股学术的新风。

《华夏审美风尚史》我看了好多卷,不少撰稿的学者,我过去是熟悉的，读过他们的著作，如许明、盛源、彭亚非、罗筠筠、袁济喜、韩经太等，他们都出版过不少眼光独到，极富新意的著作，这次又认识了不少新的学者。他们有很高的专业水平与理论修养，有着良好的、扎实的学风。这是一支实力雄厚的美学队伍，他们在美学研究中取得了突出的成就，他们共同完成的《华夏审美风尚史》，是美学研究中的一项重大成果，在弘扬我们伟大祖国优秀文化遗产方面，将会发生积极的影响。

它的出版，是值得我们同行为之庆贺的！

（原文作于 2001 年 11 月）

巴赫金研究的新成果
——读程正民的《巴赫金的文化诗学》

巴赫金的著作介绍到我国已经有20来年的历史了。先是他的有关俄罗斯作家的著作被移译过来，随后是他的选集相继出版；1998年汇集他的主要著作与论文，译出了大批未曾与我国读者谋面的论著，出版了他的中译6卷本文集，这给我国学者了解、研究巴赫金的学术思想，带来了不少便利。

20多年来，巴赫金的思想被我国不同知识、文化素养的学者阐释着。有从当时刚刚介绍过来的叙述学的角度来阐释巴赫金的，有从我国文化转型的角度来讨论巴赫金的思想的，虽然巴赫金的有些基本概念的转译并不确切。而美国学者的巴赫金研究的一本传记，翻译成中文后，多半被我们当成理解巴赫金的向导与入门书。不过，巴赫金的文化遗产继承人之一瓦其姆·柯日诺夫对此书并不满意，认为"都被它搅乱了"。据闻他着手写作巴赫金传一书，但未完成就去世。巴赫金到底如何被"搅乱"的，我们只好从巴赫金的著作与有关材料和美国学者的传记进行仔细的对照之后才会有所了解。不少朋友和我谈起，巴赫金有关文学的论著，所提出的思想命题，如对话、狂欢化，的确具有深厚的文化蕴藉、理论的深度和大家风范。不少从事文学理论研究的硕士生、博士生都纷纷以巴赫金的文学、美学思想，作为自己的学位论文题目，而且有的博士论文，别开生面地描述、探讨了巴赫金在我国的接受史，巴赫金的思想如何融入了我国当代文学理论，可见巴赫金对我们的影响之深。

探讨巴赫金的思想的视角是多方面的。当我接到程正民教授赠我的《巴赫金的文化诗学》一书时，我立时想起20世纪90年代初俄国学者彼别莱尔的《巴赫金，或文化诗学》一书，后者实际上是从哲学的角度来探讨巴赫金的文化诗学的，而程正民教授则是从文学理论的角度切入的，视角不同，对象也不一样，写得各有特点。在这里，我很同意"文化诗学"丛书主编在《总序》里说的话，即我国文艺学在20世纪末走向文化研究、文化诗学的研究，一方面有外来的影响，一方面有现实的坚实基础，有其自身发展的内在需求。在80年代末和90年代，实际上一些学者已经在探讨文学与文化的关系，把文学视为文化的组成部分，并有专著问世。90年代末，在文化研究发生泛化的趋势中，北师大文艺学研究中心，提出文化与诗学集体研究课题，将"文化诗学"定位在"诗学"的基础上，但又是"文化的"，两者相互沟通的，这更加显示了文化诗学研究的理论自觉。程正民教授撰写的《巴赫金的文化诗学》，可谓适逢其时。

巴赫金在其著作中，提出过多种诗学，如社会诗学、理论诗学、体裁诗学、历史诗学、文化诗学等。程著认为，这是一种总体诗学研究，著者标举巴赫金的文化诗学，认为这是巴赫金诗学研究的最为重要、突出的方面。巴赫金在晚年，指出："文艺学应与文化史建立更紧密的联系，文学是文化不可分割的一部分，脱离了那个时代整个文化的完整语境，是无法理解的。不应该把文学与其余的文化割裂开来，也不应该像通常所做的那样，越过文化把文学直接与社会经济因素联系起来，这些因素作用于整个文化，只是通过文化并与文化一起作用于文学。"其次，程著认为巴赫金的文化诗学在20世纪文化研究中独树一帜，并反映了20世纪诗学研究的重要趋势。这种对巴赫金诗学的历史评价都是很有见地的。对于巴赫金一些著作的内涵，我也觉得程著把握得相当准确。比如说巴赫金的《陀思妥耶夫斯基诗学问题》，"与其说是陀思妥耶夫斯基的诗学，不如说是巴赫金的诗学，巴赫金通过陀思妥耶夫斯基复调小说的分析来阐明自己的诗学观点的"。这要真正了解巴赫金的思想后，才能达到这样的理解。

极有特色的部分是将巴赫金的文化理论与我国著名学者钟敬文先生的比较。通过程正民教授的奇妙的"撮合"，我们看到，两位有着

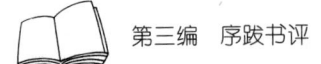

不同文化背景的学者，在文化观念，对民间文化、文化与文艺学关系方面的理解上，有着很多共同之处，但又各有特色，从而形成了一种真正的文化的对话关系。巴赫金说："文化的主要任务就是教会你尊重他人的思想，并且同时保留自己的思想。"这也正是两位学者的魅力与他们学说的动人之处。

《巴赫金的文化诗学》既是巴赫金思想在我国的进一步普及，也是我国研究巴赫金的深化。

（原文刊于《中华读书报》2002年7月17日）

随目迷五色的文艺思潮潜入当下历史

——评陆贵山主编的《中国当代文艺思潮》

近20年来，我国文学发生了极大的变化。不同知识背景与写作倾向的队伍迅速形成，审美趣味各异的读者队伍不断出现，使得写作队伍与读者队伍极大地分化了。文学失去了轰动效应，自然走向了边缘化，但换来的却是自身的主体性的增长，文学获得了不少自由，好像回归了自身。

不过我们马上看到，一方面回归给我国文学注入了活力，但另一方面，回归在很大程度上只是回归到极端化的个人与个人趣味，并且随后傍上了市场与资本。所以我们常常看到，不是作者在写作，而是出版商与传媒共同策划，假作者之手，共同推出三赢的印刷品。正如有的作者所说，写作已不是心灵、精神的现象，而是肉体的欲求与自然本能的满足，说得赤裸而实在。于是，原来貌似铁桶一般的、大一统的文学观念，在市场经济的棒击之下，就成了纷纷散落的碎片。

20多年过去了，如何来认识这段还在继续发展着的不断变幻、目迷五色的文学的历史？使用文学史的写作方式与作家研究是通常的办法，而从思潮的角度的切入，却也可以提供一种宏观的、直透文学里层的知识把握。陆贵山教授主编的《中国当代文艺思潮》（下面简称《思潮》），正是使用后一种方式来引导读者了解当代文学的。读罢该书，我以为它有如下几个特点。

1. 史论结合，系统地勾勒了我国新时期的各种文学思潮。所谓文学思潮，指的是一种具有新的特征的文学创作原则、范式、方法、价值类型所组成的一时流行的文学创作倾向、文学理论批评思想。20

世纪80年代初以前,我国流行的主要是现实主义文学思潮,而且在50到70年代,在政教论文化思想的统制下,走向了极端。新时期初期的现实主义文学,曾经风光了一阵,但是随后不久,文学的情调突然为之一变。形式变异成为一些人的写作追求,写作变成了一种叙事策略,文学宣言一个接着一个,批评的原则时时更新,坚持文学的价值变成一件十分困难的事,在文学写作、理论批评中形成了一股又一股的追新逐后的思潮,至今尚在继续。对于这些现象,《思潮》一书把它们归类为各种思潮而加以清理,这是一个十分合理的视角。《思潮》围绕文学本质而形成的各种观点,如本体论、主体论、生产论、价值论,进行评述,描述了它们每当争先恐后出现的时候,总会引起理论界的阵阵骚动,带动了一批赞成者和不同意见者起来辩论,进而成为一种文学主张的标榜,扩大了我们对于文艺现象的了解。从创作方面来看,《思潮》归纳了流行着的现实主义、自然主义、现代主义、形式主义、新历史主义、后现代主义、通俗文艺等思潮,并以人本主义、非理性主义、文化批评思潮穿插其间,在"论"的带动下,构成了一幅纵横交叉、互为补充、相互阐发的全景性的文学思潮图。这样,在对于单个文学思潮进行了较为透彻的理论剖析的基础上,使人们获得较为整体的深层把握,却也使人看到了史的发展轨迹。

2. 追根溯源,清理了各种思潮的来龙去脉。文学思潮的出现,自然是文学自身发展需求而产生的。然而在短短20年间,我国文学、理论批评中竟出现了那么多种思潮,这不能不说是一件盛事。我们可以说,就原有的我国的文学传统来说,其内涵是无力激发如许蓬勃的创造热情的,被长久压抑并被歪曲了的文学传统,相当贫乏,它未能提供丰富多彩的艺术思维的活力与基础,无力建成多样发展的场地。文艺新思潮的出现,既是自身的要求,但又必然要受到外力的激活,才能有所作为。开放改革以来,涌入的种种外国文学思潮确实开阔了我们的眼界,以致形成了一个移植多种外国文学思潮的高潮。它们使文学的贫困变为文学的丰富与多样。在与世界文学接轨的急切愿望下,短短20年间,人们竟把外国文学中的一百多年上演过种种思潮、流派、手法、各类主张,重演了一遍。《思潮》把随着各种思潮而出现的文学新主张、新思想、新方法、新的价值观念，置于全球化的语境上来了解，并在每章之前进行理论的历史梳理，清点了它们的外来动力与根源，使其在外国的各种有影响的哲学、文学的思潮、派别中，找到它们对于外国哲学、文学思潮的承袭与对接点，虽说有时读来不免有点枯燥，但联系到今天我们所看到的种种文学现象的演变，却也让我们明白了它们无一字无来历的脉络，倒也显出作者经营的苦心，写得很有意思。

3. 理论与文本实践结合适当。《思潮》采取了哲学、文学理论思潮与文学写作互为阐发的立场，这是十分需要与正确的。一些思潮主要表现在理论、批评中，规范了新的原则与方法，提出对于文学的新的理解，以及它们所标榜的价值观。它们有时显得振振有辞，以为掌握了一种理论话语，也就获得了理论话语权了。但细察一下，这里缺乏理论的原创性的创造，主宰的则是对于外国人的洋气十足的理论的转述，虽然介绍也是需要的。自然各种思潮主要表现在不同倾向的文学文本的制作中。像关于现实主义、自然主义、形式主义、非理性主义、新历史主义、后现代主义、通俗文艺等思潮等章节，《思潮》引用了大量写作文本，使理论探讨显得十分生动而丰满。由于思潮理论与写作实践十分契合，就使不少文本脱去了使人们难以解读的外衣，而彰显了其本来面目，所以也显得很有说服力。

4. 《思潮》也显示了理论探讨的价值追求。价值追求本来是理论探讨的应有之义，但是随着后现代主义与解构主义的流行，一些文学研究也变成了后现代主义式的文本，即叙事策略。它们只做叙述，不做判断，解释一个凡是存在的都是合理的命题。但是这个命题还有另一个方面，即凡是存在的并不都是合理的。如果从这一命题的两个方面出发，那么我们可以对事物做出更为全面一些、合理一些的解释与理解，这里需要对事物进行价值的判断。我看《思潮》是这么做的。20年来各种文学思潮的出现，有其必然出现的理由，有其合理性的一面。但是也要看到，一些文本写作只是叙事策略的追求、一种文字游戏、一种实验与尝试，它们消解了文学审美的生成与审美价值，而消解所有价值正是它们的目的。它们确也表现了对单流论的、政教论的文学的反抗,但本身却是贫血的东西,使人难以卒读,它们只为少数有兴趣的评论家提供一些话题,离广大读者很远,因此没有必要大力推崇它们。对于那些在各种反理性主义思潮泛滥下制作出来的文本,用下半身写作出来的文本,文学皮条客式的文本命名,都应给以一定的价值判断。《思潮》对于这些复杂的现象,都未进行简单的肯定和否定,而是掌握了合适的"度"进行了评介,这是不容易做到的,而这也正是《思潮》本身的价值所在,使其在探讨这些文学理论前沿问题时,具有较强的科学性和理论性。

《思潮》是一本通过文学思潮分析有益于我们整体了解当代文学成绩、问题和进一步建设的书。

文学思潮的研究有时也会产生一些问题。文学思潮有时不一定表现一个时代的文学、理论的全貌和本质性的东西,其中常有泡沫性的东西存在。由于有的思潮常常是一种流行的、时尚的报刊传媒的喧哗,在表现自身价值或是出现泡沫现象的同时,它们往往掩盖了创作、理论上那种不事声张的却是有价值的东西的存在。在这种喧哗声中,确实是存在这样的现象的,这是需要估计到的。

(原文作于 2003 年 9 月 9 日,刊于《中华读书报》2003 年 11 月 5 日)

吴子林《经典再生产——金圣叹小说评点的文化透视》序

20世纪70年代末开始，我国原来的经济、政治、文化思想都经历了反思与批判，进行了重新评价，以便走出困境，寻找新的道路。面对新的文学创作的繁荣，新的文学思想的涌现，以及西方文化、文学思潮的影响，旧有的文学史观念需要修正，对原有的文学史的写作，自然必须进行反思。

一个时代的文学史，实际上就是那个时代的学者和广大读者大体公认的文学经典的文学史。80年代起，我国文学史界就展开了对现代文学再评价的热潮，过去的那种以政治倾向为原则的文学史编写原则，普遍受到质疑。80年代中期起，我们就不断读到重写文学史的各种主张，特别是现当代的文学史。

重写文学史，意味着重新评价以往公认的那些文学经典，或者对原来被认可的经典维持现状，或者进行升级、贬低或删除，或者把那些被读者广泛阅读的、新出现的畅销书奉为经典，等等。相应地在现代作家再评价方面，以往那些文学成就卓著、名声显赫，但认为由于政治原因而被抬高了的作家，常常受到了降格处分，甚至排行榜上不见了他们的踪影；过去投降日寇、政治上严重失节的一些作家，认为其著作文采斐然，富有韵致而被视为怠慢了的经典，由国家出版社大量刊印，并得到一些人的推崇；至于同样出于政治的原因，过去一些评价偏低的作家或未曾提及、备受冷落的作家，现在一经"高人"点拨，立时红得发紫，一下提到了崇高的地位，同新的武侠小说领袖人物，一起光荣地登上了前十名的排行榜了。这样，文学经典的解构和重构，就成了文学批评、文学史界的一个热门问题。

在经典的解构与重构的相当长的时间的讨论中，常常听到文学经典的产生是被过去统治集团的意识形态与文化权力操控的，所以现在解构、重构经典，就必须摆脱它们的影响，建立文学经典自身的准则，驱除意识形态与文化权力的因素，编写文学史也是如此，这似乎讲的很对。但是从已经出版的一些现当代文学史来看，经典作家、作品的选择与评价，要说这是已经脱离了意识形态与文化权力的操控的著作，这似乎难以使人相信。问题在于这些文学史，它们所建立起来的文学经典与准则，也不过是新的意识形态与文化权力的产物，即力图替代原来占统治地位的意识形态与消解过去的文化操控而建立起来的新的意识形态与话语权的产物而已。话语权实际上也是一种权力，它随形势而不断消长，这自有其合理性的一面。编写者能够按照自己的观点，或者出于政治的原因，或者由于商业实利的需要，在自立的纯粹的文学准则的名义下，一夜之间可以把某个作家的作品抬到经典的位置，而不顾其品格、人格与国格；也可以把在文学与现实生活中起过重要作用的作家作品，在文学史上一笔勾销，实际上这也是一种意识形态的操控，或者说也是一种文化权力的导向。

在今天多元的文化氛围中，文学自然可以成为消闲、玩乐之物，仍至参与今天"娱乐至死"的狂欢、快乐活动。但要说到文学经典，那么它们毕竟是文学作品中的一小部分，这是民族文化中的精华部分。这类作品，本身自然必须具有重大的艺术价值，是文学中的审美创新与新的形式的发现，而起到引领文学潮流的作用；它们应当具有意识到的较大深度的历史内容，蕴涵较大的社会意义，在深含民族生存意蕴的具体的描写中，不管其描写方式如何，应是表现了最具人性的东西，具有属于全人类的因素、未来的成分，有在"自律"与"他律"张力之间维持高度紧张的因素，进入"长远历史"而成为历久弥新的文化现象。文学经典大致和人文科学的其他部门的经典一样，作为一个国家的精神财富，自应高度体现我们的民族文化精神与价值，培养新的"审美的人"，以利于促进并维系我们民族长期的生存与发展。

吴子林《经典再生产——金圣叹小说评点的文化透视》序

文学经典实际上不会像野草一样,一茬一茬地产生的,自然也不会像有的人说的,一不小心就会写出一部《红楼梦》来的。但是今天的写家何其多,文学的"经典"也就何其多!不少出版商为物质利益所驱使,把不少文化泡沫标以"经典"叫卖,使得"经典"竟是遍地泛滥;还有一些人,本身缺少创新精神,却以平庸的见解,戏说经典、反说经典、亵渎经典、解构经典,使得这些文学经典中原有的民族文化精神与价值,被消解得无影无踪,而只为从出版商那里分享一份高额收入和讨得读者的一笑!

吴子林博士将其书稿《经典再生产——金圣叹小说评点的文化透视》送我,并要我为它写一序言,我阅读后十分愿意谈谈我的感想。《经典再生产》的意图是,探讨三百多年前金圣叹通过自己的评点,如何将《水浒传》推上文学经典的地位的。看来作者并不想以古论古,而是一开始就将金圣叹的评点置于"经典再生产"的位置,这本身就是一个有着自觉的理论支点的起点,一个很有意义的起点。

《水浒传》在民间传诵已久,毁誉不一,但是它得到了金圣叹的高度评价,并且竟然将它与《庄子》、《离骚》、《史记》、杜诗、《西厢记》置于同一地位,这在明末清初时代的文化氛围中,不能不说是石破天惊之举,显示了旧的文化体制与思想走向解体与新的启蒙理性的巨大冲击力。《庄子》、《离骚》、《史记》、杜诗,历史上大体上已有定论,已成为我们民族文化的核心部分。要使《水浒传》与上述宏篇巨构比肩而立,就必须进行全新的阐释:第一,必须阐明何以这种原本不能登入大雅之堂的小说文体,可以能够成为以《庄子》《离骚》为传统的文学的组成部分,从而使原有的文学传统获得更新;拆除文学语言的鸿沟,揭示白话的巨大魅力。第二,需要阐明小说自身的高度的艺术价值,能够在整个文学的潮流中标举自身的创新,引领文学潮流。第三,必须阐明金圣叹评点的这种批评形式的创新特征。可见,经典的生成不是速成的,还要具有宏大的理论魄力的批评家的强有力的推动,也许文学经典的生成,在电子化时代的今天就不一样了?

《经典再生产》作者在《导言》中说,"更新理论思维的方式,实现既有范式的根本转变,是推动金圣叹小说评点的研究,准确估价金圣叹小说评点价值的关键",并努力在与作者对话、交流方式中完成。我以为这一出发点,不仅适用于讨论金圣叹及其评点,而且也适用于我们自身,即首先要改变我们自己的思维方式与原有的话语评价范式,从而使自己的阐释获得新质,有所更新,有所发明,有所创造。

应该说《经典再生产》的作者自身是做到了这点的,这就是吴子林博士在这部书稿中,运用了文化透视的方法,深入与之相关的诸多文化现象,从复杂的文化语境中发现时代的征候,并从地域文化的探讨中,导出"才子文化"的建构及其核心观念,阐明金圣叹作为批评家的独到见解及其远见卓识,他的批评个性及其独特的文化特征;描述金圣叹式的评点的产生及其话语系统。我发现作者把细读法移用于理论阅读,来解读金圣叹的小说评点。他从细读中归纳出了"形式批评""政治批评",并与西方的理论相互比照,贯以通过批评家的阅读、评价而参与经典再创造的接受美学思想。运用多种新的批评范式来解读金圣叹及其评点,不仅使人看到了一个更为接近真实的金圣叹其人,而且也让我们了解金圣叹是如何发现了《水浒传》的新的巨大的潜在的艺术价值,也即堪与《庄子》、《离骚》、《史记》、杜诗相提并论的学理,从而使得金圣叹本人的著作也大放异彩。三百多年前的金圣叹的评点,在对于小说的细读上,在对于小说语言多层次的细致分析与标榜上,在独特的话语中发现作品的多重涵义与思想的批判上,在对于小说人物塑造的要求与对于小说创作的章法、结构的整体评价的认识上,丰富与发展了中国式的宏大的叙事理论,它在见解独到、细致、深刻方面,与我们现当代不少行之有效的文学批评的思想与方法,竟是如此的接近与契合,这真使我们深为惊叹!

金圣叹的《水浒传》评点,推动了我国小说的"合法化",文学的白话化、平民化,预见了到我国现代文学兴起的先兆;它"筚路蓝缕,以启山林",成了20世纪初我国新文学运动兴起的理论先声。

对于金圣叹的复杂的思想分析,书稿用了意识形态理论做了探索,可自成一说;但是如果能够辅之以两种文化的理论来进行解释,也许更会增添理论的雄辩力的。

《经典再生产》站在一个独特的起点上,在沟通古代文论与现代文学理论包括外国文学理论方面,做出了可喜的成绩;它以多种新的角度入手,发掘了古代文学理论中的活着的东西与具有现代价值的成分,它为古代文学理论的现代转化,提供了很有说服力的理论经验。

吴子林博士的理论探索,很富新意,令人欣慰,是为序。

(原文作于 2006 年春节)

毛崇杰《走出后现代》序

我和毛崇杰相处20多年了。最近他给我一部书稿《走出后现代》，说要我看看。我一看书稿名，眼睛突然一亮。现今是前现代、现代和后现代处于混沌状态的时代，面对有如乱麻交缠一起、剪不断理还乱的世界，千头万绪的现实，真不知如何厘清它的线索。现在提出要"走出后现代"，谈何容易？敢揽瓷器活，手里要有金刚钻吧！可巧这时我手里有一部《读世界》（6卷本）的清样需要及时校阅送出，于是我花了整整两个月的时间校阅、订正、删节、补充、统一译名，算是尽了我的主编职责。一俟完成校稿工作，我给崇杰写信，说春节开始就可以阅读大作，很快就可写出短评。因为书稿在我桌子上已搁了两个多月了，实在过意不去。崇杰回信说，书稿有60万字，一天看2万字，得花一个月呢，慢慢看吧！

在金猪送吉的春节不时升起的烟花鞭炮声中和朋友的来访中，我还是集中时间，用了半个多月的时间看完了《走出后现代》书稿。书稿的《导论》一读完，我就觉得作者构思很好，竟然选择了这么一个高难度项目。说人文科学中的高难度项目，就是说前人没有做过的，就是提出了新问题，它们可能会引起争议但对学科的发展有所推动的项目，就是看准了那些令人揪心、头绪纷繁、极为复杂的社会现实问题，对它们做出了迅速反应和判断，给以比较科学的评价的课题。要是更上一层楼，那就是在新的千年之交或是新的世纪，在人们普遍失去生活的自信，社会在呼吁诚信（因为践踏了诚信与失去了诚信），原有的信仰因变为乌托邦灾难而被解构为碎片，后现代文化虚无主义思潮与社会犬儒主义习气盛行，在历史的一片茫然之中，理论还能否

毛崇杰《走出后现代》序

为我们彰显自己的真正活力,为我们探索历史走向而给我们开拓一些绿地呢?我知道这是十分艰难的工作。《走出后现代》以其特有的魄力,选择了这一最具难度的工作,极具前沿性的课题。它探讨在前现代、现代特别是后现代之后,在应有的物质、精神的基础之上,整个历史必然"走出后现代"的趋势;它评述了一百多年来欧美的多种社会、哲学思潮,特别是评述了最近时髦了几十年的西方主导的社会思潮的实质及其特征;它阐述了与上述种种思潮相应的美学、文化思潮。特别是最后部分,在当今中西文化不断碰撞、融合之中,《走出后现代》提出重新阅读孔子,恢复其原典面貌,发扬其革命思想,在马克思主义思想的指导下,汲取其中精华,与后现代思想沟通起来,使之成为建设后现代之后的新时代的思想资料。在《走出后现代》的阅读中,我发现其中一些观点是可以进一步商榷的,但整部书稿的阅读不时使我高兴,这是一部具有历史深度的探索之书。

20世纪90年代,后现代文化思潮在我国蔓延开来以后,引起了我国社会人文科学的文化转向,使得学科的界限相对模糊起来。接着在经济全球化日益浓重的氛围之中,我国经济向市场经济急剧转轨,全球化话语又急速流行起来。后现代、全球化这些思潮前后兴起,相互交织,对我国文化界发生了巨大影响。先是文论界、比较文学界、现当代文学研究界开风气之先,之后不少治思想史的学者、社会学界、哲学界的人士也纷纷转向文化研究。其中有的学者力图打开门户,把西方当代文化思潮介绍进来,给以评论,作为借鉴,以扩大我们研究的视野;也有一些学者在大力介绍文化研究的同时,把对我国自身问题的解释与解决,都纳入了西方社会设置的轨道,照搬照抄,以致目迷五色。有的学者声称当今文学、文学理论已经死亡,只剩下渗入了社会科学各个部门的文学性与图像,要求像美国的一些大学一样,用文化批评课程替代文学理论课程与文学研究;有的学者利用西方文化研究的批判倾向,大力提倡大众文化,力图通过大众文化的流行来消解主导意识形态(我以为当今主导意识形态之中,官方的意识形态不过是其中的一个方面);同时由于西方哲学中的反本质主义思想与解构主义思潮的传播,使得不少学者在反对本质主义的名义下,极力排斥对于层出不穷的社会、学术问题进行任何本质方面的研究，放弃对于形形色色现象后面深层意义的追问，而满足于只对具体现象进行考察、演绎，或是重复西方学者说过的东西，进行平面的与表层的解释，消解问题应有的深度，把文化批评变成了一种理论狂欢；或是按照某些西方学者的理论，认为现今的知识分子的身份与角色发生了变化，他们只能提供某些知识，只能对文化现象进行解释，而不应去评价、判断，更不用说去提出某种规范了。同时经济全球化的理论，慢慢向文化界延伸，提出了文化全球化甚至一体化的说法。上述种种现象表明，在无数新观念的形成中，解构的虚无主义之风正在盛行，过去的历史文化被"戏说"得面目全非，80年代以来文化中逐渐积累起来的某些积极因素，则不断地遭到消解。而且一些人应用的解构手法十分娴熟，对于自己反对的观点，可以完全不管其产生的历史、现实的话语条件，把刚刚学到的外国学术中的某些知识奉为圭臬，当作标尺给以衡量：西方某某大师"如此"说法，加上另一位西方大师"这般"说法，然后采用算术中非同类数不能相加的工具理性手法，宣布你的观点"所以"不能成立，并对这种在当今理工科大学根深蒂固的量化思维方式和惯用手法，感到十二分的自信与满足！不结合现实生活的真正需要与文学研究需要解决的问题，针砭别人观点而并不了解其产生的语境就大发宏论，不问中外社会、学术的不同背景而对外国学者理论的大量转述与搬用，唯外国学者的马首是瞻，缺乏自身的创新意识，这种种现象使得在中国文化界飚升起了一股股浮躁的学风。

我所以说《走出后现代》是一部具有历史深度的探索之书，在于它是在对宏大叙事的消解声中出现的一部有关宏大叙事之作。后现代文化思潮与全球化思潮的传入，给我国文化界带来了不少新的因素，激活了原本死气沉沉的知识界，引发了新的理论的创造热情，形成了多种社会人文知识，这符合后现代文化多元思想的需要，但也确实带来了不小的消极因素。比如在正在来临的全新的经济时代，即被冠以多种称呼的"传媒时代""消费社会""景观社会""有计划性衰竭的官僚政治社会""后工业社会"，那种与之相应的后现代文化思潮中的解构主义、反逻各斯中心主义，消解了以往的各种思想体系，把多种理论打碎为种种知识的碎片，使理论失去了存在的完整形态。而后利奥塔通过其关于后现代知识的报告认为，"后现代"就是对于元叙事的怀疑。当今叙述功能失去了自己的功能装置：伟大的英雄、伟大的冒险、伟大的航程以及伟大的目标已经过时，"整体性"也已消失，所以元叙事已不再可能。"正在到来的社会基本上不属于牛顿的人类学（如结构主义或系统理论），它更属于语言粒子的语用学……语言游戏只以片段的方式建立体制，这便是局部决定论。"这类观点本来是可以讨论的，但是一旦使它们绝对化并流行起来，其结果是，在我国宏大叙事性的著述虽然仍在产生，不过它们主要是在总结历史，或是针对过去的思想而言。而面向现实与未来进行"整体性"的元叙事探讨的著述，则已是凤毛麟角，十分稀少。这自然还有着深刻的现实原因，人们对在几十年间施行的残暴的乌托邦余悸犹存，由于这一原因，还要有几代人在文化上承受着那不绝如缕的精神伤痛，而用以说明现实生活的多种外来理论又往往是显得支离破碎，牛头不对马嘴；同时绝对的权力又制造着绝对的腐败，人们为此而被搅得心身交瘁。但人是不能没有理想的，而乌托邦又总是带有理想成分的，那么新的乌托邦理想还能否给们一些新的希望？《走出后现代》一书的作者，一反后现代理论家的预设，肯定了元叙事的必要与它的实现的现实性，这本身需要有智慧与勇气。

当后现代文化思想、全球化趋势不断被渲染，福山的历史终结理论一面受到批判，一面在批判下仍然行时，毛崇杰则对西方的各种思潮做了考察之后，有选择地认可了一组相关的中心概念，这就是"全球化"／"后现代"／"现代性"，并以它们为切入点，来探讨人类历史的整体运动。《走出后现代》作者将全球化的历史运动分为四个阶段，即资本主义自由竞争、世界市场的开发阶段；垄断资本主义阶段，或组织化资本主义时期；后工业文明、新资本主义、文化帝国主义时期，或"组织化资本主义终结阶段"，也即现在所处的后现代阶段。作者认为，后现代阶段与前两阶段比较，具有诸多新的特点。就历史整体发展的不平衡来说，有的国家还未走出前现代，有的则正在走出前现代，有的已开始走入后现代。就这一阶段的诸多问题来说，如殖民主义逐渐会走向解体，民族解放运动会渐趋减弱，不同体制的社会结构会各自发生变化，政治民主改革时代将会逐渐替代暴力革命，阶级、政治矛盾会渐趋缓和，而其他诸多矛盾将会因时而起，科技的飞速发展与政治的渐变，将会不断地改变社会关系，延续很长时期而逐渐进入新阶段，也即被人称作非资本主义的全球化阶段、"新社会主义"、"生态的社会主义"或"市场社会主义"即作者命名的"走出后现代"的第四阶段。但是重要的是理论要显示具有说服力的这种历史演变的内在机制。这种历史演变的内在机制，就产生在发展中的资本运作的内部。作者引用了马克思一段著名的话："资本不可遏止地追求的普遍性，在资本本身的性质上遇到了界限，这些界限在资本发展到一定阶段时，会使人们认识到资本本身就是这种趋势的最大限制，因而驱使人们利用资本本身来消灭资本。"作者认为，第一，资本在全球化的全面胜利中，把自己推向世界的各个角落，而走向顶点；第二，形成了一个知识资本的超富阶层；第三，社会的公正与平等不再是通过对超富阶层的剥夺，而是通过社会机制的调整，将私有财产的部分逐渐转化为社会财富；第四，资本主义自身否定中知识分子所体现的文化反抗逻辑。这里重要的是如何理解资本发展到一定阶段，其界限的特征是什么？其性质如何改变？最为基本的物质关系如何变化？进而使资本反过来逐渐消灭自身？这是最为根本的方面。就理论来说，这是一个不可能一时就能解决的难点，而有待进一步的探讨特别是不同国家不断的社会实践。其次如何将私有财产转化为社会财富，这在一些西方国家已经有了一些实践经验，它们不是通过暴力剥夺，而是以立法、税收等系列政策和手段加以限制，使大众获益，弱化不平等现象；或是以慈善、公益等思想改造社会与人，比尔·盖茨就是一个极好的例子。但是这种社会教育与人的教育是长期的，难以一蹴而就的。再次，是资本主义自身的文化反抗逻辑，反抗资本主义是资本主义自身发展的必然，有其深厚的社会物质基础，这已为过去的工人运动与马克思主义革命实践所证实。作为西方的文化反抗逻辑，不仅有马克思主义一翼，还有其他学派。不久前，我们终于看到，掀起了解构思潮的德里达，当看到解构理论从边缘而成了中心，走向自己理论的反面时，他不得不思考自己的荒谬处境，而于20世纪90年代初发表了《马克思的幽灵们》，一面仍然对马克思的文本提出质疑，一面却不得不承认，马克思的批判精神是不可解构的，是"任何时代不可或缺"的东西，这就是"解放"，实际上回到了"现代性"的问题之上，进行现代性的重建，解构主义终于解构了自身，而对于利奥塔来说，德里达的转变无疑是要回到大叙事。西方派别各异的不少著名知识分子，作为反抗逻辑的一种表现，在社会公正、正义与公平等问题上也纷纷批判资本主义，提出要"适当的个人主义"，以限制极端的个人主义；提出"分配正义"，限制社会的不平等，使平等向着"有利于那些地位改善得最少的人"（约翰·罗尔斯）倾斜；提出要"改变教育政策，重新肯定弱势经济和弱势文化的需要和权利"（约翰·罗尔斯）；而有的持有后现代文化立场的哲学家，宣称《共产党宣言》为"光荣的希望"（里查德·罗蒂）而被视为"穷人立场"。不少西方知识分子在政治观点上有左右、保守激进之分，但在社会公正、正义、平等方面相当程度上有相互接近的一面，社会的实践使他们的转向可能变为现实，而知识分子身份的重新定位与转向则是十分重要的，因此出现了把那种消解知识分子身份的理论进行再消解现象。

《走出后现代》的作者不仅把上述一些方面看作是资本主义自身的反抗逻辑的表现，而且更为重要的是，他进一步把"文化研究"提升到了资本主义内部的"反抗逻辑"的主要方面。既然阶级斗争的趋势渐趋缓和，那么文化的批判与斗争将成为促成社会进步、体制的改革和变化的动力。外国学者有关"文化研究"的论说甚多，有的学者谈到，"文化研究主要描述并介入'文本'和'话语'（即文化实践）在人类日常生活和构成之内产生、插入和运作的方式，以复制、抗争乃至改造现存的权力结构"。《走出后现代》的作者认为，文化研究摆脱了文本主义的封闭，从语言本体论、人类学本体论与存在主义的本体论回到历史社会的本体论，正是作为历史和社会要求的"后之后"生长的契机，成为"后学科"。同时作者清醒地分析了文化研究的两面性，一方面它是对马克思主义的挑战，因为它以文化遮蔽历史，以性别、族类遮蔽阶级，但另一方面它又是"马克思主义的复兴"，原因在于文化研究以自己强大的"社会批判性突破经院式学科性限制，以学科间性和学术间性广泛加入实践，而从成为资本主义体系内部的反抗逻辑之表现"。文化研究的主旨，在于以自己的强大批判性指向社会不公正和腐败现象，指向维护少数人利益的政治，独断和专横的权力，而有利于至今仍然是世界大多数的弱势群体生存的改善。当然，文化研究的倾向是多种多样，而作为其中主要的马克思主义派别，更可以成为资本主义内部反抗逻辑的重要体现。我以为这一论述是深刻的，独到的，富于探索意义的，它揭示了文化研究的深层涵义与可能的地位。作为一种社会实践方式，文化研究突破了经院式研究的藩篱，而具有批判实践的直接性，使理论批判与社会实践结合起来，从而敞亮了为国内文化研究的实用功利主义所遮蔽的意义。但是，当权力、资本与媒体总是共处一体，文化反抗逻辑如何获得批判的巨大物质力量，从而促进社会机体发生结构性的变化？这是社会改革、社会实践中的难题，自然也是理论难点，需要在科学发展观的指导下进行与日俱进的理论创新。

《走出后现代》把美学、文化视为后现代社会生活的组成部分。其中有关"日常生活审美化"与"身体美学"等特别引起我的兴趣，这些问题在国外已经讨论了一些时候，传入国内后，也引起了争论。大概可以包括为几个方面，第一，一些学者认为，在当今后现代，由于图像艺术的兴起，由于艺术形式的扩展，使得任何事物成了审美符号。审美活动的泛化，使得艺术与非艺术之间的界限消失，出现了日常生活审美化的泛审美趋势，审美泛化无所不在，所谓泛审美化，就是指对日常生活环境、器物包括人对自己的装饰的美化，日常生审美化成了当今的一个"新的美学原则"。第二，这个"新的美学原则"崇尚身体里的感性的解放，身体快意、欲望的享受，视像的消费与生产，启开了人的快感高潮，指向了身体、色彩、形体的关注和满足。它是十足享乐性的，由精神的美感转向了物质、欲望美感与享乐的快感，并认为这是美学原义——感性学的真谛。第三，这种"新的美学原则",由于突出人的感性存在与感性满足,所以自称自动脱离了精神的信仰维度,无需发达的心灵的期待,跨越了康德的精神的栏栅,它而不是去重拾理性的规则,肯定了非超越的、消费性的、日常生活活动的美学的合法性。第四,自然,崇尚身体感性享受,获得身体快意、身体欲望的美学理论,必然推崇把身体视为消费的身体美学(实际上不是身体美学的全部)。

《走出后现代》作者针对这种"新的美学原则"所表述的不同意见,我以为是值得重视的。他认为"新的美学原则"的倡导者,首先把鲍姆加登所说的美学即感性学就理解错了。在鲍姆加登那里,美学并不仅是"感性认识的科学",美学的目的是感性认识的完善,是感性和理性的走向统一,并在德国古典美学中逐渐成为一个伟大的传统。其次,《走出后现代》的作者认为,整个人类的生存以日常生活为基础,同时又是对日常生活的超越,日常生活实践与重大社会实践的共存。"日常生活审美化"当今所以能以显学的形式出现,当与"后革命"时代的生活平庸化有关。日常生活实践突出单个个体性,平板、烦琐、机械重复等特征,"表现出非生产,非创造性,非政治对抗,非群体性以及非审美性"。这种日常生活的恒定不变的平庸、烦琐重复,适合于已经具有富有身份的保障的人群,他们生活由图像的感性而走向获得多种身体性感的温柔与满足,狂欢于世俗的欢乐之中。他们把日常生活中的方方面面予以美化,包括卑劣与邪恶,并乐于参与现有的秩序。这样就自然而然地排斥社会震动与变革,在生活里奉行实用主义,这是后革命时期消解了崇高以后整个环境的产物。再次,从文学艺术思潮看,作者认为,"日常生活审美化"一方面以泛美对抗 19 世纪以来的艺术中的唯美主义,把唯美主义推向泛化的平庸,同时改写现代主义,以日常生活的实践与平板,消解现代主义的"崇高"与深度,以感性的或是性感的泛美文化替代审美。我以为这些评析是十分深刻、到位的。我们自然需要日常生活的审美化,但是日常生活中的很多东西是难以成为审美的对象的,它们在我们的审美的判断中而是应予批判的。与此同时,我们更需超越日常生活,这不是说去脱离生活,而是说我们还更需要精神的审美,使得我们的精神不断获得提升，精神的审美是难以逾越的，在未来的社会也是如此。把"身体美学"放在"日常生活审美化"之后加以探讨，这是符合逻辑结构的。身体、身体美学自身的涵义是极为丰富的，但是在后现代文化之中它完全被世俗化、低俗化了。在任何东西可以被当作商品的今天，身体自身自然也成了可以被买卖的东西，并且身体买卖已经成了一种巨大的产业。美国20世纪60年代展开起来的性解放、性开放运动，如今也如法搬运到了中国中产阶层与高等学校里了，而我国的所谓性学家不时推波助澜，把性滥交、交换配偶都说成是社会进步的表现，不知这种作为社会进步表现的未来社会是否真是这副模样？《走出后现代》对此既有理论概述，又有丰富的统计材料，用不可辩驳的事实说话，显示了该书的一个重要特色。

《走出后现代》的最后部分名为"走出后现代——与前'前现代'相遇"。这部分一是探讨了社会发展模式"与"卡夫丁峡谷"问题。社会发展能否跨越"卡夫丁峡谷"（资本主义），历史上争议很多，甚至不久前仍在进行。就我来说，我没有研究过这一复杂的问题，但我以为作者的论述是实事求是的，所表述是观点是富于判断力。主要在当今我们可以处在一个不同的历史环境来考察，那就是，这个峡谷是不是能否超越，"而是彼岸能否达到与如何达到的问题"，也即如何"利用资本主义来消灭资本主义"，只是一个实践的问题。在信息化时代，中国作为发展中国家，经济飞速发展，财富稳步增长。一般说来，经济发展的进程大体与政治民主化同步，而中国政治改革相对滞后，但也不可能滞后太久。作者以为，以中国作为例子，第三世界国家在这样的时代，可能如马克思所设想的那样，免除"遭受资本主义制度所带来的一些极端不幸的灾难"，而争取到"历史所能提供给一个民族的最好的机会"。当今中国社会中产阶级队伍不断扩大，出现了暴富人群，两极分化甚为突出，而有的学者认为根本不存在两极分化的现象，据说理由还很充足，这当然也是一种观点。但是在现实中对于人们遭受资本原始积累时期的种种掠夺与灾难，官方发言人倒是已经申明，"原罪"不予追究，从而使原罪合法化。这自然是适当的做法，否则很可能会使中国又一次陷入"文化大革命"式的动乱，使得社会不能保持长治久安、"稳定"

与"和谐"的局面。自然,"这并不等于中国在完全重复那段历史,大大缩短'原罪'痛苦的程度和过程,走完这一段路是完全可能的。这又意味着'卡夫丁峡谷不是不可跨越的'。理论作为逻辑理性在这个问题上的'两可性'现实地展现为历史发展的模式与各民族国家'走自己的路'的统一"。

在《大,逝,远,反》这部分,作者通过对先秦思想特别是儒、道思想的解读,强调回到原典,汲取其中民主精神,通过全球思维方式,寻求与西方后现代思潮中的有用成分连接并融合。作者认为,在整个历史全程运动的意义上,全球思维必须包括对"人性复归"的思考。"大曰逝,逝曰远,远曰返",意味着历史的起始性与终极性会在总体性中相遇。在中外先哲那里,有"认识你自己"与"吾日三省吾身",这也与马克思的"人性复归"相互沟通。对于先秦哲学思想中的"天人合一""和""中庸"思想,以及民主、平等、博爱精神等思想,目前各类学者对此阐述很多,其中特别是新的儒学,理应汇入全球化语境,确立一种广阔胸怀的思维方式,来观照、促进人的生存与发展。也即如作者所说的,问题"能否立于较高的水平,以'较广的文化视野',对今天国际思潮中提出的大问题做出'创建性的反应',这个问题不在于种种新儒家添加于儒家经典中什么新意思,而在于从儒家原典中挖掘出'吾家旧物,'将之纳入新的语境进行广泛的对话,"向往着未来世界性的"大公文明""大同政治""大丰文化"之重建,在全球化的交往、交流中做出应有的贡献。中国完全有着自己的具有高度价值的、有利于人类发展的思想资源,以汇入世界文明的潮流。中国学术本身不仅有此要求,而且这种需求也渐为一些西方学者所认识。世纪之初伽达默尔曾经说道:"'中国人今天不能没有数学、物理学和化学这些发端于希腊的科学而存在于世界。但是这个根源的承载力在今天已枯萎了。科学今后将从其他根源寻找养料,特别是从远东寻找养料。'他不知不觉地又重复他的预测,二百年内人们确实必须学习中国语言,以便全面掌握或共同享受一切。"[①] 说实

[①] 转引自洪汉鼎《百岁西哲寄望东方》,《中华读书报》2001年7月25日。

在，这一观点虽然稍嫌落后了一些，但确是在后现代在耗尽其思想、物质资源，企图使人类走出后现代过程的一种新的知识途径。《走出后现代》正是这一需求在理论上的尝试。

总的说来，我以为毛崇杰的《走出后现代》，第一，全面地、有深度地分析了后现代阶段及其各种思潮，并以恢弘的气势，从历史总体性出发，提出走出后现代，指出社会前景发展的必然，所以我在本文一开始就说，敢揽这种瓷器活，是要有金刚钻的。崇杰的确具备了这种能力，这就是他的深厚的马克思主义的学养，一种总体性的知识气度，一种试图解决大问题的综合分析事物的能力。在当今一片"后现代"声浪的喧闹和理论的纠缠之中，作者通过对当今多种思潮的敏锐点评，把握了历史脉动的逻辑必然，高瞻远瞩地断然提出把"走出后现代"视为"历史的必然要求"。第二，在探讨前现代、现代、后现代的过程中，一种批判性的知识结构是十分必要的，这就是要有自己的立场观点，要有鉴别，要有判断，要有批判，要有取舍，要有综合，使科学与人文精神相结合。社会人文科学是批判性的科学，是具有强烈的人文精神的科学。《走出后现代》理论上具有强烈的批判精神，而且作者还运用了大量的统计材料，介入当代社会现实，增强了其批判的无可辩驳的说服力，体现了文化研究真正的批判力，使之逸出了学院式的理论藩篱。十分遗憾的是，在当今有关外国后现代著作的介绍、评论中，不少学者人云亦云，还只是停留在兴奋地接受、宣传外国学术的水平上，而缺乏辨析能力与批判能力。进行学术研究，还是应像《走出后现代》的作者那样，对于任何观点要有自己的判断，冷静的分析精神，否则在心浮气躁的心态中写出来的东西何补于学术的进步？有的学者脱离我国现有的实际，照收照搬，进行炒作，热中于学术明星化。其实，学术研究与明星化炒作绝对是南辕北辙，不相为谋。完全置身于外国学者的影响之下，以为外国人的东西都好，这就使自己完全失去了学术的批判力。时下那些跟着外国学者炒作出来的东西，不仅没有作者自身的独立观点，而且谬误百出，不也是事实么？第三，我以为《走出后现代》一书充分地显示了作者的学术个性。一个作者的学术个性是他学术研究的成熟表现，他以特有的独创见解丰富了学术积累。他与日俱进，吸收新东西，但不会随着时尚东倒西歪，而坚持他独特的理论发现。尽管我对崇杰的有的美学观点不尽同意，但他能在整体上坚持己见而能自圆其说。这比著述很多而缺乏独创见解，从而也缺乏学术个性的著作，在学术品位上要高出许多。《走出后现代》作者学术个性，也表现于他实际上处处与过去、现代与未来的对话，与中外古今各种思想家的对话，从中导出自己的观点，从而显示了学术个性的独立精神。第四，《走出后现代》富有深刻的探索精神。对于科学来说，没有探索，就根本不可能有发现与进步。社会人文科学难以用量化方法进行判断其价值，而只能依据学科的知识积累、创新实践给以评估。根据知识的积累、创新的检验，如果探索真的发生了失误，也应宽容对待，那也应视为一种财富，以为后来者的前车之鉴。几十年来，人们只能被限制在几位经典作家的著述范围里，讨论重大问题。而一些人已习以为常，大喊"我们马克思主义者"，总以马克思的代言人自居。但是他们对于一些重大问题中的新变，一旦发现，立刻就会对照"凡是"，猛扑过来，大加挞伐，遗憾的是这种文风至今犹存。因此，我多次说过，"要在对于历史、现实的评价、探索中，倡导一种可以去蔽的、历史的整体性观念，一种走向宽容、对话、综合、创新包含了必要的一定的价值判断、总体上亦此亦彼的思维方式"。

《走出后现代》彰显了理论的活力与理论的创新精神，它勾勒了人们身处前现代、现代和后现代的多种景况，以及如何走出后现代的可能与必然的途径，自然这是极为复杂的事，它仅是一次大叙事的尝试。同时，它无疑又为我们描述了一种乌托邦理想。人虽然害怕乌托邦，以至谈乌色变，但为了生存与发展，他就其本性来说又向往乌托邦理想，寻找并向往一种必然要实现的乌托邦理想。

《走出后现代》应是我国当代社会人文科学中的一部值得一读的著作。

（原文作于 2007 年 3 月）

卢兴基《失落的文艺复兴》序

卢兴基先生将《失落的文艺复兴》一书要我看看，我一看这部著作的题名就感到十分新颖。中国是否存在过类似于欧洲发生过的文艺复兴思潮？或是文艺复兴的时代？有的外国学者讲，曾经发动于十四世纪随后席卷欧洲的文艺复兴思潮，早在8世纪的中国就已发生，然后这一思潮西移，引起了欧洲发生了文艺复兴运动，一直延伸到17世纪的大西洋沿岸国家。或是有的学者说，从7世纪唐朝初期到15世纪明朝中期，是中国文学的文艺复兴时期。或是说，14—16世纪发生于意大利的文艺复兴运动是其第一个阶段，18世纪的德国发生了文艺复兴运动的第二阶段，20世纪初出现了"斯拉夫文艺复兴"，是文艺复兴运动的第三阶段，但在俄国走上了十月革命的道路。我国梁启超也曾经说过，清朝是"中国之文艺复兴时代"，胡适等人则说，"五四"新文化运动就是文艺复兴，等等。今天有一些学者提出，当今的中国需要一场文艺复兴。

上述这些观点给人以深刻的启迪，可以探讨、商榷，但是卢兴基先生的《失落的文艺复兴》，却以大量确凿的资料，准确的引证，宏阔的综合观点，极富创造性地从整体上为我们再现了在历史上曾经被长期淹没了的、土生土长的中国式的文艺复兴思潮与运动。就这点来说，它体现了本书的重大现实价值与它的独创方面。

从明朝中期嘉靖开始，经万历、天启而至明末崇祯以及清初一百多年的这段历史，中国社会发生过重大的变化。中国封建社会在长期发展中，终于通过自身的商品经济的发展，产生了资本主义的萌芽。当资本主义的原则一旦兴起与确立，那时旧有的社会秩序、价值观念必然走向衰颓与崩溃，随之出现了被人称之谓"天崩地坼"的局面。与此相应，在作为舆论准备的新的意识形态领域里，出现了张扬个性、反对封建禁锢、封建礼教、宗教神学，以及批判扑灭人性的理学思想与反禁欲主义的人文主义思潮。这一思潮的代表人物泰州学派的创始人王艮，一反过去的道统，主说"天地万物为一体"，崇尚自然"人性"，把人的饮食男女，视为自然的"人性之体"；他竭力标榜"百姓日用"，所谓"圣人之道，无异于百姓日用"，即应该面向老百姓的生活实际，并且极具挑战性地提出，凡是离开这一原则的学说皆为"异端"。由于这一学说的倡导人本人出身平民，思想一改旧说，适合中下阶层、劳动者的生存与利益，所以深得下层群众的欢迎，而成为启蒙先驱。同时稍后出现了一批极有思想、学问的追随者，如何心隐、李贽等人，反对理学，宣扬"人欲"，反对以"天理"灭"人欲"，认为人皆有欲，指出"无私之说"的虚伪，称"天下何尝有不计功谋利之人哉"，从而肯定了个人利益的合理性；同时李贽公开赞扬商人的经商行为，将生意与力田置于同等的地位，这种理论在当时确是振聋发聩，具有反传统的特色。李贽的《童心说》进一步标举自然人性，提出童子乃人之初，而童心则为心之初，它"绝假纯真，最初一念之真心"，后来人们所以失却真心，乃是"圣贤"之书毒害所致，结果是"假人言假言"，做假事，写假文，而失去真。当时对李贽思想的反应是："最能感人，为人所推，举国趋之若狂""今日士风猖狂，实开于此。全不读《四书》本经，而李氏《藏书》《焚书》，人夹一册，以为奇货。"可见其思想流风所及，影响极大。启蒙思想、反传统思想、反道学精神、反禁欲思想的锋芒所向，一时有如狂澜巨涛，极大地冲击了封建统治阶级的利益，因而何、李等人前后被迫害致死。但与他们的启蒙哲学、社会思想相呼应，在文化思想界形成了一股人文主义的潮流，特别在文学艺术中，出现了文学艺术的新说，如包括李贽的"童心说"在内，有公安派的"独抒性灵，不拘格套"，提倡"至情"说，有反对前后七子的"文必秦汉，诗必盛唐"的复古主义的唐宋派文学。在创作方面，则出现了宣扬巨人精神的《西游记》，极尽市民社会风习描绘的《金瓶梅》，反禁欲主义的"三言""二拍"等,以及"临川四梦"等唯情主义的强大浪漫思潮,等等。而这一时期的绘画,突破院画传统,出现了极富个性、脱尽窠臼的"我行我法"、天姿超迈、立意创新的自由创造精神,而别开一代生面,出现了以文人画替代院画,确立了前者在画坛盟主的地位。所有种种,从各个方面汇成了一股名副其实的、启蒙的人文主义思潮的伟大洪流。

关于这一时期的文化现象的研究,我国学者在各自的领域,是已经取得了瞩目的成绩的。有的思想史学者,已把明清学术当作启蒙思想史加以探讨,分段论及不同时期启蒙思想家们的各方面的思想与活动。但是也存在一种不足,即如本书作者所说:"过去的条块分散的叙述,给人们的印象似乎是一些不相干的思想家、小说家和戏曲家以及诗文作者。实际他们从事文学活动,结成某种风格流派,都是受共同的一个启蒙鼓动。"其实,这种现象还是相当普遍的。从这点来说,我们恐怕还缺乏一种宏观的、综合的、整体的全局的观念,来理解和阐释历史现象,还缺乏建立在历史唯物主义基础之上的文化研究方法论。人们研究历史文化现象,往往就事论事,治思想史的谈思想史,治作家研究的写他的经历,治小说的除了研究其艺术上的得失,有的人还枝节横生地对小说里未被揭示身世的人物,进行猜测与烦琐的考证,把虚构当成史实。由于把整体的文化现象当作缺乏联系、互不相干的个别的、孤立的事物,于是使得一个时代的文化现象被分拆、割裂开来,使得一个时代的文化思潮失去了历史的整体性,遮蔽了历史原有的面貌。《失落的"文艺复兴"》一书,恢复了文化研究的历史综合性与整体性,在历史的综合与整体的展开中,汇集了一个时期文化思潮的方方面面,恢复了它们之间的相互联系,把握了明朝嘉靖之后一百多年间,所出现的作为启蒙的人文主义思潮的共性与各个相关方面的各自特征,从而清晰地凸现了中国式的"文艺复兴"时期的独特风貌。

《失落的"文艺复兴"》一书的又一个特征,是它的有意识地运用了比较文化研究方法。由于比较文化研究涉及的知识面广,所以操作起来难度较大。《失落的"文艺复兴"》将明朝嘉靖后的百年间我国所掀起的人文主义文化思想思潮，与欧洲发生过的"文艺复兴"的人文主义思潮相比较，使人觉得绝无牵强附会之感而恰到好处。把欧洲文艺复兴时期的伟大的人文主义思想家及其伟大作品作为参考系，可以使我们进一步认识明朝中叶以后一批思想家的那种反叛封建旧说、争取人的解放而形成的"堂堂之阵，正正之旗"的伟大意义，表现了人的至情的文学理论，在促进人的解放运动中的巨大作用。通过与《巨人传》《十日谈》的比较，使我们增添了阅读的方法，进一步理解了《西游记》中的"巨人"精神，看到《金瓶梅》所表现的社会转折时期的市民社会风习，"三言""二拍"中反禁欲主义，独抒性灵的散文，那种情可以使人死也可使人生的《牡丹亭》等。

《失落的"文艺复兴"》资料丰赡，搜罗极广，论证缜密，评析客观极富史识，显示了一种宏伟的历史观。特别是对于一些存在争论的问题，作者每有立论，总能做到摆开多种观点，在相互的比较中，得出合理的结论，令人信服。作者使用历史的偶然性即清兵入关，重新恢复旧有理学的思想传统，一些进步学者在反思中又对明学的守旧式的批判与鄙薄，形成了一种夹击之势，来解说中国社会自身产生的"文艺复兴"所以在后来的夭折与失落，也是言之成理，这对于我们重新认识、恢复明代中期后的一段历史文化的原貌，十分重要，极有启迪意义。

《失落的"文艺复兴"》是一部酝酿多年，史料翔实，内容丰富，观念上多有创建的著作，是探讨我国文化思想的一部令人耳目一新的重要著作。

是为序。

（原文作于 2008 年 1 月 20 日）

金雅《人生艺术化与当代生活》序

金雅博士修改完后博士论文《梁启超美学思想研究》，就来文学研究所进行博士后专题研究，并且来时已初步确定研究方向，准备就趣味美学的角度深入我国现代美学思想的清理。我们觉得这一构思、选题很好，在现代美学的研究中，已有单个美学家的评述，有美学思想史式的著作，但流派式的研究则尚待进一步的探讨。不久金雅的《梁启超美学思想研究》于 2005 年出版，此书颇得学界好评。

随后，金雅于 2007 年提交了出站报告，经过 4 年的精打细磨，《人生艺术化与当代生活》这部专著与原稿相比，不仅增加了篇幅，而且在理论上更加丰富与严密，保持了她一贯严谨的学风。

这部专著就梁启超于后期提出的"趣味美"与"生活的艺术化"思想为主线，经过汰选与分析，延伸与深入到朱光潜的"人生的艺术化"、宗白华的"诗哲"人生与丰子恺的"真率"人生等一批美学家的思想与主张，突出了四位美学家的各自独特个性。当然在此之前，一些学者已经探讨了朱光潜的"人生的艺术化"美学思想，金雅的工作的特点，在于将四位美学家的美学思想，进行梳理与综合，汇集了他们美学思想的共同点，而将"人生艺术化"定为这一派别的中心范畴，在理论上做了界定，并且阐明了这一美学派别的萌发期、确立期与丰富、发展期。这一概述颇具目力，极有新意。同时这部专著探讨了"人生艺术化"这一思想的中西传统美学理论资源极其影响，揭示了其理论的价值旨趣。这些美学家们，根据自己的积学渊源、人生体验与人生感悟，将一种生存的自由、童心、真率、感情、情趣、生命、圆满、完整，融合到人生境界中去，目的在于通过"人生艺术

金雅《人生艺术化与当代生活》序

化"这一独特的美学思想,提升民族素养与人格素养,使人成为既能享受审美的人生,同时精神上又是具有真情的高尚的人。也可以说,通过"人生艺术化"引导人们走向生命之归真,生命之和谐,生命之翔舞。这一美学思想的出现,自然无法直接介入当时的尖锐的民族斗争,但一旦时过境迁,它就立刻会彰显其自身的积极涵义,以致使我们感到,它多么适合于我们今天的文化生活与人们的文化素养的提升。专著极有见地地将"人生艺术化"与过去流行一时的"生活艺术化"区别开来,将"人生艺术化"与现在流行的搁置意义、价值,一味追求感性、物欲享受,使人走向平庸的人的"日常生活审美化"区别开来,而具有积极的批判意义。

整体来说,这部著作发掘与全面探讨了我国现代美学中的"人生艺术化"一条重要线索,展现了现代美学的丰富的内涵,提升了一个具有我国美学传统精神又有现代创新意义的派别,并对当代美学建设与我们的日常生活发生着积极的影响,因而在我国现代美学研究中有所拓展与丰富。

我以前只是阅读过上面提到的诸家的理论著作,但我对丰子恺先生情有独钟。主要是我少年时代即 20 世纪 40 年代下半期,很爱阅读文艺作品,特别是开明书店出版的作品,其中就有丰子恺先生的《缘缘堂随笔》与《缘缘堂再笔》。丰先生的散文随笔,取题平淡、随意,但写得真诚、直率,充满了生活的情趣与感悟。由文及画,我还爱看丰子恺先生的漫画(1947 年开明书店出版的《子恺漫画全集》6 册,《又生画集》与《漫画阿 Q 正传》,这些散文随笔与画册,我至今还保留着)。他的画与散文一样,可说充满了童心、真率与悲悯之情。在《儿童相》的《给我的孩子们(代序)》一文中,丰先生一面将自己的未泯童心、真率,在文字上表现得淋漓尽致,同时在画中再现了赤子童心,把常人毫不在意的儿童的心理、劳作,看作他们认真而真率的创造,称赞他们是"身心全部公开的真人",而胜于常人所说的"归自然""生活的艺术化"和"劳动的艺术化"。看着各种儿童相的画面,不由会让人发出会心的微笑,回忆起自己也曾是身心全部公开的、有情趣的"真人"。丰先生将拾掇的片片童心、童趣,通

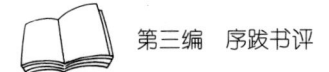

过他戛戛独造的画面，完全使之艺术化了，全都化作了艺术的情趣而会引起我们的向往的么！在丰先生身上，不正好体现了"人生艺术化"的主张与艺术实践完美的结合的么！

（原文作于 2012 年 3 月）

周建萍《中日审美趣味》序

世界的文化格局正在发生重大的变化，欧洲中心主义正在式微。科学工具理性无度的张扬与非理性主义的勃兴，使人认识不断深化，又是催发了一次又一次的人的生存危机和精神危机，文化的困境使得不少西方哲人把目光再度投向东方。在当今科技信息如此发达而人的生存危机不断加深的情况下，人类还有多少思想精神的资源，可以用来改善人类的生存处境？我很欣赏德国哲学家伽达默尔对一位中国学者说的话："中国人今天不能没有数学、物理学和化学这些发端于希腊的科学而存在于世界。但是这个根源的承载力在今天已枯萎了。科学今后将从其他根源寻找养料，特别是从远东寻找养料……二百年内人们确实必须学习中国语言，以便全面掌握或共同享受一切。"伽达默尔预言的二百年可能长久了一些，西方社会的现实的迫切性使得一些国家的学校已经设立了汉语课程，虽然这仅是一些表层的现象。我国文化与文学自身有其丰厚的思想资源，我想经过科学的梳理，应该可以提炼出精深的思想，而被外国文化所接受，有利于改善人的生存处境，有利于世界的人文精神的健康发展。

我对日本文学、日本文学理论与美学了解得不多。我的一些研究中日文化、文学相互关系的朋友，如孟庆枢、王晓平、孟昭毅及张福贵等教授，每有这方面的新作总会惠寄于我，使我受益匪浅。他们研讨了许多日本的著名作家的创作、理论、翻译与中国的历史、哲学、文学的文化渊源，探及了中日文化、文学比较研究中的不少深层次的问题。

周建萍博士的《中日审美趣味》的著作是一个很有难度的好课

题，也是中日比较美学研究中的一个深层问题。所谓很有难度与深层问题，主要是指《中日审美趣味》提出的"趣"与"寂"两个范畴，作为中日两国古典美学中的基本观念，根基深厚，源远流长，影响深远。它们具有共同的文化背景，但它们又渗透着中日民族各自的文化精神，分别代表了两国审美意识在艺术实践中所显示的艺术精神特性的主要方面，这类美学理论课题的探讨目前在整个比较美学研究中还不多见。作者对于两国的古典文学、美学显然具有比较广泛的知识和深刻的理解，从各自的历史渊源、文化影响确立了两个概念的可比的学理性，找到了一个深度探讨中日美学的极有价值的切入口。

《中日审美趣味》为我们展示，"趣"与"寂"作为美学、理论观念的出现，固然有其共同的文化根源，但又适应各自社会的必然的不同的文化需求，在儒释道、神道教等多种文化元素的互渗中，摄入了不同的意识形态的诉求，随着历史语境的变迁而发生形态的转换，使得这些概念的内在机理获得不断的丰富，并在各自社会的历史过程中逐渐定型。作者对于这两个相关的美学观念，在确立它们的历史相关性与可比性中，给以理论的观照与提升，通过探讨它们之间的共通性及所呈现出的自身质性的特征，探讨了解中日两国审美意识的各自价值所在及其相互联系。

就以"趣"来说，《中日审美趣味范畴》广泛地阐释了作为文化观念的"趣"的出现，特别是向审美趣味的转化，一面揭示了它的中国民族文化的深厚底蕴，一面描述了各个时期的"趣"的细微差异、众多形态和审美价值的变异，令人耳目一新。作者在"趣"的分类中提出了自然之趣，人心之趣，艺术之趣，进而衍生了理趣、事趣、情趣、景趣等，在以审美心理角度的把握中，最终形成了充满"趣远情深"的诗趣，其中包含有天趣、旨趣、情趣、理趣、意趣、奇趣、真趣、野趣等，随着后世审美趣味的更新，又派生了风趣、禅趣、谐趣、媚趣以及清趣、雅趣、逸趣、灵趣、拙趣、别趣等。对于"趣"的这样集中的梳理与精微、细致的辨析，不仅揭示了各具特色的"趣"的形态的多样性、丰富性，"趣"的历史性特征、审美价值的多重性以及意蕴、格调的差异，而且也显示了中国美学审美标准的丰富内涵,空灵脱俗的感悟性特征和诗歌创作、批评标准的独特性。对于日本美学中的"寂",《中日审美范畴》同样进行了细致的探索及其在历史形成中的不同特征,指出了"寂"所追求清、静、淡雅、枯的境界,并在创作中往往表现空寂、闲寂、枯淡、玄幽、清枯的心境与意境。"趣"与"寂"在艺术风格的崇尚方面以及审美趣味方面各有侧重,"趣"就是那种显示了主体的本真状态,是生气勃勃的审美情趣,无拘无束的审美体验,自然天成的审美境界。"寂"则是一种具有独特的悲情色彩的审美意识,在抒发个人的感情中欣赏悲观与虚幻,在流连于无常中的感悟寂灭,从中吸收悲美的色调,倾向于哀感的、唯美的情趣。"寂"真正体现了不是照搬、而是顽强地使之变成日本风格的东西,展现了日本民族的性格与文化的特性。诚如曾任国际比较文学会会长的日本学者川本皓嗣谈及中日文化的深层关系时所说,"近代以前的一千多年,日本人一直把中国文明视为先生,自己是学生,尊敬、吸收,但不是照搬不变,而是一定要变成日本风格的东西"(见王晓平《梅红樱粉——日本作家与中国文化》一书),这是极为精当的见解。《中日审美趣味范畴》材料丰赡,在多角度的微观实证的精微辨析中,多有创见,这种微观研究,在综合中凸现了中日两国美学宏大建构中的不同的理趣与内核。

不同国家的比较文化、美学、文学理论、文学创作的研究中,"他者"的立场或态度极为重要。"他者"在人文科学中,实际上就是我面对的是"他者"的你,因为我和他是不能面对面的,是难以直接交流的,而和你则是处于面对面的状态之中,就能对话。在交往对话中可以通过"他者的你"去理解他者,深刻地去了解你的他者,他者的方方面面,去发现他者与我的差异。同时,在交流与对话中,我还应站到他者的你的方面,通过他者的映照反观自身,更进一步地理解自身,发现我与他者的深层差异。差异是双方各自最为鲜明的特征,它们不应相互排斥,而是理应受到尊重与认可,并在这一基础之上,改造那些可以改造的部分,融入各自的文化与美学观念之中,促进各自的文化、美学的更新与丰富。我十分赞同作者的观点:通过比较,一方面能够更深刻地了解到中国古典美学对日本的影响,另一方面，还可以通过对这种影响的研究，寻找出中国古典美学在美学研究中的参照系或是坐标系，达到对自身文化与美学的重新认识，寻求到中日美学所存在的一些共通规律和各自的民族特质。

《中日审美趣味范畴》在对中日美学两个美学观念的比较中，在它们相互观照之中，充分地显示了同一与差异，文化内涵、文化品格与美学特征的同中之异，肯定各自的价值，提出各自互补的参照系与坐标系，力图表现那种"各美其美，美人之美，美美与共，天下大同"各自标榜又相互包容的思想理论特色。

《中日审美趣味范畴》的多处章节段落，富有作者的哲理玄想，同时它们又以被极为轻灵洒脱的文字作了描绘表述，这无疑显示了作者对于问题把握的深度以及作者全身心的投入状态。《中日审美趣味范畴》一书可以帮助人们理解中日美学各自的妙趣真谛，丰富我们的知识，提升我们的审美情趣。

是为序。

（原文作于 2012 年 8 月 10 日）

杜书瀛《文学是什么——文学原理简易读本》序

不久前我收到杜书瀛先生给我的信，说他正在写作一本《文学是什么——文学原理简易读本》（以下简称《读本》），说是为大学生、研究生们写的，希望我为它写篇序文。

我看了他发给我的写作宗旨，《读本》的提纲和一些章节（稍后发给了全部书稿），立刻给他回信，说对他书稿的写作宗旨，深为赞同，它打破了原有的文学概论的框架，极有新意，愿为效劳。

几十年来，文学基础理论的课程教学，甚为艰辛。老师说文学理论课不易讲好，学生说听文学理论课枯燥无味，当然情况也并不完全如此，也有不少老师的文学理论课很受学生欢迎的。我曾经在有的会议上说过，如果让刚进大学的并未读过多少文学作品的一年级学生，去听老师有关文学理论的高头讲章，或是照本宣科，大讲理论体系，听众哪能接受得了！面对年轻的、一年级大学生，老师恐怕只能就经典文学作品做些导读工作，从中抽象出一些文学常识、概念来，文学理论的系统课程最好移到高年级去学习。至于文学理论的研究生课程，我以为研究生们对文学理论已经有了一定的系统知识，所以不能再按教程一类的书籍讲解。老师最好找出当今文学理论中最为现实的、最有争议性的问题去提问、去讲解，就自己在专题、著作研究中所获得的点滴心得、最新成果，和研究生们进行交流，帮助同学确立问题意识，提高发现问题、分析问题、设法解决问题的能力，让他们熟悉学术研究的思路。同时我还主张要请持有不同观点的学者为研究生们开设文学理论讲座，这样做可以展现不同学者治学的各有特点的思路，凸显多样的研究方法，鼓励同学多读不同的理论著作，比较短长，开阔他们的理论视野。所以后来我对研究生讲课，不讲系统的一般知识，只讲我对当前诸多文学理论问题的把握，介绍我在多种专题研究中的心得。

长话短说，就从20世纪90年代说起吧。不少从事文学理论教学的老师，纷纷更新了文学的观念，批判继承了本国文论原有的传统，借鉴了西方文学理论中不少有用的成分，著书立说，对文学理论教学起到了积极作用，其中有的优秀著作影响极大。

90年代后现代主义思潮大举进入我国，文学理论、批评界得风气之先，一些年轻学者纷纷争说后现代主义，使得西方的文化研究思潮、解构主义流行起来，并且影响了其他学科。几个不断出现的后现代主义的词汇，如反中心、边缘化、颠覆、不确定性等，据说曾经使得一些原来站在中心位置、手握相当权力的文化官员为之心惊肉跳。90年代末，西方后现代主义哲学、文学理论书籍进一步被介绍过来，反本质主义、反逻各斯中心主义、反大叙事、反整体性、削平深度、平面化、碎片化等一整套完整的解构主义思想，对于我国思想界发生了巨大的冲击力。这时在我国文论界，特别是高校文学理论教学界，继80年代之后，又一次发出了文学理论革新、文学理论课程改革的强大呼声，言辞激切，活跃了理论思维。新世纪之初，艺术终结论、文学消亡论、文学是什么、文学不可定义、文学的扩容与越界等尖锐的重大问题的争议，随着外国学者来华的学术交流与在我国研讨会的发声，终于爆发出来，在有的中国学者那里，文学研究几乎被规定为：当今"后现代文学研究的任务"就是研究"文学性"，就是去研究各种具有文学性的文化现象，甚至有些审美色彩的实物存在，而非文学自身、文学文本。

确实，在信息、媒介文化迅速发展的形势下，文学存在的形式发生了巨变，原有的文学理论自然会受到严厉的检验。几位颇有实力的中年老师，很快出版了几种由他们主编的新的文学理论教科书。这些著作虽然沿袭了原有教科书的方式设置章节，但在对于文学的理解上都已改弦更张，它们把以往的文学观念全都归结为本质主义文学观，

杜书瀛《文学是什么——文学原理简易读本》序

进行批判,同时共同引入了西方后现代文学理论家有关文学的核心观念,对文学是什么重新做了界定。这些著作改变了原有文学理论的面貌,面对文学新的形态的生成与飞速发展,及时地对文学进行扩容,介绍了新生的文学现象,引进了不少新知识,启迪了原有思维模式的变化,发生了积极的影响。同时,我们看到,这些编著都是以解构主义的反本质主义的核心观念为其出发点的,这样围绕着什么是文学这一讨论了不知多少年的老问题,必然又要引起争论,而且这场争论历时久长,至今没有将息。

在这种情况下,要给研究生写本系统的文学理论教材,真是难乎其为的任务了。但是《读本》另辟新路,第一,它给我最深的印象是强烈的问题意识。所谓问题意识,就是作者一下就进入了当前难以回避、最为敏感而又极为重要的问题,即文学是什么的问题,这也是读者最想了解的那些被弄得似是而非、令其捉摸不透的问题。极有特色的是,《读本》从书名与各章的设置,都是在提问,向他者提问,进行论辩,在启发读者提问,激发读者加入对话。在文学理论著作中,就形式而论,这种写法甚为别致,它打破了原有的一般文学概论教科书的框架,即那种面面俱到的写作程式。《读本》删繁就简,突出主要线索,并且贯穿到底,这就一下就抓住了读者的求知心理;同时一扫以往文学理论的沉闷学风,显出了理论的生气与活力,极有创新意义。

第二,《读本》的问题意识,使得作者切入文学是什么这种重大问题时,有着明确的论争对象,直奔论争的目的而去,所以行文充满了论辩性。有两种论辩,一种通常是抓住对方提出的问题,引用经典作家的标准答案进行核对,再加以一般常识性地进行强制阐释。一种是抓住重大的问题,探究对方思想的理论渊源,揭示其演变的来龙去脉,给以实事求是的评价,同时在话语的交锋中形成自己的新思想。这是在理论上有所充实、有所丰富与有所增值的论争。我以为《读本》作者所进行的论辩正是属于增值的论辩。

后现代哲学、文学理论思想在我国流行了一些时候,它们通过前面提到的几本文学理论教科书,更把其后现代主义文学理论的主导思想系统化了。不少学者对此都有过质疑,但未有更多的深入,我也只是在一些论文中点到为止。《读本》的可贵之处在这方面做了真正的理论深入。它批判了独断论的本质主义的长期的专横与肆虐,同时抓住了"后学"的核心——反本质主义哲学观念并进行分析,指明了这一核心观念在英美文学理论中的演绎,以及如何统领了特里·伊格尔顿与乔纳森·卡勒等人的几本被翻译过来的、在中国极有影响的文学理论著作。接着《读本》梳理了中国学者主编的两本文学理论教科书,如何亦步亦趋,贯彻了绝对的相对主义思想,揭示了它们在引证与完全认同外国学者的后现代文学基本观念的基础上,做出了文学不可定义、文学是什么至今是个未知数,或是它不过是社会上某个集团的某种看法的结论,再终以后现代主义的泛理论观代替了文学理论自身。后现代的泛理论思想,把各种社会科学、人文科学中的不同门类,都在"文学性"的帽子下变成了没有区别的部门了,这既与这些学科的历史发展形态不符,也与它们的现实的实际的形态相异,而且还要把文学理论作为社会科学、人文科学各门学科的理论基础与出发点,即要把文学理论作为各种社会科学、人文科学的元理论来对待。一些人说解构主义也有建构,这话也对,但是看来这种建构很可能是一种失去了根底的绝对的相对主义的建构。《读本》所进行的有根有据的论辩、追根究底的分析,每每见解独到,有着很强的说服力,显示了《读本》作者深厚的理论修养,达到了探索问题所要求的深刻性,表现了求索真理的原则性。

《读本》的各章设置都是文学理论研究中不断出现争论的问题,有作者的新观点与新材料的丰富。其中"中国文论有何独特之处"的一章的观点,《读本》作者在已出版的专著《从"诗文评"到"文艺学"》中有着详情地论说。书稿中这一章的大量提问、思想材料的认真比较、细致的论证,从一个方面揭示了中西文论的"似是而非"与中国"诗文评"深厚的民族文化的底蕴,显示了《读本》理论上的原创精神,成为一家之新说。

第三,《读本》给我启迪的是,对于文学理论研究来说,作者与理论写作的独立自主性是两个很为重要的问题。这些问题贯穿于30

多年来的文学理论自身建设的不断论争之中，同时也陪伴了不少学者的学术个性的形成。要使文学理论成为一种独立的自主性的理论，在这里我仅从《读本》和外国文论的相互关系来说。几十年来外国文论的大量输入是必要的，它可以从一个方面激活我们的理论思维，扩大我们的理论视野。但是我们自身应有定力，要秉持一种新的文化立场，即我说过的一种"新理性精神"，面对各种各样的外国文论，要有批判意识，要有必要的鉴别，进行取舍，使那些真正有用的成分，经过改造而融入具有我国民族特色的、具有创新力的文论建设。我们不能一会儿西化，一会儿苏化，接着又是西化，在文学理论的一些根本性的问题上，总是在外国学者后面跟着说，跟着说不是接着说，更遑论对着说。确实，理论中往往会不断出现新的思想与大量时尚性的东西，要区别它们各自的真正价值，那些被人大肆炒作的东西未必一定就是新的，而被嘲弄的所谓守旧，未必就一定不新。我以为《读本》自身与其作者，表现了真正的个人与理论的自主性，学者的个性特色，就是在说着自己的话语，并在表达着个人创新思想的过程中形成的。《读本》努力表现了当今我国文论的自主性的立场与民族文化特色的追求，而使我深为感佩。

我与杜书瀛先生在文学研究所共事了50多年，情谊悠长，各知短长。在他年轻的时候，文艺理论室的年长同事称他为"小杜"，我也这么称呼过他。如今我已年过八十而他也是到了望八的年份了，所以早就"老钱""老杜"相称。在我们研究室里，老杜最是孜孜不倦、勤奋治学的一位，著作最多的一位学者。近10年来，进入了暮年，他以不同的文体写作，几乎每年会出版一本新著，《读本》可能是融会了他几十年来对于文学的探索与体验的一本总结性的著作。他常常要请年青的学者、学生为他的新书作序，在学界也是别具一格。我从《读本》中获益良多，自然愿当他的一位学生，于是欣然为先生写序了。

（原文作于 2016 年 12 月 22 日，时年八十有四）

真诚、动人、亲切

——读马静云关于文学研究所的回忆录（代序）

我和马静云是文学研究所的老同事了，现在年轻一些的朋友都以"老文学所"称呼我们，和他们已经隔了一、二代了呢，真是人事有代谢，往来成古今，如今一进文学所，很难见到熟识的人了！

20世纪五十年代中期，马静云进入了文学所，在秘书处、科研处工作过，多年与何其芳所长同一办公室，成了所长管理科研工作的得力助手。她性格开朗，心地宽厚，处事大方，平易近人，在走廊里，总见到她拿着一支笔和本子什么的。她向我们下达所里要办的事，我们一见到她就说："马大秘来了！"她总是大声"哈哈哈哈"地说："别开玩笑了！"大家无拘无束，十分亲切。从她写的一些文章里，我现在才得知，她高中毕业后，参加革命，曾在李克农麾下工作过，后又学过三年英语，然后来到文学所，真有些传奇色彩，交往了那么多年，我竟一无所知，真是失敬了！

前几年，我在报刊上读到马静云的几篇回忆性文字，写的都是她和文学研究所的老领导和老专家交往过程中的所见所闻，其中有关于郑振铎、何其芳、俞平伯、钱锺书、李健吾、沙汀、王瑶、周扬等先生的描述。她的这些文章所记述的都是她的亲身经历，有的娓娓道来，有的戛然而止，舒展随意，笔走自然，短小精悍，看来写的是点点滴滴，但却是确确实实，真实自然。特别是她的这些经历与感受，可说独此一家，所以初次见到她的的文章，我的眼睛为之一亮。于是我很快联系上她，表达了我的感动心情，建议她把这些只属于她的极有价值的"真人真事"串联成文，发表出来，肯定会大受欢迎的。她

真诚、动人、亲切

说她正有此意,材料很多,几十年来,记录有十多本笔记呢!现在马静云已将几年来发表的短文,汇编成集,嘱我为它写篇序文,我当然从命。

马静云这些回忆录,对于新文学研究来说应是很有价值的宝贵史料。这些文学研究大师大家,有关他们成就的论著多矣,但是关于他们学术生涯的另一面,即他们没有写入自己论著的那些方面,他们的日常生活中的点点滴滴,家庭琐事,一般研究者是不容易接触到的;如,他们个人之间的真挚的情谊,患难中的真情,读书习惯,个人爱好,却由马静云做了很多点睛补充,使他们的形象更加丰满了。

关于何其芳与俞平伯两位先生的师生情谊的描述,我过去也知道一些,但是这次读到有关文章仍是很为感动。在俞平伯《红楼梦研究》的批判中,何其芳先生一面要努力贯彻上级布置下来的在学术研究中大搞阶级斗争的方针,尽力去完成他的所长的职责;另一面却又要极力维护学术的尊严与公正,倡导批评以理服人,拒绝以势压人。可在当时的社会氛围中,却是困难重重,所以他扮演了一个及其为难的角色呢!不过现在看来,他做得十分得体,在掌握"绝对真理"的批判中尽量说得合情合理,同时又最大程度地守护了深厚的师生情谊,尽显了学生对于老师的敬重和爱护,他的行动充满了浓浓的人情味。在一段很长的时间里,何其芳内心一定极为纠结,不断要受到上面的挑剔与威压,检查总要两三遍才得通过,同时还要正确面对下面的吓人的帽子。在何其芳逝世10周年之际,俞平伯写有《纪念何其芳先生》一文,我过去也曾读过,这次马静云在自己的文章中引入了俞先生的两首悼亡诗,当读到第二首的最后两句"犹记相呼来入苙(猪圈),云低雪野助驱猪"时,我大为动情。一是我也写过纪念何其芳先生逝世10周年的文章,其中写到一天傍晚何其芳在雨中赶猪入圈一事:有的五七战士一声长喊,猪跑散了,接着看到何其芳先生身穿灰色雨衣,手里拿着一根棍子,一拐一拐地往猪圈方向跑去,随后他的"啰啰啰"的呼唤声,弥散在中原大地的雨空中,这使我感到压抑、心疼,我以为只是一次。现在体味俞先生的诗作,看到猪猡瞎拱乱窜原来是常有的事。何其芳先生身子较胖,动作又不灵活,要把走散的猪一只一只赶进猪圈,实非易事,看来俞先生不止一次地帮过何其芳先生赶猪回圈的吧!二是读到这两句诗我又想到,一位曾是30年代初清华大学的教授,一位是去听过课的学生,结下了师生情谊。30多年后,一位已是古稀之年,一位已年近花甲,两人在文学研究所和大家一起接受工人阶级再教育之后,又一起奔赴五七干校,接受贫下中农再教育。先生种菜,学生养猪,写养猪经验,先生常常帮助学生赶猪,学生常去菜园协助先生间苗、浇水,真是圈旁且听养猪经,菜园相见语依依,师生情谊更深了!何其芳先生作为文学所所长,我过去知道他不断起草、修改办所方针,也知道每次运动刚刚告一段落都要做检讨,不是"右倾",就是"估计不足",而且总要加码到"严重估计不足"才罢,一般他的检讨总要让我们听上几遍,否则难以通过领导关。这次知道马静云处曾保存过何其芳先生的检讨稿子,积聚起来竟有一尺来高,它们写的密密麻麻,都是工整的蝇头小字,这要耗去他的多少精力啊!何其芳先生说过,开会是要开死人的,结果不幸而言中,果然开会把他开死了,令人无比惋惜!

马静云的记述,使我们了解了不少大学者们的生活情趣和他们的不同性格特点。他们大多嗜书如命,以读书为乐。郑振铎先生是出名的藏书大家,王伯祥、吴世昌等先生也是,何其芳先生的书库是个书架相互紧挨的小图书馆,他不断淘书,收集各类学科书籍,藏有不少古籍珍本,以致他自豪地说,他的藏书足可供文学研究家使用。他工作那么忙碌,可珍惜分分秒秒,就外国长篇小说就读了不少,而且写有评语。为了翻译海涅,他晚年还自学德语,真是烈士暮年,壮心不已。钱锺书先生则藏书不多,几个书架立在写字台旁,有的依墙而立,其中陈列的是一些古籍、新书与工具书,还有不少新到的外文书。钱锺书先生研究工作依靠图书馆,常见他在所里图书馆借了一摞书回去,不久就回所里还了,接着又抱一摞回家。他勤做笔记,所以积有几麻袋之多。

何其芳先生为人随和、认真,可他居然会以自己的诗作故意冒充古人之作,在愚人节和几位年轻研究人员开了一个富有诗意的玩笑,可说是文坛佳话,性情如此率真,一片童心!(见该书《神思》一则）郑振铎先生生性豪爽，在学者中间很有凝聚力，他深通历史文化、考古文物的渊源与价值，一生收集了大量的古物珍品、绝版古籍，所以反对拆除多少个世纪经营下来的北京古城墙，也是理所当然，但也只好折服于领导的权威意见：古城墙几百年后照样会风化湮没的，这真是高瞻远瞩的气概！李健吾先生坦率大度，急公好义，重友情，讲义气。"文革"期间，巴金生活困难，李先生先转去汝龙先生给巴老的赠款，后又送去自己的赠款。真是雪中送炭，患难真情，先生本色，虽是往事，但读来仍是令人感动。李先生晚年还在著书写作，直到伏案而逝。

马静云就这些老学者的友情感慨地说，李健吾与巴金、杨绛、钱锺书、汝龙等先生，都是多年知己，同罗患难，自身难保，却彼此关怀，相濡以沫。朋友们风尘游浪，风雨千里守望，初心难忘，共度荒凉，归来两鬓如霜！这就是一群老知识分子的友谊与真情，马静云让我们看到了前贤们的可贵的精神世界，她的书中还有另一些先生的剪影，长人见识，饶有兴味。

想起启功先生写过"学为人师，行为世范"的条幅，这些先生不就是我们的人师与世范吗！

（原文作于 2019 年 1 月 8 日）

"应束意难收,不了情未断"

——读高燮初先生《不了情话录》有感

无锡高燮初先生的《不了情话录》,前几年只是几十则,油印刊发。其后先生续写,一发而不可收,在《吴文化博览》上不断发表出来,我就是一个忠实的读者。记得那时读后,我就对高先生说:先生修山治文,创业维艰;录事记人,幽默辛酸;针砭时弊,笔锋犀利;冷嘲热讽,痛快淋漓。先生自称"高痴""狂士",其实乃故乡一高士、奇人也!这次结集出版,我又重读了一遍,心潮如涌,不可不说些感想。

如今去无锡游览的人,常常会听到一句介绍:"南有三国城,北有吴文苑。"这"三国城"由中央电视台出资,无锡市提供地皮,在荒山湖滩间,为拍电视连续剧《三国演义》共同建成的三国城。电视剧完成,三国城留下。东西人士,因电视剧的渲染,慕名而往,春秋假日,游者如织,收入可观,中央地方,按成而分,皆大欢喜。有时碰上节日,连着几天,真是"车如流水马如龙,花月正春风",公车私车挤得个水泄不通;如今又建起了一座"水浒城",遂使无锡的太湖边,多了一道赏心悦目、消闲小住兼具文化色彩的风景线。"三国城""水浒城"在休闲与文化相结合的时尚中,可谓华夏一胜,独领风骚!

可是,何谓"吴文苑"?这吴文苑就是吴文化公园,亦名"吴文化博览苑",和附属吴文化博览苑的吴学研究所,这就是在无锡北乡曾是一片断崖残壁的西高山上,耸然而立的一座光耀辉煌的文化城。无疑,它是一道具有浓郁文化气氛的风景线,却更是一块文化建设的

"应尽意难收，不了情未断"

丰碑！

何谓辉煌的文化城？何谓文化的丰碑？原来这西高山是一座1.5公里长、30多公尺高的荒山，巨石乱堆，杂草丛生，几十年来的破坏，使得山上的破庙残庵，荡然无存。1984年三位退休的乡村教员，体认到国家人民长期受到列强欺凌，就在一个穷字上。物质上穷，文化上穷，但主要是文化的贫困。现今老百姓开始富裕起来，"富则思乐"，但还应"富而思文"。于是这几个无权、无势、无钱的老汉，不受金钱大潮的裹挟，一心只想发挥暮年的余晖，企图以乡情、国情来唤醒国魂，借七百亩荒山，建立一座展现我中华文化魅力的文化城。

15年过去了，老汉们竟是"心想事成"，然而付出了多少艰辛！先是使西高山变成了一座休闲性的园林，建起了松石园，其中有松涛楼、渡月阁、清风轩、降福亭等；继而更上一个台阶，亮出了"吴文化公园"的招牌，建成了模拟的"古吴村"，一批具有浓郁吴地风格的明、清复原古建筑群，青砖粉墙，沿山而建，错落有致，连以曲折长廊，洋溢着浓郁的吴地风情特色，令如今看惯了一色高楼大厦的人们，身临其境，俗气顿消，双眼真为之一亮。

公园征集了一大批即将消失的吴地老百姓的生活器物、各种农田劳动耕具，建成了牵砻推磨、养蚕采桑、民间工艺、百业场景的各种民俗陈设馆，成为民俗文化的洋洋大观。还有一大批当今名人的书法、绘画、楹联、牌匾、碑刻，陈列各馆；馆内馆外，碑廊石刻，群塑石雕，不乏精品，点缀四处，它们绝无像不少地方，以所谓民俗为招徕，实际上搞些俗不可耐的假文化展览。

令人不可思议的是，在这座极富民族特色的建筑群里，竟还挂起了"吴学研究所"的学府招牌，聘请了许多研究或关心吴文化的专家、学者为特约的研究人员，经过多年努力，竟成了我国唯一的一个民间学术基地。这个基地以吴文化为中心，突破了原有的吴文化的理论框架，推出了新的理论体系，并且多次召开了高层次学术讨论会，出版了多卷有较高质量的学术研讨会的论文集，组织了吴地专家撰写了多辑"吴文化知识丛书"；办起了吴地方志楼、万卷楼，成为吴文化文献的咨询基地，学者的创作休闲基地。这还不算，吴文化公园还要"更上一层楼"，一座构思精巧、规模宏大的"龙头阁"正在兴建之中。

它的构想是，吴地乃我国现代化的龙头地区。在中国现代化的大业中，吴地区会通中西，在地理上占尽优势。它面向海洋，凭借交通之利，而快速消融、吸收外来文化；又有长江、湖泊舟楫之便，伸向东南九省，善于融合我国各地域文化，贯通古今，造成一种开放、包容的最为丰富的的地域文明。吴文化与水结缘，是一种水文化，它随物赋形，变动不居，又是一种勤于不断丰富自己的智慧的文化。太湖与其周围大小河浜港汊，使它得天独厚，造就了一大片锦绣繁华的鱼米之乡，成了当今中国伟大变革的龙头。龙头阁以西高山为地基，总高达99米，建成之后，登高远望，东临沧海，西观龙山，南眺太湖，北览长江，将与西高山极富民族特色的建筑群，融为一体，集文化研究与赏心游乐于一身，可谓雅俗共赏，而将成为展现吴文化的一大景观，与岳阳、黄鹤诸楼，比肩而立于华夏，传之久远的文化胜境！

几位老人，在燮初先生带领之下，一无公款，二不集资，三不借款，何以竟能在15年间，营造成了一座名副其实的文化城、休闲园？这就是燮初先生所说的"不了情"便是。这"不了情"就是赤诚的爱国之心，就是奉献的爱乡之情。人们退休下来，安度晚年，自成归宿，可对燮初先生来说，这食土饮水之情，竟使他"应束意难收，不了情未断"，在众人休闲或奔钱求富之时，他却去搞人家忘却之事，办"吴文化博览苑"。先生一生坎坷，受尽屈辱，在寂寞中十年修史，十年治文，今天大展风采，看来只好用"塞翁失马，焉知非福"的俗话来自我解嘲了。先生膺服古训与文化传统，以"天行健，君子以自强不息"自策，以"筚路蓝缕，以启山林"自许，上承我优秀民族文化精神的渊源，起点高远，意境高妙，并也竟成了参与建园工作的人们天天自励的文化箴言。请问在当今华夏，有哪一个文化园地，是这样来育人育德的？

这"不了情"就是"人生是予，不是取"，这不是什么现代的政治口号，向某某学习，而是历来圣贤烈士、凡夫俗子做人的最基本行为准则，先予后取，自古皆然。向某某学习，提出者自己道德如何，哪会有应者？或者是今天应景纪念一下，明天人们也就忘怀了，可重要的是如何厘清我民族高尚德行的源流，从做人的起码准则做起，才是正经道理所在啊！

在现今的金钱社会，无钱而要办成件事，可说举步维艰。先生凭了"不了情结"，就能忍辱负重，出外托钵化缘，遭人讥评，听人漫骂，还得上门赔笑，甘自受辱。但先生的"不了情"，使其忘却荣辱得失，"顽如石，蠢如牛，赞我骂我，浑然不解……我以真性情，我以赤诚心，视而不见，听而不闻，无怨无悔，立愿结缘，这就是我的明心见性"。先生自治印章，曰"士狂、丐怪、吴愚、高痴"，这真是极好的自我写照。这"愚、痴"，实乃锲而不舍的追求，事业的成败，不在外物，实在寸心，诚哉斯言。耕石磨肩，跌打滚爬，鲜血淋漓，在所不惜，此实乃先生之精神所在，"不了情"之外化。这"狂、怪"乃现今社会价值真假颠倒使然，虚情势利的人情关系所致。无后台、无来头、无资本而想治山修文，岂非一介狂士口吐狂言而何？表述真情，直言相告，不随波逐流，拒绝同流合污，岂非怪物而何？可是这狂与怪，实乃先生的耿直秉性，高风亮节。昔日武训为穷人识字计，到处求乞而兴义学，而今燮初先生四处化缘，建成文苑，宣扬文化，发扬乡情，张扬国情，以求唤醒国魂，其精神真是感天动地，其作为何等可敬可佩啊！

如今吴文化博览苑，已将成为无锡的文化胜境，而且被定为全国爱国主义教育基地之一，被邀参加国际民俗研讨会，其声誉已远播西欧、北美，甚至已引起联合国教科文组织的注意。我们看到，在民间，其实不乏有识之士乃至身怀雄才大略之人，他们既有出类拔萃的思想，又怀实干的谋略；他们坚忍不拔，说到做到，所谓"心想事成"，实靠学问、精明、坚韧、劳碌、磨苦而成。相反，靠父辈荫庇而身居高位的庸碌之辈，现今哪里没有？他们积弊成堆，除了到处剪彩，毫不痛心地剪断几尺宽的红绸布，还要把剪刀对群众扬几扬，表示能干、阔绰，他们干这事，办那事，还不是事事肥了自己！

燮初先生办园的构思可说十分独特，他有"十六字令"，即"以上促下,以外促内,以虚促实,以实促虚",可说深得当今公关底蕴,而且百发百中,让人感到绝顶聪明而又不无几分无奈与辛酸!吴园积累的资产也颇丰厚,燮初先生也是名声鹊起,他本可像有的人,坚起杏黄旗,盖起分金亭,给自己定份高薪,盖座书记楼,显示一下时下中国人的本性。可是他就是愚、痴、狂、怪,他是真正的文化人,"不以物喜,不以己悲",把酒临风,宠辱皆忘,生活上只求粗茶淡饭,如此而已!这就是真正高尚的人。

当今无锡北乡的西高山,浮现了一座名闻遐迩的文化城,在那龙头阁落成之日,它将成为未来的无锡文化胜境,并使无锡在精神上获得提升!

那里灵光激射,云蒸霞蔚,他们是夕阳中的几位带头老人,与在园里工作的可敬可爱的人们,化成的彩虹与满天的锦云!

(原文刊于《光明日报》1999年4月12日)

第四编
逝水留声

"全国文学观念"学术讨论会开幕词*
——1986年11月7日于苏州大学

各位代表,各位来宾:

"文学观念学术讨论会"现在宣布正式开幕。我谨代表这次讨论会的9个发起单位——中国社会科学院文学研究所、苏州大学、北京大学、吉林大学、杭州大学、南京师范大学、深圳大学、复旦大学中文系和江苏省社会科学院,向今天参加会议的来宾们、朋友们表示热烈的欢迎!

当前,我国社会正经历着一个重大的历史变动过程。改革,已成为我国亿万人民的人心所向。这种新的时代气氛和情绪,也出现在文学领域。文学创作日新月异,令人瞩目;各种艺术形式斑烂绚丽,色彩纷呈;而创作原则、方法的多种多样,也使人眼花缭乱。面对当前文学发展的景观,有人狂喜,有人困惑,也有人深思,以期探知它的发展的轨迹。

文学理论也是如此。原有的文学观念,曾经产生过一定的积极的影响,可是由于长期受到庸俗社会学的影响,教条主义的干扰,囿于一些框框条条,使自身失去了理论的自主性。理论一旦失去了创新的活力,就不能满足社会的需求,因此,更新文学观念的呼声,从80年代初开始,便日益高涨。今天,文学理论面临着严峻的挑战,但也为我们提供了机会,这就是发挥理论研究者的主观能动性的机会,主

---

* 这是原来的开幕辞,经删削,以《文学观念在更新中》为题,发表于《江海学刊》1987年第2期。

体创造性的机会。

近几年来，文学理论争论中所涉及的问题十分广泛，它们有文学和政治的关系、人道主义、人性问题、现实主义、真实性、典型问题、现代主义问题；还有创作中的感情因素、自我表现、再现和表现、当代性等问题。争论使理论自身对问题的认识有所深入、有所进步。与此同时，外国文学研究的多种方法相继介绍过来，一些方法是属于人本主义性质的，一些则是自然科学中广泛应用的方法。到1984—1985年，方法的介绍一时形成了一股热潮，而被人们称为"方法论热"。对于这一现象的出现，我以为要把它看作是文学理论开始转向自身、获得自主性意识、走向理论自觉的表现。

文学理论方法论的讨论，打破了我们原有的思维定势，使人们看到，文学观念的更新势在必行。观念是制约着方法的，更新文学观念的愿望，促使人们去寻求多种方法；而方法上的多样化，也可促成观念的变革，所以观念和方法是统一的。一种宏阔的文学观念，可以容纳多种方法，而一种教条式的文学观念，在方法上必然采取排他态度。讨论使人们认识到，文学观念是一个多层次现象。站在一种观念上，排斥其他文学观念；站在一种方法上，嘲笑其他方法，不仅不符合文学理论观念、方法的实际情况，而且也是一种皮相之见。在一个时期，人们热衷于文学理论的方法的介绍与研究，其最终目的也是更新文学观念。所以，1985年当方法论处于热潮的时候，我们曾经在扬州会议上说，1985年是方法论年，1986年将会是文学观念年，那时重点将转向理论本身的求索。从1985—1986年文学理论研究来看，理论本身的讨论开始多于方法的介绍。但是方法的讨论仍在继续下去，而理论的探索正方兴未艾。

探讨文学观念，目的是使文学理论获得自身的活力，重建新的文学观念，使它进一步科学化。推动文学理论的发展与创新，可以通过介绍、移植外国文学理论，扩大视野，提出新问题；或对传统理论去芜存精，对横向的移植进行鉴别，融合新机，建立新的研究课题；或是深化原有的问题研究，提出新的见解，这都是理论思维的新开拓。

由于近几年来对多种理论、方法的介绍与倡导，可以说，我们对世界范围内的文学理论的现状与发展，有了一个初步的了解。我们剖析了自己的文学观念体系，了解到外国文学理论这类著作中的基本观念和一些外国文学理论主要流派的有关著作，以及它们的方法。如果可以把这种了解称作一个制高点的话，那么我们站在这个制高点上可以不是盲目地说，我们应当介绍、容纳、研究、吸收种种文学理论，积极发展马克思主义文学理论。不同文学理论流派有不同程度、不同层次的理论价值，因此在理论研究中要博采众长。在方法方面，我们可以使用审美的、历史的方法，也可采用新批评派、结构主义、精神分析、文学接受理论的方法，以及某些自然科学的方法，在实践中采取主导的多样和综合的研究。

马克思主义文学理论要得到发展，就必须恢复它原有的非宗派主义的开放性，使之成为一个真正的开放体系，吸收人类心智所创造的一切有用的知识，研究不断涌现的新问题，建立新观念，以它的不断创新和发展，来确保它的生命力。没有丰富与进取，很可能走向教条主义，对不同的、具有合理因素的理论、方法采取排斥态度，将会重蹈宗派主义的覆辙；而曲解马克思主义的理论与方法，继而对它嘲笑一通的做法，认为自己的理论与方法是最科学的，也是一种短见陋识。近年来，文学创作和理论批评中文化问题的提出，又为文学理论的深入与发展，提供了新的机会。

文学理论思维的活跃与方法的多样，推动了文学理论的发展。近几年来，出现了一批富于求索精神、又有一定理论深度的著述，表现在一些论著中开始再度尝试在总体上来把握文学，或是从分支方面进一步使理论深化。同时，大部分论著都十分重视文学中的主观因素的研究。对文学中的主观因素的重视，是文学理论更新的一个重要标志。可以这样说，文学理论、美学不深入这方面的探讨，就不易提出新课题，就不能在理论上有所创新，有所突破。不久前开始的文学主体性问题的讨论，更形成了一种理论自觉，极有现实意义，这一问题无疑还会继续讨论下去。

文学理论的发展，需要一个良好的文化环境。我们十分高兴，这一条件今天开始出现。学术讨论，需要宽松的环境与气氛，需要学术

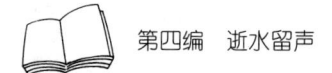

民主、自由。同时探讨问题难免出现失误，应在问题本身范围里对话与讨论，要鼓励探索，鼓励求新。我想再说一声，文学理论领域无限宽广，这里既有挑战，也有很多的机会。要善于为自己创造进取的机会，同时通过对话和讨论，激发出更多同志的理论创造的极大热情来。

（原文作于 1986 年 11 月 7 日）

"文学理论建设和中外文化交流"
学术讨论会开幕词[*]

——1988年11月25日于福州

20世纪80年代开始,国家开放、改革形势的发展,引起了文学理论界、批评界的深刻反思。80年代中期出现了方法论热、文学观念热。1985年,全国性的文学研究方法论研讨会举办了3次,其他学术部门也是热闹异常,那时可以说,举国上下争说方法论。这是十分自然的,原有的错误的理论原则,长期束缚着我们,造成了文学理论的停滞与落后。不少有识之士,一面深入我国古代文论遗产的研究,一面面向外国,引进各种文学理论,和其他部门一起,逐渐促成了中外文化的大交流,力图开创一个新局面。1985年春,那时我们和在座的不少朋友,组织了一次文学理论的方法论研讨会,会后出了一本文集《文学理论方法论研究》。讨论文学理论的方法论,目的在于促进文学观念的形成。根据这种趋势,我们又在1986年共同组织了一次关于文学观念的讨论会,初步研究了文学观念更新与发展的前景。

听到一些朋友说,前几年的方法论热、文学观念热,并未产生什么结果。如果我们习惯于过去种种运动的轰动效应,并以此为追求,那么确是可以这样说。这个热、那个热之后,文学研究、文学理论并

---

[*] 1988年11月,由中国社会科学院文学研究所、外国文学研究所、中国社会科学院研究生院、中国福建文化经济交流中心、北京大学、北京师范大学、辽宁大学、南京师范大学、杭州大学、深圳大学、厦门大学、福建师范大学、福州师范专科学校中文系、福建省艺术研究所、福建省当代文学研究会、福建省文学理论研究会联合发起了"文学理论建设和中外文化交流"学术研讨会。

未一下进入全新的境界。但是要看到，文学理论的进展与建设，不能只靠讨论、会议来解决的，讨论与会议只能起到提倡与促进作用。真正的学术成果，是建立在广泛与深厚的知识积累、对问题的全局把握、敏锐而独到的观察、还有老老实实的科学态度的基础之上的。

近十年来，改革与开放，激发了我们急起直追的潜能，短短的几年的时间里，我们翻译了不少外国美学、文学理论的著作，介绍了多种外国的文艺思想。可以这样说，外国各种主要的文学理论学派，都可以在我国找到他们的解释者。在这种中外文化交流的大背景上，延续了好几年的文学观念、文学研究方法的讨论，相当彻底地震动着整个文学理论界和批评界。在这一领域研究的人，无一例外地面临着严峻的抉择：要么固守原有的思维方式，继续奉守原有单一的观念与方法，墨守成规，画地为牢，但是这样不可避免地会使自己陷入步履艰难、难有作为的境地。要么理解时代，使自己汇入发展的潮流中去，更新自己的知识结构，广泛地吸收新的有价值的思想和观念，扩大自己的理论视野。我们看到，绝大多数学者正在摆脱旧有的思想束缚，获得了某种自由心态，进行着新的探索。当然，在这一过程中，幼稚的浮躁，简单的移植，矫情的赞誉等等现象，也是存在的。

文学研究的方法论热、文学观念热，留下了什么影响呢？我以为，这充满了文化、精神骚动的几年时间，我们不是白白度过的。

第一，当代意识的不断冲击下，逐渐破除了理论思维的单一性，建立了思维的多向性选择。在今天中外文化广泛交流的大背景上，当开放与竞争机制、科学创新意识进入我们的社会生活，那种单一的、僵死的大一统意识，必然要走向解体，而表现为思想的多维性和进取性，自由性和首创性。文学观念热、方法论热，体现了文学自身的反省、内在发展的自我需要。身处热潮中的人们，往往不能清醒地理解热潮。我们回想一下，当前几年各种外国文学理论观念、方法，以极其粗糙的形式涌向我们学术界，成为一种社会思想冲击的时候，不少同行都产生了一种惶惑感，包括我自己在内。原来的道路似乎已走到尽头，难以为继，对新的观念和方法又不知把握到什么程度。这种感觉相当普遍。这样，当代观念的不断冲击，调整与更新着人们的思维方式。不过在我看来,文学理论界的危机已大大弱化,从惶惑而走向某种理论的自觉与自信。不少学者力图重建新的思维结构,产生新的顺应、同化、平衡、建构与新的模式,开始形成一种相对来说较为自由的文化意识。这是理论思维痛苦而深刻的反思的结果。

第二,大家都承认,重复一个已有的原理,在理论上没有新的深入、新的进展,这只能是一种原地踏步。理论思维的自觉与自信,为文学观念的多元化建立了坚实的基础。文学观念其实历来就是复杂多样的,用大一统的观念来一同丰富多彩的精神现象,就会窒息生气勃勃的文化创造。文化的繁荣,不是独尊一种模式,而是应让多种模式竞生成长。文学观念只能在多样、新建的形态中再生。文学观念的多元化,必然导致文学理论的多元化,这种格局正在形成之中,并将成为我们时代的思维特征而继续发展下去。

在这一格局中,马克思主义文学理论需要不断地从其他理论中汲取营养,改造自己,丰富自己,在当代形态中获得新的活力。与此同时,其他文学理论也将坚实地发展起来,一切有科学的、合理成分的文学观念,都会以自己不可替代的独特性,在多元、多层次的格局中,找到自己的位置。

理论的自觉与自信,多元化倾向的出现,会使广大学者建立起一种较为宽广的文化观念,各自独立的理论品格,不能用自己的理论去替代别人的理论,重建新的大一统。不同观点的学者的关系,应当是相互尊重、平等对话的关系。对待他人的这种关系,就像巴赫金讲的:"不是'他',也不是'我',而是不折不扣的'你',也就是他人另一个货真价实的'我'(自在的'你')。"如果目前做得不够的话,那么今后我们要多往这方面努力。

第三,理论的自觉与自信,多元化的文学观念,已初步显示成绩,虽然尚在萌芽状态。可以从两个方面来看。一是在文学研究方法与文学观念长期讨论的影响下,出现了一批有较高学术水平的专题理论著作,它们大多出自中青年学者之手,这是80年代以前从未出现过的新情况。这些著作决不会像过去的大量印行的书刊,昙花一现,成为过眼烟云。二是多种文学理论观念的出现,将会促进理论体系乃至学派的出现。1985年，我曾在扬州会议上说过，文学理论走上正路，或开始成熟，是不同论理学派的出现，虽然这一过程十分漫长、艰巨，但促进这一过程的到来，正是我们会议的目的之一。

  从这次会议收到的论文来看，有关于马克思主义文学理论的当代形态问题、人类本体论文学理论问题、主体论文学理论、文艺心理学、艺术人类学等问题的阐述，还有中国古代文论、关于艺术思维的反思、中西文化的比较等问题。会议无意来解决多种文学理论思想的建构，但讨论可以使我们看到文学理论的发展趋势。对于各种具体的文学理论思想，今后可以开些小型会议深入讨论，以期相互促进与支持，共同创造良好的文化环境和文学理论的新局面。

  这次会议我们邀请了中国台湾的同行与会，在这里表示热烈的欢迎。① 由于我们经验不足，未能使得更多的台湾学者前来参加。不过，我们毕竟有了一个良好的开端，未来海峡两岸学者的会见与讨论问题，将会日益频繁。

（原文作于1988年11月25日）

---

① 龚鹏程先生首次赴大陆参加了会议，会上他介绍了大陆的文学在中国台湾传播的情况。

"1992 全国中外文学理论"
学术讨论会开幕词*
——1992年10月5日于河南大学

80年代过去了，90年代也已过去几年。1988年11月，我们在福州开了研讨会，经过4年时间，文学理论界的同行、朋友终于又可以坐到一起，讨论问题了。我们这次讨论会的议题是回顾与展望。

回顾80年代，这是一个生气勃勃的时代，破旧立新的时代。短短几年之间，出现了文学研究的方法论热，文学观念热。那时新说四起，各种理论一经提倡，往往会产生轰动效应，像过去搞运动似的那样热烈。这些现象，反映了文学理论更新的迫切性，和摆脱教条主义束缚的强烈要求。但是不能否认，在这一时期里，西化现象十分普遍，华而不实、哗众取宠的学风随处可见，"新名词大轰炸"的现象是存在的，有的人以为，把那些外国文论介绍过来，提个什么新说，文学理论的建设就前途光明了，那也是文学理论中的浮躁表现，但是不少新名词，反映了新思想，引入新名词也是必要的；同时新的庸俗社会学现象十分流行，学术讨论的空气并不良好，这也是事实。由于众所周知的原因，90年代初的几年时间里，学术讨论又不得不停顿下来。面对现实，学术界普遍进行着反思，而沉静的、认真的反思，也许可能从某个方面，促使我们少些心浮气粗，多些深思熟虑。

---

* 会议由中国社会科学院文学研究所、外国文学研究所、河南大学、北京大学、北京师范大学、中国人民大学、辽宁大学、山东师范大学、南京大学、南京师范大学等17个单位联合发起主办。

如果我们全面地看问题,那么10多年来,文学理论的研究是取得很大的成绩的,出现了一批有分量、有价值的著作,这是过去几十年来所从未有过的。同时,10多年来,也大体形成了文学理论研究的新格局。在这个格局中,有研究马列文论的,有探讨文学理论基础问题、文艺心理学的,有介绍西方文论的,有专门从事中国古代文论研究的,有提倡比较文学研究、跨学科研究的。或是偏向中外,或是着重古今,这是一种理论研究的新格局。

展望90年代,我国新的文论建设,自然应该走向中外古今文论的融会,但是,目前中外古今相互联系不深,关系并不契合。我们的设想,就是要使这几个方面的研究,形成互动,相互渗透,在知识的领域,形成一种整体性的、融会性的理论研究的新格局,以期在跨学科的整合与综合中,提出新的观点、思想,形成新的理论构架,更新我们的文学理论。这就是我们讨论会的目的。

出于这种考虑,希望大家在讨论中,围绕我们会议的议题发言,以便使会议顺利进行,办成这次会不很容易,离开议题的意见,务请在别的场合发表,这是要大家体谅的。

"走向21世纪：中外文化、文学理论"国际学术研讨会开幕词[*]

——1995年8月1日于山东师范大学

"走向21世纪：中外文化、文学理论"国际学术研讨会，现在开幕。我谨代表中国中外文艺理论学会和山东师范大学向到会的领导、同行、朋友们，表示热烈的欢迎。出席我们研讨会的有中国社会科学院汝信副院长，有著名学者蒋孔阳教授，季羡林教授发来了贺信，他们都是我们学会的顾问，有美国著名学者、《新文学史》主编拉尔夫·科恩教授，还有美国、印度等国的其他学者。

20世纪是文化、文学艺术、文学理论发生剧变的世纪。特别在西方，文学流派蜂起，文学批评派别也是一个个连接不断，直至现在。有的外国学者把20世纪称为"批评的世纪"。反顾我们自身，文化、文学理论同样发生着剧变，但相对来说，总体上缺少了建设，在理论与批评方面，常常是徘徊不前，教条主义盛行，缺乏原创的因素。

开展中外（东方与西方）文化、文学理论的深入研究，回顾与总结20世纪中西文论的流变，展望在21世纪文学理论的走向，进一步促进中西文化、文学理论的交融，这是大势所趋。正是为了这一目的，我们筹办了这次国际研讨会，在和外国学者的实际接触中，探讨那些我们共同感到兴趣的问题，了解他们所思所想。

研讨会重在探讨与梳理20世纪中外文化、文学理论的历史流变，弄清20世纪西方文学理论多元化的历史状态，"语言学转折"的成就

---

[*] 这次国际研讨会由中国中外文艺理论学会与山东师范大学联合举办。

与问题，实绩与局限，今天的热点与未来的势态；要探讨流行一时的文化研究的思潮、流派的兴起，历史的与现实的来龙去脉；现当代多种文化思潮对中外文学理论所产生的各种影响；在新的文化语境中，展望中外文化研究、文学理论研究的趋势，它们的共性与独特性，并探讨这些学科出现的新问题、新观点、新理论、新流派。

要梳理20世纪我国古代文论研究的各种问题，它们的原创性的理论态度与范畴，体系及建设；要结合文学理论的反思，深入当代文论包括马克思主义文论、基础理论、文艺心理学、文艺社会学、比较文学理论的研究；中西文论的对话、相互接受与影响，在它们各自的独特的发展中交融的可能，新理论生成的可能，等等。

中外文学理论专家、同行汇集一起，讨论共同感兴趣的问题，促进相互的理解，必然会以各自的智慧与洞见，丰富与推动文化、文学理论学科的发展与建设，这是我们可以预期的。

各位专家、同行，这是我们在国内召开的文学理论专业性的大型国际会议，会议涉及的问题很多，今后我们将以问题为主，组织专题性的小型研讨会，以便使问题的讨论更加细致、专门、深入，并使大小讨论会结合起来，使大家都有参与的机会，共同来探讨与文学理论相关的问题，更新文学理论，推进文学理论的发展。

建设有中国特色的当代文论

"中国古代文论的现代转换"学术研讨会开幕词
——1996年10月18日于陕西师范大学

  由中国中外文艺理论学会、中国社会科学院文学研究所和陕西师范大学中文系联合举办的"中国古代文论的现代转换"学术研讨会，现在宣布开幕。

  我代表三个主办单位，向出席开幕式的各位领导、来宾和来自全国各地的同行，表示崇高的敬意。

  这些年来，在高扬社会主义精神文明的呼声中，当代文艺理论形态一直在酝酿着更新。不少人对现有的文艺理论表示不满，有的甚至持完全否定的态度。十多年来，西方近百年来的文艺思潮、流派不断介绍到我国，更新了我们的知识，扩大了我们的视野。特别是70年代末开始的西方文论的转向，更使我们了解到西方文论发展的大趋势，清醒了不少人的头脑。曾经有人大声疾呼，力图把西方理论模式用来改变我们理论的形式，或代替我们原有的理论，要使文学理论再来一次"西化"，但这并不成功。倒是在中西文论初步融会的基础上，不少同行写出了很多富有首创精神的著作。这是十分有益的，也是这一阶段里的不断求新的表现。然而大家对此也并不满足，因为从总体上看，它们还只是我国现当代文论与西方文论的初步交融，它们还缺乏我国深厚文化底蕴的民族文化特色。它们在理论发明上多有创见，但尚未自立门户，至今未为那些尚未摆脱欧洲中心主义的外国学者所注意。所以在当今世界上还听不到我国当代文论的声音。

  在当今建设具有我国民族特色的社会主义大文化的背景上，在经过近10年来文艺理论自身的反思之后，一个建设有中国特色的文艺理论的设想双被提了出来。这一设想实际上在60年代初就已出现了，但是在很长时间内没有得到实现。什么原因？这主要是长期以来，文艺理论研究中的狭隘功利主义指导思想，与长期对我国古代文论所持的文化虚无主义立场所致。说要继承优秀的文论遗产，但一碰古代文化遗产，就预先把它视为封建文化糟粕而予以否定了。一旦理论中的功利主义简单化倾向得到初步的清算，古代文论的研究就大放异彩。80年代和90年代是我国古代文论的研究取得重大进展的时代。有关我国古代的各种美学思想史、文学理论史、文学批语史、诗学论著纷纷问世，它们显示了我国古代文论不同于西方文论的思维特征和范畴、体系上的东方精神。正是在这一基础上，90年代初，我国一些学者感受到了一种具有中国特色的当代文论建设的内在要求，看到了要建立这种当代文论，必须反对各种虚无主义和盲目西化的思想。第一，要大力整理与继承古代文论遗产，使其理论形态，即一种具有我国民族独创性的古代文论体系。第二，要站在当代社会和历史的高度，既有继承，又有超越，使我国具有丰富文化底蕴的文论，有机地而不是作为寻章摘句的点缀，既是形而上下地融入当代文论之中，也即汲取其思维内在特性，选择其合理的范畴、观念乃到体系，并在融合外国文论的基础上，激活当代文论，使之成为一种新的理论形态。这些理论与当代我国和世界文学中层出不穷的新问题结合起来，无疑就会产生多种新的文艺理论观念，建立多种真正具有中国特色的文论系统。这样，我们才能在世界文论中改变"失语症"的地位，才能使我国文论自立于世界文论之林。

我们这个会议，正是来探讨我国古代文论的现代转换的。我们请了从事当代文论研究的学者，也特意请了专事古代文论研究的专家。大家聚会一起，相互对话，共同切磋，一起来开拓真正的文学新思维。鉴别、综合、创新将是我们的主导思想。预计这是一个相当长的过渡期、探索期、创造期。预期会出现各种各样的新成果，使古代文论获得创造性的转化，同时使当代文论的面貌大为改观。如果说，80年代至90年代初是我国更新文艺理论的第一阶段，它以大力介绍、吸收西方文论观念为特点，深入探讨我国古代文论范围，整理、建构文化体系为特点，那么 90 年代中期开始，将是进一步探索、普及、弘扬我国古代文论的新时期，融合多种文论传统的新时期，创造具有我国特色的当代文论的新时期，形成我国文论发生革命性转折的新时期。我国新的文论建设，将会记住我们这次会议所做的尝试和努力。

最后，请允许我代表出席大会的同行，向陕西师大为大会服务的工作人员表示深切的谢意，感谢他们为我们会议的顺利进行和代表们的生活，提供了种种方便。

（录自钱中文、畅广元主编《中国古代文论的现代转换》，
陕西师范大学出版社 1997 年版）

《文学评论丛刊》复刊致词
——1998年4月27日于南京大学

各位领导、各位来宾、各位同行：

由三方共同编辑出版的《文学评论丛刊》第一卷第一期已问世，并于今天举行首发仪式，我谨代表中国社会科学院文学研究所《文学评论》编辑部，向承担了大部分编辑工作和出版工作的南京大学中文系与江苏文艺出版社表示衷心的谢意。《文学评论丛刊》曾是《文学评论》的不定期出版的附属刊物，自1979年到1989年，曾编辑出版了三十多辑，发表过大量优秀论文，后来由于市场经济的冲击，实在难以为继，不得不停止刊行。90年代以来，编辑部同仁多次提议恢复丛刊，但也是困难重重。这次三家联手编辑出版，共襄盛举，使《文学评论丛刊》以新的面貌出现在大家面前，使我们深感欣慰。

80年代以来，在开放、改革的大好形势下，我国的文学艺术、文艺批评、文艺理论获得了长足的进步。来到90年代，当新科技日新月异、急速发展进入我们生活，当市场经济的影响渗入到社会生活的各个角落，当以音响、映像形式为主的大众文艺、机械复制的地摊大宗文艺占领了文化市场的时候，人们就慢慢地清醒了过来。普遍的市场消费意识，使得竞争、个性的权利、创造的自由度得到了极大的发展，人们原有的思想观念、生活理想、伦理道德和价值观念，同样发生了巨变。这个巨变使得新的健康的人际关系的确立，获得了可能。同时，由于物欲的横流与挤压，使得人的、文化的价值与精神急剧地失落与下滑。表现在文艺创作中，形式的创新与多样，常常使人目不暇给，同时新的形式的出现，也往往伴随着少数人的孤芳自赏与无可奈何的孤独；而大约由于生活的极度浑浊一面，使得文艺害怕一不小心就可能与虚假的崇高、乌托邦理想为伍，而宁愿满足于灰暗、平庸生活的琐碎描绘，以显示人的生存状态之艰辛。但是文学一旦远离崇高与理想、价值与精神，就会限制人的社会生活的多样与丰富，就必然会转向人的生理方面的幻想与构思，进行肆无忌惮的下身写作、性欲描写，使文艺转向粗俗化，以满足于市场上庸俗趣味的需要，所以尚难见到这类作品中有力度、深度的佳作的出现。同时，90年代的大众文艺，由于市场经济的带动，适应了广大群众休闲、审美趣味的需要而蓬勃兴起，并且牢牢地占有了广大的读者群，成为真正的大众文艺。大众文艺的发展，可以说改变了"五四"以后被严肃文艺一贯排斥的地位，从被新文艺不屑一顾的、极不稳定的边缘地区，转到了今天即使不是中心也是极为重要的地带，进而改变了人们的文学意识。但是大众文艺中那种过分迎合读者的平庸趣味，甚至感性的粗俗趣味的普遍现象，影响着它自身的品位的提高。

　　同时在这些年代，文艺批评与理论，一直在进行反思，严肃的探讨，力图建构新的文论思想。但是由于市场经济规律的作用，过去一统的文艺观念被打破了，批评与理论较之80年代，走向了真正的新的无序，以至失序。特别是在批评领域，批评已被媒体控制的新闻发布会所替代；而且由于后现代主义、解构主义思想的介入影响，批评消除了自身的原则，批评解构了自身，批评已无准则可循，批评已懒得批评，最后是没有批评就是批评。看来，在新的条件下，对诸种文艺形式如主导文艺、严肃文艺、实验文艺、大众文艺进行协调，重建文学艺术的新的价值与精神，探索新的文学理论原则与批评准则，是件十分迫切而又繁难的工作。《文学评论丛刊》的出刊，可以说是适逢其时。

　　朋友们，再有一年多的时间，20世纪即将成为历史，20世纪文学将作为完整的整体呈现在我们面前。20世纪的中外文学事件，实在是太丰富了。面向新世纪，回顾20世纪，我们要做的事情很多。虽然20世纪离得我们太近，许多文学事件还未成为历史积淀，其中不少线索还在延伸下去，流向新世纪。但是它们正是我们亲身经历过来的,也许正是我们,最能了解它们的真实性。因此我们有着有利的条件,对20世纪文学进行整体性的把握,探讨它们的规律性现象,《文学评论丛刊》的出刊,将为新世纪的文艺创造,提供一份独特的材料与见证。

《文学评论丛刊》自然要遵循"百花齐放、百家争鸣"的方针,可以说,这是使得学术繁荣的唯一办法。因此,它不是圈套,不是温度计,它应是一个实实在在的学术方针。这一方针对于刊物来说,就是从学术发展的角度,披露各种言之成理、持之有故的学术见解,而不同的学术见解,正好为相互切磋提供了机会,并在切磋、商榷、争鸣中推进学术的进步。在人文科学中,哪怕是前进一小步都是很不容易的,所以对待不同的自成一说的观点,刊物宜加爱护。同时对于学者来说,应当追求自己的独立的学术个性,即使碰到困难,遇到误解,受到打击,也要坚持把自己的学术心得、见解、发现说出来,伟大的学术个性就是这样形成的,学术正是依靠他们才向前推进的。

《文学评论丛刊》的出刊,为中外古今的文学研究提供了一片宽阔的绿地。今天,时贤来会,将会有更多的朋友,相会在钟山之麓,江南形胜地,相会在《文学评论丛刊》。

(录自《文学评论丛刊》第1卷第1期,江苏文艺出版社1998年版)

"巴赫金学术思想"国际研讨会开幕词

——1998年5月11日于北京外国语大学

"巴赫金学术思想"国际研讨会现在正式开幕。在这里，我谨代表中国中外文艺理论学会、北京外国语大学俄语学院、北京师范大学中文系和河北教育出版社等发起单位，向与会的学者专家，表示热烈的欢迎！

巴赫金是20世纪最重要的思想家之一。1961年6月，当时年轻的学者柯日诺夫、鲍恰罗夫、加契夫等人第一次去探望巴赫金时，巴赫金一见他们就说，他是哲学家。这种自我介绍，很可能会引起人们的不解。巴赫金在20年代末就已出版过论述有关作家的专著，但随即就遭到了政治迫害。30—40年代初，流放中的、生活不安定的、后又肢体残废的巴赫金，撰写了大量论著，在长篇小说理论、人文学科不少领域多有建树。但是由于他的思想不合时尚，论著手稿只得束之高阁。60年代初的巴赫金"时来运转"，他的论著终于得到再版和发表的机会，他的对话理论、复调小说理论、狂欢化的理论流行开来，并在国际学术界获得广泛的注意与承认。其后他的论著不断公布与世，人们发现，巴赫金原来是一位哲学人类学家、历史文化学家、语言学家、美学家、文学理论家。

巴赫金在开始活动的时候，发现19世纪末、20世纪初哲学中的人不见了，美学则排除了伦理与价值。巴赫金在对话的基础上建立了交往对话主义，正是为了恢复、确立人的存在、存在的形态以及他的价值的一种尝试。

20世纪的人的价值与精神在工具理性和极权主义的横行下，不断下滑与贬值。巴赫金把对话提到人的存在的本体的地位，探索到一种现实的、在人与人之间可以付诸实施的对话的思维形式，把它作为未来新世界的新思维、新的艺术思维。交往对话主义正是对人的价值、精神贬值的一种反抗，是提升人的精神、价值的一种哲学思想、艺术思想。巴赫金的思想已经汇入了当今国际文化的潮流，这是一种新的人道主义。这也就是为什么，在国际学术界巴赫金的这种理论不断被论证、研究的原因，以及它的强大的生命力所在。

巴赫金在其哲学著作中，特别是通过大量美学、文学理论著作、作家作品分析，建立了这种交往对话主义，它们极大地丰富了20世纪哲学，同时又极大地提升了美学与文学理论，使它们充溢着深厚的人文精神，并显示了其学说的独创性。

1996年，我与巴赫金的文化遗产继任人鲍恰罗夫教授取得联系，获得出版巴赫金著作的中文版版权后，立刻搜罗原著，分集编排，组织翻译，校订旧译，统一术语，不少学者提供了他们的藏书，经过两年的努力，《巴赫金全集》中文版6集终于在今天问世了，他的其他散见的著述，将继续收汇一起，编入第7卷中。

今天，我们研究巴赫金的队伍成倍地扩大了。巴赫金的学说经过我们的鉴别与消化，将会成为我们思想的有益的借鉴，汇入我们新的文化的建设之中。

"全国西方文论与中国文论建设"学术研讨会开幕词*

——1998年10月5日于四川大学

20年来，文学理论的建设工作，一直萦绕在我们心头，它成了我们理论工作者的一个执着求索的情结。文学理论自被解除了政治对它的束缚，获得了相当的自由度之后，特别是市场经济机制在我们生活中发挥着作用之后，终于获得了自身固有的自主性，虽然并不充分，但毕竟可以探索自身的问题了。

文学理论一旦回归自身，一下就进入了众声喧哗之中，形成了80年代中期的方法论热、文学观念热。一时西方各种文学思潮、流派，文学理论的代表作竟相拥来，一日三变，真使我们有被挤破大门之感。也许，那时我们根本就没有大门，我们的文论界，可以说任凭花样不断翻新的外国文论登堂入室，往来驰骋。西方文论的某种新鲜感、实用性，特别是文学的所谓"内部研究"使一些人大为兴奋，以为这才是文学研究的不二法门，而文学主体性、文学心理学的张扬，又进一步加强了文学内部研究的力度。这种现象直到80年代末才有所改观。原因是比较文学的跨学科研究，已时兴起来，打破了文学研究的内外之分。同时，70年代末、80年代开始的外国文论的转向，即由内向外，转向更为广阔的文化批评研究，开始为我国学者所了解，进而消解了所谓文学内部研究的霸权。80年代末，我国文论的反

---

* 本次会议由中国中外文艺理论学会、四川大学文学新闻学院和《中外文化与文论》联合举办。

思进一步深入，思考着我国当代文论形态新的建设。

正是在这种情势下，我们成立了中国中外文艺理论学会，力图打通中外文论的两个方面，使之贯通起来。学者们痛感近百年来，我国现代文论和古代文论之间，存在着明显的脱节与断裂，在一个时期里，我国古代文论几乎被废弃掉。在中国大陆，实际上只有少数人在保存着这份遗产。直到最近20年，古代文论研究才取得了长足的进步。1996年秋，中国中外文艺理论学会与陕西师范大学联合举办了"中国古代文论的现代转换"的学术研讨会，以期引起部分古代文论专家，在探讨古代文论自身的问题以及它的理论范畴、构架的时候，也把一部分注意力转向与当代文论的连接。要把古代文论中的有用成分分离出来，注入新的文论中去，使新的文论获得营养，建立在传统的坚实的基础之上。会后我们还出版了论文集《中国古代文论的现代转换》。随后，《文学评论》杂志开设了"古代文论的现代转换"的专栏，引起了学术界的进一步的注意与兴趣。

在新的文化建设中，促使古代文论的现代转换，这是问题的一个方面，还有另一方面，即如何融会西方文论的问题。完全西化，替代与照搬，已被证明是走不通的了。但是我们又不能不重视西方文论在我国文论建设中的作用。近百年来的绝大部分的时间里，在我国，各种西方文论真是你方唱罢我登场，一直使我们处于它们的影响之下。这是由于我们没有改造自己文论传统、形成我们自己的坚实的文论传统所致。"五四"时期，我们不得不以激进的方式，批判文化遗产，以致发生背弃与割裂，疏离了自己的旧有传统。其后虽然在外国文论的巨大影响下，形成了我国现代文论的传统，但总使我们感到底气的不足。在精神的流浪中，我们好像成了一个吸水器，总是搬用别人的思想与理论，西方有什么我们就吸收什么，以致我们今天仍在传统问题上进行着激烈的争论。我们遏制了自己的思维创造力和原创精神，满足于解释外国的思想，在很长的时间内，除了长于否定，未能在文论中提出一些走出国门的思想。自然，即使我们提出某些思想是有价值的，但在目前中外文化的交流的水平条件下，恐怕也难得到外国人的认同。在本世纪末，我们充分意识到自己的尴尬处境。

近 20 年里，西方文论又有许多新的变化，追踪介绍、研究是必须的。但是除此而外，我们还要像对待古代文论那样对它们进行分解离析，即分离出哪些对我们是有用的，并加以吸收，使之成为我们新的文论的组成部分。这就是我们这次会议的主要目的。这一工作是相当繁难的，但值得我们全力以赴，为之献身。

1942 年 3 月，朱光潜先生在四川嘉定为自己的《诗论》写了《抗战版序》。他在序中说"当前有两大问题须特别研究，一是固有的传统究竟有几份可以沿袭，一是外来的影响究竟有几分可以接收。这都是诗学者所应虚心探讨的"。朱先生在那时提出这些意见，无疑与当时以及后来一个很长时期的社会气氛，不相合拍，所以备受冷落。但从学理的探讨方面说，这些意见是切中肯綮的，以致直到今天仍不失其现实意义。

50 年过去了，我们今天进行探讨的正是这两方面的工作。90 年代以来，我们文论界在复苏中取得了不少成绩。今天在西方文论研究方面，出现了一批相当有分量的著作，在中西文论的融合方面，也有学者在不断进行尝试。使人感到高兴的是，一批中青年学者正在成长起来，他们已成为我国文论界的主力。

祝愿大家在中西文论的融会中，在有我国特色的当代文论的建设中，取得更大成绩。在即将来临的新的世纪里，我国的新的文论将会成为我国新文化的组成部分，而获得价值。

"1999世纪之交：文论、文化与社会"学术研讨会开幕词[*]

——1999年5月18日于南京师范大学

1999年是20世纪的最后一年，在20世纪的夕照中，晚霞已经满天，新世纪曙光就在面前。在这新旧之交、世纪之交也是千年之交的时刻，我们不免要瞻前顾后一番，思考过去，寄希望于将来。当20世纪作为新世纪来临时候，19世纪末的人们也是有过新的希望的。确实，20世纪创造了高度发达的物质文明与精神财富，并使现代社会进入了信息时代。但是20世纪一次又一次的战争与动乱，不断给人们带来无数的灾难，带来物质的严重破坏和精神家园的败落与荒芜。在权力与物欲的驱使下，人的精神日趋平庸与没落，更有大量的人沦为牺牲品。人的生存不仅因为日益严重的人为的自然破坏，而受到严酷惩罚，而且也因科技的迅猛发展与人文精神的严重失衡，而使人走向生存的危机与精神的自戕。

在20世纪末，当我们看到新世纪一线希望的时候，我们万万没有料到，20世纪竟然在它最后的时刻，不是把祝福、祥和、理性，馈存21世纪，而是把侵略、血腥、灾难、废墟、死亡、绝望与诅咒，带进了新世纪！它的不祥的阴影将在21世纪不知要延伸到什么时候！看来21世纪，江湖多风波，前途到处是旋涡与暗礁，让人充满着焦虑！这几年来，全球化的思潮相当高涨，不能说东欧的炸弹声浪宣告了全球化的终结，但也促使我们想想，一些人宣扬要使西方主流文化

---

[*] 会议由中国中外文艺理论学会与南京师范大学联合召开。

"1999 世纪之交：文论、文化与社会"学术研讨会开幕词

全球化将是什么意思，我们应该采取什么方针、策略才好！

对于今天的反理性的全面独白式的疯狂，用什么来制止呢？除了进行物质的消解与抵制，我想就是应用人文精神、理性、科学、平等、对话进行抗衡。在这种时刻，我们来讨论文学理论、文化与社会的相互关系与问题，是适合时宜的。我们必须将健康的人文精神财富带进21世纪，这不仅是可以抵御当今新的疯狂的反理性思潮，而且也是今后文学理论、文化与社会自身发展的需要。因为文学理论、文化和社会的互为影响，正是需要通过人文精神、理性、科学、民主、平等、对话的进一步强化，才能获得更深一层的阐明。

对于我们来说，在今天的大文化背景下，逐步地建立有中国特色的文论，这是我们的重头工作。我们学会在成立后的几年时间里，伸向中外文论的各个方面，提出了一些议题，研讨了中外文论思潮的流向，组织了一些全国性的会议，出了几本论集，与四川大学合办了《中外文化与文论》，加盟了广西师范大学的《东方丛刊》。这一切作为，都在促进文学理论的新建与社会精神文明的繁荣。

20世纪以来，中外文论在不同的社会、文化环境下提出的不同命题的探索，经历了各自的自主性的过程，同时今天又面临着各自发展的新的、独特的道路。但是作为文艺科学，又必然存在共同的东西，乃至形成发展中的共同趋向。80年代中期以前，我国的文学理论在逐渐摆脱政治统制、伦理道德统制的时候，我们较少想到，可以在摆脱原有的局限的基础上，把它们提升为文学理论的社会、历史诗学研究。及至外国的文学理论转向了外在研究、文化研究，才使不少人意识到，社会、历史诗学、文化批评、文化诗学是一个具有广阔前景的场地。

80年代中期以后，文学与文化结合的理论探讨已经开始，而到90年代终于汇成了一股潮流。儒家、道家、佛教文论思想和与它相关性的禅宗诗学的研究相当繁荣，民俗学、人类学诗学、比较诗学的探讨，形势也很喜人；外来的新历史主义、女权主义、后殖民主义、后现代主义等，带着不同的文化色彩，进入了我们文学理论领域。这次会议的主题是"文学、文化与社会"，把文学理论、文化研究与社会

诸多因素结合起来探讨，也是一种顺应潮流之举。文学理论必须与文学创作实践结合起来，对创作发挥有效的、提升的影响。必须深入研究决定作家创作的强大的文化潮流，探讨文学与文学理论和文化潮流之间内在的联系。各种类型的诗学探讨，文化批评、文化诗学的研究，将会显示自己新的广阔前景和强大的生命力，到21世纪，极有可能会开出品种繁多、鲜艳夺目的花朵来。

文学理论的所谓内在的许多方面的问题有待深入，与跨学科的种种相关的文论研究结合一起，将会进一步贯穿人文、理性、科学、平等、对话的精神，从而使我们的学科对于人类健康的新理性精神的建立，起到促进的作用。

自然，我们还应在学术探讨中改善我们的思维方式。反省我们近百年来的思维方式，我们以为不是没有缺点的。在对待不同的学术问题上，我们往往奉行非此即彼的方法，要么什么都好，要么什么都坏。几十年来，这种风气，逐渐发展成为形而上学，使学术研究受到严重的损失。面临新的世纪，这种思维结构，应该得到修正。平等、对话不仅是方法，也是思维方式，虽然做起来十分困难，但是努力贯彻它们，必将使文学理论的建设能够高扬人文与新的理性精神，走向更为科学与多元。

在即将来临的21世纪，可能我们步履艰难，但是理性、科学、人文精神必将发出新的光芒！

"文学批评理论的未来：中国与世界"
国际学术研讨会致词

——2000年7月29日于北京语言文化大学

"文学批评理论的未来：中国与世界"国际学术研讨会开幕了，请允许我代表中国中外文艺理论学会，向来自亚洲、欧洲、北美、南美和澳洲的学者、专家、同行和朋友，表示热烈的欢迎和崇高的敬意！

中国与外国的文学理论家、批评家，相聚在北京，共同探讨文学理论、批评的未来，这本身就是一件很有意义的事，并且今后还将继续探讨下去。

20世纪是一个充满文化危机的世纪，也是一个求新求变的世纪。在欧美，文学理论、批评获得了极大的发展，学派林立，新说四起，于是有的学者把20世纪称做是文学批评的世纪。80年代开始，欧美文学理论批评在转向文化研究之后，又出现了理论批评的新气象，虽然还有它的难处与问题，但显示了人文精神的生机勃勃的一面。

在中国则有所不同。中国的文学理论批评在现代性的追求中，历尽艰难曲折。众所周知，近百年来，可以说在不同阶段，总是受到欧美文学理论批评的影响，以致给人以错觉，中国文化、文学理论批评被"殖民化"了。在求新求变中，确有一些人曾经把欧美的文学理论批评准则，奉为圭臬。但是要使中国的文学理论批评完全西化，总会遇到阻力，受到遏止，而不得不改弦更张。这主要是中外国情相异，社会文化背景有别，文化建设目的不同。在中外文学理论批评克服了文学研究中的所谓内在、外在研究之争的矛盾之后，理论批评家们终于发现相互之间存在着共同的语言，巴比伦塔终可修复，走到共同举办的国际研讨会来了。这给文学理论批评的未来，显示并且许诺了一个美好的前景！

中国文化、文学研究者们，近百年来，从外国文化、文学理论批评学到过不少的东西。这次不少外国的同行，和中国同行坐到一起，无疑增强了了解中国文化、文学理论批评的愿望。但是我想，通过会议的讨论，激发各自的理论创造的热情，自然是更为重要的。中国的文学理论批评家们，将会怀着浓烈的兴趣继续关注外国学者的思想，汲取他们的有益的经验；并且相信，在文学理论批评确立了自主性以后，在新的世纪里，必将走向理论的自由创造与复兴，汇入世界文化之林！

当今文学理论批评进入了杂语化时代，在经济全球化的氛围中，将会出现新的契机。我们深深感到，这里既有挑战，也有机遇。在这一过程中，加强中外学者的对话是十分必要的。我们的会议名称就包含了这一意思。在世界日益变小的今天，我们只能在对话中共存，在交往中共荣，舍此没有其他道路。好在我们比政治家们的对话要容易得多，政治家们往往在危机四伏中进行谈判式的对话，在讨价还价声中，使对方的话语变样，进而双方做出妥协与裁决，达到双赢。我们的对话要容易得多，我们的对话是为了相互更多地理解，并使双方的话语各自增值，即使是诘难与挑剔，那也是为了使双方的话语进一步完善而再度增值，在不必做出妥协与裁判的情况下，获得更高意义上的双赢，这就是我们充分自由的、创造性的对话。

我们的对话将会在这种富于创造性的对话中进行！

"第3届中美双边比较文学"讨论会致词

——2000 年 8 月 11 日于清华大学

在 1983 年第 1 次中美比较文学讨论会上，钱锺书先生在"开幕词"中谈到，两国学者走到一起，讨论问题，这"不但开创了记录，而且也平凡地、不事铺张地开创了历史"。事实正是如此，开创两国学界首次对话、交往的记录，已由那次会议实现了。而今天，我们正在继续着那次会议的精神，也正在平凡地、不事铺张地创造着历史。

我想先提及的是，距离那次会议已过去了 18 个年头。参加那次会议的成员中，5 位德高望重的先生已先后去世，他们是钱锺书先生、王佐良先生、许国璋先生、周珏良先生和杨周翰先生，这是中国文学界、比较文学界的重大损失。他们筚路蓝缕，以启山林，他们虽然走了，但他们的事业留了下来。如今，比较文学研究已在我国获得了重大的发展，10 多年间，在我国举办过多边性的学术研讨会，不少外国朋友来过中国。

在当今经济全球化的声浪之中，在世界文化热的讨论中，经济、文化冲突的问题常常会应声而起，而且层出不穷。在比较文学界的学术讨论中，冲突的爆发似乎要少得多。原因在于进行比较研究（其实其他学科研究也应如此），总要承认两者或更多的对象是并存的。我必须进入"他者"，理解"他者"，我必须进入他人的目光、他人的理解之中，才能显示自己的存在，因为只有他者，才能证实我的存在。我想这就是我们的学科的特点，一种对话的特点了。所以我们的学科似乎最少霸气，因为一有霸气，立刻就会暴露作者的"傲慢与偏见"，就会远离科学的论断与这一学科的宗旨了。比较文学研究中的任何"中心论",都是无补于学术的进步的,这已成了我们的共识。

学术是社会的公器,我们的讨论是为了学术的进步,追求真理。在讨论中,我们可能在一些问题上达成一致的看法,同时也会产生分歧,保留分歧。我还要引用钱锺书先生在那次会议上说的:"在我们这种讨论里,全体同意并不重要,而且似乎也不该那样要求,讨论者大可以和而不同,不必同声一致。"这也正是巴赫金的对话思想。

我十分高兴中美双边比较文学学者研讨会恢复举行。小型的学术会议,可以使双方成员充分表述意见,使问题讨论更透彻一些,既有不同的意见和方法的展示,又有真诚的思想的融合。

"90年代文学思潮暨现当代文学课题"学术研讨会致词*

——2000年10月10日于南京大学

  90年代是我国文学创作大发展的时期；是大众文艺、影视艺术形式多样而繁荣的时期；是媒介工具普遍介入文学创作的时期；是文学话语、理论话语相对自由喧哗的时期；是产生一拨又一拨新兴作家的时期，是一年就可以产生几百部长篇小说的时期。与此同时，又是文学、文学思想严重分化、甚至相当对立的时期，是巧于包装、亮丽耀眼，繁荣而并不富有的时期；有优秀之作，但缺乏大气贯注的、震撼人心、可以经受住"长远时间"考验的作品的时期。

  也许，我们的这种期待，可能是不识时务的了。但是等待伟大作品的出现却是人之常情。因为，即使在今天全球化的氛围中，每个民族文化的发展，甚至世界文学的发展，都得以这类作品为主体的。人们需要多种文学作品，多种文学样式，帮助休闲，解除疲劳，获得身心的舒展与愉快。但是也正是那种文化内涵丰富的作品、震撼心灵的作品丰富着人的更高层次的需求，人的精神与灵魂的需求，并且正是它们维系、支撑着一个民族的生存和人的生存的。

  再过80来天，90年代即将过去。现在来讨论90年代的文学思潮，是适合时宜的。自然，90年代的文学思潮、问题、论争，还未得到历史的沉淀，它们的面貌还未完全显现，甚至模糊不清。但

---

* 2000年10月10—12日，由南京大学现代文学研究中心和《文学评论》联合举办了这次研讨会。

是，作为90年代的文学思潮的初步清理、整合、积累，也是完全需要的。

《文学评论》乐于参加到这一讨论中来，十分欢迎专家、学者发表高论，以便选刊到《文学评论》中去。

"中国当代文学史学观念"
学术研讨会开幕词*

——2000年11月4日于武夷山市

近20年来，文学理论正在发生着重大的变革，如果我们暂时不计文化研究对于文学研究的冲击，那么文艺学自身的三大方面——文学理论、文学批评和文学史学观念包括文学史的写作实践，都已大大不同于过去的面貌。

文学理论的变革，是一种世界性范围的变革，文学史的观念与文学史的写作同然。70年代起，苏联文学史、俄国文学史不断在重写。1982年，香港大学举行了一次文学理论研讨会，主题与后来出版的英文论文集就叫《重写文学史》。1986年，美国学者提出要"重写美国文学史"，以代替40年代的文学史。1988年，我国学者也提出了"重写文学史"的口号，并进行了相当广泛的讨论。

我国文学理论的急剧演变，从根本上说，表现为对自身的自主性的确立，表现为对自身学理的探求，表现为现代审美意识的觉醒与形成，表现为由从属地位而走向自觉与独立。"重写文学史"正是文学史观念走向自主与独立的表现。自然，重写文学史存在着各种各样的理由，比如，确凿的史料的新的开掘，由于读者的审美趣味演变，发生了原有的文学经典地位的动摇，等等。但是，最终的原因，则是由于文学观念的演变而引起的。一代人有一代人的文学观念和文学史观

---

* 2000年11月4—6日，研讨会由福建省社会科学院文学研究所、福建师范大学中文系与《文学评论》于武夷山市联合举办。

念,因而也就有一代人的文学史。在今天的信息时代与知识不断扩张的时代,文学观念正在发生裂变,变得多样、多义,这不能不影响到文学史学观念多样化的形成。文学史的写作,不是一般的作品的加减,史料的添加,而是应在现代意识的策动下,寻找更为合理的新的范式。

今天我们来到这里,讨论文学史学观念,不是为了制造一个文学史学的大一统的观念,恰恰相反,为了探讨多样化的文学史学观念何以成为可能,在文学史学的更新中,涉及哪些深层次的问题?文学史学观念与文学自身的新的发展,与当今文学思潮的相互关系,等等。与会的朋友都是这方面的专家,有的写过具有真知灼见的文学史论专著,有的极富学术个性地探讨过文学史的写作问题,有的对不同时期的文学现象、不同地域的作家做过独特的研究。相信这短短的几天时间,大家一定会使我们的会议开得生动而有趣,富有成效,促使文学史学观念走向多样、进步与完善,提高文学史的写作水平。

"全球化语境中的文学理论研究与教学"
学术研讨会开幕词[*]

——2001年4月24日于扬州大学

15年前,在开放、改革的形势的推动下,我们对全球化的语境开始有了自觉或不自觉的认识。当时文艺理论要求变革的呼声愈来愈高,最终演变而为一股潮流。1985年4月下旬,由中国社会科学院文学研究所文艺理论研究室与当时的扬州师范学院以及其他10多个院校中文系联合发起,在扬州师范学院举办了全国性的"文学理论方法论研讨会"。老中青专家一百余人,济济一堂,或慷慨陈词,或介绍新的研究方法,十分热闹,显示了学术进步的迫切性。一时成为推动文学理论、教学改革的巨大动力。

同年6月、10月,这类文学研究方法论研讨会又举行了两次,形成了方法论热,出现了全国报刊没有一家不谈文学研究方法论的奇观,于是1985年被学界称为方法论年。

方法论大讨论是改革文学研究的一个切入点,它酝酿着文学观念的深刻变革。接着1986年就出现了文学观念的大讨论,并被称作文学观念年。

15年过去了,我国的文学理论面貌已经发生了重大变化,文学理论的独立自主性的确立,学理性的多样探讨与建设,多元的文学新观念的出现与不同方法的使用与实践,是当今这门学科的基本特征,出

---

[*] 这次会议由扬州大学文学院、中国社会科学院文学研究所文艺理论研究室和《文学评论》于2000年4月23—26日联合举办。

现了一批具有真正学术品位、价值的著作,这一趋势还在继续发展下去。

但是随着全球化的语境发展变得愈来愈为清晰,特别是跨文化研究、文化研究成为一种强大的学术潮流,对人文、社会科学发生着强烈的影响的今天,文学理论研究与教学,又面临着新的挑战,即如何持续发展的问题。正是在这种情势下,前不久北京师范大学中文系召开了文学理论发展新趋势与教学改革的研讨会。今天,全国的部分专家又聚集扬州,共同来讨论在全球化的语境中,如何来推动文学理论研究的深化、这一学科的教学改革以及文化研究等问题,以期共创一个新局面。

我从同行们报来的报告、论题来看,大家是了解今天的文学理论的处境的,是理解新的挑战的,是怀着激情面向新的挑战的。自然,有挑战,也会有机遇。我想,未来两天的讨论,可能有助于促进我们观念的变化,逐渐创造文学研究的新格局,提供教学改革的新思路,形成学术繁荣的新的契机。

逝者如斯,1985年那次扬州会议,给我们留下了美好的回忆。这次扬州会议,又是在文学理论面临变革或是转折的时刻召开的。两次会议相比,就我们自身来说,我们多了知识,多了对全球化语境的把握,多了对不少相关学科的理解,也多了几分成熟。

中国中外文艺理论学会第 3 次代表大会开幕词

——2004 年 6 月于中国人民大学

从 1999 年 5 月南京代表大会起到现在，已历时 5 年了。

5 年来，学会联合一些部门，召开了一些会议，讨论当今文学理论中的各种迫切的问题，活跃了文学理论的研究。同时作为学会工作的一个部分，我们编辑、出版了"新时期文艺学建设丛书"共 36 种。我们原还准备把有些学者的著作编辑进去，但是由于经费问题不易解决，只好停顿下来。这套丛书和其他学者的著述一起，涉及了 20 年来我国文学理论研究的各个方面，探讨了文学理论中的各种重要命题和最新课题，可以说，这是我国新时期文学理论不能被忽视的部分的重要成绩的表现，是我国发展中的当代文学理论形态，也是我们留给新世纪文学理论的一份不必妄自菲薄的思想资料。

当今信息技术与图像艺术的急速发展，使原有的文学艺术的存在方式发生着变化。以文字为中介的文学艺术，从理论上说，似乎在不断地缩小自己的领地，但是在实际生活里，文学书籍却以前所未有的规模在印刷与出版，国内外各种文学奖有增无减，而同时又在悄悄地产生着文学艺术的新形式。在研究方面，西方的后现代文化思潮对我国文化界发生了极大的影响，在大众文化的推进中，一些同行转向了国外盛极一时的文化研究——后现代文化理论：如解构主义、新历史主义、后殖民主义、女权主义、大众审美文化理论等，它们扩大了我国文化、文学研究的范围，形成了继 80 年代西方文论进入我国之后的第 2 次冲击波。

随后，在信息技术、图像艺术的不可抗拒的威力下，在消费主义的扩展中，我们在一些外国学者的论述里看到文学正在走向终结的观点，文学研究也风光不再，而日常生活审美文化研究在一些大学里也流行一时。到本世纪初的最近几年，我国学者引进了这些理论，它们涉及文学与文学理论研究的方方面面。例如，今后文学这一现象的存在，是否还有可能？文学如何成了人文社会科学，或是相反？文学研究还有需要吗？文学研究如果还能存在下去，那么探讨些什么问题？审美活动、审美性、文学性如何进一步界定？文学现象的本质阐释与本质主义有何关系？文学理论或文艺学需要扩容、越界，扩进什么，越向哪里？视像艺术的生产与消费，扩大了感官的快感，由精神的美感转向了物的满足的享乐，是否就推翻了以往美学的精神与信仰？这些理论观点，一定会引起文学理论界进一步研讨的兴趣，对文学理论造成了第3次冲击波，并将会对文学理论发生重大的影响。

文学理论在知识体系、范畴设置方面，确实存在着种种可以讨论的问题：文学理论与当今文学形式急速发展的现状之间所存在的不适应性，也常常受到人们的批评；文学理论不能在理论上不断地充实新的内容，文学研究比较缺乏原创精神，也是其致命的弱点，等等。这几个方面，形成了当今文学理论危机自身的内因。而泛美学文化思潮列举把生活中的种种文化现象归入文学理论研究的范围，自由地、不受限制地扩大文学理论研究的对象，可能会使文学理论演化而为一种泛审美文化理论，则是这场文学理论危机的外因。

但是，文学理论不仅仅是描述有关文学的种种知识，集结而为文学理论观念，而且也传达着既是民族的又有人类共有的文化价值与精神的观念，需要文学理论的理由恐怕也正在这里。是否可以说，当前文学理论的这场危机正是一场合法性危机。文学理论自20世纪80年代初以来，不断在反思与自我批判，调整自己的内涵，使自己不断适应现代性的需求。同时自那时以来，已经很长时间没有出现这样重大问题的讨论了，因而这类问题自然地成了我们这次会议的一个中心议题。由于这一议题涉及的理论问题很多，预计这些问题的讨论，将会极大地激活文学理论自身的活力，从而使文学理论活跃起来，使文学理论成为人文学科中的一个极具生命力与人文精神的部门。

中国中外文艺理论学会第3次代表大会开幕词

我们的时代正像我们的会标所说的,是多元对话的时代。文学理论研究、文化研究需要发展,日常生活审美化的研究也急待进行。在西方文化界与一些大学里,各种理论热与审美文化热有经验也是有教训的,我们需要全面了解它们、评估它们。各种文化、文学问题的不同的取向、不同观点的交流,是理论存在的常态。不同观点的切磋与接近,相对真理的获得,都得依靠交往与对话,这恐怕是基本的办法与手段。对话是社会生活的本质,也是学术研究的本质。但对话是一个主体和另一个主体之间的平等的交流、沟通、冲突和融合的过程。当我们与现代外国文论、文化理论进行对话的时候,如果失去了自己的主体性,那么这恐怕是难以构成对话的局面的。我们的会议就会这种切磋、争议与对话,提供机会与场地。在今后一段时间里,我们还会在各种不同的范围继续进行讨论,把问题引向深入。

在这次会议上,我们还将和一些外国学者就共同关心的热门话题,进行交流与对话。

文学理论 30 年——从新时期到新世纪国际学术研讨会暨中国中外文艺理论学会第 4 届年会开幕词

——2007 年 6 月于华中师范大学

近 30 年来，中国文学理论发生了急剧的变化。应该说，这一时期的当代中国文艺理论的研究是取得了重大的成就的，初步形成了有中国特色的当代中国文学理论发展的态势或格局。在改革、开放的思想指导下，人们的审美意识发生了激变；文学理论自身对于审美现代性的不断追求与反思，使其较快地摆脱了附属于政治、政策的地位，获得了其自身应有的自主性。同时由于广泛地引入外国的多种文学理论思想，使得我们有了参照与借鉴，于是在一段至今令我们兴奋不已的百家争鸣的时间里，出现了多种文学思想竞相争妍的局面，原来单一的文学观念受到了冲击。文学通过对于自身对象的现代性反思，使得自身回归于人和人的命运。

20 世纪 70 年代末，外国文学理论转向文化研究，80 年代中期，文化研究这一思潮开始传入我国，在 90 年代我国市场经济全面确立、全球化思潮不断扩大的情况下，文化研究这一思潮促进了我国文学理论的文化转向，这一时期文学理论与文化研究的相互关系大致是共生共荣的关系。新世纪开始，当市场经济与全球化思潮不断激荡，外国文化、文论思潮进一步被介绍过来，日常生活审美化问题的日益显现，图像艺术的兴起，促成了我国文学理论界的思想的变化，随后引起了一场众所周知的关于文学理论的论争，其中提出的许多极有价值的问题，值得我们今后进一步地探讨与深入的研究。

20世纪90年代中期,中国中外文艺理论学会成立,它的宗旨是以马克思主义为指导,在当今国际文化背景下,探讨世界文化艺术、文学理论问题,倡导中外文化艺术、文艺理论的双向交流,促进我国中外文化艺术、文艺理论工作者的相互沟通,以开阔学术研究的理论视野。既要对我国古代文化、文论进行深入研究,汲取外国文艺理论中有价值的东西,又要把握我国当代文艺创作、文学理论发展的趋势,使中外古今融会贯通,在此基础上扶持和鼓励新的理论创见。学会奉行主导、多样、鉴别、创新的方针,以发展具有中国特色的、富有时代性的文学理论,为繁荣社会主义文艺创作,建设社会主义精神文明贡献力量。

按照学会的宗旨,在十多年间学会还是做了一些工作的。我们根据各个时期的文学理论的演变,每年提出一些问题,联合高校,组织多种形式的讨论会,以促进中外学者的学术交流,出版研讨会的论文集,2000年至2002年,学会组织出版了"新时期文艺理论建设丛书",由于经费原因,只出了36种,丛书的出版在一定程度上促进了当代文学理论的建设。从丛书的众多专题研究和一批未能收入丛书的专题性著作来看,它们显示了我国学者在文学理论研究上新的成就,文学基础理论研究的深入与多样性;近几年来,还出现了一批各有新意的文学理论教程著作。与文学理论关系向来密切的中国古典诗学、诗学苑畴、现代诗学、文艺美学、审美文化研究和中国审美文化史与风尚史、中国古典文艺学、多种中国古代文学理论体系的建构与文学理论批评史、周易美学思想研究、儒道释以及禅与中国艺术精神的研究、中国文化与艺术心理、现代文学理论传统等方面的研究,以及古代文论的现代转化,都取得了长足的进步,而且其中一部分著作,具有原创精神。那些受到西方文化研究和文论启迪或影响而出现的文化诗学、文学人类学、比较文学理论、阐释学、叙事学、文学社会学、文学心理学、摄影文学理论、图像艺术批评、生态批评、网络文学理论、外国文论研究、文化与文学的跨文化研究等领域,论著极多,学术水平可能参差不齐,但不乏高水平的著作,思想新颖,充满生机。在总体上说,富有独创精神、内涵极为丰富的古代文论研究自不必说,即使现代、当代的文学理论也各有特色。我国 20 世纪文学理论两头繁荣的景象,现已成为一种共识,但是即使在错误思想占据主导地位阶段里,文学理论含义也很丰富,问题也很突出。后 20 多年的中国文学理论在独创性上可能逊色于前 20 年的文学理论,但在探讨问题的广度与深度上、学术视野的宽阔与论题涉及的范围方面,后 20 年却是胜于前 20 年的。

确实,当前的文学理论存在着许多问题。如前所说,随着市场经济体制的确立,全球化的强大影响,信息技术的日益发达,图像艺术的蓬勃兴起,日常生活的审美色彩愈益浓烈,再次使得人们的审美意识发生激变。这导致文学的版图日益缩小,影响逐渐减弱,于是文学消亡、文学理论的思想再次流行起来,似乎已成了事实。面临这种情况,我们对许多问题不甚了了,因此必须调整思路,一是要了解层出不穷的新事物,研究文学跨学科研究中的方方面面,大众文化、文学中的新问题。二是理论与当前创作、批评关系是存在着脱节、不协调现象的,这点相当突出,原有的理论已不很适应,如何进行理论创新是个大问题。三是西方文化、文学理论有不少理论经验,可供借鉴,但是我们需要进行鉴别,不能照搬照抄。我们不能把那些虽非空穴来风但经不起文学实践与经验推敲的耸人听闻的东西,当作我们研究问题的新思维、新思路、新起点,为文论界的浮躁学风推波助澜。

30 年来的文学理论历程,为我们提供了一个反思、重新认识问题和展望的机会。文学理论是一种提高人的精神的科学,是一种以人为本的人文科学,因此也是一种批判的科学。在这个过程中,我们需要自觉地遵循历史唯物主义的原则,需要对话与沟通,把问题的讨论与研究深入一步,以期实行理论创新,走上文学理论研究的新境界、新格局。

(原文作于 2007 年 6 月 22 日)

"中国现代美学、文论与梁启超全国学术研讨会"贺词

(2008年4月18日于杭州)

梁启超是我国19世纪末20世纪初杰出的政治活动家、启蒙思想家与文论家、美学家。作为改良派的主将、启蒙思想家，梁启超在我国19世纪末戊戌变法与20世纪初的反对复辟帝制的逆流中，在这一"过渡时期"的社会、政治、文化新思想的传播与变革过程中，起到了巨大的历史进步作用。

梁启超博古通今，趣味广泛，学养深厚，每有论述，情词激切，总有新说。他的知识具有百科全书般的特色，他的论说"自有一种元气淋漓之象"，表现了启蒙时期的大家风范，在同时代人中无人可与之比肩。梁启超的政治主张、活动与学说成就是多方面的，著述极多，我们的会议仅就他的美学、文论思想进行探讨。由于我们过去只从改良主义政治主张、革命不革命观点看问题，所以他的美学、文论思想被遮蔽了很多年。在今天标举科学发展观、继续改革开放、发扬我国优秀文化遗产、建立社会主义核心价值观体系、建设新文化的过程中，我们将梁启超的文化遗产进一步"濯之拭之"，就"发其光晶"了。他的著作显示了一个民族渴望进入现代的青春活力。他的"新民"与"美术人"，或"审美的人"，给以改造，对于我们今天的审美教育来说实在需要。在掺和了共和政体思想的《少年中国说》一文中，梁启超描述了理想的中国少年："少年雄于地球，则国雄于地球。红日初升，其道大光；河出伏流，一泻汪洋；潜龙腾渊，鳞爪飞扬；乳虎啸谷，百兽震惶；鹰隼试翼，风尘吸张；奇花初胎，矞矞皇

皇；干将发硎，有作其芒；天戴其苍，地履其黄；纵有千古，横有八荒；前途似海，来日方长。美哉我少年中国，与天不老！壮哉我少年中国，与国无疆！"在我们面临民族伟大复兴的今天，这种充满爱我中华、激情喷薄的思想，仍然振奋着我们！

梁启超学贯中西，他对东方的儒、道、佛学，西方的各种哲学、政治文化思想，都有开创性的研究，并使它们融会贯通。张君劢先生曾经说："作为近代中国伟大的自由主义者，梁启超劝国人研究西方科学、哲学及政治制度，并尽可能客观地观察儒家传统。他希望中国人能够思想开放，接受各种学说及具体实现的思想观念。因此，大家都承认他是奠定西方思想传入中国及以现代生活眼光重估中国传统价值之基础的先驱者。如果我们说，没有梁启超，中国人就不会那样早的接受改变，也决非是夸大之词。"

梁启超提出的中西学术互补的思想，具有普遍意义，至今仍放光芒。"淬历其所本有而新之，采补其本所无而新之"，不仅是打造新民的途径，而且也是我们文化建设的原则。他希望20世纪中外文化能够融合，铸成我们自己的新文化。他说："20世纪，则两文明结婚之时代也。吾欲吾同胞张灯置酒，迓轮伺门，三揖三让，以行迎亲之大典，彼西方美人，必能为我家育宁馨儿以亢我祖也。"在对待中外文化的关系上，他反对固步自封，妄自尊大，也反对全盘西化，自暴自弃。他说："国中那些老辈，固见自封，说什么东西都是中国所固有，诚然可笑；那沉醉西风的，把中国什么东西，都说得一钱不值，好像我们几千年来，就像土蛮部落，一无所有，岂不更可笑吗？须知凡一种思想，总是拿他的时代来做背景。我们要学的，是学那思想的根本精神，不是学他派生的条件。因为一落到条件，就没有不受时代支配的。"这些话真是落地有声，就像说于今天一般。他输入与创造了许多新名词、新思想，如"过渡时期""思想解放"以及美学、文论中的一系列名词，我们至今仍在使用，虽然他的一些观点我们不一定都表示同意，但是读他的著作，真有一种吸引人的特殊魅力与亲切感。

梁启超是一个不断进取、善于吸纳的人，他的勇于自我批判的精神令人感佩。他把自己与康有为做过比较："有为常言：'吾学30岁已成，此后不复有进，亦不必求进。'启超不然，常自觉其学未成，且忧其不成，数十年日在旁皇求索中；……启超'学问欲'极炽，其所嗜之种类亦繁杂，每治一业，则沉溺焉，集中精力，尽抛其他；历若干时日，移于他业，则又抛其前所治者；以集中精力故，故常有所得；以移时而抛故，故入焉而不深。"由于梁启超从不满足，不断吸收新的思想，因此他的观点也因时而变，他对自己的估量与评价，十分清醒又十分确当，他了解自己身上在各个时期长短并存，这种自我剖析的精神，实在值得我们学习。

梁启超的有关文论、美学的论著，既是我国古典美学、文论的终结，又是我国现代美学、文论的开端。

梁启超的思想将会长久地被我们和后人论说，并会融入我们新文化的建设之中。

（原文作于 2008 年 4 月 15 日）

"改革开放 30 年俄国文学和哲学"全国学术研讨会祝辞

——2008 年 12 月 26 日于首都师范大学

在改革开放 30 年之际,我国的俄国文学研究界来回顾俄国文学、哲学研究所经过的不平凡的历程,衡量与评估成就与问题,进一步展示未来的前景,是个很有意义的事。很有意义表现在什么地方呢?表现在与其他外国文学研究界相比,俄国文学研究在改革开放最初的 10 多年间,连续遭遇到特别艰难的境遇。就我这个旁观者看来,第一次是 1978 年开始,就是给苏联文学摘掉修正主义的大帽子。1978 年前 20 年,我们已经把苏联文学糟蹋得不成样子,我们已经不知道苏联文学是什么。我要说明的是,这不是我们的所作所为,而是我们错误的政治干预的结果,因为几十年来,它总是把文学等同于政治。于是从新时期开始,俄国文学研究同中国文学一起,来了个"拨乱反正"。不少苏联文学的真相,随着交往、接触的增多,逐渐被公开出来,它的神秘色彩逐渐淡去,研究的元气逐渐得到恢复,而走向正轨。然而好景不长,1991 年,苏联自身宣告解体,苏联文学也就宣告结束。对于我们来说,这真是釜底抽薪的打击。可以这样说,国内没有哪一种外国文学的研究,遭受到如此严重的损伤,因此这次思想的转轨恐怕比第一次拨乱反正的转轨更为艰巨,自然,俄罗斯民族有着自身发展的特殊的道路,俄国文学、文化包括宗教文化,有着丰厚的蕴涵,它们是不会随着苏联的消逝而消逝的,它们的历史,它们的价值与精神,会保存下来,并会继续发展下去。

从 20 世纪 80 年代初开始,过去几乎不为人知的苏联文学禁书,大量出版，80年代末，俄国文化哲学著作包括宗教哲学，也不断地被介绍过来，大大地拓展了研究者的知识领域。在这种情势下，我国的俄国文学研究界，不愧是一支训练有素的队伍，一批长期从事俄苏文学研究的年长学者，调整了自己的心态和价值取向，继续自己的项目，出版了自己的专著、文学史和文集。他们学养深厚，见多识广，启蒙了后来的许多学者，在传承、介绍苏联文学方面，成绩巨大，功不可没。而苏联的剧变，倒是激励了一批青年学者（现在已是中年学者了），他们没有因袭的重负，自然地适应突变的趋势，迅速改变自己的思维方式，积极发掘、获取在俄国也是尘封多年的资料，拓展自己的视野，力图深入俄国文学艺术、文化、哲学、宗教思想的深层，开始全面审视俄罗斯民族特性，去探索总是被笼罩着神秘面纱的俄国文化的底蕴。

令人惊喜的是，从20世纪90年代初开始，以我国自己培养的一批获得博士学位的中青年学者渐渐成了俄国文学研究界的主干，他们撰写的一批学术著作，一改我国俄国文学研究界的旧有观点与学说，使得我国俄国文学研究界的面貌为之一新。其中有着深厚学术含量的俄国文学理论专著、文艺学学派研究、诗学理论研究、作家评传、抒情史诗、新的俄苏文学史、文学批评史、小说形式与风格研究、俄国的小说叙事与西方审美叙事模式的比较、中国俄苏文学史论研究，以及难度极高的世纪之交俄国民族性、民族文化的演变及其对于文学、文学理论的影响研究，等等。作为一个局外的知情人，我可以大胆地说，这30年特别是最近20年俄国文学研究所取得的成绩，较之20世纪初到80年代，是我们取得重大成绩的20年，真正开始触及了俄国文化精神的特征及其内涵。

俄国文学研究取得这样的重大成绩，这自然与我们今天的话题有着密切的关系，这就是我们要纪念改革开放30年的理由。30年来，我们总把改革开放与解放思想并提，其实只有思想解放了，才能进行改革开放；而改革开放必然需要伴之以思想解放，思想解放对于我国80年代初的苏联、俄国文学研究来说，就是让它们摆脱我国政治的束缚，让它们回归自身；接着又有一个思想解放，就是让它们从苏联政治的控制之下解放出来，使俄国文学回归自身；此外，当然我国的研究者还要解放自己的思想。这第三个思想解放，那就因人而异了。

　　俄国文学、文化哲学思想的研究的多元研究格局已经形成，它是我国外国文学、文化哲学思想研究整体的有力组成部分。回想20世纪80年代一段时间里，俄国文学、文化研究是不受社会重视的，我就亲身有过这样的遭遇，那时受重视的是英美文学研究。但是现在不同了，俄国文学研究因其取得其骄人的成绩，而与其他语种的外国文学研究比肩而立，而且有的著作不仅仅是介绍，而是以其问题的敏感性、当代性，参与了当代俄国文化建设的对话，这是难能可贵的。俄国文学研究必将在不断反思、自我批判和在原有传统的基础上，更新自己，形成新的研究传统。

中国中外文艺理论学会第 7 届年会暨"文学理论、前沿问题"学术研讨会开幕词

——2010 年 4 月 22 日于扬州大学

不久前，我们庆祝了改革开放 30 年和新中国成立 60 周年。相应地在文学理论界，一些朋友对于近 30 年和 60 年来的文艺理论状况和其中的问题，进行了梳理与总结，对于未来的走向进行了探索与瞻望，加深了我们对于前 60 年间的文艺理论的理解。60 年间，当然主要是后 30 年，特别是包括新世纪以来近 20 年，文学理论走出了重大的坚实脚步，取得了巨大的成就，各种理论著作精彩纷呈。它们努力地回应着我国现实的需求，同时也与国外文论中出现的新问题相呼应，既有纵向的深入，也有横向的开拓，极大地丰富与支持了文学理论这门学科。通过不少学者的阐释，在文学和政治，文学与人道主义、人性问题，文学理论的相对独立性，文学观念的多样化，文学研究中的自律与他律，外国文学理论的传入与吸收，西方马克思主义文学理论，比较文学与比较文化理论，本土化的文化诗学，网络文学理论与生态文艺学，以及作为一个热门话题的文化批评转向，"理论之后"问题等方面，取得了不少的共识的；近期出现的一些争论，也给人以启迪。当然，到目前为止，反思百年也好、60 年也好、30 年也好，也仅仅是个开始，看来还会继续下去，我们等待着材料丰富、观点客观、公正的著作出现。

在当今的文学理论中，无论在回顾、总结中也好，还是对于不同问题的各种阐述也好，由于作者的身份与中外文化、文学知识背景的

不同，甚至观点的对立，所以普遍地存在着意见的差异与分歧，形成了不同观念纷呈的局面。从一定意义上讲，这正好表现了我国文学理论已经进入了一个相对多元化的进程。我们在回顾和总结新中国前30年的文艺理论的经验中看到，正是种大一统的文学理论，一种极端的政教论文学观念，是如何一步一步地蜕变为封建文化专制主义的工具的。两个阶段相互对比，是非自有公论，今天文学理论回归自身，这本身就是重大的进步。大一统的文学观念，强制人们接受的文学观念，已经很难得势。我们期望拥有一个逐渐走向和而不同、各美其美的生态良好的理论环境。

  回顾过去，瞻望未来，文学理论中的问题极多。特别在今天，似乎"一切坚固的东西都烟消云散"，我们已经"生活在碎片之中"，规范失衡，价值颠倒，原有的理论相当程度上已难以适应现状的需要，探索与寻求文学理论中的前沿性问题显得极为迫切。会议拟订了一些讨论的议题，并不周全，为的是引起与会者的兴趣。其实对于文学理论自身来说，理论的创新是最为重要的事情，对此我们已经谈论很久、很多。不久前钱学森先生在逝世前提出："现在中国没有完全发展起来，一个重要原因是没有一所大学能够按照培养科学技术发明人才的模式去办学，没有自己独特的创新的东西，老是冒不出杰出人才。这是很大的问题。"这话说得宽容而又沉痛，60年过去了，学校难以培养出杰出人才，原因当然很多，其中最重要的恐怕是体制问题，教育理念问题。整个社会科学、人文科学界又何尝不是这样？从一个方面来说，学术创新需要"独立之精神，自由之思想"，这样才能提升精神，给人类的思想宝库不断增加一些新东西，但是我们具备了这种做学问的条件与品格了吗？从两个方面来说，一是看客观的社会条件，它充分赋予我们这种可能了吗？新中国后30年当然和前30年的情况不可同日而语，而现在虽然已经进入新世纪，但是新世纪10年与80年代中期前的一段令人振奋的时间也不一样，和我们面对新的千年来临而充满希望的时刻也不尽相同。令人感到忧虑的是，过去的一些做法又在重复，结果如何，要看今后的发展了。二是从主观方面看，我们把"独立之精神，自由之思想"当成我们立身的准则、立言的规范了吗,把它看作一种我们内心的需求了吗?我们是不是沉潜下来、坐在凳子来做学问的?是不是按着内心信念的呼唤来做的?如果就这些方面进行质疑,我想是存在问题的。80年代作家们渴望创新,都想搞出一些新花样,于是有人描写说,作家们紧张到这种程度,他们那时好像是被创新这条狗赶着写作的。我们的现在情况呢?在问题突出、亟待改革体制的情况下,我觉得一些人或某些方面,做学问好像是被职称、统计与待遇这条狗赶着做的,是急急忙忙走着做的,甚至是跑着做的,就像做计件产品一样批量做的,做学问和个人有没有信念的内驱力关系不大。这样,可能得到的是生活的宽裕,职务的提升,淡化的则是创造的激情、独创的构思,失去的则是独立的精神和自由的品格。

涉及理论的创新,需要思考文学理论自身的生态问题,也即文学理论与文学创作实践的关系。常常说到一些作家和年青读者对于文学理论不屑一顾的看法,这恐怕也是事出有因,查有实据。当今在文学理论与文学实践之间,确实存在着严重的脱节现象。研究文学理论的朋友,由于专注于某一方面的需要,对于当今的主流文学、精英文学现状多少有些陌生,对于信息传媒时代的正在崛起的大众文学,"80后""90后"的文学和琳琅满目的各种形态的网络文学尤其如此。这些文学样式往往是交叉结合在一起的,它们的数量实在太多,也造成了阅读时选择的困难,这是十分矛盾的现象。已有一些朋友做得相当深入,但不少人已经与现实脱节。如果我们不大理会多种新的文学现象的特征与走向,我们就难以与它们进行对话,与广大的读者群进行交流,而难免置身文学现状之外,理论也会悬空起来,以致失去理论自身的活力,这是需要认真对待的。

第三方面,文学理论本身实际上是一种元理论,过去我们对其中的不少问题,如文学的本质问题,投入了不少注意,这也是客观社会条件使然,只要文学的处境没有得到彻底的改变,形势仍然会迫使不少学者去进行这方面的探讨的。同时文学理论急需通过文学创作的新的实践,提出当今理解不同文学现象的种种新观念、新方法,而实际上这方面的创新少而又少。评论本国文学现象,文章充满了并无多少深意的外国学者的表述与概念,甚至还有挟洋自重的情况的出现。这些方面,都关乎理论自身的丰富与理论生态的可持续性发展。

  扬州大学与学会合作已经举办了几次全国性的学术研讨会。早在学会成立之前的 1985 年,也是烟花三月的时候,我们就与当时的扬州师院和其他 16 个大学联合举办过文学理论方法论讨论会,当时大家求新求变的急切、奋发、昂扬的情景,对我来说还是历历在目,从那时起,我们建立了共同切磋的学术友谊,并且传承至今,推动了文学理论的发展。今天我利用我们再次相聚的机会,代表学会向扬州大学文学院表示衷心的感谢!

中国中外文艺理论学会第 11 届年会暨"面向时代的文学理论与批评"学术研讨会贺词

——2014 年 8 月于河南大学

会议提出了总议题与若干分议题，这些问题其实都是新世纪以来文论界不断讨论、研究与争论的问题，涉及文学理论、批评的方方面面，极富现实意义。

在最近个时期里，文学理论取得了不少成绩。一批年长的学者不断有新著问世，扩大着他们自身研究的领域，深入地完善着他们的文学思想观念、流派思想。特别值得注意的是，一批青壮年学者，他们视野开阔，知识新颖，功底扎实，推出了许多新著，而且有的学者，专注于学术，10 年磨剑，厚积薄发，而今一下就出版了七八部论著，显示了极大的理论创造力。在外国文论研究方面，自然也有外国流行什么就紧跟而上的介绍，也有做跨文化研究的著作，而且有的著作极具首创精神，这使我们深感欣慰。

在文学理论研究中，有几个常常遇到的问题，提出来就教于大家，它们或是公开争论的，或是以隐蔽形式支撑着各种理论的阐发的，比如现代性与后现代性的问题，建构与解构的相互关系问题。这些问题对于文学理论研究来说，是具有立足点的意义的。10 多年来后现代主义思想很是风行，以致有的人认为，现代性已经死亡，要以后现代性来替代现代性了，于是文学理论卷入了一次又一次的讨论。但是人文科学中的现代性与自然科学中的现代性是同又不同的，同的方面都要担当当前的理论建设，不同之处在于自然科学的进展是不断替代的过程，真理具有绝对性的意义，而人文科学的理论建设是积累型的，是历史性的，不是中断了可以重起炉灶的，他人的话语就是你的文本，真理的相对性成分较大。所以要拿后现代性来代替现代性是十分困难的。同时，文论界对于现代性还存在着相当偏颇的看法，以为现代性是个凝固不变的东西。其实，现代性本身是个绵长的发展过程，在其历史发展中，在某些阶段，人们使其不断走向极端，以致往往走向了它的反面。实际上，现代性作为一种现代文化精神，自身应是一个矛盾体，具有反思自己、自我批判的功能，这是讲究传统继承的现代性，是超越传统、创造新新文化传统的现代性，是一种被赋予具体的历史指向性的现代性，是在全球化与本土化冲突与融合的语境中，具有独立自主精神与进取精神的现代性。70年代末80年代初的发生的一场文化批判，正是现代性的深刻反思与自我批判的表现。它的精粹之处在于理论正确与否必须以实践给以检验，现实必须改革，思想必须发展进步。这时和其后一段时间在理论界、文论界获得的许多共识，我们不能说这是后来才在我国流行开来的后现代主义思想推动的结果，而正是现代性的反思与批判，赋予了社会变革、文论更新的动力，它的定向性作用是不容低估的。后现代主义所显示的后现代性的积极方面，主要表现在它的思维强烈的怀疑、否定性，以不确定性打破固有的不变的思想方式，这对我们后来的文化建设是发生了积极影响的，是值得参考的。

20世纪90年代与21世纪初，当后现代主义思潮开始流行时，我们就这种泛文化批评思潮本身存在的问题与它在外国文化生活中所发生的广泛影响，以及外国学者对它的反思与批判，有意识地做了介绍，并对这一思潮的正面影响及其消极作用做了评价。但是在后来几年里，文论界一些人进一步投入了泛文化批评的热潮。这一方面固然活跃了文化思想，扩大了学术的视野，表现了人们追求新思想、新知识的热情，促进理论与现实的接近，并且取得了一定的实绩。但另一方面，由于这股文化思潮的流播而引起的几次大讨论，也显示了这一思潮本身的思想上的混乱。比如在所谓反文学理论的本质主义的讨论中，就把关于文学本质的探讨与本质主义捆绑一起，不分青红皂白地加以批判、否定。不承认事物具有本质特性，自己说不清楚，或是懒得去说，但也不容许别人探讨，扬言本质应该被抛弃，办法是把它"悬置"起来，有意视而不见，装回鸵鸟，就可把问题解决了。这种倾向几乎成了一种西方时髦的追逐，30多年来，没有比这种理论思维更为轻佻的了！

又如在美学与文艺学的建设中，既有解构也有建构，这是大家都承认的，但实际上研究者对它们的理解是大相径庭的。建构与解构总是相伴而行的，要建构必然会有解构，解构那些已经失去与新的实践不相吻合的东西，失去意义的东西，这是理论建设的常态。一些学者在尊重传统的基础上，根据新的语境与问题的出现，提出了新观点、新思想，著作的思想厚实，为理论建设提供了新经验，这里既有解构也有建构。解构主义盛行时，我们先是看到在文学理论、批评中的内爆式的解构，然后声言解构主义也有建构，但是这是一种后现代主义的建构，这里的建构是一种失去了问题追问的建构，是显示了平面化、碎片化、拼帖化的理论自叙的建构，是各种知识汇集、堆积的建构，是缺少了理论自身发现、理论深度与价值判断的建构，自然贬低了文学理论自身的品格。

我在一篇"访谈"的文字中，曾谈到文论文论工作者，需要真诚，真诚才能产生理论的诚信。提出一个思想、一个观念，从学术上进行论证，你自己相信不相信它？我们能否今天把一个外国人的观点，一下就捧到天上，视为经典，明天宣扬另一个外国人的观点，把它奉为圭臬？不断转换，拿来炫耀，重复着新一轮的80年代初的幼稚？一个人的观点，能否像五颜六色的衣着，随着气候不时变换？甚至写些观点相反的文章，装进两个口袋，需要时挑出一个口袋里的、符合评委口味的文章参与评奖？当然，现在评委们与创新工程专家，照样会给以高额奖励的，但这有什么意义呢？文论中的问题不少，文论家的立足点是否也可以作为一个问题思考？

钱中文学术简表

专著与文集

钱中文：《果戈理及其讽刺艺术》，文艺出版社 1980 年版。

钱中文：《现实主义和现代主义》，人民文学出版社 1987 年版。

钱中文：《文学原理——发展论》，社会科学文献出版社 1989 年版。

钱中文：《文学理论流派与民族文化精神》，吉林教育出版社 1993 年版。

钱中文：《文学发展论（增订本，研究生院教材）》，经济科学出版社 1998 年版。

钱中文：《文学理论：走向交往对话的时代》，北京大学出版社 1998 年版。

钱中文：《钱中文学术文化随笔》，中国青年出版社 2000 年版。

钱中文：《新理性精神文学论》，华中师范大学出版社 2000 年版。

钱中文：《文学新理性精神》，洪业文化事业有限公司 2004 年版。

钱中文：《文学发展论（修订三版）》，高等教育出版社 2005 年版。

钱中文：《钱中文文集》4 卷，韩国首尔：新星出版社（精装），首尔出版社（平装）2005 年版。

钱中文：《自律与他律》（与刘方喜、吴子林合著），北京大学出版社 2005 年版。

钱中文：《钱中文文集》（中国社会科学院学术委员文库），上海辞书出版社 2005 年版。

钱中文：《文学发展论（增订 5 版）》，社会科学文献出版社 2007 年版。

钱中文：《钱中文文集》4 卷集（其中《文学发展论》为第 6 版），黑龙江教育出版社 2008 年版。

钱中文：《文学理论：求索与反思》（中国社会科学院学部委员专题文集），中国社会科学出版社 2013 年版。

钱中文：《中国当代文学论争中的理论问题》（与刘方喜、吴子林合著），秀威资讯科技股份有限公司 2013 年版。

钱中文：《桐荫梦痕》，北京师范大学出版社 2013 年版。

钱中文：《理论的时空》，复旦大学出版社 2016 年版。

钱中文：《审美与人文》（北京社科名家文库），首都师范大学出版社 2016 年版。

钱中文：《文学的乡愁——钱中文自述》，河南文艺出版社 2017 年版。

钱中文、祁志祥：《80 年代文艺美学通信》，上海教育出版社 2018 年版。

钱中文：《新理性精神与当代文论建设》，黄山书社 2019 年版。

钱中文：《现代性与当代文学理论》（中国现代文艺学大家文库），山东文艺出版社 2021 年版。

金元浦编：《新理性精神与钱中文文艺理论研究》，军事谊文出版社 2002 年版。

金元浦、张首映、刘方喜：《当代文艺学的变革与走向：钱中文先生诞辰 80 周年纪念文集》，人民日报出版社 2012 年版。

刘方喜、李世涛：《钱中文评传》，黄山书社 2016 年版。

钱伟长总主编：《20 世纪中国知名科学家学术成就概览·哲学卷》第 3 分册，科学出版社 2014 年版。

主编及译作

王春元、钱中文主编：《现代外国文艺理论译丛》（14 种），生活·读书·新知三联书店 1983—1991 年版。

王春元、钱中文：《文学理论方法论研究》，湖南文艺出版社 1987 年版。

钱中文等：《文学理论：回顾与展望》，河南大学出版社 1992 年版。

钱中文主编：《文艺理论建设丛书》（7 种），吉林教育出版社 1993 年版。

钱中文等：《文学理论：面向新世纪》，山东人民出版社 1997 年版。

钱中文等：《中国古代文论的现代转换》，陕西师范大学出版社 1997 年版。

钱中文编选：《陀思妥耶夫斯基精选集》，山东文艺出版社 1998 年版。

钱中文、童庆炳主编：《新时期文艺学建设丛书》（36 种），华中师大出版社、首都师范大学出版社、广西师大出版社等 2000—2002 年版。

钱中文主编：《巴赫金全集》（中译本，6 卷集），河北教育出版社 1998 年版；《巴赫金全集》（中译本，7 卷集），河北教育出版社 2009 年版。

钱中文主编：《"读世界 6 种"：读意大利、读法兰西、读英格兰、读美利坚、读德意志、读俄罗斯》，泰山出版社 2008 年版。

［俄］谢德林：《现代牧歌》，钱中文、白春仁译，译文出版社 1996 年版。

钱中文年谱简编

1932年（民国二十一年）

11月15日，出生于江苏无锡东北塘乡西浜村一店员家庭。

1937年（民国二十六年，5岁）

11月，日寇占领无锡县城过境时，在村里杀人放火、奸淫掳掠，险些被日寇挑死。是年冬，入村里私塾，后入邻村全旺小学读书，帮助家里做些农活。

1942年（民国三十一年，9岁）

转入无锡县模范中心实验小学。在沦陷区里，日寇无恶不作，所见所闻甚多。

1945年（民国三十四年，12岁）

小学毕业，考入无锡县中学。8月，日寇投降。

1951年（18岁）

7月，毕业于无锡市中学（今无锡市第一中学），考入中国人民大学俄语系。

1955年（22岁）

夏，大学毕业。

10月，去苏联莫斯科大学研究生院俄罗斯语言文学系学习，1959年夏肄业。

1959年（26岁）

9月，入中国科学院文学研究所苏联东欧文学组，研究俄罗斯文学；1961年应约写了《果戈理及其讽刺艺术》，随即转入该所文艺理论组工作。

1960—1965 年（27—33 岁）

在文学研究领导组织下，写了一些批判所谓"国际修正主义""资产阶级文艺思想"的文章，受过当时极左文艺思潮的影响；同时也写了一些一般文学理论的文章，至今还可一读。这段时间发表了 12 篇文章和一部书稿。

1965 年（32 岁）

秋，被派去江西丰城"四清"；1966 年 6 月被召回北京参加"文化大革命"。因参加一派群众组织，1969 年被看管起来，实行群众专政，不得与家人见面，前后凡 4 年，1978 年"反革命集团""反革命罪行"一风吹，帽子才被摘除，前后共 10 年。

1978 年（45 岁）

《文学评论》复刊，发表了为俄国革命民主主义文艺思想辩护的论文，在《文艺论丛》上发表了 3 篇有关形象思维等问题的论文。

1979 年（46 岁）

在《文学评论》等刊物不断有他的一些论文刊出，年末，被评为副研究员。

1980 年（47 岁）

《果戈理及其讽刺艺术》由上海文艺出版社出版。原稿写于 1961 年，1962 年交出后，思想批判连年，"文化大革命"中书稿被到出版社造反的红卫兵扔到了垃圾堆里，幸好由一位至今不知其名的清洁工人捡了回来，送回编辑部，奇迹般地保留了下来。同年在《文学评论》与《美学论丛》发表《论艺术真实和艺术理想》与有关别林斯基文学思想等长文。

被聘为文学研究所文艺理论研究室副主任。

1981 年（48 岁）

参加"六五"国家项目《文学原理》的撰写工作，提出《现代外国文艺理论译丛》作为附加项目，并为主编之一。

1983 年（50 岁）

10 月，在北京参加"第一次中美比较文学国际研讨会"，就巴赫金复调小说理论问题作了报告。

1984 年（51 岁）

自 1978 年至 1984 年，每年在《文学评论》上刊有论文，有时一年发 3 篇文章，同时在其他刊物上也不断有论文刊出。

1985 年（52 岁）

2—3 月，赴法进行学术访问；同年，因 1984 年的论文《当前文学理论中的现代主义思潮》获《文学评论》1978—1984 年中青年优秀论文一等奖。

4 月，参与发起、组织 1985 年在扬州召开的"全国文学理论研究方法论研讨会"。

年底，被聘为文学研究所研究员、文艺理论研究室主任、文学研究所学术委员会委员。

1986 年（54 岁）

被聘为中国社会科学院研究生院教授、教育部全国第 3 批博士生导师。

11 月，主持了在苏州召开的"全国文学观念讨论会"，并致开幕词。

1987 年（54 岁）

著作《现实主义和现代主义》，拖了多时在人民文学出版社出版。

1988 年（55 岁）

2—3 月，赴苏进行学术访问。

被免去文学理论研究室主任。

10 月下旬，主持了在福州召开的"全国文艺理论建设与中外文化交流"学术讨论会，首次邀请了台湾学者参加会议。

1989（56 岁）

9 月，《文学原理——发展论》由社会科学文献出版社出版。

1990 年（58 岁）

任比较文学研究室主任。

1991 年（59 岁）

被聘为"全国哲学社会科学中国文学学科规划小组"成员，直至 1998 年辞去该社会工作。

1984—1991 年，主编"现代外国文艺理论译丛"，出版 14 种，由生活·读书·新知三联书店出版。

1992 年（59 岁）

被聘为"国务院学位委员会第 3 届中国语言文学学科评议组"成员。

10 月，在开封主持"全国中外文学理论"学术讨论会；参与主编《文学理论：回顾与展望》论文集，1993 年由河南大学出版社出版。

1993 年（60 岁）

《文学理论流派与民族文化精神》，由吉林教育出版社出版；主编"文艺理论建设丛书"7 种，由吉林教育出版社出版。

《文学原理——发展论》获"中国社会科学院 1978—1991 年"优秀科研成果奖，国家图书奖初评提名。

2 月，参加澳门"中西方文化交流国际研讨会"。

8 月，参加在奥地利维也纳召开的"东西方文化国际学术研讨会"。

被聘为"全国博士后流动站管委会专家组"成员，直至 1998 年辞去该社会工作。

被聘为中国社会科学院第 4 届学位委员会委员；当选为"中国文学理论学会"副会长。

7 月，参加全国第三届比较文学研讨会，当选为该会副会长。

1994 年（61 岁）

应邀参加在美国普林斯顿大学召开的国际比较文学研讨会，作了题为《对话的文学理论》的报告。

与中国社会科学院外国文学研究所及国内多所高校同行共同发起并筹建"中国中外文艺理论学会"，于这年 4 月获批准，正式成立。

1995 年（62 岁）

7 月，在济南主持"走向 21 世纪：中外文化、文艺理论"国际学术研讨会。

当选为"中国中外文学理论学会"会长，并主编（合作）会议论文集《文学理论——面向新世纪》，于 1997 年由山东人民出版社出版。

1996 年（63 岁）

4 月，任《文学评论》主编至 2004 年 4 月。

8 月，再次当选为中国比较文学学会副会长。

10 月，在西安主持"中国古代文论的现代转换"学术研讨会；主编（合作）论文集《中国古代文论的现代转换》，次年由陕西师范大学出版社出版。

12 月，参加"中国作家协会全国第 5 次代表大会"，并当选为全国委员会委员。

长篇译著（合作）俄谢德林的《现代牧歌》由上海译文出版社出版（译就于 80 年代初）。

1997 年（64 岁）

被聘为"国务院学位委员会第 4 届中国语言文学学科评议组"召集人（之一）。

1998 年（65 岁）

6 月主编中译 6 卷《巴赫金全集》，由河北教育出版社出版。并于北京主持了"巴赫金学术思想"国际学术研讨会。

8 月，《文学原理——发展论》经增订更名《文学发展论》（2 版），作为中国社会科学院研究生院教材，由经济科学出版社出版发行。

10 月，在成都主持了"西方文论与中国文论建设"学术研讨会。

1999 年（66 岁）

5 月，在南京举行中国中外文艺理论学会第 2 届代表会，经改选续任该会会长，并主持"1999 世纪之交：文论、文化与社会"学术研讨会。

7 月，《文学理论：走向交往对话的时代》，由北京大学出版社出版。

9 月，在武汉主持"全球化趋势中的文学与人"学术研讨会。

2000年（67岁）

3月，《钱中文学术文化随笔》，由中国青年出版社出版。

6月，《新理性精神文学论》，由华中师范大学出版社出版。

7月28日，由多国学者组成的"国际文学理论学会"在北京成立，当选为副主席。

8月初，在北京参加"21世纪中国文论建设"国际学术研讨会，并致词。

8月11日，在北京参加"第3届中美比较文学"研讨会并致词。

10月10日，参加了南京"90年代文学思潮暨现当代文学课题研究"学术研讨会并致词。

2001年（68岁）

4月，在扬州主持"全球化语境中的文学理论研究与教学"学术讨论会。

9月，发表于1999年的《文学理论现代性问题》长文，获第2届鲁迅文学奖。

10月，参加了在厦门举办的"新理性精神与文学研究方法论"全国学术研讨会。

12月，参加"中国作家协会全国第6次代表大会"，改选为全国作协全国委员会名誉委员。

2002年（69岁）

1月，增列为中国社会科学院学术委员会委员。

3月3日—18日，应邀去台湾佛光社会人文学院讲学半月。

5月25日，在昆明主持了"文艺学与文化研究"学术研讨会。

2003年（71岁）

12月6日在临海主持了"全国美学、文学理论前沿问题"学术研讨会。

1999年至2003年，与童庆炳教授合作主编的"新时期文艺学建设丛书"共36种，已全部出版。

2004年（71岁）

6月在中国人民大学主持了"中国中外文艺理论学会第3次代表

大会"暨"多元对话语境中的文学理论建构"国际学术研讨会,第 3 次当选为学会会长。

8 月,在湘潭主持"巴赫金国际学术研讨会"。

8 月《文学新理性精神》,由台湾洪叶文化事业有限公司出版。

2005 年(72 岁)

4 月,《钱中文文集》单卷本,收入中国社会科学院学术委员丛书,由上海辞书出版社出版。

6 月《文学发展论》(三版)由高等教育出版社出版。

10 月《钱中文文集》4 卷本由韩国新星出版社(精装)、首尔出版社(平装)出版,《文学发展论》第 4 版。

11 月《自律与他律》(与刘方喜、吴子林合著)由北京大学出版社出版。

年底退休。

2006 年(73 岁)

7 月,被聘为中国社会科学院荣誉学部委员(终身)。

9 月,参加中国中外文艺理论学会与北师大全国文艺学研究中心于北戴河联合召开的"当前文艺学热点与教育改革"学术研讨会。

2007 年(74 岁)

5 月,《文学原理——发展论》(修订第 5 版)由社会科学文献出版社出版。

6 月,参加并主持了中国中外文艺理论学会与北师大、华中师范大学文学院,于武昌联合召开的"文学理论 30 年——从新时期到新世纪国际学术研讨会暨中国中外文艺理论学会第 4 届年会"。

10 月,参与了中国中外文艺理论学会与北师大外语学院于北师大联合召开"跨文化视界中的巴赫金"国际学术研讨会;出席会议的有法国、俄国、德国专家。

2008 年(75 岁)

1 月,主编《读世界》丛书 6 卷——《读意大利》《读法兰西》《读德意志》《读英格兰》《读美利坚》《读俄罗斯》,由山东泰山出版社出版。

3月,《钱中文文集》(国内版)4卷本,其中《文学发展论》为第6版,由黑龙江教育出版社出版。

4月,参与中国中外文艺理论学会与中华美学学会、杭州师范大学中文系于杭州联合召开的"中国现代美学、文论与梁启超全国学术研讨会"。

7月,主持了中国中外文艺理论学会与北师大、陕西师大、兰州大学、西北大学、青海民族学院中文系于西宁联合召开的"创新时代:中国当代文论改革与审美文化转型研讨会"。

2009年(76岁)

7月,主持了中国中外文艺理论学会和贵州大学文学院、贵州师大文学院、贵州民族学院中文系联合举办的"新中国文学理论60年国际文学讨论会"暨中国中外文艺理论学会第6届年会(换届),当选为会长。

9月,主编《巴赫金全集》7卷本(第2版,修订前6卷,校对新译第7卷),由河北教育出版社出版。

2010年(77岁)

4月,主持了中国中外文艺理论学会与扬州大学联合举办的"文学理论前沿问题研讨会"。

2013年(80岁)

1月,《文学理论:求索与反思》(中国社会科学院学部委员专题文集),由中国社会科学出版社出版。

1月,《桐荫梦痕》,由北京师范大学出版社出版。

6月,《中国现当代文学论争中的理论问题》(与刘方喜、吴子林合著),由台湾秀威资讯股份有限公司出版。

2016年(83岁)

4月,《审美与人文》(北京社科名家文库),由首都师范大学出版社出版。

6月,《理论的时空》,由复旦大学出版社出版。

2017 年（85 岁）

10 月，《文学的乡愁——钱中文自述》，由河南文艺出版社出版。

2018 年（85 岁）

4 月，《钱中文祁志祥 80 年代文艺美学通信》，由上海教育出版社出版。

2019 年（86 岁）

10 月，《新理性精神与当代文化建设》，由黄山书社出版。

2021 年（88 岁）

4 月，《现代性与当代文学理论》（中国现代文艺学大家文库），由山东文艺出版社出版。

后　　记

　　2019年初冬，吴子林先生告诉我，说中国社会科学出版社要出版我的5卷文集，由他负责编辑事宜。听到这一消息，我的心情有喜有忧。

　　我在20世纪50年代末开始进行文学理论研究，但是真正进入文艺理论兼及美学领域，已是20世纪70年代末的事了。回顾我的这5卷著作，除极少数篇章写于60年代，其余绝大部分则选自后来40年间的论著。70年代末开始，面对涌现出来的各种文艺理论问题，时时激起了我写作的冲动，真有那种"所虑时光捷，常怀紧迫情"的感觉。所写论著紧密结合当代文学创作与文论发展中的迫切问题，有感而发，发生过一定影响。其中《〈文学原理——发展论〉》（后来几版改称《文学发展论》）中的相当部分，可说是顶着那时候的反文化潮流而写出来的，它和我后来的一些论文，实乃我之"忧患之作"。现在能够结集出版，当然是很高兴的。时光虽逝，流水有声，或褒或贬，自有春秋。

　　40年来的社会生活、文化结构，经历着天翻地覆的变化，生活变得太快了。几十年来的文化诗学、文论、美学研究，不断演变，新见迭出，形态各异，观念宏放，走向纵深，成果累累。但也不能否认，如今是个问题的时代，问题纷至沓来，对它们的研究沉潜太少，而"加快"有之。建设具有中国特色的当代文艺理论、美学新形态，其建设过程本身，就已成了一个进行式。真是"文变染乎世情，兴废系乎时序"，诚哉斯言！

　　说到"有忧"，正是文学理论与美学的快速发展的态势，使我产

后　记

生了另一种忧虑的心情。由于我已至耄耋之年，身弱多病，面对文论、美学中的一些新现象的解读，真使我有目不暇接之感，虽然在努力把握它们，但难以真正投入其中；同时近几年来参与了新的巴赫金文集6卷本的增补与修订，所费时间甚多；尤其是对于已经思索了多年的论题，也难以落笔成文。这真使我感到万般无奈与人的渺小，不过仔细想想，有谁能够违拗得过生生不息的生命的流程呢，因此也只得顺其自然了。

对于文论、美学的建设，我在文集里已讲了不少意见，原创与创新则是其主导精神。一个伟大的民族，不仅以其高度科技与丰富的物质力量闻名于世，但也与其充溢着原创、独创的民族精神的文化创造，一起昭示于世人。多样的文学艺术、不同的美学与文论形态的创新与建设，犹如有着生命的精灵，维系着一个民族的社会发展，促进着它的精神形态的不断完美，显示民族文化的强大生命力。如今我国的社会生活的建设，存在着极多的问题与困难，不尽如人意之处也是在在可见。但是整个新生活的建设，却呈现了一片蓬蓬勃勃的景象，在时间的飞速流淌中，不知道明天又有什么新发明向我们袭来，使我们惊奇不止，但其中必会闪耀着无数美妙的瞬间。

歌德的浮士德，最后以为他一生追求的理想社会的图景，已经呈现在他面前，而甘心死去，在倒地之前，他对自己心向往之的、正在逝去的美丽瞬间说："逗留一下吧，你是那样美！"我的心情是，我要对现在和未来的无数美丽的瞬间说：你们是那么美，多给我一些时间吧，让我在绝妙的瞬间里，多逗留一会，品味一下吧！

在文集的编辑过程中，我要感谢文集编委会的宽容，感谢吴子林先生，他无私地帮助了我完成了不少工作，同时也要感谢出版社的张潜博士，她为我的文集的出版，特别是在注释的核对中，做出了令我感动的帮助。

2020年11月时年八十又八